«Es ist ein magischer, fabelhafter Moment, von dem Georg Klein erzählt, dieser Moment des Kindheitsendes. Ein Moment zwischen Wissen, Ahnen und Verzaubern der Realität, wo Realität wie von selbst Fiktion wird und Fiktion wie von selbst Realität.»
Elmar Krekeler, Welt am Sonntag

«Wie im Roman der große Feriensommer, so steht hier die Kunst des Autors in ihrem Zenit.»
Burkhard Müller, Volltext

«Eine schlicht und einfach phantastische Geschichte.»
Jutta Person, taz

Georg Klein, 1953 in Augsburg geboren, veröffentlichte die Romane «Libidissi» (rororo 24258), «Barbar Rosa» (rororo 24431) und «Die Sonne scheint uns» (rororo 23793) sowie die Erzählungsbände «Anrufung des blinden Fisches» und «Von den Deutschen» (rororo 23379). Für seine Prosa wurden ihm der Brüder-Grimm-Preis und der Bachmann-Preis verliehen; für «Roman unserer Kindheit» erhielt er den Preis der Leipziger Buchmesse 2010. Zuletzt erschienen sein Roman «Sünde Güte Blitz» (rororo 24759) und der Erzählband «Die Logik der Süße» (Rowohlt).
Georg Klein lebt mit seiner Frau, der Schriftstellerin Katrin de Vries, und zwei Söhnen in Ostfriesland.

www.devries-klein.de

Georg Klein

Roman unserer Kindheit

Rowohlt Taschenbuch Verlag

Veröffentlicht im Rowohlt Taschenbuch Verlag,
Reinbek bei Hamburg, August 2011

Lektorat Katja Sämann
Satz Minion PostScript, InDesign,
bei Pinkuin Satz und Datentechnik, Berlin
Druck und Bindung CPI – Clausen & Bosse, Leck
Printed in Germany
ISBN 978 3 499 24487 2

«Glaubt ihr, so bin ich euch,
was ihr nur wollt; recht nach der Lust Gottes.
Schrecklich und lustig und weich.
Zweiflern versink ich zu nichts.»

Heinrich von Kleist

Sonnentag

Es blutet und blutet. Und weil diese Kinder – da mitten in meinem Sommer! – noch allesamt mit starken Augen geschlagen sind, so lange, bis ihnen die aufstrebenden Götter, bis ihnen der kleine Schrecken des Sex und das Schwarzweiß des Fernsehens den Blick lindern werden, sieht der Ältere Bruder das Blut von der Ferse auf den Asphalt tropfen, als liefe ihm eine Wabe seiner Seele aus. Noch tut es nicht weh. Unter der Saugglocke des Schocks spürt er nicht einmal, wie heiß der Granit des Bordsteins an seinen Ellenbogen bereits ist. Weicher als Bärendreck, weicher als die Lakritze, die er allen anderen Süßigkeiten vorzieht, wird der Teer der Fugen in den nächsten Stunden werden. Am Glanz kann man ihm dieses Erweichen schon ansehen. Bald lässt er sich ganz leicht aus seiner Rille heben und schwärzt die Hornhaut der Sohlen auf eine besonders nachhaltige Weise, wenn man barfuß in ihn tritt. Zwischen zwei Lidschlägen stellt sich der Ältere Bruder beides vor, das Herauspulen wie die klebrigen Flecken, kippt dann auf den Rücken, staunt ohne Eile über das Knallblau des Himmels, bis er den Oberkörper wieder aufrichtet, um sich die blutige Angelegenheit erneut genau anzuschauen, als ein Ganzes und in allen Einzelheiten: seinen rechten Fuß, der noch immer nicht schmerzt, obwohl ihn die rostigen Drähte so gründlich aufgefleischt haben.

Den Anhub des Missgeschicks hatte er in einem merkwürdigen Zusammenkrampfen im Bauch gespürt, tief unten, wo es sonst eigentlich nie etwas zu spüren gibt. Aber es blieb ihm keine Zeit, sich darüber zu wundern, denn er rannte schon neben dem anrollenden Wolfskopf her, eine Hand an der brüchigen Sattelkante, stieß nur noch einmal die Luft aus, bevor er auf den Gepäckträger des alten Damenfahrrads sprang, um mit Wolfskopf den drei anderen hinterherzujagen. Das erste Stück den Kreuztöterweg hinunter ist sein Ritt auf dem wackeligen Geiger von Wolfskopfs Mutter, die Finger unter den stramm gespannten Lederhosenträgern des Freundes, dann halb prickelig, halb mulmig in der Schwebe geblieben. Erst hinter dem Schaufenster von Tabak-Geistmann, genau dort, wo Lebensmittel-Vetterle und die Sparkasse aneinanderstoßen, gerade als der Wolfskopf den Hintern vom Sattel hob, um mit seinem ganzen Gewicht in die Pedale zu steigen, zog es unserem großen Bruder die rechte Ferse hinein in die sausenden Speichen.

Auch für den Wolfskopf kam ihr Sturz in Wahrheit nicht überraschend. Gleich sechs frische Bieruntersetzer hatte der schon früh am Morgen hinter die rostroten Stahldrähte des Hinter- und des Vorderrades geklemmt, weil er ein Unheil, irgendein Mordspech herannahen spürte. Alle sechs Pappdeckel waren, wie man den Gegenzauber machen muss, dreimal bespuckt worden, und jedes Mal hatte Wolfskopf den Speichel sorgfältig zu einem Kreuz mit vier gleich langen Balken verschmiert. Nun hat es doch nicht geholfen. Am Abend wird sich sein Vater, der unten am Rosenhang im Gaswerk arbeitet, das lädierte Hinterrad kopfschüttelnd anschauen und seinem Wolfgang noch eine zweite, nicht mehr allzu kräftige Ohrfeige geben, wird dann die zwei sauber gebliebenen und die eine blutig braune Scheibe aus den verbogenen Speichen rupfen und sich zusammen mit seinem durch die doppelte Bestrafung hinreichend entschuldeten Sohn sogleich an die Reparatur des Vehikels machen.

Jetzt im Mittagslicht tragen der Wolfskopf, der Schniefer, der Ami-Michi und die Schicke Sybille den Älteren Bruder schräg über die Einkaufsstraße der Neuen Siedlung. Der starke Wolfskopf hat die Hände unter die Kniekehlen des Verletzten geschoben. Der ist für sein Alter nicht gerade groß und ein rechtes Leichtgewicht. Dennoch kämen seine Freunde nie auf die Idee, ihn für zu klein oder für zu dünn zu halten. Nun, da das Blut aus ihm heraustropft und etwas Anderes, etwas Unsichtbares und Dichteres in ihn hineinströmt, tragen sie so schwer an ihm, dass sie keuchen. Aber weil auch das momentane Missgeschick, wie all das kommende Unglück meines Sommers, mit dem Gold des Günstigen verunreinigt ist, haben sie es nicht weit. Schon ruckt ihnen das weiße Emaille des Praxisschildes mit jedem Schritt ein mutmachendes Stückchen entgegen.

Morgen, am zweiten Tag der großen Ferien, wird der Schniefer keck auftrumpfend behaupten, der Ältere Bruder habe absichtlich erst vor der Sparkasse den Fuß in die Fahrradspeichen gefädelt, weil am nächsten Eck der einzige Arzt der Siedlung, der alte Doktor Junghanns, seine Praxis betreibe. Zu diesem Scherz wird er sein extradoofes Grinsen aufsetzen und ausnahmsweise komplett hochschniefen, was ihm sonst als ein mehr oder minder erstarrter, perlmuttartig glänzender Tropfen unter dem linken Nasenloch zu hängen pflegt. So lustig darf es dann schon wieder, nach einer einzigen Nacht im Räderwerk der Traummühle, zwischen den Freunden zugehen. Noch aber klemmt der Arm des Schniefers unter der linken Achsel des Blutenden. Noch fällt weder ihm noch dem Ami-Michi, der auf der anderen Seite zugepackt hat, ein ulkiger Spruch ein, noch kreist den Spielgefährten unseres großen Bruders das blecherne Scheppern im Ohr und dazu ein Schleifgeräusch, dessen ungute Obertöne, dessen sekundenkurz aufschrillende Bosheit nun als Erstes vergessen werden muss.

Während er sich zum dritten Mal an diesem Sprechstundenvormittag die Hände wäscht, beobachtet Ernst Junghanns, Arzt für Allgemeinmedizin, durch das Fenster des vorderen Behandlungszimmers drei Buben und ein Mädchen, die einen etwa Zehnjährigen Richtung Praxistür schleppen. Wie der Springteufel aus der Schachtel schnellt ihm ein anderer Sommertag vor dieses Bild. In einem ähnlich gleißenden, in einem vergleichbar mit seiner Reinheit protzenden Sonnenlicht wurde an einem Pariser Augustsonntag ein übel Verletzter quer über den Hof der weit offen stehenden Tür des Militärarztes Junghanns entgegengetragen. Zuvor hatte es von der Straße her mehr gepufft denn gekracht. Die französische Bombe, ein mickriges, dilettantisch zusammengebasteltes Ding, war von einem Motorrad aus auf die Wache am Portal geschleudert worden. Der Verwundete stand unter Schock, brachte keinen Ton heraus, zuckte nur spastisch mit den Gliedern. Einer seiner Kameraden stützte ihm den Kopf, ungefähr so, wie da draußen das Mädchen die Hände unter den Nacken des Knaben geschoben hat, der bloß am linken Fuß eine Sandale trägt.

Das Übereinander der Szenen, ihre historische Transparenz, nimmt den alten Arzt in den Würgegriff der Wehmut. Dieser Krieg, sein zweiter und vermutlich letzter, jene dreieinhalb Jahre in der Hauptstadt der Hauptstädte waren das edelsüße, das marzipangefüllte Stück seines Lebenskuchens. Für einen Moment kapiert Junghanns, dass es an der Zeit wäre, mit dem Praktizieren Schluss zu machen. Aber schon hat er den Gedanken samt der Rührseligkeit, die ihn unterfüttert, abgeschüttelt, versucht stattdessen sich zu entsinnen, wie der eine oder der andere dieser Buben oder zumindest das Mädchen, das nun die Haustür aufzieht, heißt. Bestimmt kennt er sie alle. Er ist der Onkel Doktor der Neuen Siedlung, er hat sie in Oberarm und Gesäßmuskel gepikst, ihre munter rasselnden Bronchien belauscht, ihre Wunden genäht, verbunden oder verpflastert. Doch selbst, als sie dann mit geröteten Gesichtern vor ihm stehen, während er sie ausgiebig für ihr entschlossenes Handeln lobt, sie gute Kameraden nennt und ihnen seine Worte das unübersehbar schlechte Gewissen, die Angst vor dem kommendem Ärger mit den Eltern mindern, fällt ihm kein einziger Name ein. Den mit der glasigen Rotzglocke kennt er am besten, mehrfach hat er ihn bei früheren Begegnungen aufgefordert, sich die Nase zu putzen. Und jedes Mal verblüffte ihn der kleine Schmutzfink damit, dass er bereitwillig ein lupenrein sauberes, hellblaues Taschentuch zückte. An das Blau des Stoffes kann Junghanns sich erinnern, aber den Namen des Bengels zieht ihm die Farbe nun nicht herbei. Nur, wie der hieß, dem er damals unter beschwörendem Gemurmel mit der Pinzette einen französischen Blechsplitter nach dem anderen aus dem Fleisch zupfte, das hätte er sich heute, nach gut zwei Jahrzehnten, vor jedem Gericht, notfalls auch unter Eid, auszusagen getraut.

Am späten Nachmittag liegt der Ältere Bruder im Schlafzimmer der Eltern. Die Vorhänge sind zugezogen, die Tür zur Wohnküche ist angelehnt. Drüben strengen sich die Mutter und die Brüder an, ihn nicht zu stören. Sogar das Radio muss flüstern. Die Witzigen Zwillinge dürfen, obwohl sie erneut darum betteln, nicht zu ihm herein. Unser großer Bruder soll ein wenig schlafen, zumindest dösen, solang die zweite Spritze, die er im Krankenhaus bekommen hat, noch wirkt. Aber der Frieden, den das Schmerzmittel gestiftet hat, ist erneut nicht von langer Dauer gewesen. Die selige Taubheit im Fuß und das schummrige Blödsein im Kopf haben kaum über die Heimfahrt mit dem Taxi hinaus angehalten. Längst tobt in seinem Fuß ein Gemetzel. Bei Sybille, deren Eltern sich anstelle des geplanten Campingurlaubs am Anfang dieses Sommers doch den ersten Fernseher geleistet haben, hat der Ältere Bruder gesehen, wie es aussieht, wenn in Südamerika, im Delta des Amazonas, riesige, weiß-schwarz getigerte Wespen das Nest zu erobern versuchen, das sich pelzige, graue Bienchen in einem hohlen Baum gebaut haben. Er, die beiden Böhm-Mädchen und seine kleinen Brüder staunten, mit welchem Heldenmut die unscheinbaren Immen ihr Heim zu verteidigen wussten. Köpfchen an Köpfchen warfen sie sich den furchterregend großen Artverwandten entgegen. So eine Schlacht findet jetzt in seiner Ferse statt, mit Krabbeln und Zappeln und Massakrieren, mit ausgefahrenem Giftstachel und tausendundeinem gemeinen Biss in jenen dünnen Stiel, der bei den Angreiferinnen wie bei den Angegriffenen die Brust mit dem Hinterleib verbindet.

«Dein Fuß, das ist nichts mehr für mich, für meine matten Augen und meine zittrigen Finger», hatte Doktor Junghanns ihm ins Ohr geflüstert, als sollte dies ein Geheimnis zwischen ihnen beiden bleiben, als dürften der Wolfskopf, der Ami-Michi, der Schniefer und die Schicke Sybille, als dürfte keiner seiner Freunde dieses Eingeständnis mitanhören. «Dein Fuß ist mir ein bisschen zu diffizil. Ich gebe dir bloß etwas gegen die Schmerzen und den Wundstarrkrampf. Der Herr Professor Felsenbrecher im Josephinium, unten in Oberhausen, der ist ein Könner auf diesem Gebiet und ein begnadeter Scherzkeks dazu. Glaub mir, der wird seine helle Freude an deiner Ferse haben!»

Also wurde per Telefon ein Krankenwagen herbestellt, Junghanns versorgte noch den Wolfskopf, der sich bei ihrem Sturz die Knie aufgeschlagen hatte, und bevor der Ältere Bruder sich sicher war, ob es ihm lieber wäre, wenn die Sanitäter nun möglichst bald oder möglichst spät kommen würden, sah der Ami-Michi, der am Fenster Position bezogen hatte, schon den cremefarbenen Rotkreuz-Kombi, exakt so einen, wie ihn der Schniefer in seiner Sammlung aus streichholzschachtelkurzen, eisenschweren Modellen hat, vor den Praxiseingang rollen. Eine große Schwester oder ein großer Bruder dürfe mit nach Oberhausen hinunter, sagte der Krankenwagenfahrer, und da hielt der Wolfskopf die Schicke Sybille, die sich vorgedrängelt und sich, ohne mit der Wimper zu zucken, sogleich als ältere Schwester ausgegeben hatte, am Rockbund fest und kletterte als ebenso falscher Bruder durch die weit aufstehenden Flügel der Hecktür, weil er ja in die Pedale getreten hatte und daher der erste aller Mitschuldigen war.

Im Josephinium hieß es, der Herr Professor Felsenbrecher operiere noch. Also begutachteten erst einmal zwei andere Weißkittel den lädierten Fuß, ganz junge Männer mit fast gleichen Brillen, die beide auch schon fertigstudierte Ärzte waren, es aber nicht für nötig hielten, dies dem Älteren Bruder auf die Nase zu binden. Es folgte eine kleine Prozession von Schwestern, die nacheinander ihre gestärkten weißen Hauben über seinem Fuß schüttelten, ihn alle zunächst «Du armer Bub» nannten, sich dann erkundigten, wie er heiße, damit sie ihn mit seinem Vornamen, zu dem sie ihn ausnahmslos beglückwünschten, weiterfragen konnten, wie das denn bloß passiert sei.

Das ganze Wartebrimborium zog sich so lang hin, dass der Ältere Bruder irgendwann aufs Klo musste. Eine von den Ordensschwestern, eine sehr kleine, stramm dicke, hievte ihn, als er sich endlich durchgerungen hatte, damit herauszurücken, in einen uralten schwarzen Rollstuhl und schob das Gefährt, dessen hohe Räder geigenartig quietschten, den Gang hinunter. Auf dem Weg hat sie unserem großen Bruder dann mitten in diese Katzenmusik hinein verraten, wie sie selber heißt. Es ist ein Name wie aus einem Buch. Im Kopf hat er ihn gleich ein paarmal hintereinander aufgesagt, um sich nicht zu blamieren, falls seine Nennung auf dem Krankenhaus-Klo oder später noch einmal nötig sein sollte. Nun wird er das ganze Dreieck, das Quietschen des Rollstuhls, die reißnagelspitzen Schmerzen im Fuß und die fünf katholischen Silben, solang er denken kann, nicht mehr vergessen können. Im übernächsten Sommer, nach dem zweiten Jahr Gymnasium, wird sich unter den vielen lateinischen Vokabeln, die ihm dann bereits hinter die Stirn geknüpft sind, auch diejenige finden, die es braucht, um den Namen der dicken kleinen Schwester an eine Bedeutung zu fesseln. Auf dem Klo des Josephiniums war das katholische Wort indes noch glücklich unübersetzt und machte mit seiner Rätselhaftigkeit, mit seinem haltlosen Schweben über dem Netzwerk der deutschen Wörter ein bisschen weniger peinlich, dass ihn die Schwester während der ganzen, wegen seines Fußes arg umständlichen Pinkelprozedur nicht aus den Augen ließ.

Dann kam der Herr Professor zum Zug. Groß und massig und achtunggebietend rauschte er herein und erwies sich, Doktor Junghanns hatte nicht übertrieben, sogleich als ein wahrer Witzbold. Während seine fleischige Nase die blutverkrustete Ferse, den geschwollenen Knöchel und den garstig aufgerissenen Spann so dicht umkreiste, als ginge es darum, ihnen den Grad ihrer Versehrtheit abzuschnüffeln, meinte er zu den jungen Ärzten, da habe wohl einer versucht, mit einer Stacheldrahtkugel Fußball zu spielen. Brav lachten die Bebrillten über den Scherz ihres Chefs. Seinen Patienten fragte er, ob er die Geschichte kenne, in der die Mäuse-Elf bei strömendem Regen zu einem Match gegen eine Auswahl der Elefanten antrete. Und obwohl unser großer Bruder nickte, obwohl er noch dazu in unwillkürlicher Abwehr die Hand bis vors Gesicht hob, wurde das ungleiche Fußballspiel sogleich angepfiffen, der klitschnasse Ball flog in den Strafraum der Mäuse, der Mittelstürmer der Dickhäuter stampfte den beherzt heraushechtenden Hüter des Mäusetors vollständig ins aufgeweichte Erdreich, zog ihn aber sofort wieder mit dem Rüssel hervor, um sich bei dem wundersam heil Gebliebenen zu entschuldigen, damit dieser, die schlammtriefende Mütze gerade rückend, sagen konnte, alles sei halb so schlimm, ihm hätte, bei diesen außerordentlich schwierigen Platzverhältnissen, das Gleiche genauso gut passieren können.

Witz auf Witz feuerte Professor Felsenbrecher auf den Älteren Bruder ab, Elefanten-und-Mäuse-Witze, Cowboy-und-Indianer-Witze, Neger-im-Urwald-Witze, Irre-im-Irrenhaus-Witze, Lehrer-und-Pfarrer-Witze. Und als irgendwann der erste Witz-mit-dem-lieben-Gott in einer provokanten Pointe zündete, bekam die kleine dicke Schwester einen tütenspitzen Mund und Grübchen in den Backen, weil sie mit Macht gegen ein Loskichern ankämpfte, das sich nicht mit der Bedeutung ihres Namens vertragen hätte. Unserem großen Bruder war bereits beim zweiten Witz das Wasser in die Augen geschossen, und weil er auf keinen Fall wirklich losweinen wollte, stellte er sich vor, er weine bereits. Mit aller Kraft presste er die Lider zusammen und hielt die Tränen zurück, indem er sich selbst als einen Anderen hemmungslos heulen sah. Diesem anderen Älteren Bruder kullerte es in einem fort über die Backen. Die Tränen umkurvten seine Nase, sickerten zwischen seine Lippen und tropften ihm vom Kinn. Ein Glück, dass dieser andere so ausgiebig weinen konnte. Denn was der witzelnde Professor da unten mit dem verunglückten Fuß anstellte, tat so arg weh, tat weh, wie nie zuvor gespürt, und hörte nicht auf, unerhört schrill wehzutun, so weh, dass er und der tränenüberströmte Andere lieber kein einziges Mal dorthin blickten, wo ein kleiner Teil ihres Inneren, ein Kostpröbchen nur, in Fetzen nach außen gerissen worden war.

Der Wolfskopf aber, den der Professor vor die Tür zu schicken vergessen hatte, hat alles, das ganze blutige Geschäft, bis in den kleinsten Handgriff für immer und ewig gesehen. Als die Mutter kam und ihn an der Wand, in der Lücke zwischen zwei weißen Blechschränken, entdeckte, erwiderte er ihren Gruß nicht, machte nicht den geringsten Mucks, als wollte er weiterhin unbemerkt bleiben. Der Mutter flößte diese Stummheit Angst ein. Und deshalb hat sie am Abend dem Vater genau beschrieben, wie starr, wie schocksteif dem Nachbarsjungen die dicken, aschblonden Haare, die er so lange wie keiner seiner Freunde vor dem Friseur zu retten versteht, vom Kopf weggestanden seien. Gleich einem in eine Ecke getriebenen Tier, still und panisch zugleich, sei der

Wolfgang an der hellgrün glänzenden Wand gestanden, und zum ersten Mal habe er seinen Spitznamen für sie zu Recht getragen.

Nun im Bett der Eltern, den verschwitzten Schopf im Kopfkissen der Mutter, versucht der Ältere Bruder sich an möglichst viele der Felsenbrecher'schen Witze zu erinnern. Seine kleinen Brüder, die Zwillinge, sind nämlich wie der Professor große Witzeliebhaber. Sie sammeln sie in ihrem gemeinsamen Gedächtnis, und sie behaupten, unendlich viele hintereinander erzählen zu können. Gelegentlich versucht ein Erwachsener, die beiden der Prahlerei zu überführen, doch bis jetzt hat noch jeder den Kürzeren gezogen und musste das Witzehören ermattet aufgeben, bevor die Zwillinge mit ihrem Vermögen an ein Ende gelangt wären. Gewiss würden sich die beiden über eine Handvoll neuer Witze freuen und sie bei nächster Gelegenheit auf ihre besondere Art zum Vortrag bringen. Aber obwohl er sich sein ganzes Josephinium genau gemerkt hat, vom schwimmbeckenblauen Ölfarbenanstrich der Notaufnahme bis zum Geruch der Lederliege, auf der das Fleisch seines Fußes gereinigt und wieder richtig zusammengenäht worden ist, wollen unserem großen Bruder die Eröffnungen der meisten Witze, in denen ja die ganze folgende Lustigkeit schon wie in einem Keim enthalten ist, partout nicht mehr in den Sinn kommen.

Im Fuß tobt die südamerikanische Schlacht. Und weil er endlich sicher herauszuspüren glaubt, dass die wollig runden Bienchen die Brutkammern ihres Zuhauses samt der süßen Fülle ihrer Vorräte erfolgreich gegen die kalte Gier der getigerten Hornissen verteidigen werden, weil er erleichtert ahnt, dass ihre furchtbaren Verluste zuletzt mit dem erlösenden Allglanz des Sieges abgeglichen werden können, wird der

Ältere Bruder nun trotz der Schmerzen schläfrig. Die Augen gehen ihm zu, sofort hört er besser, und schließlich sieht er ganz klar, wie sich das Gesäusel des Küchenradios vor dem Türschlitz schlankmacht und sich als ein honiggelbes Band zu ihm hereinschlängelt. Dem Klang entgegenschlüpfend, hat er im Nu auch das Gerät selbst vor Augen. Heute, am Tag des Unfalls, ist sein Furnier frisch mit Möbelpflege eingerieben worden. Unser großer Bruder erkennt den Geruch: Es ist die dunkle, die zuckerrübensirupfarbene Politur, die die Mutter außer für ihr kleines Frisiertischchen im Schlafzimmer nur für das Radio nimmt. Gegen dessen Lautsprecherbespannung, gegen den schwarzen, mit goldenen Fäden durchwirkten Stoff, presst sich nun von innen, aus der Tiefe des Apparats, das Gesicht von Professor Felsenbrecher. Denn wenn er Feierabend hat, das leuchtet dem Älteren Bruder sogleich ein, erzählt der Herr Professor seine Witze im Rundfunk. Ungeheuer lustig sieht es aus, wie Felsenbrechers Nase ein Zelt macht, wie dessen Spitze weit über die perlmuttfarbenen Tasten für Ultrakurz-, Kurz-, Mittel- und Langwelle hinausragt, wie der Trichter, den die Lippen aus der Lautsprecherbespannung herausstülpen, beständig Tiefe und Form verändert. Es ist ein Neger-im-Urwald-Witz, den der Professor gerade zum Besten gibt: Kannibalen haben den alten Doktor Junghanns aus seinem Urwaldhospital entführt und kochen ihn in einem großen eisernen Topf über offenem Feuer. «An mir ist leider nicht mehr viel dran!», gibt der Arzt zu bedenken und hebt entschuldigend die großen, schaurig knochigen Hände. «Zerbrich dir darüber nicht den Kopf, mein Lieber!», tröstet ihn der Kannibalenkoch und taucht einen riesigen Löffel ins dampfende Wasser. «Als Fleischeinlage, als alter Suppenhahn bist du uns fett genug!»

Und ich? Mir reicht die Stärke meines Süppchens gleichfalls aus! Wohltemperiert schwappt es um mich herum. Ich plustere meine Winzigkeit, denke mir schöne volle Lippen, stülpe sie wie ein Fisch ins warme Nass und imitiere auf meine altkluge Manier nacheinander das Lachen der Freunde unseres großen Bruders, zuletzt das Glucksen, das aus dem Körper der Schicken Sybille tönt, wenn sie den Schlussknall eines Witzes nahen fühlt. Sybille gluckst im Voraus, weil sie tief in der Kehle spürt, dass es erzkomisch werden wird. Sie spürt es, schon bevor die Zwillinge sich noch einmal im Weitererzählen abwechseln, um alles mit einem letzten, langgezogenen Bogen und dann mit einem allerletzten, scharf geschlagenen Haken auf den Punkt zu bringen. Sybille gluckst so gut. Sybille hat einen schönen Klang am Leibe. Als der Wolfskopf sie heute Morgen zwischen den Heckklappen des Krankenwagens festhielt, um sie am Einsteigen zu hindern, bekam er nicht nur ihren Rockbund, sondern auch den Gummi ihres Schlüpfersaums zu fassen. Kurz haben Wolfskopf, der Ami-Michi und der Schniefer nicht nur das sonnengebräunte Hohlkreuz, sondern auch die blitzweißen Pobacken ihrer Freundin sehen dürfen.

Die Schicke Sybille ist gerade so dick, dass sich alles an ihr gleich angenehm, gleich gefällig rundet. Auf den Fotos, die ihre Mutter erst kürzlich, an ihrem elftem Geburtstag, im Hof zwischen dem erbsengrünen und dem kanariengelben Block von ihr geschossen hat, spannt sich ihr schönstes, das weiße, feingeblümte Kleid über den Hüften und über dem nach vorn gedrückten Bäuchlein. Auf diesen Bildern, die noch in der Drogerie Schümer ihre Abholung erwarten, ist das Kleid zum letzten Mal in Weiß und Grau zu sehen. Im Herbst wird Annabett Böhm für alle siebenundzwanzig Filme, die ihr noch zum Verknipsen bleiben, also für den Rest ihrer Ewigkeit, zum Farbfilm übergehen. Dann wird das Blassgeblümte ihrer Sybille bereits endgültig zu eng geworden sein. Obwohl es noch so gut wie neu ist, wird sich Sybilles kleine Schwester im kommenden Sommer weigern, auch nur zur Probe hineinzuschlüpfen. Ihr Sträuben wird sie damit begründen, dass der Stoff nach Sybille rieche. Die schöne und energische Annabett Böhm wird ihrer jüngeren Tochter erst freundlich zureden, dann mit ihr schimpfen und es schließlich mit dem kochend heiß gewaschenen und perfekt gebügelten Baumwollkleid ein weiteres Mal, erneut ohne Erfolg, probieren.

Ich sehe dieses Kleid, ich sehe sämtliche Blümchen in Farbe so gut wie in Schwarzweiß. Dergleichen bis in den kleinsten Fitzelkram, bis in die zarteste Schattierung oder ins feinste Farbenspiel hinein zu erkennen und wiederzuerkennen, fällt mir babyleicht. Ich weiß, dass die Schwester unserer Schicken Sybille im Recht sein wird. Ich weiß, wonach die aufgedruckten Blüten auch doppelt ausgelaugt noch riechen werden. Schon jetzt, in den Sonnen- und Regentagen meines Sommers, kann man es erschnuppern. Wer seine Nase in die Falten des geblümten Kleides drückt und sich dann wie ein Tier, wie Hund, Katz, Marder oder Bär, dem Schnüffeln überlässt, darf riechen, dass der Schicken Sybille unter dem festen Kleinmädchenspeck nichts Geringeres als ein Busen schwillt.

Sonnentag

Geschickt und geschwind, ohne ein einziges Mal auch nur anzustupsen, hat die Mutter das geschiente Bein durch die vier unumgänglichen Türrahmen hinausbugsiert. Der Ältere Bruder hätte nicht gedacht, dass sie ihn noch immer ruckzuck hochheben und wie ein kleines Kind auf ihren Armen durch die Wohnung und durch das Treppenhaus ins Freie tragen kann. Draußen hat sie ihn vor dem Küchenfenster mitten auf der Wiese abgesetzt, direkt neben der niedrigen, breiten Karre, die so wuchtig dasteht, als würde sie sein Gebrachtwerden bereits erwarten. Jetzt kitzeln ihn die Grashalme, die im Schatten des Wohnblocks länger morgenfeucht bleiben, in der nackten linken Kniekehle, und während er beobachtet, wie eine schwarze Ameise, die Fühler schlenkernd, über den glatten cremefarbenen Vollgummi des rechten Hinterrades irrt, schämt sich unser großer Bruder für beides, für seine Leichtigkeit und für die Fehleinschätzung der mütterlichen Stärke.

Natürlich hat er den kugeligen, aus weißgebeizter Weide geflochtenen Korpus des alten Kinderwagens sogleich erkannt, hat auch sofort gesehen, dass ihm sein Dach abhandengekommen ist, aber noch immer begreift er nicht, wozu das enthauptete Gefährt nun gut sein soll. Der Schraubenzieher und die rostige Zange, die die Mutter zusammen mit einem kleinen Hammer und einer Schachtel Nägel als ihr Hausfrauenwerkzeug sonst in der Küchentischschublade verwahrt, liegen zwischen den Gänseblümchen. Und auch das Blechkännchen mit dem Nähmaschinenöl war offenbar im Einsatz. Vergeblich versucht der Ältere Bruder sich vorzustellen, wie sie in aller Frühe damit zugange war, während er und die Zwillinge drinnen in den Betten lagen. Nach einer unruhigen, an blutigen Träumen reichen Nacht hat er zuletzt bloß noch dösend phantasiert, hat sich mühsam vom Rücken auf die Seite gewälzt, sich wegen der dann heftig lospulsenden Schmerzen wieder zurückgedreht und den Gedanken, dass er es wie im Josephinium auch zu Hause nicht allein aufs Klo schaffen würde, erneut im Dämmer des Halbschlafs versenkt.

Der Kinderwagen hat, mit einer alten Tischdecke vor Staub geschützt, die letzten Jahre auf dem Dachboden gestanden. Unser großer Bruder weiß, das extrabreite Modell mit den dickbereiften Rädern wurde gebraucht erstanden, nachdem Doktor Junghanns der Mutter offenbart hatte, dass aus ihrem Bauch mit unbezweifelbarer Sicherheit ein doppelter Herzschlag herauszuhören sei. Monate später soll sie dann mit dem letzten Kraftquäntchen, das ihr die Arbeit des Gebärens gelassen hatte, «Oje, noch so ein Zipfelchen!» gerufen haben, als die Hebamme den zweiten der Witzigen Zwillinge vor ihren Augen in die Höhe stemmte. So hat sie es immer wieder neu erzählt und den Brüdern, dem großen wie den beiden kleinen, jedes Mal verschwiegen, welch schweren Seufzer dieser tapfer scherzhafte Ausruf nach sich zog. Denn schon damals, die Zwillinge an den Brüsten, musste sie sich mutterseelenallein entschließen, irgendwann, auf keinen Fall bald, aber auch nicht zu spät, einen weiteren, einen allerletzten Anlauf zur Zeugung der ersehnten Tochter zu unternehmen.

Wäre der Zwillingskinderwagen inzwischen weiterverkauft oder verschenkt gewesen, hätte die Mutter versucht, einen Rollstuhl aus dem Josephinium auszuleihen. Denn davor, ihren Großen die angekündigten vier Wochen lang, also fast die ganzen Sommerferien hindurch, in der kleinen Wohnung herumliegen zu haben, hat es ihr sofort gegraust. «Ich kann den Fuß auch ambulant versorgen, wenn Sie mir Ihren Knaben zweimal die Woche zum Verbandswechsel in die Klinik bringen», schlug ihr Felsenbrecher vor, nachdem sie, spät verständigt, mit dem Fahrrad im Krankenhaus eingetroffen war, just in dem Moment, als das Bein fertig eingewickelt war und ihr Ältester die längst überfällige zweite Schmerzspritze in den Pomuskel bekommen hatte. Und dann raunte der Professor ihrem Sohn noch recht geheimnistuerisch ins Ohr: «Wir sind nämlich komplett belegt. Alles ist bombenvoll! Bloß im Keller, in der geschlossenen Abteilung, wo unsere armen Verrückten sich gegenseitig auf die Nerven gehen, da wäre noch ein Bettchen für dich frei.» Das war natürlich kein ernstgemeinter Vorschlag, sondern eine Überleitung à la Felsenbrecher. Sogleich folgte ein allerletzter Witz, die Geschichte von den zwei verrückten Männern, die glauben, miteinander verheiratet zu sein, aber sich nie einig werden können, wer von ihnen den Ehemann geben darf und wer die Ehefrau sein muss. Jetzt, im wasserklaren Vormittagslicht, kommt dem Älteren Bruder und der Mutter gleichzeitig, ohne dass sie dies jeweils vom anderen ahnen, der Witz samt seiner Pointe erneut in den Sinn. Beide hat der Kinderwagen draufgebracht. Denn im Witz geht es um das Kind, das sich die eingesperrten Männer in steiler Sehnsucht voneinander wünschen. Der Ältere Bruder versteht immer noch nicht genau, was daran lustig ist. Es muss eine dieser speziellen Erwachsenensachen sein, so viel war ihm bereits im Josephinium klar, denn die Mutter warf dem Arzt, als der dröhnend loslachte, einen jener Blicke zu, von denen sie regelmäßig sagt, dass sie, wenn es auf dieser Welt gerecht zuginge, ruckzuck töten müssten.

Nun klappt sie das Fußteil des Zwillingskinderwagens nach unten und legt eine Decke auf die verlängerte Liegefläche. Aber erst, als sie noch zwei Sofakissen aus der Wohnung herausgeholt hat und diese unter den Augen der herbeigelaufenen Hofkinder sorgsam als Lehne in den Wagen stopft, begreift unser großer Bruder endlich, was sie vorhat. Die Mutter bittet den Wolfskopf und den Schniefer, die Schiebestange festzuhalten, während sie ihn hineinhebt. Es wurmt ihn bis ins Mark, dass nun alle vollends erfassen, wie hilflos er ist, mit dieser Schiene, die übers Knie reicht, damit er das Bein möglichst ruhig hält, und dem mumiendicken Verband, unter dem es wild zu puckern anfängt, sobald der Fuß auch nur ein bisschen gehoben oder gesenkt wird.

Dann ist er mit den Freunden allein. Die anderen, die zweitrangigen Kinder, die für sie nur in Betracht kommen, wenn man für ein Spiel recht viele Mittuende braucht, haben sich wieder an den Sandkasten und unter die Teppichstangen verzogen. Durch das offen stehende Küchenfenster hört er die Mutter mit den Witzigen Zwillingen reden. Die würden jetzt, wo die Ferien begonnen haben, bis in den Nachmittag hinein schlafen, wenn man sie ließe. Aber die Mutter hat sie aus ihrem Doppelstockbett gescheucht, und nun werden sie gezwungen, ihre Haferflocken mit Milch und Honig zu essen und ihren Tee zu trinken. Die beiden klagen wie immer darüber, dass ihnen kotzschlecht sei, dass ein besonders wichtiger Traum nicht an sein Ende gefunden habe und dass ihnen die riesigen, groben, nicht richtig plattgepressten Haferkörner im Schlund stecken blieben, ganz oben, wo es in ihren Hälsen eine besonders enge Stelle geben müsse. Aber obwohl die beiden jetzt sogar den Witz erzählen, in dem die Maus den Elefanten zum Essen einlädt, und die Mutter lachen muss, weil sie der neue Schluss, den die Zwilinge aus dem Nichts oder aus der milchweißen Tiefe ihrer Teller ziehen, überrascht und entzückt, wird sie den beiden nicht eine einzige der langsam matschig werdenden Flocken erlassen. Der Ältere Bruder bewundert sie hierfür. Und er denkt, gerade weil ihm seine kleinen Brüder leidtun, dass er, wenn er eine Mutter sein könnte, seine Söhne genauso unerbittlich zu allem zwingen würde, von dessen Richtigkeit er überzeugt ist.

Der Wolfskopf und der Schniefer, der Ami-Michi und die Schicke Sybille sind Schulter an Schulter vor den Doppelkinderwagen getreten und schauen sich stumm das Bein an. Der Ältere Bruder ist nach vorn gerutscht, die untere Kante der Schiene liegt im Gras. Weil es ihm schwerfällt, stillzusitzen, hat er sich schon einen grünen Schmierer in das Weiß des Verbands gerieben. Er sieht, wie tapfer seine Freunde mit der drohenden Erschlaffung ihrer Mienen, mit dem Ausdruck endgültiger Enttäuschung kämpfen. Das ganze ungeheure Imperium der Sommerferien liegt vor ihnen. Sie ahnen alle, nur noch einmal, ein letztes und deshalb besonderes Mal darf sich die Grenze dieses Reichs hinter einem Horizont aus weißgolden gleißendem Sonnenlicht verlieren. Danach, im Herbst, wird einer der großen Gelenk-Omnibusse, die die kleineren Kinder Ziehharmonikabusse nennen und die im Frühjahr die letzten Fahrzeuge mit Anhänger ersetzten, den Älteren Bruder jeden Schultag, also sechsmal die Woche, aus der Siedlung hinein in die Stadt, ins Gymnasium verschleppen. Seine Freunde, die in der Volksschule bleiben dürfen, sorgen sich sehr um ihn. Kein Kind des Hofes ist bisher auf ein Gymnasium gegangen. Obwohl sie allesamt so gut wie nichts über dieses andersartige Unterrichtsgehäuse wissen, rechnet jeder für sich, dem Klang des Wortes folgend, auf eine zwingend dunkle Weise mit dem Schlimmsten.

Er muss jetzt Zeit gewinnen. Also greift er sich in die rechte Kniekehle, schwenkt das steife Bein in die Höhe, legt es auf den Rand des Wagens. Dann weist er den Wolfskopf an, die Bremsen zu lösen. Als der nicht gleich kapiert, was damit gemeint ist, springt ihm Sybille bei und tritt auf die beiden Blechklappen, die bis jetzt die Vorderräder blockiert haben und nun, weil die Mutter sie mit reichlich Nähmaschinenöl geschmiert hat, bereitwillig nach unten schnappen. «Ab zum Spielplatz!», lautet die Parole des Älteren Bruders. Schon sind die drei Jungen hinter ihn getreten, drängeln sich an der Stange und schieben ihn auf den Teer des Zufahrtswegs hinaus. Die Kinder nennen den Weg nur «die Runde», vielleicht, weil er zwischen den beiden Wohnblöcken wie vor den Rängen einer kleinen, aber maximal steilen Arena seine ovale Bahn zieht. Frau Böhm, die gerade ihr Küchenfenster putzt, und die Mutter des Ami-Michi, die vis-à-vis im gelben Block die Federbetten in die Sonne hängt, sind Zeuge, wie der Zwillingskinderwagen Fahrt aufnimmt. «Mit Karacho!», befiehlt der Ältere Bruder, und der Wolfskopf, der Schniefer und der Ami-Michi bringen die frisch geölten Kugellager zum Surren.

Die Schicke Sybille aber bleibt noch ein klitzekleines Momentchen stehen. Sie trägt ihr Drachenkleid, das so heißt, weil sein Himbeerrot mit vielen großen Drachen bedruckt ist, aus deren grinsenden Mäulern orange Flammen züngeln.

Durch den dünnen Stoff, durch den Schuppe für Schuppe aufgedruckten Panzer eines großen grünen Drachen kratzt sie sich heftig am Po und presst dabei die Augen zu. Sybilles untere Lider ähneln den prallen Lippen der Negerpuppe, mit der sie nun schon den dritten Sommer nicht mehr spielt, die sie aber dennoch nicht gewillt ist, an ihre kleine Schwester abzugeben. Ein ganzes weiteres Jahr noch wird dieses schwarze Baby mit starrem Blick, mit kreisrund offenem Schnullermund und gespreizten Beinen auf dem Kleiderschrank ausharren müssen. Sybille blinzelt, und unter ihren Wimpern glitzert die Befriedigung darüber, dass weder der gewaltige weiße Verband, noch der blutig vernähte Fuß, der sich darunter verbirgt, unseren großen Bruder daran hindern konnten, den Ton des Tages anzugeben.

Auf dem Weg den Drosselgrund hinunter treffen sie ein halbes Dutzend Mütter und mehr als doppelt so viele Kinder. Der Ältere Bruder schweigt, wenn man ihn nach seinem Bein fragt, weist nur mit dem Daumen über seine Schulter auf den Wolfskopf, der ihren gemeinsamen Unfall so tollpatschig, wie es ihm aus dem Mund kommt, erzählen darf. Bis hinter die Doppeltür des Rotkreuz-Kombis und dann auch noch in die Notaufnahme hinein lässt unser großer Bruder ihn gewähren. Erst den Professor Felsenbrecher übernimmt er selbst. Er macht ihn größer als groß. Er malt die Nase, die an den Wunden schnuppert, fleischwurstfarben und lässt die Wangen des Professors, sobald er über die eigenen Witze lacht, beben wie Wackelpudding, wenn man diesen aus seiner Schüssel auf einen Teller stürzt. Der Ältere Bruder sieht, dass es nicht nur die Kinder, sondern weit mehr noch die mitfühlenden Frauen erquickt und erleichtert, den mächtigen Hautvernäher recht komisch geschildert zu bekommen. Damit die aufgehellten Mienen ungetrübt bleiben, verschweigt er, dass es während des professoralen Gelächters immer besonders scheußlich wehgetan hat, weil die Felsenbrecher-Finger den Faden dann schlimm ruckelig durch seine Ferse zogen.

Als sie an der alten Nagelbuche auf den Kiesweg in den Spielplatz abbiegen, scheint ihm dessen Gelände aus dem von der niederen Karre erzwungenen Blickwinkel groß wie nie zuvor. Hundert, nein tausend Kinder könnten hier auf diesen riesigen Wiesen und im Dickicht der Hecken, die sie säumen, ihre Spiele spielen, viel mehr Buben und Mädchen, als es in der Neuen Siedlung gibt, doch zusammen mit zwei Knirpsen, die schon im vorderen der beiden Sandkästen wühlen, sind er und seine Freunde an diesem Vormittag die Einzigen, die diesen ungeheuren Freiraum nutzen. An den Kettenschaukeln und an den Wippen vorbei lässt sich unser großer Bruder bis zur Turnstangen-Bank kutschieren. Deren grünlich verfärbtes Holz macht zwar Flecken in die Hosen und Kleider, aber von allen Bänken ist sie am schönsten zugewachsen. Schatten ist jetzt wichtig. Während die Jungen den Kinderwagen gut festhalten, schiebt er zunächst das geschiente Bein auf die Bank und schafft es dann, sich ganz hinaufzuziehen. Sybille hat indessen an der mittleren der drei stufenförmig aufsteigenden Querstangen zu turnen angefangen. Kopfüber hängt sie am Eisen, holt mit dem Rücken und den Armen Schwung und schaukelt. Und so wird, verborgen unter ihren dicken braunen Knien, die Stange, auf der sich, befördert vom Tau, ein Hauch von frischem Rost gebildet hat, nach und nach wieder stahlblank gewienert. Ihre Finger ziehen Rillen durch den Sand, der Saum des Drachenkleids hängt bis an ihre Nasenspitze, sie hat die Augen zu, als müsse sie sich ganz auf das Hin und Her, auf das Vor- und Zurückpendeln konzentrieren.

«Erzähl schon!», sagt sie schließlich, und es klingt merkwürdig dumpf, vielleicht weil ihr der Magen gegen die Lungen drückt. Dann streicht sie das Drachenkleid nach oben, klemmt es zwischen die Oberschenkel und verschränkt die Arme vor der Brust, als wollte sie die ganze kommende Geschichte so hängen bleiben, obwohl ihr Gesicht schon von der Stirn bis an die Wangen, die die Schwerkraft komisch verbeult, dunkelrot angelaufen ist. Der Wolfskopf und der Schniefer haben sich rechts und links vom Älteren Bruder auf die Außenkanten der Bank gesetzt. Das wehe Bein beansprucht den meisten Platz. Mit gesenkten Lidern, so brav und aufmerksam, wie sie es in der Schule nie und nimmer sein könnten, warten sie, dass er mit einer Geschichte anfängt. Der Ami-Michi hat im Kinderwagen Platz genommen. Jetzt lehnt er sich zurück, wälzt sich auf die Seite, krümmt den Rücken und zieht die nackten Knie bis an den unteren Rand der Kissen. Der Ältere Bruder aber hebt den Kopf und guckt über die Büsche und Baumspitzen in den weißbetupften Himmel.

Er weiß nicht, dass man das gesamte Gehölz erst im Geburtsjahr der Neuen Siedlung, das auch sein Geburtsjahr ist, auf einer weiten Heuwiese und einem breiten Streifen Acker angepflanzt hat. Wild sind seitdem nur ein paar Ahornbäumchen im Unterholz und am Rand des Gebüschs hinzugekommen. Die Eschen ragen am höchsten. Wie die Spitzen von Masten piksen sie ins weiche, noch nicht von der kommenden Hitze ausgehärtete Blau, und damit ist unserem Älteren Bruder offenbar, dass er für seine Freunde heute als Erstes eine Piratengeschichte erfinden wird. Weil ihm der

Fuß von der Kletterei auf die Bank wieder schlimm wehtut, fängt er mit einem Kapitän an, der nicht nur auf einem, wie man es aus anderen Geschichten zur Genüge kennt, sondern gleich auf zwei Holzbeinen über die Planken seines Schiffes stakst. Er nennt ihn Kommandant Silber, flicht ihm einen langen Zopf aus seidigem, silbrig grauem Haar, lobt dessen Glanz, fädelt seltene schwarze Perlen und gelochte Münzen in die prächtige Frisur, weil er weiß, dies wird Sybille gefallen, und lässt ihn erst dann in wüsten Flüchen beklagen, dass ihm seine Unterschenkel von einer besonders tückischen, pechschwarzen Kanonenkugel gemeinsam weggeschossen worden seien. Keinen einzigen Tag hätten ihn die ehemaligen unteren Hälften seiner Beine seitdem nicht geschmerzt. Mit gutem Recht! Wer wäre nicht gleich seinen verflossenen Zehen, seinen einstigen Fersen, seinen Waden und Schienbeinknochen auf ewig verbittert, wenn er von einem bösen Moment auf den anderen nicht mehr mit dem lebenslustigen Rest, mit Bauch, Brust, Nase und Haar durch Sonne, Luft und Wind über die Planken der Tage stapfen dürfte.

Kanonenkugelschnell zurück, heim in die leibeigene Welt, dorthin, wo alle Schmerzen säuberlich separat, Körper für Körper, auszuhalten sind, befördert unsere Kinder erst wieder das Auftauchen des Kikki-Manns. Der Kikki-Mann kommt nie verkehrt. Auch jetzt nehmen die Freunde sein Gespür für den richtigen Augenblick so sinngläubig hin wie andere Geschenke ihrer Sommer, wie das Loch im Maschendraht, das genau dort klafft, wo man auf die verbotene Seite hinüberschlüpfen will, wie die Münze, die einem fünf Schritte vor dem Kaugummi-Automaten aus dem Straßendreck entgegenglänzt. Blind und stumpf für das Talent des

Kikki-Manns sind dagegen fast alle Erwachsenen. Nur die Mutter hat einmal gesagt, sie verstehe nicht, wie es einem Taubstummen gelingen könne, bei Tabak-Geistmann am Freitagabend, im Gedrängel vor der Lotto-Theke, im wirklich rappelvollen Laden, genau dann seine kieksende Stimme zu erheben, wenn das Gemurmel kurz verebbt sei und es einen der raren Momente allgemeinen Stillseins gebe.

Jetzt hüpft der Kikki-Mann, just als der Ältere Bruder das Piraten-Abenteuer abgeschlossen hat, wie ein sehr großer und nervöser Vogel, vom zweiten Sandkasten des Spielplatzes, wo er schon ausgiebig zu den Kleinen gesprochen hat, an ihre Bank herüber. So, wie es sich für eine gute Geschichte gehört, hat das Ganze wieder auf dem Fundament des Anfangs Fuß gefasst. Die Lösung des Geheimnisses, das gesuchte Medaillon mit dem Bild des verschollenen Mädchens, ist die ganze Zeit im linken, hohlen Holzbein des Kapitäns verborgen gewesen. Leider hat unseren großen Bruder unter dem Triumphbogen der Spannung, als der Schniefer mit offenem Mund die Luft anhielt und die Schicke Sybille beide Fäuste zwischen die Oberschenkel presste, wieder einmal die übliche Versuchung, die schlimme, schlimme Sucht gepackt. Außer dem Medaillon, das alle Ungewissheit aufhob und den dinglichen Beweis bedeutete, der noch zum endgültigen Sieg der Guten über die Bösen fehlte, hat er seinen Helden, der, erst jetzt kam es ans Licht, gar kein Schiffsjunge ist, sondern die verkleidete, einst als winziges Kindchen entführte Tochter des Admirals, noch einen merkwürdig geformten und mit uralten Diamanten verzierten Schlüssel in der Höhlung der anderen, der rechten Prothese entdecken lassen.

Prompt hat der Schniefer das frische hellblaue Taschentuch, das ihm seine Mutter jeden Morgen in die Hosentasche steckt, herausgeholt und putzt sich damit noch immer übertrieben gründlich die Nasenlöcher. Dies tut er nur, wenn ihn ein Erwachsener ernstlich dazu ermahnt, wenn irgendeine Angst in Schach gehalten werden muss oder aber, wenn er sich, schnaubend und reibend, aufrafft, einen Erwachsenen um etwas anzugehen. Nun, da er die Geschichte vom Medaillon vollendet hat, gehört der Ältere Bruder für den Schniefer zu denen, die etwas gewähren können, wie ein Lehrer, der die ganze Klasse zehn üppige Minuten früher in die mittagshelle Freiheit abziehen lässt, wie eine Ladenbesitzerin, die mit dem Rückgeld zwei Bonbons über die Theke schiebt, oder wie dieser eine seltsam rare Onkel, den man nur an Omas Geburtstag und an Weihnachten zu sehen bekommt und der einem einfach so, bevor er erneut verschwindet, schnell noch die größte aller Münzen zusteckt, diejenige, die als Einzige so superschwer in der Hand liegt, wie es einst die Dukaten vermochten, von denen eben noch die Rede ging. Gleich wird der Schniefer durch die rotgeputzte Nase schnupfen, und dann wird er unseren großen Bruder auch im Namen der anderen bitten, gleich mit der Geschichte weiterzumachen, die mit all ihren Verwicklungen hinter dem geheimnisvollen Schlüssel und seinen Schnörkeln verborgen liegen muss.

«Dü! Dü! Dü!», jodelt der Kikki-Mann und wedelt mit seinem einmalig langen und dürren Zeigefinger vorwurfsvoll vor der Nase des Älteren Bruders. Alles am Kikki-Mann ist lang und dünn. Die Zwillinge haben Frau Böhm einmal zur Mutter sagen hören, eigentlich sei der Taubstumme ein mehr als passabler, ein sogar ziemlich gut aussehender Vertreter seines Geschlechts, aber durch seine schaurige Magerkeit und durch die schrille Höhe seiner Stimme würde sein Mann-Sein doppelt durchgestrichen. Jetzt denken die Buben, der Kikki-Mann unterstelle dem Älteren Bruder, selbst an der Versehrung seines Fußes schuld zu sein, und tadle ihn dafür. Nur die Schicke Sybille ahnt, dass er den Schlüssel meint, den unser großer Bruder eben im letzten Überschwang in das zweite Holzbein des Piraten hineinerzählt hat. Das «Dü! Dü! Dü!» will wie das Pendeln des nikotingelben Zeigefingernagels sagen: Treib es mir nicht zu weit, mein Lieber!

Dann zündet sich der Kikki-Mann eine Filterzigarette an und erzählt ihnen selbst etwas. Es geht wie meistens, wenn er zu anderen Menschen spricht, um seine Vögel, um die Wellensittiche und Kanarienvögel, die er züchtet. Irgendwann im Verlauf seiner Geschichten beginnt er immer, ihren Gesang nachzumachen, und was er durch spitzen Mund hinausflötet, ähnelt wirklich Kanarienvogelgezwitscher oder Sittichgeschrei, nur dass der Taubstumme wie beim Sprechen die Tonhöhe verfehlt und selbst den schönsten Triller zuletzt ins Quietschige verzieht. Die Freunde nicken und sagen «Ja, ja!», «Ach, was?» und altklug «Schön, sehr schön!», so wie sie es den Erwachsenen abgehorcht haben, die nicht anders als ihre Kinder zumeist nur einen Bruchteil der Erzählungen des Kikki-Manns verstehen. Vorhin allerdings, am Sandkasten, ist ein Knirps aus dem Loch, das er sich zum Hinheinhocken gewühlt hatte, aufgestanden, hat stehend noch ein Weilchen zugehört, dann mit der Spitze seiner Blechschippe an das linke Knie des Kikki-Manns getippt und zu ihm gesagt: «Du musst richtig sprechen, sonst lernen es deine Wellensittiche genauso verkehrt, wie du es ihnen vormachst!»

Der Ältere Bruder versteht den Taubstummen am besten, wenn er dessen Lippen fixiert, und noch ein Quäntchen besser, wenn er ihm von unten in den auf- und zuschnappenden Mund hineinlinst. Das geht meist gut, denn der Taubstumme klappt die Kiefer redend weiter auseinander als die, denen ein Gehör geschenkt ist. Günstig wirkt sich auch aus, dass ihm oben der linke der mittleren Schneidezähne fehlt, der offenbar, zumindest täuscht dies die Lücke vor, noch ein wenig breiter gewesen sein muss als der rechte, der erst später, der erst in den letzten Tagen meines Sommers, ausgeschlagen werden wird. Oben am Gaumen des Kikki-Manns glaubt unser großer Bruder jetzt das einsilbige Wörtchen «tot» zu erkennen. «Püsst üüf, sünst üst üünür vün üüch büld tüt!», flötet der Vogelzüchter. Und der Wolfskopf, der nur diesen einen Satz verstanden hat, lacht und schüttelt seine blonde Mähne, weil er das für einen prima Witz hält, weil er heute Nacht von knöcheltiefen Blutpfützen, von abgerissenen Füßen und abgebissenen Händen geträumt hat und weil er sich jetzt, im milden Vormittagslicht, von Herzen darüber freut, dass ihr Fahrradunfall nicht schlimmer ausgegangen ist.

Schlimm bin ich auch. Allein schon, weil ich nie wegsehen kann, bin ich ein schlimmes Früchtchen. Zuletzt, am Ende unseres Sommers, gucke ich mir buchstäblich die Augen aus dem Kopf. Und vorgestern, an einem Sonnentag wie heute, habe ich mir breit und bunt angesehen, wie Sybille mit ihrer Mutter, der schönen, schwarzgelockten Annabett Böhm, den Kikki-Mann im vorletzten Wohnblock besuchen ging. Der letzte und der vorletzte, der weiße und der türkise Block bilden den bösen Hof. Auf dessen Rundweg sollten die Braven, also die Mädchen und Jungen der drei vorderen Häuser, sich besser nicht ohne den Begleitschutz eines Erwachsenen, am besten gar nicht blicken lassen. So sieht es auch Sybilles Mutter. Aber ihre jüngere Tochter wünscht sich einen Wellensittich zum Geburtstag, und obwohl sich die beiden Schwestern täglich in die Haare kriegen, zweifelte Frau Böhm nicht daran, dass nur Sybille in der Lage sein würde, den Wellensittich auszugucken, der vom buckligen Schnabel bis in den Glanz der Schwanzfedern der Herzenssehnsucht ihres Schwesterchens entspricht. So kam es zum Besuch beim Kikki-Mann, der nicht bloß im schlimmen türkisen Block wohnt, sondern auch noch im dritten Eingang, wo links und rechts, hinter insgesamt drei Türen, die Huhlenhäusler hausen.

Schon im Hausflur roch es überwürzig aus den Wohnungen heraus, die der Sippe von der Stadt zugewiesen worden sind. Es heißt, die Huhlenhäusler seien seit Generationen Landfahrer gewesen. Wie die Zigeuner, mit denen sie aber auf keinen Fall in einem Satz vorkommen wollen, sollen ihre Familien ohne festen Wohnsitz als Hausierer, Schrotthändler oder Schausteller von Ort zu Ort gezogen sein. Die hiesigen Behörden hätten sie halb zur Sesshaftigkeit verlockt, halb dazu gepresst. Briefträger Wischmann, der ihnen regelmäßig amtliche Schreiben an die Türen bringt, weil er weiß, dass sie ihre Briefkästen, wenn überhaupt, nur selten leeren, behauptet, dass die Huhlenhäusler weiterhin alles, wirklich alles irgendwie Essbare in jener jenischen Suppe versenken, die von morgens bis spätnachts in einer der Wohnungen auf dem Küchenofen brodelt. Abscheulich safrangelb sei dieser Sud, fast schmerzhaft grell für Augen, die ein derart beißendes Gelb nicht von klein auf gesehen hätten. Das Fleisch von Katzen, die die Huhlenhäusler Buben mit Drahtschlingen erwürgten, schwimme in der Brühe und Jungvögel mit milchig geronnenen Augen, welche die üblen Bengel, bevor den armen Piepmätzen die ersten Federn sprießen konnten, aus den Nestern raubten. Dazu gäben die Weiber der Sippe noch eine ungeheure Menge knochenweißer Knoblauchzehen, weil Knoblauch, mit dem die Italiener, die Jugoslawen und angeblich sogar die nach ihren Aromen süchtigen Zigeuner noch halbwegs maßvoll kochten, für die Jenischen etwas Unabdingbares, fast etwas Heiliges, auf jeden Fall das Gemüse aller Gemüse sei.

Als sie an der Hand ihrer Mutter in den bösen Hof gebogen war, hatte es unserer Schicken Sybille vor allem vor diesem dampfenden Topf gegraust. Aber der jenische Suppenduft im Treppenhaus bildete dann bloß den Vorgeruch, die milde Einstimmung auf das Reich des taubstummen Vogelzüchters. Durch die Wohnungstür des Kikki-Manns getreten, musste sich Frau Böhm sogleich, auch wenn es unhöflich wirken mochte, ihr Taschentüchlein gegen die Nase pressen. In weiblicher Voraussicht hatte sie es vor dem Weggehen verschwenderisch mit Kölnisch Wasser beträufelt. Schon aus den Spatzennestern oben auf dem Dachboden, zu denen sie ihre Töchter, als diese klein gewesen waren, nach dem Wäscheaufhängen hinaufgehoben hatte, roch es kalkig scharf, wenn man der nackten, federkielborstigen oder beflaumten, sofort mit orangen Kehlen bettelnden Brut zu nahe kam. Beim Kikki-Mann war dann kein Wegdrehen oder Abstandnehmen möglich. Der Schicken Sybille und ihrer Mutter stieß der Vogelgestank hinauf bis in die Stirn, und als sie versuchten, nur durch den Mund zu schnaufen, brannte es ihnen laugig am Gaumen und den Hals hinunter. Sybille wurde kotzschlecht davon, nach einer eiligen Rundschau zeigte sie auf die richtige Federfarbe, auf das Türkis, das ihre Schwester bestimmt entzücken würde, und rannte schnurstracks hinaus an die frische Luft.

Annabett Böhm jedoch hielt mit tränenden Augen stand.

Käfig auf Käfig nahm sie sich vor. Die kleine Wohnung durchschreitend, begriff sie, wie radikal der Kikki-Mann seine Behausung nach dem Auszug seiner Frau den Erfordernissen der Vogelzucht unterworfen hatte. Offenbar schlief er auf der schwarzen Kunstledercouch, die in der Wohnküche hinter dem Tisch stand, denn aus dem ehemaligen Schlafzimmer war jegliches Mobiliar verschwunden. Die Käfige füllten alle vier Wände, sogar das Fenster und damit der Blick zum letzten, zum weißen Block hinüber war mit einem hohen und tiefen Drahtkasten, fast einer Art Voliere, zugestellt.

Wenn es zeitlich noch möglich gewesen wäre, hätte sich Annabett Böhm am liebsten aus den ausgewachsenen türkisen Flatterlingen das Elternpärchen des Geburtstagsvogels zusammengestellt und später aus dem Gelege das größte Ei herausgesucht. Aber dann entdeckte sie auf einer der lichtüberströmten Stangen des Fenstergeheges den offenbar perfekten Piepmatz, ein noch putzig kleines, aber robust und keck wirkendes Kerlchen. Der Kikki-Mann schnupperte ihm am Bürzel, um sicherzugehen, dass der Vogel wirklich ein Männchen war. Dann wurde er in einem eigenen, kaum kinderschuhkartongroßen Käfig separiert und angezahlt. Frau Böhm bekam eine Zigarette angeboten. Sie rauchte sie in tiefen, hastig aufeinanderfolgenden Zügen bis an den Filter auf, während der Kikki-Mann ihr, ebenso geschwind und glücklicherweise zwitschernd unverständlich, zunächst allerlei über seine Frau, die ihn im letzten Sommer Knall auf Fall verlassen hatte, und dann über das Liebesleben seiner Zöglinge erzählte.

Als Annabett Böhm nach draußen kam, standen vor dem Hauseingang gleich drei der Huhlenhäusler Buben, alle in der Schwüle verfrühter Reife, um ihre Sybille herum. Alle drei trugen den gleichen schmeichlerisch werbenden Ausdruck in den ähnlich südländisch hübschen, aber unsommerlich käsigen Gesichtern. Allen fiel braunseidiges Haar schräg in die hohe, über den Augen höckrig zweigeteilte Stirn. Jeder hielt beide Hände mit seltsam gespreizten Fingern vor einen schmalen Brustkorb, der sich tonnenförmig, fast geometrisch exakt, nach vorne wölbte. Zum ersten Mal glaubte sie zu erfassen, wie unheimlich weit die Ähnlichkeit unter den männlichen Huhlenhäuslern ging. Und schwindlig vom ungewohnten Nikotin, schien ihr plötzlich glasklar, dass sich die Sippe auf ihrer langen kreisenden Wanderschaft durch die Täler und über die Höhen des Südwestens bis in diesen türkisen Wohnblock hinein stets nur untereinander zu Paaren zusammengefunden hatte. Die Handleserin schlüpfte unter die Decke des Scherenschleifers, die Kochlöffelschnitzerin gab sich dem Alteisensammler hin. Aber nicht nur aus blanker Not beschränkte man sich so auf seinesgleichen. Man tat es auch, um mit schlafwandlerischer Zielgerichtetheit diesen erstaunlichen Gleichklang maskulinen Ausdrucks zu erzwingen.

Sonnentag

Zweimal die Woche soll er zum Neuverbinden ins Josephinium kommen, und der Ältere Bruder hat sich zumindest auf das Kutschiertwerden gefreut. Die Rückfahrt vom Krankenhaus ist nämlich seine allererste Taxitour gewesen. Im Fond der schwarzen Limousine, die Hände auf dem braunen, mit Rosshaar prallgestopften Leder, das bandagierte Bein im Schoß der Mutter, durfte er spüren, wie die Spritze, die der Professor zuletzt doch noch spendiert hatte, zu wirken anhob, wie dem Schmerz ein kribbeliger Flaum wuchs, wie sich das Stechen, Beißen und Pochen nach und nach in diesem feinen Pelz verlor, bis sich der Fuß allmählich wattig taub, zuletzt fast schwerelos anfühlte. Und als sie dann leider viel zu früh, fast wie im Flug, oben in der Neuen Siedlung angekommen waren, als das Taxi zwischen die Blöcke bog und im Schritttempo zum dritten Aufgang rollte, worauf die Kleinen im Sandkasten aufsprangen und die größeren Jungen von den Wäschestangen, die ihnen als Torpfosten dienten, herbeigerannt kamen, während der Wolfskopf, der neben dem Fahrer saß, das Fenster hinunterkurbelte, um hinauszuwinken, hat unser großer Bruder noch einmal ganz heftig die Taxi-Luft, den Geruch von Lederpflegecreme und kaltem Zigarettenrauch, durch die Nase gezogen und durch den Mund geschlürft, um möglichst viel davon bis in die Wohnung mit hineinzunehmen.

Jetzt jedoch muss er, während er seine Haferflocken von

einer Backe in die andere schiebt, erfahren, dass es erst einmal keine weitere Taxi- oder Krankenwagentour geben wird. Gestern hat die Mutter gleich dreimal telefoniert, was zuvor noch an keinem Tag ihres Lebens nötig gewesen war. Zweimal ist sie in der Telefonzelle an der Kirche gestanden, hat zunächst mit der Krankenkasse und dann mit dem Josephinium gesprochen. Das dritte Gespräch, wieder mit der Krankenkasse, hat sie dann bei Frau Böhm geführt. Die Böhms haben sich als erste und bislang einzige Familie im dritten Aufgang einen Anschluss legen lassen, während es in den beiden vorderen Aufgängen schon jeweils drei Parteien gibt, denen das unisone und in allen Wohnungen maximal laut eingestellte Klingeln des Fernsprechapparats die Überraschungen einer erweiterten Welt verspricht.

Der Ältere Bruder hat bemerkt, dass die Mutter Frau Böhm seit einer Weile nur noch ungern um einen Gefallen bittet. Noch ahnt er nicht, warum. Aber er wird den Grund, nach dessen Kenntnis es ihn nicht im Geringsten gelüstet, in Bälde von seinen Brüdern, denen er aus dem Plappermäulchen von Sybilles kleiner Schwester zugeteilt worden ist, weitergereicht bekommen und ihn dann zu anderen garstigen Gründen legen, die ihm bereits offenbar geworden sind. Als die Mutter der Nachbarin im Treppenhaus vom Ärger mit der Krankenkasse berichtet hatte, bot ihr diese sogleich ihr Telefon für einen weiteren Anruf an, gab ihr zudem, wohl wissend, dass die Mutter selbst nicht auf den Mund gefallen ist, noch einen prima Tipp, wie sich am besten in ein Bild bringen lasse, welch blanke Unverschämtheit das ganze Hin und Her um die Fahrten zum Krankenhaus bedeute.

Geholfen hat es nichts. Bei der Krankenkasse bestand man weiterhin auf einer bestimmten Bescheinigung des behandelnden Arztes, die erst geprüft werden müsse, bevor der regelmäßige Transport mit Taxi oder Krankenwagen genehmigt werden könne. Als Frau Böhm der Mutter zuletzt noch den Hörer aus der Hand nahm und dem Kerl am anderen Ende der Leitung auf eine Weise Bescheid gab, wie nur eine erfahrene Frau, also eine, die mehr als nur einen, zwei oder drei Männer im Bett gehabt hat, es zustande kriegt, tat dies der Mutter, die es versäumt hat, eine derart erfahrene Frau zu werden, in der Seele wohl. Aber erreicht wurde auch dadurch nichts. Also hat sie beschlossen, ihren Ältesten, quasi aus Protest, eigenhändig und zu Fuß nach Oberhausen hinunterzuschaffen.

Keines der Kinder stört, dass Oberhausen so heißt, wie es heißt, obschon das Viertel, das die Neue Siedlung mit der eigentlichen Stadt verbindet, wie jeder sehen kann, unten und nicht oben liegt. Die Mutter schiebt die Zwillingskarre den Oberen Kammweg entlang, von dem aus im Winter den langen freien Hang hinabgerodelt wird. Jetzt steht die Wiese hoch, so hoch, dass die Ähren der längsten Grashalme über dem Scheitel unseres großen Bruders schaukeln. Er muss sich im Kinderwagen aufrichten, ja sogar ein bisschen hochstemmen, um den Berg, wie die Kinder den Hang nennen, hinunterschauen zu können. Heftig, als ein seltsam hohles Saugen, überfällt ihn plötzlich die Lust, mit einem leeren Kaffeeglas, in dessen Schraubdeckel die Mutter mit dem Büchsenöffner Luftschlitze gedrückt hat, in diese unausschreitbar weite Wiese einzutauchen wie in ein Wasser, das einem warm um Bauch und Hüften schwappt. Die jähe Gier und die Unmöglichkeit, ihr nachzugeben, lassen ihn kurz vergessen, dass er natürlich längst zu groß zum Käfersammeln ist. Schon im vorigen und im vorvorigen Sommer ist er nicht mehr mitgegangen, wenn die Witzigen Zwillinge mit ihrem gemeinsamen Behälter, mit ihrem extragroßen Gurkenglas auf Käferjagd gezogen sind. Nur noch gönnerhaft lau, ohne die heiß in den Hals hinauf pochende Herzenslust des Sammlers, hat er zuletzt, vor ein paar Wochen erst, begutachtet, was sie als Beute mit nach Hause brachten. Und obwohl der mehr als kleinfingerlange smaragdgrüne Laufkäfer nur der zweitgrößte war, der ihm je vor Augen gekommen ist, überließ er seinen kleinen Brüdern in altkluger Freundlichkeit den Ruhm, den bisher gewaltigsten Sechsbeiner all ihrer Wiesengänge gefangen zu haben. Ja, er erfand, um den beiden eine zusätzliche Freude zu bereiten, den Namen «Schatztruhenkäfer» für die Art, zu der das kapitale Bürschlein, das seine Panikrunden über den gewölbten Boden des Glases drehte, gehören sollte.

Ganz unten, noch nahe der Eisenbahnunterführung, müht sich ein Traktor mit Anhänger den Berg herauf. Jetzt sticht ein hellgrünes Auto aus dem schwarzen Rechteck des kleinen Tunnels, überholt das Gespann, und der Ältere Bruder erkennt das Modell, noch bevor es das erste Viertel des Anstiegs hinter sich gebracht hat. Wenn sie hier oben am Rand des Abhangs Auto-Raten spielen, ist unser großer Bruder nicht zu schlagen, obwohl der Schniefer von allen Kindern im Hof die mit Abstand größte Sammlung Modell-PKWs besitzt, mit seinem Vater, von dem er die Autoleidenschaft gelernt hat, alle vierzehn Tage eine Autozeitschrift liest und dazu regelmäßig die Prospekte studiert, die sich dieser zuschicken lässt. Ein ganzes und ein halbes Jahr werden noch vergehen müssen, bis der Schniefer-Vater endlich sein altes Motorrad mit etwas Vierrädrigem vertauschen kann, aber dann wird er nicht kleinlich kleckern, es muss gerade so ein klotziger, wenngleich gebrauchter Viertürer mit langer, grüner Schnauze sein wie der, der nun schon fast den ganzen Berg bewältigt hat. Und weil am Tag der Abholung die Sonne scheint, wird der Vater des Schniefers mit aufgekurbeltem Schiebedach in den Hof rollen und nicht weniger als viermal hupen, bevor er vor dem mittleren Aufgang hält.

Der Ältere Bruder weiß nicht, dass er dem Schniefer beim Auto-Raten nur zuvorkommt, weil seine Augen in die Weite besser sehen als die seiner Freunde. Die Schicke Sybille, die dieses Spiel nie mitmacht, weil sie es angeblich blöd findet, ist sogar richtig kurzsichtig, was aber noch keiner außer ihr selbst herausbekommen hat. Im nächsten Schuljahr wird sie sich erneut, um der drohenden Brille zu entgehen, ganz vorn in die mittlere Reihe neben die doofe Doris setzen, obwohl die seltsam säuerlich riecht und vom ersten bis zum letzten Stundenklingeln kein Wort herausbringt, sondern bloß einen feuchten Popel nach dem anderen unter die Bank zu den dort hart gewordenen alten schmiert. So bleibt Sybilles Schwäche noch einen Winter und den Frühling unentdeckt.

Die Witzigen Zwillinge hingegen werden schon im Herbst, gleich in den ersten Unterrichtswochen, zur Überraschung aller, die sie zu kennen meinen, mit dem gleichen Missgeschick erwischt. Ihr neuer, überwacher junger Klassenlehrer wird beobachten, dass der linke immer aus dem Heft des rechten abschreibt, was an der Tafel steht. Vergeblich werden sie noch eine Zeitlang durch flugses Umsetzen hinter dem Rücken des aufmerksamen Pädagogen zu verschleiern suchen, welcher von ihnen der Gehandicapte ist. Schließlich müssen sie mit der Mutter zum Augenarzt. Dort werden sie mit einem allerletzten, verzweifelt kühnen Trick probieren, den Mangel auf vier Schultern zu verteilen. Beinah gelingt es, und die Mutter muss ihren widerborstigen Sprösslingen, um den verdrossenen Onkel Doktor zu besänftigen, handgreifliche Konsequenzen androhen, obwohl sie insgeheim stolz auf ihr Zusammenhalten ist und lieber dem Bescheid sagen würde, der so leicht dranzukriegen ist und derart unfachmännisch schlechte Nerven hat. Dann aber, wenn sieben Tage später der Kurzsichtige seine erste Sehhilfe auf die Nase gedrückt bekommt und beide bittere Tränen weinen im Brillen- und Hörgerätefachgeschäft am Ende der Bahnhofsstraße, wird sie, wie es sich für eine wahre Mutter gehört, wissen, was zu tun ist. Die altgediente Optikerin wird eine Frage hören, die ihr in allen Arbeitsjahren nur dieses eine Mal zu Ohren kommt: ob es denn möglich sei, genau die gleiche Brille mit normalem Glas, quasi mit kleinen Fensterscheiben, anzufertigen und was so eine zweite falsche Brille wohl kosten würde.

Der Ältere Bruder, der noch nicht kapiert hat, dass er Adleraugen besitzt, schaut über seinen auf die Kinderwagenkante gelegten Fuß, über dessen schnell schmuddelig gewordenen Verband hinweg den Hang nach Oberhausen hinunter. Schon sind sie auf Höhe des Gaswerks angelangt. Dort hat sich vorgestern ein schlimmer Unfall zugetragen. Der Vater des Wolfskopfs hat davon erzählt. Er machte es ganz kurz, die Familie war beim Abendessen, er selber hörte während seines Berichts keine zwei Sätze lang damit auf, den fettglänzenden Leberkäse, die unter einer weißen Haut erblindeten Spiegeleier und den mayonnaisebleichen Kartoffelsalat in sich hineinzuschlingen. Er hatte einen furchtbaren Hunger aus dem Gaswerk nach Hause gebracht, denn was ihm seine Frau zur Arbeit mitgegeben hatte, war wegen des Unfalls, der ihm und allen Kollegen anstandshalber den

Appetit verschlagen hatte, wieder in der Blechbüchse nach Hause zurückgetragen worden.

Der Wolfskopf hat die Geschichte dann seinen Freunden weiterberichtet. Aber weil er sich im Gaswerk nicht auskennt, weil er nicht einmal ungefähr versteht, wie dort die feuchte schwarze Ruhrkohle zum leichten, porösen Koks geröstet wird und dabei das Stadtgas herausrückt, ist auch seine Version arg karg ausgefallen. So hat sich jeder seiner Zuhörer aus seinem eigenen kleinen Kästlein Weltwissen zusammenkolportiert, wie der arme Arbeiter in Höllenhitze und in giftigen Schwaden sein Leben hingegeben hat. Der Ältere Bruder, der am meisten über das Gaswerk weiß, weil es von seiner Klasse im Frühling besichtigt worden war, hat sofort ein gemauertes Rund gesehen, sieht nun, wo er das ganze Gelände und damit auch das Gehäuse des großen, des großartigen Unglücks vor Augen hat, besondere Wunderziegel dem Gluthauch von tausendundeinem Grad mit einer gelben, fast goldenen Glasierung trotzen. Ein schlanker, junger Mann im blauen Overall stürzt an diesem Goldgelb entlang nach unten, merkwürdig langsam, als machte ihn die Hitze schweben. In einem Gitter bleibt er hängen, bäumt sich noch einmal auf, wirft dabei den Kopf in den Nacken, ein bisschen wie eine Frau, ein bisschen sogar wie eine Tänzerin, zuckt noch wie halb im Schlaf herum, liegt schließlich anmutig gekrümmt, gleich einem auf seiner Herzseite friedlich Eingenickten, in der Mitte des Rosts, bis es seinen Kollegen gelingt, den leicht gewordenen, weil in der kurzen Zeit schon völlig ausgedörrten Körper mit zwei langen Hakenstangen wieder hochzuholen. Oben tritt dann der Wolfskopf-Vater mutig nach vorne ans Geländer, obwohl sich die Stangenzieher mit gesenkten Lidern und ganz schmal gewordenen Lippen von dem Heraufgefischten abgewendet haben. Er sieht die braunversengten Ärmel, den verkohlten Kragen, den vogelartig dünn gewordenen Hals, schließlich das Köpfchen, dessen teerartig verschmortes Haar und unvermeidbar das Gesicht, bestaunt dessen Verwandlung und Verklärung. Das ist noch leidlich erkennbar der unlängst, der einstmals auch von ihm geschätzte Arbeitskumpel, allerdings märchenhaft verschrumpelt, doppelt entrückt, weil säuglings- und greisenhaft zugleich.

«Statt 'ner Spritze gibt's heut Witze!», hat Professor Felsenbrecher geantwortet und laut und seltsam hechelnd über diesen Reim gelacht, als die Mutter ihn fragte, ob ihr Sohn nicht erst einmal etwas gegen die anstehenden Schmerzen bekommen könne. Und dann befahl er, der Mutter im Schwesternzimmer eine Tasse Kaffee und einen Butterkeks zu offerieren. Dass sie ihren Knaben den ganzen Weg bis ins Josephinium geschoben habe, sei eine olympiareife Leistung. Sie möge sich erst einmal stärken. Hier würde nun alles Weitere von Mann zu Mann erledigt. Seine rosigen Pranken schoben die Widerstrebende hinaus, und noch bevor die Tür ins Schloss fiel, war schon der erste Cowboy-und-Indianer-Witz auf den Älteren Bruder abgefeuert. Der legendäre Cowboy Jim steht gefesselt am Marterpfahl, und der Häuptling der Komantschen fragt den hochgeschätzten, endlich gefangengenommenen Feind, ob er wünsche, auf eine besondere Weise zu Tode gemartert zu werden.

Mit diesen Indianerworten fängt es an. Und bald, nachdem der schützende Verband, nicht umständlich abgewickelt, sondern mit einer besonderen Schere ruckzuck aufgeschnitten worden ist, tut es so elend weh, wie es Cowboy

Jim wehgetan haben muss, als die Prärie-Termiten begannen, ihm den in der Sonne schnell angetrockneten Honig von der nackten Haut zu beißen. Der Häuptling, der wie alle wahren Rothäute sein Wort hält, hat den letzten Wunsch des Cowboys nämlich sogleich erfüllen lassen. Jim wurde splitternackt ausgezogen, an einen mannshohen Termitenbau gefesselt und bis zum Hals mit dem Honig wilder Bienen eingestrichen. «Die Salbe hat nichts getaugt. Jetzt reißen wir die Chose komplett wieder herunter bis aufs Fleisch!», sagt der Professor zwischendurch zur dicken kleinen Schwester, die ohne die Mutter zurückgekommen ist, um bei der Versorgung des Fußes zu assistieren. Und während beide an der Ferse unseres Älteren Bruders rupfen und zupfen, arbeiten sich die Termiten, die ein einzigartig pedantisches Kollektiv sind, schon an den Waden von Cowboy Jim nach oben. An den Fußgelenken haben sie sich extra lang aufgehalten, denn der Hanf der Fesseln hat den Honig aufgesogen und musste deshalb gründlich bespeichelt, bekaut und bis ins letzte honigtriefende Fäserchen durchgenagt werden.

Dann liegt der Fuß des Älteren Bruders ein ganzes Weilchen bloß, und die kühle, nach Jod duftende Luft des Josephiniums brennt darauf genauso scharf wie der gnadenlose amerikanische Gluthauch auf den Beinen von Jim. Dessen Knie sind knallrot, nicht nur, weil den nackten Cowboy die Sonne versengt, sondern vor allem, weil die Termiten inzwischen auch dort saubere Fressarbeit geleistet haben. Professor Felsenbrecher aber ist mitten in diesem Witz, der kein Ende nehmen kann, hinausgegangen. Durch die offene Tür hört ihn unser großer Bruder mit der Apotheke telefonieren, die gleich unten neben dem Eingang des Krankenhauses ist. Freundlich und barsch zugleich, in einem Tonfall, wie ihn nur große Häuptlinge anschlagen können, wird die sofortige Zubereitung einer verbesserten Salbenmischung in Auftrag gegeben. Zuvor müssen jedoch noch die vertrockneten Reste der alten bis auf den letzten Fitzel abgeschabt werden, und dabei wird dem Älteren Bruder, der wie Cowboy Jim die Zähne in die Unterlippe gräbt, schwindlig, und er macht die Augen zu, weil sich die dreiäugige Lampe an der Decke zu drehen beginnt, und als er die Lider wieder aufschlägt, bringt eine junge Schwester schon die frische Wundsalbe herein.

«War's schlimm, Jim?», fragt Jims Pferd den Cowboy, nachdem die sturen Biester ihn bis an die über seinem Hintern festgebundenen Hände abgenagt und schließlich frei gebissen haben und er den treuen Gaul mit einem Pfiff aus der nächtlichen Prärie herbeigelockt hat. Behutsam steigt der vom Mondlicht bleich beschienene Prärieheld in den Sattel, bleibt vorsichtshalber, steif aufgerichtet, in den Steigbügeln stehen und antwortet dem klugen Vierbeiner nach einem nachdenklichen Seufzen: «Na, wenn ich ehrlich sein soll, zuletzt war es für mich ziemlich genau das Gegenteil von einem Honiglecken!»

Mich kann nichts jucken. Mir wird die Haut niemals mit Honig oder Speichel eingestrichen. Mit keinem Öl der Außenwelt wird mir der Fuß gesalbt. Aber zum Ausgleich bin ich bei jedem inwendigen Zwicken, beim Rumoren und Grummeln der lieben, der allerliebsten Eingeweide mit dabei. Der Nachmittag ist schwül geworden. Die Mutter stemmt den Kinderwagen mit dem Älteren Bruder den Hang hinauf. Der schweigt, zerbricht sich immer noch den Kopf über die quälend segensreiche Arbeit der Termiten, und ich flüstere ihm erneut vergeblich zu, dass er nicht weiter nachzudenken braucht. Der Witz, der öde, schmerzenssatte Erwachsenenscherz, ist restlos durchschaut. Es lohnt sich kaum, die dürftige Wildwest-Geschichte an die Zwillinge weiterzuerzählen. Selbst die beiden kleinen Meister werden sie mit all ihrer Kunst nicht wesentlich verbessern können. Ich weiß, dass unser großer Bruder es dennoch tun wird. Jetzt aber soll ihn mir das Wetter zumindest aus dieser Grübelschleife retten. Der grau und bläulich marmorierte Gewitterhimmel ist mir zu Willen und sackt noch etwas tiefer auf die Stahlkessel des Gaswerks herab. Der höchste der drei Speicher ragt dem Brüten volle neunundachtzig Meter hoch entgegen. Kein Schornstein der städtischen Industrie und auch kein Turm der beiden imposanten Bischofskirchen in der Altstadt kommt den schwarzgewordenen Wolkenbäuchen näher.

Die Mutter müht sich mit dem Schieben. Der Kiesweg, der in die Gaswerkstraße mündet, wurde erst gestern neu bestreut, ist aber noch nicht festgewalzt. Das hat sie beim Hinunterrollen wohl bemerkt. Bergab bedeutete der Widerstand des lockeren Belags kein Problem, jetzt jedoch stauen sich die Steinchen vor den kleinen Rädern. Damit ist unwiderlegbar klar, dass es eine rechte Schnapsidee gewesen ist, auch den Rückweg zu Fuß anzutreten. Die richtige Bescheinigung steckt in ihrer Handtasche, und die kleine dicke Ordensschwester, die sich mit Krankenkassenkram auskennt, hat ihr versichert, man müsse ihr auch für heute das Taxigeld erstatten. Aber die Mutter hat noch die schnöselige Stimme des Sachbearbeiters im Ohr. Schon morgen, wenn sie wegen einer anderen Sache in die Stadt muss, will sie dem Kerl den Wisch auf den Schreibtisch knallen und ihm dann ein schrecklich schlechtes Gewissen machen, weil er eine Frau in ihrem Zustand zu diesem Schiebemarathon gezwungen hat. Ich spüre, wie schön sie sich das vorstellt. Aber ich weiß auch, dass ihr prächtiger Beschämungsplan nicht klappen kann, weil sie zu stolz sein wird, damit herauszurücken, um welchen Zustand es sich handelt.

Der Himmel hebt an zu blitzen und zu krachen, wie es sich gehört. Das Gaswerk liebt Gewitter. Geduckt an den Rand der alten Vorstadt, bläht es sich, langsam und selbstgewiss wie eine große Kröte, zu seiner vollen Schönheit auf und wölbt sich Ziegel über Ziegel, Stahl über Stahl aus seinem weitläufigen Gelände. Die Kohle, die im Freien angehäuft ist, giert schon darauf zu glänzen. Die Mutter zieht den Damenklappschirm aus dem Etui und spannt ihn auf. Der Ältere Bruder wird das gerippte Nylondach den ganzen langen Rest des Wegs, im prasselnden Regen, im böig auffrischenden Wind, so gut es geht, mit beiden Händen auf Fuß und Schienbein pressen. Und als sie klitschenass und beide so seltsam lustig, dass die Zwillinge darüber staunen, zu Hause angekommen sind, ist der Verband nur oberhalb des Knies, wo es wirklich nichts ausmacht, ein kleines bisschen feucht geworden.

Regentag

Es regnet und regnet. Aber selbst, wenn es endlos regnen würde, könnte unsere weitherzige Mutter nicht alle Kinder lieben. Ein Dutzend mehr oder minder süßer Gören gibt es allein hier im dritten Aufgang. Jeweils zehn gehören in den zweiten und in den ersten des grünen Blocks. Und auch der vordere Wohnblock des Hofs bringt es auf dreißig Kinder. Wenn die Sonne scheint, drängeln sich im Betonquadrat des Sandkastens die wühlenden, die häufelnden, die Förmchen vollklopfenden Kleinen. Die Mädchen im Puppenalter haben dann ihre Decken unter der Robinie oder unter der Eberesche ausgebreitet, weil dies die größten Bäume des Hofs sind und durch ihr lichtes feinfingriges Laub den besten Schatten für die Trance des Mutter-Kind-Spiels spenden. Die Jungen und die wilderen Mädchen, die Bubenmädchen, turnen an den Wäschestangen oder unterwerfen sich den Regeln der sechs Ballspiele, die man in der Neuen Siedlung kennt. Elf große Bälle kommen zwischen dem gelben und dem grünen Block zum Einsatz. Acht sind aus Plastik, und jeder weiß, dass so ein leichtes, lausig dünnes Ding nur einmal gegen den Stacheldraht bei den Garagen fliegen muss, um kaputt zu sein. Zwei der größeren Knaben besitzen echte Fußbälle, die man mit gelbem Schuhfett einreibt und gegen deren Ledernähte eine verborgene Gummiblase drängt.

Dazu kommt noch der eine superschwere schwarze Gummiball. Er ist schon alt und weit gereist. Frau Böhm, die Mutter der Schicken Sybille, vermochte ihn als halbwüchsiges Mädchen in ihrer durch den Krieg unendlich fern gerückten Heimat bei einer besonderen Tanzgymnastik senkrecht so himmelhoch zu werfen, dass sie unter dem Steigen, Im-Totpunkt-Stehen und Stürzen drei Pirouetten drehen konnte, bevor er mit einem gehorsam, aber zugleich missgünstig dumpfen Schmatzen wieder in ihre Ellenbogenbeugen plumpste. Bis heute und auch in Zukunft ist die schwarze Kugel mit Vorsicht zu genießen. Beim Abwerfball schießen nicht nur den Mädchen die Tränen in die Augen, wenn sie den Böhm'schen Gummiball an den Kopf bekommen haben. Einem der Zwillinge wurde nach einem Wurf von Wolfskopf einmal derart gründlich finster vor Augen, dass seiner Erinnerung bereits das Niedersinken auf den Rasen fehlt. Deshalb lässt er sich ab und zu, am liebsten vom Älteren Bruder, schildern, wie es für die anderen aussieht, wenn man wie umgekegelt daliegt, mit zitternden Lidern, mit hellem Blut in einem Nasenloch und schaumiger Spucke auf den schlaffen Lippen.

Weil das Wetter nicht besser werden will, hat die Mutter den Kindern den großen Raum neben dem Fahrradkeller aufgeschlossen, obwohl sie deswegen wieder Ärger mit Herrn Krausser, dem neuen Hausmeister, bekommen wird. Der dumme Streber, wie ihn die Mutter vor den anderen Müttern nennt, hat sie erst kürzlich, erst im verregneten Juli, kategorisch darauf hingewiesen, dass Keller und Dachboden keine zum Spielen freigegebenen Bereiche seien und dies in jedem Mietvertrag unter Paragraph soundso Wort für Wort nachgelesen werden könne. Aber die Mutter kann an einem Regentag nicht alle Kinder gleichermaßen mögen. Wenn bloß Sybille und deren kleine Schwester zu ihren Söhnen kämen, wäre es ihr schon recht. Dann trüge sie bereitwillig die gelbgepunkteten Gläser voll mit verdünntem Himbeersirup und Wurstbrote ins winzige Kinderzimmer. Fünf Kinder sind an einem Regennachmittag noch auszuhalten, wenn sie auf dem Boden Karten spielen oder sich rund um ein Brettspiel lümmeln. Dann macht es nichts, wenn sie sich im Laufe der Regenstunden ein paarmal in die Haare kriegen, wenn Sybilles kleine Schwester losheult, weil sie immer noch nicht verlieren kann und leider immerzu verliert, obwohl der Ältere Bruder schummelt wie Gott, um sie wenigstens einmal zur strahlenden Gewinnerin zu machen. Sogar wenn fünf Piraten im Doppelstockbett der Zwillinge das Kapern eines Schiffes und das Niedermetzeln seiner Besatzung üben und dabei das Holz wie unter Schmerzen quarrt, ist die Mutter imstande weiterzubügeln, als könnte nichts passieren. Aber wer die Witzigen Zwillinge und unseren großen Bruder in die Welt gebracht hat, muss an einem Regentag wie diesem damit rechnen, dass nicht nur die Töchter von Frau Böhm an der Wohnungstür klingeln und etwas erzählt bekommen wollen.

Die Mutter weiß zu ihrem Glück nicht, wie viel an ihrem Tun und Lassen, an ihrem mütterlichen Entscheiden und Vermeiden für ihre neunmalklugen Söhne bereits durchschaubar ist. Unten im Keller, in der nach abgelaugtem Fichtenholz duftenden Luft der Waschküche, ahnen die Zwillinge und der Ältere Bruder sehr wohl, dass die Mutter oben seufzend noch einen Extralöffel Instantpulver auf den Grund des hohen, gerippten Glases rieseln lässt. Die größte Tasse ist ihr längst zu klein. Von morgens bis abends trinkt sie heißen, lauen, auch kalt gewordenen, aber immer starken Kaffee aus dem dickwandigen Saftglas, von dem es nur ein

Exemplar im Schrank gibt und das die Brüder bloß als das Kaffeeglas der Mutter kennen. Sie nimmt nur wenig Zucker und gerade so viel Kondensmilch, dass die Schwärze sich in ein dunkles Braun verwandelt. Zwei Runden des Minutenzeigers auf der Küchenuhr wird sie jetzt solo sein, alleine mit dem Radio, allein mit dem amerikanischen Soldatensender und einer Sendung, die siebenmal in der Woche, immer zu dieser Stunde, ausschließlich Goldene Schallplatten aus drei Jahrzehnten spielt.

Die Schicke Sybille gautscht auf dem Böhm'schen Ball herum, ihr Kleid umhüllt die Kugel, verbirgt das matte Schwarz des Gummis, aber man kann ihn auf den Fliesenrillen quarren hören. Keiner der anderen fragt, wozu sie ihren Ball mit in die Waschküche genommen hat. Am großen Tisch vor dem Kellerfenster spielen die Zwillinge Tierquartett mit dem Wolfskopf und mit Sybilles Schwester. Der fehlt zu den bereits gesammelten drei dunklen Bären, den braven Allesfressern, nur noch der vierte Artverwandte, der schreckliche, der weiße, sie ahnt sogar, in wessen Hand der Räuber die Zähne fletscht, aber just, als sie ihn herauszupft, spürt sie, dass sie auch heute, in diesem Spiel nicht und in keinem der noch folgenden, als Erste ihre letzten vier Karten auf den bleichen Holztisch pfeffern darf, und die Zwillinge, die sie aus leidvoller Erfahrung kennen und noch besser kennenlernen werden, müssen gleich die ersten Wuttränchen in ihren Augenwinkeln glitzern sehen. Der Schniefer hat in einem Obstkistchen eine Auswahl aus seiner Autosammlung mitgebracht, die weißblonden Geschwister Fröhlich aus dem vorderen Block dürfen die eisenschweren Modelle brummelnd über den Boden schieben, dürfen sie sausen und kurven und rückwärtsrollen lassen, aber absolut keinen Unfall, nicht einmal den zartesten Zusammenstoß mit den makellosen Automobilchen simulieren.

Allein Sybille, die Älteste, kann sich wie durch einen seifig trüben Dampf an die Tage erinnern, als dieser Raum wie eigentlich geplant zum Wäschewaschen diente. Inzwischen ist ihre Mutter stolze Besitzerin einer Waschmaschine und einer separaten Wäscheschleuder. Frau Böhm muss also nicht mehr, wie sie es vorher lang genug machte und es nicht wenige der Frauen weiterhin tun, den vollen Korb auf dem Fahrradgepäckträger zum Waschsalon in den Kreuztöterweg hinüberschieben. Hier unten am riesigen kupfernen Bottich will keine Mutter mehr zugange sein. Nie mehr sollen Bettwäsche und vorgespülte Windeln in einer schaumgekrönten Lauge schwimmen. Kein einziges Scheit Holz wird auf dem schwarzglänzenden Rost unter dem Kessel in Flammen aufgehen. Etwas ist endgültig aus dem Zaumzeug der Zeit gerutscht und auf dem Weg zurückgeblieben. Wenn alle, die jetzt hier unten spielen, ihre Kinderzimmer für immer hinter sich gelassen haben, wird ein Altmetallhändler, der noch zurückliegenden Juli, am Ende seines vorletzten Hilfsschuljahrs, als bleichhäutiger Lümmel im türkisen Block ergebnislos vor seinen Rechenhausaufgaben saß, sämtliche Kessel auf den Wiesen vor den Kellereingängen, also fast noch an Ort und Stelle, mit dem Vorschlaghammer zu immer anders schiefen Platten klopfen und ein gutes Geschäft mit dem für einen pauschalen Spottpreis erworbenen Kupfer machen.

Sybille quietscht mit dem Ball. Sobald sie die Augen geschlossen hält, verdecken die langen schwarzen Wimpern, die sie von ihrer Mutter geerbt hat, die unteren Lider, die immer ein wenig angeschwollen wirken und ihr eines Tages, wenn sie sich bei geselligen Gelegenheiten gern beschwipst, den Ruf eintragen werden, sie trinke notorisch zu viel Alkohol. Unser großer Bruder rutscht auf der langen Holzbank zum Waschkessel hinüber, schiebt dessen riesigen, schwarzlackierten Blechdeckel ein Stück beiseite, um hineinzuschnuppern. Das Kupfer riecht. Und wenn die Luft so feucht wie heute ist, kann er das Edelmetall sogar seltsam laugig ganz hinten auf der Zunge schmecken. Die Kesselhöhlung ist tief genug, um seinem schneller gewordenen Schnaufen ein Echo anzuhängen. Das Schimmern, die orange Reinheit, die nackte Neuwertigkeit des Potts flößen ihm stärker noch als sonst ein Unbehagen ein, verraten ihm die Verfehltheit, das dingliche Verbittern des ganzen Raums, ohne dass er sagen könnte, wer sich hier worin geirrt oder womit verplant hat. Wie schon oft spürt er den heftigen Wunsch, in den Bottich hineinzuklettern. Aber er weiß, auch wenn sein Fuß wieder ganz heil sein wird, muss er diesem Verlangen widerstehen. Es wäre unklug, vielleicht sogar gefährlich, sich allzu innig mit dem rundum lautlos grollenden Kessel einzulassen. Der Ältere Bruder ahnt, das Kupfer hadert mit den Müttern, die es nun mit den elektrischen Maschinen halten. Wahrscheinlich lauert es bloß darauf, dass ihm eines der Kinder Gelegenheit zur Rache gibt.

Obwohl die Waschküche zum Keller gehört, hat sie ein großartiges Panoramafenster. Es ist doppelt so hoch wie die armseligen Luken der Kellerabteile und des Fahrradabstellraums, und es erstreckt sich über die ganze Breite des Raums. Wäre die Waschküche ein in die Erde gesunkener hohler Kopf, könnte man sagen, sie verfüge über eine Stirn aus Glas. Die Kinder haben alle drei Flügel geöffnet. Und während der Regen so dicht niedergeht wie noch nie in diesem gewitterreichen Sommer, schauen sie hinaus, hinüber zum hinteren, zum rosa Block. Sie sehen, dass sich das Wasser vor dem verstopften Gully des dritten Aufgangs staut, beobachten, wie Herr Wischmann, der Postbote, den Anfang der gewaltigen Lache umkurvt und sein Fahrrad dann doch durch deren tiefste Stelle steuern muss, um zu den Briefkästen zu gelangen. Als er wieder wegfährt, gerade als er auf einem der glattgewetzten Pedalgummis abrutscht, auftippen muss und bis zum Knöchel nass wird, hören sie das Tuckern. Schnell kommt es näher.

Am Abend wird der Schniefer seinem Vater, der alles zu kennen beansprucht, was von einem Explosionsmotor bewegt wird, beschreiben müssen, wie die Zugmaschine ausgesehen hat. Und weil dem Schniefer-Vater der senkrecht aufragende Auspuff, das wie der Schirm einer Mütze vorstehende Dach des Führerhäuschens und die fast gleiche Größe von Vorder- und Hinterrädern nicht ausreichen, um letzte Zweifel auszuräumen, wird er beide Hände auf den Bauch legen und mit einem tiefkehligen Blubbern das Geräusch imitieren, dem die Kinder nun ausgiebig lauschen dürfen, weil der Trecker vor dem dritten Aufgang stehen geblieben ist und sein einziger, aber dafür riesiger Motorkolben weiter im Leerlauf auf- und niederhämmert.

«Das ist ein Zirkus-Bulldog!», behauptet die Schicke Sybille und befiehlt den Fröhlich-Geschwistern, die ihre Anoraks dabeihaben, weil sie aus dem gelben Block herübergekommen sind, in den Regen hinauszurennen und aus der Nähe zu erkunden, was es mit der Zugmaschine auf sich hat. Sie sollen einfach den Mann ansprechen, der eben das hölzerne Treppchen von der Tür des Anhängers herunterkippen lässt. Der Fröhlich-Junge schlüpft schon in den zweiten Jackenärmel, als das Fröhlich-Mädchen plötzlich behauptet, dass solche Zirkusleute, wie der da draußen, kleine Kinder verschleppen würden. Die müssten dann beim Auf- und Abbauen des riesigen Zeltes schuften und lägen später gefesselt, geknebelt und angekettet in einem Wohnwagen, während sich rund um die Manege nichtsahnende andere Kinder, vielleicht sogar ihre nur durch Zufall noch nicht versklavten Brüder und Schwestern in der Vorstellung vergnügten.

Sybille haut ihr eine runter, damit sie zu spinnen aufhört. Aber es ist bereits zu spät. Die Fröhlich-Geschwister weinen um die Wette, wollen auf keinen Fall als Spürtrupp zum hinteren Block hinüber, sondern nur noch nach Hause. Schließlich lässt unsere Schicke Sybille sie ins Treppenhaus entwischen, obwohl sie doppelt so stark ist wie die beiden weizenblonden Schwächlinge zusammen. Den Fröhlich-Bruder hätte sie auch jetzt noch mit einem einfachen Armverdrehen oder mit ein bisschen Haareziehen in Nullkommanichts dazu gebracht, nach Trecker und Anhänger zu sehen. Aber dann hätte das feige Fröhlich-Mädchen alles ihrer Mutter vorgejammert, und die wäre schnurstracks herübergekommen, um bei den Böhms Sturm zu klingeln.

«Der Mann zieht ein!», erklärt Sybille, und keiner widerspricht ihr, denn alle sehen den Kerl mit dem grauen Kapuzen-Poncho bereits die zweite sperrige Holzkiste durch die Tür des Bauwagens hieven, den der Bulldog genau vor den Eingang gezogen hat, damit der Weg durch den Regen möglichst kurz ist. Dann holt der Fremde einen Tisch an die Tür, lädt ihn sich auf den Rücken und patscht damit durch die Pfütze. Alle können sich denken, dass der Kapuzenmann bis heute in diesem Wagen gewohnt hat, denn jeder sieht den kleinen Schornstein auf dem tonnenrunden Dach und den karierten Vorhang am winzigen, vergitterten Fenster. Und weil alle nach dem Tisch und den zwei Stühlen auch noch die Bretter, den Federrahmen und die drei Matratzen eines Bettes erwarten, ist jeder hochzufrieden, als genau diese Teile nacheinander durch den Türspalt manövriert und ins Haus getragen werden.

Mehr als die Möbel, mehr als den wadenlangen Poncho aus grauem, allmählich durch die Nässe schwarz werdendem Stoff, mehr als die riesigen, militärisch geschnürten Stiefel sieht nur der Ältere Bruder. Er sieht den kleinen abgerissenen Tannenzweig im Fenstergitter, die ausgerupfte Wurzel der Brombeerranke, die sich um die Deichsel schlingt, und wenn der Schleppende am Fuß des Treppchens vor dem Abdrehen kurz den Kopf hebt, ahnt er als Einziger, was es mit dem knochenweiß aufleuchtenden Fleck zwischen den weit vorstehenden Kapuzenkanten auf sich haben könnte. Sybille aber, die die ganze Zeit die kurzsichtigen Augen zu Schlitzen zusammengekniffen hat, erträgt das verschwommene Bild nicht länger. Sie springt auf, lässt Waschküchen- und Kellertür gegen ihre Rahmen knallen, ihre Sandalen patschen die nasse Treppe hoch, und schon sehen die anderen sie über den Wiesenstreifen zum rosa Block hinüberrennen.

Dort steht sie nur noch da. Die Beine gespreizt, die Fußspitzen nach innen eingedreht, so, wie sie sich auch hinstellt, wenn die Jungen beim Fußballspielen noch einen Torwart brauchen und sie zum Mittun überredet haben. Dann macht sie zwischen zwei in die Wiese gerammten Stöcken den letzten Mann. Und sie hält besser als jedes andere Mädchen, auch besser als der tollpatschige Fröhlich-Junge, schmeißt sich sogar dem immer mit Gebrüll heranstürmenden Wolfskopf wacker vor Ball und Beine. Jetzt klebt ihr der Rock milchig durchsichtig auf den dicken Knien. Und der Kapuzenkerl, der, eine Nachttischlampe in der Faust, auf die Schwelle des Bauwagens tritt, den er ein halbes Dutzend Jahre seine neue Heimat nennen durfte, sieht, wie der Schicken Sybille unseres Sommers die Pony-Fransen als glatte Kringel in die Stirn gedreht sind, wie ihr das Wasser durch die Augenbrauen in die langen Wimpern perlt.

Mein Haus ist ohne Fenster. Aber meine Geschwister und alle, die es ernst, also von Herzen gut oder von Herzen schlimm mit ihnen meinen, halten draußen für mich Ausschau. Gehorsam füge ich mich in die Grenzen des von ihren Blicken ausgemessenen Territoriums. Tagraum auf Tagraum rundet sich mein Panorama. Am ersten endlich gnadenlos heißen Sonnentag dieses Sommers hatten die Zwillinge die Mutter mit der bisher längsten ihrer Entdeckungsfahrten in Angst und Sorge versetzt und stundenlang in Sorge und Angst gehalten. Auf eigene Faust, ohne irgendeinem im Hof zu sagen, wohin es gehen sollte, waren sie am frühen Vormittag aufgebrochen und mit ihren kleinen Fahrrädern so weit wie noch nie hinaus, hinaus aus der Siedlung, durch zwei der angrenzenden Dörfer und tief in die westlichen Wälder hineingestrampelt.

Es war schon finster, als ihre lampenlosen Vehikel schließlich wieder in das Oval des Hofwegs bogen. Die Mutter und Frau Böhm saßen wartend auf der mittleren der drei Bänke. Annabett Böhm hatte gerade in einem letzten, hilflos verkünstelten Anlauf noch einmal versucht, ihre bangende Nachbarin zu beruhigen, obschon sie selbst, wären ihre Töchter auch nur halb so lang unerklärt ausgeblieben, per Telefon die Polizeistation in Oberhausen verständigt hätte. Die kleinen, dicken Reifen standen still. Die Zwillinge rutschten von den auch im Dunkeln speckig glänzenden Sätteln. Waden und Handgelenke taten ihnen weh und würden am nächsten Tag noch ärger schmerzen. Sie litten schrecklich Durst, brachten keinen Ton aus ihren ausgedörrten Kehlen und waren dennoch gleich allen, die von einer großen Fahrt heimkehren, hoch gestimmt. Die Mutter sah, wie erschöpft sie sich auf die Lenker stützten, sah aber auch das Leuchten in ihren Augen. Glücklich erleichtert, hielt sie ihnen vor, dass sie volle elf Stunden, fast eine ganze Runde des Stundenzeigers auf der Küchenuhr, verschwunden gewesen seien. Und dann strich sie den beiden nacheinander, den Vorwurf lachend wiederholend, lange über die blonden Locken, als müsse sie sich hier im nächtlichen Hof mit dem Tastsinn versichern, dass ihre beiden Kleinen heil geblieben waren.

Sie ahnte nicht, wie weit es die beiden Kundschafter wirklich hinausgetrieben hatte. Mitten im Wald, nach über einer Stunde grüngetönter Schattenfahrt, nach immer mühevoller werdendem Geschlängel in den Fahrrinnen der Forstfahrzeuge, hatten sie vor einem neuen Anstieg angehalten, stumm überlegt und sich nach einem doppelten Räuspern stumm entschieden, kehrtzumachen. Hätten sie ihre Räder noch diesen letzten Hügel hinaufgestemmt, hätten sie oben todsicher den schmalen Seitenweg entdeckt, der unter dicken, seit Jahren nicht mehr aufgewühlten Nadelpolstern in eine lichte Mischwaldschonung bog. Es wären jene jungen Tannen, Eichen und Buchen gewesen, die damals den Wagen umstanden, der heute Morgen aus seinen Standmulden gerissen worden ist. «Hab alles draußen, Schorsch!», hören die Zwillinge und alle anderen in der Waschküche Gebliebenen den Kapuzenmann nach vorn an den Trecker rufen. Das

Wagentreppchen wird wieder hochgeklappt und mit einem Haken gesichert. Für einen Handschlag geht der vermummte Unbekannte noch ans Führerhäuschen. Dann quillt ein schwarzer Rauchstoß in den Regen, und das Gespann zieht tuckernd ab.

Zurückgekehrt beginnt Sybille, der es nun in der Waschküche viel kälter als draußen im Regen vorkommt, schlimm zu bibbern. Sie hockt sich mit nassem Schlüpfer auf den Ball, schlüpft aus Sandalen und Söckchen und lässt sich von ihrer kleinen Schwester die kalten Füße reiben. Alle haben beobachtet, wie tief und lang die Kapuze des Fremden zu ihr hinabgebeugt gewesen ist, und alle warten nun darauf, dass sie erzählt, was ihr da geflüstert wurde. Ich weiß, mit welch besonderer Neugier unser großer Bruder ihren Bericht erwartet. Nur seine Augen haben den weißen Fleck im Gesicht des Kapuzenmanns als Mull erkannt. Sybille nennt dasselbe für alle einen Verband und zeigt dazu, als wäre ein Vergleichen nötig, auf das bandagierte Bein des Älteren Bruders. Das muss genügen. Sie sagt nicht, obwohl es ihr schon auf der Zunge liegt, wie seltsam rosig die Haut rund um die seltsam kleinen Ohren des Kapuzenmannes schimmert, behält für sich, wie gründlich das Mullrechteck rechts und links je zweimal festgeklebt ist. Des Weiteren verschweigt sie, dass über den wassergrauen Augen des Fremden die Brauen fehlen. Stattdessen berichtet sie ihren Freunden bloß, er habe nach ihrem Vornamen gefragt und nach den Namen derer, die er aus dem Waschküchenfenster herüberlugen sah. Dabei fällt ihr wieder ein, dass er in fairem Tausch auch seinen Namen preisgegeben hat. Aber den hat sie sich nicht gemerkt. Wozu auch? Wozu sich Mayer oder Müller merken? Er hieß, er heißt ja anders besser. Sybille schlottert, ihre blaugrau gewordenen Lippen beben. Hier in der Waschküche würde es ewig und drei Tage dauern, bis ihr Rock, bis ihre Haare wieder trocken wären. Also beschließt sie, nach oben zu gehen und sich umzuziehen. Die anderen haben sie in aller Kürze gut genug verstanden. Für jeden der Freunde trägt der Fremde jetzt denselben Namen. Weil sich der Mull so ungeheuer flach, ohne die erwartbare Erhebung, vom Kinn hinauf bis an die Augen und vom einen Öhrchen hinüber zum gleichermaßen kleingeschmorten anderen spannt, heißt dieser neue Nachbar, heißt der in unseren Sommer Eingezogene für mich und alle nur: Der Mann ohne Gesicht.

Sonnentag

Die Zwillinge sind große Schläfer. Der Ältere Bruder, der aufgewacht ist, weil er das Moped des Vaters am Kellerausgang starten hörte, sieht, wie den beiden im Doppelstockbett die Augenlider zucken. Das Fenster des Kinderzimmers schaut nach Südosten, durch das linke Drittel des roten Vorhangs suppt die Morgensonne, schon liegt ein breiter Streifen flammendes Orange über dem Kopfende der oberen wie der unteren Etage. Von seinem Bett aus greift der Ältere Bruder an den Vorhang und zieht ihn ein Stück zu sich heran. Das Licht auf den Gesichtern seiner Brüder wird kurz weiß, dann sackt der schwere Stoff zurück, wie immer hat ein einziges Aufblenden genügt, um das synchrone Wälzen einzuleiten. Stets schaffen es die beiden, samt ihren Kissen, ohne dass Ohr und Schläfe die Fühlung zu diesen Garanten ihres Schlummers missen müssten, an das andere Ende ihrer Matratzen zu wandern. Nur die dünnen Sommerdecken scheinen dieses Mal der doppelt unbewussten Krabbelpirouette widerstehen zu wollen. Sie werden, so sehr sie sich auch knäulen, nach hinten an die Wand gewurstelt. Schon liegen die Knaben verkehrt herum im Bett. Ihre Lider beruhigen sich. Sie werden nun halbwegs Schatten haben, bis die Mutter den Vorhang beiseitereißen, das Fenster öffnen und die Witzigen Zwillinge zuerst elende Schlafmützen und, fast im Anschluss, als tue ihr die Barschheit sogleich leid, ihre zwei süßen Sommermurmeltiere nennen wird.

Die Zwillinge behaupten, dass sie das Längerschlafen an den Wochenenden und in den Ferien zum Witzemerken nützen. Als die Mutter sie an diesem Morgen wie immer nach ihren Träumen fragt, behaupten beide, eben noch, ehe man sie aus dem schönsten Schlummer riss, denselben neuen Witz durchmemoriert zu haben. Bevor der Ältere Bruder Einspruch erheben kann, wird der Mutter schon erzählt, was der Ami-Michi gestern in der Waschküche mehr schlecht als recht zum Besten gegeben hat. Es ist ein Einer-kommt-in-die-Hölle-Witz, und die Zwillinge erzählen ihn so, dass der linke die Handlung übernimmt und der rechte mit verstellter Stimme die wörtliche Rede, die Fragen der Frischverstorbenen, einer jungen Frau, und die Antworten des Teufels einspricht. Mit beiden Stimmen hatte der Ami-Michi gestern gleich eingangs große Mühe. Denn er gehört zu denen, die beim Witzeerzählen schon mit dem ersten Satz an das lustige Ende denken müssen, dauernd kommt ihm deshalb das eigene Lachenmüssen in die Quere, und gestern hat er im kichernden Vorwärtsstümpern sogar ein komplettes Hinundher des Dialogs vergessen und musste das Ausgelassene, als keiner den Witz verstand, noch zur Erklärung hinter die Pointe flicken.

Die Mutter lacht kein bisschen. Unser großer Bruder bewundert sie dafür, denn die Zwillinge haben alles derart perfekt erzählt, dass sogar er, der es eigentlich nicht mag, ein und denselben Witz schon so bald wiederhören zu müssen, ein Losprusten nicht unterdrücken konnte. Jetzt gießt sie heißes Wasser in ihr Kaffeeglas. Der nackte Löffel schwebt noch ein Weilchen über dem dunkelbraunen Rund, rührt dann ganz gründlich um. Erst als sich alles, die kantigen Instantkörnchen samt dem feinen Zucker, spurlos aufgelöst hat, greift die Mutter nach der Kondensmilchdose. Zwischen Daumen- und Zeigefingernagel präsentiert sie dabei deren Bild: Die Bärenmutter hält das Bärlein auf dem Schoß. Acht Tatzen tun so, als ob sie keine Krallen hätten. Gleich scheinheilig schweben die beiden Teddys, die pummeligen Glieder abgespreizt, aus der Wölbung der Banderole auf den Betrachter zu. Dann neigt sich der Zylinder zum Glas. Sein blanker Deckel ist zweimal durchlocht, die untere Öffnung hat einen gelben Kraterwulst. In kurzem, strammem Bogen springt die Milch in den Kaffee.

Die Witzigen Zwillinge stampfen mit ihren Löffeln in den Haferflocken und tauschen einen Blick. Sie wissen wohl, dass die Mutter keine Witze hören mag, in denen es um die gewissen Erwachsenensachen geht. Aber im Gegensatz zu ihrem großen Bruder ist es ihnen überhaupt nicht peinlich, wenn sie vor den Eltern oder anderen Großen auf dieses heikle Gelände geraten. Mit hellem Mut, mit einer Art von Pfadfinder-Courage, blicken sie der Mutter nun ins Gesicht, bereit, darüber aufgeklärt zu werden, was denn am eben Gehörten, was daran, wie die Nutte zunächst in die Hölle und dann im zweiten Teil des Witzes in den Himmel kommt und dann, was wirklich lustig ist, doch wieder zum Teufel hinuntermuss, verkehrt sein soll. Seit sie erzählen können, sind sie bombensicher, dass auch gegen den erklärten oder unerklärten Widerwillen eines Erwachsenen auf eine höhere Art in Ordnung sein muss, was über die Schienen einer Handlung geradewegs auf ein Gelächter zurollt.

Dem Älteren Bruder wird unbehaglich, und bannte ihn nicht sein geschientes Bein ins linke Eck der roten Wohnküchencouch, spränge er jetzt auf, um sich ins Kinderzimmer oder noch besser ins Bad zu verdrücken, wo sich, aufs Klo gehockt, mit einem Comic-Heftchen die ganze Familienpeinlichkeit vergessen ließe. Und plötzlich weiß er, was den Zwillingen, die weiterhin die Mutter fixieren und scheinbar genau beobachten, wie sie am Glas nippt und zunächst winzige, dann größer werdende Schlucke des heißen Kaffees zu sich nimmt, im Kopf herumgeht. Die beiden überlegen zweifellos, ob sie ihr Beisammensitzen nun dazu nutzen sollen, ihr auch noch zu zeigen, was sie gestern dem Ami-Michi abgehandelt haben.

Der Ami-Michi hätte es liebend gerne selbst behalten, aber dann hat er es doch gegen drei große, noch völlig kratzerfreie Glasmurmeln aus der Sammlung der Zwillinge weggetauscht, zu drängend war die Furcht, seine Mutter könnte die leidige Sache bei ihm finden. Der Ami-Michi ist ein schlechter Verstecker, so wie er auch ein schlechter Lügner ist. Weil ihm beim Schwindeln stets nur der nächstliegende Unfug einfällt, wird heute noch, bereits in einer knappen Stunde, auffliegen, was er da kurz besessen hat. Seine Mutter wird die neuen Murmeln in seiner Hosentasche entdecken und sogleich aus ihrem Sohn herausholen, wie er sie erworben hat. Damit wird sie sich aber nicht zufriedengeben, sondern sie wird ihn zwingen, den Gegenwert, sein Fundstück, das er doch längst den Zwillingen überlassen hat, so gut er es vermag, stockend und mit hochrotem Kopf, zu beschreiben.

Die Mutter des Ami-Michi ist eine von den Müttern, die sich einbilden, alles, was ihre Sprösslinge treiben, wie von einem Hochsitz überschauen zu können. Dabei weiß sie nicht einmal, dass ihr Sohn bei den anderen Kindern, für seine Freunde wie für seine Feinde, nicht Hans-Michael, nicht Micha oder Michi, sondern Ami-Michi heißt. Wenn sie es erführe, wäre ihr natürlich klar, wer ihm diesen Beinamen eingebrockt hat. Hierfür würde sie sich aber allerhöchstens ein Luftholen lang genieren, im Nu wäre die peinliche Neuigkeit in eines der üblichen fremdverursachten Ärgernisse umgedeutet und der Dummheit ihres Sohns oder der Frechheit seiner Kumpane angelastet. Selbstsüchtig, wie sie ist und bleiben wird, würde sie nicht einmal kapieren, dass «Ami-Michi» hier im Hof, zwischen dem kanariengelben ersten und dem erbsengrünen zweiten Block, und hinunter bis zum türkisen, in dem die Huhlenhäusler Suppe dampft, ja bis in den knochenbleichen weißen, in den verfluchten Block hinein, gar kein so übler Spitzname für einen Jungen ist.

Die Zwillinge haben einmal, als sie unter dem Küchentisch mit ihren gläsernen Murmeln und mit ihren Gummirittern Kegeln spielten, ihre Mama und Frau Böhm darüber reden hören, dass die Mutter des Ami-Michi mannstoll sei. Ihr Ehemann, der glaubt, seinen Hans-Michael gezeugt zu haben, ist Fernfahrer, er macht die elend weiten Touren bis nach Jugoslawien und in die Türkei hinunter, kommt deshalb eine Woche oder länger nicht nach Hause. Seine Gattin nutzt seine Abwesenheit, um die Besuche amerikanischer Soldaten zu empfangen. Die sommersprossig bleichen oder unterschiedlich braunen Kerle, vor kurzem sogar ein völlig schwarzer Mann, kommen immer vormittags. Frau Böhm, deren Küchenfenster genau vis-à-vis liegt, sieht dann, wie sich drüben im gelben Block die Schlafzimmervorhänge übereinanderschieben.

Seit gestern sind sich die Zwillinge ziemlich sicher, dass das von diesen Vorhängen Verborgene, Farbbild auf Farbbild, in der seltsamen, kleinformatigen Zeitschrift nachzuschlagen ist, die der Ami-Michi am Rosenhang aus einem Packen alter Zeitungen gezogen hat. Auch deshalb, um den

Ami-Michi von diesen allzu bunten, allzu detailgetreuen Einsichten in das Treiben seiner Mutter zu entlasten, haben sie ihm das Magazin nach einer ersten gemeinsamen Durchsicht abgehandelt. Jetzt wird es in einem doppelt gut ausgeheckten Spezialversteck, mitten in der vollgestopften Winzigkeit des Kinderzimmers, für künftige Prüfungen verwahrt.

Die Kinder wissen, wo sie einmal fündig wurden, liegt auch ein zweites Mal etwas für sie herum. Der flache Abhang, der hinter dem Spielplatz nach Oberhausen hinunterführt, heißt zu recht Rosenhang, weil wilde Heckenrosen alles überwuchern. Das Rankengestrüpp ist so hoch und dicht, dass es für die wenigen Spaziergänger der Siedlung, also für diejenigen, die sich einen nervösen Spitz, einen strammen Boxer oder gar einen eleganten Pudel leisten und folglich auszuführen haben, kein akzeptables, Kleidung und Fell schonendes Durchkommen mehr gibt. Die Baufirma, die das Gelände einem der Bauern, die die Wiesen hinunter nach Oberhausen mähen, abgekauft hat, spekuliert darauf, dass die Neue Siedlung eines Tages mit der alten Vorstadt Oberhausen zusammenwachsen wird. Bis dahin kümmert man sich nicht weiter um den erworbenen Grund. Die Pfosten des Zaunes haben irgendwelche Rabauken bis auf den letzten nach innen umgetreten, alle drei Reihen Stacheldraht sind in den Wiesenboden gedrückt, und nichts hindert nächtliche Autofahrer daran, im Rückwärtsgang das Heck ihrer Wagen in das Gelände hineinzuschieben und das Herangekarrte in die Rosenranken zu entsorgen.

Seit gestern, seit dem Regentag, ist, wie die Kinder gleich gesehen haben, einiges an Kram dazugekommen. Ganz vorn, fast noch am Weg, steht eine dunkelgrüne Couch. Der Wolfskopf lässt sich auf sie fallen und ruft den anderen zu, das Polster sei schon wieder pulvertrocken. Nur die Schicke Sybille setzt sich nicht gleich hin. Sie muss sich erst einmal gründlich vor dem herrenlos gewordenen Polstermöbel ekeln. Im letzten Sommer, als sie auf einem anderen, inzwischen schon dicht von Dornenbögen überwölbten Kanapee am Hopsen waren, kam plötzlich, alle hüpften schon eine Weile fröhlich im selben Takt, eine graufellige Ratte aus dem hölzernen Unterbau des Stücks geschlüpft. Zart fiepsend, Schnäuzlein an Schwänzlein, folgte ihr ein ganzer Wurf junger Tiere, nur ein besonders kleines, vielleicht ein krankes oder nach überstandener Krankheit schwächlich gebliebenes Kindchen schleppte die Mutter quer im Maul den Geschwistern vorneweg.

Weil der Schniefer Sybille mit ihrem Ekel ringen sieht, erinnert auch er sich an den Auszug der Tiere. Er hatte den kleinen Konvoi damals noch ein gutes Stück ins Rosengestrüpp hinein verfolgt. Er weiß nicht, warum es Mädchen weit mehr als Jungen vor den nacktschwänzigen Nagern gruselt. Aber ihm schwant etwas. Der Schniefer hat, obwohl ihn seine Lehrerin, seine beiden großen Schwestern, sein Vater und sogar seine Mutter für eher dämlich halten, immer wieder, nicht allzu oft, aber doch regelmäßig Ideen, auf die so schnell kein anderer käme. Seinen Freunden ist dieses Vermögen, einem nach dem anderen, im Lauf ihrer Spiele aufgefallen. Und deshalb wundern sich weder der Ältere Bruder noch der Wolfskopf, weder der Ami-Michi noch die Zwillinge, dass er nun sein wie immer absolut reines Taschentuch herauszupft, es umständlich auseinanderfaltet, in seiner ganzen Schönheit auf dem grünen Cordbezug der Couch ausbreitet, es glatt streicht und dann Sybille auffordert, sich auf das hellblaue Quadrat zu setzen. Das macht sie gern, schiebt sich dabei bedacht den Rock unter die Schenkel, nach einem Weilchen lehnt sie sich sogar an, zu guter Letzt dürfen auch ihre Kniekehlen den sonnenwarmen Cord berühren.

Der Mann ohne Gesicht hat nicht geschlafen. Der Mann ohne Gesicht schläft nie. Die vielen zwischen jungen Bäumen durchwachten Nächte erscheinen ihm jetzt, wo er den Wald geopfert hat, wie eine idiotisch lange Kette aus grüngebeizten hölzernen Perlen. Es sind so viele, dass er sich beim Rückwärtsfingern im Nu an ihre Ähnlichkeit, an ihre plumpe Serialität verliert. Sogar die Jahreszeiten schieben sich ihm in der Erinnerung übereinander. Er sieht den jungen Fuchs, bis an den Bauch im hohen, mondhellen Schnee, und spürt im selben Vergangenheitsmoment die Landung einer Mücke auf der verschwitzten Haut des nackten Ellenbogens.

Die erste Nacht im Wohnblock wurde von einem kühlen Kobaltblau durchschimmert. Noch hängen keine Vorhänge vor seinen Fenstern, und die hohe Bogenlampe am anderen Ende des Hauses ist so stark, dass ihr kaltes, monochromes Strahlen bis an den dritten Aufgang reicht. Er lag auf seinem Bett. Punkt zwölf erlosch die Straßenbeleuchtung. Schlagartig war die Wohnung wieder so warm, wie es sich, auch nach einem großen Regen, im August gehört. Der Mann ohne Gesicht ging hinüber in seine neue Küche, schwenkte die Flügel des Fensters ganz nach innen, zog einen seiner beiden Stühle heran, um sich den vorderen Block, den erbsengrünen Kasten, das Gehäuse der Kinder, mit nächtlicher Muße anzusehen.

Im Morgengrauen glaubte er das Gebäude im Groben durchschaut zu haben. Drüben wurden die ersten Schlafzimmervorhänge zurückgeschoben, genau gegenüber knackte das Kellerschloss. Ein Mann, etwa in seinem Alter, stemmte ein silbernes Moped die schmale Schräge neben den Treppenstufen herauf. Es ließ sich nicht vermeiden, die Schwingung des Fremden aufzunehmen. Auch um sich diesem Pulsieren, den Kraftfeldern der anderen Kriegsteilnehmer, zu entziehen, war der Mann ohne Gesicht vor Jahr und Tag in den Wald gegangen. Der an der Kellertreppe hat keinen einzigen Schuss auf einen fremden Körper abgefeuert. Erst ganz zuletzt sind ihm ein Dutzend blutnasser Löcher in Uniformen, ein einziger in großen Fetzen aufgerissener Armstumpf und langgezogene, bräunlich verwischte Schlieren im Traumblau des Mittelmeers als sein Anteil an der Kriegsbildflut mit auf den Weg gegeben worden. Brav hat er dies alles, Fleisch für Fleisch, Knochen für Knochen, Blutloch für Blutloch, auf dem anschließenden Friedenstrott für sich behalten. Nur einmal, als er und seine Frau mit einem schwachbrüstigen Dreiradlieferwagen, ihrem Umzugsauto, ganz langsam die damals noch nicht asphaltierte Straße aus Oberhausen in die Neue Siedlung hinauftuckerten, hat er dem Druck der Bilder nachgegeben und der Mutter seines Erstgeborenen, die schon die Zwillinge im Leibe trug, ein wenig von diesem mörderischen Blau, von seinem Griechenland ins Ohr geflößt.

Am heutigen Morgen stieg er mit Schwung in die Pedale seines aluminiumfarbenen Mopeds. Nach einer einzigen Umdrehung sprang das Motörchen an. Er ahnte, wie viele seiner Wohnblocknachbarn das Losknattern des Zweitakters aus dem Schlaf riss. Aber allein um den Schlummer Annabett Böhms, um deren letzte Tiefschlafrunde, die vielleicht für die Frische ihrer Schönheit unerlässlich war, tat es ihm kurz ein wenig leid. Sein eigenes Eheweib hatte in der zurückliegenden Nacht erneut alles, was ihr die Kinder an Kraft gelassen hatten, den ersten hundert Seiten eines Romans geopfert. Um ihn nicht zu sehr zu stören, blätterte sie mit spuckefeuchtem Zeigefinger um. Bis weit nach Mitternacht hatte sich der stille, von leisem Rascheln getaktete Exzess auf der anderen Seite des Ehebettes hingezogen. Wie immer war sie mit dem Weckerklingeln als Erste aufgestanden, um ihm Frühstück zu machen, und allenfalls zum Weiterlesen ihres Wälzers würde sie sich noch einmal ins Bett zurückbegeben. Ein hohes Glas Kaffee, bestimmt bereits ihr drittes, maß dann die Zeit. Sein Älterer ging leider Gottes völlig nach der Mutter, verschmökerte wie sie die halbe Nacht und spintisierte dann vor seinen Freunden im Hof herum wie ein Märchenerzähler auf dem Basar.

Er ließ die Kupplung kommen, das schnitt ihm die Familie ab. Die Baustelle wartete. Das hieß an diesem Arbeitsmorgen: Der frischgebackene Polier, dieser übereifrige junge Affe, würde nicht zögern, jedes Zuspätkommen minutengenau in seiner Kladde zu vermerken. Das Moped kurvte auf den Drosselgrund hinaus. Der Mann ohne Gesicht ließ ihn samt seinem morgendlichen Murren hinter der Breitseite des rosa Blocks verschwinden. Genug verstanden. Er hatte erfasst, wie sehr dieser Altersgenosse, dieser vorgebliche Handwerker, sein Handwerk hasste, er hatte lang genug mitgefühlt, um zu begreifen, dass der Vater des Älteren Bruders und der Zwillinge niemals seinen Männerfrieden mit der lächerlich blanken Kelle und dem blöd stumpfen Mörtel machen wird.

Durchsetzt von den Rückständen dieses Widerwillens schwebte der Auspuffdunst als eine quecksilbrige Schwade in der klaren kühlen Luft. Der Mann ohne Gesicht stellte sich vor, wie das verbrannte Benzin-Öl-Gemisch allmählich in immer zarteren, schließlich unsichtbar gewordenen Wirbeln über die Wiese herangezogen kam, er wusste, wie es für ihn riechen würde, wenn er noch riechen könnte. Und wie zum Trost fiel ihm ein allerletzter verspäteter Einblick in die Vorzeit des Abgefahrenen zu. Dieser Mann, der es verabscheute, zu mauern, Böden zu betonieren und Wände zu verputzen, hatte auch den erbsengrün gestrichenen Block, in dem er nun schon über sieben Jahre wohnte, mit seinen Kollegen aus dem aufgewühlten Grund der Stadtrandwiesen hochgezogen. Während die letzten beiden Blöcke, der böse türkise und der schlimme weiße Kasten, parallel in Arbeit waren, war er mit seiner hochschwangeren Frau und ihrem ersten Sohn in die noch nicht ganz trockene Neubauwohnung eingezogen. Durch diese Kellertür, die er inzwischen tausendmal und mehr auf- und zugeschlossen hat, kam er bereits damals herauf, kreuzte in seinem Berufskostüm, im grauﬂeckigen Weiß der Maurer, auf einem Trampelpfad die Wiese, um in wenigen Minuten die Gerüste zu erreichen, über deren wippende Bretter er und die Kollegen Montag bis Freitag und den halben Samstag stapften. Das war zu nah gewesen. Damals, als sie den weißen Block, trotz der elenden Widrigkeiten, trotz der drohenden Unnutzbarkeit, bis an die Dachkante hochgezogen hatten, stand er einmal kurz vor Feierabend als Letzter oben. Unten wummerte der Kompressor, quietschte die Pumpe. Am nächsten Morgen würde das rötlich verfärbte Wasser wieder kniehoch in den Kellern stehen. Er stieg auf eine Werkzeugkiste. Mit einem einzigen langen Blick, mit einem Panoramaschwenk vom Rosenhang zum Gaswerk, hinüber zum frischgedeckten türkisen Block und von dort, vorbei am Kirchturm, zurück zum Hang, zu den Kastanienwipfeln im Garten der alten Bärenkeller-Wirtschaft, erfasste der Vater des damals dreijährigen Älteren Bruders, wie ungut nah sein elendes Malochen dem erneut, dem eventuell zum letzten Mal rund gewordenen Bauch seiner Frau gekommen war.

Später kocht sich der Mann ohne Gesicht starken schwarzen Tee, lässt aber Kanne und Tasse am Gasherd stehen. Er braucht den Tisch ganz nackt. Aus dessen Schublade nimmt er einen dicken rotlackierten Bleistift, wie ihn nicht nur die Zimmermänner, sondern auch viele Maurer in der schmalen Knietasche ihrer Arbeitshose stecken haben. Mit seinem Walddolch schnitzt er ihm eine schöne, spatelförmig zulaufende Spitze. Der Stiel des Kochlöffels ist glatt genug, um als Lineal zu taugen. Wohnblock auf Wohnblock rillt der Mann ohne Gesicht in das weiche Holz seines Küchentisches. Fünf Rechtecke reihen sich, jedes kleinfingerlang, den Drosselgrund entlang, bis an dessen Ende, bis an die alte, der Siedlung vorgängige Buche, bis an das Spielplatzgelände, dessen erstaunliche Ausdehnung er gestern Abend, als der Regen nachließ, bei einem ersten Spaziergang in Augenschein genommen hat. Reicht ihm der Tisch? Reicht seine Platte für alle weiteren wesentlichen Orte? Vielleicht hat er sich gestern, im Furor der Ankunft, doch mit dem Erspüren der Verhältnisse vertan. Vielleicht war sein Forschen in den braunen Augen dieser pitschnassen Sybille zu ungeduldig, um die Begrenzungen des Raumes sauber und maßstabsgetreu unter ihren langen Wimpern hervorzuholen. Das wäre halb so schlimm. Falls der momentane Aufriss nicht stimmen sollte, wird er den Hobel aus dem Werkzeugkasten nehmen und seinen Küchentisch wieder so blank ziehen, wie er es halt für eine neue, bessere Skizze braucht.

Für mich ist Glauben alles. Mein erzfrommes Bisschen glaubte gleich mit dem ersten Blick, dass der Mann ohne Gesicht die Rechtecke stimmig und gültig in seinen Tisch gegraben hatte. Es passte genau. Es stimmt perfekt. Wiederum habe ich nichts dagegen, dass es so bleibt. Erneut soll die Zeichnung meinen kleinen Segen haben. Als unser Mann ohne Gesicht dann gegen Mittag zu einem längeren Rundgang aufbrach, zog es ihn gleich wieder zum Spielplatz. In Schleifen, den Kieswegen folgend, aber auch quer über die Wiesen, schritt er geduldig fast das ganze parkähnliche Gelände ab, steckte sogar an der einen oder anderen Stelle den Kopf ins Gebüsch. Hinter den Kettenschaukeln half ich ein wenig nach, damit er schneller auf den Trampelpfad fand, an dessen Ende er, durch dichtes Blattwerk lugend, die Kinder entdecken konnte. Sie spielten an einer Couch, die irgendjemand in dem Heckenrosengestrüpp, das sich den Hang hinunterzieht, einem letzten Freiluftschicksal überlassen hatte. Er pirschte näher, um ihr Reden zu verstehen, stellte sich schließlich hinter ein etwas stärkeres Stämmchen, um ungesehen zu bleiben.

Die Kinder kämpften mit der Kippmechanik des Polstermöbels. Wenn sie sich gegen die Lehne stemmten, ließ sich das Sofa flach klappen, bei Gegenzug sprang das Rückenteil wieder in die alte Position zurück. Nur die dritte Stellung, die seinen hohlen Bauch entdeckelt hätte, konnten sie einfach nicht erzwingen. Sie wollten aber unbedingt in diesen Unterkasten schauen. Der Mann ohne Gesicht erwog gerade, ob er hingehen und ihnen helfen sollte, da sah er, wie sie an den alten Zwillingskinderwagen traten, um sich mit ihrem Anführer zu beraten. Der dünne Junge mit dem bandagierten Bein hatte eine Idee, und ohne Zögern führten sie die anderen aus. Gemeinsam wurde eine Schmalseite des Sofas angehoben, die Zwillinge schlüpften unter das in Bauchhöhe gebrachte Eck und drückten von unten mit Köpfen und Händen. Das Mädchen machte es ihnen nach, die Jungen bekamen die langen Kanten des Möbels auf die Schultern und tippelten nach vorn, kurz stand das Sofa senkrecht, bevor es umgestürzt auf seine Lehne krachte.

Mit Juchzen wurde begrüßt, dass sich beim Aufprall endlich die Sitzfläche vom Unterkasten gehoben hatte. Schon waren alle am aufklaffenden Spalt, um nachzuschauen, was da eben beim Anheben die Schräge hinuntergepoltert und dann beim Umfallen herausgepurzelt war. Aber genauso schnell waren sie auch schon zurückgewichen. Der Junge mit dem weißbandagierten Bein, der Junge im geköpften Kinderwagen rief seinen Freunden zu, was sie denn hätten, was es Besonderes zu sehen gebe. Der Kräftigste der anderen, der, dem die Haare wie eine toupierte Mähne, wie eine Stummfilmfrisur vom Schädel standen, stemmte statt einer Antwort die Karre bis an die Couch, dorthin, wo ungeschützt im Gras lag, was in ihr verborgen gewesen war.

Nur wenig später sind die Kinder auf und davon. Das Rattern der überladenen Karre, deren Räder ab einem gewissen Tempo begannen, an die Schutzbleche zu schlagen, schwingt dem Mann ohne Gesicht noch durch den Kopf. Das Sofa reckt alle viere Richtung Himmel. Er geht hinüber, greift mit beiden Händen in den Winkel zwischen Sitzfläche und Lehne, stemmt das Möbel hoch und lässt es wieder auf seine Beinchen plumpsen. Erst jetzt sieht er auf der Wiese liegen, was vorhin aus dem Kasten gefallen ist. Er tut die fehlenden zwei Schritte und könnte nun, wo es fast an die Spitzen seiner Stiefel rührt, mit diesen dagegenstupsen, aber das lässt er lieber sein. Stattdessen macht er kehrt, durchbricht die Büsche, kreuzt die angrenzende Wiese diagonal, marschiert schnurstracks nach Hause, um seinen Klappspaten zu holen.

Auch in der Wohnung hält er sich nicht lang auf, öffnet bloß den Werkzeugkasten, packt das praktische kleine Grabgerät und wirft es in seine Einkaufstasche. Der Rückweg geht ihm, obwohl er, auf den Drosselgrund gekommen, in einen zögerlichen Trott, fast in ein verlogenes Schlendern fällt, dann viel zu schnell. Unter der alten Buche gönnt er sich noch einen Halt und lehnt sich, obwohl er nicht an das Gute oder Heilende in den Pflanzen glaubt, gegen den glatten Stamm. Am Rosenhang ist weit und breit kein Mensch zu sehen. Er hebt die nötige Grube, ein Grübchen nur, nahe neben dem Sofa aus, damit er dessen frühere Fracht bloß mit der Spatenkante hineinzuschieben braucht. Als er den größten Teil der Erde zurückgekratzt hat und das sauber ausgestochene Wiesenstück wieder an seine alte Stelle drückt, wölbt sich die Sode nicht sonderlich empor. So wenig Raum nehmen die kleine rauhaarige Dackelhündin und ihre beiden nackten, im Licht unserer Welt blaulila angelaufenen Welpen nun im Dunkeln unter den haarfeinen Wurzeln des Grases ein.

Sonnentag

Professor Felsenbrecher ist unzufrieden. Wieder raunzt er die kleine dicke Schwester an, als ob sie schuld an dem sein könnte, was er sich nun aus allernächster Nähe ansieht, was er, wie es seine Art ist, zugleich begucken und beschnüffeln muss. «Schwester! Schauen Sie sich das bloß an: Wie das hier an der Ferse nässt. Und wie es riecht. Süßsauer! Wie schlechtgewordener Wurstsalat. An der Salbe kann es nicht liegen. Oder doch? Klingeln Sie gleich mal zu unserem Pillendreher runter! Der Chef soll bitte selber an den Apparat.»

Dann grummelt und witzelt er hinter der angelehnten Tür ins Telefon. Der Ältere Bruder schämt sich dafür, dass seine Ferse stinkt. Und weil er kurz allein im Raum ist, weil nicht nur der Professor, sondern auch die Mutter und die Ordensschwester hinausgegangen sind, richtet er sich auf und greift nach seinem Unterschenkel. Ganz dicht holt er sich den schuldigen Fuß vor das Gesicht, macht aber vor dem Heranziehen die Augen zu, da er bloß riechen und auf keinen Fall etwas sehen will. Aber wie es dann nur ganz schwach nach Medizin und Schwitze duftet, klappen ihm unwillkürlich doch die Lider auf, und er muss die ganze Bescherung überblicken, die speckig geschwollene, gelb und orange verfärbte und lila marmorierte Unglückslandschaft, die von den Fadenstummelreihen wie von verkohlten Zaunpfosten in seltsam geformte Parzellen untergliedert wird.

«Gottfried! Wenn ich dem alten Pavian noch trauen könnte, würde ich den Buben an die Uni-Klinik rüberschicken, aber der verkalkte Affe hat mir doch letzten Monat schon das Mädchen mit dem wilden Fleisch vermurkst.» Der Ältere Bruder hat diese Patientin sogleich vor Augen. Eigentlich sieht sie wie Sybille aus. Allerdings ragt dem unglücklichen Schützling des Professors auf dem kahlgeschorenen, dem völlig glatt rasierten Kopf das zu Recht wild genannte Fleisch empor: Aus der Mitte des Schädels erheben sich zwei pralle himbeerfarbene Wülste. Nicht nur ein Affe, nein, eine ganze Horde schwarzhaariger Schimpansen, deren lange Arme aus weißen Kitteln baumeln, die hinter dicken Brillengläsern ratlos mit ihren Affenaugen rollen, beugen sich, leise schnatternd, über das Kopfgewächs, bis schließlich ein besonders großer, über der schmalen Stirn silbrig ergrauter Oberaffe das wilde Fleisch mit einer kleistertrüben Salbe fehlbehandelt, so schrecklich falsch, dass dem armen Mädchen zwischen den beiden schon da gewesenen, bald zwei weitere Bögen wilden Fleisches und ein besonders auffälliger, roter Knubbel aus dem bloßen Kopf gedrungen sind. Das hätte Professor Felsenbrecher hier in seinem Josephinium natürlich besser selbst versorgt. «Gottfried! Springst du schnell rüber? Komm bitte hoch und schau dir meinen Buben an!»

Der Apotheker kommt, lässt sich die Hand von der Pranke des Professors quetschen, schnappt sich einen Hocker und setzt sich vor den Fuß, ohne dem Jungen, dem das fragliche Glied gehört, ein Wort zu gönnen. Der Ältere Bruder sieht über sein linkes Knie hinweg die schuppige Glatze des kleinen Mannes und wundert sich darüber, dass zwei so verschiedene Männer Freunde sind. Schon legen sich die muskulösen Finger des Professors auf die Schultern des Gekommenen, drücken in dessen weißen Kittel, als könnte eine fachmännische Massage oder ein renkender Kunstgriff die Einsicht in das Problem vertiefen. Dann sinkt der Mediziner hinter dem Pharmazeuten in die Knie, sein Doppelkinn sackt neben den vogelartig mageren Hals des Besuchers. Fast sieht es aus, als wüchse nun ein zweiter, viel zu massiger Schädel aus dessen schmalem Rumpf. Unser großer Bruder müsste über den Anblick lachen, wenn ihm nicht neue Schmerzen schwanen würden.

«Brenn's weg! Brenn's lieber weg, bevor es weiterwuchert …», murmelt der Apotheker, zuckt dazu mit den Achseln, der Kopf von Professor Felsenbrecher hopst zweimal hoch, dann wippen die beiden, als hätten sie es eingeübt, synchron in den Stand, treten zwei Schritte auseinander, treten wieder zusammen und schütteln sich zum Abschied ausgiebig die Hände. Der Ältere Bruder hat gesehen, wie die Fingerchen des Apothekers vom Faustfleisch des Professors verschlungen wurden. Verzweifelt hofft er, die beiden würden nun so zusammenkleben, bräuchten daraufhin selber fachkundigen Beistand, müssten erst einmal weg von hier, mit dem Krankenwagen zu jenen namenlosen Affenärzten in die Universität, und würden dort langwierig mit falschen Salben fehlbehandelt, würden richtig vermurkst und hingen bis auf weiteres untrennbar an ihren tusüchtigen rechten Pfoten zusammen. Er jedoch und sein Fuß kämen für heute mit einem frischen Verband, behutsam angelegt von keiner anderen als seiner lieben Schwester Innocentia, davon. Aber das Wünschen hilft nicht. Professor Felsenbrecher macht wie immer das, wovon er meint, dass er es machen muss.

Wieder zu Hause, soll sich unser großer Bruder von dem, was er gerochen, gehört und leider Gottes auch empfunden hat, von dem, was ihm noch immer durch alle Schichten des

Verbands in die Nase steigt, in Ruhe erholen. Die Mutter hat ihn am hellen Nachmittag ins Bett verbannt. In Wahrheit will sie ein Weilchen mit dem Radio allein sein, weil sie aus allem, sogar aus dem Kaffeeduft, die verschmorte wilde Haut, das elektrisch weggebrannte, weil unerwünschte Gewebe ihres Erstgeborenen herauszuriechen glaubt. Der Ältere Bruder hört sie drüben an der Spüle klappern. Das Kinderzimmerfenster steht halb offen. In allen fünf Blöcken reichen die Fenster, die aus der Schmalseite der Häuser nach Südosten schauen, bis auf den Holzfußboden. Ein hüfthohes Gitter soll verhindern, dass man aus diesen Fenstertüren, die der Vater spöttisch Sparbalkone nennt, nach draußen stürzt. Hier im Parterre fiele man allerdings nicht tief. Außerdem ist die Wiese, beschattet von den Rotdornbäumchen, dick vermoost. Der Schniefer stellt sich, wenn kein Erwachsener in der Nähe ist, oben auf das Gitter, wackelt zum Spaß herum, rudert mit den Armen, als wollte er sich noch rücklings nach drinnen retten, um sich dann mit einer extra grässlichen Angstgrimasse nach vorne fallen zu lassen. Der Schniefer, der auch ein großer Kletterer ist, hat sich noch bei keinem dieser Sprünge den Fuß verstaucht. Der umgekehrte Weg, der Weg hinauf, der Weg nach drinnen ist auch für die, die keine Kletterkünstler sind, recht leicht: Zwischen dem Fenstersims und der Wiese ist ein Kellerfenster, auf dessen untere Kante man den Fuß stellen kann, ehe man sich an den Gitterstäben hochzieht.

Jetzt knackt ihr Eisen, und das Blech des Simses quakt, wie es immer quakt, sobald das Gewicht eines Kinderkörpers es verbiegt. Der Ältere Bruder freut sich so sehr, dass er sein Herz spürt und die Luft anhält, damit das Fühlen nicht gleich wieder schwindet. Vorhin hat er gehört, wie der Wolfskopf von der Mutter an der Wohnungstür abgewimmelt wurde. Mit einem richtigen Denkkrampf ist ihm seitdem gelungen, nicht auf das zu hoffen, was nun gleich glücklich eingetretene Wirklichkeit sein soll. Dass man sich ein Geschehen als rettungslos unwahrscheinlich, als schier unmöglich denken muss, wenn man es durch den Geist herbeiziehen will, hat er selber herausgefunden. Der Wolfskopf ist auf die ihm eigene Weise schlau gewesen, hat nicht den kurzen Weg genommen, ist nicht am Küchenfenster vorbeimarschiert, wo ihn die Mutter hätte sehen können, sondern brav um die andere Schmalseite des Blocks herumgewandert. Der Vorhang bauscht sich. Der Freund schlüpft herein und kniet sich zu ihm ans Kopfende des Bettes. Drüben in der Küche kommt ein Lied, das die Mutter mag, und sie dreht lauter. Trotzdem zieht der Wolfskopf eine Decke aus dem Doppelstockbett der Zwillinge herüber. Sie stecken die Köpfe drunter, und vier Hände zupfen sie so zurecht, dass kein Licht herein- und kein Laut ungedämpft hinauskommt. Unter diesem Dach, das nach der Traumschwitze der Brüder muffelt, ist gut flüstern. Der Wolfskopf fackelt nicht lang und berichtet dem Älteren Bruder gleich das Wichtigste: Sybille hat eine volle Woche – der Wolfskopf zeigt sieben unsichtbare Finger – Hausarrest bekommen.

Der Mann ohne Gesicht will möglichst behutsam vorgehen, gerade so planvoll, wie es das Gewebe einer derartigen Sache aushält. Zuerst soll seine zwischenmenschliche Membran, das Mullquadrat, durch das er schnauft und spricht, dort in Erscheinung treten, wo die Frauen der Siedlung Milch, Mischbrot und die Zigaretten für ihre Männer kaufen. Wenn einer in den Geschäften mit Namen begrüßt wird, ist er, egal, ob er eine Schnauze, einen Schnabel oder ein Nichts zwischen Augen und Hals spazieren trägt, gemeinschaftlich grob ein Hiesiger geworden. Also hat er heute Morgen erst einmal mit dem Bäcker und mit Tabak-Geistmann angefangen.

Alles lief fast wie erwartet. Die junge Bäckersfrau hat ihn, als sie das Roggenbrot in hellgraues Papier einschlug, natürlich nicht gefragt, wo sein Gesicht geblieben ist. Stattdessen erzählte sie in versierter Kürze, wie ihr Vater und einer ihrer Onkel bei der Eroberung einer russischen Stadt, in deren Namen damals wie heute die Konsonanten zischen, dass es eine Pracht ist, spurlos in Schnee und hartgefrorenem Schlamm verloren gegangen sind. Erst neulich hatte sie alle Briefe der Krieger in einem der Backöfen verbrannt, um sich den gruseligen Russenschlamm, von dem die beiden unnötigerweise doppelt nach Hause geschrieben hatten, nicht mehr so übertrieben deutlich, so tintenbraun auf hässlich vergilbtem Weiß, vorstellen zu müssen. Wahrscheinlich hat die patente, in wenigen Ehejahren schwerhüftig gewordene Bäckersgattin, während er in angemessenem Takt zu ihren Sätzen nickte, in einem Vergangenheitsaufwisch auch seine Nase und seine Augenbrauen in Schneetreiben und eisigem Dreck verschwinden lassen. Das ginge in Ordnung. Das durfte ruhig so sein. Dem Mann ohne Gesicht wäre es aufdringlich, albern, ja sogar peinigend komisch vorgekommen, ihr ins Wort zu fallen und ihr zu verraten, dass sein klassisch gerader Zinken, sein Wangenfleisch samt Grübchen und der Schwung seiner Oberlippe, von Männern nicht selten als weibisch abgelehnt, von Frauen aber gern geküsst, dereinst nicht den Weg der Kälte, sondern den Weg der Briefe, den Feuerweg ins Nichts, genommen haben.

Den Brotlaib in der Einkaufstasche, ging es eine Tür weiter ins Tabakwaren- und Zeitschriftengeschäft. Sein Eintreten schlug ein so zauberhaftes Geklingel an, dass er sich umwandte und zu den Messingglöckchen aufsah, die an dicken verschiedenfarbigen Wollfäden von der Decke baumelten und gar nicht zu Ende schwingen wollten. Herr Geistmann, der aus dem Hinterzimmer kam, freute sich herzlich, dass der Unbekannte so offensichtlich Gefallen an seinem Fünfklang fand. Die meisten Besucher seines Ladens verraten nämlich nicht, ob und in welchem Maße sie empfänglich für dergleichen sind. Horst Geistmann ist überzeugter Nichtraucher und fanatischer Liebhaber fast aller Arten von Musik, behält aber beides im Verkaufsgespräch eisern für sich. Das ist bestimmt nicht falsch, sondern in seinem Interesse und in dem seiner Kundschaft. Nur gelegentlich, vor allem an den umsatzstarken Freitagnachmittagen, macht der Druck der doppelten Verhehlung den zierlichen, ja mageren Mann nervös, Auge in Auge mit einer schwarzgelockten, regelmäßig lottospielenden Kundin wird er sogar richtig zappelig. Dann spitzt er schnell die Lippen und pfeift lautlos die ersten Takte eines Lieds, gern etwas Schmissiges, noch lieber etwas Sehnsuchtswildes, am liebsten ein paar liebeskranke Walzertakte aus irgendeiner Operette.

Immerhin lässt sich zumindest seine zweite Passion, sein Faible für Romane aller Genres, mit dem Geschäft verbinden. Der Ältere Bruder, der allmählich nicht mehr umhinkann, das eine oder andere Spiel zwischen den Erwachsenen auch nach deren Logik zu kapieren, beäugt mit Misstrauen, fast schon mit Unmut, wie Herr Geistmann die Neuzugänge der Leihbücherei, die er parallel zum Rauchwaren- und Zeitschriftenverkauf betreibt, über die schwarzgelackte Theke auf den flachen Bauch und die ein wenig vorstehenden Beckenknochen der Mutter zuschiebt. Unser großer Bruder erkennt das merkwürdige Säuseln, in das Herr Geistmann schon während dieses Schiebe- und Gleitvorgangs verfällt, er sieht mit überscharfem Erstgeborenenblick die Lider der Mutter flattern, wenn sie mit beiden Händen zugleich nach dem Roman fasst und Herr Geistmann genau im Moment dieses noch zögerlichen Zugriffs beteuert, er habe das vorliegende Werk extra für sie reserviert, weil er nach seiner, natürlich unmaßgeblichen Vorlektüre zu vermuten wage, dass ihr das Geschehen zwischen den Gestalten, Genaueres sei nicht verraten, zusagen müsste. Der Ältere Bruder ahnt inzwischen, dem Vater gefiele es überhaupt nicht zu sehen, wie die Schmöker, mit denen seine Frau die Nacht zum Tag macht, hier angepriesen werden.

Horst Geistmann kennt den Exzess bedingungslosen Hingegebenseins. Am kurzen Wochenende, in der Nacht von Samstag auf Sonntag, erfährt er ihn regelmäßig selbst an Leib und Seele, und kehrt er von dieser Streckbank zurück zur Kundschaft, versteht er sich darauf, die Freuden der Tortur unmissverständlich und zugleich diskret, also verführerisch, in kunstvoll vagen Sätzen aufleuchten zu lassen. Dabei spielt keine Rolle, dass ihn Liebes-, Schicksals- und Arztgeschichten in erster Linie theoretisch interessieren. Was er in eigener Lesenacht am liebsten über dem klassischen Wildwest-Roman erlebt, lässt sich, wenn man es zweimal um die geschlechtliche Kante knickt, auch auf die Genres übertragen, denen seine Kundinnen erliegen. Der Held, gerade der mit heißgeschossenem Colt, ist ein empfängliches Geschöpf, und wenn er sich zuletzt im schnöden Staub vor dem Saloon für eine höhere Sache opfert, scheint beides, das Töten und das

Totgeschossenwerden, im Zauber des Allgemeinen, in der Magie des Menschlichen geborgen und aufgehoben.

Anders, schwieriger und komplizierter, verhält es sich leider mit der Musik. Der Türklang ist ausgeschwungen. Die Glöckchen, die sogar die Feinhörigen unter seinen Kunden nach kurzer Verstörung energisch ignorieren, stammen von einer echten Schamanentrommel, rundum waren sie an den Rahmen des einfachen, tamburinähnlichen Instruments geknüpft, und so, gemeinsam mit Holzrahmen und abgeschabtem Ziegenfell, haben es die dünnen Messingtütchen und ihre Kupferklöppel vom Tellerrand Europas bis in unsere Stadt geschafft. Geistmann ist vor Jahr und Tag mit den Gebirgsjägern der Wehrmacht bis in den Kaukasus gezogen. Der blutjunge Soldat, der nicht unvirtuose Gitarren- und Mandolinenspieler und frischgebackene Ehemann brachte die Trommel bei einem Heimaturlaub als Souvenir nach Hause. Dort lag sie für den Rest des Krieges und auch noch eine kleine Friedensewigkeit bei anderem staubfangenden Kram auf dem Schlafzimmerschrank herum. Erst als sie genug angespart hatten, um den Laden in der Neuen Siedlung zu eröffnen, kam Hildegard Geistmann ein Wiederauferstehungseinfall; sie schnitt die Glöcklein mit der Haushaltsschere ab, schmiss Holzrahmen und Ziegenfell kurzerhand in die Tonne und sagte ihrem Gatten, wie das Geläute über der Ladentür zu hängen habe. Seitdem vermuten beide, dass die einstige Kriegsbeute ihr klandestines Quäntchen zum Erfolg des Geschäfts beigesteuert hat.

Ein Mann mit einem flachgespannten weißen Viereck zwischen Augen und Kinn ist für Horst Geistmann – Mull hin und Nase her – ein Geschlechtsgenosse, dem man Zigaretten verkaufen kann. Der Fremde wäre nicht der erste derartig Versehrte, der sich im Laufe des Tages einen gelben Fleck in den Verbandsmull saugt. Mit oder ohne Filter? Der Absatz von Filterzigaretten nimmt, seit die Geistmanns ihr Geschäft eröffnet haben, kontinuierlich zu, während die Nachfrage nach Filterlosen inzwischen langsam, aber wohl unaufhaltsam, ähnlich dem Buchverleih, zurückzugehen begonnen hat. Hildegard Geistmann meint, der Siegeszug der Glimmstängel mit Filter komme vor allem von der kleinen, aber spürbaren Spanne, die sie teurer seien. Die Ungefilterten an sich, nicht bloß die Tabakkrümel, die sie auf den Lippen hinterließen, schmeckten mittlerweile nahezu jeder Frau und allmählich auch den meisten Männern nach allzu billiger Versagung. Keiner wolle mitten im Gesicht zur Schau stellen und zugleich am selben Ort intim erfahren, dass er sich das Bessere, die lüstern elastischen, die mit holz- oder korkfarbenem Papier kaschierten, jedoch an ihrem Schnittkreis medizinisch weißen Mundstücke nicht leisten könne.

Von seinem neuen, offensichtlich klangsensiblen, offenbar nasenlosen Kunden hat Horst Geistmann unwillkürlich angenommen, er rauche filterlos, vielleicht sogar Zigarren, zumindest Stumpen. Aber der Mann will nur die Zeitung. Er nimmt das bessere der städtischen Blätter und nach kurzem Zögern auch noch das eine kleine Münze billigere Revolverblatt. Beide Zeitungen legt er sich nacheinander ein auffälliges Weilchen flach auf die Hand, als gelte es, sie einzeln wie eine andersartige Ware, wie ein Lebensmittel, abzuwiegen. Dazu kommen noch Kaugummis und gleich drei Päckchen der für eine Süßigkeit recht teuren, aber bei Groß und Klein immer beliebter werdenden Gummibärchen. Zuletzt betastet der Fremde zu Geistmanns Überraschung die Wundertüten, die senkrecht in einem Kästchen auf der Theke stehen. Er macht es mit seinen Erwachsenenfingern kein bisschen anders als die Kinder, die durch das feste Papier hindurch erspüren wollen, ob sich außer dem Puffreis, den Ringen, Kettchen und Comic-Heftchen auch ein neuer Cowboy oder Indianer drin befindet. Das heftigste Verlangen gilt in diesem Sommer allerdings etwas anderem. Noch lieber als Cowboy, Ritter, Indianer und Soldat hätten die kleinen Wundertütenkäufer zurzeit den ungeheuren weißen Bären, der auf der Rückseite der aktuellen Tüten die Krallen aus den Tatzen spreizt, die Schnauze zu bösen Falten rafft und dicke Tropfen Geifer von den Fängen tropfen lässt. Aber bis jetzt hat noch kein Kind der Neuen Siedlung – wer wüsste dies besser als ich! – den bleichen Totbeißer aus Plastik im Grund der aufgerissenen Tüte liegen sehen.

Die Gummibärchen sind für Sybille, aber die Schicke Sybille kann nicht kommen. Waschmann hat Schuld. Die Mutter der Brüder hat den Briefträger, der Werner Wischmann heißt, in Waschmann umgetauft, weil er noch schlimmer als ein Waschweib sei, er wolle wirklich restlos alles wissen und müsse das Herausgefundene sofort weitertratschen. Wischmann-Waschmann hat Sybille, als er die Treppe hochstieg, um Frau Krüger und ihrer kranken Schwester die Renten auszuzahlen, in die Wohnung des neuen Mieters schlüpfen sehen. Der Mann ohne Gesicht ahnt nicht, dass der teigig blasse Postler, dem als Zeichen seiner Quatschsucht immer, mal rechts, mal links, ein Spuckebläschen im Mundwinkel schäumt, Sybilles Besuch im hinteren Block sogleich an Frau Böhm verraten hat. Als Sybille am Nachmittag nicht wie versprochen wiederkommt, denkt er sich nur, das Mädchen nehme es wie viele Kinder mit dem Nacheinander der Ferientage nicht so genau und werde schon morgen oder übermorgen wieder bei ihm klingeln.

Kaum dass es dunkelt, macht er sich noch einmal auf die Socken. Er steuert den Spielplatz an. Der Weg kommt ihm kürzer vor als bei den Gängen im prallen Sonnenlicht, der Drosselgrund ist von der Dämmerung wie gestaucht. Dafür erscheint der Wendekreis, in dem er endet, merkwürdig aufgezogen, und die gewaltige alte Buche streckt ihren längsten Arm weit über diese unsinnig große Asphaltscheibe hinaus. Hier, vis-à-vis vom weißen Block, der auch im letzten Schwundlicht nicht ergrauen mag, zweigt links der Kiesweg in die Grünanlage ab, die nicht nur die Kinder Spielplatz nennen. Die Steinchen knirschen extra laut, weil nirgends eine Menschenseele, weil nicht einmal eine zur Jagd ausziehende Katze oder eine zu den Abfallkörben huschende Ratte zu entdecken ist. Sogar die Amselmännchen, deren aggressives Singen die Neue Siedlung in über hundert akustische Reviere gliedert, scheinen sich heute, ganz gegen ihre Art, ins Stummsein wegzuducken.

Die Stille veredelt das Gelände. Die großen Wiesen, die hübschen Ensembles aus Buschwerk und schon recht ansehnlichen Bäumen gaukeln ihrem späten Besucher leichthin vor, ein richtiger Park wäre seiner zentralen Zwangslage entwischt und hierher an den westlichen Stadtrand abgewandert. Das von den Buben der Siedlung zerbolzte Gras lässt sich, im Dämmer samtgrau geworden, mühelos als gepflegte Rasenfläche missverstehen. Sogar im Brummen der Falter schwingt ein Anklang von Distinktion, fast von Noblesse. Schon bald, auf den Monat genau fünfundvierzig Sommer später, wird ein zukünftiger Wissensmann, ein Biostatistiker, mit Hilfe der dann gang und gäbe gewordenen elektronischen Rechenautomaten auf der Grundlage alter Datenbestände bestimmen, zu welch mirakulöser Größe die Zahl der Nachtschmetterlinge in diesem Sommer angewachsen war. Im farbig gewordenen Fernsehen, in einer Sendung, die sich großspurig Welt der Wunder nennt, wird er behaupten, es habe sich um die mit Riesenabstand größte Population des ganzen verflossenen Säkulums gehandelt. Allerdings hätten bereits im Folgejahr alle an diesem Rekord beteiligten Arten ihre triumphale Überzahl mit einem ebenso extremen Rückgang, verursacht von einer bakteriellen Seuche, gründlich abgebüßt.

Ein kolibrischwerer Schwärmer prallt dem falschen Spaziergänger, unserem recht scheinheilig dahinschlendernden Späher, gegen den Mull, surrt mit erhöhter Flügelschlagfrequenz an seinem linken Ohr vorbei. Und dann hört unser Mann ohne Gesicht den Neger singen. Schneller als er dergleichen absichtlich erdenken könnte, pinselt ihm seine im Überhandnehmen der Nacht knallwach gewordene Phantasie ein Kofferradio hinter die nächsten Büsche. Es soll dort hinten stehen, auf einer seinem Blick bloß noch ein Dutzend Schritte verborgen bleibenden Bank soll sich ein schicker, verchromter Henkel über dem Buckel eines perlmuttfarbenen Apparates krümmen. Daneben, die Hüfte am kostbaren Gerät, hockt ein sogar im Finstern kränklich käsiger Bengel, das Glühpünktchen der Zigarette vor der Hand. Gemeinsam mit seiner minderjährigen Freundin, um die er nun den Arm legt, duckt sich der Halbstarke unter einen üppig wuchernden Holunder, vielleicht sogar unter die Fruchtdolden eines Flieders. Die neuartig Jungen, diese Brut der ersten tausend Nachkriegsnächte, erscheinen dem Mann ohne Gesicht nach seinen Jahren im Wald exotisch fremd, es schaudert ihn regelrecht vor ihrem anders gedüngten, vor ihrem andersfarbig aufblühenden Herangewachsen-Sein. Gleich wird er den jungen Leuten, um den Bogen dieses Unbehagens abzuspannen, irgendetwas harmlos Onkelhaftes entgegenrufen, zum Beispiel, dass die Batterien ihres schönen Kofferradios, wenn sie den Neger so laut singen ließen, nicht mehr lange reichen dürften.

Zehn Schritte weiter hat sich das Radio als ein Gedankentrug erwiesen, und auch die Halbstarken waren Schimären. Der Schwarze hingegen, der lauthals singende Neger ist aus Fleisch und Blut. Er liegt im großen Buddelkasten, den Kopf auf einem Haufen Sand, der heute Nachmittag noch eine Burg für eine wildgemischte Truppe aus Gummi-Rittern, Gummi-Cowboys, Gummi-Indianern und Gummi-Soldaten gewesen ist. Der Sänger aber lässt sein Lied mitten im Vers krepieren, weil er die Schritte auf dem Kies näher kommen hört. Schnell greift er neben sich. Die Silhouette einer eckigen Flasche steht ein Weilchen über dem Oval seines Gesichts. Der Sand ist warm und weich. Erst vor wenigen Tagen ist die Kiste frisch aufgeschüttet worden. Aber den erfahrenen Buddlern, den vier- und fünfjährigen Knaben, ist der neue Sand zu haltlos körnig, sie stechen ihre Blechschippen tief ein, um an die besser klebende ältere Schicht heranzukommen. Wenn sie eine Burg mit glattgeklopften Mauern und ebenen Böden bauen wollen, mischen sie den sauberen hellen Neusand mit dem dunklen alten, den sie Pappsand nennen.

In hohem Bogen kommt die Flasche angeflogen. Eulen- oder Käuzchenaugen hätte es gebraucht, um ihren Schemen bereits beim Schwungholen des Arms, beim Abwurf aus dem dunklen Sechseck, zu erkennen, und weniger als lidschlagkurz war die Bahn der Flasche am Nachthimmel zu sehen. Der Mann ohne Gesicht ist dennoch leichthin ausgewichen. Der Flaschenboden hat bloß das linke seiner im Feuer modellierten, seiner im Feuer fledermausscharf geeichten Ohren gestreift. Er setzt sich an den Rand der breiten rohen Planke, auf der die kleinen Mädchen untertags mit ihren Förmchen Kuchenbacken spielen. Der Neger hat sich aufgerichtet. Die superblanken, ungewöhnlich großen Knöpfe seines Hemds gucken wie Augen in die Nacht. Er lallt, das Sprechen fällt ihm ungleich schwerer als das Singen. Sein Gegenüber nickt, hört sich das alkoholerweichte Amerikanisch an. Zwischen den Knien des Fremden ragen das behelmte Haupt eines Ritters und die Spitze des Speers, den die Figur drohend oder triumphierend emporreckt, aus dem festgetretenen Sand. Der Schwarze verstummt, horcht nur noch brav, ob Antwort kommt. Gleich wird der Mann ohne Gesicht seine Geduld belohnen. Dann dürfen sich die verschwiegenen Amseln dieses Abends und selbst der Gummi-Ritter, der eigentlich ein Plastik-Ritter ist, darüber freuen, wie klar das Englisch der Erwiderung in der Nachtluft klingt.

Papperlapapp! Ich kann es partout nicht leiden, wenn Männer so übertrieben nachtschwer miteinander quatschen. Aber weil mein Gehör geschmeidiger ist als jeder neumodische Kunststoff, weil ich sogar weicher und elastischer als der gute alte Kautschuk bin, bleibt mir keine andere Wahl, als mich den Zungenschlägen meines Sommers anzuverwandeln. Die Schicke Sybille hat am Ende des vergangenen Schuljahrs, während der letzten beiden von ihrer Lehrerin nicht mehr allzu streng gestalteten Wochen, eine Geheimsprache erlernt. Nicht jede ihrer Klassenkameradinnen hat den Sprung in dieses spielerische Idiom geschafft. Ihrer Banknachbarin gelang es bis zuletzt nicht einmal, den eigenen Namen in Doboribis zu verschlüsseln. Und bei Sybybibillebe kamen sogar die besseren Geheimsprecherinnen schlimm ins Stammeln. Als sie die Treppe hochstieg, um zum ersten Mal an der Tür des Unbekannten zu klingeln, hat sie bei jeder Stufe leise Sybybibillebe zu sich gesagt. Wie dann die Tür aufging, war sie durch diese Übung so auf Zack, dass ihre Mutter, die flotte, selbst alles andere als verstockte Annabett Böhm, stolz auf ihre Älteste gewesen wäre, hätte sie deren Auftritt mit angesehen. Der Mann ohne Gesicht winkte sie gleich herein.

Als er sie in der Küche fragte, ob sie Kakao mit ihm trinken wolle, log sie ihm vor, Kakao, den sie wie alles Milchige nicht ausstehen kann, sei ihr Lieblingstrunk. Und während er am Herd hantierte, nutzte sie die Zeit, um sich das Bild, das in den Tisch geritzt war, ganz genau anzusehen. War es im Großen, von den komischen kleinen Kästchen abgesehen, nicht ein auf den Kopf gestelltes Kreuz? Mit einem Kreuz hat sie es erst vor ein paar Tagen zu tun gekriegt. Am letzten Schultag war es dazu gekommen, dass zwei von den Huhlenhäuslern, zwei der größeren, Jagd auf sie und ihre kleine Schwester machten. Die Mädchen rollten mit den Fahrrädern an den beiden üblen Burschen vorbei, als diese vor Eis-Hähnlein standen und an ihren Tüten schleckten. Einer der Huhlenhäusler rief ihnen eine Schweinerei zu, und ihre Schwester, die allenfalls ahnen konnte, was mit dem Schmutzwort an ihrem oder an Sybilles Körper geschmäht wurde, quäkte über die Schulter retour: «Und euer Papa hockt im Gefängnis!» Darauf schmissen die Huhlenhäusler in einem jähen Akt absolut furchterregender Vergeudung ihre Eistüten in den Dreck und rannten los.

Zum Glück hatten die Mädchen erst einmal einen guten Vorsprung. Sybilles Schwester, von der ihre Mutter sagt, sie sei mitunter so schrecklich träge wie ein Lama, machte die Panik richtig Dampf. Als sie hinter der Apotheke um die Ecke in den Elsternhorst einbogen, konnten ihre Verfolger sie für ein kurzes Weilchen nicht mehr sehen. Sybille verhalf die Not zu einem Einfall, sie wechselte die Straßenseite. Ihr keckes Schwesterchen, inzwischen schon ganz weiß vor Angst, kurvte hinterher, rutschte wie sie vom Sattel, und gemeinsam stolperten sie, die Räder schleppend, alle vier Stufen hinauf zur Mitteltür, die auch am Werktag stets weit aufgestellt ist. Drinnen sah Sybille mit dem ersten Blick, was den mächtigen Türflügel vom Zufallen abhielt, und ließ ihr Fahrrad auf die Fliesen krachen, um den großen, schmiedeeisernen Haken mit beiden Händen aus seinem Haltering zu stemmen.

Die von der eigenen Schwere zugezogene Tür schnitt alles Außen ab. Aber gerettet fühlten sich die Mädchen nicht. Sybille drückte den Hintern an die Tür, die glattgewetzten Sohlen ihrer Sandalen quarrten über den Boden. Ihre Schwester, der schnell übel wird, spuckte Magensaft und die Bröckchen eines halbverdauten Wurstbrots in die Speichen ihres Rads. Dann stellte sie sich neben Sybille, um ihr beim Zuhalten der hohen Tür zu helfen. Doch die Huhlenhäusler hatten nicht mehr mitgekriegt, wohin die Verfolgten entkommen waren. Während die Mädchen warteten und, die Rücken am kühlen Holz, in einem besonders zähen Zeitfluss erst nach und nach erfassen durften, dass sie sich dem Zugriff der bösen Buben entzogen hatten, schauten sie durch die Tür, die ihnen gegenüber offen stand, aus dem Vorraum ins eigentliche Innere ihres Zufluchtsorts. Sie konnten bis an dessen anderes Ende sehen, wo im Licht hoher Fenster dieser Jesus an sein

Kreuz genagelt hing, wo Marterholz und Mann an langen goldenen Ketten unter der Decke schwebten.

Sybilles kleine Schwester hätte plötzlich gern gewusst, warum die Leute, die am Sonntag in die Kirche gingen, Jesus an diese Balken geheftet hatten. Es hatte etwas mit dem Christkind, mit Weihnachten, mit der Mama von Jesus, mit Maria und ihrem Josef, mit Ochs und Esel, mit Engeln und mit den Sünden der ganzen Welt zu tun. Die Sünden, das waren arge Taten, für die man sogar ins Gefängnis kommen konnte. Sie überlegte, ob sie sich bei ihrer großen Schwester nach den Sünden von Jesus erkundigen sollte. Vielleicht war er wie der Vater der Huhlenhäusler wegen Klauen und Herumprügeln eingesperrt gewesen? Aber wahrscheinlich würde Sybille gleich mit der ersten Frage wütend auf sie werden, weil sie ja selber nicht zu den Jesus-Leuten gehörte, weil sie, auf Geheiß der Mutter, auch nicht in die Kirche gehen durfte und deshalb genauso wenig erfahren hatte, wie alles, vom Böse-Sachen-Machen bis zum Ans-Kreuz-genagelt-Sein, im Einzelnen zusammenhing. Bestimmt wurde den normalen Kindern hier in der Kirche jeden Sonntag, während über den Bänken die Orgel dröhnte, von einem unaufhörlich schreienden und mit den Armen fuchtelnden Pfarrer Wort für Wort eingeschärft, welche Sünden Jesus auf dem Gewissen brannten. Es musste etwas ungeheuer Schlimmes dabei gewesen sein. Womöglich war Jesus angenagelt worden, weil er das Christkind, weil er das süße kleine Christkindlein in der Krippe – vielleicht mit einem Messer? Bestimmt mit einem Messer! – abgeschlachtet hatte.

Sonnentag

Annabett Böhm kann mehr als streng sein. Der Wolfskopf, den sein Vater regelmäßig haut, schwört bei Gott, eine väterliche Ohrfeige sei höchstens halb so schlimm, wie von Sybilles Mutter böse angeguckt zu werden. Sogar ein Faustschlag direkt aufs Ohr, der dann noch lang im Schädel klingelt, ein Hieb, wie ihn die Huhlenhäusler aus der Schulter schlenzen, ist seines Erachtens einem scharfen Tadel durch Sybilles Mutter vorzuziehen. Deswegen passt er jetzt in der Böhm'schen Küche höllisch auf, dass ihm mit der sahnig glitschigen Himbeertorte kein Missgeschick passiert. Der andere Geburtstagskuchen, der bunte Obstkuchen, ist ihm eine Warnung gewesen. Als er einen etwas zu großen Brocken mit der seltsam winzigen Gabel, die Frau Böhm auf eine gelbe Papierserviette neben jeden Teller gelegt hat, in Richtung Mund balancierte, wäre ihm schon beinahe eine schlüpfrige Hälfte Dosenpfirsich auf die Tischdecke geplumpst.

Nicht nur der Wolfskopf, auch seine Freunde schaufeln hochbehutsam. Jetzt steckt der Schniefer die Kuchengabel genau senkrecht in sein Stück Torte, wartet aber, die Hand über dem Teller, sicherheitshalber noch einen Augenblick, ob sie so hält, bevor er sein Schnupftuch aus der Hose zerrt und sich schon wieder die noch völlig saubere Nase putzt. Der Ami-Michi hat, während er ein Fernfahrer-Abenteuer seines Vaters nacherzählte, den Teller rechts und links festgehalten, als könnte der schlimm blutige Verkehrsunfall, um den es in der Geschichte ging, das Porzellan ins Schlingern bringen. So gibt sich jeder auf seine Weise Mühe, ordentlich zu sein. Nur das Geburtstagskind, Sybilles kleine Schwester, baggert sich riesige Stücke in den Mund, kippelt mit dem Stuhl und redet in einem fort das blöde Zeug, das sie meist herausschwatzt, wenn sie bei älteren Kindern, insbesondere vor den Freunden ihrer großen Schwester, Eindruck schinden will.

Frau Böhm gießt trübschlierigen Holundersaft in alle Gläser. Außer dem Fröhlich-Mädchen, dieser zimperlichen Zicke, hat ihre Kleine nur die Jungen eingeladen, mit denen Sybille spielt. Ihre Große ist und bleibt ein Bubenmädchen, wird auch in naher und ferner Zukunft mit den Kerlen ziehen, daran ist für Annabett Böhm nicht mehr zu rütteln. Und das Geburtstagskind, die kleine Äffin, macht der Schwester zurzeit wieder einmal alles nach. In Bälde schwingt das Pendel wieder in die andere Richtung, und sie will nicht einmal direkt nach Sybille ins Bad, weil es dort angeblich unerträglich stinke, sogar wenn sich die ältere Schwester drinnen garantiert nur die Hände gewaschen hat.

Annabett Böhm weiß nicht, dass Sybille bei der Auswahl der Geburtstagsgäste die Hand im Spiel gehabt hat. Zuerst hat sie ihre Schwester mit der kleinen Tafel Nuss-Schokolade bestochen, die ihr im hinteren Block vom Mann ohne Gesicht geschenkt worden war. Aber kaum hatte das Schwesterluder den letzten Riegel weggefuttert, wollte es nicht mehr an die gemeinsame Abmachung erinnert werden. Also musste Sybille andere Saiten aufziehen. Sie drohte, der Mutter zu erzählen, wie verhohlen gehorsam der Fröhlich-Bub mit ihrem jüngeren Töchterchen regelmäßig Richtung Fahrradkeller verschwinde, um sich nach einem Weilchen mit roten Backen und betont unauffällig wieder zu den anderen

Kindern zu gesellen. Als das nicht reichte, als die Kleine nur schnippisch mit den Achseln zuckte, musste Sybille deutlich werden. Das doofe Kerlchen sei doch beim letzten Mal, nach der letzten Untersuchung durch die strenge Frau Doktor, mit rotgeheulten Augen aus dem Keller hochgekommen. Das half sofort. Die Kleine log so perfekt, als sie sich den Wolfskopf, den Ami-Michi, den Schniefer und den Älteren Bruder als Geburtstagsrunde wünschte, dass in ihrer Mutter nicht der Hauch eines Verdachts aufstieg.

Von den eingeladenen vier Buben sind jedoch nur drei erschienen. Annabett Böhm verteilt noch einmal Kuchen und muss dabei erneut an den denken, dessen Platz leer geblieben ist. Vor einer guten Stunde hat dessen Mutter sie darum gebeten, das Telefon benutzen zu dürfen. Über den Apparat der Böhms wurde ein Taxi herbestellt. Außerplanmäßig, einen Tag vor dem Verbandswechsel, musste unser großer Bruder ins Josephinium. Frau Böhm hat beim Hinaustragen geholfen. Während sie den fiebrig rotwangigen Jungen, die Beinschiene voran, auf die Rückbank des Taxis hoben und die Mutter dann noch einmal in der Wohnung verschwand, um ihre Tasche und ein kleines Kissen für seinen schweißnassen Kopf herauszuholen, guckten die Böhm'schen Mädchen vom offenen Fenster aus zu. Natürlich sahen die Schwestern alles, was es zu sehen gab. Sybilles kleine Schwester erkannte sogar die Münze, die unsere Mutter der Nachbarin als Entgelt fürs erneute Telefonieren diskret in die linke Aufnähtasche ihrer neuen, knallorangen Kittelschürze gleiten ließ. Aber auch Annabett Böhm ist nicht von gestern. Obschon die kluge Sybille den bestmöglichen Moment abpasste, hat ihre Mutter, die Hände unter den Achseln des Nachbarsjungen, im Rückspiegel des Taxis gesehen, wie Sybille nicht nur kurz winkte, sondern auch, während die Kleine neben ihr garstig tief in der Nase bohrte, über den Fenstersims hinweg eine Kusshand in Richtung Auto warf.

Annabett Böhm schenkt allen vom selbstgemachten Saft nach. Ihr Töchterchen, die ewig Zweitgeborene, die wohl bis an ihr Lebensende Eindruck schinden muss, hat sich erneut mit großem Gequengel die beliebte Ami-Limonade als Geburtstagstrunk gewünscht, aber diese braune Brühe, die den zarten Zahnschmelz der Kinder bekanntlich wie pure Schwefelsäure anfrisst, kommt ihr, solange sie in ihrer Küche das Sagen hat, nicht in den Kühlschrank. Es ist ihr erster Kühlschrank, dass es auch ihr einziger und letzter bleiben wird, kann sie nicht wissen. Annabett Böhm ahnt nichts, weil sie nichts spürt. Fast bis zuletzt, bis kurz vor das große finale Quälen, wird sie nichts spüren müssen. Auch jetzt, da ihr Unterleib gegen den Tisch drückt, während sie noch einmal Kuchen austeilt, bleibt das Gewächs mucksmäuschenstill. Erst wenn es in die allerletzte Runde geht, wird sich mit bösem Druckschmerz melden, was anderthalb Handbreit unterhalb ihres Nabels und eine gute Handbreit tief in ihrem dunklen, weichen Innern wuchert.

Professor Felsenbrecher schlägt sich vor den Kopf. Bereits zum zweiten Mal klatscht ihm der Handteller seiner Rechten so spektakulär laut gegen die Stirn, dass sogar die kleine dicke Schwester, die Ausbrüche aller Art seit Jahr und Tag gewohnt ist, beunruhigt aufschaut. Dann brüllt er, er gedenke keine erhöhte Temperatur zu dulden, wo nach der Logik, die in allen Dingen, auch in den leiblichen Angelegenheiten walte, keine erhöhte Temperatur zu erwarten sei. Der Fuß habe das große Geschmore, das elektrische Gebrutzel vom letzten Mal doch erstklassig weggesteckt. Auf junges Fleisch könne man sich, zumindest als Arzt, verlassen. Ein Blinder mit Krückstock sehe, auf welch gutem Weg sich die Vernarbung nun befinde. Der Ältere Bruder möge ihm bitte schön verraten, woher sein Fieber rühre.

Apropos Blinde: Gewiss kenne er den Witz noch nicht, in dem ein Blinder seinen Hausarzt frage, wie er trotz seiner Blindheit nachprüfen könne, ob ihn seine Frau mit anderen Männern, mit diesen verfluchten Sehenden natürlich, hintergehe. Jetzt, wo die Mutter auf dem Weg zur Toilette sei, lasse sich dies ganz schnell von Mann zu Mann erzählen. Bedingung sei allerdings, dass er schon wisse, was ein Knutschfleck sei. Der Ältere Bruder sagt sofort ja, um sich zumindest die Erklärung dieses Wortes zu ersparen, obwohl er nie dergleichen zu sehen bekommen hat und nur ungefähr ahnt, worum es sich bei solchen Flecken handeln könnte. Aber dann klackt die Klinke, und Schwester Innocentia freut sich, dass die Mutter dieses armen Buben, der vor Fieber bis in die Zehenspitzen glüht, den Weg den Gang hinunter und zurück so flugs geschafft hat. Bestimmt ist sie gerannt. Noch ehe die Tür wieder ins Schloss fällt, wird der Professor von ihr gefragt, ob er herausgefunden habe, was ihrem Sohn auf einmal fehle.

«Ach, bloß so eine gottverdammte Sommergrippe», knurrt Felsenbrecher, obwohl er in diesem Augenblick kein bisschen an die Grippe glaubt, genauso wenig, wie er in Momenten, in denen es eine hübsch naheliegende Entlastung wäre, an einen Gott glaubt. Und dann entschuldigt er sich noch pro forma bei Schwester Innocentia für seinen gottverdammten Fluch; denn hier im Josephinium gehört es sich, dass auch der Chef Bedauern heuchelt, sobald er Gott auf den Schlips getreten ist. In Wahrheit, hinter seiner Doktorstirn, in seinem Doktorherzen und tief in seinen Doktoreingeweiden, ist sich Hermann Arthur Felsenbrecher absolut sicher, dass nicht einmal seine kugelrunde Lieblingsschwester auf jenen armen Kerl vertraut, der hier hundert und mehr Mal, immer ähnlich schön gemartert, unter den geweißten Decken hängt. Im Zustand höherer Trunkenheit behauptet er sogar noch Ärgeres von seinen Schwestern. Erst gestern, als er so lang wie jeden ersten Sonntagvormittag im Monat mit Gottfried Döbel, seinem Apothekerfreund, in der Weinstube Wolff beim Frühschoppen beisammenhockte, konnte man ihn herausposaunen hören, selbstverständlich rechne keine einzige seiner scheinheiligen Haubenlerchen mit der Vergebung ihrer Sünden und der Auferstehung ihres Fleisches. Schließlich seien die katholischen Schwestern hartgesotten. Allein das Leid der mit Gottes fragwürdiger Hilfe zu früh Geborenen zu erleben, brühe diese der Kinderlosigkeit geweihten Frauen doch ab bis auf die Knochen. Denen tauge das Folteropfer mit dem schick drapierten Hüfttuch allenfalls noch für eine kleine Entspannungsphantasie vor dem verdienten Schlummer.

Jetzt überlegt er, ob er den Jungen besser dabehalten soll. Falls es ernst würde, dürfte man keine Zeit verlieren. Er amputiert recht gern. Ein Raucherbein nach allen Regeln der Kunst unter dem Knie oder notfalls auch darüber in einen perfekten Stumpf zu verwandeln, hat ihn fast immer, allein schon weil es einen prächtigen Aufwand darstellt, erschöpfend befriedigt. Aber den Kindern nimmt er ungern mehr als die Mandeln oder den Blinddarm weg. Sogar den Wurmfortsatz, diese unerklärte innere Arabeske, ließe er bei seinen kleinen Klienten lieber an Ort und Stelle. Solange unser fleischliches Labyrinth noch wächst, sollte man von seinen dunklen Gängen, wenn irgend möglich, die Finger lassen. Das Fieber ist ihm ein Rätsel. Eventuell hat dieses magere Kerlchen einfach Künstlerpech. Der Junge guckt allzu verständig aus der Wäsche. Was ihm da in den Augen blaut, könnte das Übermaß an Hellsicht sein, aus dem sich irgendwann betrügerischer, mit Glück vor allem selbstbetrügerischer, mit übergroßem Ausnahmsglück sogar ein künstlerischer Mehrwert schlagen ließe. Aber in einem dunklen Zwang ziehen sich die Hellsichtigen stattdessen eher eine Serie aus exquisiten Missgeschicken auf den Hals. Die meisten der potenziellen Bildermacher gehen zugrunde. Schnell einen Witz! Dem Buben schwant etwas, also muss es nun eine Geschichte sein, deren Gang sowohl das Gekränkel als auch die Doktorei veräppelt.

Die Mutter jedoch, von der der Ältere Bruder die blauen Augen hat, spürt längst, was los ist. Sie sieht, wie hilflos fragend, wie tollpatschig, wie verräterisch unentschlossen die großen Hände des Professors die Wade, dann das Knie und schließlich noch den Oberschenkel ihres Sohns betatschen. Sie sieht die ärztliche Zeigefingerkuppe einer unsichtbaren Linie folgen, als könnte dieses Streichen in magischer Vorwegnahme verhindern, dass ein bestimmter Strich in Rot oder in Blau Erscheinung wird. Jetzt zupft er an den Zehen herum, während er einen Doktor-und-Patient-Witz auf die Spur setzt: Ein Mann, der immer dünner wird, obwohl er futtert wie ein Scheunendrescher, erfährt von seinem Hausarzt, er beköstige ein Tier als inneren Untermieter, einen aus bleichen Platten zusammengesetzten Primitivling, einen Wurm. Prompt graust es dem Patienten ganz schrecklich vor sich selber. Sein Onkel Doktor weiß ihn zu beruhigen.

Alles halb so schlimm! Es gebe nicht nur eine, sondern gleich zwei Methoden, einen solchen Schmarotzer loszuwerden, eine brutale, schnelle, bei der man den heimlichen Gast vergifte, und eine behutsame, die allerdings ein bisschen Zeit in Anspruch nehme. Der Patient entscheidet sich für die sanfte Tour und wird aufgefordert, zum nächsten Termin einen kleinen, gewaschenen und entstielten Apfel und ein hartgekochtes, säuberlich abgepelltes Ei in die Praxis mitzubringen. Außerdem sei, für den Schlussakt der Kur, ein guter Hammer mittlerer Größe zu besorgen.

Kaum dass sie wieder zu Hause angekommen sind, misst die Mutter, weil es ihr der Herr Professor aufgetragen hat, wieder Fieber. Der Ältere Bruder hat die Prozedur schon im Josephinium auf jene schrecklich peinliche Weise, die dort als die einzig wahre gilt, über sich ergehen lassen müssen. Er spürt, auch der Mutter ist es so, wie es nun gemacht werden soll, nicht recht. Aber Professor Felsenbrecher hat ihr verboten, das Thermometer nur unter die Achsel oder in den Mund ihres Sohns zu stecken. Das sei bloß Laien-Pipifax. Das Gesicht zur Kinderzimmerwand gedreht, würde unser großer Bruder vor Scham und Wut am liebsten mit den Zähnen knirschen. Aber zu verraten, wie sehr ihn das Geschehende geniert, würde es zwischen ihnen beiden nur noch schlimmer machen. Da summt es tief und technisch gut durchs offene Fenster. Er atmet auf, das bloße Hinhorchen tut bereits wohl, und das Vorstellen erlöst ihn vollends aus dem elenden Unbehagen. Er weiß, da draußen ist nun eine riesengroße gelbe Kiste in den Hof gebogen, nicht schnell, aber geschwind genug, um in den engen Kurven lustig ins Schaukeln zu geraten. Jedes Mal, bestimmt auch jetzt, sieht es so aus, als wäre das Chassis über viel zu weiche Federn mit den Achsen verbunden. Und als der Lieferwagen, dessen Wackeln ihn an den Watschelgang eines Clowns erinnert, vor ihrem Aufgang stoppt, verendet sein seltsames Motorgeräusch in einem kurzen, aber lauten Schmatzen.

Die Post ist da! Das ist der Wagen, der alles heransummt, was nach den strengen, bundesweit verbindlichen Verfahrensregeln nicht in den schwarzen Fahrradtaschen von Wischmann-Waschmann landen darf. Lauschend stellt der Ältere Bruder sich alles ganz richtig vor: Die Kleinen haben ihre Schippen in den Sandkasten geschmissen, um hinzurennen. Der Ami-Michi, der wegen der besonderen Zigaretten seiner Mutter, die nicht im Automaten am Eck vertreten sind, bei Tabak-Geistmann war, ist dem großen Elektromobil mit dem Fahrrad schon den Kreuztöterweg hinunter und dann in den Drosselgrund hinein gefolgt, jetzt rollt er links neben das Fahrerhäuschen und fragt den Postchauffeur durchs offene Seitenfenster, wem er denn etwas bringen wolle. Der Fahrer gibt die Frage an seinen Beisitzer weiter. Der winkt den Ami-Michi um die Windschutzscheibe zu sich herüber, steigt aus und stemmt die große Schiebetür bis zum Anschlag auf – viel weiter, als nötig wäre, um das Paket herauszuholen. Er weiß, dass die Kinder in den Bauch des Wagens gucken wollen. Er klettert sogar hinein, obwohl die fragliche Sendung auch mit einem Hineinbeugen zu erreichen wäre, und schichtet, was noch in der Neuen Siedlung auszuliefern ist, ein bisschen um. Und als der Ami-Michi ihm, wie er es schon beim letzten und beim vorletzten Mal getan hat, hinterherruft, wo denn genau die Batterien des Elektroautos verborgen seien, stampft der Postler mit dem Absatz seines rechten Dienstschuhs so fest auf den Boden des Laderaums, dass man den Hohlraum dröhnen hört.

Ich horche ungern hin. Das Hohle ängstigt meine bläschenzarte Winzigkeit. Aber schon stehen mir und meinem Bangen die superschweren Batterien aus Blei und Kupfer bei. Wieder gelingt es den tiefschwarz lackierten Speicherkästen des Mobils, dem Vakuumsog meines Fürchtens die besondere Tüchtigkeit ihrer geballten Masse entgegenzusetzen. Die Kinder brauchen dergleichen Hilfe nicht. Ohne dass sie an irgendeine schlimme Leere denken müssten, tut allen im Hof immer wieder gut, wie dieser Stromwagen durch meinen Sommer summt. Der nette Elektropostler legte das flache Paket dem Ami-Michi auf Hände und Unterarme und ließ es ihn bis an die Wohnungstür tragen, allein das Klingeln übernahm er selbst. Die Mutter sagte, die Sendung sei eigentlich für ihre Kleinen, aber auch für ihren Großen komme sie goldrichtig. Der Ami-Michi, den sie als Einzige der Mütter ausnahmslos mit seinem ungekürzten Doppelnamen, mit Hans-Michael anredet, solle nur hereinkommen, die Zwillinge seien im Bad.

Wie alle Freunde weiß der Ami-Michi längst, dass die beiden stets gemeinsam aufs Klo marschieren. Sogar wenn sie auf den Wiesen des Spielplatzes oder am Rosenhang die Blase drückt, treten sie Schulter an Schulter in die Büsche. Und wenn sie zu Hause die Badtür hinter sich verriegeln, dauert es ewig, bis man sie wiedersieht, weil sie sich in der Regel etwas zum Studieren mit hineingenommen haben. Während er das Paket in die Küche trägt, stellt sich der Ami-Michi vor, wie der eine am Rand der Badewanne lehnt und hochkonzentriert in seinen Comic guckt, solange der andere, noch gründlicher in jede Sprechblase versunken, die Holzbrille der Kloschüssel besetzt. Der Ami-Michi hat keine Geschwister und wird auch keine mehr bekommen, weil seine

Mutter bei ihrem Fernfahrer-Gatten genauso wie bei ihren amerikanischen Vormittagsbesuchern auf der Hut ist. Ohne Gummi komme bei ihr nichts mehr in die Tüte, ohne einen von ihr eigenhändig aufgezogenen Qualitätsartikel bleibe der Ofen kalt. So hat sie es erst kürzlich auf offener Straße gegenüber Annabett Böhm zweimal nacheinander auf ein Bild gebracht. Die beiden Frauen hatten zwischen Tabak-Geistmann und Lebensmittel-Vetterle die Einkaufstaschen abgesetzt, um ein wenig zu plaudern. Der Ami-Michi ist brav dabeigestanden. Als seine Mutter dann noch sagte, die Zeiten, wo man den Männern zuliebe jedes Risiko eingegangen sei, um Monat für Monat erneut das große Zittern zu bekommen, seien doch endgültig vorbei, wurde er von Sybilles Mutter so bedenklich, so superstreng von oben angeschaut, als könnte ausgerechnet er etwas dafür, dass sich seine Mutter mitten auf dem Gehsteig lauthals über solche Erwachsenen-Sachen ausließ.

Wenn er sich aus allen Müttern des Hofes eine aussuchen dürfte, wäre dem Ami-Michi die Mutter der drei Brüder mit Abstand die liebste. Sogar Sybille, die ihre Mutter, vielleicht zu Recht, für die schönste Frau der Welt hält, sagt, dass die Zwillinge und deren Älterer Bruder eine tolle Mutter zu Hause hätten. Vorhin hat diese Super-Mutter sofort gemerkt, wie er sich auf der Stelle wand. Ganz von allein hat sie verstanden, dass er vor lauter Neugier mit den Sandalen auf dem Fußabstreifer scharrte, weil er unbedingt mit ansehen wollte, wie die Zwillinge das Paket aufmachten. Drinnen am Küchentisch heißt es sich nun gedulden. Aber da sogleich ein großes Glas eisige Limo vor ihn hingestellt wird, ist es schönes Warten. Bei keiner anderen Mutter ist der Kühlschrank so verschwenderisch kalt eingestellt. Der Ami-Michi gießt sich gerade einen weiteren langen Schluck in die vor Kälte schon fast taube Kehle, als hinter Spüle, Herd und Kühlschrank, als hinter der dünnen Wand zum Bad, endlich die Spülung geht.

Den Älteren Bruder beutelt unterdes das Fieber. Gut zehn Minuten, kaum ein knappes Viertelstündchen, hat die Mutter nicht nach ihm geschaut. Aber die Spanne genügte der unerklärten Krankheit, um sich bis in ihre wahre Höhe aufzuschwingen. Der Ältere Bruder klappert mit den Zähnen und murmelt die wichtigsten Stücke, die Kernsätze des Bandwurmwitzes. Er weiß, dass seine Brüder die Geschichte lieben werden, ist aber noch nicht dazu gekommen, sie an die beiden weiterzuerzählen. Auf keinen Fall darf er vergessen, dass es zwei Möglichkeiten gibt, den Eindringling, den fremden Zehrer, wieder loszuwerden. Und unerlässlich gehört in die Eröffnung der Geschichte, dass der kleine Apfel gewaschen und entstielt und das gekochte Ei gut abgepellt sein muss. Nur so können Apfel und Ei dem gefräßigen, aber tumben Wurm auf kürzestem Weg als Leckerbissen angeboten werden.

Unser großer Bruder muss vor Fieber schnattern, während er sich wieder vorstellt, wie der geschickte Doktor seinem Patienten beides nacheinander, das Äpfelchen stets zuerst, tief in den Po und damit in die Eingeweide schiebt. So geht es Tag auf Tag. Und schließlich schlägt die Stunde des Hammers. Am Tag der Entscheidung wird das vom Witzerzähler eingangs mit dem nötigen Nachdruck erwähnte Werkzeug anstelle des harten Eis in die Praxis mitgebracht. Der Ältere Bruder sieht, wie der Bandwurm, der sich, nicht anders als ein gutgläubiger Mensch, allzu schnell an das Geschenkte gewöhnt hat, den Wurmkopf zum ersten Mal hinaus ins Freie schiebt, um nachzugucken, wo sein Ei bleibt. Er fragt sogar: «Wo bleibt mein hartgekochtes Ei?» Professor Felsenbrecher hat die Wurmstimme ganz prima mit gespitzten Lippen herausgeflötet, aber die Witzigen Zwillinge werden es noch drolliger und zugleich gruseliger zustande bringen.

Der Ältere Bruder memoriert die Frage mit heiserer Stimme und sieht an der Decke des Kinderzimmers das Rosettenmäulchen des todgeweihten, des todesnahen Wurms aufscheinen. Das Saugloch hat einen wunderhübschen Doppelkranz aus himbeerroten Häkchen und milchig bleichen, stummelkurzen Tentakeln. Professor Felsenbrecher, aus dessen fachmännischem Wissensschatz das Porträt des Parasiten stammt, hat inzwischen höchstselbst, als Brustbild, einen großen Teil der Kinderzimmerdecke in Beschlag genommen und beginnt dem Älteren Bruder die Funktion der seltsamen Mundwerkzeuge zu erklären. Obwohl er ins Detail geht, bleibt die Erläuterung, darauf legt der Herr Professor den allergrößten Wert, auch für einen jugendlichen Laien gut verständlich.

Schade, sehr schade, dass unserem großen Bruder ausgerechnet jetzt das Kerzenlicht der Einsicht von der Druckwelle einer Ohnmacht ausgeblasen wird. Die Mutter, die seinen Brüdern eben ihre Haushaltsschere reichen wollte, damit einer von ihnen die Paketschnur zerschneidet, spürt es sofort. Mit zwei Schritten ist sie an der Kinderzimmertür. Die Schere, ein Qualitätsprodukt, das ein stilisiertes Zwillingspärchen als Markenzeichen trägt, ragt ihr wie ein Hausfrauendolch aus der geballten Rechten. Gäbe es dadrinnen jetzt einen Wurm, der es wagen würde, sein Haupt gegen ihren Ältesten zu erheben, er könnte noch so groß sein, er könnte einen gezackten Rückenkamm zwischen den Betten winden und lange Klauen auf den Dielen spreizen, er könnte sogar giftiges Feuer über die gespaltene Zunge speien, er müsste ihre mütterliche Waffe dennoch ernstlich fürchten.

Regentag

Der Regen tut allen gut. Und ein kühl abgewogener Zufall hat es gefügt, dass heute Vormittag, dass mit nur einem Tag Verspätung die noch fehlenden, die heißersehnten Einklebebilder per Briefträger gekommen sind. Sie füllten zwei gepolsterte Kuverts, gerade so dick, dass sie nicht mehr durch den Briefkastenschlitz passten und Wischmann-Waschmann an der Wohnungstür klingeln musste. Natürlich wollte er die Sendung nicht bloß übergeben, sondern zugleich herausbekommen, was die Umschläge verbargen. Er fragte die Mutter mit einem plumpen Scherz, ob sie sich die Suppennudeln neuerdings direkt ab Fabrik bestelle. Damit war klar, dass er den Absender gelesen hatte, und der Mutter genügte das, um ihm eine schnippische Antwort aufzubrennen, die nicht das Geringste preisgab, ihn aber mit einer quälend vagen Anspielung auf sensationelle, im Fernsehen angepriesene Produkte dieser bislang nur für ihre Teigwaren bekannten Firma erst recht gierig auf das Ungewusste machen musste. So schnell finden an dieser Wohnungstür des erbsengrünen Blocks Geheimnis und Gerechtigkeit unter dem Mäntelchen der Grausamkeit zusammen.

Wischmann geschieht es recht. Schon beim frühmorgendlichen Sortieren im Postamt am Elsternhorst liest er nicht nur die Absender, sondern nimmt sich auch die Zeit, sämtliche Postkarten zu studieren. Schwer lesbare Handschriften werden so lüstern entziffert, als diente eine krude

Klaue ausnahmslos dazu, eine heikle Mitteilung zu tarnen. Dieser Werner Wischmann soll niemals erfahren, warum die Witzigen Zwillinge an zwei aufeinanderfolgenden Tagen Sendungen von Deutschlands größtem Nudelwerk bekommen haben. Bereits im nächsten Winter, drei Tage vor Heiligabend, wird ihm auf dem Personal-Klo des kleinen Postamts ein schmierig weißes Klümpchen aus Fett und Eiweiß, kleiner als ein Sesamkorn, ein Herzkranzgefäß verschließen. Ein aufmerksamer älterer Kollege wird sein Stöhnen hören, wird mit einem Schraubenzieher die verriegelte Toilettentür aufbrechen und neben dem nackten Hintern des vom Porzellan Gekippten eine Ansichtskarte aus New York entdecken. Sie ist an die Mutter des Ami-Michi adressiert. Bis Doktor Junghanns eintrifft, bleibt dann auch diesem Postler genügend Zeit, den in einzelnen Großbuchstaben säuberlich aufgemalten Text zu begrübeln. Drei Sätze sind es bloß. Aber obwohl Wischmanns Kollege zwei Sommer als baumwollpflückender Kriegsgefangener in den USA verbracht hat, wird er nicht einmal ungefähr kapieren, was da, schmeichelnd und dankend, in einem hübschen, gar nicht soldatisch groben Amerikanisch, ja nahezu poetisch über die Qualitäten der Adressatin angedeutet wird.

Im gestrigen Paket war das großartige Sammelbuch verborgen. Dass das Aufschneiden der Paketschnur erst einmal unterblieb, weil der Ältere Bruder, fiebrig ratternd, von Würmern und Äpfeln und einem Hammer phantasierte und die Mutter, die Schere in der Hand, zu Frau Böhm hinüberrannte, erweist sich heute als die angemessene Verzögerung. Gestern wollte die Mutter gleich nach einem Krankenwagen telefonieren, sah aber beim Durchqueren des Hausflurs die große dunkelblaue Limousine vor dem Eingang parken.

Doktor Junghanns war so dicht herangefahren, dass das Chrom des Stoßfängers fast das Glas der Tür touchierte. Jeden Mittwoch macht er Hausbesuche, und seit die Schwiegermutter von Frau Roser im zweiten Stock mit langem Atem, fast mit einer Art von Muße, im Sterben liegt, schaut er nicht nur mittwochs, sondern auch montags und freitags bei ihr vorbei, um ein Viertel- oder gar ein halbes Stündchen mit der im Schneckentempo Scheidenden über die eine oder andere verjährte Nebensächlichkeit, vor allem über alte Filme, manchmal auch über den einen oder anderen Roman, den nie mehr irgendjemand lesen wird, zu plaudern.

Frau Roser ist es gelungen, ihren Brustkrebs mit Disziplin und Klugheit und viel Verbandsgeschick so lang vor Sohn und Schwiegertochter zu verbergen, bis die Geschwulst garantiert inoperabel war. Sich selbst den Oberkörper und dessen nach außen durchgebrochene Altersfrucht zu bandagieren, war allein schon alle Achtung wert. Ernst Junghanns pfiff anerkennend durch die Zähne, als ihm der Kunstverband zum ersten Mal vor Augen kam. Emilie Roser winkte in selbstgewisser Bescheidenheit nur ab. Sie habe den ganzen Krieg lang in Lazaretten im Osten wie im Westen genug gelernt, habe zuletzt als Oberschwester selbst Mädchen mit zwei linken Händen noch das Nötige beigebracht. In Mull und Zellstoff mache ihr so schnell keiner etwas vor. Das werde auch so bleiben. Und es bleibt auch so. Sogar an ihrem letzten Morgen, im Kaffeeduft ihrer Todesstunde, wird sie die Hände ihrer Schwiegertochter nicht an den außer Rand und Band geratenen Busen lassen müssen.

Von der Mutter ins Erdgeschoss geholt, geriet der alte Arzt erst einmal über sich selbst ins Wundern; ein von der Zeit verschüttetes Vermögen, die Wiedersehensfreude, lebte jählings in ihm auf. Es war verblüffend, wie sehr es sein Gemüt erhellte, den dünnen Jungen samt seiner Ferse wieder vor Augen zu haben. Er nahm der Mutter des Knaben die Schere, mit der sie schon die ganze Zeit herumlief und hilflos ins Leere drohte, aus der verkrampften Rechten und machte sich daran, den Verband zu öffnen. Er war gespannt, wie Felsenbrecher den von den Speichen zerfleischten Fuß geglättet hatte. Früher, als seine Augen noch scharf und seine Finger ruhig gewesen waren, hätte ihn eine derart diffizile Flickarbeit gerade wegen ihrer Risiken gereizt.

Die Felsenbrecher'sche Versorgung erwies sich als rigoros, penibel, souverän. Der alte Doktor Junghanns wurde noch einmal, was nur noch äußerst selten vorkam, richtig stolz auf seine Zunft. Der Mutter unseres großen Bruders sagte er, wie so oft lasse sich auch in diesem Fall erst nachträglich, erst wenn ein Könner sein Bestes gegeben habe, beurteilen, wie groß die Not gewesen sei. Die Verletzung ihres Sohnes habe nicht nur die Wahrscheinlichkeit einer langwierigen Behandlung, sondern wie einen stillen bösen Keim auch die Gefahr einer bleibenden Gehbehinderung, vielleicht sogar den Schrecken einer Fußabnahme in sich getragen. Erstaunlich, was Knaben sich mit einer scheinbar friedlichen Erfindung wie dem Fahrrad antun könnten. Nein, die Temperatur müsse sie jetzt nicht schon wieder messen. Er sei ja da. Er spüre mit der bloßen Hand, dass es recht viel sei. Wenn er selber ein derartiges Fieber, ein richtiges Mordsfieber hätte, müsste er sich natürlich Sorgen machen. Aber für einen Jungen in diesem Alter sei es prinzipiell nicht schlimm. Mit dem lädierten Fuß habe das Fieber übrigens nichts zu tun. Das dürfe sie ihm als doppeltem Weltkriegsveteranen wirklich glauben. Mit allem, was man dem Körper brachial, mit roher, mechanischer oder chemischer Gewalt von außen antun könne, kenne er sich besser aus, als ihm manchmal lieb sei.

Ernst Junghanns legte dem Älteren Bruder erneut und dieses Mal ein wirklich langes Weilchen die Finger auf die Stirn. So kam die Mutter nicht umhin zu sehen, wie unerträglich stark sich die hornig trockenen Faltenreihen und die warzenhaft verdickten Flecken seines Handrückens von der feuchten, glatten Haut ihres Sohnes unterschieden. Unheimlich sah es aus, als wäre der gute Siedlungsdoktor in Wahrheit ein großes Reptil, eine gelehrte, ja weise Echse, die sich, so, wie es in speziellen Büchern manchmal zugeht, aus dunklen, tief zwiespältigen Gründen ausgerechnet die Kurierung der pelzlosen Säugetiere zur Profession erkoren hat.

Heute ist das Fieber wie fortgepustet. Die Mutter war eben noch schnell weg, um bei Tabak-Geistmann zwei kleine Tuben Alleskleber einzukaufen. Herr Geistmann wies sie netterweise auf den Preisvorteil der Familientube hin, aber die Mutter kaufte dennoch weniger Kleber für mehr Geld, weil sie weiß, wie kurz die Finger ihrer Söhne sind. Nun sollen die Bilder endlich in die noch ungelesene Geschichte. Gestern, als die Zwillinge und der Ami-Michi nach der Abfahrt von Doktor Junghanns doch noch die Schere erhielten und das Paket geöffnet wurde, kam, schützend eingeschlagen in milchig halbdurchsichtiges Papier, das albumartig breite Buch zum Vorschein. Schildkrötenlangsam und völlig stumm, ganz anders, als die Mutter es von ihren sonst so munteren Sprösslingen erwartet hätte, blätterten sich die beiden dann, die Stirn unkindlich lang gerunzelt, ein erstes Mal bis zur letzten der glänzenden Seiten durch.

Zweimal musste der Ami-Michi nachfragen, bis die Zwillinge ihm endlich erklärten, was die freien Stellen auf den Seiten zu bedeuten hatten. Mit offenem Mund staunte er über die Vorgeschichte: Über zweihundertmal seien aus leeren Nudelpackungen die Sammelpunkte ausgeschnitten worden. Stets hätten sie sich dazu die spitze, extrascharfe Nagelschere der Mutter geben lassen. Rechteck für Rechteck sei fein säuberlich entlang seiner gestrichelten Umrisslinie aus dem Karton geschnippelt worden. Denn nur ein ordentlich herausgetrennter Sammelpunkt behalte seine Gültigkeit. Auf jedem blauen Rechteck sehe man einen gelben Kreis. In jedem Kreis sei eine blaue Zwei, die für zwei Punkte stehe. Als die Mutter kurz draußen beim Wäscheaufhängen war, verrieten die Zwillinge dem Ami-Michi, dass sie regelmäßig Heißhunger auf Makkaroni, Spaghetti oder Buchstabensuppe geheuchelt hätten, um möglichst rasch an weitere Packungen zu gelangen. Als endlich die ungeheure Zahl von fünfhundert Punkten erreicht gewesen sei, habe die Mutter die Kartonquadrate zusammen mit einer Zuzahlung, mit einem dieser kleinen grünen Scheine, auf denen die Frau mit den schönen Locken und prächtige Eichenblätter abgebildet seien, an die Nudelfabrik geschickt.

Und nun sind auch die Bilder da. Die Mutter hat den Ami-Michi, der draußen im Nieselregen seinen Plastikball gegen die Hauswand kickte, hereingerufen. Auch er soll miterleben dürfen, was ihm gestern vorenthalten blieb. Die Bilder sind eine Pracht. Die Bilder sind eine wahre Wucht. Hochglänzend und auf ein festes, fast kartonsteifes Papier gedruckt, übertreffen sie jede mögliche Erwartung. Doch vorerst müssen sich die Knaben ganz auf die Rückseiten konzentrieren, denn die dort mattgrau aufgedruckten Nummern entscheiden, wie Bild auf Bild ins Buch gehört. Damit ihnen um Himmels willen kein Fehler unterläuft, prüfen die Zwillinge, die sich zur Beruhigung an die Ellenbogen ihres großen Bruders schmiegen, nacheinander, ob die fragliche Zahl wirklich mit der im textfreien Rechteck übereinstimmt. Und auch der Ami-Michi, der ihnen vis-à-vis sitzt und für den die Ziffern auf dem Kopf stehen, ist angehalten, mit zu kontrollieren, und gibt sich Mühe, aufzupassen wie ein Luchs. Der Ältere Bruder schmiert den Kleber hauchdünn ins Buch, pustet dann drüber, damit die glasige Schicht schnell antrocknet und das Papier nicht aufweicht. Sobald ein Bild an seinem Platz ist, wird das Buch geschlossen. Acht frisch gewaschene Hände pressen es auf den Tisch, damit das Eingefügte, während der Kleber härtet, sich nicht wellt oder verrutscht. Durch die gespreizten Finger sehen die Buben dann nur schmale, immer anders ausgeschnittene Segmente des Titelbildes, was dessen Schönheit wie dessen Schrecken keineswegs schmälert, sondern im Gegenteil bei jedem stummen Draufstarren um ein spürbares Quäntchen steigert.

Als das letzte Bild, die Nummer 63, bombenfest an seinem Platz pappt, sind sich die Geschwister wie der Ami-Michi nicht sicher, ob sie über das Ende der großen Prozedur froh oder betrübt sein sollen. Der Ältere Bruder wendet noch einmal alle Seiten. Die Witzigen Zwillinge sehen von rechts und links ins Buch. Der Ami-Michi ist um den Tisch herumgekommen, damit Tiere und Menschen nun auch für ihn auf Füßen und Tatzen stehen und alles Flüssige nach unten fließt. Die Mutter lehnt am Gasherd, schlürft ihren Kaffee und sorgt sich jetzt doch, dass die Geschichte für das Gemüt ihrer beiden Kleinen, die sie für besonders zart besaitet hält, zu gewaltträchtig sein könnte. Vorhin, als die Brüder erst einmal alle Bilder auf dem Tisch ausgebreitet hatten und mit dem Ami-Michi stumm auf das in dieser Ungereihtheit rätselhaft wüste Geschehen guckten, ist für die Augen der Mutter schlimm klar zu erkennen gewesen, wie häufig das leuchtend helle Rot für Blut steht, für das Wundblut eines erjagten Tieres oder für den nicht weniger reichlich vergossenen Lebenssaft eines rettungslos verlorenen, eines von Klauen und Reißzähnen zerfleischten Menschen.

Der Mann ohne Gesicht mag es, allein zu sein. Schon damals im ersten Leben, als er sich noch die Nase schnäuzen konnte, ist er gern für sich geblieben. Allerdings weiß er erst aus den letzten Jahren, erst, seit er im Wald war, was ein übertriebenes Abstandnehmen von den Artgenossen nach und nach im Hirn anrichtet. Von Anfang an hatte er jeden dritten oder vierten Tag mit den Forstarbeitern des Reviers einen kleinen Plausch gehalten. Sie rauchten vor dem Treppchen seines Wagens, ließen sich meist auch auf Tee oder Kaffee einladen, und ihm gefiel die Art, wie ihre breitgeschufteten Hände das rote Emaille seiner Pötte umschlossen. Sogar im Sommer wirkten diese Pranken wärmelüstern. Und alle, bis auf Dietmar, dem an der Rechten der halbe Daumen fehlte, schoben die groben, gelben Daumennägel wie Sicherheitshaken unter den Bogen der Henkel.

Sie waren gesprächig, vielleicht weil ihre Arbeit chronisch laut war und ihnen die Stille der Arbeitspausen schnell unbehaglich wurde. Am liebsten erzählten sie von Unglücksfällen, meist von selbst erlittenen oder zumindest mitangesehenen, aber auch längst legendär gewordenes Blutvergießen kam zur Sprache, und niemand störte, dass urig muskulöse Pferde und riesige Zugsägen mit mehr als mannslangen Zackenbändern dabei tragende Rollen spielten. Wie Dietmar, dem Vorarbeiter, fehlten noch vier anderen Finger oder Fingerglieder.

Einem, dem Polen-Willi, zog sich eine breite, sichelkrumme Narbe von der rechten Schläfe in die Stirn, um dort unter einer übergroßen Augenklappe zu verschwinden und links neben der Nase als feine rote Linie noch einmal aufzutauchen. Um weitere Versehrungen zu präsentieren, mussten Hemdsärmel aufgekrempelt oder Hosenbeine hochgeschoben werden. Manchmal sollte er die Tiefe oder die wulstige Erhöhung der Narbe mit den Fingerspitzen prüfen. Natürlich fragten sie ihn nie, wo sein Gesicht geblieben war.

Im letzten Frühling unterlief ihm der entscheidende Fauxpas. Als sie zu sechst ganz eng um den Tisch in seinem Wagen saßen und das Zeitungspapier, in das die Semmeln und Brote eingeschlagen gewesen waren, keinen freien Fleck mehr ließ, begann er, nur um etwas zum allgemeinen Witzeln beizutragen, von den Mäusen zu erzählen. Boden, Wandung und Tonnendach des Bauwagens waren doppelt. Zwischen die beiden Bretterschichten hatte man als Isolierung Rosshaar gestopft, sodass er es, wenn das Feuer in seinem Öfchen ausgebrannt war, noch ziemlich lange warm in seiner Bude hatte. In dieser Dämmschicht hatten sich die Nager der Lichtung eingenistet. Immer aufs Neue suchte er nach ihrem Schlupfloch, nagelte Brettchen vor die in Frage kommenden Ritzen, aber es gelang ihm nie, sie endgültig nach draußen zu verbannen.

Spätabends, wenn er die Kerze ausgeblasen hatte, wenn er auf seinem schmalen Bett lag und sein Atem ruhiger ging, begannen sie zu fiepsen. Es dauerte noch eine gute Stunde, bis die Töne nach und nach in tiefere Frequenzbereiche sackten, und noch ein weiteres Stündchen, bis sich die einzelnen Pfiffe zu Silben zusammenzogen. Wenn er ganz still auf dem Rücken liegen blieb und nicht den Fehler machte, wieder schneller oder unregelmäßig Luft zu holen oder sich gar herumzuwälzen, kam ihm irgendwann das erste Wörtchen bekannt vor. Als er sich halbe, manchmal sogar ganze Sätze spekulativ erschließen konnte, mutmaßte er zunächst, es könnte sich um eine ältere Stufe seiner Muttersprache, um die urige Reinform eines Dialekts oder gar um Jiddisch handeln. Dem widersprach jedoch die stottrige Überlänge der vokalreichen Wörter. Ganz eigentümlich spät, mitten in einer langen Frostperiode, während der die auf der Scheibe des Fensterchens kondensierte Atemfeuchtigkeit Nacht für Nacht in immer üppigere Eisgewächse umschlug, verstand er jählings die Regel der Codierung. Nichts weiter als unser ganz normales Hochdeutsch wurde in den Mäusekehlen nach ein und demselben einfachen Muster verschlüsselt. Er schämte sich nicht wenig vor den Tierchen. Er schämte sich dafür, dass er als Mensch und erwachsener Mann so spät hinter diesen simplen Mäusetrick gekommen war.

Den stumm lauschenden Forstarbeitern hatte er bloß ein wenig ausführlicher beschreiben wollen, wie schwer es ihm selbst dann noch gefallen war, das chorisch gefiepste, fast gesungene Wort «maubausebetobot» rückzuübersetzen. Er hielt dies für ein spaßiges Beispiel, das auch diesen Männern der Faust einleuchten und gefallen würde. Aber stattdessen musste er begreifen, wie grundsätzlich sich der Humor der handfesten Kerle von seinem unterschied. Ihr restliches Beisammensitzen verlief peinigend still, man hörte die Arbeit der Brot und Wurst kauenden Backenzähne, das Knacken der Kiefergelenke. Und ein paar Tage später sprach Dietmar wohl im Namen aller bei ihm vor. So gottverlassen im Wald zu hausen sei auf die Dauer für keinen gut. Es müsse doch irgendwo eine Schwester, eine Tante oder zumindest eine

Kusine geben, zu der er ziehen könne. Vor allem die Art, wie der Vorarbeiter dabei versuchte, seinen Daumenstummel ins rechte Nasenloch zu schieben, bereitete ihm Unbehagen. Und als es Dietmar dann tatsächlich gelungen war, das Restglied bis an die Beuge zum Zeigefinger in die abnorm gedehnte Gesichtsöffnung zu zwängen, bekam der Mann ohne Gesicht nicht wenig Angst vor dem, worüber sich dieser wackere Kerl womöglich mit seinen Kameraden bereits unausgesprochen einig war. Schon in der Folgenacht wurden auch seine Mitwohner, die Mäuse, explizit: «Mabach dibich dübünn, bebevobor maban dibich plabatt mabacht. Haubau ebendlibich abab! Ibin diebie Neubeuebe Siebiedlubung! Ibin deben Drobossebelgrubund!»

Der Mann ohne Gesicht greift nach dem neuen Stift. Erst wie er bei Tabak-Geistmann schon in der aufgezogenen Tür stand und die Schamanenglöckchen zum zweiten Mal für ihn erklangen, kam ihm noch die Idee, einen dieser speziellen Stifte mitzunehmen. Er hatte sie beim Bezahlen in einer hohen Dose stehen sehen. Als er deswegen wieder vor die Theke trat und eben mit dem Zeigfinger darauf weisen wollte, kam ihm Horst Geistmann routiniert zuvor: «Einen Tintenblei? Blau, rot oder violett?» Jetzt, hier am Tisch, über den eingekerbten Plan gebeugt, schiebt der Mann ohne Gesicht die Spitze des Kopierstifts unter den Mull und leckt daran, wie er es unzählige Male gesehen hat, wenn irgendein Kassenzettel für ihn beschriftet wurde. Erstmals tut er es selbst und schmeckt die sekundenbruchteilkurze Süße und in paradoxem Umschlag den bitteren Nachgeschmack des Farbstoffs. Dann zieht er mit der feuchten, immer neu angelegten Mine die grauen Rillen der beiden Straßen nach: das kerzengerade, stramme «I» des Drosselgrunds, darüber das flache, auf dem

Rücken liegende «C» des Kreuztöterwegs, der Hauptstraße der Siedlung, die er bereits bis an die Drogerie erkundet hat. Dabei dämmert ihm die Einsicht, dass hier auf dem Holz der Platte nicht nur die Straßen, sondern auch die Häuser nach Farbe dürsten. Die Blöcke wollen sogar in diesem groben, bloß zweidimensionalen Abbild kanariengelb und erbsig grün, anrührend rosafarben, tückisch türkis und kalkig weiß in Erscheinung treten.

Ich weiß, es ist hübsch naseweis, vielleicht sogar kokett, aber ich bilde mir bisweilen gerne ein, allein auf dieser Welt, allein mit mir selbst zu sein. Alleinsein heißt für mich: Keiner legt mir den Finger auf mein spitzmauskleines Mündlein. Niemand sagt «Psst!» zu mir. Ich kann getrost hinausposaunen, dass die Mine eines Tintenbleis, wie es bereits im Namen mitschwingt, giftig ist. Wer sich damit unter die Haut pikst, wird, so er Pech hat, eine schlimme, weil langsam heilende Entzündung kriegen. Besonders gefährlich ist der Kopierstift für den, der ihn beidseitig anspitzt und es gewohnt ist, sich das doppelt schreibbereite Utensil hinters Ohr zu klemmen. Drogist Schümer könnte ein Liedchen davon singen. Erich Schümer hat es am eigenen Leib erfahren. Ein gutes Jahr ist es erst her, dass seine Frau mit Blaulicht und Tatütata ins Krankenhaus gefahren wurde und er hinten im Krankenwagen auf einem Klappsitz am Kopfende der Bahre hockte. Die schwächer werdenden Schnaufer seiner Evelyn im Ohr, drehte er den beidseitig angespitzten Tintenblei, den er den Sanitätern folgend, im bloßen Vorübergehen, ganz ohne Sinn und Zweck, von der Ladentheke genommen hatte, in den feuchten Fingern. Als er, es ging rasant den Berg nach Oberhausen hinunter, bemerkte, dass er sich dabei seine Hände violett verschmierte, wollte er den Stift wie gewohnt hinter dem rechten Ohr verstauen. Aber da tat der Krankenwagen einen kleinen Sprung. Ganz unten, am Ende des Hangs, in der Unterführung, über die sämtliche Züge in Richtung Westen und Norden rattern, war damals und ist bis heute, bis in meinen Sommer, die eiserne Fassung eines Gully-Deckels nicht perfekt in die Pflasterung eingepasst. Der Krankenwagen hopste. Der Klappsitz und Herr Schümer hopsten mit. Der hochwippende rechte Oberschenkel traf den rechten Ellenbogen. Die Hand flog zum Gesicht. Und Erich Schümer, gelernter Fotograf, stolzer Drogerie-Besitzer und Witwer in spe, stach sich für den Rest seiner Tage einen violetten Punkt ins Weiß des rechten Auges.

Sonnentag

Den langen, ornamental verschlungenen und symmetrisch verspiegelten Geschichten, den einzigen Handlungspfaden, denen es nachzustapfen lohnt und die sich, wie die Mutter längst befürchtet, bloß in Büchern finden lassen, schadet die pralle Sonne. Bereits fürs stille Lesen gilt dies wie ein Gesetz. Und wenn ein lauter Vortrag ansteht, stellt sich die Frage der richtigen, der angemessenen Beleuchtung mit noch größerer Dringlichkeit. Gut geeignet ist ein kleines Licht, ein Lämpchen, das seinen weißen Kreis wie einen Saugnapf auf die Seiten senkt. Oder der Akt vollzieht sich in einem rundum knapp bemessenen Dämmer, gerade noch hell genug, um das Dunkelgrau der Lettern vom Hellgrau des Papiers zu scheiden. So viel hat unser großer Bruder der Mutter, die sich eines allzu frühen Tages wirklich, wie es ihr Gatte manchmal grimmig scherzend prophezeit, zu Tode lesen wird, längst abgeguckt.

Deshalb wird nun das Doppelstockbett der Kleinen mit allen drei Decken sorgfältig verhängt, die ganze untere Hälfte soll im Schatten liegen. Aber weil die Vormittagssonne schon im Fensterrahmen des Kinderzimmers steht, schwimmt dem Älteren Bruder noch immer zu viel Helligkeit im Raum, und er befiehlt den Zwillingen, die Vorhänge vor die offene Fenstertür zu ziehen. Gerade als sie zurück an die Matratze kommen, bauscht sich die rechte Stoffbahn, ein Schatten malt sich unter sonnenroten Stoff, ein Schädel beult das Rot ins

Zimmer, und schon rücken die Brüder enger aneinander, damit auch noch der Ami-Michi, der sich durch seine bisherige Teilhabe ein unbezweifelbares Zuhörrecht erworben hat, so bequem wie möglich Platz bei ihnen findet.

Jetzt soll es losgehen. Aber bevor unser großer Bruder die Stimme für den ersten Satz erheben kann, überwältigt ihn in zwei, drei Schüben ein schlimmes Gähnen, und während seine Lider die von den Tränen verschleierten Augen klären, fürchtet er, die Zwillinge könnten an der besonderen Tiefe seines Ein- und Ausschnaufens erraten haben, dass er sein Versprechen gebrochen hat. Gestern Abend waren auf seinem Bett noch einmal alle 63 Abbildungen des neuen Buches angesehen worden, und gemeinsam vorwärtsblätternd hatten sie spekuliert, welche Bögen die noch unerkannte Handlung zwischen den erstarrten Szenen schlagen würde. Während eine Mutmaßung die andere jagte, genossen sie mit schönster, mit brüderlich verschränkter Vorlust, wie alles in den Rahmen des Moments gebannt war und zugleich unruhig auf der Stelle ruckte, als könnte jedes eingeklebte Bild, selbst das geheimnisvollste, gerade das geheimnisschwerste, kaum erwarten, seine verborgene Bedeutung, seine Gültigkeit im Verlauf, zu offenbaren.

Obwohl die Witzigen Zwillinge am Ende dieses Sommers erst in die zweite Klasse kommen, lesen sie bereits ganz passabel, nicht flüssig, aber mit jener Bereitschaft zum mehrmaligen Anlauf, die schließlich auch lange Buchstabenreihen so beschleunigt, dass der Gesamtklang aufflammt. Bei der gestrigen Durchsicht, während der das Buch noch stärker als heute nach Alleskleber roch, hatte sich ihr Blick immer wieder einzelne Wörter, ein paarmal sogar halbe Sätze aus dem Zeilenbild herausgerissen. Unter der Wirkung des derart Verstandenen begannen die beiden, unruhig hin und her zu rutschen. Weil sie das Lesen-Können unseres großen Bruders chronisch überschätzen, gerieten sie in Sorge, der müsse vielleicht nur ein einziges Mal, ohne zu blinzeln, auf das Aufgeschlagene schauen, um dem Erzählgang einer ganzen Seite bis in den letzten Winkelzug zu folgen.

Dem Älteren Bruder war wohl aufgefallen, wie sie von beiden Seiten die Hände über den Buchrand schoben, um zumindest einen Teil des Gedruckten mit den Fingern zu verdecken. Zuletzt hatte er ihnen hoch und heilig versprechen müssen, erst morgen mit dem echten Lesen, das Zeile für Zeile wie einen enggewundenen Wurm in sich hineinfrisst, zu beginnen. Vom ersten Satz an sollten sie dann dabei sein. Während er dies gelobte, schob er, so beiläufig, wie er es zustande brachte, das Buch, auf das die Brüder als Nudelpunktesammler einen Erstlingsanspruch hatten, unter sein Bett.

Danach ist er mit hart klopfendem Herzen wach geblieben, schnaubte in ungeschickter Tücke so, wie er sich den Klang des eigenen Schlafens dachte, versuchte gleichzeitig aus den Atemzügen der Zwillinge deren Wegdösen und die Tiefe ihres Schlummers herauszuhören. Schließlich wagte er, wieder nach dem Buch zu greifen. Er kippte es auf den schmalen, gewölbten Rücken und hörte dabei den Staub zwischen dem lackierten Karton und den Dielen so hämisch knacksen, als machte es jedem einzelnen Körnchen seinen speziellen Höllenspaß, ihn an die Brüder zu verraten. Erst als sein Unterarm erlahmte und er fürchtete, einen Krampf in der Hand zu bekommen, zog er das Buch ins Bett. Unter der dünnen Decke manövrierte er es an Rumpf und Beinen entlang in Richtung Fenster und spürte, wie kühl und fremdelnd es zuletzt zwischen seinen Zehen, den nackten und den bandagierten, liegen blieb. Das Buch war treu, es kannte seine wahren Eigentümer und wollte von ihm, dem Betrüger, kein Quäntchen Wärme akzeptieren.

Er schämte sich und fühlte sich zugleich von der ungeheuren Schändlichkeit seines Tuns beflügelt. Das geschiente Bein bis an das Bett der Brüder schwenkend, schaffte er fast mühelos die Drehung. Aber als er verkehrt herum lag, den Vorhang lupfte und unter seiner Schulter festklemmte, als er nach zweimal Blättern die Nase über die erste Textseite senkte und alles für den Vollzug des Verrats bereit schien, traf ihn die Enttäuschung wie eine verdiente Strafe. Das Nachtlicht, das von draußen über die Zweigspitzen der Rotdornbüsche ins Zimmer strömte, reichte nicht aus. So fest er auch die Augen kniff, was er zu lesen glaubte, war schnell, bereits nach fünf, sechs Wörtern, Unsinn. Es stand gar nicht, wie es sich für ein Buch gehört, ohne sein Zutun da, es formte sich in seinem Kopf. Im Rückraum seiner Stirn war etwas, das seinem unbedingten Wollen gehorchen musste, jedoch bei aller kniefälligen Unterwürfigkeit nur Quatsch zustande brachte. Verbissen versuchte er es wieder und wieder und glaubte stets aufs Neue an die Richtigkeit des immer gleichen ersten Satzes. Der jedoch zog im Weiteren bloß frischen Unfug nach sich. Schließlich wurde das scheinbar Gelesene so peinlich närrisch, als begänne das dienstbare Etwas hinter seinen Augen ihn gezielt, mit der treffsicheren Bosheit des leibeigenen Dieners, zu verspotten.

Enttäuscht, aber vollends blank aufgekratzt, blätterte er mit zitternden Fingern tiefer in das Buch. Die Lettern wurden nicht größer oder schärfer, keine Zeile, kein einziges der Wörter fing an, für ihn zu leuchten. Dafür erfuhr er, dass selbst die grobe Rasterung, die flackernde Punktierung einer solchen Nacht zu etwas Eigenem taugt. Der Neumond ist nämlich auch ein Mond. Unter seinem diskreten Saugen hielten die Bilder nicht mehr still. Die Mutter hatte ihn dafür gelobt, wie säuberlich er Karte um Karte eingeklebt hatte, keine einzige war ihm über den feinen grauen Rand hinausgerutscht. Diese Begrenzung war nun nicht mehr zu erkennen, die ausgeblichenen Bilder hatten sie geschluckt. Vom Neumond, vom Schwundmond, waren ihnen nicht nur ihre Rahmen und Farben, sondern dazu die innere Festigkeit genommen worden. Der Raub hatte sie zur Beweglichkeit befreit. Deutlich genug konnte er den Puls des Geschauten im Handballen, auf den er seine Schläfe stützte, pumpen spüren. Die zart schnaufende Unruh machte die Einbuße der Buntheit mehr als wett. Wohlweislich ließ er das Blättern erst einmal sein. Mit den zwei Bildern, die aufgeschlagen waren, hatte er genug am Hals. Beide beatmeten die gleiche Landschaft, den gleichen Tag, die gleiche Stunde. Das linke gewährte einen weiten Ausblick. Er reichte über ein waldverwachsenes Tal hinüber zu einem Höhenzug, auf dessen kahlen Kuppen der Wind Rillen- und Zackenmuster in den Schnee gezogen hatte. Eis glitzerte in Felsenritzen. Den Vordergrund füllte zur Hälfte ein zottig behaartes Haupt. Die Hand, die den Blick gegen eine tiefstehende Wintersonne schirmte, presste Daumen und Zeigefinger auf eine niedere Stirn. Böen ließen Strähnen dunklen Haares um den Nacken des Wilden flattern. Neben seinem Schädel ragte fast das ganze obere Drittel eines Speers vor Anhöhe und Senke. Seine Spitze hatte sich aus dem Rechteck des Sichtbaren geschoben, aber sobald der Mann sich unter einen besonders stürmischen Windstoß duckte, zuckten das fehlende Holz samt einem flachen Feuerstein wie der für eine einzige Sekunde losruckende Zeiger einer sonst stillstehenden Uhr ins Bild.

Der zweite Einblick in die Tiefe der ungelesenen Geschichte holt den Bergzug ganz nah heran. Gewiss hat der Speerträger das Tal in den Zeilen, die dazwischenliegen, durchwandert, um von neuem aufzusteigen. Von seiner Waffe ist jetzt bloß das riemenumschlungene Mittelstück des Schafts zu sehen, vom Jäger selbst die wettergegerbte Faust, dazu ein Umhang aus verfilztem, grauem Fell. Die Felswand offenbart das Ziel, für das der Wilde den Weg durch den Talgrund, durch dessen verschneiten Urwald, auf sich genommen hat: Im Stein klafft ein geradliniges Viereck. Der Eingang einer Höhle ist so säuberlich türgleich in den nackten Fels gebrochen, als hätten die verantwortlichen Naturgewalten Humor beweisen wollen und etwas Kommendes, das Bauen unserer Spezies, in prophetischer Parodie vorwegzitiert.

Heute, da der Ältere Bruder im wunderbar warm gedämpften Licht des Kinderzimmers den Zwillingen und dem Ami-Michi das erste Kapitel der Geschichte vorliest, erwartet er diesen finsteren Eingang. Aber obwohl er sich keine Pause erlaubt, wollen sich das Felsenloch und das Panorama, das ihm letzte Nacht vorausging, nicht mehr erblättern lassen. Während er Satz an Satz reiht, in unterschiedlich hochgezogenen Bögen, so wie er es der Mutter abgehorcht hat, ist unser großer Bruder sicher, dass die beiden Bilder ganz vorn im Buch sein müssen, denn er kann sich deutlich an den Moment des Zuklappens erinnern. Nur der Umschlag und allerhöchstens ein halbes Dutzend Seiten deckten die Felsenhöhle. Dann presste sich seine linke Hand mit weitgespreizten Fingern auf das Titelbild, während der Daumen der Rechten über den Rand des Buches schnappte, um es wie ein Riegel daran zu hindern, in nächtlichem Übermut selbsttätig aufzuspringen. Der unsichtbare Mond war schuld daran, dass er derart auf Nummer sicher gehen musste. Obwohl in beiden Bildern eine matte Wintersonne schien, hatte der Mond, der irgendwo da draußen vor dem Kinderzimmer, vielleicht hinter den Rotdornbäumchen, im toten Winkel der Garagen oder tief hinter dem Horizont seine Bahn beschrieb, dem Blick des Jägers eine besonders schlimme Gier und der Höhle eine ungute Tiefe zugewiesen.

Die Schicke Sybille hat ihre Mutter herumgekriegt. Der Hausarrest ist zwar nicht ausdrücklich aufgehoben, aber mit Einkaufstasche und Einkaufszettel losgeschickt zu werden, verrät dem Mädchen, wie weit sie es mit Traurig-aus-dem Fenster-Gucken und Brav-bei-allem-Helfen schon gebracht hat. Zum Glück ist im Hof keiner der Freunde zu sehen. Sybille spürt, dass die Mutter ihr noch durch den Vorhang hinterherspäht und es sofort verdächtig fände, wenn einer der Buben sie nun am gelben Block vorbei in Richtung Kreuztöterweg begleiten würde. Sie hat das Misstrauen, das ihre Mutter gegen ihre Freunde hegt, selbst verschuldet. Auf dem Höhepunkt der Erklärungsnot behauptete sie, die Jungen, die von der Ankunft des schnaufenden Treckers so hemmungslos begeistert gewesen seien, wie es einem Mädchen nie passieren könne, hätten sie als kaltblütige Kundschafterin in den rosa Block gesandt.

Am Geburtstagstisch schob es dem Ami-Michi, dem Wolfskopf und dem Schniefer vor Verblüffung die sonnengebleichten Augenbrauen in die Stirn, als sie nach reichlich Kuchen von Frau Böhm mit wenigen, aber scharfen Sätzen serviert bekamen, im Übrigen würde es richtig schlimmen Ärger geben, falls sie ihre Tochter noch einmal als Vorhut ihrer Neugier zu fremden Männern in die Wohnung schickten. Sybille durfte zunächst mit Bangen, dann stolz und hochzufrieden mitansehen, wie die drei Jungen den ungerechten Vorwurf, ohne mit einer Silbe zu widersprechen, schluckten. Der Ami-Michi hatte sogar noch ein richtig verlogenes, ein für seine Verhältnisse ultraheuchlerisches «Jawohl, Frau Böhm! Das kommt nie wieder vor!» hinausposaunt.

Beim Bäcker sind nur Erwachsene vor der gläsernen Theke angestanden, aber im Glöckchengebimmel der Tür von Tabak-Geistmann läuft Sybille der Schniefer gegen die Einkaufstasche. Er wartet draußen, während sie den Lotto-Zettel abgibt. Das zieht sich hin. Die ganze Prozedur – das Aufkleben der Banderole, das Stempeln und das Heraustrennen des Durchschlags – dauert extra lang, denn außer Sybille ist kein Kunde im Laden. Horst Geistmann nutzt eine solche Gelegenheit stets für eigentümliche, scheinbar an den Haaren des Augenblicks herbeigezogene Fragen nach dem Befinden ihrer Mutter. Sybille ist das schon gewohnt und antwortet, was ihr halt in den Sinn kommt. Nie hat sie die geringste Lust verspürt, sich irgendetwas zu Herrn Geistmanns sonderbar umständlichem Wissenwollen zu denken. Es ist und bleibt ihr schnurzegal, was das Gefrage soll. Erst eine kleine Serie Sommer später, in einem besonders nassen September, der die wetterfühlige Orgel der Oberhausener Friedhofskirche wie nie zuvor keuchen und quarren lässt, soll ihr ein Licht aufgehen. Erst wenn Horst Geistmann dann, vom Anfang bis zum Ende der Beerdigung, unmännlich viele Tränen über die verräterisch schlecht rasierten Wangen strömen, wird unserer Schicken Sybille dämmern, wie tief die Schwäche ging, die der nichtrauchende Tabakhändler für ihre lottospielende, schwarzgelockte Mutter hegte.

Der Schniefer nutzt die Warteweile und schlägt die eben erworbene, druckfrisch duftende Autozeitschrift auf. Er tut dies so behutsam, wie er es zustande bringt, weil sein Vater es nicht ausstehen kann, wenn er den Magazinen, die in Ordnern gesammelt werden, an einem Knitter im Umschlag oder an einem Eselsohr ansehen muss, mit welcher Ungeduld sein Sohn bereits vor ihm in ihr Inneres vorgedrungen ist. Schon mit dem zweiten Seitenwenden hat der Schniefer gefunden, was ihm am liebsten ist, was er ewig angucken könnte, ohne einen Blick auf den dazugehörigen Text zu vergeuden. Bloß den Namen saugt er sich aus der Bildunterzeile, um dann, dessen vier Silben murmelnd, vollends in Betrachtung zu versinken. Über das muskulös gekurvte Blech, über den silbrigen Draht der Speichenräder und hinein in das verchromte Gebiss der Kühlerverkleidung hüpft ihm jetzt die Musik. Kurz denkt er sich mit einem nebulösen und wohlig warmen Spaßgedanken, all das, was da so seltsam ruckelig ertönt, lückenhaft japst und stöhnt, ströme aus dem ovalen Rachen des halbfrontal fotografierten Renners. Als Sybille wieder zu ihm tritt und ihn fragt, woher die komische Musik denn komme, klappt er die Zeitschrift zu, blickt rechts und links an den Geschäften entlang, rückt noch drei Schritte von der Hauswand ab, um an ihr hochzuschauen. Kein Fenster steht offen. Wahrscheinlich hat Doktor Junghanns, dessen dunkelblauer Schlitten ein Stückchen weiter vor Lebensmittel-Vetterle geparkt ist, vergessen, das Autoradio abzudrehen, und weil er Arzt ist, hört er eine besondere Sendung, eine, die nicht nur seine Eltern, sondern, der Schniefer ist sich sicher, sämtliche Eltern der

Neuen Siedlung dazu bringen würde, sich schleunigst zur nächsten UKW-Station zu flüchten.

Sie laufen hin. Aber schon bevor sie sich zum vollständig herabgekurbelten Fenster der Fahrertür hinneigen, ist hörbar klar, dass die Töne einen anderen Ursprung haben müssen. Den Schniefer kümmert das nicht weiter. Viel lieber nutzt er die Gelegenheit, schiebt Kopf und Schultern ins Wageninnere, um sich dort endlich einmal alles aus nächster Nähe anzusehen. Tief einatmend, hält er den Duft des Junghanns'schen Rasierwassers für den Geruch des Leders, das sich in prachtvoll prallen blauen Wülsten über die vordere und hintere Sitzbank spannt. Er legt die Zeitschrift seines Vaters auf dem Platz des Fahrers ab und greift mit beiden Händen an das Lenkrad, dessen gepolsterter Innenkreis mit der gleichen blaugefärbten Rindshaut prunkt. Er drückt, weil er sich auskennt und weil er sich traut, den elfenbeinfarbenen Hebel der Lenkradschaltung, lässt ihn wieder nach oben federn, und dann studiert er die Zahlen auf den Armaturen. Sybille aber, die Autos nicht viel abgewinnen kann, geht der inzwischen wimmerig dünn gewordenen Musik entgegen. Mit jedem ihrer Schritte wird das Gehörte ein Quäntchen leiser. Zwischen dem letzten der neuen, erst im Frühjahr in die Mauern gebrochenen Panorama-Fenster von Lebensmittel-Vetterle und dem ersten Schaukasten der Sparkasse ist es dann so weit. Zeitgleich mit einem kümmerlichen Pianissimo, mit einer Folge verlorener, flötenhoher Töne, jeder so flatterig dünn wie Butterbrotpapier, sieht sie, wo die Musik gemacht wird.

Sybille staunt über die Lücke. Obwohl sie hier fast jeden Tag zu Fuß oder auf dem Rad vorbeikommt, begreift sie zum ersten Mal, dass die Häuser der Ladenreihe an dieser Stelle die

Schultern nicht ordentlich aneinanderdrücken. Aus irgendeinem Grund müssen die zweigeschossigen Gebäude hier Abstand voneinander halten. Würde Sybille versuchen, den Spalt mit ihren Armen auszumessen, könnte sie, hin- und herschaukelnd wie das auf den Kopf gestellte Pendel einer alten Uhr, eben noch mit den Fingerspitzen an die fensterlosen Brandmauern tupfen. Der Raum, der sich dazwischen auftut, ist nur ein kleines Stück weit gangbar. Bereits nach wenigen Schrittlängen verschließen ihn mannshohe, grau verblichene Bretter, auf deren Oberkante sich rostroter Stacheldraht zu einer engen, in sich verhakten Spirale dreht.

Vor dieser blickdichten Barriere, auf dem kurzen freien Fleck zwischen den Mauern, ist eine Decke ausgebreitet. Eine fast weiße Schäferhündin – so schön könnte ein Rüde niemals sein! – hat ihre Schnauze unter den rötlich schimmernden Schweif geschoben. Ein steifer Bügel, ein in der Hand ihres Herrchens dunkel und speckig gewordener Haltegriff ist dem Tier aufs Fell gesunken. Das lederne Geschirr, das den Brustkasten doppelt umspannt, scheint die Hündin beim Dösen nicht zu stören. Als die Musik nun plötzlich mit Wucht, mit Druck und Sog neu einsetzt, läuft ihr ein Zucken über den Rücken, und auf dem starken Nacken stellen sich die Haare auf. Besser noch als ein Mensch muss diese Hündin, Sybille ist sich da ganz sicher, spüren, wie erzverkehrt die Töne aufeinanderfolgen. Aber weil man sie in der Blindenhundschule gelehrt hat, dass Duldsamkeit zu ihrem Tierberuf gehört, reißt sie sich brav zusammen und schafft es wieder einmal, nicht gegen das Gehörte anzuheulen. Und auch das Instrument sieht anders aus, als Sybille es für richtig hält. Dort, wo es Tasten geben müsste, dort, wo die Quetschkommode an ein Klavier erinnern sollte, ragen genau wie auf der anderen Seite perlmuttfarbene Knöpfe aus dem schwarzglänzenden Gehäuse. Der Mann mit der dunkelgrünen Brille drückt sie nun, vielleicht um vor ihr mit seiner Fertigkeit zu protzen, links so rasant wie rechts. Dabei neigt er den Kopf merkwürdig schief über den Faltbalg, als könnte er so – ist er nicht blind? – am Rand des Brillengestells vorbeischielen und die fliegenden Fingerspitzen überwachen.

Da tritt, dicht neben unserer Sybille, Herr Doktor Junghanns vor Hund und Decke. Sein Blick sucht nach einer Mütze, nach dem obligatorischen Bettelhut oder nach einem alten Teller, auf dem sich die hingeworfenen Münzen mit einem Klappern bemerkbar machen könnten. Aber er findet nur ein Stück graue Pappe, auf das mit Tintenblei «Es spielt für Sie der Fehlharmoniker!» gekrakelt ist. Ernst Junghanns öffnet sein Portemonnaie, reicht Sybille eine der beiden großen, noch silbrig blanken Münzen, die vorhin in der Sparkasse zusammen mit einer Handvoll ebenso neuer Scheine auf ihn zugeschoben worden sind, und zeigt auf den Karton. Sybille signalisiert mit einem doppelten Nicken, dass auch sie die Aufschrift entziffert hat und das Geldstück weitergeben wird, sobald der Akkordeonist den nächsten Schlusston findet.

Ich kann nicht buchstabieren. Aber ich schaue das in meinem Sommer Aufnotierte einfach so lang grimmig an, bis es mir nicht nur seinen Wortlaut beichtet, sondern sogar sein Ungeschriebenes gesteht. Die wesentlichen Schriftstücke, der Kanon meiner Wochen hätte in einer Kiste Platz. Alle Bücher, Zeitschriften und Zettel, alle Druckwerke, die den Kindern während der Ferien noch sinnträchtig vor Augen kommen, passten in einen Bauchladen – so hoch und breit und tief wie das diatonische Akkordeon des Fehlharmonikers. Er und Sputnik, seine treue, schöne und starke Schäferhündin, sind heute Morgen in aller Frühe aufgebrochen, bald nachdem im Speisesaal des Kriegsversehrtenheims das Frühstück aufgetragen worden war. Der Fehlharmoniker hatte sich seine Brote zum Mitnehmen selbst geschmiert. Mit dem Bus ging es durch Oberhausen, durch den östlichen, immer noch dorfähnlichen Teil der Vorstadt, dann hinein in die Unterführung und den Berg hinauf. Sputnik stand an der dritten Tür, der Doppelfalttür im Heck des Busses, und beugte den Nacken, um durch eines der unteren Glasfelder hinausschauen zu können.

Sputnik will immer alles sehen. Sie weiß, was ihrem Herrchen fehlt, und hat gelernt, wie wichtig ihre Vorausschau ist, sobald sie sich gemeinsam durch die Gelände der Welt bewegen. Der Fehlharmoniker hat seinerseits begriffen, dass Sputnik «ich» seinem Männerkörper und «du» dem eigenen befellten Leib zuordnet, dass sie hingegen ihren Namen nicht für eine feste Benennung ihrer selbst, sondern je nach Intonation als ein Befehls-, Lob-, Kose- oder Mahnsignal versteht. Von Anfang an konnte sie zudem in seinem Reden das trottelige Alltagsräsonieren, das seltene Sich-Wundern und die noch rareren Momente der Freude und der freudigen Erwartung unterscheiden. Ja, Sputnik merkt glücklich auf, sobald die Melodie eines Satzes verrät, dass ihr Herrchen einem kommenden Geschehen mit höher gestimmtem Mut entgegensieht. Und weil der Fehlharmoniker seiner treuen Gefährtin dergleichen nicht oft bieten kann, neigt er zur Übertreibung, wenn doch einmal Erquickliches ins Haus steht. «Da freut sich doch der Hund! Da freut sich Sputnik doch mit ihrem Fehlharmoniker!», hat er ihr gestern zugerufen und dann erneut sein Restlichtauge, das rechte, das noch einen hellen Halbmond in das Finstere schneidet, im bestmöglichen Winkel über die ihm eben von Fräulein Schößler ausgehändigte Postkarte gedreht. Sputnik war sogleich aufgesprungen, schlug kraftvoll mit dem Schweif gegen das Tischbein und bellte einmal so kurz und präzis, wie es ihr als Signal erlaubt ist.

Fräulein Schößler, die im B-Trakt mehr als nur eine Chefin ist, das strenge, am Ersten des Monats vierzig Jahre alt gewordene Fräulein Schößler, die vor dem Mittagessen die Post verteilt und sie im Laufe des Nachmittags, sofern es ihre Zeit erlaubt, den Blinden und Schwerstsehbehinderten auch vorliest, hatte sich jede Bemerkung verkniffen, doch Sputnik und sein Herrchen spürten, wie viel Kraft es die große und starkknochige Frau kostete, sich nicht vor dem Empfänger über das Empfangene, über das Postkartenbild, zu entrüsten. Wer dergleichen ohne Kuvert bekam, war selbstverständlich schuld an dem, was andere sich dazu denken mussten. Während die Karte sekundenkurz von vier Fingerspitzen, von einer Männer- und von einer Frauenhand, gehalten wurde, hallte ein innerer Empörungslaut, ein lautloses, aber auch in Gedanken säuberlich artikuliertes «Pfui» durch Fräulein Schößler. Ohne noch einmal hinschauen zu müssen, hatte sie das Bild vollständig vor Augen, und es wird ihr in den verbleibenden Tagen meines Sommers immer wieder, jedes Mal, wenn ihr aus dem Mund irgendeines versehrten Flegels etwas einschlägig Ungehöriges zu Ohren kommt, überdeutlich vor das innere Auge steigen. Nächtlicher Nebel senkt sich auf einen See; ein Steg führt von unten, vom gewellten Rand der Karte, hinaus auf die schwarzgrau marmorierte Wasserfläche. Die reine Kühle des Gewässers könnte dem keuschen Naturfreund im Betrachter schmeicheln, aber die Schulter, die sich von rechts in den Vordergrund geschoben hat, ist weiblich splitternackt und wird von langem weißen, also nachtblonden Haar umflossen. Die Neigung des bloßen Rückens und der Schattenfall der angespannten Muskeln verraten, dass der Zug eines schweren Busens ausgeglichen werden muss. Nichts weniger als einen unverhohlen brünstigen, nichts weniger als einen mittsommergeilen Norden verheißt das Bild.

Die Rückseite setzt der nächtlichen Szene dann noch eine Pointe auf. Das Schriftfeld links neben der Adresse scheint zunächst leer. Aber genau besehen, lässt sich doch eine Mitteilung erkennen. Das wachsame Fräulein Schößler, die dies bereits beim Sortieren der Post bemerkt hatte, war außerstande, sich einen Reim darauf zu machen. Auch deshalb warf sie die Tür des Zimmers heftiger als sonst ins Schloss. Der Fehlharmoniker drehte die Karte vor dem guten Auge, bis er das Rillenlabyrinth eines eigens für diesen Abdruck mit Öl, mit braunem Motorenöl verschmutzten Daumens in den Blick bekam. Sputnik tapste heran, um sich auf ihre Weise der Karte anzunehmen. Sie roch den Leim, der das Papier versteifte. Sie roch die Seife von Fräulein Schößler zusammen mit säuerlichen Spuren ihrer Fingerschwitze, und dann witterte Sputniks feingenarbte und feucht glänzende schwarze Nase vor allem anderen nur noch die Aufregung, die Freude ihres Herrchens, die sich als ein aromatischer Großtext aus dem Ärmel seines Baumwollhemds auf die erhaltene Botschaft, auf den Ruf, ergoss.

Sonnentag

Der Mann ohne Gesicht ist ein Betrüger. Ohne Zögern, ohne auch nur mit einem seiner wimperlosen Lider zu zucken, hat er sich für Lug und Betrug entschieden, als er erfuhr, dass keine der Wohnungen in den fünf Blöcken an eine Einzelperson vermietet werden darf. Eine Familie musste her. Folglich hat er auf dem Wohnungsamt außer sich selbst, dem Schwerversehrten, noch seine einstige Kriegsverlobte als Gattin angegeben. Damals, nach seinem Missgeschick, nach dem Gesichtsverlust, war er ihr anstandshalber nicht mehr vor die vergissmeinnichtblauen Augen hingetreten. Inzwischen weiß er auch, dass sie nicht mehr unter ihrem Mädchennamen im Adressbuch steht, er wünscht ihr alles Gute und hofft, sie muss niemals erfahren, wie dreist er sie auf dem Papier des Antrags noch einmal in sein Leben eingespannt hat. In seine falsche Frau hinein erfand er einen angeblich bereits gezeugten, noch ungeborenen Nachwuchs, sog sich sogar einen anrührenden Geburtstermin, den Tag nach Heiligabend, aus den Fingern. Dieses erlogene Christkind gab dann den Ausschlag für die Sofortzuteilung der eben durch Wegzug frei gewordenen Zwei-Zimmer-Wohnküche-Bad im rosa Block.

Der Mann ohne Gesicht kann abschätzen, wie lange er auf seine kleine Phantomfamilie setzen darf. Die Unterlagen, auf die das Amt noch wartet, will er morgen in Arbeit geben. Im Affentanz, der übelsten, der besten Ami-Kneipe Oberhausens, saß früher jeden Freitagabend hinten am Tisch neben der Tür zum Klo einer, der sich mit dem Vergilben von Papier, mit dem Verblassen der Tinten, mit Briefköpfen und mit dem Schnitzen von Stempeln ausgekannt hat. Mit etwas Glück sitzt dieser hilfsbereite Fachmann, den sie damals salopp den Stempler nannten, noch immer dort. Die Behörde wird erst einmal Ruhe geben, wenn sie mit amtlich Scheinendem gefüttert ist.

Leider gibt es noch einen zweiten Herd bürokratischer Gefahr. Drei Parallelstraßen vom Drosselgrund entfernt residiert im Elsternhorst ein Adolf Liebknecht als Beauftragter der städtischen Wohnungsbaugesellschaft. In sein Büro trägt man Bitten und Beschwerden aller Art. Günstigerweise ist dieser Liebknecht vor einer guten Woche auf Kur gegangen. Eigentlich wider Willen. Aber von seinem Hausarzt Doktor Junghanns war ihm keine andere Wahl gelassen worden. Der linke Restarm, der sich lang lammfromm in seine lederne Prothesenmulde schmiegte, ist seit dem Frühjahr chronisch, richtig bös, entzündet. Der Briefträger hat dem frisch Eingezogenen dies und bereitwillig noch mehr erzählt. Und sobald Liebknecht mit sediertem Stumpf in den Elsternhorst heimgekehrt ist, wird derselbe mitteilungsfreudige Postler gewiss gar nicht anders können, als bei erster Gelegenheit beiläufig zu verraten, dass der Neue im rosa Block noch immer allein in fast leeren Zimmern hause und von einer Frau und einem etwaigen Kind, so weit das Auge guter Nachbarschaft auch reiche, bis jetzt nicht das Geringste zu sehen gewesen sei.

Es klingelt. Der Mann ohne Gesicht hört heraus, dass es nicht Sybille sein kann. Nie würde das patente Mädchen mit einem derart verdrucksten Stotterbimmeln beginnen und dann solch ein übertrieben langes, fast panisches Dauerläuten folgen lassen. Als er öffnet, erkennt er in dem Jungen, der draußen steht, einen ihrer Freunde. Das Kerlchen, das da mit verlegenem, zum Fußabstreifer ausweichendem Blick ums erste Wort ringt, war dabei, als die Couch unten am Rosenhang hochkant aufgestellt und umgeworfen wurde, um die Blockade ihrer Kippmechanik mit kindlicher Schläue und Gewalt zu brechen.

Dem Ami-Michi ist ganz heiß und kalt. Heiß glüht ihm das Gesicht, kalt schaudert es ihn dort, wo der obere Rand seiner Lederhose von dem Hohlkreuz absteht, das in der Familie seiner Mutter erblich ist. Er kennt das komische Heißkaltgefühl seit langem, er kennt es besonders gut aus den letzten Sommerferien, in denen dieser Neger mit den glänzenden Knöpfen, mit den Spiegelknöpfen, anfing, seine Mutter zu besuchen. Sybille, die mehr mitkriegt als die anderen seiner Freunde, und die das Karussell der Tage viel besser als die Jungen in wiederkehrende Segmente zu portionieren versteht, hat damals im Voraus sagen können, wann es erneut so weit sein würde: «Morgen kommt der Spiegelneger wieder!» Prompt hatte seine Mutter die alte Armbanduhr, die sie mit anderem Kram in ihrer Nachttischschublade verwahrt, aufgezogen und so gestellt, dass ihr Nachgehen für die nächsten beiden Stunden ausgeglichen war. Dann wurde sie ihm in die Messertasche seiner Lederhose gesteckt, damit er durch das rechteckige, von innen mit feinen Tröpfchen beschlagene Uhrglas ablesen konnte, bis wann er sich nicht in der Wohnung blicken lassen durfte.

Sybille hat ihn nicht bestochen. Das Geldstück, das er jetzt in seiner Hosentasche um die Fingerspitzen dreht, soll ihn zu nichts verführen, sondern ihn bloß in seinem Erkundungsmut bestärken. Sybille kennt ihre kleinen Männer. Der Ami-

Michi ist derjenige unter ihnen, der am meisten Angst vor Gespenstern hat. Wenn der Ältere Bruder, was alle lieben, was sogar Sybilles launische Schwester stets begeistert, eine Geschichte mit mondbeschienenem Friedhof, mit zielstrebig herumtorkelnden Skeletten und mehr oder minder angefaulten Toten zum Besten gibt, beißt sich der Ami-Michi, ausweglos lauschend, so heftig in die Unterlippe, bis es blutet. So kennt Sybille ihn.

Aber so kennt sie ihn auch: Im linken Kellergang waren die Glühbirnen der beiden Deckenlampen kurz nacheinander durchgebrannt. Hausmeister Krausser, der faule Streber, wie ihn Sybilles Mutter nennt, ließ sich mit dem Reinschrauben neuer Birnen wieder einmal ewig Zeit. Die Freunde standen vorn in den Rahmen der Tür zum Treppenhaus gedrängt. Von hinten, von ganz hinten aus dem Finstern, vom Ende des im Dunkeln entsetzlich langen Gangs, wo es zuletzt noch um die Ecke in einen allerletzten Winkel ging, wo ein verstaubter Gasherd stand und blöderweise auch mit frisch geflicktem Reifen der Roller von Sybilles kleiner Schwester, von dort hörten sie erneut ein kurzes, aber ganz schlimm deutliches Geraschel. Da war etwas. Nacktfüßig, nacktpfotig, gewiss mit tückisch eingezogenen Klauen war etwas am Lauern. Die Lichtlosigkeit der letzten Tage hatte etwas Lebendiges aus den Backsteinen gesaugt. Dahinten, wo der Roller am Gasherd lehnte, war hinter kohlenstaubschweren Spinnweben ein Irgendetwas ausgebrütet worden. Die Zwillinge rannten schnell hoch, um ihre Taschenlampen herzuholen. Aber dann waren in keiner die Batterien stark genug. Ihr Doppelschein verging bereits auf Höhe des zweiten Abteils, durch dessen Holzgitter ein fahler Rückglanz allen sagte, wie exakt lotrecht dort vor kurzem die von Herrn Roser zum

Sommerpreis erworbenen Briketts bis dicht unter die Decke hochgestapelt worden waren.

Sybilles Schwester hatte zu maulen aufgegeben. Der blöde Roller sollte bleiben, wo er war. Jedem schien der gemeinsame Rückzug eine wortlos beschlossene Sache. Sybille und unser großer Bruder schämten sich als die Ältesten bereits dafür, dass sie gleich eine der Mütter um Hilfe würden bitten müssen. Sie waren drauf und dran, eine Bande von elenden Feiglingen abzugeben, als plötzlich der Ami-Michi, heulend wie toll, in die Schwärze stürmte, hinten ums Eck verschwand, um dann, nicht gleich, sondern schaurig verzögert – was, um Himmels willen, machte er so lange dort? – mit einem neuen, nun gellend triumphierenden Geschrei, den Fuß auf dem Trittbrett des Rollers, ins Helle, in das Licht, das seine Freunde warm umstrahlte, zurückzusausen.

Am Tisch des Manns ohne Gesicht versucht der Ami-Michi sich, wie es ihm der Ältere Bruder aufgetragen hat, das Ritzbild einzuprägen. Es fällt ihm schwer. Sybille hat ihm zwar gesagt, es seien Striche und Kästchen ins Holz gekerbt, aber davon, wie seltsam bunt der Tischplan ist, hat sie ihm und den anderen Freunden nichts erzählt. Das komische Blaugrün des vorletzten Kästchens, dessen genauer Name ihm jetzt nicht einfällt, zwingt den Ami-Michi, sobald er sich das ganze Muster merken will, voll Tücke dazu, sich stattdessen das gleichfarbige Hemd des Spiegelnegers vorzustellen. Daran will er partout nicht denken. Er ist heilfroh, dass seine Mutter seit dem Frühling wieder einen weißen Ami-Onkel als Besuch empfängt. Dazwischen, den ganzen Winter lang, hat sich kein einziger Amerikaner blicken lassen, und diese onkellosen Wochen waren auf ihre eigene Weise eine schwer erträgliche Zeit. Die Mutter weckte ihn morgens bloß mit einem mürrischen Ruf durch die geschlossene Tür, verschwand sofort wieder im Bett, sogar sein Pausenbrot hat er sich selber schmieren müssen. Und wenn der Vater jedes zweite Wochenende von seiner Tour zurückkam, wenn ihn der Kollege, von dem der Lastwagen samt Anhänger übernommen worden war, heimgefahren hatte, gab es sofort Streit.

Auch mit dem Spiegelneger hatte sich die Mutter abschließend noch schlimm gestritten. Der Ami-Michi war am letzten Negerbesuchstag kein bisschen zu früh in die Wohnung zurückgekehrt, er hatte, um sicherzugehen, extra noch eine halbe Runde des langen Zeigers mit dem Hineingehen gewartet. Aber als er in der Wohnküche den Kühlschrank aufzog, um sich die angebrochene Limonadenflasche herauszunehmen, hörte er zuerst die mütterliche Stimme, dann das Organ des schwarzen Mannes aus dem elterlichen Schlafzimmer herüberklingen, und schon schimpften die beiden wild auf Amerikanisch los, als hätte ihnen ein einziges Hin und Her genügt, um sich in die Haare zu geraten. Nur ein Momentchen war er stolz, dass seine Mutter so gut in dieser fremden Sprache herumschreien konnte. Dann sah er das Hemd des Spiegelnegers über einem der Küchenstühle hängen.

Es war so groß, dass sein Saum bis an den Boden rührte. Die Ärmel, die Schulterstücke und die Tasche auf der linken Brust waren durch eine seltsame schwarze Naht, schnurdick und prall emporgewölbt, vom Türkis des Stoffes abgesetzt. Eigentlich sah es aus, als hätte dieses Hemd geschwollene Adern, in denen das Blut des fremden Mannes, vielleicht weil er zu viel davon in Brust und Armen hatte, durch zusätzliche künstliche Bahnen zirkulierte. Der Ami-Michi trat, das Glas voll mit Zitronenlimo, dicht an das Hemd, schon näherte sich sein linker Zeigefinger dem Stoff, doch dann riet ihm etwas hinten in seinem Kopf, etwas fast schon in seinem Nacken, davon ab, zur Probe auf eine der schwarzen Nähte zu drücken. Gerade als er bloß noch austrinken und sich wieder in den Hof verkrümeln wollte, schnappte sich einer der Spiegelknöpfe – just hierzu waren sie schon die ganze Zeit gerade groß genug gewesen! – seinen Blick.

Jetzt, am Tisch des neu zugezogenen Mannes, überlegt unser Ami-Michi, die angebotenen Gummibärchen kauend, welcher Münze die Knopfgröße entsprach. Ein Glück, dass Sybille ihm, bevor er loszog, das Geldstück in die Hosentasche geschoben hat. Er dreht es im Verborgenen, wendet es um eine der unendlich vielen Achsen, die sich in so eine Scheibe denken lassen. Dann schnauft er erleichtert auf, weil er sich endlich sicher ist: Sie waren größer! Die Knöpfe waren so groß wie die nächste, wie die zweithöchste der vier silbernen Münzen, die es seines Wissens gibt. Ihr Spiegelglas wölbte sich zur Mitte hin. Wie alle anderen war auch der oberste, der Kragenknopf des Negerhemdes, seltsam emporgebläht. Das hielt ihn fest. Er blickte hinein und musste schauend innehalten. Er musste, nach vorn gebeugt, vor Hemd und Stuhl verharren, weil er genau eines seiner braunen Ami-Michi-Augen, von seinem Zwilling vollständig abgetrennt, also wie nie zuvor, wie eine Kugel in einer anderen Kugel gespiegelt sah.

Die Sonne schmettert ihre Hitze über den Rosenhang. Die Dornen an den Rankenbögen der Heckenrosen sind in den letzten Tagen vollends braun geworden und sehen jetzt so scharfkantig und spitz aus, als hätte sie ein Schleifstein aus

Licht gewetzt. Sybille schüttelt das restliche Geld in den hohlen Händen. Sie mag das Geräusch, sie mag, wie die letzte silberne Münze und die verbliebenen messingfarbenen in den Handmulden kitzeln. Wieder sollen die Jungen raten, wie viele Münzen mit der Zahl und wie viele mit dem Bild nach oben auf dem grünen Cord der Couch austrudeln werden. Alle finden den neuen Standort des Möbels gut. Irgendjemand hat es ein Stück schräg den Hang hinunter, tief ins Dickicht der wilden Rosen hineingeschafft, fort von der Stelle, wo seine Fracht gelegen hat, wo sich nun ein Stückchen Boden unter schlaffem, gelbem Gras nach oben wölbt. Hierzu hat keines der Kinder etwas gesagt, aber die Karre des Älteren Bruders wurde mit der besonderen Kraft, die eine gemeinsame Erleichterung spendet, in der Schleifspur des Sofas bis an dessen neuen Platz gestemmt.

Sybille lässt die Münzen aus den Händen springen. Erneut hat weder der Schniefer noch der Wolfskopf das richtige Verhältnis vorhergesehen. Die Zwillinge haben ausgesetzt, sie wollen, bevor sie erneut ihr Glück versuchen, erst ausrechnen, wie viele verschiedene Möglichkeiten es bei diesem von Sybille frisch erfundenen Spiel überhaupt gibt. Noch sind sie sich nicht sicher, noch gucken sie einander, ohne ein Wort zu sagen, auf die Finger, die sie beugen und strecken, als wären sie mit unsichtbaren Schnüren zu einer gemeinsamen Abzählmaschinerie verbunden.

«Es gibt sieben Möglichkeiten!», behauptet jetzt der eine, und der andere echot: «Sieben Möglichkeiten sind es!» Sybille kommt das zu wenig vor, und deshalb schaut sie zum Älteren Bruder hin, der neben der Couch in seiner Karre sitzt. «Sechs Münzen, das macht sieben Möglichkeiten!», bestätigt er das Rechenergebnis seiner kleinen Brüder. Sybille glaubt ihm das, obwohl sie die fragwürdig niedrige Zahl am liebsten selber auf einem Blatt mit einem Bleistift prüfen würde. Sie hat die Methode, mit der es ginge, ganz klar vor Augen. Sie würde einfach Kreise für die Münzen malen und in die Kreise ein «Z» oder ein «B» und so Zeile auf Zeile alle Kombinationsmöglichkeiten durchprobieren. Und dann verspricht sie dem, der das Verhältnis von Zahl und Bild beim nächsten Wurf errät, das ganze Geld, das sie noch hat. Nach einem Grunzen, wie nur er es zustande bringt, entscheidet sich der Wolfskopf für: «Fünf Zahl, ein Bild!» Sybille wirft. Der Wolfskopf hat es getroffen. Ohne einen Moment zu zögern, sogar erleichtert darüber, alles loszuwerden, schiebt ihm Sybille die silbrige Münze und die fünf messingfarbenen hin.

Die Mutter dieses Kleingelds hat Sybille gestern unterschlagen. Die große sparkassenblanke Münze, die ihr Doktor Junghanns gegeben hatte, ist nicht in die Hände gelangt, die auf den Knöpfen des Akkordeons alles umgehen, was Sybille an Musik am liebsten mag. Sie hat das Geld für sich behalten. Nun ist es glücklich restlos ausgegeben. Der Wolfskopf verstaut den frisch errungenen Gewinn in dem Täschchen, das die Träger seiner Lederhose vor der Brust verbindet. Stück für Stück taucht in den Schlitz des Reißverschlusses, und Sybille denkt erneut, dass Doktor Junghanns wohl richtig sauer wäre, wenn er wüsste, was aus seiner Spende für Musiker und Hund geworden ist. Den Blick auf die Rillen des sonnenhellen Cords gesenkt, stellt sie sich mit wohligem Grusel vor, wie der Siedlungsdoktor die Weißwandreifen seines Autos vom Bordstein weggelenkt hat. Schon sieht sie riesengroß, wie er mit dem rechten seiner feingelochten Schuhe Gas gibt, wie er das Lenkrad dreht und einen letzten Blick in den Rückspiegel wirft. In dessen chromgerahmtem Rechteck ist nun ihre Hand. Die Hand der schlimmen, der sündigen Sybille fährt am Schenkel entlang unter den Rock. Dennoch drückt Doktor Junghanns stärker auf das Pedal. Mit einem Klick – der Schniefer hat es ihr vorgemacht! – schaltet er in den zweiten Gang. Zugleich zieht ihm der Spiegel die Rückschau so nah heran, dass jeder, der mit ihm ins Glas guckt, genau erkennen kann, wie das Mädchen die große Münze hinter dem Gummizug des Schlüpfers verschwinden lässt.

Mein liebes Sybillchen, die Sybybibillebe meines Sommers, soll bald erfahren, dass der Fehlharmoniker nicht restlos blind ist. Sie ahnt es schon, aber noch krümmt sich vor dem Schwanzende der Einsicht der schwarzfellige Rücken unseres Monats zu einem Katzenbuckel. Gestern, als sie die Glöckchen von Tabak-Geistmann ein drittes Mal zum Klingeln brachte, ließ hinter ihr, in der Lücke zwischen den Häusern, der Musiker die Verschlüsse seiner Aktentasche aufschnappen, um sich ein erstes Wurstbrot herauszuholen. Sybilles Hand löste sich von der Klinke der Ladentür. Gleich mit dem ersten diebisch freien Schritt hinein schien das Geschäft ihr schummriger und zugleich größer als noch vor zehn Minuten; vor allem roch es nun, wo sie mit eigenem Geld kam, bei weitem stärker nach Tabak. Draußen, im Sonnenlicht, hielt der Fehlharmoniker seiner Hündin eine Scheibe Wurst hin. Sputnik schleckte erst sorgfältig die glänzende Butter ab, bevor sie sich das Rädchen auf die Zunge legen ließ. Drinnen im schattigen Laden schob Horst Geistmann den Kasten mit den Wundertüten ganz nach vorn, damit Sybille, ohne sich auf die Zehenspitzen stellen zu müssen, auch die hinteren Tüten befühlen konnte. Dann wandte er sich ab, ordnete die Zeitschriften im Regal, weil er, der musikalisch Einfühlsame, längst begriffen hat, dass die Kinder es hassen, wenn man ihnen bei der heiklen Auswahl auf die Finger guckt. Sybille rechnete noch einmal still für sich aus, wie viel das Ganze kosten würde. Währenddessen suchten die Finger von allein. Sie wusste, man machte die besten Funde, wenn man beim Abtasten der Wundertüten nicht an deren verborgenen Inhalt, sondern, so fest es ging, an etwas anderes dachte.

Draußen floppte der große Korkstöpsel aus dem Glasschlund der Thermosflasche. Sputnik drehte die Schnauze in Richtung ihres Herrchens, vermied es aber, dem aufsteigenden Kaffeedunst allzu nah zu kommen. Sybille zog eine Tüte heraus, um sie an einer anderen Stelle wieder hineinzustecken, und spürte, dass sie damit das richtige Verfahren gefunden hatte. Horst Geistmann, der die Tüten schaben und rascheln hörte, ging in die Hocke, um die Zeitschriften, die ganz unten lagen, sauber, Kante auf Kante, auszurichten. Sybille mischte die Wundertüten. Sybille mischt sämtliche Tüten gründlich durch. Der Fehlharmoniker schnuppert am Kaffee und freut sich über die Stärke des Dufts. Zum ersten Mal ist es ihm heute früh gelungen, die Flasche nicht mit der normalen Brühe, sondern mit dem Aufguss gefüllt zu bekommen, den das Personal des Heims zum Frühstück trinkt. An einem brennnesselscharfen Jucken in den Fingerspitzen spürt Sybille, dass die richtigen fünf Tüten hintereinanderstecken. Sie fasst sie beidhändig, nimmt alle in die Spanne zwischen Daumen und Zeigefinger und zieht sie so, als einen Pack, heraus. Der Fehlharmoniker schlürft vorsichtig am Becher, verschluckt sich dann aber doch, als er den starken Blick oberhalb seiner Blindenbrille, über den Augenbrauen, auftippen fühlt. Sputnik ist aufgestanden, ihr Schweif schlägt zweimal gegen sein rechtes Knie. Das heißt, es handelt sich um einen Mann. Der Fehlharmoniker weiß nicht, ob seine Hündin das Geschlecht eines Menschen riechen oder an der Kleidung erkennen kann. Er nimmt die grünen Gläser ab, legt den Kopf schief in den Nacken, weil er steil nach oben linsen muss. Auf Anhieb hat er den Kerl im Sehstreif. Die Schnalle seines breiten Ledergürtels, das rot-blau karierte Baumwollhemd und dann, was vom Gesicht noch übrig ist. Viel ist es nicht, aber zur Not kann man einen alten Kameraden auch an der Art, wie er aus seinen Augen guckt, erkennen.

Ein jeder guckt, so gut er kann. Mir dehnt sich meine Panorama-Schau hinunter bis ans Ende des Drosselgrunds, wo im vorletzten Block der Kikki-Mann zwischen den Käfigen seiner Vögel am Boden liegt. Sein Hinterkopf pocht an die Dielen. Weil er sich, wie es ihm bei fast jedem Anfall widerfährt, in die Zunge gebissen hat, fließt Blut aus seinem linken Mundwinkel, erreicht als Rinnsal die Kinnlade und schafft es noch ein Stück den Hals hinunter. In der Kehle des Kikki-Manns gurgelt der Name seiner Frau. Es sind die männlich tiefen Töne, die man sonst nie von ihm zu hören bekommt. Nur ich und zwei uralte, in fünfjähriger Unverkäuflichkeit weise gewordene Sittichweibchen können das Margot-Margot-Gurgeln des Taubstummen verstehen. Die anderen Krummschnäbel, die komplette, notorisch hektische Bagage, und die an heißen Tagen noch nervöseren Kanarienvögel steigern sich in kollektiven Aufruhr. Sie schreien und flattern, wirbeln den Flaum vom Käfigboden und hängen mit ihren hornigen, ganz und gar reptilienartigen Füßchen an den Gitterstäben. Aber es ist nicht dieser Vogelhöllenlärm, der Hilfe herbeizieht. Unten in einer der Wohnungen, die die Huhlenhäusler in Beschlag genommen haben, hört man den Schädel des Gekrampften auf die Dielen klopfen.

Die Huhlenhäusler verstehen das Pochen zu deuten, und sie wissen, dass der Kikki-Mann, seit seine Margot ihn verlassen hat, allein lebt. Also wird einer hochgeschickt, um nach dem fallsüchtigen Nachbarn zu schauen. Der Kikki-Mann passiert den Wendepunkt des Anfalls. Noch sieht er nichts als eine hellgraue Fläche und in deren Mitte einen weißen Fleck, der zuckt, als würde hinter einer Zellophanmembran ein Licht in hektischem Wechsel an- und ausgeknipst. Aber er ist schon wieder in der Lage, aus seinem Kopf hinauszuhorchen und das Gehörte halbwegs korrekt zu deuten. Das Türschloss schnappt, die Angeln seufzen. Während Schritte den Flur durchmessen, kehrt das verständige Sehen zu ihm zurück. Sogleich tun ihm die Augen weh. In der schlimmen ersten Hälfte des Anfalls stehen seine Lider stets starr auf halber Höhe, und die Hornhaut trocknet aus. Er weint, so gut er kann. Schon geht die Tür zu seinen Füßen auf. Drei Schritte sind es noch an seinen Kopf. Durch die Tränenschlieren sieht er den weißen Schopf, die hellen, taubengrauen Augen und die feingetupften Sommersprossen von Achim, den die Kinder, obwohl der Ältere Bruder das tolle Wort «Albino» im einbändigen Lexikon der Eltern gefunden hat, lieber weiterhin den Weißling nennen. «Üchüm!», kiekst ihm der Kikki-Mann entgegen und sprüht seinem Nachbarn, der bei ihm auf die Knie gesunken ist, mit dessen Namen feine Tröpfchen Blut in das Gesicht. «Üchüm! Dü glüübst nücht, wüs mür gürüdü üün klüünüs Müdchün üm Trüüm ürzühlt hüt. Züm zwüütün Mül schün! Üünüs dür Süüdlüngskündür süll ürmürdüt würdün!»

Sonnentag

Der Vater des Ami-Michi hat Ernst gemacht. Oft hat ihn seine Frau mit seinem Traum verspottet. Oft hat sie ihm höhnisch unter die Nase gerieben, dass er auch in dieser Hinsicht ein Möchtegern und Sprücheklopfer sei. Arg oft musste der Ami-Michi, der seinen durch ferne Länder dieselnden Papa liebt und bewundert, mitansehen, wie sie ihre verächtliche Schnute zog, sobald der Vater zu schwärmen anhob und Frau und Sohn erklärte, wo das schöne Leben, das Leben wie im Paradies zu finden sei. Der schlimmsten Häme hat der Ami-Michi-Vater gefasst die Stirn geboten und stets geduldig, also Stamm für Stamm, Stämmchen für Stämmchen und Stiel für Stiel ausgemalt, welches belebte Inventar der von ihm angestrebte idyllische Fleck umschließen müsse – so lange, bis sich seine Gattin wieder einmal jedes weitere Wort über das von ihr geringgeschätzte Grünzeug verbat. Jetzt jedoch hat der Vielgeschmähte hinter ihrem Rücken Tatsachen geschaffen.

Der Ami-Michi und seine Mutter waren gleichermaßen baff. Obwohl der Vater nach den langen Touren mit dem Laster todmüde nach Hause kommt, obwohl er sich an seinen freien Tagen vor allem dem Schlaf ergibt, dem er in Österreich und Jugoslawien und unten bei den Türken tapfer widerstehen muss, obwohl er gar keine Muße haben kann, etwas derart Großartiges behutsam auf den Weg zu bringen, dann listig weiterzubefördern und schließlich mit einem kühnen Handstreich zu vollenden, ist nun alles perfekt geregelt. Der Überraschungscoup des Vaters machte den Ami-Michi gestern Abend, am Abend der Enthüllung, schwindeln vor Glück. Die Michi-Mutter guckte hingegen, blass und stumm vor Schreck, auf den von ihr so töricht unterschätzten Gatten.

Jetzt sind die Freunde schwer beeindruckt, dass der Ami-Michi einfach so die Schlüssel nehmen durfte. Sein Vater hat es ihm gestern ausdrücklich erlaubt, und die Mutter wagte, obwohl sie ihrem Mann eigentlich aus Prinzip zu widersprechen pflegt, dieses Mal nicht, ein Wort dagegen einzuwenden. Es sind zwei Schlüssel, ein sehr großer mit einem dreizackigen Bart und ein kleiner goldener, den der Michi nun, wo die Karre des Älteren Bruders oben am Rosenhang entlanggeschoben wird, stolz einen Ami-Schlüssel nennt. Die Kinder bleiben kurz stehen, um ihn sich gemeinsam anzusehen. Bereits der Adler, der auf einer Seite die Schwingen spreizt, sieht amerikanisch aus, und weil keiner, nicht einmal unser großer Bruder, die Wörter, die auf der anderen Seite eingeprägt sind, richtig aussprechen, geschweige denn übersetzen kann, ist man sich einig, dass der Ami-Michi recht hat.

Nicht bloß der Schlüssel ist made in USA. Der Vater des Ami-Michi wird in den nächsten Wochen das glücklich Erworbene Bauteil für Bauteil prüfen und, vom Fußboden bis an den Giebel, vielerlei entdecken, was seine Gestalt im fernen Amerika bekommen hat. Die kleinste Schraubenmutter verrät ihre transatlantische Provenienz, sobald kein deutscher Gabelschlüssel sie richtig engbackig fassen kann. Am schönsten amerikanisch finden Vater wie Sohn den hellblau emaillierten zweiflammigen Gasbrenner, dessen Stahl-, Messing- und Gummiteile, laut einem Aluminiumschildchen, eine Firma in Chicago zu seiner mirakulösen Ganzheit zusammenfügte. Leider baumelt der Anschlussschlauch unter der Küchenecke vorerst ins Leere. Der Vorbesitzer hatte sogar die Gasflaschen an seinem Arbeitsplatz in der amerikanischen Kaserne organisieren können. Aber der Vater des Ami-Michi hat schon eine Idee, wie er vergleichbar günstig an den nötigen Brennstoff kommt.

Die Kinder halten die Luft an, als sich der große, der deutsche Schlüssel krachend im Schloss des Tores dreht. Alle finden es ungeheuer, dass sich einer von ihnen nun einfach so, mit einem eigenen Schlüssel, Zutritt zur Schrebergartenkolonie verschaffen kann. Der Vorstand der Kolonisten führt ein strenges Regiment. Seit dem letzten Sommer muss der obere Eingang auf den Hauptweg, der vom Rosenhang bis an den Bahndamm führt, gleich dem unteren an Werktagen stets abgeschlossen sein. Der mehr als mannshohe Außenzaun wird von drei mattgrauen Linien aus verzinktem Stacheldraht gekrönt, dessen Spitzen bei Nacht eventuellen Einbrechern, untertags aber kletternden Buben Hose und Haut aufschlitzen sollen. Keine der Familien im gelben und im grünen Block verfügte bislang über einen Schrebergarten. Der Vater des Ami-Michi hat sich schon vor neun Jahren, als sein Sohn im Schwange war, ohne seinem Eheweib ein Sterbenswörtchen zu verraten, auf die Warteliste setzen lassen.

Nun geht es langsam, hellwach und fromm, den Hang hinunter. Alle Parzellen liegen still hinter den putzigen Innenzäunchen. Der Wolfskopf greift ab und zu verstohlen an eine Gartentür. Obwohl sie selbst ein Liliputaner mühelos überklettern könnte, sind alle abgesperrt. Und als der Wolfskopf sich darüber wundert, erklärt der Ami-Michi, dass dies Vorschrift sei. Ein jeder, den der Koloniewart dabei ertappe, dass er vergessen habe abzuschließen, müsse Strafe in die Vereinskasse bezahlen. Der Garten, den der Vater des Ami-Michi ergattert hat, liegt weit unten, am rechten Ende des letzten Querwegs. Andächtig beobachten alle, wie der schlanke, goldfarbene Sicherheitsschlüssel in seinem amerikanischen Vorhängeschloss versinkt, das ein Stück Gummi, aus einem Fahrradschlauch geschnitten, vor deutschem Tau und deutschem Regen schützt. Alle sind schwer beeindruckt, als er ölig glänzend wieder auftaucht.

Derselbe Schlüssel sperrt auch das Schrebergartenhäuschen auf, aber der Ami-Michi ist sich nicht sicher, ob es dem Vater recht wäre, wenn er mit den Freunden einfach so hineinmarschierte. Also heißt es erst einmal draußen bleiben. Man guckt sich um. Das Bänkchen unter dem einzigen Fenster der Laube ist gerade so breit, dass der Ältere Bruder mit seinem geschienten Bein Platz darauf nehmen könnte. Die Wiese ist noch morgenfeucht. Aber dann sieht der Schniefer die Leiter, die im Kirschbaum lehnt. Keiner begreift, was er vorhat, als er den Ami-Michi fragt, ob sie die Leiter nehmen dürften. Zusammen mit dem Wolfskopf fädelt er sie aus den Ästen, gemeinsam balancieren die beiden das schwere Holzding an die Laube. Erst als die Holme auf die Regenrinne schlagen, ist auch den anderen klar, dass dem Schniefer im hellsten Sonnenschein wieder einmal eines seiner speziellen Lichter aufgegangen ist.

Der Mann ohne Gesicht zählt seine Barschaft. Vorhin, beim Frühstück, ist ihm eingefallen, dass er am Ende irgendeines Herbstes, an einem allerletzten goldenen Tag, einige große Scheine im dicksten seiner Bücher verborgen hat. Er war damals unter den Einfluss der Eichhörnchen geraten, die wie jedes Jahr hektisch damit zu tun hatten, ausgerechnet rund um seinen Wagen Eicheln, Haselnüsse und Tannenzapfensamen in vielen Vorratslagern zu bunkern, als wäre ausgerechnet er, der Einsiedler, ein glaubwürdiger Garant für die Sicherheit dieser Bestände. Das Geld steckte auch jetzt noch, im Licht der Neuen Siedlung, an seinem Platz. Allein mit sich, war es im Lauf der Jahre nicht erkennbar mehr oder weniger geworden. Und auch die winzigen Buchmilben, die, verstört von der jähen Helle, über die aufgeschlagenen Seiten des Englisch-Deutsch-Wörterbuches kurvten, haben den Qualitätsprodukten der Bundesdruckerei keinen erkennbaren Schaden zugefügt. Er zählt noch einmal nach und kommt erneut auf stolze sechshundertdreißig. Das Sümmchen kann er nun gut gebrauchen.

Gestern im Affentanz hat er seine Zielperson, wie erhofft, an alter Stelle vorgefunden. Er war erst spät am Abend losgegangen, hatte den letzten Bus gerade noch erwischt. Unten in Oberhausen fiel er in einen übertrieben trägen Trott, er schlug sogar noch einen Haken vorbei am Josephinium, erfüllt von der mulmigen Sorge, nun gleich in einer halbleeren oder zumindest in einer auf eine abgestorben fade Weise fremd gewordenen Kneipe einzutreffen. Noch unter dem unbestrahlten Schild, dessen Affenfratzen er mehr ahnen als erkennen konnte, die Hand schon an der Klinke, hoffte der Waldschrat in ihm, die Tür sei verschlossen, die Kneipe inzwischen aufgegeben. Aber dann schlug ihm eine Woge aus warmem, schaurig Wohlvertrautem durch den Mull. Alles war da: die altbekannten Stufen der Trunkenheit, der jeweilige Grad von Erweichung in den Mienen, das zweisprachige Gemurmel der Amis und der deutschen Kundschaft, das Durcheinander- und Gegeneinanderlachen der Weißen und der Schwarzen, das Wummern der Musikbox und die Sehnsuchtsdummheit der gedrückten Nummer, alles schien ohne Fortschritt oder Verfall durch die Jahre seines Abwesendseins gekommen. Und auch der Mann, der weiterhin für alle an seiner Arbeit Interessierten nur der Stempler heißt, war und ist sich äußerlich, im Grau des Bürstenhaarschnitts, im Beige des Rollkragenpullovers und im Gebaren gegenüber seinen Klienten treu geblieben.

Noch immer notierte er, was man an Dokumenten brauchte und die Daten, die diese enthalten sollten, mit einem spitzen weichen Bleistift auf einen schmalen Block. Es war ein billiges Abreißding, die gleiche Sorte wie die Blöcke, auf denen die Bedienung, die einzige Frau im Raum, die Bestellungen der Männer festhielt. Wie ehedem trennte der Stempler den Zettel sorgsam ab und schob ihn über den Tisch, damit der Kunde ablesen konnte, was unter jedem Posten als dessen Preis stand. Wie früher war das Zeichen der Brauerei, ein Neger mit Turban, der eine riesige nussbraune, schwarzbeschriftete Fahne über dem Kopf schwenkt, auf jedes Blatt des Blocks gedruckt. Der Mann ohne Gesicht las in alphabetischem Automatismus «Mohrenbräu», zählte dann im Kopf zusammen, addierte die Beträge ein zweites Mal, ohne dass die Summe dadurch kleiner wurde.

Die doppelte Rechnung vollzog sich zu den Eröffnungstakten eines in die Jahre gekommenen Schlagers, der im Arrangement absolut getreuen Version eines amerikanischen Hits. Die Sängerin hatte die Nummer dereinst auch in der Sprache der Besiegten aufgenommen. Vermutlich waren ihr die deutschen Wörter zum Absingen phonetisch umgewandelt aufgeschrieben worden. Nicht anders als vor seiner Waldzeit hatte er den Eindruck einer schlimmen, haltlos taumelnden und hohl schluchzenden Seelenlosigkeit. Zum dritten Mal errechnete er, was ein Familienstammbuch, ein beglaubigtes Duplikat der Heiratsurkunde und die ärztliche Bestätigung der Schwangerschaft kosten sollten. Zumindest dies war nicht gleich geblieben: Die Preise des Stemplers hatten einen deutlichen Sprung nach oben getan. Um alles im Voraus zu begleichen, reichte die mitgenommene Barschaft wider Erwarten nicht aus. Aber weil er den Mann ohne Gesicht von einem früheren Geschäft her als verlässlich kannte, gab sich der Herr der Tinten und Formulare mit einer Teilzahlung zufrieden.

Gerade als das Geld über den Tisch gegangen war, wurde es in der Nische neben der Tür bös laut. Der Mann ohne Gesicht erkannte an der Schärfung der Stimmen, dass es nicht bei Worten bleiben würde, und weil er ewig lange keinen Kampf gesehen hatte, zog es ihn zusammen mit anderen Neugierigen hinüber an den Ort des Streits. Schon beim Hereinkommen hatte er wahrgenommen, dass dort, nicht anders als früher, Siebzehnundvier um Geld gespielt wurde. Erst jetzt erkannte er einen der Zocker. Hinten an der Wand saß der Mopedfahrer aus dem grünen Block, der Vater des dünnen Jungen, den seine Freunde im Kinderwagen durch die Gegend schoben. Im rauchsatten Licht des Affentanzes sah der Maurer deutlich älter aus als in der Morgenfrische, als schlüge sich die sinnlos hohe Summe der gesetzten Steine, die Schwere des in idiotisch gleich bleibende Form gezwungenen Materials kuliartig gelb in Gesicht und Händen nieder. Und auch die Lider hingen ihm asiatisch tief in die vom Bier matt glänzig gewordenen Augen.

Sein Gegenspieler, ein eher kleiner, etwas krummrückiger, dabei unübersehbar muskulöser junger Kerl, dem schönes, leichtgewelltes und seidig braunes Haar schräg in die Stirn fiel, hatte offenbar schmerzhaft viel verloren. Jetzt schimpfte er mit schriller Stimme auf den Maurer ein, nicht allzu unflätig, nicht offen drohend, aber mit einer Penetranz, die allen, die Ohren für dergleichen hatten, Ungutes verhieß. Obwohl der Kerl sich dabei des städtischen Dialekts bediente, glaubte der Mann ohne Gesicht herauszuhören, dass sich das hiesige Idiom nicht wirklich bodenständig, nicht von klein auf erworben, sondern irgendwie nachgemacht, fast parodiert anhörte. Dann sah er, wie die linke Hand des unaufhörlich weiterkeifenden Verlierers das eben auf den Tisch geknallte Bierglas losließ und langsam, in Etappen, mit kurzen Ruhepäuschen auf Tischkante und Oberschenkel, nach unten glitt. Sie wanderte am Hosenbein entlang, schlüpfte in die linke Socke, kam, die Fingerspitzen auf einem perlmuttbesetzten Griff, wieder hervor. Der Rest ging flott. Die Klinge des Messers fiel auf Daumendruck aus ihrer schmucken Scheide. Das Klicken, das mit dem Einschnappen der Arretierung verbunden war, ging im Grundlärm des Affentanzes verloren. Die Hand schloss sich fester um den nun hohlen Griff, schwang kurz zurück, um von unten und zugleich von der Seite auf den bereits mehrfach als Betrüger und nun ein einziges Mal als einen verdammten Scheißbetrüger Titulierten zuzufliegen.

Dem Mann ohne Gesicht fehlte die Geistesgegenwart für einen Zuruf, auch stand er noch einen Schritt zu weit vom Tisch entfernt, um sich mit einem Sprung auf den Messerstecher zu stürzen. Die beiden Männer, die bei den Kontrahenten saßen, sahen die Waffe erst, als sie über die Kante der karierten Tischdecke nach oben stieß, und waren zu überrascht oder zu bierträge, um noch dazwischenzuzucken. Der

Mann ohne Gesicht hatte als Gymnasiast und dann noch während der Ausbildung auf der Panzerschule mit Freude an der Sache und gar nicht schlecht geboxt. Noch immer traute er sich zu, irgendeinen stumpfsinnigen Raufbold mit kurzer Reaktionszeit und sauberer Technik zu verblüffen. Aber sein bestmögliches Reagieren wäre lahm gewesen, verglichen mit dem traumhaft synchronisierten Doppelreflex dieses arbeitsmüden und angetrunkenen Maurers. Die Rechte schnappte um die messerführende Hand. Die Linke bekam aus dem fast unmerklich zurückpendelnden Oberkörper genügend Schwung, um hörbar hart, um Knöchel auf Knochen, gegen das Kinn des Angreifers zu krachen.

Jetzt, einen Tag danach, versucht der Mann ohne Gesicht am Küchentisch diese Bewegungen verlangsamt nachzumachen. Erst jetzt erfasst er vollends, wie das geschmeidige Ineinanderfließen von Abwehr und Angriff für die nötige Beschleunigung gesorgt hat. Als trüge er ein Tier in sich, ein Wach- und Schutztier, dem von Baustellenschufterei, Alter und Alkohol noch wenig Kraft genommen worden ist, hat der Vater des dünnen Jungen die Attacke auf die Unversehrtheit seiner Körperhülle pariert. Der Messerstecher sackte ohne einen Laut auf die Karten des letzten Spiels. Ein langes Weilchen, noch während ihn die beiden, die mit am Tisch gesessen hatten, durch das Lokal nach draußen und zwei Häuser weiter trugen, noch während sie ihn in der Einfahrt einer Metzgerei auf ein schmales Stück Rasen legten, blieb er bewusstlos und machte nicht den geringsten Mucks. Der Mann ohne Gesicht, der mit ein paar anderen, die zugesehen hatten, mitgelaufen war, hörte, wie man den Besinnungslosen einen unverbesserlichen Mistkerl nannte, erfuhr, dass der Mann erst vor wenigen Tagen aus dem Gefängnis entlassen worden sei und nun bestimmt für länger eingebuchtet würde, falls die Sache zur Anzeige kommen sollte. Zum Glück des Halunken rufe der Wirt die Polizei bloß, wenn es wirklich nicht mehr anders gehe. Zuletzt stand er allein bei dem Weggeschafften. Als dieser sich regte, benommen mit der Linken an die hübsche kleine Nase und dann, aufstöhnend, auch an Mund und Kinn griff, ging er in die Knie und beugte sich über das blasse, schon vor der Ohnmacht mondbleich gewesene Gesicht. Er widerstand der Versuchung, mit den Fingerspitzen auf die seltsam höckrige Stirn zu tupfen, begnügte sich damit, gründlich den Kopf zu schütteln. War es nicht zauberhaft, war es nicht ein Mirakel, wie sich alle männlichen Mitglieder der Huhlenhäusler Sippe in Haar und Haut und Knochen glichen?

Ich habe Händchen, und in ihrer rosigen Stummelsüße wären sie wohl einen liebevollen Blick, vielleicht sogar eine kleine Rede wert. Aber sie fassen nichts. Sie haben nie etwas ergriffen und werden nie ergriffen werden, können sich also nicht mit dergleichen wichtigmachen. Wichtig hingegen ist und bleibt die rechte Hand des Vaters, denn die ist bös zerschnitten. Erst als die beiden Arbeitskumpel, die den Huhlenhäusler wie ein Aufräumkommando hinausgetragen hatten, in die Kneipe zurückgekehrt waren und ihm schulterklopfend gratulierten, hat er vorsichtig die Finger der fest zusammengepressten Rechten geöffnet und prompt die Tischdecke besudelt. So fehlerlos sein Zugriff den Umstehenden auch erschienen war, er hatte die Hand des Angreifers nicht am Gelenk, sondern zu weit oben erwischt und sich dabei die beidseitig geschärfte Klinge in den Handteller gedrückt. Früher, in seinen wirklich schnellen Jahren, wäre ihm, egal ob nüchtern, angetrunken oder sturzbesoffen, niemals ein derartiges Missgeschick passiert. Das war die Quittung dafür, dass er sich gegen ein widerstrebendes Gefühl hatte beschwatzen lassen, mit in den Affentanz zu kommen.

Die Kollegen, denen nun auch nicht mehr wohl in ihrer Haut war, brachten ihn nach Hause. Das Moped ragte, als sie den Berg in die nächtliche Siedlung hochfuhren, schräg aus dem Kofferraum des kleinen Autos. Die beiden halfen ihm noch, es möglichst leise in den Fahrradkeller hinabzuschaffen. Dann musste er, ein sauberes Geschirrtuch aus der Kneipenküche um die verletzte Hand gewickelt, allein vor seine Frau. Im Nachthemd hat sie am Tisch, mit kaltem Kaffee im Glas und dem ganz leise gestellten Spätprogramm des Rundfunks, auf ihn gewartet. Er zeigte die Wunde vor, rückte dann mit dem Rest der Wahrheit raus. Bevor es ihm gelungen war, dem Huhlenhäusler ein respektables Sümmchen abzubluffen, hatte er gut das Doppelte an einen Neger mit großen, spiegelblanken Knöpfen am türkisen Hemd verloren.

Es wäre Unsinn gewesen, sich ins Bett zu legen und dort dem Pochen der inzwischen schlimm schmerzenden Hand zu lauschen. Unser beidhändiger Boxer mit den noch immer stupenden, einst sagenhaft gewesenen Reflexen musste sich beim Waschen und beim Anziehen frischer Kleider helfen lassen. Er putzte sich mit links die Zähne, kämmte die Haare mit Frisiercreme, schlürfte schweigend neben seiner Frau Kaffee auf Kaffee. Er horchte am Säuseln des Radios und dann am ersten Amseltrillern vorbei, zog einhändig die Vorhänge zurück, knipste das Licht über dem Tisch aus, machte sich schließlich auf den Weg. Als Erster saß er im Wartezimmer von Doktor Junghanns, das Montag bis Samstag von dessen

Putzfrau aufgeschlossen wird. Die saugt die Räume durch, wischt das Linoleum noch zusätzlich mit einem scharf riechenden Bodenpflegemittel, und um Punkt sieben ruft der Doktor, weil es seine Sprechstundenhilfe, die ihre Kinder für die Schule fertig machen muss, nicht vor halb acht zur Arbeit schafft, seine Patienten selbst ins Behandlungszimmer. Der Vater hatte sich eine umständliche Geschichte zurechtgelegt, rund um ein Brotmesser, dessen Klinge frühmorgens im harten Laib abbricht. Aber der alte Arzt winkte den schlecht schwindelnden Maurer bereits nach zwei, drei Sätzen wie einen Läufer nach dem Fehlstart ab und wollte bloß wissen, ob die Sache von der Polizei aufgenommen worden, also als eine Strafsache aktenkundig geworden sei.

Der Ältere Bruder und die Zwillinge haben die versehrte Hand dann erst in ihrem blütenreinen Verband gesehen. Der Vater frühstückte mit ihnen, war sichtlich müde, auf eine milde Weise gut gelaunt, wollte jedoch nichts Genaueres von dem erzählen, was er einen wirklich ganz blöden Arbeitsunfall nannte. Aber die Wahrheit kommt ans Licht. Mit fünfstündiger Verspätung erfahren die Brüder im nachmittäglichen Vogelgezwitscher der Schrebergartenkolonie, welches Geschehen ihnen von den Eltern gemeinsam verschwiegen worden ist. Bis auf unseren großen Bruder sitzen die Freunde oben im Kreis, fühlen sich dem blendend blauen Himmelsbrett zum Schwindligwerden nah, fahren, um den Schwindel abzuschütteln, die buckligen Falten der Teerpappe mit den Fingerspitzen ab und haben eigentlich alle keine rechte Lust zum Reden. Da kommt der Wolfskopf, dem es urplötzlich wieder eingefallen ist, stockend und stotternd in Fahrt, und ohne sich lange mit einleitenden Worten aufzuhalten, klärt er die anderen auf.

Der Wolfskopf-Vater ist auch im Affentanz gewesen. Mit einem Kumpel aus dem Gaswerk stand er an der Theke, während ein Schwarzer dem Nachbarn aus dem grünen Block beim Siebzehnundvier ein Scheinchen nach dem anderen aus der Börse zog. Zufällig guckte er wieder hinüber, als man bereits in anderer Besetzung spielte und es zum Eklat kam. Er wurde Augenzeuge der Attacke wie ihrer Abwehr, und weil der Vater des Wolfskopfs sich vor seiner Ehe selber gern geprügelt hat, ist ihm die Geschichte am nächsten Morgen beim Frühstück mit seiner Frau, bei Rührei und Speck, voll ehrlicher Begeisterung über die fettig glänzenden Lippen geflutscht. Die Wolfskopf-Mutter hat das blutige Geschehen für den später aufgestandenen Sohn quasi paniert. So, wie man einem rohen Schnitzel eine Umhüllung aus Eigelb und zu Bröseln zermahlenen alten Semmeln gibt, wurde der Kampf zuerst in Entsetzen, dann in Verurteilung gewendet.

Geholfen hat dies nichts. Jetzt macht ihr Sprössling die Geschichte wieder so fleischig nackt, wie es sich für sein Knabenempfinden gehört, und findet, dass der Vater der Zwillinge und des Älteren Bruders ein Held ist. Schon demnächst will er Ähnliches vollbringen, er prophezeit, er werde in Bälde selber einen der Huhlenhäusler, natürlich erst mal einen kleineren, mit einem einzigen Hieb zu Boden strecken. Er macht den Schlag – es ist ein wilder Schwinger – immer wieder vor und hüpft dabei herum, als wäre das Flachdach des Schrebergartenhäuschens ein Boxring, aus dem kein Gegner entkommen kann. Die anderen ziehen lachend die Köpfe ein, und Sybille, die bemerkt, wie taumelig die Schritte des einsam kreisenden Zukunftskämpfers bereits geworden sind, warnt ihn davor, mit einem der nächsten Lufthiebe über den Rand hinabzustürzen.

Missmutig, den Kopf verkrampft im Nacken, muss unser großer Bruder mitansehen, wie sich die anderen in der Höhe amüsieren. Vorhin, als sie ihn in seiner Karre den Rosenhang zur Kolonie hinunterschoben, haben der Schniefer und der Wolfskopf noch gebettelt, er möge ihnen möglichst gleich die Geschichte aus dem Nudelbuch erzählen. Von den Zwillingen, denen er alles, vom ersten bis zum letzten eingeklebten Bild, zweimal vorgelesen hat, sind die Freunde bereits mit den geheimnisvollen Namen, mit Speer und Fell, mit Blut und Tiergebrüll, so vage, wie es sein muss, so ungefähr, dass kein Körnchen und kein Tröpfchen des Wesentlichen preisgegeben wurde, auf das Geschehen eingestimmt. Noch an der Gartenpforte, als der Ami-Michi ein kleines Stück Papier vom Boden aufhob, um den ölverschmierten Schlüssel wieder blank zu wischen, sagte Sybille, wie sehr auch sie auf die Geschichte von den Bärentötern, auf Eis und Schnee und Tod gespannt sei. Aber dann sind die Freunde über die Leiter auf das Dach gestiegen, und alle, sogar die Zwillinge, nahmen ihre Wundertüten mit hinauf, obwohl Sybille vorher beim Verteilen zur Bedingung für die Annahme gemacht hatte, dass jede Tüte unter den Augen der anderen aufgerissen werden müsse.

Schnöde allein gelassen, fühlt sich unser großer Bruder berechtigt, gegen diese Abmachung zu verstoßen. Er wirft die Tüte einmal, zweimal, dreimal in die Höhe, beim letzten Mal schleudert er sie so hoch, dass sie die anderen eigentlich sehen müssten. Aber die albern auf dem Dach herum, haben inzwischen einer nach dem anderen die Füße an den Po gezogen, weil der Wolfskopf, dem nun vollends schwindlig ist, Gefahr läuft, über die nächstliegenden nackten Beine zu stolpern. Der Ältere Bruder packt den Klebefalz der Wundertüte und reißt sie von oben nach unten mit einem Ruck entzwei. Es ist das erste Mal in seinem Leben, dass er das feste Papier so rigoros zerfetzt. Bei allen anderen Tüten, bei den zahllosen anderen, die ihm die Mutter in den vielen, vielen Sommern, in denen er ein kleiner Junge war, einfach so von Tabak-Geistmann brachte, wurde die obere Kante stets mit der Schere abgeschnitten, ganz ordentlich entlang der gestrichelten Linie, in deren endlosem Rundlauf fünfmal eine kleine Schere abgebildet ist. Stets hatte er die geleerte Tüte danach auf dem Tisch glatt gestrichen und ihr Bild studiert, so wie er es, von unklarer Verlegenheit erfüllt, erst neulich Sybilles kleine Schwester auf dem Küchentisch der Böhms hat machen sehen.

Er hört sich mit den Zähnen knirschen, und fast im selben Moment erkennt er, dass nicht nur der Ärger, sondern vielmehr die Scham es ist, die ihm die Kiefer zusammenpresst. Jetzt ist ihm klar, warum Sybille für sich selbst keine sechste Wundertüte erworben hat, obwohl sie doch noch Geld genug zur Verfügung hatte. Natürlich fühlt sie sich zu groß dafür. Nichts von dem, was sich in den Tüten finden lässt, könnte sie noch entzücken, sogar einen der Ringe mit den bunten Steinen, die allen kleineren Mädchen im Hof gefallen, würde sie sich nicht mehr an den Finger stecken, sondern gleich an ihre Schwester weiterreichen. Nur wenn er seine Tüte sogleich mit einem Lächeln, mit lässig souveräner Geste an die Zwillinge abgegeben hätte, die sich eine teilen mussten, wäre ihm die nun begriffene Selbsterniedrigung erspart geblieben. Mit beiden Händen fegt er sich den Puffreis, der allen Wundertüten als Basisfüllung beigegeben ist, aus dem Schoß.

Eigentlich will er gar nicht wissen, was noch in seiner Tüte steckte. Aber als er ihr Papier zusammenknäult und an das

Fensterglas der Laube schleudert, pikst ihn etwas an der Hüfte. Dort ist es also hingerutscht. Mit spitzen Fingern zieht er es hervor. Oben vom Dach hört er Sybille quieken. Der wankende Wolfskopf ist mit der Sohlenspitze seiner rechten an der verbogenen Schnalle seiner linken Sandale hängen geblieben, hat sich so selbst zu Fall gebracht und ist Sybille mit dem Lederhosenhintern in den Schoß geplumpst. Die anderen kichern sich fast kaputt. Den Zwillingen fällt dazu natürlich der Witz ein, in dem ein Elefant mit einem Nashorn tanzt, aber sie kommen mit dem Erzählen nicht über einen ersten und einen halben zweiten Stottersatz hinaus, weil sie mit dem Lachen noch nicht ganz fertig waren und nun zur Strafe extra lang zu Ende gicksen müssen. Unten im Schatten des Schrebergartenhäuschens weiß unser großer Bruder, dass sich die beiden mächtig freuen werden, wenn gleich in hohem Bogen nach oben geflogen kommt, was in seiner Wundertüte war. Der Wolfskopf, der nicht nur ein guter Werfer, sondern auch ein exzellenter Fänger ist, wird das Emporgeschmissene trotz seines Schwindlig-Seins sicher in den großen Händen bergen.

Der Ältere Bruder hat jetzt schon recht. Nicht bloß sein Wurf, auch alles Folgende wird genau so kommen, wie er es voraussieht. Wieder zu Hause, in der Parterre-Eckwohnung des grünen Blocks, werden die Zwillinge das exquisite Stück an der Mutter vorbei ins Kinderzimmer schmuggeln. Erst wenn es dort am richtigen Platz prunkt, darf sie es sehen und gebührend bewundern. Auf dem Regal über dem Bett unseres großen Bruders haben die beiden ihre Kollektion wilder Plastik-Tiere aufgebaut. Inmitten der elfenbeinfarbenen Elefanten, umringt von den ein- und zweihöckrigen Kamelen, hinter dem einsamen blauen Nashorn, das schreitend, Fuß vor Fuß, erstarrt ist, umlagert von Tiger, Löwe, Löwin, gegossen aus dem gleichen gelb abgetönten Kunststoff, neben dem leider fleckenlosen Leoparden, wird das hinzugekommene Tier der Augenfang der Sammlung sein. Denn einzig ihm, dem neuen und längst überfälligen, dem heißersehnten furchtbaren Räuber und Zerreißer, hat der große unbekannte Plastikschöpfer eine echte, den Betrachter herausfordernde Pose zugestanden. Das neue Tier heischt mehr als nur den üblichen naturgegebenen Respekt. Der Wundertütenfund steht auf den Hinterbeinen, den mächtigen Oberkörper leicht zurückgelehnt, fast wie ein Boxer, der einem Schlag, nach hinten pendelnd, ausgewichen ist. Die schulterhoch erhobenen Pranken versprechen einen blitzartigen Hieb oder eine knochenbrechend innige Umarmung. Und wer die Kuppe des kleinen Fingers in das aufgerissene Maul führt, kann fühlen, wie erstaunlich spitz die Kunststoffzähnlein dieses gewaltig großen Bären sind.

Regentag

Der Mann ohne Gesicht hätte es allen prophezeien können. Aber gestern hat er sowohl beim Bäcker als auch im Milchgeschäft und dann sogar in der behäbig vorwärtsruckenden Schlange an der Kasse von Lebensmittel-Vetterle, wo Kundin auf Kundin über die unerträglich schwüle Hitze klagte, sein Wissen für sich behalten. Erst auf dem Rückweg, als er, ohne rechten Einkaufsgrund, noch bei Horst Geistmann gelandet war, verriet er, dass es entgegen der Vorhersage im Radio am Wochenende regnen werde. Der Tabakwarenhändler hatte ihn eingeladen, am Samstagnachmittag unten auf dem Spielplatzgelände bei den Tischtennisplatten vorbeizuschauen, worauf der Mann ohne Gesicht ihm mit Bedauern eröffnete, die gewiss stets sehenswerte Paarung Geistmann gegen Schümer müsse morgen ins Wasser fallen. Dies sei so sicher wie das Amen in der Kirche. Was Wetterumschwünge angehe, könne er sich auf die Nase, die er nicht mehr habe, absolut verlassen. Wenn sie ihn derart jucke wie bereits den ganzen Vormittag, würde es binnen vierundzwanzig Stunden tüchtig schütten.

Heute ist es nicht ganz so schlimm gekommen. Zwar schmetterte bereits in aller Frühe ein wuchtiges Gewitter mit starken Böen eine Menge Wasser gegen den Rosenhang und auf die Dachziegel der Siedlung. Doch dann flaute der Wind schnell wieder ab. Der Regen machte sich dünn und dünner. Und jetzt, in einem letzten, fast tropisch feinen Sprühen, spürt man bereits wieder die Kraft der Sonne durch die wie Weißblech schimmernden Wolken dringen. Der Mann ohne Gesicht ist in seinem Kapuzenponcho losgegangen. Aber schon auf Höhe des türkisen Blocks wird ihm zu warm. Er klemmt sich die Kutte aufgerollt unter den Arm, und bald fühlt er sich auf eine angenehm laue Art durchnässt, der Mull klebt wie ein dünnes Fell auf seinen Narben. Er spürt die Spannung des Stoffs mit dem kleinen Knubbel, dem Knorpelrest, der ihm unter der empfindungslosen Haut geblieben ist. Das bohnengroße Stückchen ist übertrieben druckempfindlich und hat, seit es mit ihm den Wald verlassen hat, noch an Feinfühligkeit gewonnen. Bei Nacht muss er inzwischen das Verbandsviereck abnehmen, weil ihm dessen federleichtes Gewebe unangenehm auf dem Knorpel lastet. Längst hat er das Restchen seiner Nase im Verdacht, ihm auch die hochverlässlichen Wettervorhersagen des imaginär gewordenen Ganzen zu suggerieren.

Unten auf den Wiesen des Spielplatzes ist erst einmal kein Mensch zu sehen. Der Rasen dampft, als habe der Regen nach und nach die Glut, die vom Sonnenfeuer der letzten Tage im Erdreich verblieben ist, gelöscht. Im größeren Sandkasten steht ein von braunem Schaum gekrönter Teich. Der Mann ohne Gesicht steuert die Tischtennisplatten an, und auf dem Bänkchen, das die Kinder die Pingpong-Bank nennen, sieht er Geistmann und Schümer sitzen. Die beiden haben ihre aufgespannten Schirme so hoch in die elastischen grünen Triebe eines Holunderbaums geklemmt, dass die Schirmstöcke über ihren Köpfen schweben. Geistmann hat ihn entdeckt, ruft ihm seinen Namen entgegen, und Schümer hebt den roten Tischtennisschläger zum Gruß. Schon rutschen die beiden Sportfreunde auseinander, um ihm ein trockenes

Plätzchen zwischen ihren wochenendgemäß kurzbehosten Schenkeln anbieten zu können.

Der Mann ohne Gesicht kennt Schümer. Bei seiner zweiten Einkaufsrunde hatte er beschlossen, es gnadenlos gründlich anzupacken, und ließ kein einziges der Geschäfte des Kreuztöterweges aus. Sogar die Sparkasse suchte er auf, um sich einen Hunderter kleinmachen zu lassen. Nachdem dann bei Elektro-Lutscher Batterien für seine Taschenlampe erstanden worden waren, sah er, dass er seinen Anblick bloß noch in die Drogerie zu tragen hatte. Dies wurde unerwartet harte Arbeit. Eintretend zwang ihn irgendetwas, vielleicht ein Zusammenklang der Farben, sich jäh und schmerzhaft heftig zu entsinnen, wie Drogerien früher, vor seinem Krieg, gerochen hatten. Das alte, einst unspaltbar dicht gewesene Duften geisterte ihm von der Stirn nach hinten in den Kopf. Dort wallte kurz die Frische von Kölnisch Wasser auf, abrupt gefolgt von der Veilchensüße einer ganz bestimmten Seife, die er bei seinem Seelenfrieden nie wieder mit irgendetwas oder irgendjemandem in Verbindung bringen wollte. Um weitere Emanationen im Keime zu ersticken, nagte er an der Innenseite seiner Unterlippe, so lange und so bissig, bis genug Blut kam. Er wusste, hierauf war Verlass, der Blutgeschmack hatte ihm mehr als einmal gegen das Anwehen des Vergangenen geholfen. Im Laden waren keine weiteren Kunden. Der Drogist saß an der Kasse, den Kopf über ein Heft gebeugt.

Im zurückliegenden Frühjahr hatte Erich Schümer den tragischen Tod seiner Frau zum Anlass genommen, die Geschäftsräume radikal umzugestalten. Die Wand zum Lager wurde Ziegel für Ziegel abgetragen, um Platz zu schaffen. Drei Reihen Regale stehen nun frei, sind beidseitig bestückbar und kundenfreundlich niedrig. Seitdem kann man fast wie in einem Supermarkt umhergehen und eigenhändig auf das komplette Sortiment zugreifen. Für Einkaufswagen, die wenden und einander überholen müssen, erwiesen sich die Durchgänge allerdings als zu schmal. Aber auch so, mit den hübschen Henkelkörbchen aus Edelstahl, ist die Modernisierung hervorragend angenommen worden. Die Kundinnen kaufen eindeutig mehr als früher. Selbst diejenigen, die ehedem eingangs ausgiebig mit Schümer oder seiner Frau geplaudert haben, die weiterhin mit kontaktfreudig erhobenem Kinn in den Laden kommen, lässt Schümer jetzt erst einmal allein. Er dreht sich einfach an ein Wandregal, tippt mit dem scharf gespitzten Tintenblei auf die eine oder andere Packung und murmelt vor sich hin, als zähle er etwas ab. So kann er sicher sein, dass die nur beiläufig Begrüßten, auf sich gestellt, schon den einen oder anderen Artikel ins Körbchen legen werden, der nicht auf ihrem Einkaufszettel steht. An der Kasse ist dann immer noch Gelegenheit, die Schwatzsucht, ähnlich wie früher und doch ökonomisch vorteilhafter, mit einem abschließenden Plausch zu stillen.

Die alte Ladentheke, vor zehn Jahren maßgerecht geschreinert, hat Schümer hinten im Hof zerlegt, zersägt und dann im Winter bis auf den letzten Span verheizt. Das reute ihn kein bisschen. Das weite, mit Eiche furnierte Feld, die traditionelle Gleitbahn der Waren hin zum Kunden, fehlt ihm ebenso wenig wie die deckenhohen Holzregale des Lagerraums und die Leiter, die sich, auf Messingrollen schnurrend, daran vorüberschieben ließ. Nach Meinung des Drogisten soll, wenn irgend möglich, stets die Gegenwart regieren. Allenfalls sehnt er sich in schwächeren Momenten ein klein wenig nach dem einstigen Durchgang, nach der Passage hinein in den früheren Verkaufsraum. Der dicke, braune Vorhang war das beste Stück des alten Ladens. Selbst seiner Evelyn, die ihre ganze Ehe lang ein zuverlässig blindes Huhn abgab, ist einmal fast erleuchtungsartig aufgefallen, wie theatralisch, ja zirzensisch er den Türersatz lüftete und durchschritt. Der Gegendruck der schweren, samtigen Vorhangbahnen ist immer noch in seinen Händen. Und auch der Nacken weiß in einer separaten Nostalgie, wie der gewichtige Stoff, über den weißen Kittel schabend, hinter ihm zurück in die Senkrechte zu stürzen pflegte.

Das wird, das soll nie wiederkommen. Die plüschig altmodischen Wonnen haben endgültig helleren Freuden Platz gemacht. Bescheiden wie sein eigener Angestellter sitzt Schümer auf einem niedrigen Drehstuhl hinter der schmalen neuen Kasse. Und er freut sich, dass nun auch diejenigen zu ihm hereinfinden, die eine Drogerie bislang für einen unangenehm feinen Ort, für ähnlich einschüchternd gehalten haben wie eine Apotheke oder gar eine Parfümerie. Diese hemmende Schwelle scheint restlos weggebrochen. Und noch etwas Besseres ist hinzugekommen. Der Umstand, dass er inzwischen alleinlebender Witwer ist, hat ein wichtiges Geschäftsgefälle, den geschlechtlichen Neigungswinkel hinein in seinen Laden, eklatant vergrößert. Ohne die etwas spröde Evelyn ist er den Frauen der Siedlung lieber, das hat er bereits, als ihm, noch über das alte Thekenholz hinweg, mit den üblichen Floskeln das obligatorische Beileid ausgesprochen wurde, an einem signifikanten Kitzeln in den Ohren spüren dürfen. Auf Weiber glaubt sich Schümer zu verstehen. Schon der kleine Erich hat an sich bemerkt, dass er instinktiv wusste, welche Worte seine Mutter und seine Tanten von ihm hören und welche Mienen sie an ihm sehen wollten. Und später, als großer Junge, wie er sich den ersten rötlich blonden Flaum von der Oberlippe schabte und frühreif endgültig begriffen hatte, dass ihn die Weichheit und die Tiefe des weiblichen Körpers zu rein gar nichts inspirierten, begann er, dieses natürliche Vermögen ganz trocken und vernunftgemäß als Kapital zu nutzen.

Der Mann ohne Gesicht hatte ihn ertappt. Als er die neue, vollverglaste Tür aufzog, ließ Schümer ein Heft in das schmale Fach unter der Registrierkasse gleiten. Dann ging sein Blick zum Kunden. Das Lächeln des Drogisten, das in all seiner Beflissenheit etwas bubenhaft Frisches konservierte, war dem Verstehen des Geschauten wie immer einen flotten Schritt voraus. In der Regel erwies sich dies als günstig. Jetzt war es allerdings sein Pech. Statt jener Dauerwellen, die beide Siedlungsfriseure ähnlich helmartig zustande brachten, sah er die ungut hohe Stirn eines ihm unbekannten Mannes. Die Linie des Haaransatzes verlief schief, links hatte sie irgendein höhnischer Umstand bis an den höchsten Punkt des Schädeldachs hinaufgeschoben. Dahinter war das Haar jedoch just derart nussig braun und kraus verwirbelt, wie Schümer es bei Geschlechtsgenossen über alles schätzte. Die Augen, die er unter solchen Haaren am liebsten verhohlen und jugendlich halbwissend glitzern sah, fixierten ihn zu seinem nicht geringen Erschrecken über den Saum einer medizinisch weißen Maske. Für ein Momentchen der Verstörung entgleiste dem Drogisten die Miene, und seine Rechte fuhr in den Spalt unter der Kasse. Die Fingerspitzen tasteten über das Magazin. In unsinniger Sorge war er sich plötzlich nicht mehr sicher, ob das Heft so akkurat und stabil, wie er es sonst machte, mit einem starken Gummiband in einem Umschlag der Zeitschrift «Der Photofreund» eingespannt worden war.

Die dänischen Magazine werden ihm schon eine schöne lange Weile von Erwin Lutscher besorgt. Gleich ihm ist Lutscher den Bund der Ehe aus kalten Gründen eingegangen. Seine Gattin, die einst als junge Witwe zwei kleine Buben, inzwischen hübsche, langgliedrige Bengel, in die Ehe eingebracht hat, hegt weiterhin den Glauben, der schmucke Erwin wäre ihr regulär ins Netz gegangen. Auch mit dem Laden, den das Paar mit geliehenem Geld eröffnet hatte, lief und läuft es prima. Vor allem der Verkauf der Großgeräte bringt ein schönes Geld. In der Werkstatt beschäftigen die Lutschers inzwischen einen älteren Gesellen, der ein Händchen für alles Stromdurchflossene vom Heizkissen bis zur Waschmaschine hat und der sich fast so gut wie sein Chef im Röhrenmysterium der Fernseher zu helfen weiß. Dazu gibt es nun schon den zweiten Lehrling, um dessen Rundum-Ausbildung sich Lutscher – seine Frau sieht es nicht ohne Stolz – erneut vorbildlich sorgt.

Natürlich ist es eine Ehrensache, dass die Einzelhändler der Neuen Siedlung wechselseitig beieinander kaufen. Das erste Mal war Schümer wegen eines neuen Radios bei Lutscher im Geschäft gewesen. Aber erst, als nach Waschmaschine und Kühlschrank die erste Fernsehtruhe anstand, als Evelyn partout das größte und nobelste Elektromöbel haben wollte, waren Erich Schümer und Erwin Lutscher lang genug ins Gespräch geraten. Schulter an Schulter, Ellenbogen gegen Ellenbogen, studierten die Männer an einem Samstagmittag den Lieferkatalog des Elektrogroßhandels und parallel dazu die einschlägigen Herstellerprospekte. Lutscher fachsimpelte locker, verständlich und gewitzt, wie es die Kunden an ihm mochten. Schümer zeigte seinerseits, dass er technisch nicht ganz unbeschlagen war. Und währenddessen hatte man, die

Atemstöße kreuzend und Stimme gegen Stimme setzend, endlich Gelegenheit gefunden, einander genauer zu taxieren. Zuletzt, das Foto der richtigen, der optimalen, der birkenfurnierten Fernseh- und Audiotruhe lag schon ein Weilchen aufgeschlagen, war Lutschers jüngerer Stiefsohn hereingestürmt, erhitzt und verschwitzt von einem morgendlichen Fußballspiel und wütend über das Ergebnis. Lutscher hieß ihn willkommen, indem er bloß leise seinen Namen sagte, und Erich Schümer konnte gar nicht anders, als den bezaubernd aufgeregten Bengel in einem ähnlich milden Tonfall genauer nach dem verlorenen Match zu fragen. So schloss der zornige Knabe, ohne davon auch nur ein Körnchen zu begreifen, den Bogen und machte zwischen dem Drogisten und dem Elektrofachmann alles klar.

Die Kinder sitzen im Trockenen, unter einem Dach, zwischen vier engen Wänden und von keinem missgünstigen Erwachsenenauge überwacht, von keiner hässlich behaarten Ohrmuschel belauscht. Das haben sie zwei Müttern zu verdanken. Der Mutter des Ami-Michi, über die Annabett Böhm sagt, dass sie eventuell die feurigste Frau im Hof, aber trotz ihres flammenden Begehrens nicht die allerhellste sei, ist inzwischen aufgegangen, dass das ungeliebte Schrebergartenhäuschen selbst für sie einen Vorteil hat. Ab sofort bedeutet es die Möglichkeit, den lästigen Sohn auch bei Wind und Wetter länger loszuwerden. In gleich zwei Einkaufstaschen hat sie allerlei doppelt vorhandenen Küchenkram und einiges an Lebensmitteln eingepackt und ihrem Hans-Michael aufgetragen, es zum Rosenhang zu tragen und dort schön ordentlich in den Regalen und in den beiden Schränkchen der Laube zu verstauen. Der Ami-Michi hat zu allem lammfromm genickt, weil er sich im Kopf schon ausmalte, wie er den Auftrag in seinem Sinne umgestalten würde.

Als Erstes marschierte er zum grünen Block und klingelte bei den Brüdern. Deren Mutter drückte er die Henkel der beiden Taschen gleich an der Wohnungstür zur Beurteilung ihres Gewichts in die Hände. Prompt prophezeite sie ihm, er werde die schweren Dinger auf dem langen Weg den Drosselgrund hinunter, schräg über die Spielplatzwiesen und dann bis an das Ende der Gartenkolonie, ein paarmal auf pitschnassem Boden absetzen müssen, was seiner Mutter doch nicht recht sein könne. Die eine Tasche, die aus weißem Bast geflochtene, sei doch noch nagelneu. Die Zwillinge, die zur Tür gekommen waren und rechts und links an den Hüften ihrer Mutter vorbei auf den Ami-Michi guckten, lasen ihrem Freund den Plan von der Nasenspitze ab. Während der eine vorschlug, ihm doch den Kinderwagen zum Transport zu borgen, sprang der andere schon zurück in die Küche, wo der Ältere Bruder mit Sybille und deren kleiner Schwester Karten spielte, und fragte, ob der mit dem Verleihen seiner Karre einverstanden sei.

Sybille gab dem Ganzen dann den letzten Dreh. Sie heuchelte, sie wolle dem armen Michi helfen, die Sachen, die ihm seine Mutter mitgegeben habe, vernünftig zu verräumen. Als einem Jungen könne ihm dies nämlich nie und nimmer allein gelingen. Und plötzlich wollten alle mitgehen und mitentscheiden, wo der Dosenöffner, die alte Zuckerdose und der Kaffeefiltertrichter aus angeschlagenem Porzellan einen neuen Hänge-, Liege- oder Stellplatz finden sollten. Die Mutter gab nach. Während die Zwillinge schon in ihre Gummistiefel fuhren, suchte sie unter der Spüle nach einer möglichst großen Plastiktüte, um den Fuß des Älteren Bruders regensicher einzupacken. Sie seufzte übertrieben laut dazu, sie zog, als sie die Tüte über den Verband schob, sogar noch ärgerlich die Stirn in Falten. Keiner ihrer Söhne sollte merken, wie gern sie die nun fälligen fünf Minuten Aufbruchswirrwarr gegen zwei, drei oder gar vier verheißungsvoll heraufdämmernde Stunden Alleinsein tauschte.

In der Laube lauerte die Wärme der letzten Tage. Die Feuchtigkeit in den Kleidern der Freunde hat sich so vollständig verflüchtigt, als wäre das Schrebergartenhäuschen eine Trockenkammer für nass gewordene Kinder. Alle sind sich einig, dass es hier amerikanisch riecht. Die Zwillinge behaupten, auch die Patentante ihres großen Bruders, die in der Kaserne der Amerikaner einen Zeitschriften- und Buchladen betreibt, rieche genauso, wenn sie direkt von ihrer Arbeit komme. Erst nach zwei, drei Tassen Kaffee mit der Mutter, ihrer älteren Schwester, verfliege der amerikanische Geruch, und sie beginne, bis zum Hals nach ihrem Parfüm und darüber nach Haarspray zu duften. Und schon erzählen sie den Witz, wie eines kühlen Abends nacheinander ein Franzose, ein Engländer, ein Amerikaner und ein Russe bei einem deutschen Bauern um Obdach bitten. Der Bauer schickt alle vier zu seinem alten Ziegenbock hinüber in den Stall. Da sei es warm. Der Franzose gibt als Erster auf. Lieber will er unter blankem Sternendach erfrieren, als den Mief des Tieres auszuhalten. Der Amerikaner und der Engländer wanken erst gegen Mitternacht gemeinsam aus dem Stall. Weil sie im Witz wie in der Wirklichkeit dieselbe Sprache sprechen, klagen sie lautstark voreinander, wie unerträglich es im Stall des Bockes stinke. Die Zwillinge, die außer «yes» und «no» kein Wörtchen Englisch können, kauen so auf den wenigen Sätzen dieses nächtlichen Geschimpfes herum, dass es für ihre Zuhörer wunderbar transatlantisch klingt. Der Amerikaner und der Engländer kuscheln sich im Gras zusammen. Die Nacht wird eisig kalt. Am Morgen sieht der Bauer seinen alten Ziegenbock draußen im Freien stehen. Der eine Zwilling macht vor, wie steif gefroren das arme Tier zu seinem Herrn hinstakst. Mit der Stimme des Bauern fragt sein Bruder den Bock erschrocken, warum er denn um Himmels willen nicht in seinem warmen Stall geblieben sei. Sybille gluckst triumphierend, weil sie die Antwort erraten kann. Und schon wird allen in einem meckrigen Ton, mit einer Märchenziegenstimme, just diese Auflösung gegeben. Sybilles kleine Schwester kichert mit, solang die anderen lachen. Dann aber fragt sie den Älteren Bruder, ob er ihr beschreiben könne, was für ein Tier ein Russe sei. Und als sie merkt, wie verdutzt die Größeren sie darauf begucken, fügt sie hastig hinzu, jetzt falle es ihr wieder ein, ein Russe, das sei doch ein Bär.

Da schlitzt die Sonne die Wolkendecke auf und lässt das mit Kondenswasser beschlagene Fensterchen der Laube leuchten. Der Ami-Michi rennt an die Tür und japst vor Schreck, weil draußen, direkt vor seiner Nase, der Wolfskopf auf der Kokosmatte steht. Die Mutter hat ihn hinterhergeschickt, und nun kommt er gerade richtig, um zu verkünden, dass es sich ausgeregnet hat. Schon wird die Spitze der Leiter aus dem Baum gefädelt. Der Schniefer klettert als Erster hoch und ruft hinunter, die Teerpappe sei bald so gut wie trocken. Der Wolfskopf will auch nach oben, aber Sybille tritt ihm in den Weg, um ihm etwas ins Ohr zu flüstern. Er muss mit ihr noch einmal in die Laube. Weil er der Größte ist, soll ihm der Ältere Bruder den Arm um die Schultern legen. Draußen wird dann noch einmal gemeinsam überlegt, wie sie es nun am schlausten anstellen. Und Sybille, die das beste Augenmaß für viele Dinge hat, rückt den Fuß der Leiter ein Stück zurück, damit sie nicht zu steil steht.

Zum Glück ist unser großer Bruder leicht, und während sich die Sonnenscheibe endgültig freischwimmt, darf er sich einen besonderen Begriff seiner Erdenschwere erwerben. Jedes Mal, wenn sein gesundes Bein die Sprosse wechselt, fällt ihm ein Gutteil seines Gewichts in die schmalen Handgelenke, obwohl der Wolfskopf gerade dann versucht, den Schädel, so fest es nur geht, von unten gegen sein Hinterteil zu pressen. Als der Ältere Bruder es hoch genug geschafft hat, packen ihn Sybille und der Schniefer, die sich, flach auf dem Bauch, über den Teerpappenrand nach unten beugen, am Hemd. Beim ersten kräftigen Ruck reißt prompt ein Knopf ab. Der Ami-Michi, der unten die Leiter festhält, sieht die perlmuttfarbene Scheibe wie weggeschnipst zur Seite fliegen. Schon schiebt der Ältere Bruder die Brust über die letzte Sprosse. Und dann hat es auch das verflixte Bein, in dem das Blut tobt wie verrückt, hinauf aufs Dach geschafft.

Sybilles kleine Schwester aber forscht nach dem abgegangenen Knopf. Sie sucht im nassen Gras. Mit der ihr eigenen Sturheit gibt sie nicht auf, bis sie das milchig helle Kunststoffplättchen zwischen den anders weißen Gänseblümchen gefunden hat. Kurz überlegt sie, ob sich der Knopf wohl drüber freut oder ob er ein kluger Knopf ist und sich vor ihr fürchtet. Dann drückt sie ihn mit spitzem, steifem Zeigefinger tief in die aufgeweichte Erde. Die Großen werfen sich unterdessen mit Geheul auf den Emporgeschafften. Zu fünft wälzen sie sich auf der warmen Teerpappe quietschend und lachend übereinander, und im großen gemeinsamen Triumph ist unserem großen Bruder schnurzegal, dass er dabei als Einziger spürt, wie sich der Schmerz im Fuß herausnimmt, auf eigene Weise ebenfalls einen tollen Spaß zu haben.

Ich weiß schon, was ich weiß. Obwohl ich wunderbar abgeschieden hause, obwohl mein Mund kein Ohr, mein Wort kein Trommelfell erreichen muss, ist mir bekannt, dass man sein Wissen nicht stets bei erster Gelegenheit hinausposaunen darf. Nachdem der Wolfskopf von der Mutter der Brüder erfahren hatte, wo die anderen waren, trottete er Richtung Rosenhang und kam gerade an der Pingpong-Bank vorbei, als Schümer anfing, den Beton der Platte mit einem alten Handfeger von Staub und Laub und Wasser zu befreien. Er rief den Jungen her. Man kennt sich ziemlich gut. Jedes Wochenende schafft es der muntere Drogist, ein paar Buben der Siedlung zum Zuschauen und zum Mittun zu animieren. Immer hat er in seinem karierten Beutel drei Extra-Schläger, damit man ohne Umstände zusammen Rundlauf spielen kann. Und regelmäßig setzt Schümer denselben Preis aus. Er hält zwischen Daumen und Zeigefinger die silberne Münze hoch, die dem gehören soll, dem es gelingt, im Einzel einen Satz mit weniger als zehn Punkten Abstand gegen ihn zu verlieren. Dem Wolfskopf ist das, obwohl er weit besser als der Schniefer, der Ami-Michi und der Ältere Bruder spielt, noch nie geglückt. Aber seit er im Juli Herrn Geistmann zum ersten Mal ganz knapp geschlagen hat, spürt er, dass die Zeit auf seiner Seite der Platte steht. Manchmal hockt er sich einfach auf die Bank und schaut stumm zu und hat so mehr als nur einmal Herrn Schümer, der wirklich etwas draufhat, den einen oder anderen Kniff mit reinem Gucken abgeluchst. Heute hatte er eigentlich vorbeigehen wollen, war nur ein wenig langsamer geschlurft, um ein paar Worte des Manns ohne Gesicht aufzuschnappen, die er dem Älteren Bruder und Sybille weiterberichten wollte, da drückte ihm Schümer einen Schläger, keinen der altbekannten, gründlich abgewetzten, sondern einen unwiderstehlich nagelneuen in die Hand.

Das feinporige Wickelband des Griffs saugte sich unserem Wolfskopf richtig in die Pfote. Der Schläger spielte fast von allein, und er schaffte es zum ersten Mal, mit nur neun Punkten Rückstand zu verlieren. Damit hatte er sich den ausgesetzten Preis gesichert. Schümer, der immer Münzen in der Hosentasche hat, kam um die Platte herum, der Wolfskopf streckte ihm die flache Hand entgegen, um die Prämie in Empfang zu nehmen. Aber der spendable und kinderliebende Drogist legte ihm erst einmal lachend die Rechte auf die Schulter, gratulierte ihm zum bislang besten Spiel und drückte ihn herzlich an sich. Der Wolfskopf roch den Duft einer guten Herrenseife und spürte, wie Schümer ihr Aneinanderkleben dazu nutzte, das Geldstück mit der Linken ganz tief in die Tasche, in den innersten Sackwinkel seiner in diesem Sommer schon ein wenig zu eng gewordenen beigen Shorts zu schieben.

Der Mann ohne Gesicht sah Schümers Hand als eine ovale Beule, die an- und abschwoll, unter dem dünnen Baumwollstoff. Geistmann, der in die gleiche Richtung guckte, hörte nicht auf, mit leiser Stimme von dem zu erzählen, was er Schümers Schicksalsprüfung nannte. Eigentlich wunderte es ihn selbst, dass er während des Spiels ausgerechnet damit angefangen hatte. Aber nun musste er, als wäre er dabei gewesen, vom fatalen Unfall der Drogistengattin und von ihrem zähen Sterben im Krankenhaus berichten. Drei Tage und drei Nächte sei Freund Schümer an dieser schrecklichen

Brüstung, am hochgeklappten Gitter des Koma-Betts, gesessen. Die Schwestern und die Ärzte hätten ihm zugeredet, sich doch ein paar Stunden zu Hause auszuruhen. Aber an Evelyns immer wieder bedrohlich abflachendem, manchmal elend lange aussetzendem Schnaufen habe Schümer erraten, wie schnell sie ihn jederzeit verlassen könnte.

Der Mann ohne Gesicht nickt übertrieben langsam. Längst versteht er sich darauf, die Kopfbewegung pantomimisch zu übertreiben, sobald ihm wieder einmal eine derartige Geschichte gegen den frischen Mull, mitten ins weiße Quadrat hinein, erzählt wird. Jetzt müsste Evelyn Schümer sterben. Aber Geistmanns Sermon überspringt wie der hüpfende Tonarm eines Plattenspielers Tod und Beerdigung und schildert stattdessen mit schnell anschwellender Freude und viel Liebe zum Detail die Renovierung der Drogerie. Noch immer bewundert Horst Geistmann den Willen des Witwers zur grundsätzlichen Umgestaltung. An zwei, drei Wochenenden sei er dem nun alleinstehenden Sportfreund damals zur Hand gegangen. Noch einmal wird für den Mann ohne Gesicht der rot-schwarze Kokosläufer, den eine Unzahl großköpfiger Teppichnägel vor der alten Ladentheke fixierten, von den Dielen gelöst und aufgerollt. Schon steht er als verschnürte Rolle draußen neben der Tonne. Schümer und Geistmann und auch der Mann ohne Gesicht sehen durch das mit Zeitungen halbhoch verklebte Fenster, wie ein Passant vor dem Teppich den Schritt verlangsamt und haltmacht. Im Handumdrehen hat das unverwüstliche Teil denjenigen gefunden, der es mitnimmt, weil er voraussieht, dass es, entzweigeschnitten, perfekt auf den Fußboden seines Schrebergartenhäuschens passen wird.

Jedem das Seine. Jedem, was ihm gebührt. Mir liegt ein

anderer, viel kleinerer Teppich näher. Ich schnappe mir das hübsche rosarote Ding und hole seine glattgekämmte Wolle zu mir in meinen Sommer. Das Läuferchen, das mir etwas bedeuten soll, lag bei Schümers oben unmittelbar vor der Treppe. Und als die gute Evelyn, die unter chronisch kalten Füßen litt, zum ersten und zum letzten Mal auf nackten Sohlen nach unten rennen wollte, verfing sich ihr linker großer Zeh in zwei zu einer Schlaufe verdrillten Teppichfransen. Mit Hausschuhen wäre das nie passiert. Aber einer im Nachthemd, die sich eben erst zu Tode erschrocken hat, kann es leicht geschehen, dass sie vergisst, die eisigen Zehen in die noch warmen Pantoffeln vor dem Ehebett zu schieben.

Schümer putzte sich im Bad die Zähne, als seine Evelyn Hals über Kopf die steile Treppe nach unten krachte. Viel später, während Doktor Junghanns und die wirklich flugs eingetroffenen Sanitäter mit der Bewusstlosen zugange waren, eilte er noch einmal nach oben, um sich anzuziehen. Als er die Pyjamajacke auf das Bett warf, entdeckte er den aufgeschlagenen Photofreund. Dummerweise hatte er das Heft in der Mittagspause auf dem Nachtkästchen vergessen, und Evelyn war, weil sie ihre Kreuzworträtselzeitschrift bis auf das letzte Kästchen vollgekrakelt hatte, auf die Idee verfallen, es aufzublättern. Wie ungewöhnlich, da die Fotomanie ihres Gatten sie doch in all den Jahren zumindest gelangweilt, wenn nicht gar angeödet hatte! Wie unvorhersehbar für ihn. Weit waren seine Evelyn und ihre Langeweile nicht gekommen. Bereits das zweite, das verborgene wahre Umschlagbild, das einen verblüffend bleichen, fast albinohaft weißhäutigen dänischen Buben in einer winzigen, grau verblichenen Dreiecksbadehose zeigte, hatte ihr offensichtlich ganz und gar genügt.

Sonnentag

Die Kinder müssen sich die Dunkelheit erschleichen. Ein diebisches Vergnügen flackert in ihren Herzen auf, wenn es mit Glück gelingt. Das ist selten genug der Fall. Die Eltern wollen sie partout nicht in die Sommernächte schlüpfen lassen, und Annabett Böhm steht solch seliger Flucht als erste Wächterin entgegen. Im Unterschied zu allen übrigen Müttern ruft sie ihre Töchter abends nicht vom Fenster aus herein, sondern tritt ein gutes Dutzend Schritte vor die Tür des dritten Aufgangs. Zuerst winkt sie ihre Jüngere zu sich, dann hört Sybille, die vergeblich in die andere Richtung zum gelben Block hinüberschaut, den eigenen Namen und muss in immer schon ein wenig vorwurfsvollem Ton erfahren, dass sie spätestens in einer halben Stunde nachzukommen habe. Als wäre damit ein Signal erklungen, haben in schneller Folge weitere Mütter an den Fenstern ihren Auftritt. Und alle Kinder, die nach dem Abendessen erneut in den Hof hinunterstürmen dürfen, müssen dann wohl oder übel vor der Macht der Großen kapitulieren und das verheißungsvolle Abfließen des Sonnenlichts, den dämmrigen Kniefall ihres stets groß gewesenen Tags, gegen die gelbstarre Helle der Küchen tauschen.

Heute jedoch hängt Annabett Böhm am Draht. Durch die Kupferleitungen ihres Telefons wispert ein Dialog, der noch nicht enden darf. Wie in fast allen Wohnungen, die in den letzten Jahren einen Anschluss gelegt bekommen haben, steht der Apparat der Böhms im Flur auf einem eigens hierfür angeschafften schmalen Schränkchen. Im gelben wie im grünen Block telefoniert man, damit es nicht ungebührlich lange dauert, im Stehen, aber für dieses besondere Gespräch hat sich Sybilles Mutter schon während der ersten Sätze einen Küchenstuhl in den Gang geholt. Seitdem sitzt sie, ohne sich anzulehnen, presst Knie an Knie und krümmt die Zehen in den Schuhen. Die Stimme in der halbierten Kunststoffkugel, die Stimme in ihrem Ohr ist ganz die alte. Und eben hat dieses spöttisch hohe Männerorgan ihr gekonnt beiläufig versichert, die doppelte Mutterschaft habe den Klang ihrer Worte noch wärmer und voller, also noch verführerischer werden lassen.

Annabett Böhm weiß ganz genau, wie lausig dieses Kompliment ist. Es taugt gleich allen früheren Schmeicheleien, gleich allen, die noch folgen mögen, nicht mehr als der, dem es eben gewohnt geschmeidig über die Lippen ging. Er ist und bleibt ein Windhund. Aber es ist kein bisschen wichtig, ob er noch derselbe Windhund ist. Das Wichtige kommt jetzt. Nun rückt er endlich mit dem heraus, worauf es ankommt. Jetzt tut er kund, er sei endlich wieder im Lande, habe am ersten August in einem Altstadthäuschen eine winzige Mansardenwohnung bezogen. Nur zehn Minuten brauche er bis zum größten Bürobedarfsgeschäft der Stadt, in dessen Werkstatt er von morgens bis abends Registrierkassen, Rechenmaschinen, mechanische und elektrische Schreibmaschinen repariere. So sklavenbrav könne er sein. Natürlich sei der Büromaschinenoberfritze ganz begeistert von seinen Künsten. Annabett, seine süße Anni, wisse ja, dass er alles wieder zum Laufen bringe. Egal, ob sich im fraglichen Ding ein Dutzend oder hundert Rädchen drehten, egal, ob in der Maschine das komplette Gestänge oder bloß ein einziges Knöpfchen klemme, er lasse das Ganze wieder rattern. Er sei ihr auch nicht böse, dass sie mit seinem besten Fußballkumpel, dem Zwerg, aufs Standesamt marschiert sei. Schließlich habe er sich bei Nacht und Nebel aus dem Staub gemacht. Aber das ältere Mädchen, wie heiße sie gleich wieder, könne doch nicht vom Zwerg sein. Heraus damit! Die Große segle doch unter falscher Flagge. Die Erstgeborene sei doch ein Kind der Liebe, ein Früchtchen des Schrebergartens, in dessen Laube sie endgültig zueinandergefunden hätten. Diese Sybille sei doch gewiss von seinem Stamm.

Sybille spürt es. Sybille lehnt an einer der schon dämmerungskühlen Wäschestangen und weiß, dass der Moment, in dem ihre Mutter nach draußen hätte kommen müssen, glücklich verpasst ist. Aber sie kann sich nicht richtig darüber freuen und reibt den Rücken am verzinkten Eisen, weil es sie unerträglich heftig zwischen den Schulterblättern juckt. Und dann dreht sie sich um, sie muss, egal, ob sie dergleichen bei anderen eklig findet, mit der Zungenspitze an die Stange tupfen, genau so, wie es die kleinen Kinder immer wieder machen, obwohl die Mütter des Hofes einhellig behaupten, die Wäschestangen seien von oben bis unten voll mit Bazillen. Sybilles kleine Schwester sieht Sybille lecken. Und schon spurtet sie los. Sie rennt und plärrt etwas, dessen Wortlaut keiner der Freunde versteht. Alle schauen ihr hinterher und sehen, wie sie am zweiten und am ersten Eingang vorüberstürmt, aus dem Rundweg auf den Gehsteig des Drosselgrundes biegt und im Nu um den grünen Block herum verschwunden ist.

Sybilles kleine Schwester ist der Liebling ihres kleingewachsenen Vaters. Ihr lässt er jeden Unfug durchgehen, und oft genug kreidet er ihre Missetaten der Großen, der armen Sybille an, bloß weil die zufällig dabei war und angeblich nicht richtig aufgepasst hat. Herr Böhm ist Angestellter. Als einziger Vater im grünen Block marschiert er mit einer Angestelltenaktentasche und eine volle Stunde später als die anderen Männer zur Bushaltestelle in den Kreuztöterweg hinüber. Keines der Kinder weiß, welches Tun ihn im Verwaltungsgebäude der Städtischen Gaswerke erwartet. Aber der Ältere Bruder hat, als hätte damals eine mildere Sonne über dem Hof geschienen, noch merkwürdig honiggelb verschwommen vor Augen, wie Herr Böhm früher, eine schwarze Umhängetasche an der Hüfte, die Holzkästen der Gaszähler aufschloss, den Verbrauch ablas, die Kosten irgendwie berechnete und bei den Müttern in Scheinen und Münzen abkassierte. Längst kommt die Gasrechnung per Post. Aber aus der anderen Zeit rührt her, dass viele, eigentlich fast alle Erwachsenen Herrn Böhm, sobald die Rede auf ihn kommt, mit einer seltsam zwiespältigen Achtung den kleinen Gas-Böhm nennen. Der kleine Gas-Böhm habe den Huhlenhäuslern oder einer anderen säumigen Familie im türkisen Block das Stadtgas abgedreht, so hat es einst, in der Anfangszeit der Blöcke, über ihn geheißen. Und die geringe Körpergröße des städtischen Angestellten verband sich ähnlich schlüssig mit seiner speziellen Machtbefugnis, wie kleingewachsene Polizisten fast zwangsläufig als besonders nickelige Gesetzeshüter gelten.

Herr Böhm wird heute später zu Hause erwartet, weil er direkt vom Schreibtisch aus auf den Fußballplatz gegangen ist. Dort springen eben jetzt knisternd und knackend die Flutlichtlampen an. Sie sind ganz neu, das Gaswerk hat sie gestiftet, und alle Spieler halten andächtig inne, als müsste das noch ungewohnte Weißgelb erst einmal wie eine kostbare Imprägnierung in den Rasen und in die Falten der Trainingsklamotten sickern, bevor es mit dem Einspielen weitergehen darf. Der kleine Gas-Böhm sieht alle seine Vereinskameraden den vierflügeligen Libellenschatten werfen und freut sich besonders daran, dass die Lampen an den Enden der vier stählernen Masten auch seinem kurzen Körper die langgezogenen grauen Ellipsen an die Knöchel heften. Da kommt die Kugel. Er nimmt sie mit der Hacke mit. Seitdem er spielt, also schon immer, ist er sich sicher, dass der Ball ihn liebt. Der Ball kann gar nicht anders als ihn lieben, weil er sein Leder wie kein Zweiter mit den Füßen streichelt. Und wenn er an der Außenlinie abgeht, kann ihn keiner aus der Mannschaft, auch keiner von den Jüngeren halten. Böhms Säbelbeinchen machen Meter. Schon schlenzt er die erste seiner von den Mittelstürmern hochgeschätzten Bananenflanken vor das Tor.

Unser großer Bruder ist froh, dass seine Karre bereits auf dem Rundweg stand und sein starres weißes Bein in die richtige Richtung wies. Der Wolfskopf und der Ami-Michi konnten sich, von den Wäschestangen kommend, in vollem Lauf gegen die Schiebestange werfen, und als sie in den Drosselgrund einbogen, waren sie schon so schnell, dass er sich, so weit es nur ging, über den Rand des Kinderwagens lehnen musste, damit sie nicht, in Schräglage und driftend auf den kurveninneren Rädern, über den Randstein rutschten. Sybille und der Schniefer sind ihnen ein Stück voraus. Sybille, die eigentlich nicht gerne rennt, verwandelt sich in eine wahre Sprintkanone, sobald sie schnell sein muss. Jetzt ist ihr klar, die kleine Schwester, die sie am Ende der Straße, vor der Silhouette der alten Nagelbuche in die besondere

Dunkelheit des Spielplatzgeländes abdrehen sieht, darf ihr nicht entwischen, wenn es nicht Riesenärger mit dem Vater geben soll.

Aber im Nu ist die rasant begonnene Jagd vorbei. Auf Höhe des türkisen Blocks packt der Schniefer Sybille am Kleid. Die ratternde Zwillingskarre wird von den Schiebenden so rabiat gebremst, dass der Ältere Bruder weit nach vorn rutscht und seiner Freundin das geschiente Bein gegen die Wade rammt. Sybille bleibt keine Muße, sich um das Wehtun zu kümmern: Der böse Hof hat ihnen einen Widersacher in den Weg gespuckt. Das riesengroße Herrenfahrrad, das ihnen, quer über dem Gehsteig, den Weg verstellt, ist so endgültig verrostet, dass kein Fingerbreit an Felge oder Lenker mit einem Restchen Chrom an vergangenen Glanz erinnern kann. Die Freunde wissen, die Huhlenhäusler sind arm und stark zugleich. Dieses Rad holt sich der schlimmste Bengel der Sippe gewiss erst aus dem Keller, wenn es dunkelt. Bei Tag müsste er sich vor den braven Kindern für das garstige Ungetüm in Grund und Boden genieren, aber jetzt hat sich das Blatt gewendet. Das Schandfahrrad ist Nachtfahrrad geworden.

Der Ältere Bruder weiß, warum der Wolfskopf und der Ami-Michi ihn nun ein letztes Stückchen weiterschieben. Seine Karre rollt zwischen Sybille und den Schniefer, die wortlos einverständig einen Schritt beiseitegetreten sind, damit er den entscheidenden Meter nach vorne kommt. Sie müssen nicht sagen, was sie nun von ihm erwarten. In echtem Freundesglauben hoffen sie, er möge auch jetzt nicht um das rechte Wort verlegen sein. Er soll mit diesem Nachtfahrradführer, mit dem Weißling, verhandeln. Keiner von ihnen hat je mit einem seiner Brüder oder Cousins gesprochen, wie man mit Kindern aus den vorderen Blöcken redet. Man schreit den Huhlenhäuslern allenfalls vom Fahrrad aus ein Schimpfwort zu, oder man lässt sich über die Straße hinweg beleidigen, wenn man mit einem schützenden Erwachsenen unterwegs ist. Das hohe, böse Huhlenhäusler-Heulen sirrt im Kopf, wenn man vor ihnen wegrennt. Und kracht dem Eingeholten und Herumgerissenen die Faust auf Mund oder Nase, ist es mit Höhnen, Schmähen, Drohen eh vorbei. Jetzt aber sind auf einmal Frage und Antwort, Rede und Gegenrede angeraten.

«Lass uns vorbei! Wir müssen Sybilles kleine Schwester aus dem Spielplatz holen. Gleich ist es dunkel. Dann darf sie nicht mehr allein dort unten sein, sonst kriegt Sybille Ärger mit ihrem Vater.»

Das war nicht gut. Der Ältere Bruder spürt, wie zweifelnd ihn seine Freundin von der Seite anschaut. Bestimmt denkt sie, dass derartige Gründe in den Ohren eines Huhlenhäuslers läppisch klingen müssen. Gleich dem Wolfskopf, dem Ami-Michi und dem Schniefer sieht sie gewiss voraus, in welch hohem Bogen, über sein riesiges Rad hinweg, der Weißling ihnen gleich als einzig angemessene Antwort Speichel und in den Rachen herabgezogenen Rotz vor die Füße spucken wird.

«Was gebt ihr mir, wenn ihr vorbeidürft?»

Sybille zupft an ihrem Drachenkleid, hebt es ein bisschen, zieht es in die Breite, damit der Weißling sieht, dass zwischen Feuerzungen und gezackten Schwänzen nirgends eine Tasche klafft. Brav stülpt der Wolfskopf die weißen Innensäcke seiner Lederhose ganz nach außen. Nichts als ein silbernes Kaugummipapierchen flattert ihm vor die Sandalenspitzen. Der Ami-Michi zückt einen Himbeerlutscher, dessen dunkelrote Scheibe unter dem Zellophan in zwei verschieden große

Stücke zerbrochen ist. Der Schniefer geniert sich nicht, sein Taschentuch zu offerieren, so blau, so sauber und so schön gefaltet, wie es ihm seine Mutter heute Morgen nach draußen mitgegeben hat. Der Ältere Bruder schiebt beide Hände in seine Shorts und bietet das wahrscheinlich Beste an: den schönen neuen Tintenblei samt Schutzkappe aus Blech, den er als einen echten Glücksfund am Nachmittag vor Tabak-Geistmann über den Rand seiner Karre im Rinnstein liegen gesehen hat. Ihm würde so ein wunderbarer Stift als Wegegeld genügen.

«Alles nur Scheißdreck! Wenn ihr nichts habt, müsst ihr was machen. Ihr müsst jetzt alle meinen Roten Peter lecken, richtig schlecken und dann sagen, dass er lecker schmeckt. Der blöde Taschentüchler fängt damit an. Dann einer nach dem anderen. Die Dicke kommt als Letzte dran. Beeilt euch lieber. Sonst ist die Kleine, wenn ihr hinkommt, schon nackig ausgezogen und mit einem Messer abgemurkst.»

Es war ein böses Knallen. Nie hätte er gedacht, dass es in seinem Inneren, in einem seiner Beine, in seinem linken Knie derartig krachen könnte. Jetzt liegt er an der Außenlinie und kann die frisch gestreute Kreide riechen. Schon viel zu lang, ein stumm verstocktes Weilchen, gucken sich die anderen die Bescherung an. Er spürt die Atemstöße seiner Sportfreunde auf der Gänsehaut des Oberschenkels. Jetzt sagt sein alter Trainer, so etwas sei selten so schlimm, wie es auf den ersten Blick wirke. Aber dabei schwankt ihm die Stimme, kiekst kindlich hoch, als hätte sie Mühe, die Fassung des Erwachsenseins zu wahren. Sybilles Vater schaut lieber weiter in den Himmel, den das neue Flutlicht merkwürdig grobkörnig, mehr dunkelgrau als schwarz erscheinen lässt. Einmal hat er bei einem Freundschaftsspiel gegen die zweite Mannschaft von Fortuna Oberhausen sehen müssen, wie nach einem ungeschickten Foul an deren Mittelstürmer etwas Kleines, aber Knochenweißes mitten aus dem allerwichtigsten Gelenk des Körpers ragte. Ein Stück Meniskus, hieß es später, sei durch die Haut an die frische Luft des Sonntagnachmittags gedrungen. Endlich kommen zwei Kameraden mit der Bahre. Er macht die Augen zu, als sich acht Hände unter sein Trikot, unter die kurze Hose und unter seine Stutzen schieben.

Annabett Böhm sitzt noch im dunklen Flur. Sie denkt an ihren Mann. Sie lobt ihn vor sich selbst. Halblaut beteuert sie, er habe durch die Jahre einen soliden Gatten und einen halbwegs passablen Vater abgegeben. Nur gegen Sybille ist er zu streng, manchmal auch ungerecht, als ahnte er, was er nicht wissen kann. Nie wird er es aus ihrem Mund gesagt bekommen. Annabett Böhm kann erstklassig schweigen, allein schon, weil sie das Gestehen von Geheimnissen prinzipiell geschmacklos findet. Nie soll ihr Mann erfahren, dass es ein Schrebergartenhäuschen gibt, in dem sie damals, vor zwölf Jahren, jede an den Deckenbrettern zerklatschte Mücke kannte. Ihr schmal- und kahlbrüstiger Ehemann soll nie begreifen müssen, um wie viel lieber ihr die großen, die langschenkligen, die breitschultrigen, die auf der Brust dunkel behaarten Männer sind.

Es ist vorbei. Der Weißling hat Wort gehalten und sie durchgelassen. Als Letzte kam Sybille an die Reihe. Dem Älteren Bruder, der dem Verlangen des Weißlings vor ihr nachgekommen war, brannte der garstige Geschmack des Roten Peters noch wie frisch gemahlener Pfeffer auf der Zunge, als sich seine Freundin über das Rad des Huhlenhäuslers beugen musste. Wie zuvor den vier Buben zeigte der Weißling auch ihr mit dem Zeigefinger die Stelle, an der sie schlecken sollte. Mit beiden Händen hielt Sybille den Saum des Drachenkleids zurück, damit ihr ja kein Reifendreck, kein Rost oder gar Kettenschmiere darauf käme. Dann neigte sie den Kopf über die Halbkugel der Fahrradlampe und leckte an dem seltsamen Schalter, der wie bei einer Mopedlampe auf dem Scheitel der Wölbung saß. Vielleicht war es sogar eine echte Motorradleuchte, die sich der Weißling irgendwo besorgt und dann, um vor den anderen Huhlenhäuslern damit anzugeben, an seinem Roten Peter festgeschraubt hatte. Womöglich war das Ungetüm sogar imstande, Licht zu geben, zumindest führte ein Kabel an den Dynamo, und dessen diskusförmiges Rädchen war drehbereit gegen den Pneu des Vorderrads gekippt.

Erneut habe ich fünfmal mitgeschleckt, erneut viel süßes Wasser hinterhergeschluckt, damit es mir den Rostgeschmack verdünnt. Die Freunde mussten sich, jeder für sich, mit ein bisschen zusammengesaugtem Speichel behelfen. Dann jedoch, zwischen den finsteren Spielplatzwiesen, stieß jedem so viel nächtlicher Baumduft in die Nase, dass das Aroma des Roten Peters schnell vergessen war. Während sie suchten, während sie den Namen von Sybilles kleiner Schwester ins allerletzte, schon unheimlich lückenhafte Amselzwitschern schrien, brütete der Mann ohne Gesicht unter der nackten Küchenglühbirne über seinem Plan. Der Drosselgrund war korrekt, fast ideal, wie ein stocksteifes großes I in die Tischplatte geritzt, und auch die Halbmondkrümmung des Kreuztöterwegs schien ihm gelungen. Von den fünf Häusern hatte er zwar erst die Grundrisse in den Plan gesetzt; aber da sie inzwischen mit den richtigen Farben nachgezogen waren, hatte sogar der schüchterne Junge, den ihm die Bande als Spion in die Bude geschickt hatte, nach langem, stupidem Gucken wohl doch noch kapiert, dass er die Blöcke, von denen er den kanariengelben bewohnte, vor Augen hatte.

Der Mann ohne Gesicht setzte das Messer an und kerbte den Elsternhorst ins Holz, als Parallele zum Drosselgrund, als schnurgerades Lot vom Kreuztöterweg hinunter auf das nördliche Spielplatzende. Die drei Straßen bildeten jetzt ein hochbrüstiges H. Am Nachmittag war er den Elsternhorst so langsam abgelaufen, wie sich dies unauffällig machen ließ, vorbei an der großen katholischen Kirche und an der bescheideneren der Protestanten, vorbei an der hübschen Post, vorbei am kalkweißen, kühn geschwungenen Klotz des Kinos und an der von einem einzigen älteren Beamten besetzten Polizeistation. Am Ende der Straße und damit am letzten Zipfel des parkähnlichen Spielplatzes angekommen, der sich als schmaler Streifen oberhalb der Schrebergärten und zuletzt als verwildertes Gebüsch über deren Rand hinauszog, war er sich sicher, dass die Kinder das Grüngelände für riesig halten mussten. Leider konnte er diese Schrumpfform von Natur nach seinen Jahren im Wald nicht allzu wichtig nehmen. Nicht einmal bei Nacht würden sich die beiden Ältesten, das magere Kerlchen in der Karre und das dicke Mädchen, hier unten richtig, also bis in die Knochen, fürchten. Und auf das Fürchten, auf das Sich-Ängstigen bis ins Mark, auf den über den Scheitel schwappenden Schrecken, der alle Kräfte weckte, kam es halt an, wenn es für Mann, Frau oder Kind im Fall der Fälle hart auf hart ging.

Anstatt über die Wiesen des Spielplatzgeländes heimzulaufen, hatte er heute Nachmittag die Fahrbahn überquert und war den Elsternhorst auf der anderen Straßenseite noch einmal abgegangen. So hatte er auch einen Blick in den offenen, vom großen blauen Wagen des Siedlungsarztes in Beschlag genommenen Werkstattraum der Tankstelle geworfen. Am Kino, der Lichtburg, blieb er stehen, um sich die ausgehängten Bilder anzusehen. Zurückliegendes Wochenende hatte ein Western seine letzte Vorführrunde gedreht, für heute und morgen Abend wurde auf einem handgeschriebenen Zettel als Sondervorstellung vor der Sommerpause ein schwedischer Film, ein ausdrücklich «Kunstfilm» genannter Streifen, angekündigt, zu dem es keine Fotos zu sehen gebe, weil er exklusiv für volljährige Erwachsene sei, die im Zweifelsfalle einen Ausweis mit Lichtbild vorzulegen hätten.

Der Mann ohne Gesicht holt sich die Tüte mit den bunten Kartons an den Küchentisch. Der Fehlharmoniker hatte ihm verraten, dass er hierfür nicht ganz in die Stadt hineinfahren müsse. Seit kurzem gebe es auch in Oberhausen ein Geschäft für Bastel-, Zeichen- und Bürobedarf. Sie waren dann sogar zusammen hingefahren, gemeinsam betraten sie den Laden, und Sputnik zog ihr Herrchen als Ersten an die Theke. Als der Ladenbesitzer durch einen Vorhang aus hübsch kunterbunten Plastikstreifen in den Verkaufsraum kam, genossen die beiden Invaliden seine Irritation, die Jähheit, mit der das Blindsein fast alle anderen Gebrechen in den Schatten stellt. Das Angebot war dann weit größer als erwartet, sogar für das benötigte Gelb standen drei Töne zur Auswahl. Weil unser Mann ohne Gesicht das richtige Kanariengelb einfach nicht herausfinden konnte, nahm der Fehlharmoniker die dunkle Brille ab, rangierte zur Verblüffung des Einzelhändlers nacheinander jeden Karton vor seinen schräg geneigten Kopf, schwankte nur kurz und traf für seinen alten und neuen, für seinen in heiklen Fragen schon früher ein bisschen zögerlich gewesenen Kumpan die Entscheidung.

Die Kinder haben nach und nach fast den ganzen Spielplatz mit ihren Rufen ausgemessen. Wenn etwas Helles im Gebüsch aufschien, brachen sie durch das nächtlich laut raschelnde Laub, machten tote Zweige knacken und fanden nichts weiter als einen Fetzen Zeitung oder einen ausgeblichenen Lumpen und eben vorhin eine kleine Unterhose, verdächtig hoch auf einen Ast gespießt. Sybille hat sich das Wäschestück, obwohl es ihr vor seinem ominösen Weiß bereits aus sicherem Abstand grauste, ganz genau angesehen und festgestellt, dass es zwar ein Mädchenschlüpfer, aber nicht der ihrer Schwester war. Auf Höhe des Elsternhorsts bleiben sie stehen, schauen zum Kino hinüber, dessen Leuchtschrift brennt, beschließen, auch noch das völlig finstere Stück oberhalb der Schrebergärten abzusuchen. Alle sind froh über den Heidenkrach, den der Wagen des Älteren Bruders auf dem groben Kies macht, und schieben noch ein wenig schneller, weil es ihnen nun gar nicht geräuschvoll genug vorangehen kann. Das Eingangstor der Kolonie steht offen. Von unten, von der Gartenwirtschaft, schallt dünn das Grölen eines Betrunkenen herauf. Die Karre stoppt. Der Wolfskopf und der Ami-Michi gucken Sybille an, die überlegt, rümpft ihre Nase, als ob sie ihre kleine Schwester riechen könnte, schnuppert kurz Richtung Schrebergartentor, weist dann geradeaus ins Finstere.

Eigentlich wäre dahinten Schluss. Selbst bei Tag ist es dort mit dem Weiterfahren vorbei. Seit sie zusammen losziehen, kennen sie die Grenze, die dort ihrem Vorstoßen Richtung Norden gesetzt ist. Hinter ihr wartet zwar noch ein weiteres Stück der Welt, sie wissen sogar seinen Namen, aber als Kind geht man besser nicht hin. Erstens ist es verboten wegen irgendeiner tödlichen Einsturzgefahr. Zweitens steht auf dem Schild, das mit Draht an der dickgliedrigen Kette befestigt ist, in nur fünf Wörtern bündig ausgedrückt, dass Eltern ins Gefängnis kommen, falls ihre Kinder sich dort hinten herumtreiben sollten. Bis an Kette und Schild sind sie gelegentlich gelangt. An speziellen Tagen, wenn ihre Fahrräder so eigensinnig rollten, als steckten in ihren Lampen Gehirne aus Draht und Glas, sind die Freunde an den Schrebergärten vorbeigesaust und haben erst vor der Kette scharf mit dem Rücktritt gebremst, damit die Räder sich im aufspritzenden Kies quer zur Barriere stellten. Der Ältere Bruder ist sich plötzlich todsicher, dass immer Mittag war und immer greller Sommer herrschte, wenn sie stumm an der Kette standen. Nie haben sie sich an einem trüben Tag oder gar in der Dämmerung hierhergetraut.

Endgültig ist es elend dunkel. So dicht greifen die Büsche über ihren Köpfen ineinander, dass sie die Kette erst sehen, als die Zwillingskarre, die sie wie den Bug eines weißen Kahns ins Finstere geschoben haben, fast dagegenstupst. Und dann begreifen sie: Das Schild ist nicht mehr da. Dem Ami-Michi kommt es, vielleicht weil seine Angst die hellste ist, laut über die Lippen: «Das Schild ist weg!» Unser großer Bruder will etwas dazu sagen. Ganz gegen sein Gefühl will er behaupten, dass das Schild nun überhaupt nicht wichtig sei, weil sie es bestimmt schon volle zehn Mal in bestem Sonnenlicht gelesen hätten. Aber er kriegt es nicht heraus, und so verfilzt die schlimme Finsternis mit einer schlimmen Stille. Alle verstehen: Die Nacht ist vollends bös geworden. Sybille, der Wolfskopf, der Schniefer und der Ami-Michi rücken mit winzigen Seitenschrittchen näher an die Karre, um diese Einsicht auszuhalten. Da kommt es näher. Ihr bloßes Dastehen zieht es an. Es naht viel lauter und viel schneller, als unsere Freunde so ein Näherkommen bei Tag oder bei Nacht zustande brächten. Es surrt und scheppert. Das Surren übertrumpft das Scheppern. Das Surren siegt. Es surrt, als wäre das ganze Fahrzeug ein einziger Dynamo, eine übergroße Lichtmaschine. Ein weißer Riesenfinger sticht nach ihren Augen, stößt über sie hinweg, alle ziehen den Kopf ein, als könnte der Rote Peter samt seinem Reiter, dem Strahl der ungeheuren Lampe folgend, sie und die Kette, die ihre Suche aufgehalten hat, wie ein startendes Flugzeug überfliegen.

Schon ist es wieder finster. Ganz kurz nur hat es in den verbotenen Weg hineingeleuchtet. Aber es hat gereicht. Der Weißling rappelt sich wieder hoch. Beim Bremsen, beim Schleudern, beim Zum-Stillstand-Kommen hat es ihn vom Rad geschmissen. Der Rote Peter hat sich gedreht und ist mit dem Pedal am Kinderwagen entlanggeschrammt, dass dessen Radkappen krachten. Achim! Der Weißling heißt Achim, plötzlich ist es dem Älteren Bruder wieder eingefallen. Der Kikki-Mann hat es ihnen schon vor einer Ewigkeit verraten, als er erzählte, einer der Huhlenhäusler helfe ihm regelmäßig, die Gitter der Vogelkäfige abzuschrubben und ihre Blechböden mit frischem, reinem Sand zu füllen. Aber der Name kann sich nicht an einer Stelle in ihren Köpfen halten, von der er bei Bedarf auf ihre Zungen fände. Sie glauben nicht an dieses Achim, genauso wenig, wie sie glauben wollen, dass ein Huhlenhäusler irgendeinem hilft.

«Arschgeigen!», hören die Freunde Achim brüllen. «Arschgeigen! Ihr seid blinde Arschgeigen!», schreit er sie an, während er sein schweres Fahrrad aufhebt, es wendet und hinkend wegschiebt. «Das werdet ihr noch büßen! Das werdet ihr büßen müssen, dass ihr arschblind und arschlochblöd seid!» Weil er mit allen Kindern aus den vorderen Blöcken auf dem Kriegsfuß lebt, muss er sie so beschimpfen. Aber er tut den Freunden Unrecht. Ohne Mühe könnte er bemerken, wie blank geputzt ihre Augen inzwischen glänzen. Alle haben im Licht der mächtigen Fahrradlampe das Nötige gesehen. Noch während der vom Rad gestürzte Huhlenhäusler wie benommen auf seinem Hosenboden saß, ist Sybille unter die Kette getaucht und hinüber auf die schreckkurz erhellt gewesene Seite geschlüpft. Jetzt kehrt sie aus der Finsternis zurück. Von dort, wo das Gebüsch, alle vermochten es sekundenknapp zu sehen, einen niedrigen Tunnel bildet. Der Wolfskopf fasst sich ein Herz und stemmt die Kette hoch. Sybille duckt sich, zerrt ihre kleine Schwester einfach hinterher, als wäre es egal, ob und wie fest die wieder Eingefangene nun mit der Stirn gegen die rostigen Glieder knallt. Die Freunde verstehen dies nur allzu gut. Der Schniefer schnappt sich die freie Hand der Göre. Dann wenden der Wolfskopf und der Ami-Michi den Wagen dorthin, wo das Kirchenlichtrot des Rückstrahlers durch das Anthrazit der Nacht davonschwappt.

Die Karre knirscht heimwärts. Auf Höhe des Schrebergartentores sind sie heilfroh, dass der Betrunkene, den sie vorhin unten herumschreien hörten, nun, laut mit sich selber schimpfend, den Weg heraufkommt. Falls etwas hinter ihnen her ist, soll es sich bitte, bitte diesen blöden Erwachsenen als Beute unter die langen nachtgrauen Nägel reißen. Schon ist die erste große Wiese und damit der Spielplatz erreicht. Aber dessen Bäumen und Büschen, seinen Zeitungsfetzen und aufgespießten Schlüpfern können sie jetzt nicht trauen und biegen daher in den Elsternhorst. Sie wollen lieber den Umweg, vorbei an den dunklen Zapfsäulen der Tankstelle, an der Glasfront des Kinos, am Turm der großen und am Türmchen der kleinen Kirche und dann den Kreuztöterweg hinunter auf sich nehmen, auch wenn dies genau die Minuten kosten sollte, in denen ihre Eltern vollends sauer werden.

Im Hof warten die Zwillinge. Pro forma, damit ihr Warten niemandem auffällt, kicken sie den Ball des Ami-Michi zwischen den Wäschestangen hin und her. Ganz stumm geht dieses vorgetäuschte Spiel vonstatten. Sie brauchen einander nicht zu sagen, dass etwas Besonderes vorgefallen sein muss, während sie kurz in der Wohnung waren. Wie stets haben sie im selben Moment aufs Klo gemusst, wie tausendmal zuvor sind sie, Sandale an Sandale, vor der Kloschüssel gestanden, aber dann hat es sie tief erstaunt, wie lang es diesmal dauerte, wie immer noch ein neuer letzter, ein neuer allerletzter Spritzer ins weiße Becken zischte, obwohl sie sich längst leer gepinkelt fühlten. Als sie wieder nach draußen kamen, fiel ihnen gleich als Erstes auf, dass bei den Böhms alle Fenster weiterhin finster waren. Und inzwischen sind sie sicher, die Dunkelheit von Küche, Bad und Kinderzimmer muss mit dem Verschwinden der anderen zusammenhängen.

Sie haben recht. Denn kaum dass die Karre mit dem Älteren Bruder ums Eck geschoben wird, geht in der Böhm'schen Küche das Licht an. Zum ersten Mal sehen die Zwillinge den Kinderwagen, in dem sie selbst gelegen haben, in dem sie nach angemessener Liegezeit, aufrecht gehalten von einem Doppelgeschirr aus Leder, Schülterchen an Schülterchen gesessen sind, bei Nacht. Erst jetzt scheint sein Geflecht aus geschälten und gelackten Weidentrieben vollends weiß, exakt so weiß wie die kleinen Knochen, die sie regelmäßig im Gestrüpp entdecken und die sie in diesem Sommer nach einigem Zögern und Überlegen zu sammeln begonnen haben. Die Mutter war davon alles andere als begeistert, weil sie bereits besondere Steine, Vogelfedern, glänzende Gaswerkschlacke, Baumharz, Bierdeckel und Flaschenkorken zusammentrugen. Aber dann hat sie ihnen doch eine schöne Dose aus Blech zum Aufbewahren der ausgeblichenen Vogel-, Hasen- und Rattenbeinchen überlassen.

Weißer als weiß ist auch der Karton, auf den der Mann ohne Gesicht mit scharf gespitztem Bleistift das vierflügelige Ausklappbild des letzten Quaders zeichnet. Schon der kanariengelbe stimmte in allen rechten Winkeln. Und die folgenden drei, der erbsengrüne, der rosarote und der türkise, sind ihm nacheinander stets noch ein klein wenig besser gelungen. Inzwischen macht es höllisch Spaß. Der fünfte Block erweist sich gar als makellos; perfekt passen die Unterkanten in die Rillen, die seinen Standort auf dem Tischplan markieren. Es ist, als wären Fundament und Überbau von einem superpingeligen Bauherrn aufeinander abgestimmt. Das sitzt wie aufgegossen. Und als der glückliche Bastler, der Hobbykünstler ohne Antlitz, den weißen Quader noch einmal hochheben will, bemerkt er: Holz und Pappe wollen nicht mehr voneinander lassen. Das Hohlsein des weißen Häuschens, das Hohlsein des Modells, hat sich, eigener Logik folgend, festgesaugt.

Annabett Böhm tritt vor den dritten Eingang, gerade als die Zwillinge den zurückgekehrten Großen mit Fragen auf die Pelle rücken wollen. Mit einem einzigen Satz ruft sie ihre Töchter zu sich und spürt dabei, dass ihre Kraft eben noch für diesen einen barschen Zuruf reicht. Sie dreht sich um, ohne bemerkt zu haben, was auch dem Älteren Bruder, dem Ami-Michi, dem Wolfskopf, dem Schniefer und sogar Sybille bis jetzt entgangen ist. Den ganzen mühselig langen Kreuztöterweg herauf haben die Freunde das Tappen auf dem Asphalt vernommen und dennoch nicht richtig hingehört. Die Zwillinge hingegen haben es sofort gesehen und wollen nun danach fragen. Zu spät. Sybille, die sich zum ersten Mal in ihrem Leben beim lieben Gott dafür bedankt, dass etwas glimpflich ausgegangen ist, und bloß noch Angst hat, der Vater könnte eben jetzt vom Fußballtraining kommen, zieht ihre Schwester Richtung Aufgang. Die anderen gucken hinterher. Die Birne in der milchig weißen Kugel über der Hausnummer ist schwach, aber ihr Schimmer reicht aus, um nun auch in ihren erschöpften Köpfen die unausgesprochene Frage der Witzigen Zwillinge aufscheinen zu lassen. Tipptapp, tipptapp! Wo sind bloß die Sandalen und die Söckchen abgeblieben? Sybilles kleine Schwester kommt auf nackten Füßen nach Haus getapst, und keiner der Freunde hat es auf dem Weg vorbei an Kino, Polizei und Kirche bemerken wollen.

Sonntag

Der Morgen danach ist süß. Der Ältere Bruder ist aufgewacht, ohne seinen Fuß zu spüren. Ganz spät erst, erst als er die Arme zur Decke streckt und sich seufzend räkelt, bemerkt er das besondere Gewicht des rechten Beins. Sonst nichts. Zum ersten Mal bleibt es beim Gefühl der Schwere, kein Puckern und kein Jucken. Blut, Haut und Fleisch lassen ihn in Frieden wie an keinem Morgen seit dem Unfall. Dann fällt ihm ein, dass heute die Schiene abgenommen werden soll. «Das nächste Mal wirst du von deinem Teilkorsett erlöst!», hat Professor Felsenbrecher ihm versprochen, während die kleine dicke Schwester sich daranmachte, den erneut penibel untersuchten und gesalbten Fuß frisch einzuwickeln. «Was guckst du so belämmert, Freundchen? Freu dich lieber!»

Den Irrenwitz, der darauf folgte, den der Professor nicht für sich behalten wollte, weil er angeblich perfekt zu seinem dämlichen Aus-der-Wäsche-Schauen passte, hat unser großer Bruder dann zu Hause an die Zwillinge weitererzählt. Zwei rettungslos Verrückte, die sich in der Irrenanstalt besonders gut vertragen haben und dort im Schlafsaal viele Jahre Bett an Bett gelegen sind, sterben am selben Tag. Gemeinsam treten sie vor den Himmelspförtner Petrus, der ihnen freundlich mitteilt, Gott verzeihe ihresgleichen besonders gern, weil Jesus während seines Erdenwandels ja gesehen habe, wie innig das simple Menschsein mit dem Wahnsinn verschwistert sei. Sie sollten ihm bloß noch schnell sagen, warum sie fast ihr ganzes Leben im Irrenhaus verbringen mussten. Er schreibe es in der gebotenen Kürze auf, damit es in den ewigen Akten seine letzte Ruhe finde. Danach seien sie aller Erdenbeschwernis ledig und auch die jeweilige Geisteskrankheit für immer los. Der eine gibt an, er sei in Obhut genommen worden, als er verraten habe, dass er in Wirklichkeit ein Pferd, und zwar nicht irgendeines, sondern ein muskelbepackter Brauereigaul sei. Der andere bekennt, ihn habe man schnurstracks weggesperrt, sowie er offenbarte, es handle sich bei ihm nicht, wie alle meinten, um einen Kellner, sondern um einen urig starken, zuglustigen Ochsen. Im Nu ist beides in der Spalte «Irdische Irrtümer» notiert, Petrus will eben «Aufgeklärt!» darüberstempeln, als er den Eindruck hat, den beiden liege noch etwas auf dem Herzen. «Unklarheiten? Wünsche? Frei heraus damit!» An dieser Stelle traten die Zwillinge gleich beim ersten Nacherzählen verlegen auf der Stelle und scharrten nachdrücklich mit unsichtbaren Hufen. Und schließlich fragte der eine Zwilling, wem denn der schöne, schwere Wagen gehöre, der voll mit Manna-Fässern draußen vor dem Eingang stehe. Der andere fügte hinzu, diese Karre würden sie beide wahnsinnig gern gemeinsam, Schulter an Schulter, Schweif neben Schwanz, die Wolken hinauf und hinunter, kreuz und quer über die himmlischen Straßen ziehen.

Zweimal haben die beiden inzwischen probiert, den Witz auf ihre Weise zum Leben zu erwecken. Das erste Mal haben der Ami-Michi und der Wolfskopf kein bisschen gelacht, sondern bloß gefragt, was denn dieses Manna in den Fässern auf dem Wagen für ein Zeug sei. Der Schniefer, der immerhin kurz gekichert hatte, musste zugeben, dass er dies ebenfalls nicht wisse und den Witz eigentlich überhaupt nicht verstanden habe. Beim zweiten Versuch hatten sich die Zwillinge vorher bei der Mutter schlaugemacht und «Manna» durch «Himmelsbrot» ersetzt. Aber Sybille fand die beiden Irren trotzdem blöd, und ihre Schwester schrie gleich nach der Pointe wie am Spieß: «Das Schimmelbrot! Das giftige Himmelschimmelbrot!», so lang und schrill, bis Sybille sie kräftig an den Haaren zog, was meistens half, wenn die Kleine wieder einmal alle mit Herumgekreische nervte.

Inzwischen, seit gestern Abend, ist Sybilles Schwester wirklich still. Annabett Böhm hätte dieses besondere Stillsein schon bei der Rückkehr in die Wohnung bemerken können, aber das Telefon funkte erneut dazwischen. Gerade als sie ihre Kleine im Licht der Küchenlampe fragen wollte, wo denn um Himmels willen ihre Sandalen und ihre Söckchen abgeblieben seien, klingelte der Apparat so schrill wie nie zuvor. Er klingelte Alarm. Sybille guckte erschrocken, als hätte sie vom Reststück dieses Tages nur weitere ungut heftige Überraschungen zu erwarten. Sie sah und verstand, auch ihre Mutter wollte partout nicht rangehen. Aber das Gerät gab keine Ruhe, bis Annabett Böhm schließlich doch noch den Hörer hochriss. Es war das Josephinium. Ob sie die Ehefrau des Patienten Gunther Böhm sei. Seit einer Stunde versuche man, sie zu erreichen, ihr Anschluss sei ja eine schiere Ewigkeit besetzt gewesen. Ein Sportunfall. Operiert würde gleich morgen in aller Frühe. Bloß keine Sorge. Der Herr Professor Felsenbrecher sei ein weit über die Stadt hinaus bekannter Spezialist für alles rund ums Knie.

Sybille spürte eine große, Hals, Brust und Bauch erwärmende Erleichterung, als die Mutter ihnen am Küchentisch erklärte, warum der Vater heute nicht nach Hause kommen würde. Sie hätte am liebsten hurra gerufen. Sie war so glücklich, dass sie sich Mühe geben musste, kein blödsinnig grinsendes Glücksgesicht zu machen. Annabett Böhm hatte sich vorsichtshalber ihre jüngere Tochter auf den Schoß gezogen. Sie wusste, mit welcher Äffchenliebe die Kleine an ihrem Vater hing. Ihr Ruhigsein, ihr stumpfes Glotzen war gewiss die Starre des ersten Schocks, die sich jede Sekunde lösen konnte.

Aber das erwartete Geheule, der gleichzeitige Fluss von Tränen und Rotz, das puterrote Aufglühen der Backen, das Anschwellen der Lider, das Kreischen und Um-sich-Schlagen, alles, wofür Sybilles Schwester bei den Kindern im Hof berüchtigt war, blieb aus. Ganz brav, nur etwas träge, machte sie sich in der Badewanne daran, die staubigen Waden mit dem Waschlappen abzureiben. Sybille staunte, dass ihre Mutter nicht einmal fragte, woher das schwarze, teerartig klebrige Zeug auf den Fersen und den Zehenballen stammte. Und fast noch mehr wunderte sie sich darüber, wie klaglos ihr Schwesterchen sich dann mit der groben Bürste die Sohlen schrubben ließ, obwohl das schrecklich kitzeln musste. Beim Zähneputzen nahm die Kleine viel zu viel Zahncreme, machte ewig weiter mit dem Auf und Ab, so lange, bis der Schaum über die Unterlippe quoll, in dicken Tropfen vom Kinn ins Waschbecken platschte und Sybille ihr die Zahnbürste aus der Hand drehen und den Mund abwischen musste. Im Bett klappten ihr, kaum war der nasse Kopf ins Kissen gesunken, die Lider so ruckartig zu, als wäre sie eine der guten, teuren Puppen, eine jener echten Schlafpuppen, die bewegliche Halbschalen als Augendeckel und extralange, extradichte Nylonwimpern haben.

So ging es bei den Böhms am ersten vaterlosen Abend zu.

Aber das kuriose Gestern kümmert wenig, wenn das Heute drängt. Spätestens seit dem Finale ihrer Mädchenzeit, als sie sich, kurz bevor die ersten russischen Panzerspitzen in ihr Heimatstädtchen rollten, zur Flucht in den Wald entschlossen hatte und kaltblütig den schwarzen Gymnastikball, vier Gläser Kunsthonig, ihr Kulturtäschchen und rundum frische Unterwäsche in ihren Wanderrucksack stopfte, denkt Annabett Böhm, sie wisse, wie man vor dem Horizont großer wie kleiner Katastrophen das Praktisch-Naheliegende ins Auge fasst. Da ihre Nachbarin heute zum üblichen Verbandswechsel mit dem Taxi ins Josephinium muss, ist es nur logisch, einfach mit hin- und zurückzufahren. Der Sitz neben dem Chauffeur ist schließlich frei. Dem frisch operierten Gatten wird es schon recht sein, und Sybille ist vernünftig genug, um auf ihre Schwester und auf die beiden kleinen Nachbarsjungen aufzupassen. So kommt es, dass die Beine der Zwillinge über die Eckbank der Böhm'schen Küche baumeln, als draußen der rechte Zeigefinger und der rechte Mittelfinger des Taxifahrers den Vorglüh- und Startknopf des Diesels nach oben ziehen.

Die beiden haben ihr neues Buch, das Album mit den Einklebebildern, mit herübergebracht und bitten Sybille, ihnen daraus vorzulesen. Zweimal habe der Ältere Bruder dies bereits getan, aber die Geschichte sei derart spannend, dass sie alles bis in die letzte Wendung, zusammen mit Sybilles kleiner Schwester, unbedingt noch einmal hören müssten. Die Kleine sagt hierzu nichts, scheint auch nicht hinzuhören. Die ganze Zeit guckt sie schon einer fetten Wespe nach. Auch Sybille ist das ungewöhnlich große Insekt längst aufgefallen, zuerst ist es im Bad – ping! ping! – gegen die Milchglasscheibe geknallt, dann muss es ihr, als sie hinausging, nachgeflogen sein. Jetzt surrt das Tier mit einem tieferen, ruhiger gewordenen Ton um die Saftgläser, die Sybille, wie von ihrer Mutter aufgetragen, mit verdünntem Holundersirup vollgegossen hat. Die Zwillinge sehen, sie ist, was das Buch angeht, noch unentschieden. Und weil sie spüren, wie verkehrt es wäre zu drängeln, warten sie, still und Geduld vortäuschend, einfach ab.

Sybille hasst es vorzulesen. Ein einziges Mal nur hat ihre heißgeliebte Lehrerin zu ihr gesagt, sie würde schrecklich leiern. Das hat genügt, um Sybille die Freude an diesem Tun für immer und ewig zu verderben. Eigentlich hat sie nicht die geringste Ahnung, was mit Leiern gemeint sein könnte. Aber es bedeutet ohne Zweifel, dass sie das laute Lesen nicht so schön hinkriegt wie der Ältere Bruder. Dem hängen alle an den Lippen, wenn er mit heller Stimme aus einem der im Hof kursierenden Comic-Heftchen vorträgt, aus irgendeinem umschlaglosen, halbzerrissenen Stück, das jeder längst in- und auswendig zu kennen meint. Sybille wird erst kommenden Winter, am Abend des ersten Advents, mit einem schreckhaften Schlag begreifen, dass unser großer Bruder ihr und den anderen stets viel mehr zu Ohren bringt, als auf den Seiten aufgeschrieben steht. Der Wolfskopf, der Schniefer und der Ami-Michi werden dagegen niemals ermessen, wie himmelweit das aus seinem Mund Gehörte und das, was sie in stiller Mühe selbst aus den Sprechblasen gesogen haben, auseinanderliegen. Bis an ihr Lebensende, ja bis in ihre Todesstunde, werden sie den Älteren Bruder bloß für einen begnadeten Ableser halten und nicht als trickreichen Erfinder erkennen.

Die Wespe umkreist im Niedrigflug das Glas von Sybilles Schwester. Als Einzige hat die noch nichts getrunken, vielleicht weil zu hoch eingeschenkt ist. Sybille weiß, in solchen

Sachen ist die Kleine eigen und tut sofort beleidigt. Die trübe Flüssigkeit reicht fast bis an den Rand. Dem Insekt ist das natürlich recht. Es landet auf der Rundung. Zuerst wippt sein langer Hinterleib in die schaumige Oberfläche, dann dreht es sich geschickt, neigt den gefleckten Schädel, die größten Klauen seines Maulwerkzeugs berühren eine der süßen Blasen. Und es kracht: Es kracht ganz furchtbar. Es kracht, als wäre in der Küchenwelt der Böhms eine bislang unsichtbar gebliebene Eiterbeule aufgeplatzt. Das Krachen vereinigt ein Donnern und ein Klirren. Der Hieb kam ohne jede Vorwarnung, wie aus dem Nichts. Kurz ist das umgehauene Glas noch heil geblieben, aber schon hat es rollend den Tischrand erreicht und zerschellt am Boden. Auch die Gläser der Zwillinge waren am Wanken. Sybille hat sie mit vorschnellenden Händen festgehalten, dabei jedoch mit ihrem rechten Ellenbogen den Glaskrug umgestoßen. Der Saft schwappte dem Buch entgegen, er hätte dessen obere Kante erreicht, wäre es nicht von den Zwillingen vierhändig vom Tisch gerissen worden. Ganz langsam hebt Sybilles Schwester, unbeeindruckt von den Folgen ihres ersten Schlags, erneut das Händchen. Alle sehen, die Wespe lebt noch, ihr dreiteiliger Körper zuckt, als suchten Kopf, Brust und Hinterleib nach einem rettenden gemeinsamen Gedanken. Der erste Schlag hat nichts an ihr zerquetscht oder abgerissen. Da treibt der zweite, der ebenso präzise und harte Hieb des kleinen Mädchens dem Insekt das weiße Innere nach außen.

Den Vater hat schier der Schlag getroffen. Zumindest behauptet er jetzt in einem halblauten Selbstgespräch von seinem eben erst gewesenen Ich, von seinem dummen Vorhin, dieses hätte um ein Haar ein Schlag ereilt. Er war, nichts

Arges ahnend, bei Doktor Junghanns gewesen und wurde wie erwartet wegen des Messerschnitts eine weitere Woche krankgeschrieben. Die Wunde aus dem Affentanz ist gut verheilt. Der alte Arzt meinte allerdings, es sei riskant, die rosig zarte Narbe im Handteller schon wieder mit dem Griff der Kelle oder gar mit dem Stiel einer Schaufel zu belasten. Der Vater ging, die Hand bloß noch verpflastert, Richtung Tabak-Geistmann. Seit er tatenlos zu Hause sitzt, raucht er ab und zu am Küchentisch eine Filterzigarette, was er sonst nur in der Kneipe, bei Richtfesten oder bei Familienzusammenkünften tut. Er nennt sich selbst einen Geselligkeitspaffer und blickt voll Mitleid, aber auch mit einer Spur Verachtung auf die herab, die auf der Baustelle von frühmorgens bis zum Feierabend an den Glimmstängeln saugen müssen.

Ein Dutzend Schritte vor dem Laden fiel ihm, wie aus heiterem Himmel in die Welt gerissen, diese verrückte Lücke auf. Die Häuserzeile, in der sich die Geschäfte des Kreuztöterweges aneinanderreihen, kennt er seit ihrem Einzug aus dem Effeff. Er kommt zwar seltener als seine Frau in diese Läden, aber doch oft genug, um ihr Nebeneinander sicher im Griff der Vorstellung zu haben. Der Vater, der gern spielt und wettet, hätte noch vor einem Viertelstündchen ohne Zögern einen Wochenlohn darauf gesetzt, dass er die zweigeschossigen Gebäude, samt ihren Eingängen und Schaufenstern, jederzeit fehler- und lückenlos aus dem Gedächtnis hintereinanderbringen könne. Dass zwei von ihnen nicht aneinanderstoßen, sondern einen Spalt offen lassen, hat er während der letzten Jahre bei keinem Vorübergehen, bei keinem Vorüberrollen mit dem Moped bemerkt.

Es musste wohl erst einer speziell für ihn in dieser Unsinnslücke hocken. Jetzt, wo er in den Drosselgrund einbiegt, glaubt er noch immer, trotzig gegen die eigene Vernunft gestemmt, der Mann und sein Hund hätten seinetwegen auf dieser Decke Platz genommen. Das Schicksal, das sich gern als mieser Zufall tarnt, hat ihm erneut eins ausgewischt. Der Vater hatte sogar noch Glück bei diesem Streich, denn er musste nur im Vorübergehen und bloß über die Schulter eines Dritten auf das Corpus Delicti gucken. Als Puffer stand der Schwerversehrte aus dem hinteren Block dazwischen. Er hatte seinen schiefen Haaransatz tief zu diesem Lückennutzer hinabgeneigt und ließ sich etwas in eines seiner kleingeschmorten Ohren flüstern. Währenddessen musste der Vater mit einem langen Blick wiedererkennen, was ihm einmal mehr als nur Eigentum gewesen war. Das gab ihm einen schlimmen Stich. Er zwang sich zum Weitergehen, blieb aber schon bei Tabak-Geistmann wieder stehen, gaffte ins Schaufenster, als würden ihn die protzig goldfarbenen Tischfeuerzeuge oder die papageienbunt beklebten Zigarrenkistchen interessieren.

Er musste nicht lange warten. Der Kerl im Spalt fing prompt zu spielen an. Ganz kurz dachte der Vater, der neue Nachbar ohne Gesicht hätte sich ein bestimmtes Lied gewünscht, aber der ging gleich mit den ersten Tönen in die andere Richtung weiter. Der Grünbebrillte konnte spielen, das hörte der Vater, der Vorbesitzer, der Enteignete, schon aus dem ersten Ziehen und Drücken, aus dem ersten Atmen des Instruments heraus. Wenn einer kein Gefühl für Rhythmus hat, wird er es mit noch so viel eingepaukter Technik vergeblich tarnen. Dem Mann da war es mit der Muttermilch gegeben worden. Genau das hatte der Vater früher von sich selbst gesagt. Immer ist er stolz darauf gewesen, dass er, der niemals Unterricht besuchen und Noten lernen durfte, sich jede Melodie nach zweimaligem Hören auf den Knöpfen des diatonischen Akkordeons zusammensuchen und sich eine Begleitung hinzuerfinden konnte, an der dann keinem das Selbstgemachte auffiel.

Der Blinde zwischen den Häusern spielte keine Melodie. Er griff sogar absichtlich an jedem eingängigen Aufundab vorbei. Das war kein Lied und sollte keines werden. Die Konsequenz, die Raffinesse, mit denen der naheliegende Zusammenklang vermieden wurde, machte den Vater staunen. Lauter verrückt gewordene, eisig glatte Kugeln. Das Nacheinander wie das Miteinander voller Spott und Schmerz. Nie hatte er einen so etwas versuchen hören, er hatte nicht einmal gewusst, dass es dergleichen gab. War das vielleicht modern? Die Griffe saßen. Da gab es – Kälte hin, Eisigkeit her – nichts dran zu rütteln. So weit konnte nur einer gehen, der aus dem Können kam, so spielte einer, der mit strengem Fleiß unterließ, was ihm zuvor als Baukasten und Werkzeugkiste zu Diensten gewesen war.

Wäre sein Instrument, wäre dieses Instrument noch bei ihm zu Hause unten rechts im Kleiderschrank gestanden, hätte er sich jetzt hingetraut, um mit diesem mitten im Sommer frostbesoffenen Kerl, mit diesem virtuosen Eskimo, ganz vorsichtig ein bisschen fachzusimpeln. Er war kein Drückeberger. Er hätte das Gespräch mit einer Bemerkung zur Mechanik angefangen. Im Bauch der noblen Quetsche kannte er sich aus. Er hatte sich früher nie gescheut, sie aufzuschrauben und ihre Zungen, ihr Holzwerk und die Filzbeläge vorsichtig mit den Fingerkuppen zu betasten. Er hätte sogar gewagt, einen kleineren Schaden selber zu beheben. Aber bis zu ihrem letzten gemeinsamen Tag war sein diatonisches Akkordeon frei von Defekt und ohne Wartungsbedarf geblieben.

Zwei Jahre vor seiner Hochzeit hatte er das neuwertige Prachtstück sehr günstig von einem unglückseligen, durch die Gicht entmannten Musiker erworben. Als werdender Vater trug er das Instrument, das kurz sein ganzer Junggesellenstolz gewesen war und weder den kleinsten Kratzer noch eine andere abwertende Gebrauchsspur aufwies, ins größte Musikaliengeschäft der Stadt, um es zu verhökern. Fast das Doppelte des Ankaufspreises wurde ihm damals in die Hand gezählt. Die Hälfte des Geldes ging dann nur wenige Läden weiter für ein neues Radio über den Tisch. Seine schwangere Frau sah beidem versonnen lächelnd zu. Sie hatte den Verkauf nie ausdrücklich verlangt, bloß mehrmals beiläufig gemahnt, so ein Akkordeon sei doch gewiss zu laut für die feinen Ohren eines Säuglings.

Seit er den Fehlharmoniker auf seinem einstigen Instrument improvisieren hörte, spürt der Vater, zu welch drückender Geschwulst der Grimm, den er gegen die Mutter seiner Söhne hegt, im Lauf der Jahre herangewachsen ist. Also hat er beschlossen, am helllichten Mittag für jedes seiner Kinder ein Bier zu trinken. Der Kreuzkrug am Eck hat wegen eines Trauerfalls geschlossen. Das ist dem Vater gar nicht unrecht, gern legt er noch ein paar hundert Schritte mehr zwischen sein Zuhause und die nun nötige Wirtshaustheke. Er läuft zum Elsternkrug hinunter, der, obwohl er die Polizei als Gegenüber hat, die beliebtere Kneipe der Neuen Siedlung ist. Dort lugt er über die Gardine in den Schankraum und sieht, wie die Bedienung dem Taubstummen aus dem türkisen Block einen Teller Sülze und den Brotkorb hinstellt. Bis auf den Wellensittichzüchter ist die Wirtschaft leer, also zu leer und zu still, um sich in ihr von Bier zu Bier zu hangeln. Und schon ist er entschieden, nach Oberhausen in den Affentanz zu gehen. Der Fußmarsch unter den schattenspendenden Linden der Bärenkellerstraße soll seinem Zorn eine erste Abkühlung verschaffen.

Am Spielplatz nimmt er die Abkürzung vorbei an den Schrebergärten. Eine halbe Ewigkeit ist er hier nicht mehr entlanggekommen. Der Weg ist verwildert, Gras und Brennnesseln haben den Kies durchstoßen. Irgendwer hat eine dicke Kette zwischen zwei Pfosten gespannt. Das übertrieben große Schild mit der Aufschrift «Durchgang verboten/Eltern haften für ihre Kinder» hat grünen Schimmel angesetzt. Der Vater schert sich nicht um das Verbot. Er weiß, dass dieses letzte Stück über das Gelände der alten, der seit vielen Jahren geschlossenen Bärenkellerwirtschaft führt. Schon sieht er die ziegelrote, die hässlich rohe Mauer, die den einstigen Biergarten und seine riesigen Kastanien umschließt. Dadrin war er noch nie. Aber an das tonnenförmig gewölbte Dach des separaten Kegelbahngebäudes kann er sich nun ganz unsinnig genau erinnern. Während er im Gehen auf den Zehenspitzen wippt und schließlich sogar hochhüpft, um einen Blick in den Garten zu erhaschen, ist ihm wirklich, als sei er in einer früheren Zeit oft hierhergekommen und habe hinter den kapellenartig hohen Fenstern an Abenden, die rückstandslos versinken mussten, eine glänzend polierte schwarze Kugel auf das gebohnerte Holz geschlenzt.

Ich fliege unserem Vater, um ein wenig Abstand von seinem Unmut zu gewinnen, ein Stück voraus. Ich sehe, wie unten in Oberhausen der Wirt den Schlüsselbund aus seiner Hosentasche fischt und die Vordertür der Kneipe aufschließt. Drinnen werden als Erstes alle Fenster aufgestoßen, um noch einmal durchzulüften, die Stühle kommen von den Tischen, die Schanksperre unter der Theke wird entriegelt, und ein erster Liter Schaum zischt aus dem Keller herauf in den unter den Hahn gestellten Krug. Dann geht der Wirt zur Tür, die in den Hof führt, und holt herein, was Bäcker und Metzger angeliefert haben. Im Affentanz wird nicht gekocht, aber in einer Vitrine werden üppig belegte Semmeln auf hübsch geblümten Tellern feilgeboten.

Bald, Anfang September, feiert der Affenwirt sein zehnjähriges Jubiläum als Pächter. Seinem Vorgänger war nach einer bösen Messerstecherei mit mehreren Verletzten die Schanklizenz entzogen worden, und eine Zeitlang wurde gemunkelt, die Mohrenbräu AG, der das ganze Haus gehört, wolle die Traditionsgaststätte für längere Zeit, vielleicht für immer schließen. Als er sich trotz dieser Gerüchte um den Affentanz bewarb, hatte die Brauerei ihm überraschend angeboten, stattdessen die große alte Gartengaststätte oben am Rosenhang, den sogenannten Bärenkeller, neu aufzumachen. Daraufhin hatte er sich erst einmal die Umgebung angesehen. Die Neue Siedlung war damals noch kneipenfrei. Außer einem nur an den Sommerwochenenden betriebenen Ausschank in der Schrebergartenkolonie gab es keine Konkurrenz. Am Sonntag zogen die Radler, die Moped- und Rollerfahrer, die mit Familien vollgestopften Autos in schöner Dichte die lindengesäumte Allee hinauf. Wenn diese Ausflügler die ungewohnte Stille, die Grabesruhe der westlichen Wälder, so gut dergleichen ging, genossen hatten, waren viele von ihnen bestimmt nicht abgeneigt, auf dem Rückweg in einem schönen Gasthof, in einem lauschigen Biergarten einzukehren.

Also wurde ein Besichtigungstermin vereinbart. Die Brauerei hatte noch einen Mann von der Sparkasse hinzubestellt. In respektvollem Abstand traten sie nacheinander über die Eichenholzschwelle der torartigen Vordertür. Schweigend, aber beeindruckt nickend, gingen sie durch das hohe, wegen der Dicke der Mauern angenehm kühle Erdgeschoss. In den beiden Bewirtungsräumen, im imposanten Festsaal und in der größten Küche, die er je in einem Gasthof gesehen hatte, hallten ihre Schritte auf den Steinböden, als schritten sie durch eine leere Kirche. Nirgends fiel ihm der kleinste Schaden auf. Sogar die Scheiben oben im ersten Stock, wo die Fenster keine schützenden Läden hatten, waren sämtlich heil geblieben.

Mit drei Petroleumlampen, die zu diesem Zweck in einem Wandkasten bereitgehalten wurden, ging es schließlich hinunter in die legendären Keller. Der Brauerei-Beauftragte erzählte, der Bierkeller sei nachweislich der älteste der Stadt, vielleicht sogar der älteste des Landes. Im Lauf von mehreren Jahrhunderten hätten die Eigentümer mit einem Maulwurfseifer, mit einer Wühllust, die wie eine Krankheit von einer Generation auf die nächste übersprang, Gänge und Kammern in den Kies- und Lehmboden der westlichen Anhöhe gegraben. Nach einem Plan sei in den Aktenbeständen der Mohrenbräu AG und auch im Stadtarchiv vergeblich geforscht worden. Angeblich habe nicht einmal die Wehrmacht, die die Gewölbe in den letzten Kriegsjahren als Munitions- und Sprengstofflager nutzte, einen halbwegs vollständigen Aufriss des Labyrinths besessen.

In den Kuhlen ausgetretener Sandsteinstufen stiegen sie hintereinander in die Tiefe. Sie staunten über die Frische und den noch immer hopfenherben Duft der Luft. Ein erster großer, stollenähnlicher Raum bot einen umgestürzten Stapel leerer Munitionskisten und anderen Kriegskram, der sich trotz Rost und Spinnwebbärten merkwürdig neumodisch auf dem bucklig unregelmäßigen Boden ausnahm. Drei Gasmasken hingen über einem an die Wand gerückten Tisch, das eigene Gewicht hatte ihnen die runzeligen Gummibänder schnürsenkeldünn gezogen. Der Sparkassen-Mann brachte die starren Larven, die runden Blechschnuten unter den staubblinden Augenscheiben nacheinander ins Schaukeln und meinte, das sehe aus, als hätten sich drei arme Veteranen aus Verzweiflung darüber, dass sie hier unten nutzlos ausharren müssten, gemeinsam aufgehängt. Er lachte über seinen Scherz, und es klang wie im Kino, wie aus einem Film, in dem schon mit dem nächsten Schritt ins Finstere das rächend Schlimme über einen dreisten Eindringling und dessen frevelhaftes Gelächter hereinbricht.

Unter einer tunnelartig rund gemauerten Decke stapften sie weiter in den Berg hinein. Natürlich war ihnen klar, dass diese Räumlichkeiten im Falle einer Neuverpachtung keine Rolle spielen würden. Allein schon aus Sicherheitserwägungen musste der Zutritt verboten bleiben. Dennoch nahm die Emsigkeit, mit der sie ihre Lampen schwenkten, stetig zu. Gerade die völlige Leere des ganz leicht gekrümmten Gangs schien zu versprechen, es gebe bald etwas Besonderes zu entdecken. Sie sprachen nicht darüber, aber sie atmeten ähnlich hechelnd, es war, als hätten sie vom gleichen imaginären Blut geleckt. Und jeder, das spürten die anderen beiden, tat sich dann ähnlich schwer, seine Enttäuschung zu verbergen, als sie ihren Erkundungsgang vor einer Gittertür, hinter der es vielversprechend enger und feuchter wurde, abrupt beenden mussten, weil sich zu deren Schloss auch nach zweimaligem Durchprobieren kein Schlüssel am Brauerei-Bund fand.

Das Angebot, das man ihm oben, ins Licht der großen

Gaststube zurückgekehrt, ohne Umschweif machte, war verführerisch. Offenbar hatten sich Verpächter und Kreditgeber im Vorfeld der Besichtigung abgesprochen und alles geschickt auf seine Neigungen und finanziellen Möglichkeiten zugeschnitten. Er bat sich eine Woche Bedenkzeit aus. Am Abend vor dem Tag, an dem er sich entscheiden musste, knatterte er dann mit seinem Motorroller erneut den Hang hinauf. Dort war es eben noch hell genug, um sich das Gelände anzusehen. Zweimal lief er im Uhrzeigersinn um das große Grundstück, einmal ganz langsam, dann noch einmal zügig, beide Male, ohne dass ihm auch nur der Hauch einer Erleuchtung kam. Er rauchte neben seinem Roller eine Zigarette, er saß, bereit zur Rückfahrt, schon auf dessen Sitzbank, doch dann zog er sich den Helm wieder vom Kopf. Er ging ein drittes Mal um das vom Licht der untergehenden Sonne verkupferte Gebäude und kletterte ganz hinten, wo ihn niemand von der Straße aus erspähen konnte, wo ein völlig zugewucherter, offenbar nie benutzter Kiesweg im Gebüsch verschwand, über die Mauer.

Wegen der Trockenheit der letzten Wochen hatten die alten Bäume des Biergartens schon viel vorzeitig braun gewordenes Laub und auch einen Teil der unreifen Kastanien abgeworfen. Seine Schritte drückten die weichstacheligen Kugeln tief in die federnde Humusschicht, zu der die Blätter der vorausgegangenen fürsorgelosen Jahre vermodert waren. Die Sonne klebte als rote Beule auf dem tonnenförmigen Dach der Kegelbahn, malte orange und violette Schlieren in die Scheiben des Hauptgebäudes. Gern hätte er das Ganze schön gefunden. Leider war es zu still, um schön zu sein. Wahrscheinlich hätte er es hinbekommen, sich Murmeln, Lachen, Gläserklirren vorzustellen und dies als etwas gut Gewesenes, weiterhin Wünschenswertes in die Zukunft hineinzuphantasieren, wenn nur ein einziger Abendvogel den Startschrei gegeben hätte. Aber anscheinend legte keines der hiesigen Amselmännchen Wert auf das prächtige Revier. Sogar die trockenen Blätter unter seinen Sohlen wollten nicht richtig rascheln. Er fühlte sich nicht wohl, ihm wurde mit jedem Schritt ein wenig flauer. Zugleich kam er sich irgendwie geschrumpft vor, was zweifellos mit den Kastanien zusammenhing, jedoch nicht nur an ihrer schieren Höhe lag, sondern mehr mit dem Lungern und Lauern ihrer Monumentalität zu tun hatte. Bevor er sich über sein Unbehagen klarer werden konnte, sackte die Sonnenbeule, wie mit einem Ruck, tiefer in die Teerpappe des Kegelbahndachs, und er sah die Kinder.

Womöglich war er nur weniger geblendet oder hatte, im Bogen näher kommend, den Blickwinkel derart verändert, dass ihre Schar, die vorher unsichtbar für ihn gewesen war, nun überdeutlich in Erscheinung trat. Er zählte wie im Zwang von rechts nach links und dann noch einmal in die Gegenrichtung. Es waren und blieben acht. Verschieden groß. Sie hielten sich in einer Reihe an den Händen. Mit einer dünnflüssigen, in schmalen Bahnen abgesickerten roten Farbe hatte man sie an die fensterlose Schmalseite der Kegelbahn gemalt. Die Wand war hierfür eben breit genug. Die Farbe glänzte feucht, als wäre alles eben erst geschehen. Offenbar hatte ein neunter Bengel oder eine neunte Göre den Pinsel rund um die Stillstehenden geführt. Dort, wo die Arme in stumpfem Winkel zusammentrafen, sah es aus, als gingen Schläuche ineinander über, als pumpten sie ein gemeinsam genutztes Blut. Das Ganze war wohl ein Witz, bestimmt bloß einem Augenblickseinfall, einer Gelegenheit entsprungen.

Und doch traf ihn das primitive Bild ins Mark, elektrisierte irgendeinen Aberglauben wie einen Nerv. Er drehte um. Übertrieben festen Schritts begann er die Gartenmauer anzusteuern. Jetzt raschelten die Blätter lauter, es war ein tückisch spitzes Geräusch, fast ein Zischeln oder Flüstern. Er rannte lieber los.

Erst als er mit zerrissener Hose oben auf der Mauer hing, ein Bein schon auf die andere Seite geschwenkt, wandte er sich noch einmal um. Die Sonne war weg, die Wand der Kegelbahn gleichmäßig dunkelgrau wie ein perfekt lackiertes Brett. Das Bild hatte sich selbst gelöscht. Stattdessen ließ sich endlich etwas hören. Es wummerte, es grollte und ächzte so hölzern zu ihm her, als rollte im Inneren des Baus eine viel zu große Kugel kreuz und quer über die von dieser Last schwer geschundenen Bahnen.

Sonnentag

Der Ältere Bruder schafft es nicht nach oben. Es ist ein Jammer. Die Freunde können sein klägliches Scheitern nicht begreifen. Ohne die steife Schiene müsste der Aufstieg auf das Schreberhäuschendach doch viel leichter zu bewältigen sein. Aber ganz rasch, den gesunden Fuß erst auf der zweiten Sprosse, hat er aufgegeben. Jetzt sitzt er im Gras, tastet an seinem Verband herum und macht ein komisch verkniffenes Gesicht. Der Ami-Michi, der sich mit allen Arten von Angst am besten auskennt, der manchmal losheult, ohne dass die anderen den kleinsten Grund erkennen können, sieht es überdeutlich: Der Ältere Bruder ringt vor seinen Freunden mit den Tränen. Und plötzlich wird ihm klar, dass er ihn noch niemals hat weinen sehen. Sogar wenn dies das Richtige, das einzig Angemessene gewesen wäre, sind die Tränenlöchlein unseres großen Bruders wie verstopft gewesen.

Zweimal war er dabei, wie der Ältere Bruder von einem Huhlenhäusler niedergeschlagen wurde. Das erste Mal war es im Hof geschehen, in einem Sommer, der ungeheuer weit zurücklag, denn die Zwillinge spielten damals noch Kuchenbacken. Zusammen mit Sybilles Schwester knieten sie vor dem Betonrand des Sandkastens, als einer der üblen Kerle aus dem türkisen Block schräg über die Wiese ankam und die Sandtörtchen der Kleinen in bösem Fleiß, also ohne ein einziges zu verschonen, platt trat. Natürlich hätte der Ältere Bruder besser nichts dagegen sagen sollen. Der Huhlenhäusler wunderte sich zwar einen Blick lang über den Einspruch des Herbeigeeilten, verschwendete dann selber keine Zeit auf Worte. Stattdessen schwang er die leere Milchkanne, mit der er unterwegs war, in schönen großen Kreisen zweimal durch die Luft und ließ ihr Blech bei der dritten Umdrehung auf den Kopf unseres großen Bruders krachen. Der Deckel sprang ab und kullerte über den Sandkastenrand den staunenden Zwillingen vor die Sandalen.

Zum zweiten Knockout kam es, als sie von den Huhlenhäuslern und deren Kumpanen beim Fußballspielen auf der hinteren Spielplatzwiese überfallen worden waren. Der Ami-Michi und die anderen Freunde waren sich sogleich einig, dass man den Ball als Beute liegen lassen musste. Es war bloß eine alte Plastikkugel, die Huhlenhäusler würden ein Weilchen damit herumbolzen und ihre Eroberung mit einem letzten Schuss irgendwo im Gebüsch versenken. So hielten sie es damals bereits mit allen erbeuteten Bällen. Sie hatten keinen einzigen mehr zu klauen gewagt, nachdem Frau Böhm im buckligen Polizeiauto vor dem türkisen Block erschienen war, um den schönen, gelbgepunkteten Geburtstagsball von Sybilles kleiner Schwester aus einer der Huhlenhäusler-Wohnungen zu befreien. Im Wegrennen guckte der Ami-Michi über die Schulter und sah, dass der Ältere Bruder stehen geblieben war. Ausgerechnet mit dem Weißling wollte er verhandeln. Der Wolfskopf behauptete später, er hätte ihn sogar noch «Moment mal, Achim!» sagen hören.

In beiden Fällen ist unser großer Bruder nur kurz bewusstlos dagelegen. Aber beim zweiten Mal kam den anderen die kleine Besinnungslosigkeit doch bedenklich lange vor, weil sie, gemeinsam auf sein Wiedererwachen wartend, sein rotverschmiertes Gesicht studieren mussten. Der Weißling war nur einen Halbschritt vorgetreten, hatte scharf genickt und die höckrige Huhlenhäuslerstirn auf die Nase seines wortgläubigen Gegenübers knallen lassen. Das hell hervorschießende Blut hatte die Bande sogleich wieder verscheucht. Sogar der Ball blieb mitten auf der Wiese liegen. Die Freunde konnten also weiterkicken. Sie nahmen einfach den alten Spielstand auf. Der Ältere Bruder ging, weil er noch ein bisschen wackelig auf den Beinen war, erst einmal in eines der Tore, die sie mit Ästen abgesteckt hatten, die von den Angreifern entgegen dem gewohnten Brauch nicht umgetreten worden waren. Ab und zu tupfte er sich die Nasenlöcher mit dem Taschentuch, das ihm der Schniefer fürsorglich ausgehändigt hatte. Die Augen aber musste er sich, darauf ginge der Ami-Michi nun, vor dem Schrebergartenhäuschen, jede Wette ein, genauso wenig wischen wie nach seinem ersten Zu-Boden-Gehen.

Der Wolfskopf fasst sich ein Herz und fragt unseren großen Bruder, ob ihm die Ferse wieder wehtut. Aber der antwortet nicht, kriegt keinen Pieps heraus, guckt nur verstockt. Erst als Sybille die Frage wiederholt, schüttelt er den Kopf, in dem ihm die Gedanken so laut um das Empfundene brummen, dass er befürchtet, die anderen könnten das Getöne hören. Erzählen kann er es ihnen nicht. Allerhöchstens in eine von vorn bis hinten erfundene Geschichte würde sich fügen, was ihm eben auf der Leiter zugestoßen ist. Kaum dass er das erste Querholz in den Fäusten hielt, war ihm von unten, aus dem unteren Bauch, eine Mordsangst in den Magen und dann weiter in die Brust gestiegen, eine grundlose Mordsangst, die jetzt noch in seinen Fingerspitzen zittert. Die anderen sollen dieses Zittern nicht mitbekommen. Sie haben schon zu viel gemerkt. Jetzt kann er sich nur noch mit einem heftigen Vorstoß aus der Zwickmühle ihrer Blicke retten. Obwohl er am liebsten hier sitzen bliebe, hier auf dem vom Ami-Michi mit einem kleinen amerikanischen Spindelmäher stoppelkurz gekappten Gras, schlägt er den anderen etwas vor: Nachgucken, was ihr verrücktes Sofa macht! Zweimal hat es schon seinen Platz verändert. Es sollte ihn nicht wundern, wenn sie es gleich zum dritten Mal an einem neuen Standort fänden.

Der Mann ohne Gesicht kocht sich Kaffee zum zweiten Frühstück. Der Tag ist schon recht lang. In aller Frühe, im ersten grauen Morgenschimmer ist er aufgebrochen, um an den Rosenhang zu schaffen, was der Fehlharmoniker gestern Abend zu ihm in den Drosselgrund getragen hatte. Nicht ohne Stolz hatte der Musiker ihm berichtet, wie er an die Dinger gekommen war. Dem Sachwert nach war es eine kleine, wirklich lässliche Entwendung. Dennoch musste er mit äußerster Vorsicht zu Werke gehen. Sputnik stand mit gespitzten Ohren Schmiere, während er die beiden ungünstig langen Objekte noch an Ort und Stelle in eigens hierfür angeschafftes Packpapier einschlug und sie mit reichlich Bindfaden zu einer Art Paket verzurrte. Fräulein Schößler, die sich für jeden Krümel Straßendreck, für jede Fluse auf ihrem Flur verantwortlich fühlt, würde keinen Spaß verstehen, wenn sie ihm auf die Schliche käme. Todsicher würde sie dafür sorgen, dass man ihn zum Heimleiter zitierte, und dann gäbe es ernstlich Ärger, womöglich eine schriftliche Entlassungsdrohung, bloß weil er sich ungefragt gegriffen hat, was ewig und drei Tage in der Nische vorn im Herrenklo, an einen alten, komisch hochrädrigen Rollstuhl gelehnt, herumgestanden war.

Der Mann ohne Gesicht holte gleich einen Lappen, ein Stückchen Sandpapier und Öl, um die beiden Stangen vom

Rost zu befreien und dort, wo sie verstellbar sind, zu schmieren. Den Armmulden, deren Polsterung zu feinen Rissen aufgesprungen war, rückte er mit Schuhfett aufs trockene Leder. Der Fehlharmoniker sah sich währenddessen in aller Ruhe den Tischplan an. Die Blöcke aus Karton erschienen ihm kein Fortschritt. Er riet seinem Kameraden erst einmal davon ab, auch Kirche, Polizei, Kino oder Post mit Kleber und bunter Pappe derart in die dritte Dimension zu heben. Wenn es zum Ernstfall komme, wenn sich der maßgebliche Ort ruckartig offenbare, würde ihnen die Überbewertung von Nebenkriegsschauplätzen, jedes Generalstabsgetue nur den Blick verstellen. Auch das Schrebergartenhäuschen müsse nicht eigens in den Tisch geschnitten werden. Warum solle es wichtiger als irgendwelche anderen Spiele sein, dass die Bande ihren lahmen Anführer gemeinsam auf die Teerpappe des Dachs hinaufgezogen habe.

Als der Putzkram wieder in einem der Obstkistchen verstaut war, die im Flur den Schrank ersetzten, und der Mann ohne Gesicht mit frisch gewaschenen Händen aus dem Bad zurückkam, wurden ihm noch der Wiedereinberufungsbescheid und die zweite Postkarte vorgelegt, die am Folgetag den Ort des Dienstantritts kundgetan hatte. Natürlich gab es nicht den geringsten Zweifel, dass beide aus der Sammlung des Kommandanten stammten. Er fragte den Fehlharmoniker, ob er ihm eine der Karten überlassen würde. Der zögerte. Es fiel ihm sichtlich schwer, sich von einem der schönen Stücke zu trennen. Aber nach einem stillen Vergleichen, das sich nicht bloß den nackten Nixen, sondern genauso lang den Rückseiten der Karten hingab, entschied sich der Musiker, diejenige herzugeben, die er als erste erhalten hatte. Die zweite, auf deren Mitteilungsseite mit einem schlechten, vermutlich selbstgeschnitzten Stempel ein Bär mit den Proportionen eines Jungtiers, ein hübsches rotes Bärenkind, aufgedruckt war, lag ihm offenbar ein bisschen näher am Herzen.

Juchhe! Juchhe! Kommandant Silber freut sich! Kommandant Silber freut sich mehr noch als seine alten Kameraden. Kommandant Silber freut sich inniger als die meisten seiner Zeitgenossen, die notgedrungen zur Freude irgendeinen äußeren Anlass brauchen. Kommandant Silber freut sich nämlich an sich selbst: Silber ist ein blitzsauberes Kerlchen! Sogar im Sommer, selbst in diesem August, dessen Hitze erneut nahezu jede Erinnerung gefährdet, vergisst der Kommandant so gut wie nie, dass er der Allerschönste, der Schönste weit und breit, womöglich gar der schönste Mann der Welt ist. Und wenn es, wie eben, doch sekundenkurz geschehen ist, falls das von der Hitze des Tages aufgeheizte Silber mit einem weißen Entladungsleuchten alles verblendet hat, muss halt der Taschenspiegel helfen. «Hoppla, da bin ich ja! Da sind wir wieder!», hat Kommandant Silber vorhin gesagt, als er den kleinen Spiegel vor das Gesicht hob und sich fast ohne Verzögerung daran freuen durfte, wie schön ihm sein silbriges Haar in die Stirn fällt. «Der kleine Blackout ist vorbei!», fügte er noch hinzu und tauschte ein langes Lächeln mit seinem Konterfei. Die beiden gleich schönen Kommandanten, die beide wissen, dass sie in Wirklichkeit ein und derselbe sind, schmunzelten nicht zum ersten Mal darüber, wie grundverkehrt das englische Wörtchen, die Feindvokabel «blackout» ist. In Wahrheit war die eben erlittene Absenz wie alle vorausgehenden Abwesenheiten genau das Gegenteil von Schwarz, in Wirklichkeit flammte es jäh weiß auf, und alles Bunte, Graue und Schwarze war zu Weiß gelöscht.

Kommandant Silber sieht sich um. Er sitzt auf einem schmalen unbezogenen Bett, dessen Kopfteil aus angelaufenem Messing ihm, so hübsch die Stangen und die Knöpfe auch sind, ganz unbekannt vorkommt. Aber da seine Karten vor ihm auf der Matratze liegen, weil seine Sammlung nackter Nixen säuberlich, Postkarte neben Postkarte, auf dem alten, fleckigen Bezug zu fünf gleich langen Reihen angeordnet ist, gibt es überhaupt keinen Grund zu fremdeln. Gleich wird er wieder wissen, wo sie Etappe machen. Und falls er wirklich nicht draufkommen sollte, kann er nachher immer noch Nichtchen fragen. Nichtchen weiß stets, wo sie vor kurzem waren, wo sie gerade weilen und wo die Reise hingehen wird. Wer eine solch neunmalkluge und rundum patente Nichte hat, braucht sich vor nichts und niemandem, braucht sich vor keiner Finsternis, braucht sich nicht einmal vor dem großen Weiß zu fürchten.

Kommandant Silber entdeckt das Scherenfernrohr. Das nützliche Instrument ist zwar in seiner Kiste aus blechbeschlagenem Holz verborgen, aber wer die Kiste erkennt, weiß auch, was sie enthält. Sie steht am vorhanglosen, halboffenen Fenster, und prompt fällt ihm ein, dass ihm sein Nichtchen eingeschärft hat, auf keinen Fall am helllichten Tag vor eines der Fenster hinzutreten. Geheimer Auftrag! Streng geheime Kommandosache! Er klopft sich mit den Fingerknöcheln an seine Silberplatte, das gongt rundum im Kopf und signalisiert der ganzen Besatzung unter der geflickten Kuppel, dass der Kommandant nach kleiner Auszeit wieder hundertprozentig auf dem Posten ist. Als Erstes rutscht er vom Bett und robbt zum Fenster. Schon greift er nach den Schnappverschlüssen, schon schmeichelt das kühle, glatte, gefechtsgrau lackierte Instrument seinen Händen, schon wissen die Finger von allein, was weiter damit anzustellen ist.

Alles im Bild. Die Linsen haben null Beschlag. Kein Hauch von Feuchtigkeit in beiden Rohren. Die Welt ist ultrascharf. Allerdings ist, das fällt dem Kommandanten nun wieder ein, die Trockenpatrone bei der letzten Kontrolle schon zartrosa verfärbt gewesen, muss also demnächst ausgewechselt werden. Sehr günstig, dass ein Fensterflügel offen steht! Die Scheiben sehen nämlich aus, als wären sie ewig nicht mehr mit einem Fensterleder in Kontakt gekommen. Was nützt das beste Fernglas, was hilft ein korrekt gepflegtes optisches Instrument, wenn man es vor ein verdrecktes Fenster halten muss. Kommandant Silber sondiert, geduckt unter das Fensterbrett, das Feld: Abhang. Blumensatte, also magere Sommerwiese. Diverse Sträucher. Heckenrosendickicht. Ganz rechts Obstbäume hinter hohem Zaun mit Stacheldraht. Vermutlich Schrebergartenkolonie. Andere Seite: Straße, Allee mit hohen Bäumen. Höchstwahrscheinlich Linden. Fahrbahn leider außerhalb des Sichtbereichs. Erneut nach links geschwenkt. Objekt im hohen Gras. Couch neuerer Bauart. Grünes Nachkriegsmodell. Nicht schick, aber gemütlich, nicht zu hoch, aber auch nicht zu niedrig. Fehlt nur ein kleiner Tisch und eine Blümchendecke, Stühle oder Cocktailsessel, dann könnte eine Familie mit Verwandtschaft oder Freunden da draußen in der Sonne Kaffee trinken. Unscharfes Bild. Verschleierung. Kommandant Silber nimmt die Augenbrauen und die Backenknochen von den Gummimulden. Links schmatzt es, denn der Gummi ist schon feucht geworden. Sacht setzt der Kommandant das Scherenfernrohr ab. Kommandant Silber muss ein wenig weinen.

Tatsächlich! Es hat sie wieder nicht enttäuscht. Während sie der frischen Schleppspur folgten, bewunderten die Freunde zudem das Gespür des Älteren Bruders, obwohl es eine rechte Schufterei bedeutete, seine Karre voranzubringen. Zum Glück ging es bergab. Dennoch hätten sie es, wäre nicht bereits eine Gasse in Heckenrosen und Brennnesseln gerissen gewesen, wohl nicht geschafft, so weit zu kommen. Der Wolfskopf meinte, bestimmt seien es die Huhlenhäusler, die das Möbel immer weiter den Hang hinunterschleiften. Bestimmt gebe es irgendwo in der Nähe ein ganz und gar geheimes Lager, und wenn sie das Wandern des Sofas im Auge behielten, würden sie dieses Versteck samt den zusammengestohlenen Schätzen der Sippe finden.

Die Couch steht jetzt in einer flachen Mulde. Ihre Transporteure haben sie umsichtig in die Senkung eingepasst. Eine hübsche, gerade mal mannshohe Birke reckt ihren stärksten Ast schräg über die Rückenlehne. Sybille findet, dass das Bäumchen wie eine Stehlampe aussieht. Sie will, bevor der Ältere Bruder dies mit besseren Worten tut, schnell selber etwas Lustiges über dieses Möbelbäumchen sagen, kriegt es jedoch nicht richtig über die Lippen, stammelt übereilt herum und ärgert sich sehr, als ihr Versuch, auch einmal etwas Witziges zum Reden ihrer Freunde beizutragen, in dem Geschrei verendet, mit dem die Jungen die Couch erstürmen. Hätte das Birkenstämmchen nicht hinter ihm gestanden, wäre das Sofa umgekippt. So hebt es nur einmal seine Vorderfüßchen und plumpst auf sie zurück. Das hat genügt. Alle haben es hören können. Alle haben es gehört. Alle schauen erschrocken zum Älteren Bruder hin.

Kommandant Silber schaut zurück und sieht zwei halbe Beine. Die knie- und oberschenkellosen Glieder stehen in schwarzen Schuhen, in Socken und Sockenhaltern steif und ordentlich vor der Bettkante, auf der er eben noch gesessen ist. Oben, dort, wo die Kniegelenke folgen müssten, haben sie schalenförmige Mulden, von denen Bänder über die Socken hängen. Ach, so ist das. Ach, deshalb ist er auf dem Bauch zum Fenster hingekrochen! Die einstigen Unterschenkel, die früheren Füße, das komplette ehemalige untere Leibesfünftel ist perdu! Das ist natürlich Pech. Andererseits, das fällt ihm ruckzuck und zu seiner sofortigen Erleichterung ein, hat er das Laufen mit den Prothesen ja längst perfekt erlernt. Sind erst einmal die Hosenbeine drüber, kann keiner mehr erkennen, dass der prächtige Kommandant Silber bereits kurz unter den Knien zu Ende ist. Schnell hingerobbt! Schnell Rumpf und Oberschenkel zurück auf das fremde Bett gestemmt. Die Hose hängt, Bügelfalte auf Bügelfalte, in Griffnähe am Stuhl. Alles Weitere wird sich mit Nichtchens Beistand finden lassen.

Unser großer Bruder bestimmt, dass nachgesehen werden muss. Er sagt den anderen so entschieden, wie er es hinkriegt, er wolle jetzt sofort wissen, was da eben im Bauch des Sofas herumgerumpelt habe. Dabei ist ihm kotzschlecht vor Angst. Es ist die gleiche Angst wie vorhin an der Leiter. Die anderen fürchten sich auch. Aber sie denken bloß, dass wieder tote Tiere aus dem Klappfach purzeln werden. Weil sie dieses schon altbekannte Schlimme ganz scharf umrissen vor dem inneren Auge haben, müssen sie das neue Schlimme nicht als einen roten Schemen aus rotem Nebel torkeln sehen. Der Wolfskopf und Ami-Michi wollen das Sofa wie letztes Mal hochkant stellen und zu Boden krachen lassen. Aber der Schniefer meint, vielleicht seien die Hebel in seinem Inneren inzwischen wieder heil, vielleicht hätten die Huhlenhäusler den Mechanismus repariert. Gemeinsam rücken sie das Möbel ein Stückchen von der Birke weg. Dann treten Sybille und Wolfskopf hinter die Lehne und drücken sie nach vorn. Klick-klack. Alle hören es klicken. Und als die Polsterkante vierhändig zurückgezogen wird, klappt die Sitzfläche, so, wie es sein soll, wie der Oberkiefer eines besonders breitmäuligen, eines gemütlich braven Wiederkäuers, in die Höhe – weit genug, um alles, was im Dunkeln lag, der Sonne preiszugeben.

Kommandant Silber stapft, die linke Hand auf dem Geländer, nach unten. Im Erdgeschoss wird sich sein Nichtchen finden lassen. Die schön geschwungene Treppe hinabzusteigen, bereitet ihm Vergnügen. Dies ist ein stolzes, altes Bauwerk. Mit dicken Mauern, die jetzt im Sommer für eine angenehme Kühle sorgen. Nur schade, dass nirgendwo ein Spiegel hängt. Das Treppenhaus ist völlig kahl, als wäre ein Orkan hindurchgefegt, als hätte dessen Sog die Kokosläufer von den Stufen gerupft und die Bilder samt ihren Haken von den weißgestrichenen Wänden weggerissen. Vielleicht ist auch geplündert worden. Wie lang mag das schon her sein? Kommandant Silber versucht, mit seinem Vergangenheitsgespür, mit seinem Geschichtsgefühl abzuschätzen, wie weit sein momentanes Stufensteigen und dieser Krieg, dem er Füße und Unterschenkel opfern musste, schon auseinanderliegen. Es könnten Jahre, vielleicht sogar Jahrzehnte sein. Jahrzehnte voll mit neuem Krach und neuem Krieg. Schade, dass er nicht Zeitung lesen kann. Nichtchen tut es mit Leidenschaft. Ihm aber reicht ein Blick auf die oberste, fettgedruckte Zeile, schon fallen ihm die Augen zu. Kaum besser geht es mit dem Rundfunk. Nichtchen muss die Skala, sobald sich eine Stunde rundet, bloß zum Glimmen bringen, schon quarren ihm die Kiefer, so arg ist er am Gähnen. Die Zeitansage und den Sendernamen hört er schon wie durch Watte. Und wenn die Auftaktmeldung hinausgetrötet wird, mit jener blechig hohlen Lakonie, die irgendwann den dichten, feierlichen Ernst der Kriegszeit abgelöst hat, kann sich das Gemeinte schon nicht mehr aus dem Getöne lösen, die ganze spröde Informationsmusik verschwimmt ihm in den Nebeln des Halbschlafs. Aber auch ohne Radio und Zeitung ist er sich auf den letzten Stufen plötzlich sicher, dass er – Jahrzehnte hin, Jahrzehnte her – noch immer ein wackerer alter Krieger, dass er Soldat im anhaltenden Nachkrieg ist. Wo aber sind die Kameraden abgeblieben? Sie waren drei. Zuletzt waren sie nur noch drei. Immerhin drei! Die Sehnsucht nach den beiden zuletzt verlorenen Kameraden steigt dem Kommandanten aus dem Herzen in den Hals, ein Schluchzen schüttelt ihn so arg, dass er sich ans Geländer klammern, dass er sich, am Fuß der Treppe angekommen, erst einmal auf die vorletzte Stufe hocken muss. Kommandant Silber will ein bisschen weinen.

Es ist ein toller Fund! Und die Freunde haben darauf bestanden, dass der Ältere Bruder das gemeinsam Entdeckte sogleich ausprobiert. Der hat die Dinger zunächst für unbrauchbar, für viel zu lang erklärt. Aber der Wolfskopf, der am Wochenende oft mit seinem Vater sägt und schraubt, hat auf den ersten Blick gesehen, dass sich die Rohre ineinanderschieben lassen und zwei Stifte, die an Kettchen baumeln, dazu da sind, die gewünschte Länge zu fixieren: Links wie rechts mussten sie jeweils ins erste Loch. Sybille wischte mit dem Taschentuch des Schniefers das Öl ab, das aus den unteren Rohren gequollen war. Der Ältere Bruder wagte einen letzten halbherzigen Einwand. Doch ohne sich noch einmal nach seinem Wollen zu erkundigen, zogen ihn die anderen aus seiner Karre. Das Weitere war leicht. Denn alle wissen, wie die lederbezogenen Mulden der Krücken hinter die Oberarme gehören und dass die Fäuste die gerippten Gummigriffe packen müssen.

Jetzt steht der Ältere Bruder da. Der Wolfskopf und der Schniefer halten ihn an den Ellenbogen, aber schon befiehlt Sybille den beiden loszulassen. Er wackelt kläglich. Alle sehen seine dünnen Arme gegen die viel zu weiten Halbkreise aus Leder schlagen, die ihm komisch weit oben, direkt unter den Achseln, sitzen. Noch hält er den verbundenen Fuß krampfhaft in der Schwebe, aber schließlich taucht dessen Spitze ab ins Gras, und unser großer Bruder merkt, wie viel stabiler er jetzt steht, obwohl das lädierte Bein nur leicht, fast drucklos auf die Erde tippt. Zugleich ist er sich sicher, dass er damit etwas Verbotenes tut. Professor Felsenbrecher hätte der Mutter gewiss Krankenhauskrücken, wahrscheinlich sogar besondere Kinderkrücken mitgegeben, wenn er es für richtig hielte, dass sich sein Patient in die Senkrechte stemmt. Nach Hause darf er das Geschenk des Sofas also nicht mitnehmen. Jedoch hier unten am Rosenhang, wo sogar Möbel laufen, wenn keiner auf sie aufpasst, will er, jetzt gleich, noch mehr Verbotenes tun.

Ich weiß, was nun geschieht. Und mir ist alles andere als wohl dabei. Aber mir kommt nicht in den Sinn, den Älteren Bruder deswegen zurück auf die grüne Couch oder gar wieder in seine Karre hineinzulocken. Ich bin nicht Jesus. So weit mein Sommer reicht, wird mir kein hoher Vater, kein Himmelspapi abverlangen, die Welt nach seiner höheren Ordnung zurechtzurücken. «Ich bin nicht Jesus!», sagt der alte Doktor Junghanns nicht ohne Spott, nicht ohne ein Gran Tadel, wenn ein Patient, der es mit dem Gesundwerden besonders eilig hat, nach einem extrastarken Mittel, nach einem Wunderwässerchen aus dem Geheimschrank des Apothekers im Elsternhorst verlangt. «Leider bin ich nicht Jesus!», sagte er auch vorhin im grünen Block in einem anderen, in einem männlich mürben, dabei nicht ungalanten Tonfall zu Frau Roser, als diese zum ersten Mal ohne Beschönigung über das Ausmaß ihrer Schmerzen sprach. Heute sei es so arg wie nie. Ob sie sich rühre oder nicht, allein vom bloßen Liegen täten ihr der Rücken und die Glieder entsetzlich weh. Der Doktor nickte. Über die Stärke der Schmerzen, auch über deren Allgegenwart brauche sie sich nicht zu wundern. Sie könne sich ja denken, dass ihr spätes, überreifes Brustkind sie mit vielen kleinen Enkeln ausgestattet habe, die inzwischen, wie es nun mal ihre Art sei, allerlei groben Unfug in den Knochen trieben.

Als ihn Frau Roser fragte, ob sie sich die Wirbelsäule, wie es Sohn und Schwiegertochter wünschten, durchleuchten lassen solle, riet er ihr entschieden davon ab, dieser Rasselbande mit Röntgenstrahlen hinterherzuforschen. Sie spüre doch auch so, wie viele es inzwischen seien und wie endgültig rücksichtslos sie in ihrem Körper aufzuspielen angefangen hätten. Er sei nicht Jesus, aber er sei zweimal im Krieg gewesen, also wisse er, was wirklich gegen Schmerzen helfe. Die nötige Ampulle habe er dabei. Die ganzen letzten Male, den ganzen Sommer lang, sei sie, hier in seiner Tasche, mit ihm zu ihr ans Bett gewandert. Und jetzt, wo der August in seine Abschiedsrunde gehe, sei der Moment gekommen, dem Glasding den dünnen Hals zu brechen.

Während Frau Roser zusieht, wie zittrig und routiniert ihr Hausarzt die Nadel in eine ihrer hochgewölbten Adern schiebt, hebt unser großer Bruder unten am Rosenhang den Kopf. Sein Blick braucht gar nicht lang nach einem Ziel zu suchen. So weit sind sie noch nie den Berg hinab und zugleich Richtung Bärenkeller vorgestoßen. Das fehlende Wegstück schräg hinüber, wieder hinauf, hinauf zur Mauer, die den Biergarten der verlassenen Wirtschaft umschließt, erscheint ihm plötzlich verlockend kurz. Hier ist der Hang zudem nur karg bewachsen, mit gelblichem, fast weiß verdorrtem Gras, platt auf den harten Grund gedrückt wie Haar auf einen Greisenschädel. Bis dorthin will er es nun schaffen. Der Ältere Bruder reckt das Kinn. Er wirft sich in die Brust. Er will, bevor das Stelzen losgeht, bevor ihm die gewiss zu früh erschöpften Arme beben, bevor er womöglich mit einem der Gummipfropfen in einem Mausloch hängen bleibt und auf die Nase knallt, bevor er vielleicht doch noch vor den anderen losheult, ein möglichst gutes Beispiel geben.

Frau Roser ist indes am Staunen. Sie wundert sich darüber, wie viel moderne Pharmazie vermag, und ist sich, glücklich schwebend, sicher, seit ihrer Kindheit nicht mehr derart froh über ein menschliches Erzeugnis und seine Wirkung gewesen zu sein. Es ist zum Weinen schön, dass so viel Wärme und Wohlgefühl, dass der komplette Vorgeschmack seliger Erlösung in eine kleine Glasampulle passt. Sie will dem guten Doktor Junghanns mit ein paar netten Worten danken, aber ihre losgelassene Zunge hat bereits etwas anderes vor: «Los, Freunde, los!», hört sich Frau Roser mit heller, hoher Knabenstimme rufen. «Alle mir nach! Auf in den Bärenkeller!»

Regentag

Die Witzigen Zwillinge sollen sich auf ihre Weise um Sybilles kleine Schwester kümmern. Annabett Böhm hat sich nicht gescheut, die Mutter der Buben darum zu bitten. Ihr Töchterchen trage einen Verdruss, irgendeinen hartnäckigen Ärger auf dem Herzen. Es hänge gewiss damit zusammen, dass sie es geschafft habe, ihre geliebten roten Sandalen zu verlieren. Wie dies unten auf den schon dämmrigen Wiesen des Spielplatzes geschehen konnte, sei aber einfach nicht aus ihr herauszukriegen. Die Kleine sei seitdem so starr und stumm wie ein Scheit Holz. Als Mutter stehe sie momentan auf verlorenem Posten. Den Zwillingen hingegen könnte es vielleicht gelingen, ihre verstockte Spielkameradin mit Scherzen und lustigen Geschichten aufzuheitern.

Die so Gebetene macht es stets stolz, wenn ihren Söhnen guter Einfluss auf andere Kinder zugesprochen wird. Allerdings weiß sie, wie leicht die wilde Redseligkeit der Knaben mit anderen Talenten, mit irgendwelchen Überredungskünsten, mit dem Vermögen zu beruhigen, ja zu belehren, verwechselt wird. Sybilles kleine Schwester war schon in ihren Sandkastentagen berüchtigt dafür, dass sie nach einem unverwechselbaren Brüten mit halb herabhängenden Lidern plötzlich in Schreien ausbrach und die anderen Kinder mit allem, was ihr in die Hände kam, beschmiss. Die Zwillinge sind bereits damals regelmäßig diejenigen gewesen, die das Unheil früher als alle aufziehen spürten, und oft genug gelang es ihnen, die dräuende Wut des Mädchens mit einem Spaß noch rechtzeitig in ein blödes Gekicher oder in eine kleine Serie konfus herausgeplapperter Beschimpfungen abzuleiten.

Jetzt sitzt Sybilles kleine Schwester mit dem Fröhlich-Mädchen auf einer Decke unter der Robinie, dem schönsten Baum des Hofs. Die beiden haben ihre Puppensachen ausgebreitet. Das Fröhlich-Mädchen ist laut am Schwatzen, munter wechselt sie, während sie ihrer Puppe Anziehsachen über Kopf und Ärmchen streift, zwischen einer erstaunlich sonoren Mutter-Stimme und einem Töchterchen-Piepsen hin und her. Die Zwillinge erkennen schon beim Hinüberlaufen, dass Sybilles Schwester nicht richtig mitspielt. Sie hält zwar eine ihrer beiden Puppen auf dem Schoß, hat sie auch nackig ausgezogen, dreht aber bloß in einem fort ein Puppenbein im Kreis herum, als wolle sie prüfen, wie lange der Gelenk-Nippel oder der Ring, der ihn im Rumpf umschließt, das Kreisen aushält. Die Puppe tut den Zwillingen leid, die Mutter würde sagen: «Das arme Ding kann wirklich nichts dafür!» Und schon sind sich die beiden einig, dass sie ihr Glück mit dem Witz versuchen wollen, in dem ein kleiner Junge von seiner Oma, der im Kopf schon einiges durcheinandergeht, an Weihnachten einmal, zweimal und schließlich zum dritten Mal eine Babypuppe samt Strampler und Mützchen überreicht bekommt.

Sybilles kleine Schwester sieht ihren Anmarsch. Sie sieht sogar die gute Absicht, die den Zwillingen den Rücken strafft, die schmale Brust zum Bug spannt und sie in einen bedeutungsschweren Gleichschritt fallen lässt. Zunächst ist sie bloß entschlossen, sich taub zu stellen. Da geht, wie es der Teufel will, genau im richtigen Moment das blöde Bein ab. Sie schaut sich den komischen Knubbel, in dem es endet, noch kurz an, dann lässt sie das Glied und die einbeinige Puppe auf die Decke plumpsen, springt auf und stapft den Witzigen Zwillingen das letzte Stück entgegen. Erstens würde die plappernde Fröhlich-Göre bei allem Weiteren nur stören, zweitens wird es gleich gewaltig regnen, und drittens flutscht fast allen Menschen, auch kleinen Mädchen, eine richtig gute, erzgemeine Wahrheit am besten nach kurzem Anlauf und abruptem Stillstehen aus dem Hals.

Die Mütter, die drinnen die Hüften an zwei verschiedene Küchenfensterbretter drücken und jeweils eine andere Sorte Instantkaffee trinken, beobachten, wie die drei auf der Wiese zusammenstoßen. Annabett Böhm verschluckt sich schon im Voraus, muss nun so schrecklich husten, dass sie es eben noch schafft, die Tasse und die vollgeschwappte Untertasse auf dem Fensterbrett in Sicherheit zu bringen. Der Mutter der Zwillinge hingegen gelingt es mühelos, einen besonders langen Zug am Glasrand, ein gieriges Füllen fast des ganzen Mundes und sogar noch das anschließende dreiteilige Schlucken mit übergenauem Hinschauen zu verbinden. Sie sieht den Vorstoß ihrer Söhne enden. Die beiden kommen gar nicht zu Wort. Die kleine Göre knallt ihnen zwei Sätze vor die Brust, die jeden möglichen Witz im Keim ersticken.

Die Mutter nimmt einen weiteren großen Schluck, ohne den Blick von den nun stumm dastehenden Kindern wegschwenken zu können. Am anderen Fenster hat ihre Nachbarin endlich ausgehustet. Während Annabett Böhm sich den schmerzenden Hals reibt, sieht sie ihr Töchterchen, deren Lippen zuletzt bloß noch zum Essen und zum Trinken auseinandergingen, mit einem merkwürdigen, die Milchzähne fletschenden Grinsen auf Antwort warten. Sie nimmt die Tasse hoch, aber zum Trinken zittert ihr die Hand zu sehr, und beim Versuch, sie wieder auf dem Unterteller zu platzieren, verfehlt sie dessen Mitte, und beide Teile kippen von der Fensterbank.

Das Klirren kann unsere Mutter auf der anderen Seite des Hausaufgangs nicht hören. Aber sie spürt einen Anflug von Schadenfreude, spürt, dass sich dieses süßlich böse Gefühl auf ihre Nachbarin bezieht, und etwas in ihr beginnt sogar zu spekulieren, welcher Schaden Annabett Böhm in diesem Moment geschehen sein könnte. Sie leert ihr Glas bis auf den Grund. Die Zwillinge, denen gleich ihrem großen Bruder nur selten die Worte ausgehen, sind angestrengt am Schweigen. Stirnrunzelnd schauen sie Sybilles kleine Schwester an. Die grinst so unerschütterlich, wie sie noch nie gegrinst hat, schweigt souverän zurück. Die Buben fühlen das ganze Ausmaß ihrer Niederlage. Ein schmählicher Rückzug steht an. Sie drehen sich synchron, und beide überlegen, ob unser großer Bruder, wenn sie ihn nachher fragen werden, erklären kann und auch erklären mag, warum Sybilles Schwester eben sagte: «Meine Mama wollte auch mal mit eurem Papa ficken, aber eure Mama hat es vorher gemerkt.»

Zum Glück kommt endlich das Gewitter. Die Wolken, die sich nach und nach über den Hof geschoben haben, schließen den letzten lichten Fleck. Es flackert bläulich zwischen den Kaminen, vom Gaswerk her hören die Kinder einen ersten wuchtigen Donnerschlag. Das Fröhlich-Mädchen wirft alle Puppensachen in die Mitte der Decke, nimmt deren vier Zipfel in beide Hände und schleift das Bündel durch den jäh herabstürzenden Regen über die Wiese zum letzten Aufgang des grünen Blocks, zum nächstliegenden Unterschlupf. Die Zwillinge wenden die Lockenköpfe und sehen, ihre Überwinderin kommt nicht von der Stelle. Jetzt sinkt sie sogar in die Hocke und glotzt, als könnte sie durch grüne und dann auch noch durch rosarote und türkise Mauern bis in den letzten, bis in den weißen Block hineinschauen. Die beiden vermuten richtig. Sybilles kleine Schwester sieht wirklich in diesen letzten unbewohnten Bau hinein. Sie sieht ins Innere des Hauses, das der Vater, der an allen fünfen mitmauern musste, mehr als einmal «unsere weiße Missgeburt» genannt hat. Die Zwillinge verstehen, die Kleine sitzt in diesem Glotzen, sie klebt in ihrem blöden Grinsen, in ihrem Zähnefletschen fest. Also machen sie kehrt, treten neben das Mädchen und nehmen seine Hände, um sie – zum Teufel mit dem, was sie gesagt hat! – durch eine wahre Wand aus Wasser bis an die dichtbetropfte Glastür und in den Hauseingang hineinzuziehen.

Die Mutter gießt sich frischen Kaffee auf. Sie rührt im Glas, so heftig, dass der Löffel klappert. Sie sehnt sich nach einem Lied. Die letzte dumme Schnulze wäre ihr jetzt recht, aber der liebe Zufall der Radio-Programme, der ihr so häufig beisteht, kann ihr leider nicht aus der Patsche helfen. Das Grübeln, das Denken ohne Halt, wird diesmal nicht in Musik getaucht und in Musik gelöst, weil das Gewitter mit seinen unsichtbaren elektrischen Fäusten in der Antenne, in den Röhren und auf der Pappmembran des Apparates wütet. Es knattert und kracht so laut wie nie. Das kann dem Radio nur schaden. Seufzend dreht sie es aus und zieht zur Sicherheit auch noch die Stecker aus Steckdose und Antennenbuchse und denkt, dass drüben, in der Böhm'schen Wohnung, ihre patente, zum Guten wie zum Schlechten stets rasant schnell entschlossene Nachbarin bestimmt schon vor ihr das Gleiche mit dem Radio und dem kostbaren neuen Fernseher gemacht hat.

Aber sie täuscht sich gründlich. Annabett Böhm sitzt inzwischen mucksmäuschenstill auf dem Küchenboden, den Rücken an der Wand, den Scheitel ihres schönen schwarzen Haars von unten gegen das Fensterbrett gedrückt. Kehrschaufel und Handfeger liegen ihr im Schoß, sie hat es noch nicht geschafft, sich um das zersprungene Porzellan zu kümmern. Das Nachdenken raubt ihr die ganze Kraft. Vom Tag der Eheschließung an ist sie ihrem Gatten, dem kleinen Gas-Böhm, mit eisernem Willen treu geblieben. Sie war entschlossen, ihre Schrebergartenschuld mit unerschütterlicher Monogamie, mit Treue bis ans Grab, abzubüßen. Über zehn Jahre ging das gut. Aber dann hat ihr ausgerechnet das Fernsehen einen schlimmen Streich gespielt.

Ein Dutzend Schritte weiter wurmt es die Mutter unter Donnern und Blitzen wieder einmal, dass sie ihrer Nachbarin nicht verzeihen kann. Während der Regen das Fensterblech für nichts und wieder nichts mit tausendundeinem Hieb bestraft, sagt sie sich halblaut, Annabett Böhm sei eben eine dieser Frauen, die gar nicht anders könnten. Derartige Frauen erlägen einfach jenem einen Etwas, das die Mutter zwar nicht aus eigenem Erleben kennt, aber gerade deshalb um so inniger zu ahnen glaubt. Am letzten Wochenende des süßen Monats Mai, an einem ungewöhnlich warmen Abend, hatte in der Wohnküche der Böhms der erste und einzige gemeinsame Fernsehabend der Ehepaare angehoben. Die Vorhänge waren säuberlich vorgezogen, die Mädchen bereits ins Bett geschickt. Außer dem erst am Nachmittag von Herrn Lutscher persönlich angelieferten und eingestellten Apparat durfte nur noch ein ebenfalls neues Fernsehlicht den Raum erhellen. Die Mutter hatte das Modell sogleich erkannt. Erst kürzlich war es ihr unter anderen Lämpchen, die dem gleichen Zweck dienten, im Schaufenster von Elektro-Lutscher aufgefallen. Die Zwillinge, mit denen sie vor der frisch dekorierten Auslage gestanden war, hatten sie, ihrem Blick folgend, sogar gefragt, ob man denn unbedingt ein Fernsehgerät besitzen müsse, um eine solche Lampe kaufen und aufstellen zu dürfen. Sie beide würden sich, solange noch kein Fernseher in Aussicht sei, das Warten gern von diesem großartigen Segelschiff, von diesem Leuchtboot versüßen lassen.

Bei Böhms stand ebendieses Schiff auf dem Häkeldeckchen, das das hochglänzend lackierte Furnier des Fernsehers vor Kratzern schützen sollte. Erst als er eingeschaltet wurde und sich die Bildröhre zunächst knackend und summend, dann eifrig brummend erwärmte, nahm Annabett Böhm den schwarzen Rumpf in beide Hände und stellte das Schiff, ohne die Birnchen auszuknipsen, die hinter den pergamentartigen Segeln der drei Masten glommen, zur Seite ins Regal. Als dann die Melodien tobten, als in den Dekolletés der Sängerinnen die bleichen Busen wie Blasebälge in die Höhe stiegen, schielte die Mutter immer wieder, um wenigstens die Augen dem schamlos direkten Ansturm der Operette zu entziehen, zu diesem Segelboot hinüber.

Vor der Scheibe von Elektro-Lutscher war ihr von ihren kleinen Schlaumeiern dargelegt worden, warum es sich allein um das Schiff von Piraten handeln könne. Die Totenkopffahne habe Frau Lutscher gewiss bloß abgenommen, weil das schwarze Rechteck mit dem weißen Schädel und den gekreuzten Oberschenkelknochen ängstliche Käufer verschrecken würde. Die schlimme, die tolle Flagge warte wahrscheinlich im Karton darauf, dass sie und ihr Boot beim Einpacken auf der Ladentheke wieder zusammenfänden. Und dann erzählten die Zwillinge der Mutter noch den Witz von dem Papagei, der das Branntweinfass des alten Kapitän Silber bewachen musste. Und weil sie ihnen zuhörte, weil sie in der Regel gar nicht anders kann, als ihren Kleinen zuzuhören, erfuhr sie, wie das superkluge Tier eines Nachts doch von dem noch klügeren Schiffsjungen überlistet worden war und eine ganze Kanne des hochedlen Getränks an die gemeine Mannschaft verloren ging.

Zur Operette hatten die Ehepaare selbstgemachten Mokka-Likör getrunken. Bereits vor der Ouvertüre wurden die kleinen Schnapsgläser, die sich Sybilles Schwester immer auslieh, wenn sie mit dem Fröhlich-Mädchen Puppengeburtstag spielte, zum ersten Mal von Frau Böhm damit gefüllt. Obwohl der Mutter der Likör, den der kleine Gas-Böhm aus irgendeinem besonderen Kaffee, aus Sahne, Eigelb und Weinbrand mixte, durchaus schmeckte, nippte sie nur an ihrem Gläschen. Die Männer hingegen kippten die dunkle, im Schein der Fernsehröhre ölig schillernde Flüssigkeit, wie sie es von Schnäpsen gewohnt waren, auf einen Zug hinunter. Der Mutter war bald aufgefallen, dass ihre Nachbarin nicht nur den Herren der Schöpfung eifrig nachschenkte, sondern auch selbst im Handumdrehen mehr als zwei, drei Damenanstandsschlückchen intus hatte.

Auf halber Operettenstrecke, gerade als die verwirrenden Verwicklungen zwischen den adeligen und bäuerlichen Paaren, zwischen den täuschenden oder getäuschten Heiratskandidaten geigensüß und walzertaumelnd einem ersten Höhepunkt entgegenstrebten, tapste Sybilles kleine Schwester im Nachthemd aus dem Kinderzimmer, weil sie angeblich noch einmal pinkeln musste, und prompt blieb sie beim Rückweg vom Klo auf dem Schoß ihres Vaters hängen. Natürlich guckte wenig später auch Sybille mit trotziger Miene in die milchig erhellte Küche. Die Mutter fand es ungerecht, dass die Größere vom Genuss des nagelneuen Fernsehers ausgeschlossen bleiben sollte, und winkte Sybille, so eigenmächtig, wie es manchmal ihre Art ist, zu sich her, um sie neben sich auf die Eckbank zu ziehen. Nach innen rutschend, den Arm schon um Sybilles bettwarme Hüfte, geriet der Mutter der Blick, weil sie niemandem gegen die Füße stoßen wollte, unter den Tisch. Auch dort unten wogte das Fernsehlicht, auch unterm Tisch lachte und kicherte die Operette: Annabett Böhms Linke lag auf dem rechten Oberschenkel ihres Nachbarn, die nicht allzu langen, aber mokkadunkel lackierten Fingernägel hatten eben ihre Ausgangslage knapp über dem Männerknie verlassen und machten sich, den dünnen Stoff der Sommerhose, den die Mutter erst heute Vormittag sorgfältig glatt gebügelt hatte, zu kleinen Falten schiebend, auf den Weg nach oben.

Die Mutter ist nicht kleinlich und will es auch in diesem Fall nicht sein. Während draußen das Regenwasser die Gullys des Rundwegs zum Gurgeln bringt, sagt sie sich, dass eigentlich unter dem Küchentisch der Böhms so gut wie nichts passiert sei. Inzwischen, während dieser fatale Operettensommer in unserem August verklingt, hat sie sich über vielen Gläsern heißen, lauen und vollends kalt gewordenen Kaffees immer aufs Neue vorgebetet, dass sie, die beiden Ehepaare, das Fernsehen in derart schummrigen Räumen, noch dazu das Bildschirmgucken mit Musik, einfach nicht gewohnt gewesen seien. Dazu kam diese Mokka-Tunke, in die der Gas-Böhm stets eine Unmenge Eidotter quirlt, weil er – wie viele kleingewachsene Männer! – auf allen möglichen Gebieten zum Großtun und zum Übertreiben neigt.

Immer wenn sie sich selber so weit hat, dass ihr die Nachbarin in kühler Rückschau, in vernunftgeleiteter Nacharbeit halbwegs entschuldigt scheint, kommt ihr das Leuchtboot in die Quere. So war es schon am Fernsehabend. Den strammen Körper Sybilles, die das Gedrücktwerden wohl leiden mochte, an sich ziehend, versuchte die Mutter, sich auf den Fortgang der Operettenhandlung zu konzentrieren. Aber das wollte und wollte nicht gelingen. Der neue Fernseher, dessen Strahlkraft und Schärfe der Vater zwei Stunden später überschwänglich loben sollte, während er sich likörtrunken bemühte, im Stehen aus seinen Hosen zu steigen, schlug ihren Blick nicht mehr in seinen Bann. Immerzu musste die Mutter zu den Segeln des schwarzen Schiffs hinüberschauen. Sie waren starr und dünn und mit Schriftzeichen verziert, die sie von der Eckbank aus nicht entziffern konnte. Sybille noch fester an sich pressend, musste die Mutter an den Papagei des Kapitäns, an den Papagei aus dem Piratenwitz ihrer Söhne denken, und daran, wie das wachsame und staunenswert sprachbegabte Tier mit einem wirklich groben, einem eigentlich unerzählbar derben, einem ordinären, ja obszönen Trick übertölpelt worden war. Sie sah den Vogel auf dem gekrümmten Nacken seines Herrn, über dessen silberweißen Zopf hinweg, von einer Schulter auf die andere turnen. Sie sah die hölzernen Prothesen, die dem Piratenkapitän Unterschenkel und Füße ersetzen mussten. Kommandant Silber hatte er im Witz geheißen. Und plötzlich überkam sie von irgendwo – aus der Erinnerung oder aus dem Fernsehschimmer – der unsinnige und dennoch unabweisbare Gedanke, echte Piraten, auf immer neuen Raubzügen restlos schlimm gewordene Männer, hätten die Segel, die den Segelchen der Fernsehleuchte zum Vorbild dienten, aus Schrecklichem zurechtgeschneidert. Tabakbefleckte, für

Kälte, Hitze und Schmerzen längst unempfänglich, aber dafür teuflisch fix gewordene Finger hätten selbst diese Segel, auch die leuchtenden, die windlos prall gewölbten Rechtecke im Böhm'schen Regal, aus den abgezogenen Häuten, aus der Rücken-, Bauch- und Schenkelhaut nicht ausgelöster Geiseln hergestellt.

Der Regen hatte die größeren Kinder genau auf halbem Weg hinunter zum Rosenhang, auf Höhe des weißen Blocks, überrascht. Weil es wirklich mörderisch schüttete, entschied Sybille, dass sie sich erst einmal unterstellen sollten. Der Wolfskopf steuerte die Karre des Älteren Bruders unter die Nagelbuche, vor deren Stamm der Drosselgrund in einem sackartigen Halbkreis endet und deren Krone ihren dicksten Ast weit über den Fußweg schiebt. Die Nagelbuche ist ein wirklich alter Baum, viel älter als die Bäume und das Strauchwerk des angrenzenden Spielplatzgeländes, viel älter als die Neue Siedlung. Sie ist, nicht einmal unser großer Bruder kann das wissen, so alt wie die Gittertür, die unter der Bärenkellerwirtschaft das Vordringen in das verbotene, weil angeblich einsturzgefährdete Labyrinth der weiteren Gänge verhindern soll. Als die Zwillinge die Mutter einmal fragten, wie alt die Nagelbuche wohl genau sei, und sich mit der Antwort, sie habe keine Ahnung, nicht zufriedengaben, sondern zumindest eine ungefähre Zahl zu hören verlangten, meinte die Mutter lachend, die Buche sei auf jeden Fall nicht jünger als die urigen, von Hand geschmiedeten Nägel, die in ihr steckten. Ein Baum müsse nämlich schon recht groß sein, damit einer auf den Gedanken käme, solch riesige Nägel in sein Holz zu hauen.

In meinem Sommer ist der Stamm so dick, dass sich die

Jungen, dass sich der Schniefer, der Wolfskopf und der Ami-Michi, nun nebeneinander gegen seine glatte graue Haut lehnen können. Allein Sybille setzt sich lieber auf die Kante des Zwillingskinderwagens, weil sie ihr helles, klein geblümtes Kleid trägt und es nicht schmutzig machen will. Wie immer beginnen der Wolfskopf und der Schniefer damit, die Nägel zu untersuchen. Zuerst wird abgezählt, ob es weiterhin fünf sind. Dazu müssen sie ein Stück um den Baum herum. Denn bloß die vier ersten sitzen wie Knöpfe übereinander, der fünfte Nagel findet sich fast um ein Viertel des Baumumfangs nach hinten versetzt. Dafür steckt er deutlich niedriger über dem vierten, als es der Abstand, den die anderen voneinander halten, erwarten lässt. Alle fünf Nägel sind schief, alle neigen den Nagelkopf zur Erde, als wären sie trotz ihrer Schmiedehärte von vielen Füßen allmählich in dieses Geknicktsein gezwungen worden. Die Kinder zweifeln nicht daran, dass man die Nägel von Anbeginn zum Hochklettern benutzte, denn nur so erklärt sich, warum sie oben flach gewetzt sind. Rätselhaft ist aber, warum der Aufstieg nach dem fünften Nagel endet. Und völlig im Dunkeln liegt, aus welchem Grund die fernen, früheren Menschen, die sich die Freunde nur als Erwachsene denken können, hinauf in die Baumkrone gelangen wollten, zu welchem Zweck sie einst die Nägel ins blutende Weiß des Holzes getrieben haben könnten.

Der Wolfskopf meint jetzt nicht zum ersten Mal, in den damaligen Zeiten seien bestimmt besondere Früchte auf dem Baum gewachsen, riesige Bucheckern, so süß und weich wie Birnen, die man pflücken musste, bevor sie auf den Boden plumpsten und zermatschten. Der Ami-Michi, der eher denkt, dass die Welt früher nicht süßer, sondern schlimmer gewesen sein muss, hält ihm wie immer entgegen, die Buche sei todsicher ein Zufluchtsbaum gewesen. Die Menschen hätten sich vor den vielen wilden Tieren, die dereinst einfach frei herumgelaufen seien, vor allem vor den großen Urzeitwölfen über die Nägel in Sicherheit gebracht. Der Ältere Bruder soll entscheiden! Der Ami-Michi bittet unseren großen Bruder, nun endlich zu erzählen, was wirklich gewesen sei. Da es nicht aufhöre zu regnen, solle er die Wahrheit in eine schöne Geschichte stopfen und ihnen ohne weiteren Aufschub von riesengroßen, zuckersüßen Urbucheckern oder von heißhungrigen Wolfsrudeln berichten.

Der Ältere Bruder rutscht erst einmal in seiner Karre hin und her, drückt sich eines der beiden Kissen anders in den Rücken, dann schüttelt er unwillig den Kopf und murmelt, sie hätten zwar in gewisser Weise beide recht, allerdings sei dies ziemlich egal, weil die wahre Geschichte der Nagelbuche, ihr Geheimnis, so man sich davon zu erzählen traue, viel grässlicher als alle Raubtiermäuler und zugleich süßer als die süßesten Früchte sei. Die Schicke Sybille mag es sehr, wenn unser großer Bruder sie und die anderen mit solchen Sprüchen auf die Folter spannt. Anders als den Buben, die nun enttäuschte Schnuten schneiden, macht es ihr überhaupt nichts aus, dass er nicht gleich mit der verheißenen Geschichte herausrückt. Sybille weiß: Schon bald, in diesem Sommer noch, wird es geschehen. Und sicherlich wird es schöner im Nacken und in der Mulde zwischen den Schulterblättern prickeln, vom Geheimnis des Baums zu hören, wenn seine Krone nicht bloß wirklich wie jetzt, da oben über ihren Scheiteln, sondern ganz und gar vorgestellt in Wind und Regen rauscht.

Der Schniefer aber steigt aus den Sandalen. Er hat beschlossen, ihr Warten für einen Kletterversuch zu nutzen. Ihm ist es bislang als Einzigem gelungen, den Fuß auf den vierten Nagel zu bekommen, was auf den ersten Blick unmöglich scheint, weil man sich dazu eigentlich schon am fünften Nagel festhalten müsste, der aber erst erreichbar wäre, wenn man auf dem vierten stünde. Dem Schniefer gelingt es dennoch. Mit seiner Bauchmethode! Das heißt, er schlüpft aus Hemd und Unterhemd und presst sich dann so fest gegen die Rinde, dass nach Auf- und Abstieg ein Muster aus roten Linien, Kratzern und fleckig abgeschürfter Haut belegt, wie innig er dem Baum verbunden gewesen ist. Wenn es riskant wird, wenn er eigentlich nach unten plumpsen müsste, weil er ohne Halt für die Hände in eine leichte Rückenlage kommt, vermag er sich als einziger der Freunde, vielleicht sogar als einziger Kletterer der ganzen Welt, kurz mit dem Nabel anzusaugen, weil dieser eine besondere Form besitzt. Die anderen haben ihn schon mehr als einmal gründlich angesehen und betastet. Während sich die Mittelpunkte ihrer Bäuche bei allerlei kleinen Verschiedenheiten doch in der Grundform ähneln, verfügt der Schniefer über eine in einen rundum gleichmäßigen Wulst gefasste, murmelgroße Kugel, die er mit Willenskraft bestürzend tief nach innen ziehen oder komisch weit nach außen stülpen kann.

Schon hängt er mit bloßem Oberkörper an der grauen Rinde, schon hat er die nackte Sohle des linken Fußes auf dem vierten Nagel, und als er sich ein Stückchen weiterschlängelt, wird es ihm möglich, sich mit dem linken Bein nach oben zu drücken, und seine rechte Hand erreicht den fünften. Zuerst nur mit der Kuppe des Mittelfingers, wie es ihm schon bei seinen letzten Versuchen gelungen ist, dann mit drei Fingern, schließlich mit der ganzen Hand. Alle halten die Luft an. Sybille denkt, der Schniefer sei seit seinem letzten Aufstieg ein tolles Stück gewachsen. Der Wolfskopf und der Ami-Michi hingegen glauben, dass sich ihr Freund erstmals perfekt geschmeidig, wie mit Gummigliedern, nach rechts hinüberdehnt. Beide können dieses neuartige Strecken wohlig schmerzhaft in den eigenen Gelenken spüren und sind stolzer denn je über die Kletterkünste ihres Freundes. Nur unserem großen Bruder ist nicht wohl dabei. Während der Regen in das Blattwerk der Nagelbuche prasselt, ist er sich plötzlich sicher, dass etwas anderes den heutigen Erfolg begünstigt hat. Das alte Schmiedeeisen hat die bisherige Grenze aufgehoben. Der bislang allerhöchstens angetupfte fünfte Nagel ist, einer günstigen Furche und irgendeiner Absicht folgend, das nötige Stückchen auf den Kletterer zugerückt.

Ich kann ermessen, wie weit der neunmalkluge Kinderwagenhocker damit recht hat, und fühle dazu, wie ihm die Einsicht eiskalt den Rücken hinuntergruselt. Ich nutze den zitternden Augenblick und bibbere ein bisschen mit. Dann jedoch mag ich lieber oben in der Buche sein. Während der Ältere Bruder aus seiner Karre zu den Nägeln hinaufstarrt, gucke ich, weiterhin solidarisch, aber nicht mehr bis in jedes meiner weichen Wirbelchen voll Mitgefühl, aus der ersten Mulde zwischen Ast und Stamm zu ihm hinunter. Ohne dass er es ahnen könnte, sind wir uns einig. Wir beide fürchten uns vor dem, was kommen muss. Der Schniefer hat Blut geleckt. Der Wolfskopf und der Ami-Michi feuern ihn an, und die Schicke Sybille ist aufgestanden, um dicht an den Baum heranzutreten. Zum ersten Mal hat einer von ihnen die Möglichkeit, die große Mulde zu erreichen. Dort, wo der mächtige erste Ast abgeht, biegt sich die Buche in die andere

Richtung, als müsse sie das Gewicht ihres wuchtigen Auslegers mit einer Gegenneigung austarieren. Dorthin, in die sesselbreite Kuhle zwischen Stamm und Hauptast zu gelangen hieße, es ganz geschafft zu haben. Wer von dort oben zu Zeugen hinuntergewunken hätte, würde für immer und ewig der erste Nagelbuchenbezwinger unter den Kindern der Neuen Siedlung sein.

Der Schniefer fühlt: Heute kann es gelingen. Auf Bauch und Bauchnabel vertrauend kriecht er, nur noch die größte Zehe des rechten Fußes auf dem fünften Nagel, über ein letztes Stück besonders glatter Rinde, dann greifen seine Hände nacheinander in die Mulde, umschließen deren feingenarbten Wulst, und schon zieht er sich unter den Jubelrufen des Wolfskopfs und des Ami-Michi vollends hinauf. Hinauf zu mir. Unten dreht Sybille beide Zeigefinger in ihr Kleid. Der feucht gewordene, schon wieder halbwegs trockene Stoff spannt sich auf ihren Hüften, zugleich spürt sie den Blick des Älteren Bruders, der über ihre Schulter streift und den siegreichen Freund erfasst. Jetzt erst wendet der Schniefer sich zu ihnen um, hebt stumm die Fäuste, und die vogelguten Augen unseres großen Bruders können erkennen, dass er sich auf dem letzten Stück die Nase an der Rinde sauber gerubbelt haben muss. Unserer kurzsichtigen Sybille ist das Nasenloch des Schniefers hierfür nicht nah genug. Aber auch so versteht sie: Der Schniefer hat sich, jetzt, wo er ein Held ist, auch äußerlich verwandelt, und diese leibliche Verklärung wird noch ein tolles Weilchen, zumindest solange er dort oben thront und triumphiert, erhalten bleiben.

Sybille hat nichts dagegen, sie klatscht sogar als Einzige ein paarmal in die Hände. Aber unter dem Gewebe ihres Guckens und Bewunderns zieht sich wie ein dünner, falscher

Faden ein älterer Ärger hin. Viel nötiger als hier, auf dem weit ausladenden Ast der Nagelbuche, hätten sie gestern an der ziegelroten Mauer, die den Biergarten der alten Bärenkellerwirtschaft einschließt, einen Helden gebraucht. Wenn gestern einer von ihnen im entscheidenden Moment den nötigen Heldenmumm bewiesen hätte, wären sie, wie es ja als Parole ausgegeben war, auch in den Bärenkeller hineingelangt. Der Ältere Bruder hatte sich auf dem Weg vom grünen Sofa hinauf zur Mauer gar nicht schlecht geschlagen. Der Boden war zwar nur von bleichem, hartstängeligem, in der Hitze der letzten Wochen abgestorbenem Gras bedeckt, aber Mäuse hatten die Wiese mit oberirdischen Laufgräben und dicht unter der Wurzelnarbe liegenden Gängen in ein für Krückengänger tückisches Terrain verwandelt. Ihr Anführer stolperte mehrmals, stürzte auch einmal auf die Knie, hatte sich jedoch stets klaglos wieder hochgerappelt, bevor die Freunde ihm unter die Arme greifen konnten. Als sie an der Mauer angelangt waren, schien er zu wissen, dass es rechtsherum weiterging, und stakste ihnen ziemlich flott voraus, obwohl ihm das durchgeschwitzte Hemd wie eine zweite Haut auf dem Rücken klebte und er längst keuchte wie ein abgehetztes Tier.

Jetzt, wo sie sich für uns erinnert, fällt der Schicken Sybille auf: Es sind die gleichen Blätter! Der schlanke Strauch, der unten am Rosenhang direkt aus der Mauer sprießt, trägt das gleiche Blattwerk wie dieser dicke, mit fünf uralten Nägeln gespickte Baum. Allein die Farben sind verschieden. Das kinderarmstarke Stämmchen, das sich dort unten aus einer Spalte zwängt, ist grün belaubt, während die Blätter der Nagelbuche zweierlei Rot, ein tiefmattes und auf der Gegenseite ein zart glänzendes, zu bieten haben. Sybille ist sich nicht sicher, ob diese Blätter vor der Mauer noch ein wenig schauriger gewesen wären. Wahrscheinlich schon, denn mit den Rottönen ihrer Ober- und Unterseiten und dem Ziegelrot der Mauer hätten sie gestern insgesamt viererlei Rot gesehen. Das vierte und wichtigste Rot, das Rot der aufgespießten Lacksandalen, sah auf der stumpfen Oberfläche der Ziegel frisch und feucht aus, als könnte sich der in der Schuhfabrik erstarrte Glanz jeden Augenblick erneut verflüssigen und ins Abtropfen geraten. Die Schuhe ihrer kleinen Schwester hingen übereinander, die Fersen zeigten nach unten. Von Händen, die mit Werkzeug umzugehen verstanden, war ein ungewöhnlich langer und starker Nagel durch beide Sandalenspitzen, mitten durch die Kappen, die die Zehen schützen, und durch beide Sohlen, in eine Mörtelfuge des Mauerwerks getrieben worden. Und dann hatte der Nagler – wer weiß, warum? – noch die weißen Söckchen von Sybilles Schwester um den Nagelkopf geknotet.

Sonnentag

Der Ältere Bruder hat sich so auf das Zurückkommen gefreut. Gleich beim Aussteigen aus dem Taxi wollte er den Freunden zeigen, was er dem gewaltigen Professor Felsenbrecher in einem kühnen Vorstoß abverlangt und dann zu seinem Erstaunen sogleich bewilligt bekommen hatte. Aber kaum, dass das Taxi in die Runde einfährt, noch während es am gelben Block entlangrollt, begreift er: Etwas Besonderes muss geschehen sein, etwas, was seine großartige Neuigkeit erst einmal nichtig macht. Der Hof ist wie leer gefegt. Im Sandkasten sitzen bloß die drei Allerkleinsten auf ihren dicken, windelgepolsterten Hosenböden. Die umgekippten Eimerchen, die in den Sand gestochenen oder einfach hingeschmissenen Schippen verraten jedoch, wie viele Knirpse hier eben noch am Buddeln gewesen sind. Vor dem Hauseingang steht Frau Böhm, hinabgeneigt zu ihrer jüngeren Tochter, und als das Taxi ausrollt, sieht unser großer Bruder, wie heftig, wie ungewöhnlich grob die Nachbarin Sybilles kleine Schwester an den Schultern rüttelt.

«Das ist ein Wort, mein Söhnchen!», hatte Professor Felsenbrecher gedröhnt und dem Älteren Bruder dazu so deftig auf den Rücken gehauen, dass die Mutter und Schwester Innocentia in synchronem Erschrecken mit den Lidern zuckten. Er schätze es, er liebe es geradezu, wenn einer seiner Patienten auch einmal mit einem Vorschlag aus der Hüfte komme. Leider seien die meisten, die Kinder wie die Erwachsenen, von ihrem jeweiligen Missgeschick nicht nur in der leiblichen Beweglichkeit eingeschränkt, sondern auch in ihrem Wollen behindert. Manche, die sie hier liegen hätten, gestandene Männer mit nichts weiter als einem längsgeschlitzten Bändchen am Knöchel oder einem Knorpelriss im Knie, verfielen in eine derart elende Apathie, dass ihnen die Pflegekräfte zuletzt sogar noch sagen müssten, wann es Zeit zum Pinkeln sei. Schwester Innocentia solle mit seiner Mutter nachschauen gehen, was man in seiner Größe vorrätig habe. Er wolle die Abwesenheit der holden Weiblichkeit dazu benutzen, um ihm, so flott es gehe, den Witz vom boxenden Papagei zu erzählen, der passe nämlich nun wie die berühmte Faust aufs Auge.

Als die beiden Frauen dann mit zwei Paar Krücken zurück ins Behandlungszimmer kamen, hatte der kampflustige Papagei seinen Gegner, einen hühnermordenden Habicht, wie verlangt, mausetot geboxt. Gelernt ist halt gelernt. Und Papageien können eine Menge lernen, so man ihnen frühzeitig die Gelegenheit dazu verschafft. Jetzt jedoch schwankt der kluge und geschickte Vogel, taumelnd dreht er Kreise über dem Hühnerhof, kippt schließlich neben dem gefällten Gegner auf den Boden. Erschrocken eilt sein menschlicher Herr und Lehrer hinzu. In einem eindrucksvollen Jammerton lässt Professor Felsenbrecher den Vogelhalter bereuen, dass er seinem lieben Tier den Kampf mit dem fast adlergroßen Raubvogel, diesem König der Lüfte, zugemutet hat. Aber da tut der Papagei tiefheiser flüsternd kund, ihm fehle nicht das Geringste, er simuliere bloß ein bisschen, um auch noch jene beiden Geier herabzulocken, die hoch über der Stätte seines Sieges zu kreisen begonnen hätten. Der Witz brach hiermit ab. Aber der Ältere Bruder sah die nackthälsigen Leichenfresser, auch unerzählt, mit sanftem Flattern unweit ihres Zieles landen. Ehrfurchtsvoll indirekt, in weitem Bogen und mit pietätvoll abgemessenen Schritten, tapsten sie auf den Bewegungslosen zu. Und kurz erschienen unserem großen Bruder die vielgeschmähten Aasverwerter sogar die besseren Gesellen, diskreter, bescheidener, insgesamt ehrenwerter als dieser kleine aufgekratzte Geck, der sich nicht nur die Sprache der Menschen, sondern dazu noch eine ihrer effizienten Zuschlagtechniken angeeignet hatte.

Professor Felsenbrecher ärgerte sich währenddessen über die Gestelle, die Schwester Innocentia aus irgendeinem Raum, wo dergleichen geduldig seiner Verwendung harrt, herbeigetragen hatte. Was solle der Schrott! Der Junge sei nicht im Krieg gewesen. Es müsse sich doch ein Paar Krücken finden lassen, für die er sich als Chefarzt nicht zu schämen brauche. Ruckzuck fühlte sich der Ältere Bruder schuldig dafür, dass sich die kleine dicke Schwester erneut auf die Suche machen musste. Ihm wäre das Gebrachte schon recht gewesen. Die von Felsenbrecher verschmähten Geräte sahen schließlich genauso aus wie seine heimlichen, die wieder brav im Bauch der Klappcouch ruhten und hoffentlich nicht ahnten, dass er den Professor um reguläre Artgenossen, um Krücken, die er vor niemandem verstecken musste, angegangen war.

Die noblen grauen Stöpsel, die unser großer Bruder jetzt auf den Asphalt des Rundwegs drückt, haben im Josephinium zum ersten Mal das Gewicht eines Körpers gespürt. Nun, vor dem dritten Aufgang des grünen Blocks, dringen die allerersten Straßendreckpartikel in ihre Gummiporen. Doch darum mag sich augenblicklich niemand scheren. Frau Böhm schüttelt noch immer ihre Tochter, und die Mutter und unser großer Bruder müssen mitanhören, wie streng sie mit ihr schimpft. Annabett Böhm will aus ihrer störrischen Kleinen herausbekommen, was eigentlich in ihrem Kopf vorgehe, worauf sie denn im Weiteren noch gefasst sein müsse oder ob das eben Geschehene wenigstens der Schlussknall ihrer Verrücktheit gewesen sei.

Da kommt der Wolfskopf angespurtet. Er ist heilfroh, als er den Älteren Bruder vor dem Aufgang stehen sieht, und wendet sich sofort an ihn, obwohl, worum er bitten will, nur von Frau Böhm genehmigt werden kann. Sybille hat ihn zurückgeschickt. Sybille hatte das Kommando übernommen, als der Flüchtige hinter dem Block verschwunden gewesen war. Auf ihren Befehl sind alle Kinder, die in jähem Verfolgungsfuror mitgelaufen waren, auf der Rückseite des grünen Blocks weiträumig ausgeschwärmt. Und da kein Baum, kein Büschchen undurchforscht blieb, wurde der türkise Piepmatz schließlich in der Silberlinde vor dem dritten Aufgang des rosa Blocks wieder ausfindig gemacht. Der Entflogene fühlte, dass man ihn jagte, und drehte nach steilem Aufstieg über das Dach des Hauses in den nächsten Hof, in das Revier der Huhlenhäusler ab. Die übrigen Kinder trauten sich nicht in den bösen Hof hinein, aber sie blieben an der Ecke stehen, um Sybille, dem Wolfskopf, dem Ami-Michi, dem Schniefer und den Zwillingen nachzusehen, die wortlos ihren ganzen Freundesmut zusammengeschmissen hatten, um gemeinsam vor den türkisen Block zu marschieren.

Kaum auf dem Rundweg, waren sie auch schon entdeckt. Der Weißling hängte sich aus dem Fenster und schrie, er werde gleich mit den anderen, mit seinen Brüdern und Cousins, nach draußen kommen, um sie furchtbar zu verhauen. Aber stattdessen erschien dann nur der Kikki-Mann im Hof. Vielleicht hatte Achim begriffen, worum es ging, und ihn verständigt. Oder der Vogelzüchter spürte mit einem besonderen Sinn, wenn einer seiner einstigen Zöglinge wieder in die Nähe seines Ursprungs kam. Er brauchte auch kein Wort von ihren Lippen abzulesen, er warf gleich einen langen Blick zur Dachrinne und lachte lautlos darüber, wie dort oben der Wellensittich auf ein Amselweibchen zutrippelte, wie die Amsel mit den Flügeln zuckte, dann doch nicht wegflog, sondern nur ein Stückchen zur Seite wich, um die nächste Annäherung des Exoten zu erwarten. Der Kikki-Mann sagte den Kindern, was zu tun sei. Im Eifer der Erklärung überschlug sich seine Stimme so hoch wie nie zuvor. Die Zwillinge begriffen, jetzt mussten sie den Älteren Bruder, der den Kikki-Mann sonst am besten versteht, ersetzen und traten eng zusammen, um das Gesagte gemeinsam einzufangen. Und es gelang: Sogleich solle einer den Käfig des Vogels holen, dolmetschten sie den anderen, und auch, warum dies unbedingt vonnöten sei.

Kommandant Silber isst und trinkt. Kommandant Silber freut sich an seinem Schlürfen, freut sich an seinem Schmatzen und spürt mit jedem Happen deutlicher, dass irgendwo gejagt wird. Sein Stirnmetall meldet ihm als ein prima Messgerät, wie dieses Jagen näher kommt, wie es verharrt, sich wieder entfernt, um sich dann in abrupter Kehrtwendung erneut diesem Gelände zuzuwenden, ihrem momentanen Domizil, dem Unterschlupf, den er und Nichtchen in diesem riesigen, leeren Wirtshaus gefunden haben. Der Auf- und Abgalopp der unsichtbaren Jäger macht ihn, so lustig er auch ist, nun doch nervös. Er lenkt ihn arg vom Essen ab, was wirklich schade ist, weil ihn eben, als er das kalte Brathuhn auf der Anrichte entdeckte, ein famoser Hunger überrascht hat. Drei saure Gurken hat sein Nichtchen ihm dazugelegt und eine große Scheibe Brot, ganz frisches Bauernbrot, pappig feucht, wie er es liebt. Nichtchen hat ihm befohlen, dass er nicht weiter vom Fleische fallen dürfe. Wenn es mit seiner Magerkeit so weitergehe, gebe er bald ein wandelndes Gerippe ab. Dahin soll es nicht kommen! Also volle Konzentration auf Beißen, Kauen, Schlucken! Reiß dich zusammen, Kommandant: Verputz den ganzen Vogel! Kommandant Silber schlingt das trockene weiße Fleisch hinunter. Sein Nichtchen soll zufrieden mit ihm sein. Obwohl es ihn nun mächtig nach oben an ein Fenster zieht, obwohl er messerscharf überlegt, ob er bei diesem Messingbett, an das er sich glücklich erinnern kann, eventuell ein Fernglas oder gar ein Periskop besitzt, zwingt er sich jetzt, das Brustbein des gebratenen Huhns blitzblank zu nagen.

Befehl ist Befehl und bleibt Befehl. Das weiß der Kommandant so gut wie seine Kameraden. Sie waren fünf. Eine Besatzung eben. Und dann waren sie nur noch drei. Drei waren Rauch und Glut entkommen. Eigenhändig hatte der Kommandant zumindest zwei seiner Panzerfahrer lebend aus dem Feuer bergen können. Und auch die Toten hat er zuletzt, schon schwindlig vom Blutverlust, noch aus dem Wrack gezogen. Wo sind die beiden Geretteten nur abgeblieben? Obwohl sich ihre Namen zusammen mit ihren Gesichtern in diesem Denkmoment perfekt unter der Silberplatte zu verstecken wissen, ist er sich sicher, dass die Kameraden nicht sehr weit weg sind. Sie sind nicht tot. Sie waren beide schwer verletzt. Kommandant Silber kann sich lupenscharf an blutverschmierte Augen und an verbrannte Haut erinnern. Sie waren und sind nicht tot. Er muss sie suchen. Er wird sie finden, und der Grund, warum sie noch einmal gemeinsam ins Feld ziehen müssen, findet sich dann dazu. Gleich nachher geht die Suche los. Kann er denn noch Motorrad fahren? Oder ein Auto? Sind er und sein Nichtchen überhaupt motorisiert? Vielleicht kann man die Kameraden sogar zu Fuß erreichen. Er ist doch immer gut marschiert. Der Kommandant zerbeißt die dritte Essiggurke. Er leert das Glas, er trinkt es leer bis auf den Grund und leckt den letzten Tropfen von seinem dünnen Rand. Es hat geschmeckt! Was hat geschmeckt? Was ist im Glas gewesen? Kommandant Silber schluckt dem letzten Tropfen ein paarmal krampfhaft hinterher, ohne sich den verlorenen Geschmack zurückholen zu können. Er schickt die Zunge über die Lippen. Sie schleckt vergebens. Er schluckt und schluchzt. Das dumme, das trocken ergebnislose Schlucken schmerzt, er schluchzt und senkt den Kopf neben den Teller. Das alte Holz der Anrichte tut ihm mit seiner Kühle, mit seiner feinen Maserung gut. Kommandant Silber muss ein bisschen weinen.

Das ganze Hin und Her, das Völlig-aus-dem-Aug-Verlieren, das bang werdende Suchen, das triumphale Doch-noch-Wiederfinden, das Rennen und das Reglos-Lauern, all das ist eine wunderbare Jagd geworden. Sogar die Kleinen, die einer nach dem anderen aufgeben mussten, weil die Verfolgung des türkisen Vogels sie so weit wie nie vom Hof wegführte, haben gespürt, dass sie an einer großen Sache Anteil hatten. Im Elsternhorst, genau vis-à-vis der Lichtburg, dürfen die Übriggebliebenen Atem holen. Der Sittich hat einen Schwarm junger, am Anfang dieses Sommers geschlüpfter Sperlinge entdeckt, die auf dem Flachdach des Kinos durcheinandertschilpten. Kaum dass er gelandet war, verstummten sie und fingen an, in einem merkwürdigen Eifer auf dem weißgetünchten Beton herumzupicken. Der Fremdling hat dies sogleich mit hochwippenden Schwanzfedern nachgemacht, und nach und nach ist ihm gelungen, sich, trippelnd und buckelnd, zu den braungrauen Einheimischen zu gesellen. Inzwischen dulden sie ihn sogar in ihrer Mitte.

Die Zwillinge fragen Sybille, ob sie denn eine Ahnung habe, was es dort oben für die Vögel aufzupicken gebe. Sybille antwortet mit finsterer Miene, da auf dem Kino, über dem riesengroßen, hohlen Vorführsaal, sei ganz gewiss – das könnten sie ihr glauben! – nicht das kleinste Körnchen zu finden. Der Wellensittich sei wie ihre kleine Schwester verrückt geworden und habe die armen Spatzen in Nullkommanix mit seinem Irrsinn angesteckt. Die Zwillinge widersprechen dem nicht, sondern denken sich im Stillen noch ihren Teil dazu. Die beiden waren gerade vom Bäcker in den Drosselgrund zurückgekommen, hatten, wie die Mutter es ihnen vor ihrer Fahrt ins Krankenhaus noch aufgetragen hatte, ein großes Mischbrot und eine Tüte Semmelbrösel eingekauft, als sie sehen mussten, wie Sybilles Schwester ans Böhm'sche Küchenfenster trat. Sie trug den Wellensittich auf dem Zeigefinger, redete leis mit ihm, hatte ihm anscheinend Wichtiges zu sagen. Und weil sie bemerkten, dass sich das Bewegungsbild ihrer Lippen wiederholte, verstanden die Zwillinge, sie war dabei, dem Vogel etwas durch Vorsprechen beizubringen. Dann jedoch hielt sie ihn auf einmal weit ins Freie und schrie – auch ihre Mutter, die gleich darauf ans Fenster gesprungen kam, hatte es sicherlich gehört – mit ihrer schrillsten Kleinmädchenstimme: «Dann hau doch ab! Jetzt hau doch endlich ab, wenn du dir das nicht merken kannst, du dummes Arschloch!»

Da kommt der Ältere Bruder angekeucht. Der Wolfskopf, der den leeren Vogelkäfig im Zwillingskinderwagen vor sich herschiebt, ist an der Seite seines krückenschwingenden Freunds geblieben. Unser großer Bruder hechelt und lacht, so gut er es noch hinkriegt. Die anderen sehen wohl, wie ihm die übergroße Anstrengung das Gesicht merkwürdig älter macht, aber allein die Mutter könnte erkennen, dass er mit dieser Erschöpfungsmiene zum ersten Mal in seinem Leben dem Vater ähnlich sieht. Er witzelt mit letzter Kraft, wenn er geahnt hätte, dass die Jagd den Elsternhorst erst ganz hinauf- und dann gleich wieder halb hinuntergehen würde, wäre er vorhin, als sie vom Spielplatz hochgekommen seien, hier am Kino stehen geblieben, um sich in Ruhe die ausgehängten Fotos anzuschauen.

Der Schniefer nimmt den Scherz als Einziger für bare Münze. Während die anderen zwei Schritte rückwärtstreten, um den Wellensittich, der verdächtig weit nach hinten gehüpft ist, im Auge zu behalten, rennt er über die Fahrbahn und springt die Stufen zum Portal des Kinos hoch, um sich die genannten Bilder anzusehen. Dabei müsste er genauso gut wie die anderen wissen, dass die Lichtburg Sommerpause macht. Erst als er vor der mittleren der großen Scheiben steht, hinter denen sonst die Hochglanzfotos hängen, fällt es ihm wieder ein, und dennoch zwingt ihn ein komisches Gefühl über der Nasenwurzel, ein Bohren in der Mitte seiner Stirn, diese ans Glas zu drücken und den roten Samt, der bislang als bloßer Hintergrund der Bilder so gut wie unsichtbar gewesen ist, unsinnig gründlich zu begaffen. Er tastet nach seinem Taschentuch. Jetzt sieht er auch die Nadeln, die sonst die Fotos halten. Sie liegen unten auf dem schmalen Rand zwischen Scheibe und Samt, zusammen mit einer großen toten Wespe, und haben kugelrunde weiße Plastikköpfe. Weil er zum ersten Mal ganz genau hinguckt, kann er nach und nach alle Löchlein erkennen, die die Nadeln in den zurückliegenden Jahren, Film auf Film, in den Stoff gestochen haben. Er gräbt in seinen Hosentaschen. Er würde sich jetzt gern die Nase putzen, aber merkwürdigerweise kann er sein Taschentuch nicht finden. Jetzt sieht er: Ein Nadelloch ist größer als die anderen. Der Schniefer presst die Stirn ans kühle Glas, er schiebt das rechte Auge genau über das Loch und kneift das linke zu, um in diese besondere Öffnung – es ist das Ende eines Trichters! – hineinzugucken.

Die andern schreien. Der Sittich hat mitten im Schwarm der Spatzen abgehoben. Schon hört der Schniefer die Sandalen seiner Freunde Richtung Spielplatz trommeln. Allein gelassen kann er sich sogleich viel besser sammeln und nun ganz sicher sagen: Das ist wieder derselbe Trichter! Hier im Schaufenster der Lichtburg ist er nur verkehrt herum eingebaut, wird also nach hinten immer weiter. Es ist, als könnte man durch das Mundstück in die Trompete eines Riesen lugen. In der Mulde der Nagelbuche hatte er das andere Ende des Trichters abgetastet. Gern hätte er, rittlings auf dem dicken Ast, den nackten Arm, noch lieber beide Arme ganz tief in das weite Rund hineingesteckt. Aber dann wären die Freunde aufmerksam geworden. Todsicher hätte Sybille von unten, vom blöden, dreckigen Asphalt des Drosselgrunds herauf gefragt, ob denn da oben so etwas wie ein Loch sei. Jetzt fällt ihm wieder ein, dass er auch in der Nagelbuche gründlich und zunächst vergeblich nach seinem Taschentuch gesucht hat. Als er es endlich ganz unten in einem nie zuvor erreichten Winkel seiner linken Lederhosentasche zu fassen kriegte und sich damit über die Nase rieb, bemerkte er, dass diese bereits sauber war. Ohne das Stecknadelrund, ohne die winzige Mündung des Kino-Trichters aus dem Auge zu verlieren, tastet der Schniefer seine Nasenlöcher ab. Alles tadellos glatt und rein. Kein frischer Rotz und nicht die kleinste Kruste. Was für ein Glück! Wie gestern braucht er sich also vor dem ganz dünnen, vor dem schneeweißen Mädchen, das dort unten vom weiten Grund des Trichterrunds zu ihm heraufwinkt, für nichts, für gar nichts zu genieren.

Jeder schämt sich, so gut er kann. Ich kriege es kein bisschen hin und muss mich daher ans Schämen der anderen halten. Annabett Böhm war schnell und heftig peinlich, dass sie ihre Tochter im Hof und dann auch noch vor ihrer Nachbarin und deren Sohn geschüttelt und angeschrien hatte. Natürlich sind ihre übermäßig malträtierten Nerven schuld daran gewesen. Leider würden die in den kommenden vierzehn Tagen nicht wesentlich besser werden. Genauso lang sollte ihr Mann auf Geheiß von Professor Felsenbrecher im Josephinium bleiben und unter Aufsicht eines besonders geschulten Pflegers nach einer neuen Methode aus Amerika das Knie wieder bewegen lernen. Mindestens zweimal die Woche wollte sie ihn besuchen, und stets sollte eine ihrer Töchter sie begleiten. Nur so glaubte sich Annabett Böhm davor gefeit, die Fahrt ins Zentrum zu verlängern, um dort durch irgendein ungeputztes Werkstattfenster einen langen, wütend sehnsüchtigen Blick auf den zu werfen, den sie nie mehr in ihrem Leben wiedersehen mochte.

Inzwischen hatte sie in ihrem Fühlen schnell so weit aufgeräumt, dass ihr die Kleine, das unberechenbare Früchtchen, vorrangig leidtat. Gewiss reute es diese längst, das Wegfliegen ihres Geburtstagssittichs verschuldet zu haben. Beim morgigen Besuch im Josephinium wollte sie dem knieversehrten Gatten die halbe Wahrheit berichten und ihm vorschlagen, der Sünderin nach einer kleinen Wartezeit, in der das offene Türchen und das weißblinkende Spiegelrund des leeren Käfigs vom Küchenschrank heruntermahnen dürfen, einen zweiten Wellensittich zu schenken. Aber es kam anders, als es sich die patente, schamerfahrene Annabett unter ihrem schönen schwarzen Schopf zurechtgelegt hatte. Sybille blieb bis in den Abend mit den Nachbarsbuben verschwunden. Nur einmal, irgendwann am späten Nachmittag, rannten die Zwillinge Seite an Seite in den Hof, um den Müttern mitzuteilen, der Sittich sei gerade vorn am gelben Block, auf einem Fensterbrett im zweiten Stock gelandet, die Atempause könne aber wie alle vorigen jeden Augenblick wieder aufgehoben werden. Und schon waren die beiden mit einer Flasche Limo, die ihnen ihre Mutter schnell durchs Fenster hinausgereicht hatte, wieder auf dem Weg zu den anderen Jägern. Erst als es dunkelte, kam der Tross zurück.

Sybilles kleine Schwester war noch draußen. Sie saß mit den Fröhlich-Geschwistern auf der Bank vor der Robinie und hörte die ganze Zeit an dem vorbei, was ihr die beiden in umständlichen Windungen und wirren Brocken aus einem Film erzählten, den sie abends, wenn eigentlich nur die Erwachsenen gucken sollen, im Fernseher gesehen hatten. Die Fröhlichs besitzen, so weit, wie die Kinder des Hofes mit vereinten Kräften in das Vergangene denken können, also schon immer, einen Fernsehapparat, und das Fröhlich-Mädchen und der Fröhlich-Junge behaupten, dass sie alles anschauen dürften. Sogar das Testbild! Wenn dessen Muster auf dem Bildschirm steht und ähnlich wie im Radio eine Musik dazu gespielt wird, dürfen die beiden ihre Spielsachen auf den Fernsehteppich legen und sich vom Fernsehlicht bescheinen lassen. Sybilles kleine Schwester hat dieses besondere

Bild selbst gesehen und seine Wirkung mitgenossen. Zuerst dachte sie, unkundig, wie sie damals war, das Testbild rühre sich überhaupt nicht. Aber nach einem Weilchen begriff sie, dass es fein und geheimnisvoll am Zittern war. Und während sie der größten Puppe des Fröhlich-Mädchens den Kopf im Kreis herumdrehte, damit die Puppenaugen alles, was ihnen die anwesende Welt zu bieten hatte, als ein unendliches Panorama überschauen konnten, wurde ihr klar, dass aus dem Testbildbeben alle noch nicht gespielten, sämtliche noch ins dicke Fernsehglas gebannten Sendungen herauszuspüren sind.

Die Zwillinge haben Sybilles kleine Schwester auf der Bank entdeckt und rennen den anderen voraus, um ihr zu melden, was sie im Rausch des frischen Erfolgs für eine gute Nachricht halten. Jedoch auf halbem Weg hin zu ihr, die zwischen den Fröhlich-Geschwistern die Beine baumeln lässt, fällt ihnen wieder ein, wie sie den Vogel von ihrem Zeigefinger aus dem Böhm'schen Küchenfenster starten sahen. Ohne ein Wort, ohne der Sittich-Eigentümerin ein «Wir haben ihn!» zuzurufen, machen sie kehrt und gucken sich lieber mit den anderen an, wie sich die Mutter und Frau Böhm über den goldenen Käfig beugen. Der Wolfskopf hat ihn am Henkel aus dem Kinderwagen gehoben, und jetzt genießt er als stolzer Käfighalter das Lob, das die Frauen den Kindern spenden.

Sybilles Schwester aber zappelt so heftig mit den Beinen, dass die Fröhlich-Geschwister wegrücken, um ihre Waden vor dem Ausschlagen der Sandalen in Sicherheit zu bringen. Die Kleine kann nicht anders. Der ganze alte Ärger und das frische Schämen sind ihr in die Beine hinabgerutscht. Wut und Scham lassen sich nur durch dieses Kicken der Abendluft ertragen. Sie schämt sich für ihren Sittich, sie ärgert sich darüber, dass er ein noch blöderes Arschloch ist, als sie bis heute Morgen von ihm dachte. Von den Körnern, die er im Futterschälchen glänzen sah, hat er sich zurück in seinen Käfig locken lassen. Wahrscheinlich ist nicht nur ihr türkiser Wellensittich, wahrscheinlich sind alle Vögel, die keinen gerade abstehenden, sondern bloß einen komisch gegen den Hals gedrückten Schnabel haben, elende Feiglinge. Womöglich taugen sogar die anderen Vögel nichts. Eventuell ist jeder Vogel gerade mal zum Aufgefressenwerden gut. Sie hat der Bär nicht fressen wollen. Der Bär hat sie kein bisschen angeknabbert. Der weiße Bär hat nicht einmal an ihr geleckt. Als er ganz hinten, wo der dunkle Weg an die Mauer rührt, auf seinen Hinterbeinen aus dem Gebüsch getreten war und sich sogleich mit beiden Vordertatzen an sein Bauchfell griff, dachte sie, babydumm, wie sie in diesem Augenblick noch war, er reibe sich den Magen, weil er sich darauf freue, ein leckeres kleines Mädchen zum Abendessen zu verspeisen. Es fiel ihr gar nichts anderes ein, weil man ihr immer die verkehrten Geschichten vorgelesen hatte. Die blöde Sybille und die arschblöden Nachbarsbrüder haben keinen Pups von Ahnung. Überhaupt weiß keiner von den Größeren, dass ein wirklicher Bär sein Fell aufmachen und zeigen kann, wie es unter dem weißen, gerade im Dunkeln schneeweiß schimmernden Pelz insgeheim aussieht. Dafür, fürs Zeigen, hat sie ihm ihre schönen roten Schuhe und die Söckchen geben müssen. Barfuß ist sie dann noch an der Mauer so, wie er es wohl wollte, in seinen schwarzen, klebrigen Bärendreck getreten. Sybille und die dumme Mutter haben, als sie ihr später in der Badewanne die Sohlen mit der groben Bürste schrubbten, weder gesehen noch gerochen, dass es Bärenscheiße war. Wenn wenigstens ihr Wellensittich ein bisschen mehr Verstand bewiesen hätte. «Bubi» und «Bussi» und «Hansi» hatte er doch in Nullkommanix krächzen gelernt, aber den Bärennamen wollte das türkise Arschloch einfach nicht über seine hässlich dicke Zunge bringen. Dass er den Namen, dass er die beiden Wörtchen so schön aussprechen würde, wie sie ihm vorgeflüstert worden waren, hatte sie gar nicht erwartet, das übliche Geschnarre, das ungefähre, das halb- oder viertelfalsche Nachgemache hätte ihr gelangt.

Der Ältere Bruder, der es mit seinen Krücken als Letzter zu den anderen vor den Hausaufgang geschafft hat, sieht Sybilles kleine Schwester von der Bank rutschen und langsam näher kommen. Wie komisch sie läuft! Mit diesen steifen, kaum gebeugten Knien sieht ihr Gehen wie ein Marschieren aus. Frau Böhm bedankt sich auch bei ihm, lobt ihn für seine Zähigkeit und fragt, wo sie den Ausreißer denn schließlich eingefangen hätten. Der Ami-Michi deutet auf den Schniefer und meint, ohne dessen Kletterkünste würden sie wahrscheinlich noch unten am Spielplatz vor der Nagelbuche stehen. Auf deren unterster Gabelung, dort, wo der dickste Ast abgehe, sei der Sittich mit letzter Kraft gelandet. Dann holt Sybille Luft, um den Müttern umständlich die Bauchnabelsaugmethode zu beschreiben, mit der der Schniefer nun bereits zum zweiten Mal den glatten Buchenstamm bezwungen habe. Alle nicken, denn alle haben erneut vor Augen, wie er auf dem mächtigen Ast saß, wie er, den rechten Zeigefinger an den Lippen, mit der linken Hand winkte, also um Stille heischte und zugleich nach dem Käfig verlangte. Und plötzlich stand, keiner hatte sein Herankommen bemerkt, der Weißling unter ihnen. Ohne ein Wort zu sagen, nur dadurch, wie er vor ihm auf ein Knie sank, machte er dem Wolfskopf klar, dass der die Beine über seine Schultern schwingen solle. Sybille reichte dem Freund, als dessen bloße Schenkel um den Nacken des Huhlenhäuslers klemmten, den Käfig. Und weil der Schniefer sich oben bäuchlings in die Gabelung legte, konnte er zwei Finger in den Dachhenkel der hochgestemmten Vogelbehausung haken.

Sybille guckt den Schniefer an und wartet, ob er den Faden der Erzählung weiterspinnen will. Schließlich hat er vollbracht, was die anderen von unten nicht richtig sehen konnten, weil es in der Mulde zwischen dem Stamm der Nagelbuche und deren dickstem Ast vonstattenging. Der Schniefer ringt mit dem ersten Wort, er überlegt noch, wie er das Geschehene beschreiben soll, ohne den Trichter, die Tiefe des Trichters, ohne das Hinabgaffen des Sittichs, ohne die beschwörende, den Sittich zwingende Geste des dünnen Mädchens zu erwähnen. Da schreit einer der Zwillinge auf vor Schmerz. Alle erschreckt es arg, allen fährt es eine Handbreit tiefer in die Brust, als es bei Tageslicht geschehen könnte. Aber nur der Mutter und unserem großen Bruder geht es vollends durch Mark und Bein. Nie zuvor haben sie einen der beiden alleine wehklagen hören müssen. Die Mutter hat die Urgeschichte schon hundertmal erzählt. Und um das eben Geschehene magisch auszugleichen, wird sie in Zukunft noch tausendmal erzählen, wie der Zunächstgeborene mit seinem ersten Säuglingsgreinen wartete, bis auch sein Brüderchen in den Händen der Hebamme lag. Erst als sie beide ganz in die Welt geraten waren, ließen sie ihre Stimmen wie früherfahrene Sänger im Duett erklingen. So ging es mehr als sieben Jahre. Selbst wenn sich einer wirklich bös das Knie aufschlug, presste er die Zähne aufeinander, so lange, bis der andere zur Stelle war, um gemeinsam mit ihm loszujammern.

Jetzt jedoch hat es Sybilles kleine Schwester geschafft, die beiden durch einen speziellen Schmerz zu trennen. Zur Strafe, weil die Zwillinge die Verfolgung ihres Sittichs angestoßen hatten, wurde einem tückisch wehgetan. Das Schmerzensbild, das Schmerzensmal macht den fatalen Unterschied. Noch tagelang wird man es sehen können. Die Zwillinge werden sogar zusammen mit der Mutter und unserem großen Bruder ins Josephinium fahren, damit Professor Felsenbrecher einen fachmännischen Blick auf die Verletzung wirft. Kopfschüttelnd und anerkennend pfeifend, wird der Herr Professor zunächst das eingeprägte Muster bestaunen, dann das Alter der Täterin erfragen. Ein Milchgebiss! Die Tiefe sei erstaunlich. Ein Wunder, dass nicht mehr Blut geflossen sei. Wahrscheinlich würden die oberen Eckzähne zwei weiße Narbenpunkte auf dem Handgelenk hinterlassen. Das phänomenal genaue, nahezu uhrblattrunde Gesamtbild, das komplette Negativ des Kleinmädchengebisses, müsse allerdings – sei es nicht fast ein wenig schade? – schon in den nächsten ein, zwei Wochen wie Tintenblau im Sonnenlicht zu nichts vergehen.

Sonnentag

Das Sofa hat es geschafft. Ihr Sofa hat es wieder hingekriegt. Die Kinder bewundern das grüne Ding hierfür. Der Ami-Michi streicht mit beiden Händen zuerst über das hübsch geschwungene Holz der Seitenlehne, tätschelt dann andächtig lang das stramme Rückenpolster. Sybille staunt, wie frei von Staub und Flecken, wie unheimlich sauber sich ihr Sommermöbel auf seiner Wanderung hat erhalten können, bis hierher, wo es nun – wer zweifelt noch daran? – an seinem endgültigen Standplatz angekommen ist. Unsere Schicke Sybille beugt sich hinunter, schnüffelt, weil sie ihren Augen allein nicht traut, vorsichtig am sonnenwarmen Cord. Statt schimmeligem Rosshaar, feuchtem Sperrholz oder süßlich strenger Katzenpisse riecht sie überhaupt nichts. «Es riecht nach nichts! Es riecht nach gar nichts!» Sybille muss dies, als würde es viel mehr als nur das Fehlen übler Gerüche bedeuten, dem Älteren Bruder, der als Letzter den Hang heraufkommt, lauthals entgegenrufen.

Dem Wolfskopf fällt noch etwas anderes auf. Weil er schon fast so etwas wie ein Bastler ist, weil er im Winter mit seinem Vater einen ganzen Stapel alte Bretter zurechtgesägt hat, damit sie als Regale zwei Kellerwände füllen, sieht er, dass das Sofa perfekt ausgerichtet, wie mit der Wasserwaage ausgemessen, an seinem neuen Ort steht. Obwohl der Boden ein deutliches Gefälle aufweist, rührt die Rückenlehne an die alten rohen Ziegel, und die Sitzfläche scheint kein bisschen nach vorn geneigt. Als der Wolfskopf auf die Knie fällt und unter die Couch guckt, glaubt er zu verstehen, wie dies bewerkstelligt worden ist. Aber weil ihm in seiner Überraschung die richtigen Worte fehlen, um es anschaulich zu erklären, ruft er nur, die anderen müssten sich unbedingt angucken, wie es gemacht sei, dass das Sofa und die Mauer aneinanderpassten. Schon liegen die Freunde bäuchlings im Gras. Sogar der Ältere Bruder hat seine neuen Krücken an die Mauer des Biergartens gelehnt und ist nach vorn gehüpft, um sich dazuzulegen. Alle sehen das Gleiche. Aber nur der Wolfskopf will es auch spüren und streckt den Arm aus. Weil ihm noch eine kleine Spanne fehlt, dreht er den Schädel zur Seite und schiebt sich, so weit es geht, unter die vordere Sofakante. Die Wolfskopfhand folgt einem eingesackten Mausgang, kommt so unter das aufliegende hintere Querholz und kann den kühlen Stein ertasten. Neben ihm murmelt der Schniefer, strohig schmeckendes Gras zwischen den Zähnen, die für ihn einzig denkbare Erklärung: Einer müsse die hinteren Beinchen des Sofas abgesägt, nein, einer müsse sie, ohne lang zu fackeln, mit einem Beil oder mit einem großen Hammer abgeschlagen haben, damit es passt, so wie es hier an der Mauer des Bärenkellers passen soll.

Das leuchtet den anderen erst einmal ein. Und alle hätten sich, den Duft des weißen Grases atmend, die Bäuche auf dem warmen Grund und Ellenbogen an Ellenbogen, gerne noch ein wenig länger in einem guten, weil gemeinsamen Grusel ausgemalt, wie ihr Sofa von einem fremden Handwerker, von irgendeinem finsteren Zimmermann, so entschieden und brutal zurechtgehauen wurde. Aber da meldet sich das Möbel, als wollte es ihnen widersprechen, selbst zu Wort. Es kracht gewaltig, so gewaltig, dass alle ihre Köpfe ins Freie reißen, dass Sybille und der Ältere Bruder mit den Schläfen aneinanderknallen und dem Wolfskopf, der den dicksten Schädel hat, der Kasten der Couch gegen den Hinterkopf donnert und seine Nase und die Schneidezähne gegen den sonnenharten Boden schlagen.

Annabett Böhm ist schuld. Sybille hält sich die Schläfe, spürt eine Beule schwellen und schnaubt vor Empörung über die Allmacht ihrer Mutter. Die hat es ihnen nämlich eingebrockt. Gerade als Sybille zu den Freunden in den Hof entwischen wollte, war ihr befohlen worden, die kleine Schwester, die am Küchentisch stumm auf ihre weichgekauten Fingernägel guckte, mit hinauszunehmen. Da stünden doch die Zwillinge bei den anderen vor der Haustür. Die Kleine solle gefälligst beide, auch wenn es nur den einen körperlich getroffen habe, für den gestrigen Biss um Verzeihung bitten. Natürlich machte die blöde Zicke, während Sybille mit den Buben absprach, wohin es gehen sollte, nicht den geringsten Mucks. Als dann die neuen Krücken des Älteren Bruders neben ihn in den Zwillingskinderwagen kamen und sie Richtung Spielplatz aufbrachen, trottete sie wortlos hinterher, und jedem war klar, dass es Sybille Ärger mit ihrer Mutter einbringen würde, falls sie sich diese Begleitung verbitten sollten.

Den Weg hinunter zum Rosenhang hat sich die Kleine brav und dumm gestellt. Während der Ami-Michi, bei ihrer Stippvisite in der Schrebergartenkolonie, mit einer prächtigen Kanne aus rotem Plastik das erste Beet begoss, das sein Vater angelegt hatte, um die letzten warmen Wochen zum Anbau einer winterfesten Rettichart zu nutzen, guckte sie mit ihrem neuen, stieren Blick ganz genau zu. Und kaum dass die anderen an das kleine Außenkabuff der Hütte getreten waren, weil es dort weitere neue Gerätschaften zu bewundern gab, sprang sie mit einem Satz mitten auf die zu feinen Krümeln gelockerte und eben frisch getränkte Erde. Sie stampfte im Beet herum, als wollte sie die ersten, noch unsichtbaren Keime tief in die Erde treten, und hätte wahrscheinlich alles platt getrampelt, wäre sie nicht vom flugs herbeigesprungenen Schniefer auf den Rasen zurückgezogen worden. Der Vorfall hätte zumindest unsere Schicke Sybille warnen müssen, aber auch die wachsamste große Schwester ist, weil die Welt verführerisch und blendnerisch mit Krücken, Mauern, Sofas lockt, nicht immer auf der Hut.

Sie hüpft noch immer. Sie hüpft mit komisch steifen Beinen, aber so kraftvoll und ausdauernd auf der Couch herum, wie Sybille es noch nie an ihr gesehen hat. Der Wolfskopf, dem die Unterlippe blutet, schaut Sybille fragend an, sie nickt, weil sie es mehr als nur in Ordnung findet, dass er sich das Miststück schnappt und tüchtig für die anschwellende Lippe, für die Schmerzen in den Wurzeln seiner Vorderzähne und für ihr gemeinsames Erschrecken büßen lässt. Doch als er nach der Hopsenden grabscht, springt die mit einem tollen Satz – das Sofapolster federt wie ein Trampolin! – über die Seitenlehne, landet sicher wie eine erfahrene Turnerin und spurtet, Schulter und Ellenbogen streifen an den Ziegeln, Richtung Bärenkellerstraße. Bevor die Mauer abknickt, bevor die Fliehende unserem Blick entschwindet, dreht sie, ohne innezuhalten, noch einmal das Näschen über die Schulter und schreit: «Guckt doch dahinter, wenn ihr keinen Schiss habt!»

Der Zuruf schlägt allen gleichermaßen ins Gesicht. Jeder versteht sofort, was damit gemeint ist. Unserem großen Bruder aber, der sich wieder auf die Felsenbrecher'schen Krücken stützt, drückt sich die Last der Führung mit besonderer

Überschwere ins Genick. Er weiß, die anderen erwarten jetzt von ihm, dass er entscheidet. Zwei Möglichkeiten liegen auf der Hand des Augenblicks: Sie könnten nun einfach weiterhin so tun, als wäre nichts. Sie könnten auf dem grünen Cord der Couch zusammenrücken und deren vordere Hartholzbeinchen durch ihr gemeinsames Gewicht noch fester gegen den Boden pressen. Oder sie könnten, um nicht als eine Bande von Feiglingen dazustehen, der Bosheit des kleinen Mädchens zu Willen sein und hinter die Lehne lugen.

«Erzähl uns die Geschichte aus dem Nudelbuch!», bettelt der Ami-Michi, dem sich die Furcht wie eine Maske aus Zellophan über das Gesicht gezogen hat. Unser großer Bruder sieht das hastige Nicken, mit dem die Zwillinge diese Bitte unterstützen, und auch der Wolfskopf und der Schniefer stimmen dem Wunsch des Freundes mit einem komisch inständigen Händeringen zu. Bloß Sybille schüttelt den Kopf, so ruckend störrisch, wie sie allein es hinkriegt, und schon hört er sich selber sagen: «Schiebt das Sofa ein Stückchen weg, damit wir die Lehne kippen können! Ich muss mir meine alten Krücken aus der Klappe holen.»

Dem Fehlharmoniker droht unversehens Ärger. Heute Morgen, pünktlich zum Schichtbeginn, hat einer im Revier in Oberhausen angerufen und, ohne seinen Namen preiszugeben, angezeigt, ein Straßenmusikant, der nicht einmal sein Instrument beherrsche, bettle nun schon seit Tagen zwischen Tabak-Geistmann und Lebensmittel-Vetterle die einkaufenden Hausfrauen an. Der Polizist der Neuen Siedlung, ein älterer, rundum angenehm dicker und allgemein beliebter Mann, der pünktlich vormittags um neun die Nebendienststelle im Elsternhorst öffnet und nachmittags um vier wieder verschließt, ist vom Revierleiter angewiesen worden, der Beschwerde nachzugehen. Zumindest sei zu prüfen, ob der Quetschkommodenspieler einen Gewerbeschein besitze.

Der brave Gesetzeshüter steht bereits auf der anderen Straßenseite und wundert sich über die Häuserlücke, die ihm bei früheren Gängen nie aufgefallen ist. Mit wachsendem Unbehagen hört er sich an, was dieser Mann seinem Instrument an seltsamen Tonfolgen abverlangt. Kein Wunder, dass sich irgendwer von diesem Quarren und Quaken belästigt fühlt. Andererseits geht er, ins letzte Dienstjahrzehnt getreten und längst gemütlich, krampfadrig und nachsichtig geworden, nur äußerst ungern gegen einen blinden Kriegsversehrten vor. Jetzt ist Herr Doktor Junghanns vor dem Akkordeonquäler stehen geblieben. Er neigt den Kopf zur Seite, verschränkt die Finger auf dem mageren Greisenhintern; es scheint, als höre sich der Arzt das Gequietsche mit Interesse, ja sogar mit Wohlgefallen an. Ist es womöglich doch Musik? Es könnte eine Musik sein, die nur studierte Leute als Musik erkennen. Der Wachtmeister beschließt, sich erst einmal, als käme er rein zufällig des Wegs, dazuzustellen. Er geht noch ein Stück in die Gegenrichtung, überquert auf Höhe der Drogerie die Straße und will gerade schön unauffällig, am Waschsalon und an der Sparkasse vorbei, zu Musiker und Hund hinschlendern, da rennt ihm, aus der Tür des Milchgeschäfts, ausgerechnet der Huhlenhäusler vor den Bauch, der gestern in Sachen Körperverletzung nicht zur Vernehmung auf dem Revier erschienen ist. Er nimmt den Kerl am Arm. Der lässt sich, obwohl die Augen noch eine ruckartige Fluchtbewegung machen, widerstandslos am Ärmel halten. Das ist die Chance, die leidige Musikantensache auf morgen zu vertagen. Er gibt dem Eingefangenen in väterlich barschem Ton den guten Rat, ihn freiwillig zur Aufnahme seiner Aussage nach Oberhausen zu begleiten.

Die beiden, der Ordnungshüter und sein Missetäter, haben es nicht weit zu Fuß. Das Polizeiauto steht vor der Metzgerei, wo sich sein Fahrer vorhin noch zwei schöne Semmeln, eine mit Fleischsalat, eine mit Leberwurst und saurer Gurke, hat fertigmachen lassen. Auf dem Weg dorthin gibt unser Wachtmeister den Arm des Huhlenhäuslers wieder frei, damit es hier vor den Frauen und den Kindern der Neuen Siedlung nicht wie eine Verhaftung aussieht oder gar wie auf frischer Tat ertappt. So geht es, respektvoll grüßend, an Doktor Junghanns vorüber. Mit einem schnellen Blick zum Musikanten wird sogar noch festgestellt, dass dieser kein Gefäß für Münzen vor sich stehen hat. Auch ist kein Pappkarton zu sehen, auf dem mit den üblichen Worten um eine Spende gebeten würde.

Kommandant Silber sieht dies alles. Kommandant Silber späht durch blankgeputzte Gläser, guckt durch ein besonderes bruch- und hitzefestes Brillenglas. Kommandant Silber sieht den Polizisten und den Burschen, den er abführt. Vorsichtshalber nimmt er mit der Linken, der Handgashebel sitzt am Zweidrittelkreis des Lenkers, noch einmal Tempo weg und schaltet schließlich in den Leerlauf, um maximal langsam auf die beiden zuzutuckern. Alles klappt wie geschmiert, alles ist seinen Fingern wohlvertraut. Er steuert das Invalidenfahrzeug zweifellos nicht zum ersten Mal, obwohl ihm das Vehikel vorhin in der Kellergarage mit seinen schmalen Speichenrädern, mit seinem bootsförmigen Bug und dem zurückgeklappten Faltdach absolut fremd, ganz höllisch unbekannt und zugleich reichlich komisch vorkam. Aber kaum hatte er die Hand am offenen Lenkrad, kaum rückte Nichtchen an seine Seite und klopfte ihm ermutigend aufs Knie, wurde alles, das Starten, das Beschleunigen und Bremsen, das schnurgerade Rollen wie das flotte Kurven, zu einem wohlbekannten und dennoch erneut unbändig an- und abschwellenden Vergnügen. Dem Zweitaktmotörchen fehlt es nicht an Durchzugskraft. Die Karre ist ein rechter Leichtbau. Er selber hat im Sog der Jahre schleichend an Gewicht verloren. Und Nichtchen ist und bleibt ein feenhaftes Wesen, fast musste man bei Höchstgeschwindigkeit befürchten, der Fahrtwind, der über die niedrige Windschutzscheibe pfiff, könne sie wie eine Feder von der Sitzbank heben. Droht jetzt Kontrolle durch die Polizei? Besitzt Kommandant Silber die nötigen Papiere? Hängt hinten am runden Heck ein Nummernschild? Und hat er, bevor er mit Nichtchen auf diese Spritztour ging, auch nachgesehen, ob der Versehrtenrenner rundum verkehrsgerecht ausgerüstet ist, mit Licht und aufflammendem Blinker und all dem Pipapo, das es braucht, um unbehelligt an einem heutigen Wachtmeister vorbeizukommen?

Der Polizist der Siedlung wundert sich allein über die Brille. Der Chauffeur des einsitzigen Fahrzeugs trägt eine Art Motorradbrille, aber der Aufwand, der mit Leder, Gummi und Glas getrieben worden ist, lässt sie zu wuchtig, zu imposant erscheinen. Erst als die Karre an ihm vorbei ist, begreift er, dass er zum ersten Mal seit vielen Jahren wieder eine original Panzerfahrerbrille vor Augen hatte. Er dreht sich um. Eben rollt das Fahrzeug vor der Lücke aus, wo weiterhin der Musiker am Tönen ist. Herr Doktor Junghanns wirft, bevor er Richtung Sparkasse davonspaziert, noch einen langen Blick auf den Insassen des kleinen Autos, vielleicht weil auch ihm, dem einstigen Offizier, die Brille auffällt. Der helle Ton des Zweitakters verstummt. Der Hund des Blinden ist aufgestanden und tapst über den Gehweg. Er schnuppert am Blech. Die Klappe schwingt auf. Der Fahrer verfügt zur Überraschung des Polizisten noch über beide Beine. Gleichzeitig schwenken sie ins Freie und schlagen mit den Absätzen übertrieben hart auf den Asphalt. Schon steht der rüstige Invalide auf dem Trottoir und tätschelt den Nacken der großen weißen Schäferhündin. Und auch der Blinde hat sich erhoben. Ohne sein Instrument tritt er aus seiner Nische und streckt dem Panzerbrillenträger die Rechte hin. Und es bleibt nicht bei einem männlich distanzierten Handschlag. Alle vier Hände finden aufeinander, schon liegen sich die Veteranen in den Armen, klopfen sich auf die Rücken, schluchzen Wange an Wange, während das Tier Kopf und Hals in das leere Vehikel steckt, vielleicht aus hündischer Diskretion oder vielleicht, weil es dort drinnen, in der nichtigen Leere, für eine feuchte schwarze Nase etwas Interessantes zu erschnuppern gibt.

Die Szene rührt. Wen würde sie nicht rühren. Auch unseren dicken Polizisten hat das Bild mit Musikant, mit Panzerbrille und mit Blindenhund noch ein wenig milder gestimmt, als er sich ohnehin schon fühlt. Kein Wunder, dass ihm immer noch nicht einfällt, was ihm längst eingefallen sein müsste, dass nämlich just so ein Behindertenmobil Anfang des Monats bei der Oberhausener Inspektion als gestohlen gemeldet worden ist. Selbst ich könnte, in Einklang mit meinem lieben Kommandanten weich geworden, nun alles Mögliche vergessen. Mich rührt nicht nur das Wiedersehensglück der Männer, mir schmeichelt zudem zart, wie gern mich Sputnik riecht. Es ist nicht wahr, dass große Hunde nur an toten Vögeln oder an einem frisch ausgegrabenen Wurf hilfloser nackter Mäuschen wirklich innig schnüffeln. Unsere Sputnik mag auch einiges von dem, was ihr die Menschen an Duftnoten zu bieten haben, herzlich leiden. Die Hündin holt sich jeden Abend einen der Schuhe ihres Herrchens auf ihre Decke. Sie ist die Einzige, die es zu schätzen weiß, wenn dem Hausmeister des Kriegsversehrtenheims im Treppenhaus beim Schleppen seiner großen Holzleiter der Schweiß ausbricht. Und Sputnik liebt es über alles, wenn das strenge Fräulein Schößler so ausgiebig und schmerzhaft, wie es zu ihr passt, ihrer Monatsblutung frönt. Ach, mit dergleichen kann ich leider niemals dienen. So leiblich derb darf ich weder im Mobil des Kommandanten noch anderswo in den aromatischen Kosmos unserer lieben Sputnik treten.

Los geht's! Der Wolfskopf und Sybille haben das Sofa seitlich angepackt, der Schniefer und der Ami-Michi beugen sich vor die Sitzfläche, zerren an deren Unterkante, aber ihre vereinten Kräfte reichen dieses Mal nicht aus, um es von der Stelle zu bewegen. Der Wolfskopf fällt auf die Knie, rupft ein paar Büschel Gras weg, um besser sehen zu können, wie das Möbel festhängt, und begreift erst jetzt: Die hinteren Füßchen sind gar nicht abgeschlagen, auch nicht verkürzt! Der große geheime Couch-Verrücker hat sie, weil er die elegantere Lösung vorzieht, im Erdboden versenkt. Alle bis auf den Älteren Bruder fassen jetzt Hand an Hand unter die Seitenkanten. Sybille gibt das Hauruck an, und gleich beim ersten Versuch löst sich das Holz mit einem merkwürdigen, fast tierisch volltönenden Schmatzen aus dem Grund. Die Kinder taumeln ein halbes Dutzend Schritte von der Mauer weg, dann rutscht ihnen das Sofa von den Fingern, rumst ins Gras und steht jetzt kläglich schief am Hang. Der Ältere Bruder kommt herangehumpelt und wirft sich gegen die Lehne, die bereitwillig nach vorn und dann wieder nach hinten klappt. Die Sitzfläche schnappt hoch. Und alle sind erleichtert, im Bauch des Möbels nichts weiter als die anderen, die alten Krücken vorzufinden. Der Ältere Bruder nimmt sie und legt dafür die Felsenbrecher'schen in den Kasten. Mit einem Klick sind sie versteckt.

Wer wundert sich nun mehr? Mit wem kann ich mich nun am schönsten wundern? Die großen Kinder staunen mit dem Älteren Bruder über die Krücke, die er in der rechten Hand hält. Das alte Ding fußt nicht mehr in einem Zylinder aus abgewetztem und porös gewordenem Gummi. Der Stöpsel ist futsch. Und das massive Ende der Stange läuft, wie von einer Maschine abgedreht oder von einem geduldigen Schlosser zurechtgefeilt, in einen gleichmäßigen Kegel aus. Sybille prüft die blanke Spitze vorsichtig mit dem Daumen, und der Ami-Michi meint voll Respekt, so etwas, so einen Speer würde er nicht in den Bauch bekommen wollen.

Die beiden Kleinen, die Zwillinge, stehen unterdessen an der Mauer. Der Krückentausch ihres großen Bruders scheint ihnen gleichgültig zu sein, zumindest haben sie dem Sofa, kaum war es abgesetzt, den Rücken zugekehrt und sind zurück zur Ziegelwand. Weil sie zu zweit sind, können sie zeitgleich in die beiden Löcher gucken. Die hinteren Füßchen der Couch haben als ihr Negativ zwei hohle Quader im Boden hinterlassen. Wie sauber diese Schächtlein ausgestochen sind! Das frische Weiß der Graswurzeln verrät, dass sie erst vor kurzem von einem scharfen Grabgerät zerschnitten wurden. Als würde dies nicht reichen, um ihnen Achtung, ja Ehrfurcht vor dem Unbekannten einzuflößen, wird die Erde feucht. Aus dem Grund der beiden Schächte dringt Nässe ans Licht. Es suppt nach oben. Und als die Großen zu ihnen treten, als auch der Ältere Bruder, Sybille, der Schniefer und der Wolfskopf den Blick vor die Mauer des Bärenkellers senken, sind die Löcher, die ihr Sommersofa dort hinterlassen hat, schon beinahe bis oben hin mit einer Art von Wasser, mit einer schlierig rot schimmernden Brühe, vollgelaufen.

Mein wackerer Mann ohne Gesicht guckt währenddessen bloß in seine Kaffeetasse. Das Warten macht ihn unruhig. Gegen Nervosität trinkt er seit jeher Tee oder Kaffee, oft beides nacheinander und schließlich sogar durcheinander, bis ihm irgendwann von all der maßlosen Beruhigungstrinkerei die Finger zittern. Zur Probe hält er sich jetzt die Rechte vor seine imaginäre Nasenspitze. Noch steht sie fest wie eine Eins, noch könnte er ohne Fehlversuch einen Faden durch ein Nadelöhr bugsieren. Der Kommandant ist in der Nähe. Er spürt es seit der letzten Tasse überdeutlich, aber er widersteht der Versuchung, auf gut Glück loszurennen und sich in den Straßen der Neuen Siedlung nach dem hellen Schopf des Ersehnten umzusehen. Ihr Kommandant konnte früher nicht ausstehen, wenn einer aus der Mannschaft seinem Willen eigenmächtig vorgriff. Und auch die Mäuse hatten ihm zum Abschied nicht nur zur Vorsicht, sondern auch zu Geduld und Beharrlichkeit geraten. Im Tassengrund hat sich ein wenig schwarzer Satz gesammelt. Er schwenkt die Körnchen mit dem Rest der Brühe rundum über das weiße Porzellan. Er zählt die schwarzen Punkte, die oben kleben bleiben, und gibt das Zählen wieder auf. «Kobommt Zeibeit, kobommt Rabat!», wurde ihm in der letzten Nacht von seinen Waldgefährten altklug vorgefiepst. «Bloboß keibeineben Schnebellschubuss!», warnte ihr Chor – wortgleich wie einst der Kommandant! Und ihre allerletzte Spruchweisheit, ihr langgezogenes «Maban soboll deben Tabag nibicht vobor seibeinebem Ababebend lobobeben!» klang ihm betulich ernst und zugleich herzzerreißend komisch in den Ohren.

Sommernacht

Und auf der anderen Seite ist es unversehens Nacht. Die Kinder sitzen auf der Mauer. Gerade eben, beim Hinaufklettern auf den Grat aus nacktem Backstein, sind ihre Beine noch sommerlich braun gewesen. Aschgrau baumeln sie nun über dem finsteren Grund des Gartens. Keinen der Freunde kümmert, dass ihnen unsere gute Sonne noch immer mütterlich den Rücken wärmt. Ihre Augen haben den kunterbunten Weltkreis hinter sich gelassen. Alle Pupillen haben sich geweitet, alle Gedanken sind auf die dunkle Spur gestellt. Der Bärenkeller schlägt sie in seinen Bann. Bloß ich, das naseweise Sommerfrüchtchen, richte den Blick noch einmal nach oben, wo der Himmelskuppel ein dünner, knochenbleicher Scheitel zwischen Tagblau und Nachtblau gezogen ist.

Auch unser großer Bruder könnte die Halbierung des Firmaments bemerken, zumindest wie sie sich auf seinem bandagierten Bein abbildet, das noch ein Weilchen zur Erholung von der Quälerei des Kletterns auf den obersten Ziegeln ruhen darf. Was Schwester Innocentia gestern spiralig aufgewickelt hat, wird hier auf der Mauer der Gartenwirtschaft fast pingelig präzis in eine linke und in eine rechte Hälfte, in schniekes Tagweiß und in nächtlich schmutziges Beige geschieden. Es ist, als hätten sich zwei Schalen auf seinem Knie, auf seinem Schienbein und auf dem Rist des Fußes zu einer auch für alle tieferen Schichten gleichermaßen gültigen Naht geschlossen.

Vorhin hat nur einer den Hilferuf vernommen. Die Großen, der Wolfskopf, der Schniefer, Sybille und auch der Ältere Bruder, alle schauten gleich blickdumm und stumpfohrig dem Ami-Michi zu. Denn ausgerechnet unser Michi, den es am meisten vor dem roten Wasser grauste, hatte sich hingehockt, um schnell eine Zeigefingerspitze in die Brühe zu tunken, die offenbar, genauso zügig, wie sie aufgestiegen war, wieder in den Grund des Hangs versickern musste. Er steckte den Finger sogar noch in den Mund, murmelte, dass es nach gar nichts schmecke, allenfalls ein wenig süß, da merkte ein Zwilling auf und wies zum oberen Rand der Mauer. «Sie ruft: Sybille, hilf mir!» Der am Vortag Gebissene sagte dies beiläufig, fast wie zu sich selbst. Er dachte, auch die anderen hätten den Schrei gehört. Aber selbst sein gleichaltriger Bruder guckte ihn zunächst nur mit großen Augen an. Und als er verspätet doch noch nickte und ein «Wir müssen auf die andere Seite!» hinterherschob, entsprang seine Entschlossenheit vor allem dem Schreck darüber, dass er zum ersten Mal nicht wahrgenommen hatte, was dem anderen an seiner Seite zu Ohren gekommen war.

Jetzt sind sie auf der Scheidemauer. Der nächtliche Garten hält für die sieben Kinder so still, wie er nur kann. Der Schniefer atmet durch den offenen Mund, um die noble Lautlosigkeit des Bärenkellers nicht mit dem Rasseln seines verrotzten linken Nasenlochs zu stören. Vorhin, als er, auf den Schultern des Wolfskopfs stehend, als Erster auf die andere Seite lugte, ist etwas Helles zwischen den schwarzen Stämmen der Kastanien in Richtung Haus gehuscht. Es half und hilft ihm nichts, dass er dieses besondere Weiß erkannt hat. Im Gegenteil, gerade dieses Wissen macht ihn stumm. Es würde nichts erklären, sondern alles noch schlimmer verworren machen, wenn er den anderen nun erzählte, wo er das bleiche Glänzen dieses Hautgewands schon einmal gesehen hat. Wenn alles geschafft ist, wenn sie mit vereinten Kräften Sybilles kleine Schwester gerettet haben, will er dem Älterem Bruder, der ihm ein besonderer, ein wirklich großer Freund ist, alles beichten. Sobald sie wieder zusammen Fahrrad fahren, sobald der Ältere Bruder sich wieder auf einen Sattel schwingen und in die Pedale stampfen kann, will er ihm zum Schnurren ihrer vier Reifen, so gut er es hinkriegt, von den beiden Trichtern, vom Buchen- und vom Kinotrichter, berichten. Und dann soll unser großer Bruder die ganze Trichterglotzerei als eine richtige Geschichte, also als etwas, wofür die Hauptperson nicht wie ein armer Affe ausgelacht wird, sondern im Gegenteil als Held aufglänzt, an die Herzen der anderen legen. Der Schniefer springt. Er springt hinunter. Das Gras des Bärenkellers raschelt bei seiner Landung künstlich, fast technisch kalt. Fünf Sommer wird es dauern, dann wird unser Schniefer als frischgebackener Lehrling mit den Plastikborsten des Werkstattbesens die Stahllocken zwischen den Drehmaschinen ineinanderschieben, dabei dies Rascheln wiederhören und sich blitzlichtkurz, ein erstes und ein letztes Mal, an das Nachtgras der Gartenwirtschaft erinnern.

Der Ami-Michi und der Wolfskopf folgen seinem Winken und lassen sich nacheinander von der Mauer fallen. Sybille bemerkt erst jetzt, dass sie zwischen den Zwillingen sitzt, dass diese nicht wie sonst die Schultern aneinanderdrücken. Also nimmt sie die beiden, um die ungewohnte Trennung aufzuheben, bei den Händen, bevor sie mit den Pobacken nach vorne rutscht. Zu dritt geht es hinunter, zu dritt sind Sybille und die Brüder ein sausendes Momentchen aus der

Zeit, während der Schniefer und der Ami-Michi schon an die Ziegel treten, um dem Wolfskopf zu helfen, unseren großen Bruder auf den Boden der Sommernachtsseite zu bekommen. Sie stellen sich dabei so wunderbar geschickt an, als hätten sie die nötigen Griffe längst insgeheim geübt. Schon steht der Ältere Bruder frei vor der Mauer, schon stößt er die zugespitzte rechte Krücke zur Probe in den Grund. Alle hören den knirschenden Widerstand, den alten, von tausend Schritten festgestampften Kies unter dem Gras. Der Schniefer schnaubt durch beide Nasenlöcher. Der Wolfskopf kratzt sich in den zu lange nicht gewaschenen Haaren. Sybille sieht, wie die Zwillinge einander mit den Ellenbogen suchen, verfehlen und dann doch noch finden. Alle sind ein respektreiches Sekündlein still, alle stehen eine eiserne Sekunde stramm. Und unser Ami-Michi weiß auf einmal, dass die wackeren Arbeitsmänner, die hier, an dieser Stelle, beim Aufrichten der Mauer mit den Absätzen ihrer Stiefel die Kieselsteinchen in den lehmigen Grund getrampelt haben, vom Ältesten bis zum Jüngsten mausetot sind, weil sie gleich anschließend mit geschulterten Schaufeln, ohne dass auch nur Zeit gewesen wäre, die mörtelbespritzten Schuhe gegen glänzend schwarz gewichste auszutauschen, nach Westen und nach Osten in den Krieg gezogen sind.

Es knirscht. Der Mann ohne Gesicht schwenkt den zur hochgezogenen rechten Schulter hingeneigten Schädel wie einer, der versucht, sich Wasser aus dem Ohr zu schütteln. Das Knirschen kümmert sich nicht drum. Der Mann ohne Gesicht greift sich, als könnte er das lästige Geräusch mit Fingern fassen, an den Kopf. Für alle anderen, die ungern genauer hinschauen, ist der Unterschied kaum zu erkennen, aber für ihn, den Einzigen, der seine Ohren berührt, ist die rechte Muschel fühlbar kleiner als die linke. Wahrscheinlich rührt dies schlicht daher, dass die Wanne ihres Tiger-Panzers links getroffen wurde. Er will, wenn sie erneut vereint sind, den Kommandanten fragen, ob er Genaueres berichten kann. Nachdem ihnen der Donnerschlag des zweiten, des entscheidenden Treffers zeitgleich in den Köpfen explodiert war, hatte es ihr Kommandant als Einziger geschafft, sich sogleich ein nahezu komplettes Bewusstsein, sich Einsicht, Absicht, Entschluss- und Handlungsfähigkeit zurückzuerobern. Obschon an beiden Unterschenkeln und an der Stirn durch Splitter schwer verletzt, hatte er erst ihn, den versengten Ladeschützen, und dann ihren geblendeten Richtschützen, den in der ganzen Kompanie bekannten und beliebten Musikanten, aus dem brennenden Gefährt, aus beißendem Kunstgummi-Qualm und Höllenhitze und aus jener Taubheitsstille, die sie alle fünf im großen Minus fehlender Wahrnehmung vereinte, an Luft und Licht geschafft.

Später hieß es, sogar die beiden Sterbenden, der Funker und der Fahrer, seien von ihrem Kommandanten aus dem schwarz rauchenden Panzerwrack geborgen worden, bevor der Blutverlust ihm die Besinnung raubte. Der Mann ohne Gesicht kann sich erst wieder an die kühle Nässe der morgendlichen Wiese und an ein völlig neuartiges Rauschen in seinem Schädelraum erinnern. Obwohl ganz oben über ihm, dicht unter merkwürdig rosafarbenen Wolken, noch Krieg war, obwohl nicht allzu hoch, höchstens im ersten oder zweiten Stock des Himmels, schwere Munition verpuffte, war es hier unten im klammen Gras nun mit dem Krieg vorbei. Ein unsichtbarer, ein absolut transparenter Vorhang war gefallen. Es folgten Hell- und Dunkelkammern, die sich nicht sauber voneinander trennen und auch nicht zählen ließen, Kammern, in denen sein Gesicht in einer glühenden Maske geschmolzen und, ohne dass er dazu etwas hätte sagen können, zu etwas Neuem umgegossen wurde. Es waren Räume, in denen er lernte, dem Zirpen und dem Dröhnen, dem schrillen Gellen und dem dumpfen Wummern seiner Schmerzen wie etwas Anders-Schönem zuzuhören, wie einer ultramodernen elektrischen Musik, die eigens für ihn in Kupferwicklungen und luftleer gepumpten gläsernen Röhren entstand.

Der Mann ohne Gesicht bohrt sich im rechten Ohr; allein das Knirschen schert sich nicht darum. Es wiederholt sich in fast gleichem Abstand. Um wie viel schärfer sein rechtes Schrumpfohr hört, weiß er aus seiner Zeit im Wald. Wenn er sich nachts in seinem Wagen auf die Seite drehte und die rechte Restmuschel im Kopfkissen versenkte, hatte er sogleich Mühe, die Satzkaskaden seiner Mäuse in verständliche Happen zu separieren. Ihr Fiepsen klang im linken Ohr kaum leiser, doch dünner, irgendwie hohler und zudem merkwürdig verhallt. Kaum lag er wieder auf dem Rücken, klärte sich der Ton, und ihr Chor war wieder wortgenau zu verstehen.

Es klingelt an der Tür. Sie sind zu einer ersten Dreierrunde, zur ersten gemeinsamen Lagebesprechung verabredet. Allerdings erst um fünf. Die Kameraden können es also eigentlich nicht sein. Auf dem Weg durch den Gang knirscht es erneut in seinem Kopf, gleich dreimal, extra laut und überdeutlich. Und endlich, die linke Hand schon an der Klinke, die rechte wieder am verschmorten Knorpel, kapiert der Mann ohne Gesicht, dass es ein Schreiten ist, ein fernes Gehen auf knirschendem Grund, vielleicht auf Kies, das er wie durch einen unglaublich lang gezogenen Gehörgang, wie durch ein Fern-Ohr belauschen kann.

«Verflucht, es geht schon los!», knurrt ihm der Fehlharmoniker statt eines Grußes entgegen, und Sputnik drängt über den dicken Kokosfußabtreter, der den anderen Hausbewohnern suggerieren soll, der Neue richte sich auf Dauer ein. Die Hündin zieht ihr Herrchen Richtung Küche, der Mann ohne Gesicht sieht das feuchtverklebte Fell unter ihrer hin und her schlagenden Rute, bemerkt dann einen frischen, bräunlich roten Flecken auf dem Stragula des Flurs. «Genau das ist es!», hört er den Fehlharmoniker in seinem alten, lustig forschen Richtschützenton aus der Küche rufen. «Daran habe ich begriffen, dass es so weit ist. Eigentlich kann meine Sputnik gar nicht bluten. Sie konnte es noch nie, weil man sie für die Ausbildung zum Führhund schon vor der ersten Läufigkeit kastriert hat. Wir müssen den Kommandanten schleunigst herbekommen.»

Die Kinder aber wenden sich der Wirtschaft zu. Das Haus ist groß und kalt. Kälte und Größe strahlt es wie eine Umschrift seines Namens in den Garten. Größe und Kälte bedeuten den Kindern das Alter des Gebäudes. Nicht einmal der Ältere Bruder, der bereits eine kleine Sammlung Jahreszahlen auf Abruf parat hat und wie aus der Pistole geschossen sagen könnte, in welchem Jahr der letzte Krieg zu Ende ging, wäre nun in der Lage, in ein Zahlwort zu bannen, wie alt der Bärenkeller sein mag. Die hintere Tür ist abgeschlossen. Der Wolfskopf traut sich und rüttelt kräftig an der Klinke. Der Riegel hat Spiel, das Türblatt pocht gegen den Rahmen. Von oben fällt reichlich Dreck auf die Wolfskopfhände und auf die breite Eichenschwelle vor ihren Füßen. Der Ältere Bruder deutet mit dem spitzen Ende seiner rechten Krücke auf den oberen Winkel, den ein Spinnennetz so ausfüllt, dass es beim Aufgehen der Tür wie ein Siegel zerreißen müsste. Also nehmen sie sich die Fenster vor. Allein der ungebissene Zwilling bleibt kurz zurück und spricht in seinem Kopf zum lieben Gott. Er bittet den großen alten Mann, den er aus den vielen gemeinsam mit seinem Bruder durchexerzierten Himmelswitzen halbwegs gut zu kennen glaubt, dass Sybilles kleine Schwester irgendwo anders, bloß nicht in diesem finsteren, kalten Kasten gefangen gehalten werde. Und dann beugt er sich vor, legt sich die Hände auf die eisigen Knie und rubbelt sie, so fest er kann, um sie wenigstens für den Moment, bevor er losrennt und wieder zu den anderen aufschließt, ein wenig zu erwärmen.

Frau Roser ist schon ein wenig kühl. Frau Roser war so frei, hat sich erlaubt, bereits ein wenig auszukühlen. Obwohl die warme Luft im Zimmer stockt, obwohl die geschlossenen Vorhänge die Sonnenhitze nicht draußen halten konnten, spürt ihre Schwiegertochter, fünf schneewittchenweiße Fingerspitzen auf der feingerillten, braunfleckigen Stirn der Greisin, wie viel Wärme der atemlose Körper schon verloren hat. Herr Doktor Junghanns hatte gestern Abend angedeutet, dass es in der Nacht zu Ende gehen könnte. Aber am Morgen hatte sich die Sterbende wie in den Wochen zuvor, pünktlich um neun, auf die Toilette führen lassen, hatte dann, wieder im Bett, beide Hände um das geblümte Porzellan ihrer großen Sammeltasse gelegt und mit vielen winzigen Schlucken die gewohnte Menge schwarzen Kaffees getrunken. Als die Schwiegertochter nach der leeren Tasse griff, wurde sie von der Todesnahen erstaunlich fest am Handgelenk gepackt. «Schenk mir noch einmal nach. Nein! Brüh mir einen stärkeren auf. Ich muss den Kreislauf aus dem Keller bringen. Es wird schon dunkel, die Nachtbereitschaft geht bald los, und heute Nacht wird Schwester Emmi noch einmal gebraucht!» Dann wies sie auf das Fenster, wo die Morgensonne die gelben Vorhänge zum Leuchten brachte, und nickte ihrer Schwiegertochter augenzwinkernd zu, als machte dieser Anblick jede weitere Erklärung überflüssig.

Während die junge Frau in der Küche die Kaffeemühle drehte und, wie ihr aufgetragen worden war, nicht mit den Bohnen sparte, konnte sie aus dem Zimmer ihrer Schwiegermutter, durch die nur angelehnte Tür, das an- und abschwellende Murmeln einer Wechselrede hören. Bis jetzt hatte die Greisin nie mit sich selbst gesprochen. Wahrscheinlich geriet sie durch die Spritzen, die ihr Herr Doktor Junghanns neuerdings spendierte, allmählich doch in die Kulissen einer anders aufgestellten Welt. Mit einem wirklich finsteren Kaffee, mit einem Aufguss, der fast ölig in der Tasse schwappte, ging sie erneut hinüber. Das Zimmer schwamm in gelbem Licht. Und daran, wie der von zwei Kissen Gestützten der Mund aufklaffte, wie das künstliche Gebiss seltsam schief zur Unterlippe stand, begriff die junge Frau, dass der verlangte Wachtrunk nun auf dem Nachtkästchen erkalten durfte und dass sie ihre eigene nächste Tasse an der Bettkante einer langsam auskühlenden Toten schlürfen würde.

Die Fenster der Bärenkellerwirtschaft, gegen deren steinerne Simse Sybille als die Größte den Halsausschnitt ihres Drachenkleides drückt, scheinen ausnahmslos fest verschlossen. Guckloch auf Guckloch reiben die Kinder in den Schmutzbelag der Scheiben, um jedes Mal aufs Neue einsehen zu müssen, dass der Schimmer, der aus dem nächtlichen Garten ins Innere der Räume sickert, viel zu schwach ist, um etwas erkennbar zu erhellen. Aber dann geht es um die Ecke auf die Breitseite des Hauses, und jede weitere Fensterguckerei erübrigt sich, weil sie gemeinsam die strahlend helle Rampe sehen. Das ist der Schlund des Bärenkellers! Da geht es lockend tief hinunter. Dem Schniefer fällt sogleich auf, wie weit die beiden Rillenbänder im Beton der Abfahrt auseinanderliegen. Der Abstand ist viel zu groß für die Spurbreite des Vehikels, das stumm das Licht seiner eng beieinanderstehenden Glubschäuglein nach oben sendet. Der Schniefer könnte den anderen verraten, dass dies nicht lang so bleiben kann. Sein Vater, der sich regelmäßig über die Elektrik seines Motorrades ärgert, hat ihm erklärt, wie an einem Fahrzeug die nötige Helligkeit zustande kommt. Dieses Autochen hat bestimmt auch bloß eine mickrige Motorradbatterie, die allenfalls ein knappes halbes Stündchen Strom hergibt, sobald der Zylinder des Zweitakters stillsteht. Aber der Schniefer hält den Mund, er spürt, sie brauchen sich nicht um die Zukunft dieses Lichts zu kümmern.

Sybille, die als Erste am Hinterrad des Behindertenmobils vorbeigeht, bemerkt, wozu dessen putzig kleine, eiartig vorgewölbte Heckleuchten nun gut sind. Mitten in dem roten Fleck, den das linke Rücklicht auf den Boden wirft, liegt eine der weißen Sandalen. Nachdem ihr Schwesterchen die neuen Lacksandalen verloren hatte, ist sie dazu verdonnert worden, für den Rest dieses Sommers Sybilles alte weiße aufzutragen. In ihrem akuten Stumpfsein fand sie sich klaglos damit ab, obschon vor ihren Zehenspitzen so viel leere Sohle blieb, dass sie von den Fröhlich-Geschwistern sogleich gehänselt wurde. Sybille beugt sich über den Schuh, der einmal ihrer war. Es ist in diesem Augenblick unendlich lange her, aber sie kann sich noch perfekt daran erinnern, wie sehr die vorderen Schnallen, obwohl bereits in jede ein zusätzliches Loch geknipst war, zuletzt beim Laufen und noch mehr beim Rennen drückten und ihr am Abend zwei rote Streifen über die Zehen liefen. Der Wolfskopf hebt die Sandale auf, bietet sie Sybille an, und als die abwinkt, schiebt er den offenen Knöchelriemen unter einen Lederhosenträger und schnallt den Schuh wie etwas Abgeschossenes, wie eine erste Beute ihrer Nachtjagd, daran fest.

Sommernacht

Die Mutter aber schleppt sich durch den Tag. Die Mutter der Brüder hat nicht nur zu wenig, was längst die Regel ist, sondern auch unvermutet schlimm geschlafen. Zwischen Gestern und Heute riss der Abgrund eines alten Übels auf. Wie aus dem Nichts ist der Gierer zu ihr zurückgekommen. Dabei hatte sie gegen Mitternacht, bevor sie zum Sturm auf das Schlusskapitel ihres Romans ansetzte, eigens drei statt zwei ihrer Frauenhilfsdragées genommen. Sie wollte nach der letzten Seite, nach dem Zuklappen des Buches, zügig in jene schwarze Watte sinken, die ihr die Nachtruhe bedeutet, seit Doktor Junghanns ihr die Wunderpillen, bedenklich kopfschüttelnd, aber doch jeden Monat neu verschreibt. Der Vater sieht es nicht gern, wenn sie, auf dem Bettrand sitzend, den kleinen Plastikzylinder schüttelt, damit ihr das Klackern schon vor dem Stöpselziehen versichert, dass sie noch genug Vorrat hat. Aber er weiß auch, was er den unscheinbaren, eischalenfarbenen Linsen, die sie, ohne etwas dazu zu trinken, hinunterschluckt, verdankt.

Durch Mark und Bein ist ihm der halberwürgte Schrei, das Gurgeln und Japsen, stets gegangen, mit dem sie sich links von ihm auf ihrem Kopfkissen ins Wachsein kämpfte. Der Alb hatte wenige Tage nach der Geburt des Älteren Bruders debütiert und trat danach mit stupider Regelmäßigkeit, mindestens sechsmal die Woche, auf die Schaubühne für Nachtgespinste. Immer war die Kulisse dabei gleich, und sie ist auch zurückliegende Nacht erneut unverändert aufgebaut gewesen. Der Mutter träumt, sie liege fest schlafend in ihrem Bett. Aber ihre Augen stehen in Erwartung des Kommenden bereits weit offen. Der lidschlaglose Blick der Schläferin ist rettungslos auf die geschlossene Schlafzimmertür gerichtet. Aus diesem Schacht des Hinschauens gibt es kein Entrinnen. Immer geht irgendwann die Tür auf. Abscheulich langsam löst sich die obere Kante ihres milchig weißen Blatts vom grobkörnigen Grau des Türstocks. Und schließlich klafft der Spalt, das vom Bett aus nicht einsehbare, aber dafür umso präziser vorstellbare dunkle Dreieck weit genug auf, um das draußen Lauernde ins Zimmer eindringen zu lassen.

Längst weiß die Träumende, wie es aussieht, was da zu ihr ans Bett, zu ihr auf die Matratze, unter ihre Decke und an ihren Busen will. Was kommt, ist keine Überraschung. Seit Jahren gönnt sich der Nachtmahr nicht die kleinste Variation der Erscheinung. Was kommt, will alles andere als neu sein. Und beide, der Entsetzer und die Entsetzte, sind sich auch ohne Zwiesprache einig, dass es so, wie es vonstattengeht, seine grauenhafte Korrektheit hat. Im oberen Türspalt erscheint an einem garstig beflaumten Hals, an einem fast rührend dünnen, unnatürlich langen, feuchten Stängel, ein Kopf, ein spiegelnacktes Schädelchen. Die übergroßen, glubschig gewölbten Augen gieren hin zur Mutter, in einem flehenden Verlangen, auf eine Weise mitleidheischend, die keinen Widerstand, keine Weigerung, kein Nein zu dulden gesonnen ist. Der Hals wächst noch. Der Hals verjüngt sich wachsend wie ein in die Länge gezogener Schlauch. Der Hals biegt sich nach vorne. Der Kopf neigt sich über den Grat der Tür. Er wackelt. Er rüttelt. Stets scheint der Gierer etwas artikulieren zu wollen. Und dann, während das bislang in seiner

Stummheit perfekte Spiel an der Klippe zum ersten Wörtlein stockt, bemerkt die Gelähmte das Schlimmste, das wiederum mit aller Kraft bis in den letztmöglichen Moment aus der Wahrnehmung Hinausgestemmte: Das Sprechloch des Gierers ist elend missgestaltet: Statt zweier Lippen, anstelle der Zähnlein eines Ober- und Unterkiefers, klaffen die weichen Kanten eines noch nicht ausgereiften, weil seinem Ei zu früh entrissenen Schnabels. Der schnappt ins Leere, schnappt in die Nachtluft und giert, das weiß die Mutter ganz genau, mit diesem Schnappen nach nichts anderem als nach der Milch in ihren unerträglich gespannten Brüsten.

Die Kinder spüren in Knien und Waden, dass der Weg auch hinter der Rampe sanft in die Tiefe führt. Der Schniefer wendet den Kopf, um einen letzten Blick auf das Behindertenmobil zu werfen. Er prägt sich dessen halbkugelrundes Heck ein, kneift dann die Lider kurz zusammen und stellt sich noch einmal vor, wie das Gefährt von vorn aussieht. Er will, falls sein Vater später, im Sonnenlicht, nach bestimmten Einzelheiten fragt, nicht dumm dastehen. Womöglich ist das Fahrzeug längst auf und davon gebraust, wenn sie mit Sybilles kleiner Schwester auf dem Rückweg wieder hier erscheinen. Feiner als ein Geruch fliegt unseren Schniefer die Ahnung an, der Ausstieg könne auch woanders liegen, aber schon fordert der unmittelbare Fortgang seine ganze Achtsamkeit. Die Wände krümmen sich nach rechts. Es ist eine ganz weit gezogene Kurve. Dazu gewinnt der Stollen an Breite und an Höhe. Das Licht des Autochens kann ihnen nicht mehr in die Biegung folgen, aber zum Glück kommt es nun auch von vorn ein wenig hell.

Die Zwillinge rennen voraus, während die anderen sich mit dem Tempo begnügen, das der Ältere Bruder auf seinen

Krücken vorgibt. Der Wolfskopf hört das scharfe Kratzen, mit dem die rechte, die angespitzte Krücke unseres großen Bruders sich vom Boden löst, und glaubt die Eile der Zwillinge zu verstehen. Die sollen sich ruhig gehörig sputen! Der Wolfskopf guckt auf den roh betonierten, mit dicken Kieseln gespickten Grund und grollt den beiden. Schließlich sind sie an allem schuld. Sie waren es doch, die Sybilles kleine Schwester mit ihrem blöden Gewitzel hierhergetrieben haben. Obwohl er groß ist und den dicksten Schädel im Hof hat, obwohl er, was er jetzt wieder ganz deutlich spürt, manchmal sogar mit den Haaren denken kann, ist es ihm viele Male nicht gelungen, herauszubekommen, wo in dem, was die beiden aufgeplustert herausposaunten, das Lustige verborgen war. Nichts anderes als diese hundsgemeine Unverständlichkeit muss, Witz auf Witz auf Witz, Sybilles Schwester immer weiter in die Verrücktheit hineingetrieben haben. Der Wolfskopf nickt sich selber, nickt diesem prima Gedanken zu. Seit ihrem Fahrradunfall, seit er dem Professor Felsenbrecher beim Rupfen und Zupfen, Schneiden und Vernähen und beim Erzählen zugeschaut hat, ist er sich sicher, dass er ein blutiges Stückchen mehr als seine Freunde vom Schuldigwerden und von den Strafen, die den Schuldigen blühen, versteht.

Oben wollen die beiden Kameraden handeln. Der Kommandant hat dem Fehlharmoniker eine Telefonnummer aufgeschrieben, unter der er ab sofort rund um die Uhr erreichbar sei. Sie steht, mit kindlich großen Ziffern aufgemalt, im weißen Textfeld einer dritten Postkarte, die er am liebsten, voll verlegener Habgier, für sich behalten hätte, nun aber, die Bildseite nach oben, auf den Tisch klatscht. Erneut ist das Lichtbild wunderschön. Der Mann ohne Gesicht staunt über das klug gewählte Hochformat, bestaunt ein blondbezopftes Mädchen, das gleich seinen beiden Vorgängerinnen im Evaskostüm bis an die Oberschenkel in finsterem Wasser steht. Sie hat den Kopf im Nacken liegen, als betrachte sie die Sterne oder erwarte, in Einklang mit dem Fotografenwillen, das Herabschweben eines Vogels, der verspätet auf sein Ruhegewässer eindreht. Alles ist derart schwarzweiß, dass man sich auch das Unsichtbare, also alles, was keine Kontur bekommen durfte, mühelos vorstellen kann. Das Bild hätte jedwede Zeit der Welt verdient. Aber sein Eigentümer duldet keinen Aufschub. Wie weit sei es zur nächsten Fernsprechzelle? Er kenne bloß die Kabine am Ende des Kreuztöterwegs, vis-à-vis der größeren Kirche. Ob es hier in der Neuen Siedlung noch eine zweite, nähere gebe? Der Mann ohne Gesicht schüttelt den Kopf und prägt sich die Nummer, es sind ja nur fünf Ziffern, ein. Das Mädchen, dem die unglaublich dicken Zöpfe bis über den untersten Rippenbogen baumeln, steckt er, ohne zu fragen, neben die andere nächtliche Nackte an den Küchenschrank. Dann nimmt er seinen Werkzeugkasten aus dem Eck, reißt dessen Henkel mit so viel Schwung in die Höhe, dass der Inhalt klirrt und Sputnik in Erwartung eines Aufbruchs unter dem Tisch hervorgeschossen kommt. «Lass Sputnik hier. Wir gehen bloß die Treppe hoch.»

Wie erwartet leistet das simple Schloss unter der Klinke dem Dietrich keinen nennenswerten Widerstand. Aber die Ehrhards, die hier oben wohnen, die beide bei der Sparkasse beschäftigt sind und sich im nächsten Sommer ein erstes Kindchen leisten wollen, haben vor kurzem nicht nur einen Spion, sondern auch ein zweites Schloss, einen modernen Sicherheitsschließzylinder, ins Türblatt setzen lassen. Der Fehlharmoniker reicht seinem Kameraden das Werkzeug an. Zwei Hiebe mit dem Fäustel, dem kurzen, aber schweren Hammer, treiben das kleinere der beiden Brecheisen zwischen Tür und Türstock, ein einmaliges Hebeln reißt die Schrauben aus dem Holz. Pech nur, dass ausgerechnet in den Knall des zweiten Hammerschlags das Klinkenschnappen der Haustür fällt. Wischmann-Waschmann hört, vor die Briefkästen getreten, den Türstock splittern. Er zögert keine Sekunde, zieht sich die Umhängetasche über den Kopf, stellt sie an die Wand und schleicht, nicht weil sein Mut, sondern weil seine Neugier mit ihm durchgeht, so leise es die Gummisohlen seiner Dienstschuhe erlauben, die Treppe hoch.

In der Wohnküche sucht der Mann ohne Gesicht erfolglos nach dem Fernsprechapparat. Er geht ins Schlafzimmer, wo Frau Ehrhard vor dem Weggehen die Bettdecken makellos glatt gestrichen hat, wo ihm über den senkrecht aufgestellten Kissen ein Jesusknabe, fast lebensgroß im Tempel, aus einem Öldruck halb streng, halb mild entgegensieht. Aber weder auf den Nachttischschränkchen noch auf der Frisierkommode kann er das Telefon entdecken. Er kehrt in den Flur zurück, schaut nach der grauen Leitung. Der Fernmeldemonteur hat sie direkt unter der Decke aus dem Hausflur hereingeführt. Sie läuft am Stock der Badezimmertür entlang nach unten, die Buchse ist in den Winkel von Fußleiste und Türrahmen geschraubt. Die Schnur des Apparats führt unter der Türkante ins Bad.

Der Fehlharmoniker sieht indes durch die Froschlinse des Spions, wie Wischmann-Waschmann die letzten Stufen nach oben pirscht, und fasst das Brecheisen ein wenig fester. Es wird nicht einfach sein, den Rumpf des Briefträgers im schmalen Streif der dem rechten Auge verbliebenen Sichtluke zu halten, wenn es gleich heißt, hinauszustürmen und hart, aber nicht mörderisch zuzuhauen. Hinter der Badtür hebt der Mann ohne Gesicht das Telefon neben der Kloschüssel vom Boden. Er setzt sich auf den Deckel und wählt. Der Postler draußen im Treppenhaus spitzt die Ohren. Er hört das Schnurren, mit dem der Teller in seine Ausgangsposition zurückdreht, macht lauschend einen letzten, extraleisen Schritt bis an die Wohnungstür und sieht die tiefe Delle auf Höhe des zweiten Schlosses.

Kein Wunder, dass Wischmann-Waschmann, alle Sinne wie zu einem Pfeil nach vorn gespitzt, das Tapsen hinter sich nicht wahrnimmt. Dabei will Sputnik gar nicht schleichen. Aber seit sie den ihr befohlenen Warteplatz hinter der angelehnten Wohnungstür verlassen hat, lastet das hündische Wissen, auch mit allem weiteren Tun gegen den Willen ihres Herrchens zu verstoßen, schwer auf ihrem starken Nacken, und deshalb setzt sie die Pfoten noch sachter, als es sonst schon ihre Art ist. Der Mann ohne Gesicht hört ein erstes, ein zweites und ein drittes Tuten. Am anderen Ende, am Anschluss des Kommandanten, klingelt es also an. Wischmann bemerkt, wie sich das Glas des Spions verdächtig aufhellt, macht einen Schritt zurück, sieht noch die Tür aufgehen, stürzt dann über den Rücken der sich zur Seite wegduckenden Sputnik und ist – ehe der Fehlharmoniker ihn wieder in seinem Sehstreif hat – schon mit der Schläfe gegen das Treppengeländer geknallt, heftig genug, um nichts als einen weißen Schmerzblitz und dann noch weniger als jeder Sehbehinderter von dieser schönen Welt wahrzunehmen.

Alle hören es klingeln. Die Zwillinge, die als Erste um die Biegung kamen und als Erste ins Auge fassten, was es dort anzuschauen gibt, sind schlimm erschrocken, als genau mit ihrem Hingucken das Klingeln losgebrochen ist. Jetzt läutet es bereits zum fünften Mal, alle starren zum Tisch, aber keiner kann das Telefon entdecken. Der Mann am Tisch darf das Gebimmel ignorieren. Kein Glocken- oder Glöckchenschlag wird ihn erwecken. Darüber brauchen sich die Freunde nicht weiter zu verständigen. Allein, wie sein linkes Auge, das nach oben gewandte, glasig offen steht, sagt ihnen schon genug. Jeder von ihnen hat mehr als einer der Amseln, die in hässlicher Regelmäßigkeit gegen das Glas der Haustüren knallen, ins tote Auge geschaut. Das Blut, das aus den Nasenlöchern des Mannes geflossen und auf dem Holz des Tisches angetrocknet ist, hätte es also gar nicht mehr gebraucht. Der Schniefer hat sein Taschentuch gezogen und halb entfaltet, jetzt dreht er es in den Händen, als hätte es sich mit etwas vollgesogen, was nun ausgewrungen werden muss. Sybille sinkt in die Hocke. Sie schaut unter den Tisch, um dasjenige zu begreifen, was alle weit mehr als die starre Pupille und das angepappte Rot erschreckt hat und weiter ins Erschrecken bannt. Sybilles Hang zur Genauigkeit klärt es auf. Alles ist halb so schlimm. Die Hosenbeine des Toten sind akkurat aufgeschlagen und mit silbernen Klammern festgesteckt, gerade so hoch, dass zwischen Stoffkanten und rauem Beton noch handlang Luft bleibt. Die Füße und die Schenkel sind gar nicht, wie sie zunächst denken mussten, frisch abgeschnitten. Und Sybille scheut sich nicht, den anderen mit wenigen Worten begreiflich zu machen, was der Mann, als er noch lebte, so schrecklich superordentlich, Schuh an Schuh, Knöchel an Knöchel, rechts neben seinen Stuhl gestellt hat.

«Nimm das mal runter!», weist sie den Wolfskopf an. Der greift mit spitzen Fingern nach dem Groschenheft, das die Drittelbeine deckelt, und als er es mit einem scharfen Ruck wegzieht, bezeugen die gepolsterten Mulden, dass nur etwas Gemachtes in der Baumwolle der Strümpfe steckt, dass sich die Gummibänder der Sockenhalter also nicht, wie lang genug befürchtet, um das Fleisch durchtrennter Muskeln spannen.

Der Ältere Bruder nimmt dem Wolfskopf das Romanheft aus der Hand und klappt es zu, um sich Umschlagbild und Titel anzusehen. Dann beugt er sich über den Tisch und beginnt in einem weiteren, dort aufgeschlagenen Heft zu lesen. Gewiss sind dies die letzten Sätze, die der Fremde aus der Welt gesogen hat. Die anderen sehen andächtig zu, wie schnell der Ältere Bruder die Zeilen mit ruckenden Augäpfeln verschlingt und schließlich eine verdrossene Schnute zieht, weil der aufs Heft gesunkene Kopf die zweite Seite fast vollständig verdeckt. Die Krücken scheinen ihn kaum mehr zu behindern, als er sich dann über den ersten der beiden Stapel, die rechts und links von Stuhl und Tisch wie Säulenstümpfe aus Papier aufragen, hermacht. Hastig blättert er sich von oben nach unten in die Romane. Die Zwillinge versuchen es ihrem großen Bruder gleichzutun und schnappen sich jeweils das oberste Heft, um zumindest die Umschlagbilder zu studieren. Der Ungebissene sieht magere, bärtige Männer, die über schmutzig festgestampften Schnee marschieren. Alle haben die Hände im Nacken liegen, die Ohren und die halben Wangen sind von Lumpen verdeckt, deren Ränder unter Stahlhelmen und hochgeschlagenen Uniformkrägen verschwinden. Sein Bruder hingegen bewundert einen mit einem Kreuz geschmückten Riesenpanzer, sieht grauen Schlamm unter den Raupengliedern spritzen, und während die Stirn des Turms und damit die Kanone ganz langsam in seine Richtung schwenken, buchstabieren seine

Lippen auch für die Ohren der anderen: «Die letzten Königstiger greifen an!»

Der Ami-Michi findet das Telefon. Es steht gleich hinter den Absätzen der Prothesen. Einige Heftchen, die der Mann nicht ordentlich von links nach rechts gestapelt hat, sondern aufgeschlagen, vielleicht angelesen, über die Tischkante auf den Boden flattern ließ, haben den Apparat wie das herabfallende Laub eines Romanbaums zugedeckt. Alle treten hinzu, um sich den seltsamen Kasten anzuschauen. Nicht einmal der Ältere Bruder, der schon eine eigene Welt aus Büchern und Comic-Heften, aus dem Radio und aus den Erzählungen der Mutter kennt, hat bislang so ein Telefongerät gesehen. Da plärrt es los! Da klingelt es erneut, als hätte es die Blicke der Kinder auf seinem nackten Schwarz gespürt, und hört nicht auf zu klingeln. Nun, wo es freigelegt ist, tönt sein Signal viel heller, es ist wie ein Alarm. Der Ami-Michi meint, es sei vielleicht ein Aufziehtelefon, und deutet auf die Kurbel, die seitlich aus dem Kasten ragt. Bestimmt sei bald die inwendige Feder abgelaufen. «Soll ich mal drehen?», fragt er, mitten in das nächste Schellen. «Heb lieber ab!», befiehlt Sybille, aber als er sich bückt, als er noch zögerlich, erst halb entschlossen, mit den Fingerspitzen an das kalte Bakelit des Hörers stupst, verstummt der Apparat, und alle fühlen, dass es hiermit endgültig zu spät ist. Ich sehe, wie recht sie haben: Im Kurbeltelefon des Toten, in dessen schwarzem Bauch, hat eben ein eisernes Klöppelchen zum allerletzten Mal gegen eine Halbschale aus Messing gehämmert.

Pling-pling! Pling-plang! Hätte ich Tränen, weinte ich dem heftchensüchtigen Invaliden, weinte ich dem wackeren Kommandanten eine extragroße, eine quecksilbrig schillernde Träne hinterher. Wir waren wahrlich nicht zu lang zusammen. Wieder lag in der Kürze die besondere Würze, der süßscharfe Curry unserer Zeit. Pünktlich zum Monatsersten hatte ich mein Sommeronkelchen aus dem Pflegeheim entführt. Als er, allein im Doppelzimmer, über einem seiner Hefte döste, klopfte ich auf den Tisch und nannte den fast militärisch zackig Hochfahrenden schlicht «Onkel» – mein liebes, im Krieg verlorenes und nun im Heim für Kopf- und Hirnversehrte wiedergefundenes Onkelchen. Und auch die Schwester, die es zum Onkel-Sein und Nichtchen-Haben brauchte, wurde ihm beim Prothesen-Anschnallen eingeflüstert. Mein Nichtengesäusel hat ihn wiederum ohne Umschweif zum Bahnhof geführt und in den richtigen Bummelzug gesetzt. Mein duftig leichtes Sommerkleidchen, mein schulterlanges, von der Sonne fast weiß gebleichtes blondes Haar, das ganze helle Bild des frischgebackenen Schwesterkindes vertrieb ihm auf der Zuckelfahrt die Langeweile. Ich habe ihn vom Oberhausener Bahnhof zu den Garagen bei den Ami-Kasernen geleitet und ihn geheißen, sich dort das Behindertenmobil zu mopsen. Gerade als er schief auf der Sitzbank lag, den Kopf unter dem Armaturenbrett, um die Zündung kurzzuschließen, kam dieser betrunkene Neger angetrottet. Er fragte sogar auf Amerikanisch, ob er helfen könne. Ich zeigte mich ganz kurz im Außenspiegel. Ich zeigte dem Schwarzen mein anderes, mein Schleimgesichtchen, damit er meinen Kommandanten in Ruhe weiterbasteln ließ. Wie abergläubisch so ein Ami-Neger, wie schreckhaft gespenstergläubig sogar ein waschechter Spiegelneger ist! Wie hübsch, wie amerikanisch fromm er sich gegen meinen Anblick bekreuzigt hat! Dann ging es mit Karacho, mit tollem Zweitaktgeknatter unter den Linden den Berg hinauf.

Ich weiß sehr wohl: Ohne sein Sommernichtchen, ohne

seine schneeweiße Nichte im August, würde der Kommandant hinein in den September leben und sich noch manches Jahr sein letztes Zimmer mit diesem anderen Hirnverletzten teilen. Ich hab es ratzfatz abgekürzt. Und es tut mir kein bisschen leid, das Topfblumen-Dasein der beiden Invaliden, ihre elend traute Zweisamkeit zerstört zu haben. Ihr Heimtag schlug zwischen «Einen wunderschönen guten Morgen, Kopfschuss!» und «Schlaf gut, träum süß, mein Silberplättchen!» einen kläglich flachen Bogen. Kopfschuss wurde fetter und fetter, während Onkelchen Silberplatte das Essen meist, tief gebeugt über eines seiner Landser-Hefte oder über seine Sammlung Nixenbilder, vergessen hätte, wäre er nicht von seinem Zimmerkameraden in den Speisesaal mitgeschleppt worden. Bei mir dann, unter meiner Führung, hat er sogar noch einmal ein bisschen zugenommen, bei mir hat er über gebratenem Huhn und hartgekochten Eiern kleine, sehr salzige Herrentränen geweint, ein bisschen gekichert, viel vor sich hin geschwatzt und zuletzt sogar noch einen seiner einstigen Panzerkameraden in die Arme schließen dürfen. Auf sich allein gestellt, hätte er nicht einmal den Namen des Fehlharmonikers in seinem lädierten Schädel, im Denkschatten der Silberplatte, wiederfinden können. Bin ich jetzt schuld? Habe ich Schuld daran, dass ihm, als ich mein Bild abzog, das Herz versagte? Wer sich an Bilder klammert, hat immer selber Schuld. Und wer an einem einzigen Bildlein hängenbleibt, wer vom Bilde seines weißen Nichtchens abhängt wie von einem Tropf, ist schon so gut wie tot.

Ernstlich besorgt will sich der Fehlharmoniker noch einmal über Wischmann-Waschmann beugen, als der mit einem seltsam kindlichen Greinen endlich wieder zu sich kommt. Der Mann ohne Gesicht zieht den Musiker zur Treppe. Er flüstert ihm zu, er wolle bloß noch kurz in seine Küche, um Geldbörse und Brieftasche herauszuholen. Die Wohnung hier im rosa Block sei ab sofort zu nichts mehr nütze, der blöde Postler rufe bestimmt die Polizei. Den Rest der Arbeit müssten sie wohl ambulant wie die Zigeuner über die Runden bringen. Es sei denn, der Kommandant mache nun seine Bude – wenn sie nur wüssten, wo er stecke! – zur Basis aller weiteren Operationen. Aber wie er dann unten die Schublade des Küchenschranks aufzieht, hört er hinter seinem Rücken Sputnik knurren. Und schneller als ihr Herrchen entdeckt er, was der Hündin missfällt. Mit gesträubten Nackenhaaren weicht sie vom Tisch zurück, ohne dabei dessen Fläche, ohne die Pappquader, die auf dem rohen Holz der Platte kleben, aus dem Blick zu lassen.

Die Männer können nicht riechen, was Sputnik riecht, aber schließlich sieht sogar der Fehlharmoniker, was sich am Plan verändert hat. Schulter an Schulter beugen sich die Kameraden über die fragliche Stelle, über das sackförmige Ende des Drosselgrunds. Während der kanariengelbe, der erbsengrüne, der rosafarbene und selbst der miestürkise Karton unverändert steif die Stellung halten, ist dem fünften, dem letzten Quaderchen ein Malheur passiert. Auf allen vier Seiten wellt sich die untere Kante. Das Modell des letzten Blocks ist komisch erweicht, irgendwie nass geworden, sogar schon ein, zwei Millimeter eingesunken. Der Mann ohne Gesicht weiß sicher, dass er nichts auf dem Tisch vergossen hat. Der Fehlharmoniker tupft dennoch mit der Zeigefingerspitze einmal um die vier Wändchen aus weißer Pappe. Ja, dort ist alles trocken. Aber dann sehen beide eine der senkrechten Kanten mittig auseinandergehen. In der ovalen Öffnung glänzt es glasig. Sputnik bellt kurz und scharf. Die beiden

Männer, Richtschütze wie Ladeschütze, begrüßen den gar nicht wasserblassen, den erstaunlich dunklen, monochrom roten Tropfen, den das Modell entlässt, mit einem synchronen Entlastungsschnaufen. Und schließlich sagt der Mann ohne Gesicht zu Kamerad und Hund und in die Stille der Küche, die er gleich für immer verlassen wird: «Ach, gottverdammt! Ich spür's von meinem Nasenknubbel bis ins Hirn, ich spür's eiskalt vom Kopf bis an den Arsch hinunter: Unseren Kommandanten hat's erwischt.»

Die Kinder spüren, dass sie weitermüssen. Aber der Tote ohne Füße, der Kriegsgeschichtenleser, hält sie weiterhin am Tisch. Auf eine peinigend verdruckste Weise ist allen halb klar, woran es liegt, aber dann braucht es doch den Ami-Michi und sein besonderes Talent für jede Art von Angst und Unbehagen, dass das Hemmende, dasjenige, was noch erledigt werden muss, zur Sprache kommt: «Vielleicht hat er etwas, was wir gebrauchen können?» Sybille fängt mit dem Filzen an und lässt die Finger in die linke Jackentasche gleiten. Der Wolfskopf tritt hinter den Stuhl, legt dem Toten die Unterarme auf die Schultern, verschränkt die Hände unter den Kragenspitzen seines Hemds und zieht ihn am Hals zurück bis an die Lehne, auch wenn es dabei komisch im Genick der Leiche knackt. Jetzt können er und Sybille bequem in die Innentaschen der offenen Jacke greifen. Die Zwillinge sind rechts und links auf die Knie gesunken, um die Hosensäcke auszuräumen. Beide ziehen als Erstes je ein zusammengeknäultes, feuchtes Taschentuch hervor. Während der eine nichts weiter findet und sich deshalb der Gesäßtasche zuwendet, muss der andere dem rechten Hosensack bis auf die Innenseite des Oberschenkels folgen. Denn seine Fingerspitzen haben etwas Hartes angetupft. Schließlich schiebt er mehr als die Hand, schiebt auch noch das Handgelenk und die Stelle, in die er gestern gebissen wurde und die gerade jetzt elendig juckt, über die raue Kante des Hosenstoffs und über das glatte Futter in die Tiefe der Tasche.

Der Ältere Bruder hat das Romanheft vom Tisch gehoben. Wenn sich darunter ein Zettel mit einem aufgemalten Plan oder mit einigen recht geheimnisvollen Sätzen gefunden hätte, wäre er aus dem Schneider gewesen und hätte seinen Beitrag zur gemeinsamen Fledderei geleistet. Aber unter dem Groschenheftchen ist die Platte blank. Schon sind die anderen am Ende ihrer Arbeit angekommen. Die Beute wandert auf den Tisch. Sogar die beiden Taschentücher werden von den Zwillingen mit spitzen Fingern zu einer glattgewetzten Börse, zu Taschenkamm und Taschenspiegel, zu einem stattlichen Klappmesser und neben den zylinderförmigen Pillenbehälter gelegt, den der gebissene Zwilling aus der Kuhle des Hosensacks, aus dem Schritt des Toten gezogen hat.

Unser großer Bruder weiß wohl, was er den anderen noch schuldet. Er fasst sich ein Herz, nimmt die Prothesen vom Boden hoch und stellt sie neben das bereits Erbeutete, um sie zu untersuchen. Es ist dann so, wie es sein muss. Als er die Socken von den falschen Schienbeinen gezogen hat, wird offenbar, dass rechts und links je eine Mulde in das Holz gegraben ist. Gewiss hat dies der Prothesenträger mit seinem Taschenmesser selbst besorgt. Links findet sich ein simpler Schlüssel mit dreizackigem Bart. Rechts aber ist das Oval eines hübschen, silbern glänzenden Medaillons, die Bildseite nach innen, in den plump geschnitzten Spalt geklemmt. Der Ältere Bruder nimmt es hastig an sich und ist heilfroh, dass es nicht von Sybille, die ein spezielles Mädchenrecht auf Schmuck besitzt, beansprucht wird. Der Schniefer greift fix nach dem Taschenmesser, der Wolfskopf muss sich mit Kamm und Spiegel, der Ami-Michi mit dem Portemonnaie begnügen. Die Schicke Sybille, die mit der Geldbörse geliebäugelt hat, die jedoch, wenn es ums Auswählen geht, noch nie die Schnellste war, nimmt den Schlüssel aus dem Prothesenholz. Der Zwilling, den der Arm hinter dem Handgelenk so heftig juckt, dass er in einem fort dran kratzen könnte, schnappt sich das Tablettendöschen, gibt es dann aber seinem Bruder weiter, der auch danach hat greifen wollen. Beide haben die Pillen gleich als die Gut-Nacht-Tabletten ihrer Mutter erkannt.

Habe ich alle gut versorgt? Haben die Freunde alles, was es zum Weiterstapfen, zur weiteren Erforschung des Bärenkellers braucht? Warum hat keiner die schönen, von einem Gummiband gebündelten Postkarten des Toten, die Bilder der nächtlich Badenden, die in der linken Brusttasche steckten, an sich nehmen wollen? War irgendwem die Haut zu weiß? Gern hätte ich meinen Kleinen noch eine prima Taschenlampe ins Angebot geschummelt, aber auch mir steht, so gewieft ich mich auch gebe, nicht jedes Fach der großen Werkzeugkiste dieses Sommers offen. Ich teile aus, ich teile zu, so gut ich eben kann. Und mit ein bisschen Sommerglück wird alles bis zum Ende reichen.

Die Mutter, unsere gute Mutter, hat sich unterdes entschlossen, die Abwesenheit der Söhne zum Aufräumen zu nutzen. Ihre drei Knaben haben, arglos, wie sie sind, noch nicht begreifen müssen, dass Ordnung nicht die Stärke ihrer Mutter ist. Wenn sie die Zwillinge ermahnt, im kleinen Kinderzimmer nicht alles kreuz und quer zu häufen, tut sie dies mit dem schlechtem Gewissen einer Hausfrau, die selber ihre liebe Not mit der Wäsche in den Schlafzimmerschränken und dem Haushaltskram in der Küche hat. Frau Böhm hat ihr vor kurzem über die Schulter geguckt, als sie in der linken Schublade des Küchenschranks nach einem Kugelschreiber kramte, und lauthals aufgelacht, so schaurig vollgestopft mit tausendundeinem Ding waren die Fächer der bis zum Anschlag aufgezogenen Lade. Und als Herr Doktor Junghanns neulich netterweise nach ihrem fiebrigen Ältesten schaute, war es der Mutter schrecklich peinlich, dass über allen Stühlen Kleidungsstücke hingen und dass der alte Herr an der Schwelle des Kinderzimmers innehalten musste, weil der Weg hinein von gleich drei Sammlungen der Zwillinge, von deren Gaswerksschlackebrocken, den sorgsam mit Salatöl eingelassenen Kleintierknochen und von den wilden Plastiktieren, von Panther, Löwe, Löwin und dem Tiger, fast lückenlos verstellt war.

Im Zimmer der Knaben soll es jetzt mit dem Räumen losgehen. Die Mutter stellt die Fenstertür ganz auf und hängt die Sommerdecken über das Geländer. Als sie das zweite Kissen schüttelt, sieht sie, wie sich eine Kante durch den Bezug drückt, und ertastet ein glattes, flexibles Rechteck. Es ist das Kopfkissen des Zwillings, der schon immer oben schläft. Obwohl sich ihre beiden Kleinen bereitwillig alle Kleider teilen und im zurückliegenden Jahr zum Missvergnügen ihres Klassenlehrers erneut die Schulhefte gemeinsam nutzten, obwohl zwei hüfthohe Säulen Bieruntersetzer, über hundert verschiedene Flaschenkronen und womöglich noch mehr Witze ihr gemeinsames Besitztum sind, haben sie niemals die Schlafplätze getauscht. Die Mutter knöpft das Kissen auf und findet, was sie nicht finden soll.

Die Zwillinge haben die Schlinge, die sie gleich fangen wird, selber geknotet und zurechtgezogen. Der obere konnte am Vorabend nicht einschlafen, weil ihm die Stelle, in die Sybilles kleine Schwester ihre Milchzähne geschlagen hatte, unentwegt wehtat. «Es brennt wie Feuer!», flüsterte er über den Matratzenrand, als ihn sein Bruder von unten fragte, warum er sich denn in einem fort herumwälze und ihn damit am Schlafen hindere. Schließlich beschlossen die beiden, sich noch einmal das bunte Magazin anzugucken, das sie dem Ami-Michi abgehandelt hatten. Dazu mussten sie es allerdings erst an die Betten holen. Es war in ihrem allerbesten Versteck, an einem hochgeheimen Ort, den nicht einmal Frau Böhm, die bisher sämtliche Verstecke ihrer Töchter aufgespürt hat, erraten hätte. Am Bett des Älteren Bruders bestehen das flache Kopf- und Fußteil aus lackierten Eisenrohren, auf deren Enden hölzerne Stöpsel stecken. Einer davon geht ab, wenn man mit beiden Händen kräftig zieht. Eng aufgerollt, hatte das Heft mit den besonderen Fotos prima hineingepasst. Gestern, als es der Gebissene aus der Röhre zog und dabei ein verräterisches Schaben nicht verhindern konnte, blieb der Schlaf des Älteren Bruders unverändert fest. Sicherheitshalber krochen die beiden mit ihren Taschenlampen unter die Decke des oberen Bettes, um sich das Heft, ohne ein Wort, aber mit ernstem, mit immer tiefer werdendem Schnaufen, durchzusehen. Unter dem rundum sorgfältig herabgezogenen Zeltdach wurde das Atmen nach und nach beschwerlich, und als das letzte Bild, das Bild der Rückseite, zu Ende betrachtet war, hatte der Mangel an Sauerstoff die Zwillinge so grundsätzlich erschöpft, dass keiner mehr die Kraft aufbrachte, das geheime Heft ins sichere Versteck zurückzubringen.

Bild für Bild studiert nun auch die Mutter das im Kopfkissen Gefundene. Anders als ihre Kleinen liest sie dazu den

Text und rätselt, warum er gleich dreimal, in drei Sprachen, dasteht: zuletzt in einem kuriosen, fehlerhaften Deutsch, darüber auf Englisch, das sie halbwegs versteht, weil sie als junge Frau Kindermädchen bei einer amerikanischen Offiziersfamilie war, und zuoberst in der ersten Zeile, direkt unter dem gemeinten Foto, stehen die Sätze vermutlich in der Sprache des Landes, in der das Heft in Druck ging. Die Mutter weiß wohl, dass es solche Magazine mit solchen Bildern gibt. Sie hat davon gehört, dass sich Ehe- und andere Paare bei dem, was sonst im mehr oder minder dunklen Schlafzimmer geschieht, für Geld oder vielleicht sogar aus einem anderen dunklen Grund mit grellem Blitzlicht abfotografieren lassen. Aber sie hätte nicht gedacht, dass dies in ganz normalen Wohnzimmern, mitten auf dem Teppich, auf kleinen und auf großen Sesseln und immer wieder auf dem Sofa, auf einer in allen farbigen Varianten doch stets entsetzlich universellen Klappcouch, vollzogen wird. Sie schämt sich. Die Mutter schämt sich für das Möbel. Sie schämt sich für seine praktisch plumpe Form und seine lächerliche Klappmechanik. Sie schämt sich für die grünen und roten Bezugsstoffe aller Sofas ihrer Welt. Ja, das robuste Gebrauchsgewebe dieser Polster beschämt ihr Frau-Sein weit mehr, als es das schwarze oder fleischfarbene Perlon könnte, das sich auf jedem dieser Bilder, zu Falten gezerrt, über die mehr oder minder strammen Schenkel ihrer Geschlechts- und Zeitgenossinnen spannt.

Sie wendet das letzte Blatt. Sogar die Rückseite zeigt ein einschlägiges Foto, zeigt wie zum Hohn, wie um den Trotz, der ihrer Scham entspringt, mit einer weiteren Zuspitzung gezielt zu verspotten, noch eine allerletzte Couch. Ein extraschwarzer Neger dreht ihr den Rücken zu, sie sieht die bleichen Sohlen seiner großen Füße, mit merkwürdig gespreizten Zehen ist er dabei, die verlangte Arbeit zu verrichten. Hinter der Sofalehne hängt ein ovaler Spiegel, der ein kleines Stück des Geschehens, ein hochgerecktes, ein erstmals rotbestrumpftes Bein, verdoppelt. Und dann begreift die Mutter den besonderen, den finalen Clou: Die Couch ist weiß. Rundum ist sie mit weißem Leder bezogen, was dem dunklen Mann eine spezielle Erhabenheit verleiht, was ihn, was seine angespannten Hinterbacken, seine athletisch dicken Waden und in logischer Rückkopplung auch das bleiche Möbel in besonderer Weise räumlich wirken lässt. Fast kommen ihr die beiden aus dem Bild entgegen.

Da weiß die Mutter, worum sie den Vater, wenn er gleich nachher mit der Illustrierten, die sie beide so gern lesen, von Tabak-Geistmann wiederkommt, unbedingt bitten muss. Er soll ihr, der Doktor Junghanns für die kommenden Wochen, für die riskanten Wochen, dringend von jeder schweren Arbeit, vor allem von jeglichem Heben abgeraten hat, die Couch der Wohnküche verrücken. Dann will die Mutter den Boden, der unter dem tiefhängenden Holzbauch des Möbels schlecht zu erreichen ist, endlich wieder einmal saugen und wischen. Und auch die stoffbespannte Rückseite des Sofas will sie so gründlich mit dem Bürstvorsatz des Saugers traktieren, als ließen sich mit Flusen, Haaren, Staub auch jeder Ehegroll und alle Kindersorgen in den Beutel schlürfen.

Sommernacht

Die Kinder spüren die kühle, frische Luft, die ihnen aus dem kommenden Stück des Stollens, aus dessen Biegung entgegenströmt. Sybille dreht noch einmal den Kopf und wundert sich, wie langsam die Krümmung ihrem Blick, während sie mit den anderen Schritt hält, den Tisch, das Telefon und auch das schöngewellte weiße Haar des toten Manns entzieht. Eigentlich ist sie froh, dem Ding-Sein der Leiche auf diese Weise zu entkommen, aber zugleich stellt sie sich schon die Rückkehr und das daran geknüpfte Wiedersehen mit dem dann ausgekühlten Körper vor. Unsere Schicke Sybille, die manchmal langsam, aber immer gründlich denkt, begreift den Preis, den sie und ihre Freunde vorhin für Kamm, Geldbörse und Messer, für Medaillon und Pillendöschen bezahlen mussten. Als ihre Hände in die Taschen des Verstummten fuhren, wurde ihm eine große Münze ihres Fühlens, die Wahrnehmung der noch in seinem Leib gestockten, der schon ein bisschen bös gewordenen Wärme, gespendet.

Der Wolfskopf hat indessen den Kopf im Nacken liegen und guckt sich die Ziegel an, die über ihnen einen Bogen bilden. Weil er in jeder Faser seines groben Körpers, weil er bis in die Spitzen seines dicken aschblonden Haars nach seinem Vater geht und ihn dazu noch äffisch nachahmt, überlegt er bei allem, was ihm neu begegnet, immer als Erstes, wie es wohl gemacht ist. Jetzt wüsste er zum Beispiel irrsinnig gern, warum die Steine den Maurern nicht herunterplumpsen, wenn sie so ein Gewölbe von beiden Seiten seinem Scheitel entgegenziegeln. Die Zwillinge haben sich die Hände des Ami-Michi genommen. Beide beschummeln sich mit einem ihrer letzten gemeinsamen Gedanken. Der Gebissene flüchtet sich gleich dem Ungebissenen in den Glauben, sie liefen Hand in Hand mit ihrem Freund, weil der sich schneller und besser ängstigen könne als alle anderen Kinder, die sie kennen. Der Ami-Michi aber merkt, wie verschieden kalt ihre Finger sind. Er lugt zur Seite und sieht an dem Abdruck, der sie seit gestern für ihn unterscheidbar macht, dass die kältere, die wirklich eisig kalte Pfote dem Zwilling gehört, dem die Zähnchen von Sybilles kleiner Schwester dieses Ulkbild, diese falsche Uhr, ins sommerbraune Ärmchen tätowierten.

Der Schniefer weiß als Einziger, wohin die langgezogene Kurve führt. Von vorn riecht es auf eine feine Weise käsig, genau so, wie es aus dem ersten Trichter, in den er gucken durfte, heraufgerochen hat. Am liebsten würde er deswegen umkehren, losrennen und mir nichts, dir nichts abhauen, aber hinter ihm kratzt der Ältere Bruder mit seiner angespitzten Krücke über den Boden, und an ihm, dem besonderen Freund, ist nicht so leicht vorbeizukommen. Dann sieht er, was sich oben, wo die höchsten Steine an die letzte Fuge rühren, aus dem Mörtel kräuselt. Noch hat es keiner außer ihm entdeckt. Aber mit jedem Schritt werden die Auswüchse ein bisschen dicker, schon hebt ihr Würmchenweiß sich deutlich vom Dunkelrot der Ziegel ab. Gleich werden die Zwillinge etwas dazu sagen, vielleicht fällt ihnen, dem Schniefer gruselt davor bis ins Mark, sogar ein Witz ein, in dem ein solches Geflecht irgendeinem blöden Schlussknall dienen muss. Bevor es hierzu kommt, will er es lieber selber sagen. Er zeigt nach oben und verrät den anderen, was sich da offenbart. Es sind die ersten zarten Würzelchen, die äußersten Ausläufer des gewaltigen Wurzelstocks, die sich durch die Gewölbedecke bohren. Weil es für ihn gar keine zweite Pflanze geben kann, die hierfür in Frage käme, vergisst er, den Namen des Baums zu nennen. Erst als Sybille ihn fragend anguckt, schiebt er noch hinterher, dass dies natürlich die Wurzeln der Nagelbuche seien. Alle anderen Bäume, die läppischen Spielplatzbäumlein, seien doch viel zu jung, um bis in diese Tiefe hinabzufingern.

Der Stollen krümmt sich noch ein wenig stärker, und plötzlich steigt sein Boden wieder an. Die Freunde sind sich mulmig sicher, es geht der Mitte entgegen, der Gang will sie genau unter den Stamm der Nagelbuche führen. Schon hängt ihr Wurzelwerk armlang in das Gewölbe, schon müssen sich die beiden Größten, der Wolfskopf und Sybille, ducken, um die Berührung mit dem talgig glänzenden Geschlinge zu vermeiden. Auf Geheiß des Älteren Bruders holt der Schniefer das Messer des Toten heraus. Jetzt, wo er es aufklappt, sehen alle, dass seine Klinge mindestens doppelt so lang ist wie die der Kindertaschenmesser, mit denen sie bisher oben Zweige gehäutet und Kerben in feuchtes Holz geschnitten haben. Inzwischen brauchen sogar die Zwillinge beide Hände, um die dicht herabhängenden weißen Schnüre wie einen Vorhang vor dem Gesicht zu teilen. Die Wurzeln sind gummiartig fest und dennoch ein bisschen schmierig, elastisch und zäh zugleich, und jeder kann sich vorstellen, welche Heidenarbeit es bedeuten würde, diese in sich verdrehten und verkräuselten Stränge einen nach dem andern zu durchtrennen.

Kaum dass es aufgeklappt war, hat der Schniefer das Messer wieder sinken lassen. Im Affen- und Papageiengeschrei, im lichtfleckigen Grün der Dschungel-Geschichten, die der Ältere Bruder ihnen regelmäßig erzählt hat und hoffentlich auch weiterhin erzählen darf, müsste er diese Waffe nun wie eine Machete schwingen. In mehr als einem Comic-Bild, das er studiert hat, pendeln Lianen zerhauen zur Seite, weil sich ein Held im Lendenschurz seinen Weg durch ein vergleichbares Geschlinge bahnt. Aber seit er der beste Kletterer der ganzen Welt ist und ins Trichterloch der Nagelbuche hinabgelugt hat, weiß er, dass dieser Baum oben wie unten keinen Spaß versteht. Deshalb sagt er den anderen, dass sie kurz stehen bleiben sollen. Die Wurzeln hängen ihnen inzwischen über Brust und Bauch, dem Wolfskopf reichen die längsten bis an die bloßen Knie. Sie treten eng zusammen, denn allen widerstrebt es, sich durch diesen Vorhang zu beraten. Der Schniefer kratzt sich mit der Spitze des Messers den hart gewordenen Rotz vom Nasenloch, dann holt er Luft, um das Unumgängliche mitzuteilen: Die Buche würde sie mit dem, was er jetzt mit einem ihm zugeflogenen Wort ihren Saugbart nennt, erwürgen und austrinken bis auf den letzten Tropfen, falls einer auf den bekloppten Einfall käme, ihr eine Wurzel, ein Würzelchen, auch nur das dünnste Fädchen ihrer Fasern abzureißen. Die Nagelbuche würde dann auch nicht mehr zwischen Mehr- oder Minderschuldigen unterscheiden und keinen, nicht einmal ihn, ihren Erstersteiger, am Leben lassen – und auch Sybille nicht, obschon den Bäumen Mädchen in Sybilles Alter lieber als kleine oder große Jungen seien.

Oben ist just vom selben Baum die Rede. Oben, in der sonnenhell dahinflutenden Tagwelt unserer Neuen Siedlung, bittet der Kikki-Mann den Huhlenhäusler Achim, ihm zu zeigen, wo der Wellensittich von Sybilles kleiner Schwester, wo das türkise Männchen wieder eingefangen wurde. Obwohl es nicht weit ist, schnappt Achim sich sein Fahrrad, setzt sich sogar darauf, tritt aber nicht in die Pedale, stößt sich nur mit den Zehenspitzen ab, rollt neben seinem Nachbarn, dessen dürre Beine Riesenschritte machen, den Drosselgrund hinunter. Als sie im Schatten der Nagelbuche stehen, soll Achim noch einmal erzählen, wie er den Wolfskopf auf die Schultern genommen hat, damit der den Käfig an den Schniefer weiterreichen konnte. Der Kikki-Mann lobt ihn mit extra hoch kieksender Stimme für diese Tat. Und während der blasse Lümmel zum dritten Mal, und nun ganz offensichtlich aufgeregt, das Gleiche mit fast gleichen Worten wiederholt und noch hinzufügt, dass der entflogene Vogel zunächst von unten gar nicht zu sehen gewesen sei, klopft er ihm begütigend auf den Rücken und spürt dabei die starken, krampfig angespannten Muskeln. Mittlerweile hat er begriffen, was Achim so in Rage bringt. Dem Armen ist noch immer schleierhaft, wie es dazu kommen konnte, dass er der Bande um den lahmen Kinderwagenhocker beigesprungen ist. Jetzt sagt er ungefragt, weder das dicke Mädchen noch einer der Jungen hätten darum gebeten. Es sei ihm selber eingefallen. Er habe sich allein dazu entschlossen. Aber man kann ihm an der Nasenspitze ansehen, wie notdürftig dies gelogen ist.

Ach, Achim ist so leicht zu lenken. Gerade wenn er sich fürchtet, sogar wenn ihn bereits die Panik packt, ist es babyeinfach, seinem Drang den erwünschten Drall zu geben. Vom weißen Block kommen der Mann ohne Gesicht und der Fehlharmoniker herüber. Sie gehen auf kürzestem Weg schräg über die Fahrbahn des Drosselgrunds, Sputnik, die nicht am Bügel ihres Geschirrs gehalten wird, trabt ihnen ein kleines Stück voraus. Achim erkennt die Gelegenheit, in

Richtung Spielplatz auszubüxen. Schon drückt sein rechter Fuß auf den glattgewetzten Gummi des Pedals, aber ich halte ihn samt seinem Fahrrad, samt dem Roten Peter fest, indem ich einen tüchtigen Schuss Neugier unter seine Fluchtlust mische.

Als er und der Kikki-Mann die Querseite des weißen Blocks passierten, hat er bemerkt, dass die beiden Invaliden am dritten, am letzten Eingang des leerstehenden Hauses zugange waren. Der Kerl ohne Gesicht kickte gegen die dicken Bretter, mit denen diese Tür, genau wie die beiden vorderen, vernagelt ist. Achim, seine Brüder und seine Cousins, die für ihn auch eine Art von Brüdern sind, wissen genau, dass selbst ein bärenstarker Mann diese Bohlen nicht nach innen treten könnte. Seit den Huhlenhäuslern die Wohnungen im türkisen Block zugewiesen wurden, haben die Buben der Sippe mehr als einmal versucht, in den letzten, in den unbewohnten weißen hineinzukommen. Aber die vorderen wie die hinteren Türen, die Fenster des Erdgeschosses und auch die Kellerluken sind nicht nur mit Holz, sondern zusätzlich mit eingemörtelten Armiereisen gegen ein Eindringen gesichert. Im ersten Jahr ihrer Sesshaftigkeit hatte Achims ältester Bruder sogar Feuer am mittleren Kellereingang gelegt, um sich durch ein Brandloch zumindest Einblick zu verschaffen. Aber der Rauch fiel schnell auf, der dicke Polizist aus dem Revier am Elsternhorst kam schon vor der Feuerwehr mit seinem von einem dunklen Blaulicht gekrönten Buckelauto angeknattert, und der Schuldige war, da er schon einiges andere ausgefressen hatte, im Erziehungsheim gelandet.

Der Kikki-Mann weiß noch ein Quäntchen mehr. Ganz rechts, dem Fenster gegenüber, das in den Tagen seiner Ehe das Schlafzimmerfenster war, befindet sich die einzige Öffnung des weißen Blocks, die nicht blickdicht verschlossen ist. Einer der Arbeitsmänner, die sonst rundum gründlich zu Werk gegangen waren, hat dort gepfuscht. Vom ersten starken Herbstwind wurde das schlampig angenagelte Brett losgerissen, und so konnten er und seine Margot bereits am Tage ihres Einzugs ein kleines Stück weit ins Innere des unbewohnten Gebäudes spähen. Schnell war ihnen aufgefallen, wie regelmäßig Vögel den Spalt zum Eindringen nutzten: Tauben flogen geradewegs auf die Öffnung zu und zogen zwischen zwei Flügelschlägen mit einem eleganten Ruck die Schwingen etwas näher an den Körper. Die Spatzen hingegen hüpften stets zu mehreren ein langes Weilchen aufgeregt tschilpend auf dem Fenstersims herum, bevor sie sich in jähem gemeinsamen Entschluss, dicht an dicht, wie in einer Polonaise ins Innere stürzten.

Drinnen war es, da gab es keinen Zweifel, grün. Margot und er konnten aus dem günstigen Vis-à-vis ihrer Wohnung einen je nach Sonnenstand hell- oder dunkelgrünen Streifen Innenwand erkennen. Hierüber durften sie sich, zunächst noch in schönster Eheeintracht, ganz ähnlich wundern. Denn – unabhängig davon, wie weit die Baumaßnahmen im weißen Block bereits gediehen waren, als man entschieden hatte, die Arbeit einzustellen – in einem Haus, das nie bezogen worden war, konnte es eigentlich nur ziegelrote oder weißgrau verputzte Wände geben. Einmal, in ihren lichten, allem Neuen aufgeschlossenen Anfangswochen, hatte seine Margot sogar den Vater der Zwillingsbuben danach gefragt. Der hatte kategorisch, fast barsch erklärt, im letzten Block sei garantiert kein Gramm Verputzmörtel auf Decken oder Wände geschmissen worden. Vom ersten bis zum letzten Tag sei er dabei gewesen, habe zuletzt noch mitgeholfen, alles zu vernageln. Über eine farbige Wand im ersten Stock brauche man also gar nicht weiter nachzugrübeln. Dass man den Block dann außen noch fein säuberlich weiß gestrichen habe, sei allerdings ein Witz. Aber so gehe es im Zweifelsfall allenthalben zu. Die Tünche, die elende weiße Maskerade, sei die Schuldigen halt billiger gekommen, als das endgültig missratene Ding bis auf das Fundament herunter abzureißen und wieder Wiese anzusäen, wie es ja offensichtlich der Grund, der Boden, die Erde, der liebe Gott oder Wer-weiß-wer wolle.

Achim entkommt! Schon ist mir Achim ausgebüxt. Er rast, stehend in die Pedalen stampfend, über den Kiesweg Richtung Bärenkeller. Während der Kikki-Mann den Fehlharmoniker und den Mann ohne Gesicht mit Handschlag begrüßte, schien er noch abwarten zu wollen, was die beiden zu sagen haben würden. Als sich jedoch der Vogelzüchter zu Sputnik hinunterbeugte, ihr den Handrücken zum Schnuppern entgegenstreckte und sie ein schönes Tier und eine tüchtige Führerin nannte, begann die Hündin zu knurren. Der Fehlharmoniker griff nach dem Lederbügel, zog sie ein Stück heran, aber sie wurde richtig wild. Und Achim, unser Weißling, nutzte diesen Augenblick zur Flucht – das kurze wirre Weilchen, das die drei Männer und selbst ich, in meiner unschuldigen Wiederkehr, benötigten, um zu begreifen, dass die Hündin nicht den Taubstummen und seine Art zu sprechen, sondern den Stamm der Nagelbuche mit ihrem Zerren und Zähnefletschen meinte.

Die Kinder hören das tiefkehlige Knurren. Verhallt, vielleicht sogar verstärkt grollt es die Röhre herab, durch die sie Richtung Tagwelt gucken. Jeder sieht, was bislang einzig der Schniefer wusste. Der mächtige Baum ist hohl. Sogar die kurzsichtige Sybille erkennt, wie harmonisch, wie geschmackvoll das Weiß des Wurzelwerks in das Weiß der Höhlung übergeht. Und der gebissene Zwilling, der noch nicht ahnt, dass er schon nächstes Schuljahr, also noch vor Sybille, eine Brille tragen wird, streckt die Hand empor, in einer stummen, hilflosen Sehnsuchtsgeste, die die anderen auch ohne Worte zu verstehen glauben. Alle verspüren den Wunsch, das Innere des Stamms, der sich dort oben über dem Drosselgrund erhebt, mit den Fingerspitzen zu betasten. «Es ist ganz schmierig!», murmelt der Schniefer, der die Röhre von oben als einen der beiden Trichter, aus denen ihm gewunken wurde, kennt. «Und riecht wie Käse, wie gammeliger Stinkekäse!», fügt er noch hinzu, als keiner auf seine Erläuterung reagieren mag. Und dann sagt unser großer Bruder leise, was auch der Schniefer weiß, sich aber weiterhin auszusprechen scheut. Es sei ein Pilz. Sie müssten nur genauer hinschauen, dann sähen sie, dass es ganz viele, abertausend kleine Pilze seien. Sie wüchsen dicht an dicht, Käppchen an Käppchen. Das Weiße sei rundum lebendig. Das Weiße würde die riesige Nagelbuche ungeheuer langsam, sanft mörderisch von innen her, verzehren.

Dann hören sie die Männer sprechen. Es ist ein Hin und Her, wie es sich für ein Gespräch gehört. Aber der Pilzbewuchs der Nagelbuche verschluckt die winzigen Päuschen, die oben im Sonnenlicht zwischen den Redeteilen der Männer liegen. Auf seinem Weg durch den käsigen Mief rutscht das Gesagte auf das zuvor Gesagte, die Sätze der drei Männer schichten sich übereinander und werden von den schmierigen weißen Kappen mit einem hohl tönenden Echo ausgestattet. Alle hören dennoch mühelos heraus, dass einer der Sprecher der Kikki-Mann sein muss. Sybille erkennt zudem die Stimme aus dem rosa Block, das mullgedämpfte, angenehm warme Organ des Manns ohne Gesicht. Flüsternd teilt sie es den Freunden mit und legt dem Michi einen Zeigefinger auf die Lippen, als der ihr lauthals zustimmen will, denn erstens hat sie Angst, dass das verpilzte Hörrohr auch in die andere Richtung funktioniert, und zweitens möchte sie jetzt endlich etwas von dem verstehen, was dort oben beratschlagt wird. Vielleicht geht es um ihre vermaledeite kleine Schwester.

Allein der Ältere Bruder hat auch den dritten Redenden erkannt. Es ist der Mann, der schuld dran ist, dass sich die Eltern mitten in der Nacht gestritten haben. Unser großer Bruder war aufgewacht, weil er die laute, die wütend in die Höhe gepresste Stimme des Vaters aus dem Schlafzimmer der Eltern herüberdringen hörte. Die Mutter sprach viel leiser, und unser großer Bruder erkannte an der Art, wie sie ihre Rede führte, dass sie versuchte, auch den Vater zu einem gedämpften Sprechen zu bewegen. Zuerst hatte er sich mit beiden Händen das Kissen gegen den Kopf gedrückt, jedoch mit derart angespannten Armen konnte er nicht schlafen. Also drehte er sich auf die Seite, beschwerte die Ohrmuschel mit Kopfkissen und Unterarm, aber nun schaffte es das andere Ohr, die Stimme des Vaters aus den Drahtschlingen der Matratze herauszuhorchen. Notgedrungen beschloss er, wenigstens zu verstehen, worum es drüben ging.

Er ließ sich aus dem Bett auf den Fußboden sinken und kroch bis an die Wand. Er wusste aus Erfahrung, dass er, die Schläfe auf der kühlen Tapete, besser ins Schlafzimmer der Eltern hinüberlauschen konnte, als wenn er an der Tür zur Küche horchte. Seit jeher nannte der Vater die Leichtbausteine, die zwischen den Zimmern und auch zwischen den einzelnen Wohnungen vermauert worden waren, bloß die elenden Flüstersteine. Und einmal hatte er, als es am hellen Sonntagvormittag ganz heftig quarrend aus dem Schlafzimmer der Böhms herübertönte, gemurrt, dieses lausige Material, das nur aus blasig eingeschlossener Luft und einer Handvoll dreckigem Kalk bestehe, könne sogar Gedanken und Gefühle übertragen. Und als die Zwillinge prompt anfingen, sich genauer nach diesen hörbaren Gefühlen zu erkundigen, meinte die Mutter ungewöhnlich schroff, sie sollten jetzt auf der Stelle zum Spielen in den Hof hinaus, die Böhm-Mädchen seien gewiss schon draußen.

Der nächtliche Streit der Eltern ging um den blinden Mann. Jetzt, wo unser großer Bruder die Stimme des Akkordeonspielers aus dem Pilzrohr der Nagelbuche tönen hört, erinnert er sich bis ins einzelne Wort hinein, wie fürchterlich erbittert der Vater aus den Flüstersteinen herausgeklungen hatte. Er sagte, es wäre vielleicht auf die Dauer doch gemütlicher gewesen, blind geschossen aus dem Krieg zu kommen, als sich im Frieden sehenden Auges in einen Arbeitskrüppel zu verwandeln. Es wäre eventuell zu allen Zeiten schlauer, sich einen Hund statt Frau und Kinder anzuschaffen. Deswegen ließ sich der Ältere Bruder am nächsten Morgen von den Freunden in seiner weißen Karre hinüber in den Kreuztöterweg verfrachten. Er wollte sich diesen Blinden, der es mit seinem Schäferhund angeblich so viel besser als der Vater mit ihnen hatte, aus der Nähe begucken. Die Freunde sagten ihm, der Mann mit dem Akkordeon sei ihnen schon eine ganze Weile aufgefallen. Er sitze regelmäßig, vielleicht sogar jeden Tag, in der Lücke zwischen Sparkasse und Lebensmittel-Vetterle und spiele seine komische Musik. Sie seien bislang einfach nicht auf die Idee gekommen, ihm davon zu erzählen. Was denn auf einmal wichtig an dem Mann, an seinem Schäferhund oder an seinem Akkordeon sei? Wenn es ein Geheimnis, eine Geschichte um ihn gebe, möchten sie es wissen.

Aber der Ältere Bruder verriet den Vater nicht. Stattdessen gab er vor, er habe von dem Musiker geträumt, habe eines seiner Stücke Ton für Ton im Schlaf gehört und wolle nun alles im Wachen wiederhören. Als sie den Kreuztöterweg erreichten und seine Karre als weißer Fleck durchs Fensterglas von Tabak-Geistmann zog, glaubte er längst selbst an das angeblich Geträumte und an dessen anstehende Wiederkehr, doch wie zur Strafe war die Lücke bis an die stacheldrahtgekrönte Bretterwand, die sie begrenzte, tier- und menschenleer. Unser großer Bruder war sich nicht schlüssig, ob er enttäuscht sein sollte. Denn dass die Häuser hier plötzlich so komisch auseinanderklafften, als wären ihre Mauern voreinander zurückgewichen wie in einem Schreck, erschien ihm schon wunderlich genug. Sybille sagte, sie müsse noch ein Brot einkaufen. Also schoben sie ihn zurück, um gemeinsam in die Bäckerei zu gehen.

«Da ist er ja!», rief der Wolfskopf, als sie das Schaufenster erreichten, so tollpatschig laut, wie es nun einmal seine Art ist, und patschte dazu noch mit der flachen Hand gegen die Scheibe. Während die Zwillinge die Tür aufhielten und die anderen den Kinderwagen auf die Eingangsstufe hebelten, glitt ein erster langer Blick unseres großen Bruders über den Musikanten, über dessen Hund und über das Instrument, von dem der Vater heute Nacht in einem ganz besonderen Ton, mit einer bitteren Wehmut, fast mit einem wehmütigen Hass gesprochen hatte.

Die Bäckerin war dabei, dem Fremden eine Butterbrezel zu schmieren. Eine erste hatte sie schon fertig liegen. Und als sie beide in eine Tüte steckte, den Preis eintippte und die nagelneue, endlich halbelektrische Registrierkasse mit dem Klingeln aufsprang, das sie in ihrer Geschäftsfrauen-Patentheit für die Musik einer erfüllten Zukunft hielt, wandte der Fehlharmoniker sich den Kindern zu und musterte sie reihum durch seine Blindenbrille. Er schaukelte dazu recht komisch mit dem Kopf, als müsse er das Bild, das er sich Stück für Stück von ihnen machte, wie ein aus unsichtbaren Flicken zusammengenähtes Banner durch den Duft von Brot und Kuchen schwenken.

Dann sagte er der Bäckersfrau, was Sache war. Sie solle Sybille, die er in diesem Moment für immer und ewig zur Schicken Sybille taufte, eine Honigschnecke, dem Ami-Michi aber eines dieser Anis-Dinger mit Boden aus Zuckerguss, einen sogenannten Amerikaner, überreichen. Das saß. Dieser Doppelschlag hätte bereits genügen müssen, um sie alle bis ins Mark zu erschrecken. Doch dann bekam der Wolfskopf, der von früh bis spät an einem dumpfen Riesenhunger leidet, gleich zwei der Mohnsemmeln spendiert, die er sich auch selber immer kauft, wenn er durch einen Zufall an Geld gekommen ist. Nach ihm nahmen die Zwillinge, viel zu verstört, um dem Fremden dafür zu danken, je eine Rolle ihrer extrasauren Brause-Drops in Empfang. Und während der Wolfskopf schon andächtig kaute und der Ami-Michi, die Zähne im Zuckerguss, den Schock, erkannt zu sein, bereits wieder vergaß, wartete unser großer Bruder mit verkniffenem Gesicht, mit einer Misstrauensmaske, wie sie die Freunde noch nie an ihm gesehen hatten, darauf, was dieser falsche Blinde, was dieser märchenhaft spendable Hundehalter für ihn in petto haben würde.

Der Fehlharmoniker drehte sich zurück zur Theke, zog

zur Verblüffung der Bäckerin eigenmächtig die silberne Verschlussspange von einem der dort aufgereihten Glasbehälter, legte den Deckel beiseite und griff mit der ganzen Hand hinein. Es kam so, wie es kam. Ich schwöre, es ist bis jetzt noch immer so gekommen, wie es den Freunden bei diesem ersten Mal widerfuhr. Ich tat, ich tue so gut wie nichts dazu. Allenfalls helfe ich dem Sehbehinderten ein bisschen beim Ablegen des Deckels, damit dieser nicht über die Kante der oben recht schmalen Vitrine kippt. Ansonsten hab ich stets bloß zugeschaut. Ich habe mir die Szene, die Übergabe, in jeder meiner Sommerschleifen so verzögert, so verlangsamt, wie nur ein Wiederum-dabei-Sein es erlaubt, mitangesehen und dabei alle Blickwinkel ausgeschöpft, die der Verkaufsraum einer Bäckerei ermöglicht. Der Fehlharmoniker hielt den Kopf einer pechschwarzen Pfeife zwischen Daumen und Zeigefinger – natürlich war es eine Pfeife aus Lakritz! –, und eine zweite hatte er sich schon selber in den Mundwinkel geklemmt. Er reichte das schwarze Ding dem Älteren Bruder, der gar nicht anders konnte, als es anzunehmen. «Rauchen wir eine Friedenspfeife …», knurrte der Musiker durch den schief gezogenen Lippenspalt, «damit die Zeit vergeht!», fügte er komisch verzögert noch hinzu und nannte sein Gegenüber nach einem weiteren Päuschen, in dem er unsichtbaren Rauch ansog und wieder ausblies, mit seinem Namen, als stünden unserem großen Bruder die beiden Silben in dicken Druckbuchstaben auf der Stirn.

Das war ein starkes Stück. Aber die Freunde hatten zu innig mit ihrem Ess- und Schleckkram, mit den ihnen gemäßen Gaben zu tun, um auf die Worte des Musikers und auf die Pfeifen aus Lakritz zu achten. Der Fehlharmoniker bezahlte. Seine Hündin zog ihn hinaus, und schon waren die beiden und zuletzt das auf der rechten Schulter schaukelnde Instrument über den Rand des Schaufensters hinaus verschwunden. Frau Fröhlich aus dem gelben Block, die sich an Hund und Herr vorbei durch die Tür geschoben hatte, kam erst einmal als nächste Kundin dran, weil unsere Sybille den Mund zu voll mit Honigschnecke hatte, um der Bäckersfrau zu sagen, weswegen sie noch vor der Ladentheke stand.

Jetzt, wo die Nacht lacht, wo sie gemeinsam ins Pilzweiß der hohlen Nagelbuche starren und nach oben horchen, so lang schon und so unbewegt, dass dem Wolfskopf sein unkindlich starker Nacken wehtut, ist sich der Ältere Bruder endgültig sicher, dass die anderen im Gegensatz zu ihm die Stimme des Akkordeonisten nicht erkennen können. Auch in der Bäckerei, als er den Stiel der Pfeife in den Mund schob und sein Speichel die erste Süße aus dem klebrig werdenden Stäbchen löste, hatten die anderen so gut wie nichts kapiert. Denn wieder draußen, wieder unter freiem, blauem Himmel, wollte keiner von ihm wissen, was er sich nun, wo er ihn mehr als nur gesehen hatte, über den falschblinden Musiker dachte. Sogar die Zwillinge, auf deren Wachheit auch in diesem Sommer noch einmal, Tag für Tag, Verlass gewesen ist, schwiegen sich aus, als sie neben Sybille vor seiner Karre in den Drosselgrund zurückmarschierten. Der Wolfskopf und der Ami-Michi, die ihn gemeinsam schoben, beließen es hinter seinem Schopf, wie nicht anders zu erwarten, bei Kau- und Schmatzgeräuschen. Und auch der Schniefer hatte weder Warum? noch Wozu? gefragt, als er ihn draußen vor dem Laden um sein wie immer supersauberes Taschentuch gebeten hatte. In dessen hellblaues Quadrat wurde vor aller Augen die fast unversehrte, die nur ein bisschen angelutschte Pfeife eingeschlagen. Und so, das feucht gewesene Ende auf einem hellbraun verfärbten Flecken festgetrocknet, steckt das Bärendreckdings ein wenig krumm gebogen, aber noch ungebrochen und unzerbissen, jetzt, wo die Stimmen aus der Nagelbuche plötzlich leiser werden und fast im Nu verklungen sind, in seiner rechten Hosentasche.

Sommernacht

Der Vater, unser nachtragender Vater, versumpft im Affentanz. Die Zeitschrift ist schuld. Als Geistmann sie ihm entgegenschob, hatte er, in einem hin und her gehenden Männerscherz befangen, nicht weiter auf das Titelbild geachtet, sondern die Illustrierte, wie er es immer machte, stramm aufgerollt und in die linke Hand genommen. Aber dann waren an der Kreuzung zum ersten Mal die neuen, die schon vor zwei Wochen aufgestellten, aber bislang blind gebliebenen Ampeln eingeschaltet. Fünfmal hatte es hier im letzten Jahr gekracht, fünfmal war die Polizei vor schief hängenden Stoßstangen und abgesprungenen Radkappen gestanden. Im Frühling war ein Cousin des Weißlings in einen Motorroller gerannt, und man hatte beide, den Huhlenhäusler Bengel und den Rollerfahrer, mit unterschiedlich gebrochenen Knochen vor den Augen der zusammengelaufenen Kinder in zwei ganz gleich aussehende Rotkreuzwagen geschoben. Doch erst als einen knappen Monat später die Müllabfuhr einen Laster der Mohrenbräu AG so rammte, dass hundertundeine dunkelgrüne Flaschen von dessen Pritsche geschleudert wurden und die Kreuzung unter Schaum und Scherben lag, konnte man endlich in der Zeitung lesen, dass die Neue Siedlung vom Verkehrsamt ihre allererste Ampelanlage spendiert bekommen würde.

Vorhin, auf dem Hinweg, hatte der Vater noch beobachtet, wie ein älterer Elektriker seinem Lehrling etwas erklärte, vorbeilaufend hatte er einen Strang aus bunten Kabeln gesehen, der sich zwischen den beiden aus der Klappe im schlanken Stamm der Ampel drängte, als wollte sein Kupfer dem anstehenden Dienst in allerletzter Minute entkommen. Kurz war der Vater froh gewesen, dass er sich auf der Baustelle, so sehr er ihrer Steine auch überdrüssig war, wenigstens nicht mit solch kompliziertem Kram abmühen musste. Inzwischen schienen die beiden Blaukittel alles fertig angeschlossen zu haben. Zumindest standen sie an die Pritsche ihres Werkstattwagens gelehnt und rauchten Filterzigaretten. Als die Ampel vor ihm auf Rot sprang, entrollte er die Zeitschrift, blickte auf deren Vorderseite, und das verfluchte Bild schlug ein. Der Vater sah eine junge Frau am Strand, sah eine ungewöhnlich große Sonnenbrille und fettig geschminkte Lippen. Er sah die Sommerschöne lachend unnatürlich große Zähne blecken und musste erkennen, was sie unter ihrem giftgrün gepunkteten Bikinioberteil maximal, bis an die Grenze seines Faltbalgs, auseinanderzerrte: ein winziges Bandoneon, ein Zirkusinstrument, ein lächerliches Clownsakkordeon. Den Blick abreißend, bemerkte er, dass hinter den müßigen Elektrikern der Bus den Kreuztöterweg herabkam, und schon war beschlossen, diese verdammte Zeitschrift nicht, wie eben noch vorgesehen, nach Hause an den Küchentisch zu tragen, sondern hinunter nach Oberhausen in den Affentanz.

Jetzt ruht die Illustrierte auf dem sonnigen Tresen. Der Vater ist der einzige Gast, für ihn wurde vorhin ein allererstes Bier gezapft. Der Wirt hat sich, um nach langer Kneipennacht und wieder viel zu kurzem Schlaf endlich richtig wach zu werden, einen starken Kaffee gekocht. Nun riecht die leere Gaststätte komisch verkehrt nach dem frisch aufgebrühten

Pulver. Der Wirt spürt wohl, wie falsch es aussieht, dass er an einem Kaffeebecher nippt. Auf seinen frühen Kunden, der grimmig entschieden scheint, sich am hellen Nachmittag zügig zu betrinken, könnte dies unredlich wirken. Also setzt er ein Gespräch in Gang, das sein anstößiges Verhalten kaschieren soll. Er fragt den Vater nach der Hand, und der zeigt ihm die rosig verheilte Narbe, lässt den Daumen kreisen und die Finger spielen, um zu demonstrieren, dass wirklich keine Sehne zu Schaden gekommen ist. Der Wirt schenkt sich aus der Thermoskanne nach, fragt, ab wann es wieder mit der Arbeit losgeht und wo die Baustelle gerade liegt. Und während der Vater ins Reden kommt, fällt der Blick des Gastwirts auf die Zeitschrift. Sie liegt so auf der Theke, dass das Titelbild für ihn auf dem Kopf steht. Ein hübsches Mädchen lacht mit offenem Mund. Die Wangengrübchen und die gerümpfte Nase machen wett, dass die Augen hinter den schwarzen Rechtecken einer monumentalen Sonnenbrille verborgen bleiben. Und weil das Mädchen kopfsteht, sind ihr im Licht des Affentanzes die Brüste, der Schwerkraft gehorchend, ein wenig weiter, als es sich gehört, aus den steifen Schalen des lustig grün gepunkteten Bikinis gesunken. In den Händen hält die Badeschönheit gewissermaßen eine zweite Brille, eine Tauchermaske, und zwar so, dass ihr Bauchnabel ein Näslein und der Bund ihres Bikini-Höschens einen lachenden Mund abgeben. Ohne Zweifel hat Fotografenschlauheit dies so arrangiert. Hände und Unterarme sind klitschnass. Sonnenlicht bricht sich in großen Tropfen. Und auch die Taucherbrille, die sich die Nixe gegen den nackten Bauch presst, scheint eben aus dem Wasser eines Pools, eines Sees oder eines Meers gezogen: Schlierig fließt Wasser auf ihren großen flaschengrünen Gläsern auseinander, benetzt auch deren Fassung und die Gummibänder, die leuchtend rot lackierte Fingernägel neckisch bis in die Taillenmulden spannen.

Der Ältere Bruder führt die Freunde weiter. Er geht voran, obwohl das Krückenlaufen auf dem bucklig gewordenen Untergrund nicht einfach ist. Vor allem die rechte Krücke rutscht immer wieder auf den runden Steinen ab, selbst wenn er den Boden im Auge behält und sich bemüht, die Spitze in die Rillen zwischen die urigen, männerfaust- oder babykopfgroßen Pflastersteine zu setzen. «Geht es jetzt einen anderen Weg zurück?», fragt der Ami-Michi, halb hoffend, halb besorgt, denn so gern er bald wieder nach oben käme, sowenig ist er erpicht darauf, noch einmal am inzwischen bestimmt eisig kalt gewordenen und damit restlos bestohlenen Heftchenleser vorbeizumüssen. «Das weiß der Teufel, hier ist alles so bescheuert krumm!», murrt der Ältere Bruder schließlich doch noch als Antwort. Er mag den anderen nicht verraten, dass er, seit sie hier unten sind, die allergrößte Mühe hat, sich vorzustellen, wie die Wiesen und Straßen über ihren Köpfen verlaufen könnten. «Und jetzt ist Schluss!», hört er den Schniefer prompt und unüberhörbar patzig sagen. Denn mitten in der bislang engsten Kurve des Tunnels stehen sie vor einer Tür aus Gitterstäben.

Der Wolfskopf packt zu, rüttelt kräftig, presst dann die Stirn gegen die enggesetzten Vierkantstäbe und sieht, wo der Riegel des Türschlosses in den Rahmen greift. Mit Schlössern kennt er sich ein wenig aus. Sein Vater hat neulich bereits zum dritten oder vierten Mal der schlimm vergesslichen Frau Fröhlich, der Schusselliese, wie sie die Wolfskopfmutter spöttisch nennt, mit seinem selbstgemachten Dietrich die Wohnungstür geöffnet. Schon wühlt der Wolfskopf mit beiden Händen in den Taschen, weil er erst gestern ein Stück starken Eisendraht gefunden und eingesteckt hat. Da sieht er, dass das Schloss, das er nun liebend gern für sie alle knacken würde, auf ihrer Seite gar kein Loch hat. Der Schniefer hat dies auch bemerkt, will es noch gar nicht glauben und kratzt mit seinem neuen Messer den Rost von der Eisenplatte, die offensichtlich aufgenietet worden ist, um jeden Zugriff auf die Riegelmechanik unmöglich zu machen.

«Es geht nur von der anderen Seite auf!», bringt es der ungebissene Zwilling auf den Punkt und schaut dabei seinen Bruder an, damit er ihm als Echo zustimmt. Der aber dreht sich schnöde von ihm weg und stupst Sybille an. Er pikst sie richtig mit dem Zeigefinger, so fest, dass jeder sehen kann, wie sich Sybilles Brust unter dem Stoff des Drachenkleids verformt, eindeutig anders, als es die Brust eines Buben könnte. Die anderen erwarten ohne Ausnahme, dass er hierfür unverzüglich eine Ohrfeige bekommt. Aber Sybilles Arm, der hochschnellt, als habe er nur auf die Stimulation des Brustmuskels gewartet, hält dem gebissenen Zwilling und ihnen allen stattdessen den Schlüssel hin. Und jedem leuchtet ein, der Schlüssel des Toten, der Geheimschlüssel des Kurbeltelefonbesitzers, könnte passen.

Schon hat der Wolfskopf seine Hand über dem Schloss durch die Stäbe gezwängt, mit der Mittelfingerspitze kann er das Schlüsselloch der anderen Seite gerade noch ertasten, aber sein Handgelenk ist zu breit, um weiter hineinzukommen. Alle probieren es nacheinander aus. Die Jungen staunen, dass bereits Sybilles Handteller so breit ist, dass sie ihn nicht mehr über das Schloss drehen kann. Und als sogar der Unterarm eines Zwillings nicht weit genug durch die Stäbe kommt, um auf der anderen Seite Daumen und Zeigefinger gegen die Öffnung zu wenden, scheinen sie aufgeschmissen. Doch dann verlangt der Schniefer, der andere Zwilling solle es gefälligst auch probieren. Und er beweist damit erneut den rechten Riecher. Leichthin, hinweg über die Stelle, wo ihn die Zähne von Sybilles kleiner Schwester gestempelt haben, fast bis zum Ellenbogen, gleitet sein Arm hinein, und schon legt er sich mit der Linken, als hätte er dergleichen tausendmal gemacht, den Schlüssel richtig in die Finger. Er passt. Und mit dem ersten Handumdrehen schließt sein Bart so schmatzend leicht, als hätten Schloss und Riegel, gut geölt oder gefettet, nur auf ihn gewartet.

Es gibt lautloses Glück. Ein Glück ohne Musik. Ein Glück ganz ohne das Wispern einer Stimme, ohne das Beben unserer Trommelfelle. Mit stillem, wildem Feuereifer ist der Kikki-Mann bei der gemeinsam angepackten Sache. Die beiden Invaliden hatten ihn umstandslos verstanden. Vorhin, bei ihrer Unterredung im Schatten der Nagelbuche, kam es kein einziges Mal zu einem jener bei einem Dritten ratsuchenden Seitenblicke, die er kennt, seit er versucht, sich anderen mit seinem mühsam erworbenen Sprechen mitzuteilen. Die beiden erfassten sogleich, was er seiner Margot bis zuletzt vergeblich zu erklären versucht hatte. Schon dies wunderbar synchrone Begreifen wäre Grund genug gewesen, ihnen zu helfen. Als Erstes hat er ihnen verraten, wo sie ganz in der Nähe, unten am Rosenhang, von der Rückseite der Schrebergärtnerkneipe eine Leiter klauen konnten, eine alte, im Sonnenlicht ergraute, aber erstklassige Eschenholzleiter, gerade lang genug, um an die Fensterlücke heranzukommen. Jetzt hilft der Kikki-Mann den beiden, das schwere Ding hinüber in den Drosselgrund zu tragen. Und er ist überschwänglich froh entschlossen, auch beim polizeilich verbotenen Eindringen in den weißen Block der dritte Schuldige zu sein.

Margot hat ihn nicht wegen des Lichts, sondern wegen seiner speziellen Lichtversessenheit verlassen. Beim ersten Mal, damals in den unerhört milden Nächten ihres ersten Sommers, war sie sogar, staunend wie er, im dünnen Nachthemd, die Hände auf die Schlafzimmerfensterbank gestützt, dabei. Aber auf Dauer konnte sie seine Begeisterung nicht ertragen. Ihr frauliches Verantwortungsgefühl durfte nicht akzeptieren, dass ihm das grüne Leuchten in den Folgejahren, sobald die ersten warmen Nächte kamen, ja eigentlich das ganze Jahr hindurch, im Kopf herumging. Margot zog Konsequenzen. Seine Margot verbot ihm schließlich kurz und bündig, nachts aufzustehen, als es in den letzten Julitagen wieder dringlich wurde, als er spürte, dass es drüben in der Lücke schon bald wieder – vielleicht schon in der nächsten Nacht! – so weit sein würde. Zur Sicherheit riskierte er kein Widerwort. Aber Margot bemerkte seine nervöse Spannung, und sie verstand in solchen Sachen keinen Spaß. Am liebsten hätte sie dem Ausschauhalten, seinem Augustlicht-Gaffen einen endgültigen Riegel vorgeschoben. Allein, sie schlief zu gut. Seine Ex-Margot hatte einen Bärenschlummer. Er musste bloß warten, bis sie sich aus der Seitenlage, in der sie ruckzuck eingenickt war, auf den Rücken drehte. Schon war ihr hageres, überscharf geschnittenes Gesicht so weich geworden, wie es bei Tag nie werden durfte, und wenn er seine Hand ganz dicht darüberhielt, konnte er mit den Fingerspitzen fühlen, dass ihr Atem durch Mund und Nase gleichermaßen stark ins Schlafzimmerdunkel strömte.

Das nächtliche Hinübergucken in den weißen Block, die bloße Anschauung des Lichts, ist für seine weltkluge Margot nicht der entscheidende Makel seiner Versessenheit gewesen. Darüber hätte sie notfalls noch lachend den Kopf geschüttelt und ihm dann eine jener grässlichen Grimassen geschnitten, die sie selbst nicht ohne Stolz ihre Schreckgesichter nennt. Margot ist in den wenigen Jahren ihres Zusammenwohnens ohne Zweifel, ohne jede ernstliche Konkurrenz, die hässlichste unter den jüngeren Frauen der Neuen Siedlung gewesen. Bereits als Kind galt sie als das hässlichste Mädchen ihrer Schule. Oft und gern hat sie ihm davon erzählt, wie es ihr damals nach und nach gelungen war, das Abstoßende, das für die anderen in ihren Zügen lag, durch eine am Spiegel sorgfältig eingeübte Mimik über die Grenze des Naturgegebenen zu steigern und es damit in etwas Allgemeines zu erlösen. Schließlich brachte schon eine ihrer kleineren Grimassen, das absichtliche Schielen, kombiniert mit einem durch Umstülpen der Unterlippe radikalen Entblößen des Zahnfleischs, Schwätzer zum Schweigen, Zartbesaitete zum Erbleichen und Säuglinge zum Greinen.

Margot war stark, war fast unschlagbar, wenn sie ihren Ausdruck in Stellung brachte. Sie war, als er sie auf der geschlossenen Abteilung im Souterrain des Josephiniums kennenlernte, die einzige Krankenschwester, der die Ärzte ähnlich viel Respekt bezeugten wie die Langzeitinsassen und die kurzzeitigen Bewohner dieses Geschosses. Dort unten gehorchten alle ihr aufs Wort: die Stumpf-Herumhocker ebenso wie die manisch Quasselnden, und erst recht die schamhaft Verlegenen, diejenigen, die es nicht hinbekommen hatten, sich ohne Wiederkehr, mit Stadtgas, mit der Rasierklinge oder mit einer dieser neuen bunten Nylonwäscheleinen, aus dem Diesseits zu befördern.

Der Kikki-Mann hat es, dies will ich, während er das Ende

der Leiter trägt, noch schnell verraten, mit einem guten und zudem noch superglatt eingeseiften Seil aus Hanf versucht. Aber weil er nichts hört, weil er sogar heute, am Tag der Tage, in der Nacht der Nächte, stocktaub sein muss, hat er damals in einer der Baracken am Oberhausener Bahnhof nicht bedacht, dass das Gurgeln seines Erstickens durch das offene Fenster nach außen dringen könnte. Sein Nachbar, der Einbeinige, schnitt unseren Kikki-Mann mit dessen frisch geschliffenem Brotmesser vom Strick. Es lag bei Wurst und Butter mitten auf dem Küchentisch, von dessen Kante aus er lebensmüd ins Leere und, wie er sich bang erhoffte, ins Nichts hinausgetreten war. «Ein Glück, dass du die Klinge scharf gemacht hast! Mit einem stumpfen Messer hätte ich deinen guten Strick nicht schnell genug durchbekommen!», hatte der Einbeinige ihm später bei seinem ersten Besuch auf der geschlossenen Abteilung dargelegt und wortreich bedauert, dass es ihm nicht gelungen sei, ihn geschickter aufzufangen, als die letzten Fasern jäh von allein abrissen. Die Stirnwunde, die er sich, bewusstlos heruntersackend, an der Tischkante geschlagen habe, nehme er mit Bedauern auf seine Kappe. Er hätte ihn auf die Platte, einfach mitten auf den Butterteller, schubsen müssen. Er wolle sich da gar nicht auf sein im Kniescharnier blöd wackeliges falsches Bein berufen.

Den Schlüssel zieht Sybille dann doch lieber wieder ab, obwohl sie die Versuchung spürt, ihn einfach im Schloss der Gittertür zu vergessen, als ließe sich damit erreichen, hier nicht wieder vorbei zu müssen. Auch unserer Schicken Sybille wäre es lieb, wenn es nun immerzu nach vorn und dann irgendwo, möglichst fern des Bärenkellers, wieder nach oben ginge. Der Ami-Michi sieht ihr zu, sieht sie den Saum des

Drachenkleides heben und den Schlüssel erneut hinter den Gummizug ihres Schlüpfers klemmen, und ist heilfroh, dass er sich die Geldbörse geschnappt hat und darum nicht in dieses Auf- und Zuschließen verwickelt ist. Ganz ohne Zweifel stellt die Börse das beste Stück der Beute dar, und dennoch hat er sie keinem weggenommen. Das Portemonnaie der Leiche hat er sich erst gegriffen, als seine Freunde bereits die Dinge ihrer Wahl in Händen hielten. Der Wolfskopf, der Schniefer, die Zwillinge, Sybille und sogar der Ältere Bruder ahnen nicht, wie schwer bedeutend Geld sein kann. Ganz genau, bis in die letzten Erwachsenen-Finessen, hat es der Ami-Michi selbst noch nicht begriffen. Aber jetzt, wo er in seiner Hosentasche nach der prallen Börse tastet, fällt ihm wieder ein, wie heftig, wie innig der Spiegelneger und seine Mutter damals, an ihrem letzten Vormittag, um Geld gestritten haben. Der Ami-Michi hat das entscheidende Wort gleich mehrmals aus dem Schlafzimmer gehört. Es war das Einzige, was er außer dem seltsam amerikanisch ausgesprochenen Vornamen seiner Mutter noch aus dem Fließen und Rucken der fremden Sprache heraus verstehen konnte. Neben dem Küchentisch, die Fingerspitzen auf dem über die Stuhllehne hängenden Hemd des Spiegelnegers, wartete er, bis «Dollars» erneut und mit noch größerer Wucht erklingen würde. Er wusste, er konnte sich darauf verlassen. Auch wenn die Mutter auf den schnell hilflos, schließlich stumm gewordenen, nur noch den Kopf schüttelnden Vater einschimpft, kommt sie zuletzt stets auf das Geld zu sprechen, das der mit seinem Lasterfahren verdient und das aus irgendeinem geheimen Grund immer zu wenig ist. Als er sich dann hinausschlich, als er die Wohnungstür, ohne das kleinste Geräusch zu machen, hinter sich zuzog, entglitt ihm allerdings, was er schreckkurz verstanden hatte: Geld ist das, was sich immer knapp, immer angstknapp anfühlen muss, sogar, ja ganz besonders dann, wenn irgendwo ein Riesenbatzen davon angehamstert worden ist.

Die Leiter ist eben lang genug. Sie reicht gerade zwei, drei Handbreit über das Fensterblech, das der Vater der Brüder einst auf feuchten Mörtel drückte und dessen verzinkte Schräge inzwischen von einem dicken Panzer aus Vogelkot bedeckt ist. Der Mann ohne Gesicht hält den Kikki-Mann, der den Fuß schon auf der untersten Sprosse stehen hat, am Ärmel zurück. Schnell ist dem Fehlharmoniker gesagt, was der dem Taubstummen umgehend ins Gesicht spricht, frontal und so langsam, dass es dessen geübter Blick mühelos von den Lippen liest: «Erst steigt derjenige hinauf, bei dem es nichts mehr ausmacht, falls er beim Runterfallen auf die Schnauze knallt!» Dem kann der Kikki-Mann nicht widersprechen, also hilft er die Holme halten, während der Mann ohne Gesicht die quarrenden Querstreben nach oben klimmt.

Im Mai vorigen Jahres, als der Frühling von einem Tag auf den anderen, verspätet, aber dafür ungut hitzig über die Siedlung hereingebrochen war, machte die gute Margot ihrem Gatten klar, sie wolle ab sofort kein Wort mehr, nicht den kleinsten Kiekser über dieses grüne Leuchten hören. Er dürfe ihretwegen gern bei Tage, von ihr aus täglich und stundenlang, beobachten, wie die sturzblöden Vögel des Drosselgrunds in den weißen Block hineinflögen und wieder herausgeflattert kämen. Sie würde sich sogar, falls ihm dies eine Freude mache, an ihren freien Tagen mit einer Illustrierten danebensetzen. Und wenn dann irgendein besonderer Piepmatz auf dem verschissenen Fensterblech gelandet sei, solle er ihr in Herrgottsnamen bis in die kleinste Schwanzfeder erklären, um welche Meise oder Drossel oder Krähe es sich jeweils handle. Warum der grüne Anstrich da drüben, in dieser nie benutzten Küche, anscheinend jeden August eine gottverdammte Nacht lang glimme, sei ihr eigentlich piepegal. Aber sie wisse aus Erfahrung, aus mittlerweile zehn Jahren in der geschlossenen Abteilung, was für seinesgleichen bekömmlich sei und was unweigerlich über kurz oder lang ins Schlimme hinüberschlage.

«Mürgüt hüt rücht. Mürgüt hüt ümmür rücht gühübt. Übür wür Münnür künnün gür nücht ündürs!», flötet der Kikki-Mann jetzt vor sich hin. Er will es wohl nur zu sich selber sagen, aber weil ihm das Senken der Stimme, jede Art von Flüstern noch viel schwerer fällt als ein gleichmäßig lautes Sprechen, hört der Fehlharmoniker ein komisch jodelndes «Gütt, gütt, gütt …!» und denkt, den Aufstieg seines Kameraden vor Augen, der Taubstumme wolle mit einem frommen Wunsch verhindern, dass etwas schiefgehen könne. Wie man sich männlich täuschen kann! Ich weiß, Margot hatte tatsächlich recht. In ihrem letzten gemeinsamen Sommer ist unser lieber, unser leider unheilbar grünsüchtiger Kikki-Mann ab dem ersten August ausnahmslos jede Nacht am Fenster gestanden. Seine tief schlummernde Gattin wäre ihm und seinem erwartungsgeilen Gucken nicht auf die Schliche gekommen, hätte er es zuletzt, wie in all den vorausgegangenen Nächten, zurück ins Bett geschafft. Stattdessen stürzte er ausgerechnet in der einzigen leuchtgrünen Nacht des Sommers mit jenem einen Anfall, der ihn alljährlich heimsucht, vor das Fußende des Bettes. Wie er dalag, die Fußsohlen fast an der Fensterwand, verriet dann seiner Margot, die ihm, von seinem Hinkrachen aus einem

Traum gerissen, sofort fachfraulich beistand, dass er nicht bloß auf dem Klo gewesen war. Wie sie ihn auf die Seite zog und ihm den Mund aufzwang, um sicherzugehen, dass ihm die Zunge nicht in den Hals gekippt war, sah sie: Sein linker oberer Schneidezahn war bis an die Wurzel abgeschlagen. Später, im Morgenlicht, entdeckte Margot die kleine Kerbe, die dieser in das Fußteil des Betts gehauen hatte. Sie suchte nach dem Zahn. Sie suchte wirklich gründlich. Und erst, als sich das weiße Plättchen weder unter dem Bett noch sonst wo finden ließ, beschloss sie, ihren Mann am kommenden Wochenende, an dem sie wegen angelaufener Überstunden drei volle Tage frei und damit genügend Zeit zum Packen haben würde, für immer zu verlassen.

Der Mann ohne Gesicht ist oben angelangt. Er steckt den Kopf für einen ersten Blick ganz in die Lücke. Er rüttelt an den Brettern, um sich ein größeres Loch zu reißen. Aber das Holz und seine Vernagelung halten stand. Von unten sehen seine Helfer: Er steigt von der drittletzten auf die vorletzte Sprosse, schiebt eine Pobacke aufs schmale Fensterblech und drückt sich in den Spalt. Jetzt stößt er sich mit einem Fuß von der obersten Sprosse ab und kippt – das Zappeln seiner Beine verrät noch kurz die Absichtslosigkeit – nach innen. Die Sohlen seiner schweren Stiefel schwingen Richtung Himmel. Und schwups! ist er verschwunden.

Der Mann ohne Gesicht ist weg. Die leere Leiter liegt schon wieder still. Aber an ihrem Fußende geht noch immer eine erstaunliche Menge abgeplatzten Vogelkots auf die Männer nieder, die die Holme halten. Der Fehlharmoniker hat die Lider hinter den Brillengläsern geschlossen, er drückt das Kinn fest auf die Brust, spürt Brocken und Bröcklein auf seine Hände und auf seinen Nacken rieseln, während unseren Kikki-Mann die Unternehmung nun, wo der weiße Block einen ganzen Mann geschluckt hat, erst recht entzückt. Kieksend und juchzend hält er dem weißen Dreck, dem wunderbaren, dem märchenhaften Sommerschnee die offenen Augen, den aufgesperrten Mund und damit auch seine in der einzigen leuchtgrünen Nacht des Vorjahrs geschlagene Zahnlücke entgegen.

Sommernacht

Ich muss mich schwer, ich muss mich wichtig machen. Ich muss den Winkel, der mich überdauern lassen könnte, in diesem Oben und Unten finden und mich in sein Lakritzschwarz bergen. Ich bin nicht viel. Aber ich bin nicht nichts. Und dieses nichtige Etwas, mein bisschen Erdenschwere, will sich nicht anders als die anderen über die letzte Runde, durch die Nacht der Nächte retten. Ich wahre meine Chance und sehe: Der Mann ohne Gesicht kommt nicht zurück. Er lässt sich, obwohl der Fehlharmoniker, die Hände am Mund, den Kopf im Nacken, so laut er kann, seinen Namen ruft, einfach nicht mehr im Schlitz des weißen Blockes blicken. Sein Kamerad verstummt, reißt sich die grüngetönte Brille von den Augen, er späht mit pendelndem Gesicht hinauf. Sputnik, die den Aufstieg mit offenem Maul, mit dem gläubigen Hecheln eines braven Hundes verfolgt hat, bellt schon zum dritten Mal, so laut und präzis, als wollte sie mit einem einstudierten Signalruf das Wiederauftauchen des Verschwundenen erzwingen.

Da fühlt der Kikki-Mann seine Gelegenheit gekommen. Ohne zu fragen, setzt er den Fuß aufs Holz und steigt hüpfend in die Höhe. Der Fehlharmoniker hat Mühe, das Schwingen der Leiter halbwegs zu dämpfen. Offenbar kann der Taubstumme nicht erwarten, am fraglichen Fenster anzulangen. Obschon helllichter Nachmittag ist, glaubt er sich dem nächtlichen Leuchten so nah wie noch in keinem Sommer. Er ist sich sicher, dass der Mann ohne Gesicht da oben, in der grüngestrichenen Küche, bereits genießt, worauf er schon so lang sehnsüchtig wartet. Es muss etwas einmalig Schönes, es muss die reine Freude sein.

«Langsam! Um Gottes willen langsamer!», ruft ihm der Fehlharmoniker vergeblich hinterher. Der Kikki-Mann, der dies wie alles andere nicht hören kann, hat den Fuß schon auf der vorletzten Sprosse, die Hände im Vogelkot des Fensterblechs. Er sieht die grüne Wand, und er bekommt, als er, vom Aufstieg heftig schnaufend, den Kopf in den Spalt steckt, eine Unmenge feiner, scharfkantiger Partikel in die Kehle. Es kratzt entsetzlich. Ihm, dem Fachmann, dem Liebhaber und Kenner, ist sogleich klar, was ihn da krächzig husten macht. Es handelt sich um den merkwürdig splittrigen Staub, der entsteht, wenn hohle Federkiele brechen, wenn das scheinbar unverwesliche Kleid der Vögel in die erste Phase seiner langwierigen Auflösung getreten ist. Dadrinnen, er stemmt sich auf das Holz des Fensterrahmens, ist eine Menge dieses tückisch ungesunden Stoffes emporgewirbelt worden. Das macht ihn vollends gierig. Hustend dreht er die Schulter in den Schlitz. Mit brennenden Augen überblickt er den zwielichten Raum.

Es ist eine der Wohnküchen, wie sie sich in allen fünf Blöcken finden lassen. Keuchend und zwinkernd erkennt er rechts das runde Abzugsloch für das Rohr des Kohleofens, und auch die Stöcke für die dann nicht mehr eingehängten Türen finden sich an den üblichen Stellen. Aber die drei dunklen Rechtecke, die auf den Flur, ins Eltern- und ins Kinderschlafzimmer hinüberführen, sind zu niedrig, gerade hoch genug, dass sie ein großes Kind, ohne sich zu bücken, durchschreiten könnte. Verwirrt schaut der Kikki-Mann zur

Decke, aber die liegt so nah oder fern, wie es sich gehört. Jetzt erst versteht er, dass die Verringerung der Raumhöhe von unten kommt. Was er im trügerisch flirrenden Dämmer zunächst für den Holzfußboden hielt, ist eine nachträglich angehäufte Schicht. Vor ihm erstreckt sich eine silbrig graue Fläche, auf der ganz leicht, von irgendeinem Hauch bewegt, ein grünes Glänzen spielt. Er streckt die linke Hand aus, jedoch bevor die Fingerspitzen in die unglaublich dicht gepackten Federn fassen können, rutscht ihm draußen ein Fuß ab. Er fasst nach hinten, bekommt dort nur den Rand des Fensterblechs zu fassen, die Leiter gleitet weggestoßen weiter, er spürt den Schlag des Holms am Knöchel, hält sich noch kurz an der Unterkante des Fensterrahmens, und schon zerbröselt ihm der Vogelschiss von sieben Jahren wie nichts zwischen den Fingern und den langen Fingernägeln.

Sputnik und Sputniks Herrchen sehen den Taubstummen lautlos fallen. Mir bleibt genügend Zeit, um ihm beim Denken zuzuhören. Stürzend sorgt sich der Kikki-Mann kein bisschen um Knöchel, Knie und Ellenbogen, die gleich die Wucht des Aufpralls schlucken müssen. Unser Kanarienvogel- und Wellensittichzüchter sorgt sich während seines Flugs stattdessen mit einer übergroßen, mit einer flügelweit gespannten Angst, mit einer Furcht, tief wie ein Teich voll Federn, um den, der vor ihm aufgestiegen ist. Wo ist der Mann ohne Gesicht nur abgeblieben? Wenn er sich da oben an der Innenseite der Mauer oder den verborgenen Dielen besinnungslos geschlagen hat, ist er verloren. Das flaumige Zeug, der Bodensatz dieses Vogelgrabs, ist gefährlicher als Wasser, tückischer als jeder aus abgesunkenem Laub entstandene Schlamm. Das Mullviereck vor Nase und Mund würde ein elendes Ersticken des Bewusstlosen nicht verhindern können.

Die Kinder haben einfach durchgehalten und sind nach sturem Weiterstapfen endlich wie an einem die ganze Zeit geahnten Ziel am Ufer angekommen. Sybille lacht und breitet die Arme aus, denn der See ist viel zu schön, um sich vor seinem Dunkelgrün zu fürchten. Das Wasser liegt völlig unbewegt. Erst als der Ältere Bruder mit der angespitzten Krücke in die matt glänzende Oberfläche sticht, bilden sich Kreise, die der Mitte des streng begrenzten Gewässers entgegeneilen. Allen gefällt, wie der stille, samtig veralgte See an die hoch aufragenden Mauern rührt. Sie scheinen in einem ungeheuer weiten Keller angelangt und schauen zugleich über tausendundeinen rohen Ziegelstein hinauf in den First eines langgezogenen Dachs. Es ist, als hätte eine Riesenhand ein großes, hohles Haus über eine von Regen- oder Grundwasser gefüllte Mulde gestülpt, damit der wilde Zufallsteich, abgeschirmt gegen Wind, Laub, Staub und Sonne, im Lauf der Jahre ein ganz besonderes Grün und schließlich die Erhabenheit eines künstlich angestauten Sees erlangte.

Allein der Ami-Michi mag nicht stillstehen. Ihm ist, vielleicht weil er als Einziger noch nicht schwimmen kann, recht flau im Magen. Zudem macht ihn das Knacken unter seinen Sohlen, das feine Knacksen, das auch die Schritte der anderen dem Ufergrund entlocken, so nervös, dass er, unruhig auf der Stelle tippelnd, erst recht ein Knickknack nach dem anderen provoziert. Dabei versteht er ohne Mühe, wie hier am Rand des Wassers das eine mit dem anderen zusammenhängt. Sogar Sybilles verrückte kleine Schwester oder der doofe Fröhlich-Junge, ja selbst ein Baby könnte es leichthin kapieren. Rechts oben fällt ein schmaler Lichtstreif in das ausgehöhlte Haus. Da droben muss ein Ausgang in die Tagwelt sein, dort oben kommen die Vögel herein, von denen dann manche nicht mehr nach draußen finden. Der Ami-Michi denkt sich, dass es nicht unbedingt die dümmsten Amseln, Spatzen oder Meisen sind, die sich derart verirren. Vielleicht sind es sogar eher die klügeren, diejenigen, die sich hinter ihren runden Augen in ihrem Piepmatz-Hirnchen allerlei Schlimmes vorstellen können, vor lauter Angst die Übersicht verlieren und schließlich das Einfachste, das Fliegen zum Licht hin, nicht mehr zustande bringen. Weil ihnen irgendwann die Kraft zum Flattern ausgegangen war, sind sie hier am Ufer auf den Federn, den Brustbeinlein und den gekrümmten Krallen ihrer Vorgänger hocken geblieben und haben bloß noch ab und zu, in immer größeren Abständen, den Schnabel ins grüne Nass getippt, bis ihnen auch hierzu das Köpfchen zu schwer geworden war.

Der Ältere Bruder begreift, dass sie nicht bloß an irgendeinem unterirdischen Gewässer, sondern dass sie im weißen Block gelandet sind. Er sieht hinauf in den Dachstuhl, der Balken für Balken dem Dachstuhl des grünen Blockes gleicht. Er sucht an den rohen dunkelroten Wänden nach den verschlossenen Türen und Fenstern, aber er kann sie so wenig entdecken wie irgendeinen Rest der offenbar herausgebrochenen Zwischenwände oder Stockwerksdecken. Dafür steht ihm jetzt deutlich vor Augen, wie der Vater, der an allen fünf Blöcken mitgewerkelt hat, nicht nur mürrisch, sondern immer auch, als unterdrücke er einen hochschwellenden Zorn, mit der Rechten abgewunken hat, wenn ein Gespräch an die Existenz des blickdicht vernagelten Wohnblocks rührte und irgendjemand Genaueres wissen wollte. Der Vater hätte also erzählen können, dass die Fundamente überflutet sind. Bestimmt war und bleibt dieser grüne See der Grund dafür, dass das Haus so unnütz herumstehen muss wie eine riesengroße hohle Nuss.

Die Zwillinge wagen sich weiter. Sie laufen die Uferzunge hoch, die sich rechts, ein gutes Stück über die Mitte des grünen Beckens hinaus, an der Mauer entlangzieht. Der Streifen ist so schmal, dass sie sich hintereinander halten müssen, so hoch mit Vogelreliquien bedeckt, dass ihre Füße bis an die Waden drin versinken und ihnen Federchen, vom Stapfen aufgewirbelt, in den Kniekehlen kleben bleiben. Jetzt zeigt der vordere, der bis an das Ende der Landzunge vorgedrungene Zwilling schweigend auf den See hinaus. Sein Bruder erreicht ihn und ruft den anderen zu, da schwimme etwas. Der Wolfskopf, der Schniefer und der Ami-Michi suchen mit hin und her pendelnden Blicken die dunkelgrüne Fläche ab und entdecken einen hellen rechteckigen Fleck, nicht größer als eine Postkarte, der auf dem unbewegten Wasser treibt.

Sybille aber, unsere chronisch kurzsichtige Sybille, guckt gleich den Älteren Bruder an. Im Dämmer des hohlen Hauses, das sie nicht als den weißen Block erkennt, begreift sie plötzlich, dass er schon immer am besten gesehen hat, dass er den anderen bereits auf eine solche Distanz so viel voraushat, wie ihr selber zur durchschnittlichen Weitsicht der Jungen fehlt. Vielleicht erspäht der Ältere Bruder bereits in diesem Augenblick die Nasenspitze, die runde Stirn und die Oberlippe ihrer ertrunkenen kleinen Schwester. Sie hofft mit heißem Herzen, es möge so sein und sie dürften das blöde Stück, kalt und mausetot, aus dem Wasser ziehen. Gewiss gäbe es ein großes Heulen und Jammern, wenn sie dann, die Leiche im Zwillingskinderwagen, in den Hof einführen. Bestimmt würden die weinenden Mütter das pitschenasse, das glitschig algenverschmierte Köpfchen streicheln, an die

Brüste pressen oder sogar küssen. Und ohne Zweifel würde der Vater sie am Tag seiner Rückkehr aus dem Krankenhaus mit seinen kleinen, aber harten Händen grausam verprügeln, schlimmer, als je ein Kind im Hof verprügelt worden ist. Der Vater würde ja gar nicht anders können, da sie, die stets Verantwortliche, nicht auf sein Herzstück achtgegeben hatte. Doch danach wäre alles gut wie nie zuvor, dann wäre der ewige Ärger mit der Göre ein für alle Mal, für alle kommenden Familien- und Freundestage, ausgestanden.

Der Ältere Bruder, der gleich Sybille zuerst an deren kleine Schwester denken musste, schaut so scharf hin, wie er nur schauen kann. Es scheint ein Stückchen Stoff zu sein, zumindest irgendein weiches, stoffähnliches Material, das sich mit Wasser vollgesogen hat, aber doch leicht genug geblieben ist, um nicht abzusaufen. Er stakst hinüber zu den Brüdern, die Freunde folgen ihm. Schon stehen sie auf dem schmalen Streifen aufgereiht. Der Schniefer findet, es sehe aus wie eines seiner Taschentücher. Der Wolfskopf meint, es könne genauso gut ein Stück aufgequollene weiße Pappe sein. Und ihr Michi, der als Letzter, vorsichtig Fuß auf Fuß in die weiche, knisternde Federmasse senkend, zu ihnen aufschließt, behauptet, da draußen schwimme eine Postkarte, die Schriftseite nach oben, er könne die halbverschmierten Kugelschreiberzeilen ganz deutlich unterscheiden, aber leider nicht lesen, weil alles auf Amerikanisch aufgeschrieben sei. Der Ältere Bruder schüttelt den Kopf, von irgendwelchen Buchstaben könne keine Rede sein, da treibe ein blankes Stück gewebter Stoff, rechteckig zugeschnitten, und an den Ecken sei viermal etwas Braunes befestigt; wenn seine Augen ihn nicht trügten, seien es vier Streifen Klebeband.

Wie gut die Augen unseres großen Bruders sind! Selbst

ich in meiner glubschäugigen Allsicht könnte ihn in diesem Moment beneiden. Wie recht er, sehend und deutend, wieder einmal hat. Was dort in meinem See an einem vollgesogenen Baumwollrechteck hängt und sich im kalten Wasser wellt, ist in der Tat ein Klebeband. Es handelt sich um das bekannte, nur in Apotheken und in guten Drogerien, also auch bei Herrn Schümer, erhältliche Band, das alle Mütter der Neuen Siedlung wegen seiner prima Haftung so gern benutzen. Mit einem satten Ritsch ziehen sie es von seiner Spule aus rotlackiertem Blech und schneiden mit der Schere kleinfingerlange Stücke ab, die den Verbandsmull über den Schürfwunden ihrer Kinder, meist sind es großflächig aufgeschlagene Knie oder Ellenbogen, sicher an Ort und Stelle halten.

Auch Achim hat seit seinem letzten Sturz ein schlecht verschorftes, ein eitrig nässendes Knie zu bieten. Achim, unser Weißling auf der Flucht, ist ohne jedes Ziel, bloß mit dem Willen, Abstand zu diesen drei komisch einverständigen Großen zu erringen, bis ans Ende des Spielplatzes geradelt und hat dort, auf der letzten Wiese, vier ihm unbekannte, offenbar neuzugezogene Buben beim Fußballspielen entdeckt. Also dreht er eine weite Runde, dann eine zweite und sogar eine dritte, setzt sich schließlich auf eine Bank, um sich in Ruhe vorzustellen, wie viel Spaß er gleich mit diesen Kerlchen haben wird. Er will den Ältesten der Neuen, einen erstaunlich dicken Jungen, exemplarisch in die Mangel nehmen. Erst will er ihn vor seinen Freunden mit schweinischen Schimpfwörtern beleidigen und ihn mit Schubsern, mit Nasenstübern und Ohrverdrehern so lang erniedrigen, bis ihm die Tränen auf die Backen kullern. Dann ist der rechte Augenblick gekommen, den Fettsack zu Boden zu schmeißen, sich auf seine Brust zu setzen, ihn nicht nur gründlich anzuspucken, sondern auch anzurotzen, was die Nase hergibt. Dazu werden die Oberarme des ins Gras Gepressten mit den Knien gründlich durchgewalkt, bevor man ihn abschließend, einen Daumen auf seinem Auge, noch zwingt, Gras und Klee und Huflattich zu verspeisen und auch die ganz besondere, immer neu erstaunende Bitternis des Löwenzahns zu kosten.

Die Hände gegen das warme Holz der Bank gepresst, bemerkt Achim plötzlich, wie süß es ist, sich so etwas im Voraus auszumalen. Eigentlich hat er dergleichen noch nie in solch langsamer Ausführlichkeit gemacht. Dass er jetzt eine derart tolle Vorfreude genießen darf, hängt irgendwie damit zusammen, dass er es gerade, viel länger als gedacht, mit den drei Erwachsenen unter der Nagelbuche ausgehalten hat. An diese seltsame Verbindung mag er allerdings lieber nicht genauer denken, also schwingt er sich auf den Roten Peter, um mit den fremden Kindern Ernst zu machen. Die haben natürlich mitgekriegt, wie er sich auf die Bank gelümmelt und ihnen lauernd zugesehen hat. Das Unheil spürend, haben sie schon die ganze Zeit bloß noch zum Schein gegen den Ball getreten, und jetzt verstehen sie sofort, warum er zu ihnen herüberkommt.

Als er jedoch, den Lenker fest gepackt, über die bucklige Wiese rollt und die von schlimmer Ahnung Gelähmten nur noch mit kraftlos herabhängenden Armen dastehen, stiebt aus den Büschen vis-à-vis, aus den Büschen Richtung Bärenkeller, eine ungeheure Wolke kleiner Vögel auf. Achim begreift erschrocken, dass es viel zu viele sind. So viele kleine Vögel sitzen normalerweise niemals beieinander – zumindest an keinem guten Ort der Welt. Er weiß sogleich, was das bedeutet. Es ist also so weit! Ganz ohne Zweifel sind dies die Geister aller Vögel, deren Eier er, seine Brüder, seine Cousins und vor ihnen schon ihre Väter, als die fernab der Neuen Siedlung, herumziehend wie die Zigeuner, selber noch Buben waren, aus Nestern gestohlen, leer geschlürft oder aus purem Spaß zerschlagen haben. Die Prophezeiung ist eingetroffen. Der Kikki-Mann hat damals, als er eine Woche lang betrunken war, weil ihn seine Frau verlassen hatte, lallend vorhergesagt, dass alle durch Huhlenhäusler-Schuld nicht fertig gewordenen, alle allein in den Köpfchen ihrer Vogeleltern vorgestellten Küken eines Tages als fixundfertig böse Vögel wiederkehren würden. Achim dreht ab! Er fährt die engste Kurve seines Lebens. Er steht in den Pedalen, und erst, als er wieder Kies unter den Reifen hat, guckt er nochmal zurück und sieht die Vogelwolke vor dem erblassten Himmel. Der Racheschwarm scheint Richtung Bärenkeller, in Richtung der hohen Kastanien abzudrehen. Aber das nimmt unserem Achim nichts von seiner Angst. Da steckt irgendein Trick dahinter. Allein der Kikki-Mann, der Papa aller zahmen Vögel, kann ihn jetzt noch vor den erbarmungslosen Schnäbeln dieser toten Fluggemeinschaft retten.

Dem Fehlharmoniker ging alles viel zu schnell. Natürlich hat er es nicht geschafft, den Stürzenden in seinem guten Auge, in seinem Guckschlitz Richtung Welt zu halten. So hat nur Sputnik mit angesehen, wie katzenhaft der Taubstumme auf allen vieren landete und wie geschickt sein magerer Körper sich zur Seite über den Rasen rollte. Jetzt scheint dem Kikki-Mann so gut wie nichts geschehen. Der Fehlharmoniker und Achim, der den Roten Peter bei seiner Rückkehr krachend auf die im Gras liegende Leiter geschmissen hat, knien neben dem Gestürzten. Vorsichtig setzt der sich auf, betastet Knie und Knöchel, mag selber noch nicht glauben, dass alle Knochen heil geblieben sind.

«Mür üst nücht vüül püssüürt!», will er seinem jungen Nachbarn und seinem frischgebackenen Kameraden entgegenflöten. Aber als er die Lippen öffnet, schwappt ihm reichlich Blut über das Kinn. Und alle, auch die voll hündischem Mitgefühl herangetapste Sputnik, können sehen, dass dem Kikki-Mann nun auch der zweite obere Schneidezahn verloren gegangen ist. Mit schmerzverzerrter Miene lässt er die Zungenspitze durch die doppelt so groß gewordene Lücke wandern, und dann schaut er nach oben und erinnert sich, wie sein Kopf, bereits randvoll mit edler Sorge um den in den Federn verlorenen neuen Kameraden, auf das Holz des Fensterrahmens geschlagen ist.

Die Kinder dürfen indes erfahren, wie es unten weitergeht. Gleich werden alle das Mausoleum der verirrten Vögel hinter sich lassen. Der ungebissene Zwilling entdeckt den Weg, während er in den Federn und Knöchlein des schmalen Uferstreifens nach ein paar besonders schönen Stücken für ihre Sammlung sucht. Er ist hierzu auf die Knie gesunken. Er hat die Hände, obschon es ihm vor den aufgerissenen Schnäbeln, den fadendünn mumifizierten Zünglein und den leeren Augenhöhlen graust, tief in die lockere Schicht gebohrt und angefangen, in ihr herumzuwühlen. Denn er ist sicher, die besten, die größeren Exemplare, die Bussard- oder gar Adlerknochen, müssen weiter unten liegen. Grabend schaut er erneut auf zu seinem Bruder und fragt sich, warum dieser noch immer nicht begriffen hat, dass eine solche Gelegenheit, die gemeinsame Sammlung zu erweitern, nicht so bald, vielleicht sogar niemals in ihrem Leben wiederkommt. Allein fällt es ihm schwer, sich zu entscheiden. Alles, was er herauszupft, scheint ihm ähnlich gut. Hätten sie eines dieser Brustbeinlein oder Schädelchen einzeln gefunden, wäre es sicher ohne weitere Prüfung mitgenommen worden. Hier jedoch, in der Fülle, gräbt er sich, ungeduldig, nach und nach fahrig, zuletzt fast mutlos werdend, bis an die Mauer.

Da gibt die Mauer nach. Die rechte Hand des ungebissenen Zwillings drückt eine Beule in den Ziegelstein, vor dem sie eben wie ein Spaten eingestochen ist. Jetzt endlich merkt auch sein Bruder auf. Behutsam, als könnte die Wand lebendig werden, betastet der Gebissene, über den Knienden gebeugt, das Mauerwerk. Ein ganzes Stück lässt sich nach hinten drücken. Ein ganzes Stück der Wand ist falsch. Das Mörtelgrau ist wie das Ziegelrot nur aufgepinselt. Da ist nichts weiter als ein fester Stoff. Der Wolfskopf hat zugesehen und fackelt nicht lang. Er bückt sich und zerrt mit einem Ruck die ganze untere Kante aus den Vogelknochen. Es staubt weiß auf, und alle verstehen, hier kann Sybilles kleine Schwester eigentlich nicht durchgekommen sein. Es sei denn, irgendeiner hätte den Vorhangsaum nach ihrem Abgang wieder säuberlich eingescharrt. Der Ältere Bruder sagt dies sogar. Sybille stimmt ihm mit einem Nicken zu, und dennoch schlüpfen die Freunde, vielleicht weil sie den hohlen weißen Block nach ihrem letzten Fund und nach dessen Deutung durch unseren großen Bruder möglichst schnell verlassen wollen, in das aufklaffende Loch, hinein in einen neuen niedrigen Gang. Alle, sogar die Zwillinge, müssen sich nun bücken, die Größeren so tief wie alte, durch schwere Arbeit krumm und kreuzlahm gewordene Männer.

Sybille will den Vorhang, der auf seiner Rückseite nur wie ein verdreckter Kartoffelsack aussieht, schön ordentlich gerade rücken, da sieht sie durch den noch daumenbreiten Spalt, dass sie um ein Haar den Ami-Michi am grünen See vergessen hätten. Da steht er noch und guckt. Unser Michi, mein Michi, den ich wegen seines Talents zum Fürchten besonders tief ins Herz geschlossen habe, hat einen wunderbaren Einfall nicht nur gehabt und ausgiebig in der Phantasie genossen, sondern gerade eben auch noch in einer Tat ein zweites Mal wirklich werden lassen. Jetzt steht er mit dem Portemonnaie des Kommandanten am Ufer und staunt, wie lang es dauert, bis sich die Wellenkreise, die sich von den Eintauchstellen der Münzen wegbewegen, völlig glatt gezogen haben. Sybille schlüpft unter den Vorhang, stapft hin und packt den Kragen seines Hemdes. Er will noch schnell den Reißverschluss der Geldbörse schließen, da kommt etwas von ganz hoch oben angeflogen und fällt mit einem hellen Plitsch vor seinen Sandalenspitzen ins flache Wasser. Sofort versteht er, dass es etwas sein muss, was er anstelle der geopferten Münzen in seinem neuen Portemonnaie verstauen kann. Wäre das Eingetauchte genauso weiß wie die Knöchlein und der Federkielstaub der Vögel, hätte unser Michi die allergrößte Mühe zu entdecken, was da für ihn herabgestürzt ist und nun fingerspitzentief unter der Wasseroberfläche liegt. Aber die vielen Zigaretten, deren Filter der Kikki-Mann immer genau vor seine oberen Schneidezähne, zuletzt nur noch vor den verbliebenen linken klemmte, haben den Schmelz dieses Zahns – vielleicht, damit der Ami-Michi ihn nun finden und an sich nehmen kann? – wunderschön gelb, überhaupt nicht garstig nikotingelb, sondern eher bernstein-, ja honigfarben abgetönt.

Sommernacht

Mir brummt mein kleiner Kopf. Mir brummt und summt das Kommende in meinem weichen Köpfchen, während die Mutter auf die Knie sinkt und den heulenden Staubsauger mit Schwung unter das Bett ihres Erstgeborenen rammt. Sie merkt sehr wohl, dass sich der Motor irgendwie anders anhört, und überlegt, ob sie ihn lieber ausschalten und nur mit dem Besen unter die Betten fahren soll. Wäre der Vater, wie ausgemacht, direkt von Doktor Junghanns nach Hause zurückgekommen, könnte sie ihn jetzt bitten, sich das Innenleben des verdächtig laut gewordenen Geräts anzusehen. Etwas in dessen rundem Bauch hat vorhin, als sie die Matratzen der Zwillinge saugte, zu schleifen angefangen, und dieser Fehlton hat seitdem noch an Stärke und Schrillheit zugenommen; anstatt das übliche, nach braver Arbeit, nach Maschinenfron klingende Brummen hervorzubringen, ist der Sauger inzwischen fast am Kreischen.

Die Mutter hört es mit Sorge. Und nicht nur ihr und mir, sondern auch allen anderen, die etwas Ohrenähnliches an ihren Leibern haben, kommt die Veränderung bedrohlich vor. Die Amseln, die draußen vor dem offenen Fenster unter den Weißdornbüschen nach Würmern und Insekten suchen, merken beunruhigt auf und drehen die braunen oder gelben Schnäbel Richtung Fenster. Und all die kleinen Tierchen, die, ohne dass es die Hausfrau ahnt, die Dielenritzen des Kinderzimmers bevölkern, spüren mit ihren Fühlern, dass der

Luftzug, der nicht zum ersten Mal an ihnen zerrt, heute von anderen Schwingungen moduliert wird. Die Silberfischchen, deren Hauptstamm bei der Silberfischchen-Urmutter unter dem Bodenblech des Küchenofens wohnt, krallen die Beinchen noch ein wenig fester in die feinen Fasern der Fichtenbretter. Zwei Zebraspinnen, Vertreterinnen einer Spezies, die die Kinder lieben, weil ihre Individuen so erzkomisch hüpfen können, krümmen den haarigen Hinterleib in ihre Rückzugsritzen. Und eine einzige, dafür besonders große Kellerassel, die erst letzte Nacht die Mauer unter dem Kinderzimmerfenster hochgetippelt und dann, dem feuchtwarmen Atem der Brüder folgend, in deren Reich vorgedrungen ist, entgeht dem schaurigen Staubsaugertod allein, weil sie im ersten Morgenlicht nicht bloß unter die Wandleiste gekrabbelt ist, sondern ihren gerippten Panzerbuckel auch noch in die Vertikale, in einen Spalt zwischen Holz und Wand gepresst hat.

Taub gegen das nervöse Heulen des Elektromotors, absolut taub für das Schleifgeräusch, das die lockeren Schlitten der abgefahrenen Kohlen auf der Kupferwicklung produzieren, scheinen nur die wilden Plastiktiere, deren Schar das Regal über dem Bett unseres großen Bruders schmückt. Die Mutter rückt dieser Sammlung, die den Zwillingen in letzter Zeit von allen Kollektionen die wichtigste gewesen ist, mit einem feuchten Tuch zu Leibe. Die stolzen Raubkatzen müssen sich von ihr die Nacken und die Bäuche wischen lassen. Dem putzgenauen Blick der Mutter entgeht nicht einmal, dass sich in der Rille zwischen den Höckern des Kamels ein feiner Streifen aus grauem Staub gebildet hat. Zuletzt nimmt sie den Neuzugang, den großen, knochenbleichen Bären, vom Regal. Dass er nahezu direkt aus der Wundertüte hierhergekommen ist, aus den Bruchstückchen der gefärbten Puffreiskörner, die sie ihren Söhnen stets zu essen verboten hat, erklärt, weshalb ihm noch etwas Rötliches im Maul klebt. Die Mutter wischt drüber, aber das Rot will nicht abgehen. Sie sieht genauer hin. Da hängt gar nichts. Der monochrome Bär, aus weißem Plastikbrei gegossen, ist just an dieser Stelle anders eingefärbt. Und jetzt, nachdem ein Tuchzipfel zwischen die winzigen, erstaunlich spitzen Zähne gefahren ist, leuchten Rachen und Zunge so frisch und hell, als wäre Rot ihre natur- oder kunstgegebene Farbe oder als hätte das Gebiss des räuberischen Allesfressers erst vorhin etwas heftig Blutendes zerfetzt.

Die Kinder müssen unterdessen kriechen. Und dies bedeutet eine elende Quälerei, denn den Grund der Röhre bildet festgestampfter Sand, aus dem sich scharfkantige Ziegelbrocken und -splitter in die nackten Knie der Freunde bohren. Der Ältere Bruder hat sie humpelnd angeführt, solange sie gebückt, nur ab und zu die Finger auf den Boden tippend, vorwärtskamen. Als es dann endgültig auf alle viere ging, hat er, um seinem schmerzenden Fuß ein Päuschen zu gönnen, die anderen vorbeigewunken. Zum Glück bleibt der beklemmend niedrig gewordene Gang breit genug, dass zumindest ihre beiden Kleinen, die Zwillinge, weiterhin nebeneinander krabbeln können. Als Schlusslicht hat unser großer Bruder nun zunehmend Mühe, den anderen nachzukommen; denn an der Spitze legt der Wolfskopf ein tolles Tempo vor. Unter einem der kleinen Gitter, durch die in festen Abständen ein wenig Licht in ihren Kriechgang fällt, muss er, weil ein schlimmer Krampf die Zehen seines wehen Fußes spreizt, erneut verharren.

Er schaut Sybille nach, deren Sandalensohlen und deren hin- und herpendelnder Schlüpfer ihm sagen, wie schnurgerade es da vorne weitergeht, er überlegt, ob er den anderen hinterherschreien soll, sie möchten bitte ein wenig auf ihn warten, da hört er, unvermutet und doch wie zu seinem Trost, den Neger reden. Er hört den Spiegelneger Wort auf Wort und Satz auf Satz. Er hört ihn nicht nur erzählen, sondern auch schlürfen und schmatzen und dabei ungeniert weiter seine Sprache sprechen. Obwohl es in den Kasernen hinter dem Gaswerk tausendundeinen Ami gibt, obwohl es da oben, über dem Gitter, auch bloß aus einem Radio Amerikanisch tönen könnte, ist er sich sicher, dort schwatzt der Schwarze, der eine Zeitlang zur Mutter des Ami-Michi kam. Genauso warm und butterweich, in schnellem Wechsel hell und tiefkehlig, so wunderbar undeutsch, wie es jetzt nach unten in den Kriechgang klingt, hat der Ami-Michi für seine Freunde, weil die es komisch und zugleich ein bisschen schaurig fanden, immer wieder den Singsang des Spiegelnegers, vor allem dessen freundliches Fragen und Schmeicheln, aber gelegentlich auch dessen wutentbrannte letzte Rede nachgemacht. Wahrscheinlich ist ihm die Nachahmung nur so perfekt gelungen, weil er kein Wort verstand und sich ganz in die Farben des Klangs und in den Wellengang der Sätze versenken konnte.

Da oben, hinter dem Gitter, am Ende des Lichtschachts scheint es für den schwarzen Mann keinerlei Grund zu Ärger oder gar Zorn zu geben. Im Gegenteil, es schmeckt ihm derart gut, dass er jetzt rülpst und dann darüber einen Scherz auf Amerikanisch macht. Auf diesen Witz hin hört unser großer Bruder ganz zart und leise eine zweite Stimme lachen. Es ist die Stimme eines kleinen Mädchens. Den Spiegelneger muss dieser Beifall freuen, denn es klingt wie das Lachen eines richtig lieben und zugleich klugen Kinds, ganz anders als das stets wehleidig grundierte Gicksen von Sybilles kleiner Schwester, ganz anders als das schrille Kichern des dummen Fröhlich-Mädchens. Aber es ist auch anders schön als das Glucksen der Schicken Sybille, das diesen Sommer irgendwie voller, fast geheimnisvoll geworden ist, wahrscheinlich, weil sie begonnen hat, sich mit Haut und Haar und Stimme in etwas Neues zu verwandeln, in eine andere Art von Mädchen, für die ihm leider das rechte Wort fehlt, während es in der Sprache des Spiegelnegers bestimmt eine passende Bezeichnung gibt, ein Wort, das sich an seiner Sache festsaugt wie ein Egel. Der Ältere Bruder lauscht nach oben und überlegt, welche Mädchen ihm lieber sind. Genau so, wie es von da oben herunterlacht, denkt er sich die Stimme des Schwesterchens, das die Mutter ihm und den Zwillingen auf die Fersen ihres Bubenlebens heften könnte, bekäme sie ein viertes Kind.

Schon früher hat sie gelegentlich davon gesprochen, dass sie noch gern ein Mädchen hätte. Aber in den letzten Wochen, seit die Ferien währen, hat sie den Älteren Bruder und die Zwillinge volle fünf Mal gefragt, ob sie sich denn vorstellen könnten, noch eine kleine Schwester zu bekommen. Stets hatten alle drei sogleich beteuert, sie hätten überhaupt nichts dagegen einzuwenden. Viel schlimmer als die kleine Böhm, noch ärger als das Fröhlich-Mädchen könne diese ausgedachte, diese wie beim Erfinden einer Geschichte oder beim Erzählen eines Witzes vorgestellte Schwester gewiss nicht werden. Womöglich hat unsere gute Mutter einmal zu viel gefragt. Denn zuletzt haben die Zwillinge, anstatt eine halbwegs brave Antwort zu präsentieren, einen ihrer besten Witze in die Spur gesetzt. Es war der Witz, in dem der kleine Junge, der, obwohl er schon in die Schule geht, immer noch im Ehebett zwischen seinen Eltern schläft, endlich wissen will, woher die Kinder kommen. Die Mutter hatte mit dem ersten Satz erkannt, um welche Art von Witz es sich handelte, und sich das Weitererzählen nicht nur streng, sondern, allen drei Brüdern fiel es auf, unübersehbar gekränkt verbeten.

Oben hinter dem Gitter scherzt jetzt der schwarze Mann. Das liebe Mädchen lacht noch ein bisschen süßer, und unser großer Bruder hört hin, so gut er kann. Er strengt sich wirklich mit dem Lauschen an, versucht sein Verstehen mit Gewalt, wie einen Denkspeer, in das Amerikanische hineinzubohren. Vergeblich. Statt dessen Wörter endlich zu verstehen, kann er plötzlich die Suppe riechen. Fast noch im selben Augenblick, gerade als er den Mund aufreißt, um den gelbwürzigen Duft auf doppeltem Wege in den Rachenraum zu ziehen, erfasst er, dass es die Huhlenhäusler-Suppe ist. Das heißt, sie sind unter dem dritten Aufgang des türkisen Blocks angelangt. So ist es also: Da oben sitzen Achims Oma, Achims Mutter, alle seine Schwestern und Kusinen um einen runden Tisch und schnippeln Grünzeug und Gemüse und ziehen die feinen, durchsichtigen Häutchen von den Knoblauchzehen, die unzerschnitten als makellose, knochenfarbene Barken auf der Suppe schaukeln sollen. Da oben hackt die Urgroßmutter der Huhlenhäusler-Sippe einem nackt gerupften Hahn den kammgeschmückten Kopf und die prächtigen Krallen ab und senkt den mageren, in geilem Eifer, also in allen Hahnenehren alt gewordenen Vogel in den brodelnden Sud.

Der Ältere Bruder sieht alles, bis hin zu einem letzten, am Bürzel vergessenen Federkiel. Und dass die gelben Suppenblasen nun riesengroß vor seinen Augen platzen, hilft ihm auszuhalten, wie schaurig lecker es aus der Oberwelt herunterriecht. Bald werden die da oben mit den großen geschnitzten Löffeln, die die Huhlenhäusler früher an den Haustüren verkauften, die fettäugige Suppe aus dem Kessel schöpfen, werden den feinporigen Schaum bepusten und die alles in sich vereinende Köstlichkeit über die Lippen schlürfen. Der Spiegelneger und das liebe Mädchen sind zweifellos deswegen im türkisen Block zu Gast. Bestimmt hat sie der schlimme Achim höchstpersönlich eingeladen. Unseren großen Bruder fröstelt vor Erschöpfung und vor Hunger. Mit der Spitze seiner rechten Krücke stochert er durch das Gitter so weit nach oben, wie es nur geht, als könnte ihm die Huhlenhäusler-Oma aus Barmherzigkeit, aus Mitleid mit einem armen hungrigen Knaben, einen bereits gargekochten Happen, einen schon eher in die Brühe geschmissenen kleineren Vogel, einen Wellensittich, einen Kanarienvogel, eine Drossel oder einen Spatz, auf diese Bettelspitze stecken.

Da ruft Sybille. Sybille ruft ihn mit seinem Namen. Seinetwegen kommt sie ein Stück zurückgekrochen. Bevor sie kehrtmachte, hat sie ihr Kleid, auf dem die Drachen auch hier unten Feuer spucken, vorn und hinten in den Schlüpfer gestopft, um es nicht, in einem unvorsichtigen Moment, zu beschmutzen. Jetzt hockt sie im Gang und guckt ihm, das Kinn in die Mulde zwischen die dicken, rotgerutschten Knie gesetzt, entgegen. Am linken Schienbein hat sie sich eben beim Umdrehen eine kleine Schramme gerissen, nun drängt das Blut heraus. Der Ältere Bruder kann den großen dunklen Tropfen sehen. Sybille spürt seinen Blick, dann erst das Brennen. Sie macht zwei Finger nass, betastet den Wundrand, wischt über die Stelle und schleckt sich dann das staubige Blut von den Fingerspitzen. Sie muss ihm nicht extra sagen, dass er endlich kommen soll. Es reicht, dass sie ihn eben einmal, ein einziges Mal bloß, mit seinem Namen angerufen hat. Ganz kurz, dann soll er es ruckzuck wieder vergessen dürfen, lasse ich unseren großen Bruder fühlen, dass während der ganzen Sommer, die er mit seinen Freunden durchzogen hat, in diesem Namen stets alles enthalten war, was sie heut Nacht von ihm erwarten werden. Er zieht die Krücke aus dem Schacht. Ihr Eisen klackert durch das Gitter. Oben ist es still geworden. Allein der Suppenduft hält an und hat sogar an Dichte, an weißer Fleischlichkeit, an ausgekochtem Katzen- wie Vogelleben zugenommen.

Dem Vater ist eben über dem vierten Bier der Gas-Böhm eingefallen. Der Nachbar erscheint ihm plötzlich, weil er es auf eine eigene vertrackte Weise auch nicht leicht mit seinem Weibsbild hat, wie ein Schicksalskamerad, wie einer, den man nicht irgendwo mit kaputtem Knie mutterseelenalleine liegenlässt. Schon ist das Glas geleert, das Geld aufs Thekenholz geworfen. Vom Affentanz ans Josephinium ist es nicht weit. Dem Vater wäre jetzt ein größerer Abstand, ein richtiger Fußmarsch sogar lieber als dieser Katzensprung. Denn als er die Kneipentür aufstößt und das Licht seinen Augäpfeln einen harten Doppelhieb versetzt, spürt er, dass ihm der Alkohol weit stärker als am Abend die Welt verdeutlicht. Unsicher dreht er sich noch einmal um, und plötzlich fällt ihm ein, dass er die Illustrierte mit dem Bandoneon-Mädchen hat liegenlassen. Dies wäre Grund genug zurückzugehen – dann könnte er die Absicht, den versehrten Nachbarn zu besuchen, bis auf weiteres in einem fünften Bier versenken. Doch da drängen die ersten Gäste, drei junge Amerikaner, an ihm vorbei durch die noch offene Tür. Der letzte rempelt ihn so kräftig an, dass es eigentlich kein Versehen sein kann, und prompt juckt unseren Vater die frisch verheilte Rechte. Aber er reißt sich zusammen, will bloß einen Entlastungsächzer und einen Blick gen Himmel schicken und sieht statt Blau und Wolken, statt harmlos weiß betupfter Ferne das Schild über dem Eingang hängen. Er blinzelt. Zum ersten Mal wird ihm das Kneipenschild von der starken Sonne meines Sommers angeschienen. Im Abendlicht und im nächtlichen Dunkel ist ihm nie aufgefallen, dass es so viele sind. Sie tanzen auch gar nicht. Sie gaffen nur aus dem Schild heraus. Die kokosrund gewölbten Schnuten, die breiten Nasen und die kugelig hervorstehenden Augen sind nicht, wie man es erwarten könnte, aufgemalt, sondern ins Holz geschnitzt – so tief, dass der Schädel des mittleren Affen, des älteren Oberaffen, bis an die Ohren aus dem Rechteck tritt. Alle blecken die Zähne, alle wirken nicht wenig aufgeregt. Dem mittleren ragt ein spitzer Stock neben dem rechten Ohr in die Höhe, und ohne Mühe kann sich der Vater vorstellen, wie irgendwo unterhalb des Rahmens eine behaarte Faust den Schaft dieses primitiven Tanzstocks packt. Oder ist es ein Speer? Das Schild ist schrecklich alt. Bis auf das Grün des Rahmens scheint es in Regen, Wind und Licht fast alle Farben eingebüßt zu haben. Nur rechts und links, wo sich zwei kleinere, offensichtlich jüngere Affen als Erster und als Siebter gegen die Rahmenleiste drängen, haben sich mattrote Flecken als allerletzte Spur einer vergangenen, blutig bunten Lustigkeit auf dem grauen Holz erhalten. Der Vater zwingt sich ein heiseres Lachen ab, denn eben konnte er im bloßen, im komisch leeren Gucken, wie es ihm nur betrunken möglich ist, ganz kurz, aber dennoch todsicher erkennen, dass eine dieser Fratzen, nämlich die mit den etwas dickeren Backen und den ein wenig angeschwollenen Tränensäcklein, das Gesicht eines Affenweibchens darzustellen hat.

Die Kinder aber haben nichts zu lachen. Gerade hat sich der Gang wieder so weit verbreitert, dass der Ältere Bruder und Sybille nebeneinander kriechen können, ohne sich mit den Schultern oder Hüften anzuschubsen, und eben hielt der Ami-Michi vor ihnen inne und streckte den Arm zur Decke, um zu beweisen, dass die Röhre wieder höher wird, da ist es erst einmal vorbei mit jedem Weiterkommen. «Alles schwarz zugemauert!», ruft der Wolfskopf nach hinten. Dann sind auch sie vor der Barriere, und der Schniefer sagt, was sie inzwischen selbst erkennen, dass keine Steine, sondern Briketts, dass ihnen die glänzenden Kopfseiten lückenlos gestapelter Braunkohlebriketts den Weg versperren. Der Wolfskopf geht in die Hocke und wirft sich, wie er es einmal im Kino, in einem Cowboy-Film gesehen hat, mit der Schulter gegen die schwarze Wand, aber er haut sich dabei nur gehörig den Kopf an und versaut sein Hemd. Der Ami-Michi schiebt ihn beiseite, klappt das Messer des Toten auf und beginnt die schwarze Wand mit der Spitze der Klinge zu traktieren. Die Kohle geht auch in kleinen Splittern ab, doch jeder kann sich vorstellen, wie weit so ein Brikett nach innen reicht, und ahnt zudem, dahinter wird noch eine zweite Reihe hochgestapelt sein, weil es alle Mieter, die sich noch nicht für einen grau- oder braunlackierten Heizöltank und damit gegen Staub und Dreck entschieden haben, genau so machen.

Nur zwei Geschosse über ihnen, gerade mal eine Hofbaumhöhe über den Kohle- und Ölvorräten, erklärt Ernst Junghanns der jungen Frau Roser, was am kalten Körper ihrer Schwiegermutter zu geschehen hat, wenn dieser den Rest des Tages und die kommende Nacht in der Wohnung bleiben soll. Eigentlich ist er in den letzten Jahren stets für die sofortige Abholung durch den städtischen Friedhofsdienst gewesen. Aber in diesem Fall ist es wohl besser, wenn die Leiche noch am Sterbeort verweilt. Der junge Roser, der als Textilvertreter mit seinem Kombi bis weit hinunter in den Südwesten reist, soll bei seiner Rückkehr das Gesicht der Mutter noch einmal auf einem der gewohnten Kissen, vor dem eichenfurnierten Kopfende ihres alten Bettes sehen dürfen. Den Totenschein hat Junghanns gleich nach seinem Eintreffen am Küchentisch ausgefüllt. Natürlich hat er darauf verzichtet, die Tote, wie es eigentlich vorgeschrieben ist, auf letzte auffällige Veränderungen zu untersuchen. Kein Hausarzt mit Verstand würde so etwas tun. Auch jetzt, wo er sich noch einmal bestätigen lässt, dass die Sterbende mindestens drei Tage nichts mehr gegessen hat und unmittelbar vor ihrem Tod noch einmal zur Toilette ging, verspürt er keinerlei Neigung, an die kugeligen Knöpfchen des hochgeschlossenen Nachthemds zu rühren. Allerdings fällt ihm, der Knopfleiste folgend und dabei von eins bis fünf nach unten zählend, plötzlich auf: Die Hände der Toten liegen nicht, wie zu erwarten, gefaltet auf der Decke. Stattdessen sind die Unterarme bis an die Ellenbogen unter dem glattgezogenen Weiß verborgen.

Unten packen sie zu. Im Keller geht die Rechte gleich der Linken rüstig an die Arbeit. Die Kinder hocken reglos da und hören durch die erste das Herabpoltern der zweiten Reihe. Der Ami-Michi klappt das Messer zu, legt ein Ohr an die schwarze Wand und sagt den anderen, was sie weniger deutlich als er, aber doch so laut vernehmen, dass es keinen Zweifel gibt: «Da drüben reißt jemand die Briketts herunter!» Es kracht und poltert, dass es eine Pracht ist. Erneut tut es mir gut, die sture Ordnung in Stücke gehen zu hören. Genau wie beim ersten Mal sehe ich die dunklen Riegel liebend gern zerbrechen. Herr Roser hat sie zurückliegenden Monat, als die Preise für Koks, Anthrazit und Braunkohle wie jedes Jahr auf dem saisonalen Tiefstand waren, lose anliefern lassen und sie dann selbst, die Hände in alten Handschuhen, scheitelhoch gestapelt. Wenn Briketts aus einer solchen Höhe auf den Estrich knallen, bleiben sie selten heil. Es rumst erneut. Und wieder, ohne sich eine Pause zu gönnen, drücken gepflegte, bis zuletzt gegen die lästige Alterstrockenheit sorgfältig eingecremte Frauenfinger die Nägel hinter die harten Quader, um sie mit Schwung herabzuschleudern.

Die junge Frau Roser hatte wohl bemerkt, dass sich die Bettlägrige die Fingernägel nicht mehr wie all die Jahre kurz geschnitten, sondern stattdessen nur die Vorderkanten flach zurechtgefeilt hatte. Und ganz zuletzt, es ist gerade ein paar Tage her, hat sie die Todgeweihte sogar bei einer ihrer kuriosen gymnastischen Übungen überrascht, beim Dehnen der durch das viele Liegen verkürzten Schultermuskeln. Als kinderlose Schwiegertochter traute sie sich jedoch nicht, etwas dazu zu sagen. Die alte Frau Roser wusste, dass sie keine Bärenkräfte brauchen würde, um den pedantischen Stapel ihres Sohns von der Wand zu holen. Ein Muskelkrampf im Rücken oder in den Armen könnte indes ein echtes Handicap bedeuten, da es ja galt, Brikett auf Brikett so weit wie möglich in den Keller hineinzuschlenzen, so weit nach rechts und links, dass sich alles großflächig verteilen und nicht als wirrer Haufen die Mitte, die Stelle des Durchschlupfs, erneut versperren würde.

Ernst Junghanns greift an die Oberkante der übertrieben reinen, fast kalkig weißen Decke. Die junge Frau Roser spart offensichtlich nicht mit Wäschestärke, der steife Bezug umfängt das leichte Sommerbett wie ein Kuvert aus Pappe. Bis zuletzt ist der Kreislauf seiner Patientin erstaunlich stabil geblieben, nie hat sie über kalte Füße oder über Durchblutungsstörungen in den Fingern geklagt. Ernst Junghanns spürt den starken Drang, sich diese großen, wohlgeformten Krankenschwesternhände zum Abschied noch einmal anzuschauen, und widersteht zunächst diesem fast unanständigen, zumindest ungehörigen Verlangen. Schon hat er die Rechte aufs eigene Knie zurückgezogen. Doch dann täuscht er sich einfach vor, es ginge ihm bloß darum nachzuprüfen, ob dieses Nachthemd, wie er sich zu erinnern glaubt, insgesamt sieben Knöpfchen habe, und schlägt das Oberbett mit einem scharfen Ruck beiseite.

Die letzten Steine stürzen, und sogleich erkennen die Kinder beides: Licht wie Geruch, Geruch wie Licht. In keinem der anderen Aufgänge ist die Kelleratmosphäre so gemischt wie hier. Das gilt seit Anbeginn. Nur hier im dritten Aufgang standen die von Drahtgittern geschützten Deckenlampen bereits unter Strom, als die Bautischler in Akkordarbeit die Kellerabteile bauten, und zogen winzige, statisch aufgeladene, durch den Gang flirrende Sägemehlpartikel an ihr Glas. Diese feine Beschichtung gab und gibt dem Licht der schwachen Birnen ihren honiggelben Stich. Dreht man den Schalter, der sich rechts vor dem Abteil der Böhms befindet, durchsuppt ein mildes Funzelgelb den eigentümlichen Tiefenmief des dritten Aufgangs. Obwohl nun schon im dritten Jahr die Aromen des Heizöls wie ein exotisches Parfüm darüberliegen, dominiert hier unten weiterhin der ältere, der ursprüngliche Geruch. Der Vater sagt manchmal, wenn er die Mutter triezen will, sie alle würden eines Tages wegen dieses Geruchs zusammen mit Ziegelsteinen, Betonbrocken und

Balken in die Luft fliegen und dann zu einem wüsten Haufen zusammenstürzen. Wie ein auf diese Münze einschnappender Automat erinnert ihn die Mutter unweigerlich daran, dass damals, als sie hochschwanger mit den Zwillingen gewesen sei, eigens wegen seines finsteren Geunkes ein Messwagen der Städtischen Gaswerke vorgefahren sei und man trotz umständlicher Prüfung nichts Beanstandenswertes habe finden können. Er aber habe am folgenden Sonntag auch noch den Wolfskopf-Vater, der durch seine Arbeit im Gaswerk angeblich sämtliche Duftvarianten des unsichtbaren Brennstoffs kenne, aus dem gelben Block herübergebeten. Einige Biere hätten sie beide am helllichten Mittag, im damals noch feuchten Keller auf zwei Kisten hockend, weggetrunken, ohne dass dem Wolfskopf-Vater auch nur der Anflug einer Geruchserleuchtung in seine hässlich dauerrote Nase gestiegen sei.

Die junge Frau Roser hat laut, nicht schrill, sondern mädchenhaft hell aufgeschrien. Und für die Dauer dieses Schreis erschien unserem alten Siedlungsdoktor das lichte Zimmer der Toten wie in das Wasser einer anderen Zeit getaucht. Jetzt, wo sie dicht neben ihn getreten ist, um sich, über das Bett gebeugt, die Überraschung aus größtmöglicher Nähe anzusehen, vermutet Ernst Junghanns zu Recht, dass sie ihn als erfahrenen Praktiker bewundert, dass sie ihm ganz besondere diagnostische Fähigkeiten zuspricht. Dabei hat er genauso wenig wie sie mit diesem horrenden Schwarz gerechnet. Nicht nur die Hände der Toten sind von Kohlendreck wie imprägniert, auch das Nachthemd ist bauchabwärts schwarz verschmutzt. Und als die Decke ganz über das Fußteil des Bettes fliegt, wird offenbar, die alte Frau muss bis an die Knöchel in den Kohlen gewesen sein.

Für dergleichen kann und darf es keine logisch rückwärtstapsende Erklärung geben. Die Schwiegertochter wendet sich deshalb entschieden der Zukunft zu und überlegt mit aller Denkkraft nur noch eine einzige Frage: ob sie die rissige Hornhaut dieser Sohlen nun absolut sauber schrubben muss oder ob es wohl reichen wird, die halbwegs gründlich gewaschenen Füße mit Strümpfen zu bedecken. Ernst Junghanns aber staunt über die Fingernägel. An beiden Händen sind Zeige- und Mittelfingernagel schräg abgebrochen, und unter die schiefen Kanten ist das Schwarz, sind Staub und feine Splitter so fest zwischen Haut und Horn gepresst, als hätte sich die alte Dame aus einem Flöz ins Weiß ihres Sterbebetts hinaufgewühlt.

Sommernacht

Der Vater hat sich an der Pforte vorbeigeschmuggelt. Er weiß, woran ihm Frauen, viel besser als die meisten Kerle, sofort ansehen können, dass er getrunken hat. Seine Augen bekommen dann einen anderen, unschön wässrigen Glanz, und die Spannung, die seinen Mund sonst männlich entschlossen wirken lässt, löst sich so weitgehend in Weichheit auf, dass ihn die eigene Miene im Spiegel an irgendetwas erinnert, was er lieber gar nicht genauer begreifen mag. Die alte katholische Schwester, die im gläsernen Pförtnerkästchen ein Buch mit goldenem Schnitt studierte, hätte ihn allein schon wegen dieses entgleisten Mundes nicht zum Gas-Böhm durchgehen lassen, die Bieraromen in seinem Atem wären als zusätzliches Indiz gar nicht mehr nötig gewesen. Also hat er sich, so dicht es ging, an drei Malergesellen angeschlossen, die mit Blecheimern und Leitern ins Innere des Josephiniums tappten. Es klappte wie ein Bubenstreich. Die Nase auf einer der weißen Schultern, kam er, Terpentin und Leinöl schnüffelnd, den Blick ganz arbeitsstur und arbeitsmürrisch nach vorn gerichtet, ungehindert durch die Besucherschleuse.

Und weil die Gunst des Augenblicks es will, müssen die Handwerker auch noch in den zweiten Stock, wo die an Knie, Knöchel und Ellenbogen Operierten liegen. Oben probiert der Vater einfach eine Tür nach der anderen, und schon die dritte ist die richtige. Durch den nur fußbreit aufgezogenen

Spalt sieht er ganz hinten im fünften, im letzten Bett der linken Seite, direkt am hohen, lichtdurchströmten Fenster, den Gas-Böhm gegen das hochgeklappte Kopfteil seines Bettes lehnen. Allerdings sitzt, womit der Vater nicht gerechnet hat, bereits Besuch am Bett des Nachbarn. Annabett Böhm ist auch von hinten, am Fall, am Glanz ihres nun nicht bloß schwarz, sondern gegen das Sonnenlicht am Scheitel kupferfarben aufleuchtenden Haars zu erkennen. Das Töchterchen, das hinter den Eltern aufs Fensterbrett geklettert ist, hätte es also gar nicht mehr gebraucht, um zu begreifen, dass aus dem vorgestellten Gespräch von Mann zu Mann nichts werden kann. Die Kleine guckt in seine Richtung. Sie hat ihn zweifellos entdeckt. Der Vater befürchtet, dass sie ihren Eltern gleich sagen wird, wie komisch unentschieden er in der Tür steht. Dann gäbe es kein Zurück mehr, er müsste, so, wie er ist, mit weichem Mund und schimmrigem Blick, vor die Nachbarin hin.

Das Mädchen bewegt die nackten Knie. Sie hat, erst jetzt fällt ihm das auf, die Sandalen und die Strümpfe oder Söckchen ausgezogen. Kurz denkt er, dass sie vom Fensterbrett aufs Linoleum springen will. Doch dann scheint sie ihm mit dem erneuten Auf- und Zuklappen ihrer dünnen Schenkel zu signalisieren, dass sie sein Herschauen duldet und ihn nicht an ihre Eltern verraten wird. Und jetzt geht ihr der Mund auf. Wie flugs die Zunge unglaublich weit – bis übers spitze Kinn – herausfährt! Das reicht. Das kann nur ihm gegolten haben. Aber es soll zu keinem weiteren Austausch von Vertraulichkeiten kommen; denn unvermutet, absolut eigenmächtig hat seine frisch verheilte Rechte die Tür mit einem übertriebenen Ruck, so heftig, dass ihm ihr Blatt gegen die Nase schlug, ins Schloss gezogen.

Die Schicke Sybille schlüpft als Letzte hinüber in den Roser-Keller. Nach kurzem Überlegen hat sie ihr Drachenkleid rundum noch ein wenig tiefer in den Schlüpfer geschoben, damit es auf keinen Fall voll Kohlenstaub wird, obwohl die Hände, die das besorgen müssen, nach all dem Kriechen auch alles andere als sauber sind. Das Kellerabteil ist gerade groß genug, dass sie zu siebt hineinpassen, ohne sich aneinanderdrängeln zu müssen. Aber wie hinter Gittern gefangen, auch wenn sie bloß aus Holz sind, fühlen sich die Kinder doch. Deshalb sind alle froh, als der Wolfskopf vorschlägt, es erneut mit dem Schlüssel des Toten zu versuchen. Auch hier, im Keller des grünen Blocks, schiebt sich die Hand des gebissenen Zwillings problemlos durch die Stäbe. Und wieder passt der Schlüssel. Bevor der hilfreiche Aufschließer den Arm zurückfädeln kann, wird er von seinen Freunden samt der aufschwingenden Tür hinaus- und zur Seite weggeschoben. Im Nu stehen alle bis auf ihn, dem es schmerzhaft den Ellenbogen verdreht hat, an der nächsten Tür, deren graulackiertes Holz den Kellergang vom lichten Treppenhaus scheidet.

Wie süß es ist, der Feigheit nachzugeben! Ich weiß es mindestens so gut, wie diese sechs tapferen Knaben, wie dieses noch ein Quäntchen mutigere Mädchen. Da draußen, hinter diesen Brettern, gerade mal so dick wie der Daumen eines Erwachsenen, liegt die Tagwelt, leuchtet der Tag ihrer Eltern, der Tag der anderen Kinder, die nichts vom grünen Sofa, fast nichts vom weißen Block und nur das Allernötigste vom Bärenkeller wissen. Die Tür ist, wie die Hausordnung es vorschreibt, abgesperrt. Der Wolfskopf dreht sich um und reißt dem Zwilling, der sich den malträtierten Arm reibt, den einzigen Schlüssel, den sie besitzen, aus der Hand. Und wirklich, was alle hoffen, wird tatsächlich wahr: Der Schlüssel taugt ein drittes Mal dazu, ein Schloss zu öffnen – nicht anders als sein perlenverzierter Vorgänger, der Schlüssel des Piraten, der Schlüssel von Kapitän Silber am Anfang dieses Monats.

Jetzt ist er doch krepiert! Als sie ihn unter das Küchensofa schob, krachte es kurz und trocken in seinem Körper. Im selben Augenblick riss die Musik ab. Der Kurzschluss im Staubsaugermotor hatte die Sicherung durchbrennen lassen. Natürlich reut es die Mutter nun, dass sie die verquälten Geräusche des Geräts nicht ernst genug genommen hat. Vielleicht ist wegen ihrer achtlosen Sturheit etwas in seinem Inneren gründlich kaputtgegangen, was ansonsten in der Werkstatt von Elektro-Lutscher noch ohne großen Aufwand zu reparieren gewesen wäre. Sie zieht die Tischschublade auf, aber die Schachtel mit den Sicherungen ist leer, und sie beschließt, bei den Böhms zu klingeln.

Kaum liegt ihr Zeigefinger auf dem Knopf, kaum hat die Glocke angeschlagen, da schnappt auch schon die Tür auf. Wie prompt es ging, merkt die Mutter allein schon daran, dass sie die Hand noch immer auf der Klingel hat, als ihr Sybilles kleine Schwester bereits ins Gesicht guckt. Verspätet fällt ihr ein, sie hat Annabett Böhm alleine weggehen sehen. Ihrer Nachbarin hing die schicke rote Handtasche am Arm, bestimmt war sie auf dem Weg zur Bushaltestelle, um ihren Gatten im Josephinium zu besuchen. «Wir haben auch keine Sicherung mehr!», hört sie es quäken, bevor sie selber ein Wort herausgebracht hat. Und dazu grinst das Gör, als machte es ihm ein besonderes Vergnügen, sie mit dieser Antwort auf die noch gar nicht ausgesprochene Frage zu düpieren. Plötzlich spürt unsere Mutter unabweisbar deutlich, dass sie Sybilles kleine Schwester nicht ausstehen kann, sie schon als

Baby nicht hat ausstehen können und dass sie ihren Söhnen, wenn diese über die Unerträglichkeit des Mädchens klagten, immer gegen besseres Wissen, also heuchlerisch widersprochen hat. Die Kleine ist ein Miststück und wird ein Miststück bleiben. Sie wird nach ihrer Schwester und nach ihren Spielgefährten irgendwelche Männer quälen und schließlich einem eigenen armen Kind zum zähnefletschenden Mutteralbtraum werden. Wenn es nur anders käme! Wenn es nur anders kommen könnte. Am besten wäre doch – die Mutter hört diesen Gedanken in einzelnen, in schlimm säuberlich separierten Wörtern in ihrem Kopf erklingen –, am besten wäre es, dieses missratene Geschöpf, das ihr nun ohne Abschiedswort die Tür vor der Nase zuschwenkt, diese kleine Geschlechtsgenossin, die eben noch barfuß, mit hässlich gespreizten Zehen vor ihr stand, wäre, lieber heute als morgen, wäre, wenn irgend möglich, in Bälde, nein, jetzt schon tot.

Ein Zwilling schluchzt. Der Ältere Bruder sieht, wie ihm die Tränen helle Bahnen auf die staubgepuderten Wangen malen. Jetzt fährt er mit dem Handrücken darüber, und jeder, der hinschaut, kann erkennen, dass es nicht der ist, dem sie vorhin in ihrer Ausbruchsgier fast den Arm gebrochen haben. Der ungebissene Zwilling weint. Er weint nun für sie alle. Eigentlich hätte jeder Grund zu heulen. Doch den anderen ist der Schreck zu groß. Der Wolfskopf löst die Hand von der Klinke. Gerade hat er die Tür noch aufgerissen, als wäre er auf dem Sprung, als würde er keine Sekunde länger im Kellergang verharren. Und unser Ami-Michi war schon mit dem Zurückschnappen des Riegels so ungestüm herangedrängelt, dass er die nach innen schwingende Türkante gegen die Stirn bekam. Jetzt könnte er sich, wenn es ihn weiterhin blindlings nach vorne zöge, erst recht den Kopf anschlagen. Der brave

Schniefer aber klappt das Messer auf und beginnt an dem zu kratzen, was ihnen grau und massiv den Weg in die Helle des Treppenhauses, ins unvergleichlich süße Tageslicht versperrt. Der Mörtel zwischen den großporigen Flüstersteinen scheint noch ein wenig feucht, vielleicht ist er nicht völlig ausgehärtet. Die Messerspitze rutscht in eine tiefe Rille. Der Schniefer stemmt sich auf den Griff. Da bricht die Klinge ab; fast wäre sie dem zurückzuckenden Wolfskopf ins Gesicht gesprungen. Ganz ohne jede Hoffnung, bloß aus halb elendem, halb stolzem Knabentrotz hebt der Ältere Bruder die rechte Krücke, stößt deren Kegelspitze, so fest er kann, gegen das Mauerwerk, das boshafte Händchen in eiligem Akkord, in Nachtarbeit gegen den Tag, hochgezogen haben, um den Rahmen der Tür von der Schwelle bis an das obere Querholz lückenlos zu verschließen.

Da geht zu allem Unglück noch das Licht aus. Der Vater hat mehr als einmal gesagt, solange nicht geklärt sei, warum es hier unten nach Stadtgas rieche, müsse dieser Kellerteil verschlossen bleiben. Im Ernstfall genüge nämlich ein einziger Schalterfunke, um nicht nur diesen Aufgang, sondern den ganzen grünen Block in die Luft zu jagen. Keiner der Freunde hat den Drehschalter berührt. Der Ältere Bruder fasst an die Wand, und erst als er den Schalter ohne Ergebnis senkrecht, waagrecht und dann wieder senkrecht stellt, begreift er, dass es gar nicht völlig finster geworden ist. Am anderen Ende des Gangs, wo es noch einmal um die Ecke geht, wo die Kamine fußen und wo man sie im Frühjahr durch eiserne Türchen vom herabgefegten Ruß befreit, dort hinten ist es noch ein wenig hell. Der Schein ist unruhig. Sein feines Flackern reicht gerade aus, um ihre Gesichter fahl, ganz hauchzart bläulich aufleuchten zu lassen. Der Schniefer zückt sein Taschentuch und reicht es dem ungebissenen Zwilling. Denn jetzt, wo alle sich rundum anschauen und stumm darauf warten, dass unser großer Bruder sie weiterführt, hat unser Schniefer mit einem echten Freundesblick bemerkt, dass dem Weinenden eine dicke Glocke aus frischem Rotz unter dem Näschen hängt.

Der Vater will nur noch nach Hause. Der kleine Gas-Böhm scheint ja bereits bestens mit Besuch versorgt. Seine jüngere Tochter, die vorhin die Zunge zeigte, als wäre sie nicht ganz richtig unter ihrem Schopf, ist und bleibt sein erklärter Liebling. Damals, als der Messwagen der Stadtwerke anrückte, um die Leitungen im dritten Aufgang zu überprüfen, hatten beide, der kleine Gas-Böhm und der Vater, Urlaub. Der Gas-Böhm ging, seine Göre an der Hand, mit hinab in den Keller und riss beim Fachsimpeln mit den Blaukitteln mehr als nur einen losen Witz über die Spürnase seines Nachbarn. Obwohl sich dann die Zuleitung im Keller als absolut vorschriftsmäßig dicht erwies, war dennoch der Vater derjenige, der zuletzt das Grinsen der Stadtwerkler auf seiner Seite hatte. Weil es zu einem Hinweis auf ein mögliches Leck gekommen war, mussten auch die Gasöfen sämtlicher Küchen durchgeprüft werden. Ausgerechnet der Böhm'sche Herd erwies sich als nicht ganz in Ordnung und wurde sogleich von der Leitung abgenabelt. Der Vater half dem kleinen Böhm, das nutzlos gewordene Teil aus der Wohnung zu schaffen und erst einmal im Keller abzustellen. Als dann, bereits am nächsten Tag, der neue Herd geliefert und angeschlossen wurde, vergaß man, den alten mitzunehmen. Und seitdem steht er, das weiße Emaille verstaubt, das Eisen in der feuchten Luft rostig geworden, hinten im toten Kellerwinkel.

Viel mehr als Rost und glänzendes Emaille, weit mehr als

Gas und Licht bedeutet mir: Der Mann ohne Gesicht ist wieder unter uns. Von all den toten Vögeln auferstanden, steht er mitten in der grünen Küche, hält sich, noch recht wackelig, auf gespreizten Beinen. Dem Schutzheiligen der Krieger, dem Nothelfer der Invaliden sei gedankt: Unser Mann ohne Gesicht ist zurück im Spiel, gehört wieder zu denen, die handeln wollen. Es war weißgott kein leichtes Wiederkehren. Er war von Sinnen gewesen, hatte sogar geträumt. Jetzt hustet er unter Schmerzen, spuckt nassen Flaum und die feinen Splitter der Federkiele. Die Augen brennen schlimm, und als er sich die Lider reibt, bemerkt er, dass er seinen Mull, seinen Gesichtsschutz, irgendwo da unten, in diesem Küchenvogelgrab, verloren hat. Er tastet über die Wand, bekommt das Endstück des Gasanschlusses zwischen die Finger, und plötzlich fällt ihm ein, auf welche Weise er doch noch aus dem Federmeer herausgefunden hat. Es stand auf Messers Schneide. Das Weiße hätte um ein Haar gesiegt. Er war nach seinem Sturz, halb blind und panisch ins Leere grabschend, darin herumgeschwommen, dann nur noch hilflos drin getrieben, zuletzt ohne zu wissen, wo in dieser fatalen Suppe oben und unten war. Das Weiße hatte ihn im Sack. Aber dann waren wie aus dem Nichts der Kommandant und diese alte Frau zur Stelle. «Rechts ist die Wand. Such nach der Gasleitung! Am Knick geht es links nach oben!», rief ihm der Kommandant zu, so klar und entschieden wie einst in seinen besten Zeiten. Und dann sah er ihn schweben, in voller Montur, die Panzerbrille lässig in die Stirn geschoben. Bloß unten war ihr stolzer Kommandant deutlich verkürzt. Es fehlten Füße und Unterschenkel. Die mussten ihm auf dem Weg hierher abhandengekommen sein. Als er nicht gleich reagierte, fügte die alte Frau, die aus den Federwirbeln wie aus einem Schneesturm zum Kommandanten aufgeschlossen hatte, noch extra barsch hinzu: «Reißen Sie sich zusammen, Mann! Andere sind mausetot. So eine Nase ist doch nicht die Welt. Ansonsten sind Sie schließlich noch, oben wie unten, mit allem, was ein Kerl braucht, ausgestattet!» Zweifellos war diese Frau, obwohl sie nur ein Nachthemd, ein kohlenschwarz beflecktes, langes Nachthemd mit hochgeknöpftem Kragen trug, eine Autoritätsperson, eine, der man besser widerspruchslos und ohne Verzug gehorchte, zumindest solange man darauf angewiesen war, dass sie einem einen Trinkhalm durch den Verbandsmull oder die Bettpfanne unter den nackten, zum Glück unverschmorten Hintern schob.

Der Mann ohne Gesicht dreht sich einmal um die eigene Achse und sieht dabei den Fensterspalt, aber bevor er sich über den Lichtstreif freuen kann, packt ihn erneut ein schlimmer Brechreiz. Er denkt, dass es wiederum ans Federnspeien geht. Aber stattdessen schießt ihm eine grünliche Fontäne, ein ganzer Schwall faulig, nach Algen, Schlamm und Entengrütze schmeckendes Wasser aus dem Hals. Dann scheint es gut. Der Mann ohne Gesicht atmet tief durch. Tränen der Erleichterung rinnen ihm über die Wangen, er spürt nur ihren Austritt, nicht ihren Verlauf, denn auch nach dem großen Federbad bleibt das Terrain zwischen Augen und Mund empfindungslos. Als Ausgleich, als kleine sinnliche Entschädigung darf er es überdeutlich krachen hören. Es ist der schöne Knall, mit dem die Leiter zum zweiten Mal gegen das Haus fällt. Die Holme schaben auf dem Fensterblech, er lauscht, das Herz klopft ihm vor Freude, dem Stapfen, mit dem ihm einer nachgeklettert kommt. Gleich wird er sehen, dass der brave Achim, obwohl er wie alle Huhlenhäusler den freien Blick aus größerer Höhe schlecht verträgt, den Aufstieg gewagt hat. Es ist ein Glücksmoment: Nicht nur unsere erztüchtige Oberschwester Emilie Roser und mein braves, über einem miserabel zusammenkolportierten Kriegsroman dahingegangenes Kommandantchen haben ihm beigestanden, auch von seinen lebenden Kameraden, die sich unten, draußen vor dem weißen Block, gegen die Leiter stemmen, wird der Mann ohne Gesicht, der erstmals seine Maske aus Mull verloren hat, nicht im Stich gelassen.

Der Schuh allein, der nackte, kalte Schuh hätte unserer Schicken Sybille gewiss gereicht. Das rohe, das ungekochte, bloß weißgebeizte Leder hätte es auch getan. Aber als sie dann hinten im Kellereck vor dem alten Gasherd standen, war Sybille gleich ihren Freunden vom strahlenden Blau der drei oberen Flammenkreise ein langes Weilchen wie benommen. Der Schniefer drückte die Schienbeine gegen die offene Klappe des Backrohrs und beugte sich vor, um beide Hände über dem kleinsten Kreis zu wärmen. Ewig hätten sie sich anschauen wollen, wie heilig ernst, wie frei von Zweck und Nutzen, wie unbemerkt von allen Großen hier unten das gute Stadtgas zu Ehren der Welt verbrennen darf. Sybille ging als Erste in die Hocke. Eigentlich wollte sie bloß nachsehen, ob auch innen in der Röhre die blauen Flammen, die blauen Reihen ihrer Lieblingsflämmchen aus den Löchern leckten. Aber wie es der Teufel will: Gleich mit dem ersten Hineinsehen macht der Braten sich wichtiger als sein Feuer. Mitten im Backrohr, mittig auf dessen Schiebegitter steht hohl und leer und zugleich kindisch protzig die zweite der weißen Sandalen. Die Sohle hat sich buckelig emporgewellt, und der gelochte Riemen ragt korkenzieherartig in die Höhe. Der Ältere Bruder, der, geschickt auf die linke seiner Krücken gestützt, neben ihr in die Knie geht, fischt das Ding mit der

Spitze der rechten heraus. Der Wolfskopf nimmt die Sandale in Empfang, wirft sie zur Abkühlung ein Weilchen zwischen den Händen hin und her und schnallt sie dann, neben der zuerst gefundenen, an den anderen Lederhosenträger.

Oben, gerade mal eine Spanne Beton und eine Lage Fußbodenbretter über ihren Söhnen, weiß die Mutter, wie man eine defekte Sicherung überbrücken kann. Und weil der Vater, seit er krankgeschrieben ist, gelegentlich eine Zigarette pafft, hat sich auch schon eine leere Schachtel und damit das nötige Silberpapier gefunden. Sie schneidet einen Streifen ab, faltet ihn zurecht, und es klappt auf Anhieb. Schon spielt das Radio, schon ist die halbe Welt gerettet. Die Mutter überlegt, ob sie den Sauger gleich in den Kreuztöterweg zu Elektro-Lutscher hinübertragen soll. Aber der Wunsch, jetzt möglichst schnell unter und vor allem hinter dem Wohnküchensofa sauber zu machen, will ihr als eine fix gewordene Idee nicht aus dem Kopf. Sie ärgert sich über den Vater, der immer noch nicht da ist, sie ärgert sich über sich selbst, weil sie den Bauch der Couch mit schwerstem Kram, mit den Heimatromanen ihres im Krieg sang- und klanglos verschwundenen einzigen Bruders proppenvoll gestopft hat. Sie ärgert sich darüber, dass von ihrem Bruder außer dessen Namen, den ihr Ältester trägt, nur dieser Wald- und Wiesen- und Gebirgsunfug in die Gegenwart geraten ist, sie grollt sogar dem guten Doktor Junghanns, der ihr im Anschluss an die unumgänglich gewordene Untersuchung strengstens verboten hat, Wäschekörbe, Putzeimer voll Wasser oder noch Schwereres zu heben. Weil Kaffee gegen fast allen Ärger hilft, trinkt sie den kalten, der noch im Glas ist, aus und stellt Wasser für einen frischen auf den Gasherd.

Während der heiß werdende Kesselboden knackt, fingert

sie durch die Taschen ihrer Kittelschürze und findet links unter dem Staubtuch, was sie sucht. Natürlich weiß sie, dass es fast leer ist, dass nur ein einziges Dragée durch den Kunststoffzylinder klappern wird, wenn sie ihn schüttelt. Eins, das bedeutet eins zu wenig für eine gute Nacht. So viel ist sicher. Und ebenso gewiss ist, dass Doktor Junghanns ihr so bald kein neues Rezept ausstellen wird. Obwohl er anfängt, nicht nur die Namen neuer, sondern auch die Namen langjähriger Patienten zu vergessen, ist er in dieser leidigen Angelegenheit einfach nicht auszutricksen. Als sie es neulich dennoch versucht hat, wurde sie von ihm altväterlich über die Gefahren einer Abhängigkeit aufgeklärt. Als ob sie das nicht selber wüsste. Sie kennt sich zur Genüge aus mit Ursache und Wirkung. Ihr lieber Kaffee, den sie sich jetzt, sobald das Wasser kocht, aufgießen wird, vertreibt Müdigkeit, Melancholie und Ärger. Ihre Dragées jedoch helfen nicht nur gegen die bösen Träume, sondern auch gegen das Flattern, Flimmern und schmerzhafte Krampfen, das sich so sicher wie das Amen in der Kirche nun bald, wie immer pünktlich nach dem sechsten Glas Kaffee, unter dem linken Busen einstellen wird.

Sommernacht

Die Männer rennen ineinander; fast hätten sie sich umgerannt. Taumelnd suchen sie Halt an den Ellenbogen des Gegenübers, so heftig war der Zusammenstoß. Beide waren umständlich am Überlegen, beide waren in Gedanken ihren Rümpfen, die vor der Tür des Schwesternzimmers aufeinanderprallten, ein gutes Stück voraus. Der Vater, der sich eben dazu entschlossen hat, nicht mit dem Bus in die Siedlung heimzufahren, sondern die Bärenkellerstraße hochzumarschieren, um unter deren Linden auszunüchtern, begreift sogleich, wen er da am weißen Ärmel hat, wessen Wampe sich nun von seinen Rippen löst. Sein Ältester, der ihm so fremd ist, wie einem nur die eigenen Kinder fremd sein können, hat dieses Ungetüm von Arzt gleich am Tag der ersten Behandlung mit wenigen Sätzen auf ein Bild gebracht.

Der Felsenbrecher'sche Elan, noch wuchtiger als der aus Filmen und Romanen allgemein bekannte chefärztliche Schwung, zehrte von der Phantasie eines Gesprächs. Im Kopf sprach der Professor bereits Klartext mit seinem neuesten Knieversehrten. Der nach Bier riechende Prolet, der ihm gegen den Kittel rempelte, hat ihn nur kurz in dieser Gedankenrede unterbrechen können. Jetzt legt er sich noch schnell einen lang nicht mehr erzählten, nun aber endlich wieder herrlich passenden Witz zurecht, einen köstlichen Urwaldwitz, mit Missionar und Kannibalen-Kochtopf, einen Witz, der schlagend deutlich macht, dass man bestimmte Dinge –

und hätten sie mit Gott zu tun! – im Leben nicht unbegrenzt genießen darf. Fußball kann himmlisch süß sein; aber das Fußballspielen-Können hängt ausgerechnet am hässlichsten und empfindlichsten unserer Gelenke. Wenn der kleine Kerl mit dem künftig halbsteifen Knie unbedingt weiterhin eine Kugel rollen machen will, soll er es mit Kegeln oder mit dessen neumodischer Variante, mit diesem Bowling aus Amerika, versuchen.

Als er die Tür aufzieht, sieht Felsenbrecher, dass der Frischoperierte Besuch von seiner Frau hat. Das Weib ist eine Schönheit, und auch die größere der beiden Töchter, mit der sie das letzte Mal ankam, könnte, wenn sich der Speck in die Länge wegstreckt, ein mehr als nur hübsches Mädchen werden. Heute ist die schwarzgelockte Mutter allein gekommen. Das trifft sich prächtig. Sie soll dem wackeren Stürmer die Rechte tätscheln, während ihm in zwei Schritten, zunächst in allegorischer Umschreibung, gekrönt von einer Super-Pointe, und dann platt orthopädisch, mitgeteilt wird, dass er die Fußballstiefel an den berühmten Nagel hängen muss.

Und schon geschieht es. Der kleine Gas-Böhm lacht lauthals über den Kannibalenwitz. Annabett Böhm, die ahnt, dass das dicke Ende erst noch kommt, lässt es mit einem Lächeln bewenden. Professor Felsenbrecher holt Luft, um den beiden Laien, denen die fatale Parallelität zwischen Urwald- und Sportgeschehen offenbar nicht aufgegangen ist, nun knapp, aber verständlich zu erklären, wie ein von ausgelebter Fußballseligkeit völlig verschlissenes Knie inwendig aussieht und wo auf diesem Acker, wo zwischen Knochen, Bändern und Knorpel zurzeit die Grenzen ärztlicher Spielkunst verlaufen. Der Fortschritt hätte zwar von fern betrachtet fixe Beine, aber im konkreten Fall eines derart kaputten

Knies ginge es leider eher schlurfend oder sogar hinkend in die Zukunft weiter.

Dies wiederum findet Sybilles kleine Schwester gar nicht nett. Auge um Auge! Zahn um Zahn! Sie hopst vom Fensterbrett. Barfüßig tritt sie zwischen ihren Papa und Professor Felsenbrecher. Der dicke, angeberische Onkel ist, so gescheit er tut, nicht einmal in der Lage, sie zu sehen und zu hören. Aber fühlen wird er sie können! Also bohrt sie ihren Kleinmädchenzeigefinger in seinen Wanst. Sie findet die Stelle. Sie findet sie mit ihrem Wünschelfinger. Sie sieht den Dicken mit den Backen zucken und, da er den Schmerz erkennt, sogleich erbleichen. Sybilles kleine Schwester, mein schlimmes Sommermädchen, weiß nicht, welch hübschen Namen diese Drüse in den Büchern des großen Doktors tragen darf. Sie weiß jedoch genau, wo dieses weiße Würstchen sitzt. Sie bohrt, so tief sie kann. Sie freut sich sehr, sie freut sich arg. Denn drückend und drehend spürt sie schon jetzt, wie schnell – von nun an noch ein bisschen schneller! – die garstigen, kleinen Knötlein in den Läppchen des Organs wachsen und wuchern werden.

Sybilles Schienbein vergießt noch einmal einen dicken Tropfen Blut. Als Letzte ist sie über die Briketts gestolpert. Sie müssen denselben Weg zurück. Wie bitter der erzwungene Rückzug schmeckt! Der Ami-Michi, der vor ihr durch das Mauerloch in den Gang gestiegen ist, fürchtet sich schon vor dem Wasser des grünen Sees. Er hofft mit bangem Herzen, es möge geholfen haben, sämtliche Münzen des Toten in ihm zu versenken. Aber vielleicht hat der Teich gemerkt, dass es nicht alles war? Als er sich bückte, um den honigfarbenen Zahn aus dem Wasser zu fischen, spiegelte sich das Portemonnaie, und womöglich waren auf diesem Wasserbild die

Oberkanten der zurückbehaltenen Scheine zu erkennen gewesen. Wenn er heil nach oben kommt, will er es seiner Mutter gleichtun. Schlau, wie sie ist, versteckt sie ihre Dollars im Schlafzimmer, zwischen der Bettwäsche, in einem Kuvert, so vielschichtig umhüllt von einem alten, geflickten, nicht mehr benutzten Laken, dass es die Spürnase eines geschwisterlos gebliebenen Sohnes brauchte, um den Schatz aufzuspüren.

Den Schniefer ängstigt hingegen einzig die Nagelbuche, weil er ihre feinbepilzte Hohlheit von beiden Seiten kennt und als Einziger erlebt hat, was für ein hübsches weißes Mädchen darin erscheinen kann. Gewiss vermag sie nicht bloß Wellensittiche unter ihren Willen zu zwingen. Ach, armer Schniefer! Wer wird denn gleich das Schlimmste von mir denken? Ihm und dem Ami-Michi, diesem braven Knaben, machen wir beide, ich und mein Sommer, es nun ein bisschen leichter. Der Ältere Bruder bemerkt als Erster, dass der Gang nicht gleich geblieben ist. Die Stelle, wo man die Huhlenhäusler Suppe riechen konnte, die Stelle unter dem türkisen Block, müsste inzwischen längst erreicht sein. Der ärgste, der alle Nacken beugende Abschnitt will nicht mehr wirklich werden. Im Gegenteil, der Gang wird weit, und schließlich ist er so hoch und breit wie auf dem ersten Wegstück zwischen dem Tisch des Toten und der Nagelbuche. Doch noch will keiner dieser Verwandlung trauen. Wie klug sie sind! Wie überreich an Misstrauen, wie lebensklug mir diese sieben Kinder in meiner Spanne Zeit erneut geworden sind.

Der Schniefer sieht ein silbernes Papierchen liegen und steigt mit weitem Schritt darüber weg. Die Zwillinge gehen in flachen Bögen rechts und links daran vorbei. Der Wolfskopf hebt es auf. Zum zweiten Mal in diesem Sommer hat er eine Idee. Wieder ist sie nicht groß. Eigentlich handelt es sich nur um die Abwandlung des älteren, des ersten Einfalls, der ihm unlängst, oben im Abendlicht des Spielplatzes, schon einmal geholfen hat. Er und Herr Schümer waren allein auf der Pingpong-Bank; Herr Geistmann und der Ami-Michi hatten sich gerade nach Hause aufgemacht. Herr Schümer fuhr ihm, was er gerne tut, mit den Fingern von der Stirn nach hinten durch das Haar und sagte ihm, wie schön er seine Mähne finde, wie lobenswert es sei, diese wunderbaren Haare, solange es nur gehe, vor dem Friseur zu retten. Dann hatte Herr Schümer sogar seinen Kamm herausgeholt, um ihm den zerwühlten und vom langen Spielen nassgeschwitzten Schopf zu glätten. Der Wolfskopf spürte, dass es eine Frisur mit Scheitel werden sollte. Das war ihm überhaupt nicht recht, mit Scheitel sah er furchtbar dämlich aus, aber Herr Schümer hielt ihn so geschickt mit dem anderen, dem linken Arm umfangen, dass er nur mit einem unhöflich schroffen Losreißen aus diesem Griff entkommen wäre.

Und da war unserem Wolfskopf etwas Besseres eingefallen. Er fragte den Drogisten, ob er auch könne, was Herr Lutscher ihnen neulich hier an Ort und Stelle vorgeführt habe. Schümer holte scharf durch die Nase Luft, als er dies hören musste. Er sah sich sogar zweimal, über beide Schultern, um, als könnte der Elektrofachgeschäftsbesitzer auf die bloße Nennung seines Namens in Erscheinung treten. Kurz fürchtete der Wolfskopf, er habe ihn beleidigt, weil es der Drogist dem Elektriker in der fraglichen Sache nicht gleichtun könne. Aber er hatte sich zum Glück getäuscht. Herr Schümer zog den Kamm ein letztes Mal behutsam durch die im Wolfskopfnacken immer ein wenig verfilzten Haare, wischte das polierte Horn an seiner Hose trocken und holte eine noch fast volle Schachtel Filterzigaretten aus der Hosentasche, um das Silberpapier unter den dichtgereihten weißen Stäbchen hervorzuziehen.

Unser Wolfskopf weiß natürlich, dass er nicht halb so gut wie Schümer oder Lutscher auf dem kleinen schwarzen Kamm des Toten blasen wird. Oben, auf der schon dämmrigen Bank, hatte ihm Schümer mit wahrer Engelsgeduld immer wieder gezeigt, wie es geht. Und einen Ton, ein schönes lautes Schnarren, ein Tuten oder ein schrilles Zirpen herauszubringen, war gar nicht schwer. Aber wie man es machen musste, dass die Töne, wie die Lieder es verlangten, hinauf- und hinuntergingen, hat er bis zuletzt, als es schon finster war und Schümers Hand angenehm warm und ermutigend fest auf seinem Knie lag, einfach nicht verstanden. Dass ihm nicht einmal Hänschen klein gelingen wird, spielt jetzt, während sie unter der Erde nach Sybilles Schwester forschen, deren Sandalen an seinen Lederhosenträgern baumeln, allerdings keine Rolle. Er legt das glattgestrichene Papierchen um den Kamm. Es passt genau. Der Wolfskopf sieht, dass ein Streifen abgetrennt ist, nicht hin- und hergefalzt und faserig weggerissen, sondern wie mit einer guten Haushaltsschere abgeschnitten. Das spornt ihn an. Er will es genauso machen wie der komische Blinde mit dem Akkordeon. Der kriegt auch keine Melodie zustande und bekommt dennoch von Herrn Doktor Junghanns immer wieder Geld geschenkt. Schon blähen sich seine Backen, und er pustet los.

Sputnik spitzt gleich die Ohren. Sputnik schwenkt das wuchtige weiße Haupt schnuppernd über den Kies, guckt kurz nach hinten und versteht auf ihre hündische Weise, dass ihr Herrchen das unsichtbare Wesen, das da unten schnarrt und flattrig zirpt, nicht hören kann. Sputnik schnauft tief, unterdrückt ein Knurren, japst nur und zieht ein wenig stärker, weil es ihr jetzt zu langsam vorwärtsgeht. Der Fehlharmoniker gibt ihrer Ungeduld jedoch nicht nach, denn der neue Kamerad, der Taubstumme aus dem grünen Block, ächzt inzwischen bei fast jedem Schritt vor Schmerz. Der Sturz hat seine Wucht in den mageren Körper des Kanarienvogelzüchters eingeschrieben, und nun, da die Euphorie der geglückten Landung verklungen ist, buchstabieren sich die Nerven den erlittenen Schaden nach und nach zusammen. Es tut unserem Kikki-Mann in beiden Knöcheln, im linken Knie und immer schlimmer auch in der linken Hüfte weh. Den Arm über den Schultern des treuen Achim, muss er sich fast schleppen lassen, um mit den Invaliden mithalten zu können.

Dem jungen Huhlenhäusler ist auch zu verdanken, dass die Männer wissen, wo sie weiter nach dem Ort des drohenden Geschehens suchen müssen. Als der Mann ohne Gesicht erzählte, wie er kopfüber in den weißen Block gestürzt war, gerade als er sich mühte, anschaulich zu machen, auf welche Weise er dem Vogelgrab entkommen war, ohne dabei seine beiden Nothelfer zu verraten, ist ihm der Weißling ins Wort gefallen. Achim konnte nicht anders. Achim war heilfroh, endlich stotternd loszuwerden, was er dem Kikki-Mann schon die ganze Zeit hatte beichten wollen, nämlich dass der Schwarm der Rachevögel, die Geistergemeinschaft aller Gefiederten, deren Eier sie auf dem Gewissen hatten, aus dem Gebüsch des Spielplatzes aufgestiegen sei, um als eine dunkle Wolke zur alten Bärenkeller-Wirtschaft hinzufliegen.

Das war der Wink. Dem Mann ohne Gesicht stand, kaum war das Bärenwort gefallen, sogleich die rohe Fichtenholzplatte seines Tischs vor Augen. Dort, wo sein Messer den letzten Spielplatzweg ein wenig über die Mündung des Elsternhorsts verlängert hatte, war ihm die Klingenspitze an einem ungewöhnlich harten und halbkugelhoch emporgewölbten Astloch hängen geblieben. Er hatte noch erwogen, mit dem Hobel drüberzugehen, weil die kleine Unebenheit die Zweidimensionalität und damit den Übersichtszauber seiner Skizze störte. Stattdessen hätte er die eingewachsene Kugel, ihre stupende Prallheit, sofort zu einer Planerweiterung nutzen müssen. Wie ignorant, wie hoffnungslos borniert er doch in diesem Kontrollmoment gewesen war. Im Wald wäre das nicht passiert. Dort hätten ihn die Mäuse schon auf die Spur gesetzt.

Alle, die unten vorwärtskommen müssen, sind froh darüber, wie unermüdlich der Wolfskopf für sie tutet. Nun, da es zurück in den Bärenkeller geht, stört unsere Schicke Sybille nicht einmal, dass ihm dabei die Spucke aus den Mundwinkeln aufs Kinn läuft. Das wundert sie, weil sie sonst jeden Speichel, die wässrige Spucke ihrer kleinen Schwester, die bläschenreiche der Buben, noch mehr die trübe Spucke der Erwachsenen, ja selbst den Speichel ihrer schönen Mutter eklig findet. Der Ältere Bruder weiß zu schätzen, wie einfach, wie herrlich wortlos ihm das Wolfskopf-Getröte die Freunde nun für ein Weilchen, solang die Puste des Bläsers eben reichen mag, zusammenschließt. Das verschafft ihm selbst ein bisschen Luft, bevor das Amt des Anführers wieder wie ein zu enges Hemd über seiner Brust zu spannen beginnt. Er weiß genau um seine Pflicht. Sie wurde ihm in Sätzen vorgesprochen. Der Mann ohne Gesicht hat unserem großen Bruder aufgetragen, dass er – Fuß hin, Fuß her! – den Freunden, wenn es ernst werde, vorangehen und sie im Kampf zusammenhalten müsse.

Der Ältere Bruder wachte im Finsteren auf. Am Tag zuvor war der Ami-Michi als Spion im rosa Block gewesen und hatte so gut wie nichts herausbekommen. Jetzt wurde der Ball zurückgekickt. Zuerst dachte er bloß, sein weher Fuß habe ihn aufgeweckt, doch mit dem ersten Hinfühlen war klar, dass Ferse, Spann und Knöchel nur das machten, womit sie wohl die ganze Nacht zugange waren. Mit Kribbeln und Pulsieren, mit Jucken, mit Krampfen und Wieder-Auseinanderziehen war das Versehrte ohne Zutun seines Willens und ohne die Zeugenschaft eines inneren Augs unentwegt am Heilen. Da klopfte es erneut. Das gleiche Klopfen hatte ihn vorhin aus dem Schlaf geholt. Er drehte sich und beugte sich über das Bettende zum Fenster. Er war nicht überrascht, dass draußen der Mann ohne Gesicht die nackten, pergamentenen Wangen gegen die Gitterstäbe presste. Als unser großer Bruder mit dem Namen, den er dem verschollenen Bruder der Mutter zu verdanken hat, durch den Fensterspalt angesprochen wurde, war ihm klar, warum der nächtliche Besucher seinen Gesichtsschutz abgenommen hatte. Durch den Mull hätte sich niemals so verständlich flüstern lassen. Der Mann ohne Gesicht erzählte ihm von den Mäusen, von deren Zukunftsklugheit und davon, wie ihm in einem Panzer die Ohren für das Wispern solcher Gemeinschaften zurechtgeschmolzen worden waren. «Es ist einer von euch! Einer oder eine von euch soll wegen nichts – für nichts und wieder nichts! –, bloß weil der verfluchte Zeitlauf es so will, ins Gras dieses Sommers beißen. Es hat mit irgendeinem Polstermöbel, mit einem Sessel oder einer Couch zu tun. Ich glaube, das vermaledeite Ding ist rot.»

Unterdes begann es im Doppelstockbett der Zwillinge zu seufzen. Der Mann ohne Gesicht reichte ihm schnell noch ein knisterndes Tütchen. Obwohl es nicht aufgerissen war, konnte unser großer Bruder, im Nachtlicht scharfsinnig geworden, riechen, was es enthielt. Ich roch es auch. Und als er dann, den Kopf wieder auf dem Kissen, die erste Handvoll kaute, duftete es aus seinem Mund so stark ins Zimmer, dass auch seine Brüder vollends erwachten. Ihre hellen Stimmen fragten, was er da esse. Beide stiegen aus den Betten und setzten sich zu ihm. Weil er wollte, dass sie Ruhe gaben, weil er ungestört denken, kauen, schlucken und weiterdenken wollte, weil er auf jeden Fall verhindern musste, dass sie ihm den Witz erzählten, der eben noch als Traum von Kopf zu Kopf geflossen war, stopfte er einfach jedem eine Handvoll Gummibärchen in den Mund.

Der Vater ist auf dem Weg. Auch unser Vater kommt dem Bärenkeller näher. Kaum dem Josephinium entronnen, hat er sich eine Zigarette angesteckt. Und jetzt, wo es auf die Unterführung zugeht, den kleinen Tunnel unter den Gleisen, die den westlichen Rand von Oberhausen markieren, führt er schon die zweite an den Mund. Natürlich weiß er, dass ihm, dem Nichtraucher, die starken Dinger schlecht bekommen, wenn er eine nach der anderen so scharf und nervös auf Lunge raucht. Bereits von der vorigen ist ihm ein bisschen schwindlig geworden, trotzdem muss er die gegenwärtige noch tiefer inhalieren. Ihm ist, als wäre im Mief der letzten Stunden, im Grübeldunst des Affentanzes oder im Jodgeruch des Krankenhauses, etwas gewesen, das sich in seinen Bronchien eingenistet hat und nun mit Tabak ausgeräuchert werden muss.

Die Unterführung ist alt und eng. Damit die neuen Gelenkbusse, die seinen Großen ab Herbst ins Gymnasium karren sollen, ihr extralanges Blech unter den Bahndamm fädeln können, hat man einen der Gehsteige entfernt und den anderen auf ein Drittel seiner ursprünglichen Breite zurückgebaut. Wer jetzt zu Fuß durch muss, dem wird die Unterführung zu einer üblen Röhre, gerade lang genug, um sich neben einem Bus oder LKW verraten und verkauft zu fühlen. Der Vater hat Pech. Genau auf halbem Weg, eben als er die Kippe auf die Fahrbahn schnipst, kommen von hinten die Amerikaner. Er denkt ganz kurz, das Wummern wäre nur in seinem Kopf, weil ihm nun endgültig übel von den widerlichen Zigaretten ist, aber da drückt ihn schon die Luft, die der erste der gewaltigen Army-Laster vor sich herschiebt, an die Tunnelmauer. So hält er aus, wie sie in dichter Folge angedonnert kommen. Er sieht die Weißen und die Neger hinter den niedrigen, von einem Steg geteilten Windschutzscheiben, alle tragen sie Helme auf dem Kopf, alle sind mit verbissen angespannten Mienen, als ginge es in ein Gefecht, über die riesigen Lenkräder gekrümmt, und alle fahren wie die Henker. Die Felgen der Räder schrammen funkenstiebend an den Granit der Bordsteinplatten, die den erhöhten Gehsteig von der Fahrbahn trennen.

Der Vater lehnt an der Wand, die Packung, aus der er eben in frisch erworbenem Automatismus einen weiteren Glimmstängel zupfen wollte, ist ihm aus der Hand gefallen. Der Luftzug reißt sie auf die Fahrbahn. Dort wirbelt sie zwischen den grobstolligen Reifen und schafft es mit einem Glück, wie es vielleicht nur tote Dinge haben dürfen, nicht platt gewalzt zu werden. Die Unterführung ist voll Dieselqualm. Der Vater presst die Lider aufeinander. Aber die Zigarettenpackung geht nicht weg. Jetzt schwimmt sie, wippt auf blauem Wasser. Ist das der Krieg? Weil er zum ersten Mal seit zwei Jahrzehnten wieder einen Hauch von Todesangst verspürt, denkt unser Vater nun, er träume am helllichten Nachmittag vom

Krieg. Die frisch verheilte Hand auf den geschlossenen Augen, bildet er sich ein, was er da sieht, wäre das Wasser des Mittelmeers, das ihm die Knie umspült und das ein Zigarettenpäckchen schwimmen macht. Er denkt tatsächlich, er stünde jetzt als junger Soldat bis an die Oberschenkel im Salzwasser der Ägäis, obwohl das Bildchen auf der Packung weiterhin nicht dazu passen mag.

Ich denke mit. Ich helfe ihm ein bisschen auf die Sprünge! Mit Wasser kenne ich mich aus, besser noch als dieser ehemalige Gefreite der Marine. Patsch! Patsch! Der Feind kommt angestapft. Das Wasser spritzt, weil er es eilig hat. Die sommerlich laue Brühe spritzt dem Angreifer und unserem angegriffenen Vater ins Gesicht, und beide können schmecken, es ist salzloses Wasser, das zukünftige Wasser eines Sees, der jetzt gerade, während der Vater im Tunnel träumt, auf der anderen Seite der Stadt von Baggern, die Kies für den Autobahnbau schürfen, ausgehoben wird. Der Vater fühlt sich dicker, schwerer und auch erschöpfter als eben noch im Josephinium. Über den Gürtel hängt ihm eine veritable Wampe, und langsam begreift er, dass auch seine Kaputtheit gar nicht vom Bier herrührt und auch nicht von den müdgelaufenen Beinen, sondern aus dem letzten Drittel jener fünfzig Lebensjahre stammt, die er in diesem Wassertraum schon auf dem Buckel hat. Wie ist er nur ein derart alter Sack geworden? Egal, der Feind steht da und schreit ihn an. Er schreit, dass er den Vater fertigmachen wird. Es ist ein noch recht junger, weißblonder Mann. Und jetzt, beim Rückwärtsschreiten, Schrittchen für Schrittchen in den See hinein, erkennt der Vater an der Stirn, an den komischen Höckern über den farblosen Augenbrauen, dass er einen Huhlenhäusler vor sich hat. Über zehn Jahre hat er keinen mehr gesehen. Seit die Sippe von einem Tag auf den anderen aus ihren Wohnungen im türkisen Block verschwunden war, hat man in der Siedlung nie wieder etwas von ihnen hören müssen. Heut aber ist der Tag der Wiederkehr. Er hätte an diesem verfluchten Freitagabend lieber, zerschlagen, wie er von der Arbeit war, nach Hause fahren sollen. Doch die Kollegen wollten noch hierher, an den Autobahnsee. Es sei doch bloß ein Katzensprung, und nirgends schmecke das erste Bierchen des Wochenendes besser. Kaum dass sie auf der Terrasse direkt am Wasser saßen, gab es auch schon Streit mit drei jungen Kerlen. Der Vater macht noch einen Schritt zurück, tiefer ins Wasser. Der Anführer der rauflustigen Burschen, dieser bleiche Wiedergänger, war ohne Vorwarnung auf ihn losgegangen, er spuckte nicht einmal die Filterzigarette aus, die ihm samt einer langen Aschenase vor den Lippen hing. Als unseren Vater der jähe Schwinger am Ohr erwischte, wusste er, dass ihm sein frischgebackener Feind an Jugend, Kraft und Schnelligkeit haushoch überlegen war. Also ließ er sich, das Bierglas noch in der Hand, rückwärts über das niedrige Geländer in den See, ins sommerlich warme Wasser fallen. Die anderen dachten, er wäre bereits ausgeknockt. Das brachte schon mal ein bisschen Zeit. Während er auf allen vieren ein Stückchen in den flachen See hineinkroch, hörte er den Angreifer die Holzstufen herunterpoltern. Am Ufer schlüpfte er, höhnend und drohend, aus seinen Schuhen.

Ein Glück, dass er die Treter schonen will. Der Vater hat sich aufgerichtet. Im Krebsgang geht es langsam weiter in den See hinaus. Hauptsache, der andere merkt nicht, was im Schwange ist. Schon spielt dem Vater das Wasser lau um Bauch und Hüften. Der junge Huhlenhäusler ist nicht besonders groß. Das Wasser wird ihm bis an den untersten Rippenbogen reichen, wenn er es hinkriegt, dass sie sich gemeinsam drehen, dass der Angreifer seewärts zu stehen kommt. Es ist schon ewig her, der Affentanz kaum mehr Erinnerung, das Messer, das die Hand schnitt, längst zerbrochen, aber der Vater weiß noch immer, wie man einen Huhlenhäusler reizt. Also nennt er ihn erst mal einen armseligen Scherenschleifer, dann einen Löffelschnitzer und Zigeuner, schließlich, das setzt der Wut den Glutpunkt, einen bleichgekochten Neger.

Es klappt. Im Halbkreis rückwärtstippelnd, hat er den Weißblonden im tieferen Wasser vor sich. Jetzt wird ihm seine Schnelligkeit höchstens noch halb so viel, jetzt wird ihm die beste Beinarbeit der Welt so gut wie nichts mehr nützen. «Mach ihn kaputt, Achim! Hau ihm die Rübe runter, hau ihm die alte Fresse weg!», rufen die Kumpane des Huhlenhäuslers, während seine beiden Kollegen, die wie er nicht mehr die Jüngsten sind, verschreckt die Klappe halten. Der Vater hat genau ein Bier getrunken, exakt die Menge, die es ab fünfzig braucht, um messerscharf zu denken, exakt das Quantum, um gerade so weit in die Zukunft hineinzuschauen, wie diese Chose jetzt noch dauern wird. Gleich kommt der Schlag. Bestimmt wieder mit rechts. Bestimmt wieder ein plumper Schwinger, dem dieses Mal die nötige Beschleunigung aus der Hüfte fehlen wird. So einen Schlag blockt man mit links zur Seite. Und gleichzeitig, in ein und demselben Bewegungsfluss, setzt man die Rechte an das ungeschützt emporgereckte Kinn. Achim, unser im Schrotthandel vollends stark, aber auch vollends dämlich gewordener Achim, schlägt wie vorhergesehen. Der Vater blockt mit dem linken Unterarm. Ganz klappt es nicht, der abgeschwächte Schwinger erwischt ihn noch an der grauhaarigen Schläfe, aber die rechte Gerade sticht lehrbuchmäßig Richtung Kopf. Allerdings trifft die Faust des Vaters, weil Achim unversehens nickt, nicht dessen Kinn, sondern die kleine, hübsche Huhlenhäusler-Nase. Das ist nicht klassisch, aber es reicht aus. Schon muss der Vater den Bewusstlosen aus blutdurchschliertem Wasser vor dem Ertrinken retten. So wird es sein. So wird es dereinst sein. Der letzte Ami-Laster, ein überschwerer Sattelschlepper, der einen putzig kleinen, rohrlosen Schützenpanzer huckepack aus dem Manöver nach Hause, in die Kaserne hinter dem Gaswerk, trägt, rüttelt und donnert durch die Unterführung, und unser Vater hat mit diesem Beben den See, das Blut, die Zukunft und seinen letzten, mit Tücke und Bravour bestandenen Kampf erneut vergessen.

Das Sofa ist trocken. Aber nicht mehr lang. Die Kameraden sind der Spur gefolgt, die der plumpe Körper des Möbels über den Rosenhang gezogen hat. Jetzt geht es wieder schräg hinauf. Während Achim und der Mann ohne Gesicht den Taubstummen unterhaken, damit er die Steigung schafft, und sich Sputnik hechelnd ins Geschirr stemmt, um den Fehlharmoniker Richtung Biergarten zu ziehen, tappt oben meine kleine fragwürdige Komplizin entlang der Mauer hin zur Couch. Ich habe ihr die Darbietung, die folgt, nicht angeschafft. Ich schwöre, so sehr ich alles Feuchte liebe, was Sybilles kleine Schwester nun gleich tun wird, ist mir ganz und gar nicht recht. Aber erneut reicht meine Macht nicht aus. Wieder geht mir das Luder aus dem Ruder. Alle schauen zu ihr hinauf. Sie grinst zu den vier Kerlen hinunter. Mit nackten Füßen steht sie auf dem grünen Cord. Sie hockt sich hin. Sie zieht sich den Schlüpfer über die weiß aufflammenden Backen. Dann presst sie die Augenlider aufeinander und pisst und pisst und pisst – pisst einen heftig aufschäumenden, nur langsam einsickernden kleinen Teich auf das mehr als vier Wochen wundersam rein gebliebene Sofa unserer Kinder.

Sommernacht

Erst jetzt, nachdem er mit einem unmännlich hohen Schmerzensseufzer, fast einem Schmerzensjuchzer, auf das Sofa gesunken ist, findet der Kikki-Mann Gelegenheit und Muße, sich das verdiente Zigarettchen anzuzünden. Auch seinem treuen Achim hält er, was er noch nie zuvor getan hat, die Packung hin. Der Junge nimmt sich sogar eine und dreht sein bleiches Näschen über das Feuerzeug. Aber dann lässt er dem Glimmstängel, ohne ein weiteres Mal dran zu saugen, eine lang und schließlich krumm werdende Aschenase wachsen. Er hockt am Fußende der Freiluftcouch, guckt Löcher ins gelbe Gras und versucht erneut, dem taubstummen Nachbarn irgendetwas über einen See, über dessen kiesbedeckten Grund und über den Geschmack von blutigem Wasser zu erzählen, doch auch sein zweiter Anlauf bleibt in wirrem Gestammel stecken. Achim ist durch den Wind. Achim ist heilfroh, dass er jetzt einfach so auf diesem Möbel sitzen darf. Er merkt nicht einmal, dass seine linke Hand auf dem inzwischen nicht mehr pitschnassen, sondern bloß noch feuchten Fleck ruht. Mein Sommer ist heute, an seinem letzten Tag, so, wie es sich gehört, mit einem Wust aus Unverständlichem über Achims höckrige Stirn und seinen weißblonden Schopf hinweggestürmt.

Anders als Achim wäre der Kikki-Mann vorhin liebend gern mit den beiden prächtigen Invaliden über die Mauer in den alten Biergarten eingestiegen. Aber die Knochen tun ihm inzwischen wirklich elend weh. Morgen, nach einer schlimmen, schlaflos zugebrachten Nacht, in der ihm jede Delle seiner alten Schlafcouch zur Marterkuhle werden muss, wird er den Weißling zur Telefonzelle an der Kirche schicken und sich einen Krankenwagen rufen lassen. Im Josephinium wird Professor Felsenbrecher, während sein Blick zwischen den frischen Röntgenbildern und den rotlila marmorierten Gelenken hin- und hergeht, unserem Kikki-Mann zur Elastizität seiner mageren Glieder gratulieren. Bis auf den Kapselriss im linken Knöchel sei nichts entzwei. Und weil er in allen Fällen an die heilende Kraft des Wortes glaubt, gibt unser wunderbarer Aufschneider und Zusammenstückler auch als Erzähler erneut sein Bestes. Kaum dass sich Schwester Innocentia ans Eincremen und ans Bandagieren gemacht hat, wird dem taubstummen Patienten ein vielleicht etwas antiquierter, aber durch die Verrücktheit seiner Wendungen noch immer famoser Zirkus-Witz, der Witz von den Liebeskünsten der Gummi-Frau, mit überdeutlich bewegten Lippen vorgesprochen werden.

Der Kikki-Mann drückt seine Kippe mit dem Absatz tot, nimmt dann auch Achim die Zigarette ab, um dieser mit zwei langen Zügen die letzte Ehre zu erweisen. Der Junge hat prima mitgeholfen. Der Kikki-Mann ist stolz auf ihn. Zu Recht! Obschon ich unserem Ersatzmann, als ihm auf der Leiter vor dem weißen Block schlimm schwindlig wurde, diesen Schwindel in letzter Sekunde aus dem Kopf blies, will ich die Leistung des kräftigen und geschickten Buben auch dieses Mal nicht schmälern. Er und der Mann ohne Gesicht haben das schief am Abhang hängende Sofa wieder an die Mauer zurückgestellt. Es war nicht nötig, ihnen einzuflüstern, wie dessen hintere Füßchen in die mit einem Spaten sauber ausgestochenen Löcher passten. Im Nu saßen die beiden Kriegsversehrten rittlings auf der Mauer. Sputnik sprang auf die Couch. Achim bewies noch einmal seine Stärke und hob die Hündin so hoch, dass die Männer sie an ihrem Geschirr packen und übernehmen konnten.

Der Wolfskopf hat indessen das schwingende Papier zerblasen. Vielleicht ist die viele Spucke schuld gewesen, oder er hat im Eifer seines unbeholfenen Musizierens die Zähne zu fest auf den Kamm gepresst. Auch mit dem Weiterlaufen, mit dem beruhigenden Tipp-Tapp ihrer Sandalen ist jetzt Schluss. Stattdessen müssen die Freunde hören, wie es von oben in den Gang herabgrollt. Und seit sie bloß noch dastehen und all ihre Kräfte ins Lauschen fließen, hat das tiefe, nach hartem Holz klingende Wummern noch an Bedrohlichkeit gewonnen. Unsere Zwillinge könnten dieses Geräusch mit einem Vergleich in einen Sprachbann legen. Zu ihrer Eier-Sammlung, die hauptsächlich aus ausgeblasenen und österlich bemalten Hühnereiern besteht, gehört als kurioser Fremdling seit mehr als einem Jahr auch das Stopf-Ei aus dem Nähzeug ihrer Mutter. Sie haben es ergattert, weil diese wie fast alle Mütter, die sich in den fünf Blöcken um die Kleidung ihrer Familien kümmern, das Sockenstopfen in den letzten Jahren als unnütz mühseliges Tun, als eine echte, jede moderne Frau beschämende Zeitfron aufgegeben hat. Das überflüssig gewordene Ding ist aus massivem Buchenholz gedreht, von früherer Nutzung glänzend glatt poliert und größer, als je ein Huhn ein Ei zustande brächte. Die Zwillinge wissen, wie es sich anhört, wenn das Stopf-Ei über den Küchentisch gekullert wird. Vor allem, wenn sie sich zu Forschungszwecken trennen und der eine das schwere Ding am Rollen hält, während der andere das Ohr gegen die Platte presst, gibt es ein gewaltiges Dröhnen zu hören, das dem nun aus der Oberwelt vernommenen erstaunlich ähnlich ist. Zudem hätten sie noch einen Witz parat, in dem ein solches Holz-Ei vorkommt. Aber weder der eine noch der andere kriegt hierzu die Zähne auseinander.

Die Treppe, an deren Fuß sie stehen, ist ungewöhnlich steil. Sie dreht sich um ein rostiges Rohr, als wäre ein einziger schmiedeeiserner Kreis zur einfachsten Spirale, die man sich denken kann, entzerrt. Der Wolfskopf wirft das Silberpapierchen weg, steckt seinen neuen Kamm nicht zurück in den Hosensack, sondern in die seitliche Messertasche, damit ihm das aus Horn gesägte Ding beim anstehenden Aufstieg nicht zerbricht. Der Ältere Bruder kratzt mit seiner Krücke über die schmalen Stufen aus Gitterblech, um zu prüfen, ob er in den sechseckigen Löchern, die ein hübsches Wabenmuster bilden, hängen bleiben könnte. Zum Glück sind sie zu klein. Wenn ihm die Freunde helfen, wenn der Wolfskopf den Schädel unter seinen Hintern, wenn Sybille die Fäuste in sein Kreuz stemmt, wird er es nach oben schaffen.

Annabett Böhm ringt mit der Angst. Kaum dass der rotnasige Professor, den ihre Nachbarin für einen Künstler, für einen hochgenialen, aber leider Gottes auch hochgrausamen Artisten auf dem Feld des Fleisches hält, an das Bett ihres Manns getreten war, pochte ihr diese Angst im Hals. Kurz durfte sie dann denken, etwas in ihr hätte nichts weiter als die schlechte Nachricht, die erst in einen Witz gehüllte, dann nackt anatomisch präsentierte Zukunft des Knies vorhergesehen. Aber während ihr Mann erbleichte, während er, das Ende seines Fußballglücks begreifend, glasige Augen bekam und wortlos schluckte, während der geschwätzige Chirurg noch einen zweiten, dieses Mal schamlos ordinären Witz erzählte und sich dazu, wer weiß warum, die ganze Zeit den Bauch massierte, dämmerte ihr, dass es der Angst, die ihr aus der Kehle langsam in den Kopf aufstieg, um mehr als einen lausigen Meniskus ging. Sie riss die Handtasche vom Bett und rannte ohne ein Abschiedswort hinaus. Die beiden Männer sollten ruhig denken, was Männer sich in solchen Augenblicken von den Frauen dachten.

Im Bus hoch in die Neue Siedlung scheint ihr nun vollends klar, dass die Panik, die sie niederkämpft, der Kleinen gilt. Hätte sie ihr Töchterchen doch bloß ins Krankenhaus mitgenommen, anstatt sie in der Obhut der großen Schwester zurückzulassen. Sybille ist patent und tapfer, aber bei der Kleinen bahnt sich etwas an, was über ihre Mädchenkräfte geht. Im Hof kann sie dann keine ihrer Töchter, auch keinen von Sybilles Freunden entdecken. Die Wohnung ist leer. Sie klingelt gegenüber. Ihre Nachbarin kommt, das Kaffeeglas in der Hand, zur Tür und weiß zumindest, dass die ganze Truppe Richtung Spielplatz losgezogen ist und dass die Kleine vorhin, anscheinend nur ganz kurz, wieder zu Hause war. Weil sie das Fahrrad der Nachbarin vor dem Eingang hat stehen sehen, bittet sie darum, es sich schnell ausleihen zu dürfen. Ihr bleibe jetzt schlicht keine Zeit, das eigene aus dem Keller hochzuholen.

Die Mutter sieht durch das Fenster, wie heftig Annabett Böhm in die Pedale tritt, und ärgert sich, dass es in der Eile nicht möglich war, sie zu bitten, ihr beim Beiseiterücken des Sofas zu helfen. Und auch den Staubsauger der Böhms hätte sie sich, wäre sie zu Wort gekommen, gern ausgeborgt. Ihr eigener, das durchgebrannte Ding, ist noch im Kinderzimmer. Die Mutter will ihn nun doch hinüber in den Kreuztöterweg zu Elektro-Lutscher tragen. Vielleicht lässt sich der Motor auf der Ladentheke, wie es Herr Lutscher manchmal macht, um vor den Kundinnen mit seinen fachmännischen Künsten anzugeben, ohne große Umstände wieder zum Laufen bringen. Sie geht zurück ins Kinderzimmer. Der Sauger liegt auf dem schmalen Läufer zwischen den Betten ihrer Söhne. Die Mutter will sich bücken, da sieht sie, was in der oberen Etage des Doppelstockbetts nicht stimmt. Vorhin hat sie das Kopfkissen aufgeschüttelt und die Decke gefaltet. Jetzt wölbt sich ihr hellblauer Bezug merkwürdig voluminös gegen die Wand. Die Mutter stellt ihr Kaffeeglas auf das Regal direkt vor die Sammlung wilder Plastiktiere. Obschon es bloß darum geht, einen Zipfel mit links zu packen und die Decke des Zwillings, der seit zwei Tagen der Gebissene ist, ruckartig wegzureißen, will sie beide Hände frei haben für das, was nun anstehen mag.

Wo ist das Kleid nur hin? Wo steckt das Hemdchen, wo stecken der Schlüpfer und die beiden Söcklein? Während die Schuhe, Sybilles alte Sandalen, im Bärenkeller, vor der Brust des Wolfskopfs, die steile Eisentreppe nach oben schaukeln, fragt sich die Mutter im Kinderzimmer, wo Sybilles kleine Schwester ihre Kleider gelassen haben könnte. Das Mädchen liegt splitternackig auf dem dunkelblauen Laken, die Knie an die Brust gezogen und beide Hände vor dem Mund. So dreht sie sich zu uns und schaut uns an. Die Mutter erkennt, was für ein Ding Sybilles kleiner Schwester zwischen den Zähnen klemmt. Das weiße Plastik ist gründlich eingespeichelt. Die Kleine saugt und sabbert. Die Spucke wirft feine Bläschen. Womöglich hat das meschugge Mädchen dem besten Stück der Sammlung, bestimmt hat sie mit ihren scharfkantigen Zähnchen dem weißen Grizzlybären, dem ganzen Stolz der Zwillinge, schon Dellen in Haupt und Hals gekaut.

Der Himmel ist wie schwarz gelackt. Aber was kümmert das zwei alte Panzerfahrer, was kümmert unsere beiden wackeren Invaliden, wie grandios die Nacht über dem Bärenkeller prangt. Sie haben jetzt keinen Sinn für solch kosmischen Zinnober. Der Fehlharmoniker hat bloß die grüne Brille abgenommen und ordentlich in ihrem Etui verstaut. So hat er es an den vorausgegangenen Abenden seiner Versehrung stets gehalten. Wie immer stellt sich auch jetzt der vielleicht trügerische, aber gnädig angenehme Eindruck ein, sein Sehschlitz in die Nachkriegswelt würde, nach dem Abgang der Sonne und ohne den Filter des getönten Glases, empfänglicher, ja sogar ein wenig breiter als untertags. Der Mann ohne Gesicht, der aus der Waldzeit die Goldfleckmuster kennt, die der Jahreskreis unserer Breiten auf schwarzer Schleppe über den Himmel zieht, wäre der Richtige, um zumindest einen knappen, gelehrt vergleichenden Blick hinaufzuschicken. Aber er kommt, seit sie die erste der alten Kastanien erreichten, gar nicht mehr dazu, den Kopf in den Nacken zu legen und sich den Gestirnen hinzugeben. Er muss, im Gegenteil, hochkonzentriert nach unten, auf den Boden glotzen, denn ihre Führerin ist selbst für eine Maus recht klein. Der samtig graue, kurzschwänzige Leib raschelt in Schlangenlinien durch die Blätter. Obwohl es in diesem Monat viermal Regen gab, haben die Kastanien schon einen Teil ihrer Wedel auf das erst halb verrottete Laub des Vorjahres geworfen. Sputnik, die der Fehlharmoniker eng ans Knie zieht, damit sie dem Mäuschen nicht zu nahe kommt, hält den schweren Kopf gesenkt, folgt mit der Nase jeder Windung des Mäusewegs und weiß als Einzige, dass eine Spitzmaus, auch ein Weibchen, viel strenger, männlicher duftet, als die mit ihr gestaltverwandten Nager, als Feld- oder Wühlmaus es je könnten.

Der Mann ohne Gesicht erfasst, wohin das spitzzahnige Räuberchen sie führt. Das wuchtige Wirtshaus, das er als möglichen Ort der Untat im Auge hatte, liegt kalt und dunkel hinter ihnen. Angeblich geht es unter seinen Dielen, die auf gewaltigen, uralten Eichenbalken ruhen, in mehrere Ebenen Bierkeller hinunter. Zudem soll ein Netz von Gängen in die westliche Anhöhe gewühlt sein, ein Labyrinth, mit dem bislang kein Zweck verbunden werden konnte. Falls es sich, wie ein Heimatkundler erst neulich in der Zeitung spekulierte, um Fluchtwege handeln sollte, bleibt unklar, wovor geflohen wurde und wohin sich dieser Eskapismus wenden wollte, denn Ausgänge, zurück ans Licht der Oberwelt, sind nie gefunden worden. Dem Mann ohne Gesicht ist es nur recht, dass alles Weitere, dass der Schlusskampf nicht dort unten vonstattengehen wird. Das Gebäude, zu dem sie der Spitzmaus folgen, ist hell erleuchtet. Fast könnte man es wegen der hohen Bogenfenster für eine Art Kapelle halten. Aber wer sich mit Gasthäusern und ihren Nebenbauten auskennt, wird aus seinen Proportionen, aus seiner langgestreckten Flachheit schließen, wozu es wirklich diente. Die Maus macht halt. Sie stellt sich auf die Hinterbeinchen. Der Mann ohne Gesicht beugt sich zu ihr hinunter. Offenbar will das Tierchen etwas sagen, bevor es sich aus seinem Dienst entlässt. Jetzt ist der einstige Panzerfahrer, der Ladeschütze, froh um seine in der weißen Glut geeichten Trommelfelle. Denn weil es aus dem einzigen Geschoss des tonnenförmig überdachten Bauwerks grollt, als brächten schwere, durch und durch massive Kugeln unentwegt eine hölzerne Bahn zum Dröhnen, braucht es nun ein besonders unterscheidungsfähiges Gehör, um den traditionellen Jägergruß, um das ermutigende «Weibeidmabannsheibeil!» der Spitzmaus zu verstehen.

Ich mag nicht schuld dran sein, dass unser Vater und seine schöne Nachbarin an der schweren Kette, am Schild, auf dem in rostfleckigen Großbuchstaben Eltern für ihre Kinder haften, aufeinanderstoßen. Annabett Böhm will eben das Rad über die in der Wegmitte tief durchhängenden Kettenglieder heben, als sie die Schritte näher kommen hört. Das tunnelförmig über den Weg gewachsene Gebüsch scheint das Knirschen der Steinchen wie ein Schallrohr zu verstärken, und schon bevor ihr der Nachbar vor Augen kommt, spürt sie, dass dieses kraftvoll weite Ausschreiten zu einem Mann nach ihrem Geschmack gehören muss. Vorhin, als sie an der Schrebergartenkolonie entlangfuhr, erfüllte sie trotz aller Sorge noch einmal mit Stolz, seit der Versehrung ihres Gatten immer nur bis Oberhausen und kein einziges Mal weiter in die Stadt, weiter in die Versuchung hineingefahren zu sein. Doch jetzt kommt ihr leibhaftig, als wohl längst fällige Bestrafung dieser eitlen Überhebung, ihr letzter fraulicher Fehlgriff, ihre Operetten- und Likörentgleisung, aus dem hohlen Weg entgegen.

Der Vater wundert sich zum zweiten Mal. Vorhin hat er, schon von der Bärenkellerstraße aus, die Kleine der Böhms gesehen. Sie stand mitten auf einer alten Couch, rechts und links von ihr saßen der Taubstumme aus dem türkisen Block und einer der Huhlenhäusler-Buben. Die Kleine schien die beiden mit ihrem Plappern zum Schweigen gebracht zu haben, zumindest guckten sie, zigarettenrauchend, Löcher in die Luft, während das Mädchen den Mund nicht zubekam und noch dazu am Fuchteln war, als könnte sie, was sie erzählen wollte, mit Worten allein nicht deutlich machen. Wahrscheinlich war sie ihrer Mutter schon an der Bushaltestelle entwischt und Richtung Spielplatz abgehauen, um ihre große Schwester und deren Freunde zu suchen, hatte sich dann, als sie niemanden fand, dem Taubstummen, an dem auch seine Söhne einen Narren gefressen haben, angeschlossen. Annabett Böhm, die zu konsequenter Strenge neigt, ist ihr offenbar mit dem erstbesten Fahrrad, mit dem Rad seiner Frau, hinterhergesaust, um ein Exempel zu statuieren.

Jetzt steht die schwarzgelockte Nachbarin mit offenem Mund, mit von der Fahrt erhitzten Wangen da und kriegt, was gar nicht zu ihr passt, kein Wort heraus. Der Vater überlegt, ob er ihr das Rad über die Kette heben soll, sagt dann nur, sie solle nicht allzu böse auf ihre Tochter sein. Die quatsche dahinten an der Mauer zum Bärenkeller dem Taubstummen, der kein übler Kerl sei, ein Loch in den mageren Bauch. Die anderen, Sybille und die Buben, seien irgendwo in der Nähe. Er habe den Kinderwagen in den Rosenranken stehen sehen. Annabett Böhm spürt mit dem ersten Satz des Vaters, wie recht er hat. Ihre Kleine ist außer Gefahr. Aber die Unruhe lässt nicht nach, sondern stürzt ihr bloß aus dem Kopf über den Nacken und die Schultern tiefer in den Leib hinunter. Kurz denkt sie, ihre brave Sybille sei bedroht, und dann erfasst sie gar die Vorstellung, sie habe noch eine dritte Tochter oder zumindest eine Nichte, die eben jetzt vor irgendetwas behütet werden müsse.

Es stimmt! Ich puste in ihre Angst, wie in ein Feuer, das nur glimmt und glost, hoffe erneut, die Flämmchen weiblicher Einfühlung loderten auf, erhellten mehr von mir und dem, was mir ins Haus steht. Doch schon zieht es die Schöngelockte in die andere Richtung. Annabett tastet, den Blick im Gesicht des Nachbarn, blindlings nach dessen Hand, kriegt zunächst seine Hose, dann seine Rechte – sie spürt den Wulst der frisch verheilten Narbe – zwischen die zitternden Finger, zwischen die mokkabraun lackierten Nägel. Sie schaut sich um. Hier unten war sie lang nicht mehr. Wenn sie und ihr kleiner Gatte am Wochenende, was selten genug geschieht, mit den Mädchen eine Runde spazieren gehen, hat sie es tunlichst vermieden, den Schrebergärten und jener einen verfänglichen, jener aus amerikanischem Material zusammengeschraubten Laube allzu nah zu kommen. Sie sieht, wie hoch und dicht das Gebüsch in den Jahren ihrer Ehe geworden ist. Hier muss es wunderbar zugewachsene Winkel, hier muss es in den Hecken natürliche Verstecke geben, wo man vor den neugierigsten Kindern, selbst vor den hellsichtigen Nachbarsbuben und vor dem Schnüffelnäschen der eigenen Tochter ein heftiges Weilchen schattig verborgen wäre.

Da bricht dort, wo die Zweige eines Holunders bis auf den Boden hängen, Sybilles kleine Schwester durchs Gebüsch. Sie rennt zur Mutter hin, sie plärrt, wie sie als Baby geplärrt hat, sie wirft sich gegen Rock und Gürtel. Der Vater übernimmt den Fahrradlenker. Annabett Böhm fasst ihrem Töchterchen mit beiden Händen in den verschwitzten Schopf und spürt, wie heiß nicht nur die Stirn, wie heiß der ganze Kopf schon ist. Sie und die Kleine sind damit gerettet. Sybille, die tüchtige Sybille, sorgt sicher für sich selbst. Und ihre Nichte, ihr eben noch aus blanker Angst geborenes Nichtchen, löst sich wie ein vollends verworrener Gedanke aus ihren schwarzen Locken, um andernorts, im schmalen Kinderzimmer oder auf der langen hölzernen Kegelbahn, seine letzte, meine allerletzte Chance zu wahren.

Sommernacht

Die Kinder, die sieben Freunde, sind ins Kunstlicht der Kegelbahn getreten. Die Wendeltreppe endet an einer Rinne, so schmal, dass sie auf ihrem glattpolierten Holz hintereinander nach oben kriechen mussten. Dieses letzte Wegstück war kurz, aber nicht leicht. Der Ältere Bruder hatte seine Krücken abgegeben. Der Schniefer, der als ihr bester Kletterer die Spitze übernahm, schob die klappernden Stangen geschickt vor sich her. Und als er oben war, am Anfang der aus schmalen Brettchen kunstvoll gefügten Rutsche, die, wie es die Technik einer derartigen Anlage verlangt, als Trichter beginnt und schon an ihrem scheinbar waagerechten Anfang ganz leicht geneigt ist, drehte er sich um und streckte ihrem gehandicapten Führer eines der Gestelle entgegen, um ihn in den Stand zu ziehen.

Das Licht ist schlimm. Die Lampen, die sie von oben und von vorn bestrahlen, sind derart stark, dass sie nicht direkt in ihre weißen Leuchtkreise schauen können. Allein Sybille, unsere Schicke Sybille, nutzt die ungeheure Helligkeit sogleich auf ihre Weise: Sie zieht ihr Kleid rundum aus dem Schlüpfer, hält den Saum in die Höhe, dreht den Kopf und entdeckt zu ihrer Freude nirgends einen Fleck. Ihr Drachenkleid ist völlig rein geblieben. In dieser Überhelle bliebe nicht der geringste Schmierer, nicht das klitzekleinste Klümpchen Kohlendreck verborgen. Der Schniefer legt die Hände an die Stirn. Er presst die Zeigefinger gegen die Augenbrauen, er biegt die Handteller wie Scheuklappen herunter und guckt durch diese halbe Röhre ans andere Ende, an das blendend weiße Ende des Gebäudes, in das sie aufgestiegen sind. Weil er laut ausspricht, was er sieht, tun es ihm alle gleich. Der Ältere Bruder stemmt die Brust gegen die linke Krücke, mit der er eben heraufgezogen worden ist, um wie die anderen beide Hände zum Beschatten der Augen frei zu haben. Er starrt gegen das Licht ins Licht hinein, und als Anführer und Wortführer fällt es nun ihm zu, das Gesehene zu deuten.

Das ist kein echter Bär! Jeder der Freunde hat es auf den ersten Blick begriffen. Das weiße Fell sitzt dieser Gestalt nicht so, wie es die Natur bei jedem ihrer Exemplare fehlerlos zustande kriegt, auf Rumpf und Gliedern. Was immer in diesen Pelz geschlüpft ist, es hat die Größe, um ihn, aufrecht stehend, von den Fersen bis in die Schultern wie einen Overall zu strecken, doch auf den Hüften wirft die Hülle komisch schräge Falten, und auch unter den Achseln ist sie viel zu locker, um dort mit Muskeln und Fett einen leiblichen Zusammenhang zu bilden. Vier prächtige Reißzähne ragen aus dem halboffenen Maul, aber dessen Kiefer können weder weiter aufgerissen noch zu einem Biss geschlossen werden. Der Bär ist ein Betrug! Das hilft jedoch nicht einmal denen, die noch keinen Blick ins Nudelbuch geworfen haben. Der Wolfskopf, der Schniefer und Sybille, die das Leben, die Nöte, die Freuden und die Abenteuer der Bärentöterhorde nur vom Hörensagen kennen, kleben jetzt, im grellen Licht der Kegelbahn, mit ihrem Denken an einem Plastikbären fest, an jenem Wundertütenbär, den der Ältere Bruder in hohem Bogen zu ihnen auf das Dach des Schrebergartenhäuschens hinaufgeworfen hat. Bereits die Übereinstimmung der Farben, das Weiß des Fells und das Blutrot der Zunge, lässt sie Arges ahnen. Der riesige Kerl im falschen Pelz, sein stummes Fuchteln mit den krallenbewehrten Tatzen, das ganze Arrangement da vorn, am anderen Ende der polierten Holzbahn, die schwarze Kugel und der weiße Strich, alles erinnert sie an jene Gruselwitze, die die Zwillinge erst abends, wenn es dämmert, oder an dunklen Orten, im Keller oder in einem aus alten Decken gebauten Zelt, erzählen und deren Schluss, so man ihn nicht restlos begreift, anstatt die übliche Lacherlösung zu spenden, nur ein blödes, ein richtig übles Unbehagen in Hals und Kopf und Magen hinterlässt.

Unseren Zwillingen, den Nudelpunkte-Sammlern, die alles Bild für Bild und Wort für Wort gründlicher noch als unser großer Bruder und der Ami-Michi in sich aufgesogen haben, spritzen die Tränen aus den Augen. Sie zweifeln nicht daran, dass eine mörderisch strenge Strafe, dass nun die längst verdiente Sühne fällig ist. Jetzt sind sie alle dran. Ihr Bruder, ihre Freunde und sie beide sind also auserkoren, die Untat der vorzeitlichen Jäger abzubüßen. Denn es ist so: Die Bärin hatte sich zur Winterruhe erneut in die Höhle mit dem türähnlichen Eingang zurückgezogen. Sie hatte die Menschenhorde, die am Ende des Sommers aus einem Nachbartal zugewandert war, sehr wohl bemerkt und war den Fellbehängten bis in die letzten spätherbstlich kühlen Tage in weiten Bögen ausgewichen. Nur einmal waren sie sich nah gekommen. Die Bärin hatte eine hohle Buche mit den Tatzen aufgerissen, um an den Honig der Bienen zu gelangen, die darin zu Hause waren. Die Jäger hörten das Krachen des Holzes und das wütende Schnaufen des vielfach in Schnauze und Lefzen gestochenen Tiers. Als die Räuberin abzog, kamen sie aus dem Unterholz und sammelten die verstreuten Wabenstücke, alles, was vom Sommerfleiß der

Immen übrig war, um es den Frauen und Kindern mitzubringen.

Nicht erst, wenn ihre Jungen durch den Frühling purzeln, sondern bereits mit dem ersten Tag der Trächtigkeit meidet die Bärin, die weder Wolf noch Luchs, weder den klugen Dachs noch den tückischen Vielfraß scheut, den einzigen auf zwei Beinen laufenden Säuger. Jedoch reicht ihre Fähigkeit zur instinktiven Vorempfindung, die von den Jägern bemerkt und immer wieder zur sprichwörtlichen Bärenschläue umgedeutet wird, nicht weit genug, um sich die vag gefühlten Absichten der Menschen als kommende Taten zu imaginieren. Der Bär hat keine Phantasie. Das Spekulieren war und ist nicht Bärenart, gehört nicht zum Vermögen der braunen, schwarzen oder weißen Riesen. Nicht einmal die beiden kleinen Bärchen, die sie im restlos finsteren Endstück, dort, wo sich die Höhle zu einem Haken krümmte, am Tag der Wintersonnenwende gebar, hatte sich unsere Bärin als zukünftige Wesen, als riech- und abschleckbare, als zappelnde und japsende Gestalten vorstellen können.

Drei Monde nach dem gemeinsamen Honigraub drangen die Bärentöter in die Höhle. Sie schwenkten Fackeln, mit Moos umwickelte, harzreiche, aber dennoch mehr qualmende als flammende Kiefernstöcke. Vom ersten Schritt ins Dunkle an schrien sie wie um ihr Leben. Die Männer der Horde brüllten im Chor, um sich den bitter nötigen Mut zu machen. Die Bärin hingegen musste nicht tapfer sein. Ohne Erinnerung an ältere Gefahr, ohne Vorausschau, ohne Furcht um das eigene Leben warf sie sich den Angreifern entgegen. Der Pelz hing ihr, weil sie den während des Sommers angefressenen Speck ganz in die Milch gegeben hatte, recht schlapp am Leibe. Noch magerer waren ihre Feinde. Erbärmlich standen ihnen unter den umgehängten Fellen die Rippen aus der Brust. Nicht nur die Muskeln, auch die Erfahrung, selbst die Tücke unserer Bärentöter waren vom Frost, vom Sonnenmangel und vom Hunger wie ausgehöhlt. Die Vorräte der Horde waren längst erschöpft, schon hatte die Gemeinschaft ihre beiden Ältesten und ihre beiden Jüngsten unter angehäuftem Geröll bestatten müssen.

Der Winterspeer ist so viel schwächer als der Sommerspeer. Jetzt stechen die Steinspitzen, in das gespaltene Holz gekeilt, mit Sehnen festgeschnürt, mit Birkenpech verklebt, dem aufgescheuchten Beutetier allenfalls noch mit halber Wucht entgegen. Schäfte zersplittern, zwei Schädel brechen zwischen den Kiefern, ein Nacken zerknackt unter den Prankenhieben der durchbrechenden Bärenmutter. So ist es aufgeschrieben. So hat es unser großer Bruder vorgelesen. Mit einem ihrer Jungen, mit einem fortan bruder- oder schwesterlosen Zwilling lässt ein Bild unseres Sommerbuches die blutende Bärin durch den tauenden Schnee des Südhangs in den noch vollends winterlichen Wald entkommen.

Die Mutter kniet vor dem Sofa. Es geht schon wieder besser; die Schmerzen in der Brust sind am Verklingen. Vorhin, als ihr das Herz, wie unter einen Flackerstrom gesetzt, schlimmer wehtat als je zuvor, hat sie den Rest ihres noch heißen Kaffees, mehr als ein gutes halbes Glas, in die Spüle laufen lassen. Für diese Entscheidung, für diese tapfere Entsagung wollte sie sich mit dem letzten ihrer Dragées belohnen. Aber es hüpfte ihr, zu hastig aus dem Döschen geschüttelt, über die linke Hand und war im Nu unter die Couch gekullert. Jetzt kann sie es nirgends ertasten. Vielleicht ist das kleine Ding, über die Dielen eiernd, in eine der Rillen weggetaucht. Die Mutter ärgert sich noch einmal, dass ihr Sybilles kleine Schwester entwischt ist. Denn nun könnte das Nachbarsmädchen ihr dünnes Ärmchen unters Sofa schieben. Die Mutter gibt sich selbst die Schuld. Was für ein törichter Einfall, dem Mädchen aus dem Schrank im Schlafzimmer etwas zum Anziehen herauszusuchen. Die kleine Böhm war gewiss nicht splitternackig durchs Kinderzimmerfenster eingestiegen, sondern hatte Schuhe, Söckchen, Schlüpfer, Hemdchen und Kleid bestimmt nur unterm Bett versteckt. Als sie mit ein paar Sachen der Zwillinge ins Kinderzimmer zurückkam, war die verrückte Göre schon wieder durch die Fenstertür davon, lachte sich wahrscheinlich draußen, hinter einer Hecke, über die dumme Erwachsene kaputt. Das Sofa muss jetzt von der Wand. Herr Doktor Junghanns, der noch bis in den vorigen Sommer, bis die Hebamme im Elsternhorst auf Rente ging, bei einer kleinen Serie altmodischer Hausgeburten zugegen war und, wie er selber sagt, dabei eher das fünfte als das vierte Rad am Wagen abgab, hat ihr doch bloß das Heben, nicht das Schieben untersagt.

Der falsche Bär zerrt wild an seinem Pelz. Das sieht abscheulich aus. Kein echtes Tier würde versuchen, sich seine Leibeshülle abzureißen. Die Kinder warten voller Furcht auf ein Ritschratsch. Wenn diese Klauen scharf sind, wenn dieses Fellkostüm so schlampig wie irgendeine billige Faschingskutte zusammengeschneidert ist, geht es bestimmt bald schon kaputt, und dann wird der Bösewicht, den es verbirgt, in der Gestalt, die ihm eine böse Mutter Natur geschenkt hat, aus der zerfetzten Hülle steigen. Die Angst rückt sie zusammen. Der Ältere Bruder spürt, wie sich die beiden Größten, wie sich Sybille und der Wolfskopf halb hinter seinen Rücken ducken. Der Schniefer tippelt nach vorn, drückt ihm die zweite Krücke, mit der er einem nach dem anderen hochgeholfen hat, in die freie Rechte. Dann stellt er sich hinter Sybille, während auf der anderen Seite der Ami-Michi auf Zehenspitzen über die Wolfskopf-Schulter lugt. Ganz außen und zugleich ganz hinten finden die Zwillinge ihre Plätze. Nie fühlten sich die beiden weiter auseinander. Zum ersten Mal scheint es gewiss, dass sie in einem Raum gelandet sind, den sie nicht mit dem Pingpong ihrer Stimmen, nicht mit dem Hinundher eines Scherzes füllen können.

Da rüttelt es an der Tür. Erst jetzt sehen die Kinder, wie man auf regulärem Weg in diese Kegelbahn hineinkommt. Der Eingang befindet sich auf halber Höhe, genau zwischen ihnen und dem falschen Bären. Die Klinke springt auf und ab. Hände schlagen ans Holz. Sie hören Männerstimmen. Sybille, der Ami-Michi und der Ältere Bruder erkennen den Mann ohne Gesicht, hören, dass er sie «Kinder!» ruft und ihnen barsch befiehlt, die Tür zu entriegeln. Sybille fasst sich an die rechte Hüfte, dorthin, wo unterm Schlüpfergummi der Schlüssel des Toten klemmt, und schaut unseren großen Bruder an, als wüsste der nicht bloß in den Geschichten, sondern auch jetzt, auf dieser lang schon aufgegebenen und doch knallhell gebliebenen Kegelbahn, wie alles weitergeht. Dreimal hat der Schlüssel in seiner Piratengeschichte, dreimal hat er ihnen unter der Neuen Siedlung aufgeschlossen. Der Ältere Bruder winkt ihr mit dem Kopf. Gemeinsam wagen sie sich, den Bärenkerl nicht aus den Augen lassend, an die Tür. Der Schlüssel scheint wiederum zu passen, aber er lässt sich kein bisschen drehen.

Es ritscht! Der Bär hat sich einen ersten Schlitz in Brust und Bauch gerissen. Der Ältere Bruder hebt die rechte Krücke und fädelt ihre Spitze in den Schlüsselring. Ein solcher Hebel schafft es womöglich mit Gewalt. Der Schlüssel ruckt und stöhnt und bricht mit einem lauten, hässlich hellen Pling. Der Bärenkerl zerreißt sein Fell, vom Hals hinunter bis zwischen die gespreizten Beine. Sybille rennt sogleich zu den anderen zurück. Und unser großer Bruder weiß sich keinen anderen Rat, als auf seinen Krücken hinterherzuhumpeln. Während sich Sybille, bei den anderen angekommen, sogleich wieder umgedreht hat, um den Bärenmann, der ungestüm und unbeholfen mit den Ärmeln seiner Verkleidung kämpft, im Auge zu behalten, guckt unser Bruder noch ein paar Schritte lang in die andere Richtung. Erst jetzt versteht er, wozu der Trichter, in den sie heraufgekrochen sind, früher gedient hat und vielleicht noch immer dient. Er fängt die Kugeln auf, die man hin zu den Kegeln schlenzt. Der Trichter sammelt, ohne einen Unterschied zu machen, die Kugeln der guten wie der schlechten Würfe und führt sie auf irgendeinem verborgenen Weg wieder den Spielern zu. Dahinten schabt und kratzt und keucht es. Es kommt noch jemand die Schräge hochgekrabbelt. Die Sehnsucht nach Beistand verkürzt unserem großen Bruder alle denkbaren Wege, in wilder Hoffnung glaubt er, ihre erwachsenen Helfer hätten von außen einen Zugang dorthinein gefunden, da sieht er, dass bloß ein Kinderschopf heraufkommt.

Ich zähle gern bis acht! Acht Kinder sind eine schöne Schar. Mehr als acht Kinder sollte keine Mutter gebären, mehr als acht Sprösslinge sollte kein Vater, nicht einmal der Patriarch der Patriarchen, zeugen dürfen. Eventuell hat nicht einmal der große Himmelspapa Anrecht auf ein neuntes Kind. Ja, selbst unser lieber Jesus hätte es trotz der himmlischen Weite seines Herzens besser bei acht Jüngern bewenden lassen sollen. Auf allen vieren kriecht Sybilles kleine Schwester den Trichter hoch, rappelt sich auf und taumelt als Achte zu den anderen. Sie sieht zerzaust, verschmuddelt, sie sieht mit ihren bleichen rotfleckigen Wangen und der schwitznassen Stirn ganz schrecklich mitgenommen aus. Schon morgen, bereits am frühen Vormittag, wird Doktor Junghanns sie mit Verdacht auf Hirnhautentzündung ins Josephinium bringen lassen. Volle zwei Wochen muss sie dort liegen, ein Stockwerk unter ihrem Vater, der sich arg um sie sorgt und es mit Hilfe dieses Bangens schließlich schafft, sein Sportlerunglück zu verwinden. Zu guter Letzt werden die beiden am selben Tag entlassen. Der kleine Gas-Böhm humpelt dann auf Krücken und mit für immer halbsteifem Knie zum Taxi, und seinem genesenen Töchterchen bleibt aus meinem goldenen August nichts weiter übrig als eine ziemlich große, für alle Zukunft von keinem Zollstock und keiner Stoppuhr ausmessbare Gedächtnislücke.

Der brave Wolfskopf überlegt, ob er der Gesuchten und nun von ganz allein Gekommenen die Schuhe überreichen soll. Aber die Sandale, die im Bauch des Gasherds war, ist so gründlich verbogen, dass man wohl nie wieder mit ihr laufen kann. Der gebissene Zwilling tritt einen Schritt zur Seite, damit Sybilles kleine Schwester sich an ihren Platz, also in die zweite Reihe zwischen den Schniefer und den Ami-Michi, hinstellen kann. Der Kerl, der im Bären verborgen war, hat mittlerweile beide Arme frei und müht sich nun mit seinen plumpen, mit seinen würstchenhaft geschwollenen Fingern, den prallen Bauch und die fast weiblich runden Hüften aus dem Fell zu kriegen. Noch bleibt ein bisschen Zeit. Der Ältere Bruder steht vorne in der Mitte, so wie es sich gehört, und wundert sich über das Rot. Wo mag ein Mensch – es kann doch nur ein Mensch sein? – so rot, so indianerrot an Armen, Brust und Bauch geworden sein?

Der Vater schiebt das Damenrad, das Fahrrad seiner Frau. Er weiß, dass es komisch, vielleicht sogar verfänglich aussehen muss, wie er und die schöne Nachbarin nun an den Spielplatzwiesen entlang nach Hause schlendern. Zum Glück ist hier am späten Nachmittag kein Mensch. Sie sind allein, denn die Kleine ist ihnen gleich wieder entwischt. Nur kurz hatte das kuriose Mädchen die Finger in die Bluse der Nachbarin gekrallt und sich den Stoff, die glänzende Viskose, so weit über die Ohren gezerrt, als wollte sie, die Stirn voran, unter der großen Brust noch einmal in den mütterlichen Leib hinein. Doch dann riss sie sich ebenso heftig wieder los. Die Hände Annabett Böhms streichelten ins Leere, die eben noch beruhigend Liebkoste sauste, wie von einer Wespe gestochen, fort Richtung Rosenhang. Erst als sie komisch hüpfend zwischen den Ranken und den Brennnesseln verschwand, hatte der Vater bemerkt, dass sie, was ihrer Mutter nicht recht sein konnte, den dornenreichen Abhang mit bloßen Füßen hinunterstürmte.

Die Invaliden gehen an der Kegelbahn entlang. Der Mann ohne Gesicht versucht hineinzulugen. Aber die Scheiben der Fenster sind offenbar mit einer Malerbürste zugestrichen worden, und nirgends ist die weiße Schicht, durch die milchiges Licht nach draußen dringt, so dünn, dass sich nach innen blicken ließe. Sputnik zieht den Fehlharmoniker zur Tür. Der rüttelt vergeblich an der Klinke. Der Mann ohne Gesicht denkt an seinen gutgefüllten Werkzeugkasten und ärgert sich darüber, nicht einmal das Brecheisen oder einen großen Schraubenzieher mit hierher genommen zu haben. Da kracht das Schloss. Gerade als der Fehlharmoniker von der Klinke abgelassen hat, kommt aus dem Schlüsselloch ein hässlich grelles Pling, als wäre eine starke Feder oder etwas anderes aus Eisen oder Stahl gebrochen. Die Männer zögern. Doch Sputnik, das dienstbare Tier, das in meinem Sommer mehr denn zuvor und mehr als je danach Hündin sein darf, springt hoch und schlägt mit beiden Pfoten auf die Klinke.

Die Tür geht auf. Die Tür schwingt handlang nach innen. Der Fehlharmoniker zieht Sputnik zurück, umfasst mit der Linken ihre Schnauze, damit sie sich und ihre beiden Männer nicht durch Bellen verrät. Der Mann ohne Gesicht drückt das Pergament seiner rechten Wange gegen den Türstock und spitzelt hinein. Er sieht das hell angestrahlte Ende, er sieht das Zielende der Kegelbahn. Die Kegel, die dort stehen, sind ungewöhnlich groß. Obwohl er in der Zeit, als er noch Nase, Augenbrauen und eine keck geschwungene Oberlippe sein Eigen nannte, nie selbst gekegelt hat, glaubt er dennoch zu wissen, wie die Kegel einer regulären Bahn auszusehen haben. Die hier, diese grau verstaubten, nicht vollständig stilisierten, sondern auf anrührend grobe Weise im Menschenähnlichen verharrenden Figuren sind ohne Zweifel allesamt zu groß. Die vorderen drei reichten ihm bestimmt bis an die Brust, und selbst die kleinsten, die in der dritten Reihe stehen, sind mindestens hüfthoch, während ein regelgerechter Kegel einem Erwachsenen doch höchstens bis ans Knie geht. Wieso wurden diese neun Kegel nicht gleich gemacht? An der linken der drei größten Figuren, die die erste Reihe bilden, hat der Holzbildhauer, wenn ihn nicht alles täuscht, in kruder Laune sogar kleine Brüste angedeutet.

Sommernacht

Die Tür ist zu, der Schlüssel abgebrochen. Die Kinder hoffen nicht mehr auf Hilfe. Ihr Feind hat seine Bärenhülle von den Beinen gestreift und ist bloß noch damit zugange, den Schädel aus dem hohlen Bärenhaupt zu kriegen. Das ist das Schwierigste. Würde der nackte rote Kerl hierzu herumbrüllen oder zumindest lauthals schimpfen, es würde keinen von ihnen wundern, es machte das Dastehen vielleicht sogar ein wenig leichter. Stattdessen zerrt er, entsetzlich stumm, an den Bärenohren, bohrt seine plumpen, nagellosen Daumen immer aufs Neue unter den Halsrand und müht sich – das ist die Galgenfrist der Freunde – vorerst vergebens, die Bärenkiefer über das verborgene Kinn zu schieben.

Alle verharren in Reih und Glied. Der Ami-Michi, der von allen die schönste, eine bildschöne Angst hat, klappt das Messer des Heftchenlesers auf und zückt die halbe Klinge. Wenn der Vater am Wochenende von seiner langen Tour über die letzte Grenze aus dem Reich der Türken heimkehrt, soll er, sobald er in der ersten deutschen Autobahnraststätte die Zeitung aufschlägt, lesen dürfen, wie man seinen toten Sohn gefunden hat. Dort soll dann stehen, auch wenn es nicht ganz stimmt, dass ihm, dem tapferen Michi, das Messer beim Kämpfen mit dem bösen Roten abgebrochen ist. Sybille hingegen überlegt, ob sie noch schnell ihr Kleid ausziehen und säuberlich gefaltet beiseitelegen soll. Dann könnte ihre Mutter es einem armen Mädchen schenken, nachdem sie und ihre kleine Schwester, die Gott sei Dank am meisten schuld ist, beerdigt worden sind. Ob sie in ihrem Drachenkleid oder in Unterwäsche ermordet worden ist, wird ganz bestimmt nicht auf dem Grabstein im Oberhausener Friedhof stehen.

Der Schniefer aber weiß, dass er nicht länger für sich behalten darf, was er vom dünnen weißen Mädchen erfahren hat. Sie hat es ihm volle drei Mal und dennoch, das hörte er von Anfang an heraus, nicht gern verraten. Nach seinem ersten Aufstieg auf die Nagelbuche, dann aus dem Schaufenster der Lichtburg und schließlich erneut aus dem hohlen Baum hat sie ihm widerwillig, fast mürrisch aufgetragen, was er dem Älteren Bruder sagen muss, wenn es auf Leben und Tod geht. Und ganz zuletzt hat sie, ein missvergnügtes Schnütchen schneidend, hinzugefügt, dass dieser Hinweis, so nötig er auch sei, ihr selber nicht unbedingt zum Vorteil gereichen werde. Was immer sie auch damit meinen mochte, nun ist der richtige Moment gekommen. Von hinten zupft der Schniefer unseren großen Bruder am Ärmel und sagt ihm, was ansteht. Es ist nicht ganz, aber doch fast das Gleiche, was der Schiffsjunge in der Geschichte tut. Der Ältere Bruder erkennt die Parallele und zögert keinen Augenblick. Wie günstig, dass das Medaillon aus dem Hohlraum der Prothese nicht an einem Kettchen, sondern an einem schlichten Baumwollbändel hängt! So lässt es sich leicht um das rostige letzte Drittel der angespitzten Krücke schlingen. Schon ist es allerhöchste Zeit: Mit einem garstig feuchten Flupp, mit einem Schmatzgeräusch so laut, als risse der Schnappverschluss einer mannshohen Bierflasche seine tellergroße Gummidichtung vom Glasrund, hat sich das Bärenhaupt vom Kopf des roten Kerls gelöst.

Sputnik knurrt tief und bös. Nie hat der Fehlharmoniker

die Hündin derart grollen hören. Es hört sich älter noch als wölfisch an. Man könnte glauben, sie gurgelte mit Murmeln aus Granit. Wenn er den Lederbügel durch die Finger gleiten ließe, würde sie sich auf den üblen roten Burschen stürzen. Der Mann ohne Gesicht zweifelt nicht daran, dass ihm endlich der von den Mäusen prophezeite Kindermörder gegenübersteht. Respekt! Das Ganzkörperkostüm ist eine Wucht. Gewiss hat es eine abartige Geduld gebraucht, die Idee zu dieser Verkleidung in dingliche Wirklichkeit zu verwandeln. Der Unhold steckt in einer rotglänzenden Gummihaut. Etwas bläht diese Hülle rundum auf, Arme und Beine sind zu grotesken Wülsten angeschwollen. Schlimm hässlich auch der Kopf: Der Füllstoff, ein Gas oder eine Flüssigkeit, hat ihn über jedes menschliche Maß hinaus zu einem beuligen Ei verformt. Weder Ohren noch Nase, bloß ein rudimentärer Mund und seltsam nach außen gerückte Augen sind an der wabbeligen Blase zu erkennen. Am schlimmsten aber ist die Stirn. Als übler Wulst, als eine alles überwölbende Verwachsung ragt sie dem Betrachter entgegen, und selbst die Vorstellung, dass eine Unmenge Gedanken, dass vielleicht eine ganze kommende Welt diese Stirn bis zum Platzen dehnt, kann ihre Hässlichkeit nicht mildern.

Ach, unser großer Bruder weiß, dass er kein guter, sondern im Gegenteil ein ausgesprochen miserabler Werfer ist. Von denen, die als Freunde und Geschwister nun eine rettende Tat erwarten, verfügte allenfalls der Wolfskopf über genügend Kraft, die angespitzte Krücke über die Kegelbahn hinweg auf den roten Kerl, auf dessen strammen Rumpf, auf dessen Wabbelhaupt zu schleudern. Der Ältere Bruder sieht den Wolfskopf an: Die Mähne steht ihm so starr vom Kopf, als wäre ihm das Entsetzen, das seine Glieder lähmt, wie ein besonderes Blut, wie ein Angstsaft in jedes aschblonde Haar geschossen. Der Ältere Bruder wendet den Kopf zur anderen Seite: Die Schicke Sybille hat das Gesicht gesenkt, mit beiden Zeigefingern malt sie auf ihrem Kleid, sie zieht die Umrisse der Drachen nach, die dort ihren orangen Feueratem noch ein wenig weiter als bislang aus den Schnauzen stoßen und ihre Alligatorenaugen bis zum Anschlag aufgerissen haben. Man könnte glauben, das geflügelte und geschuppte Gewürm sei hochaufmerksam dabei, mit Neugier und einem eigenen Interesse an der Sache. Da hört er seine Brüder flüstern. Von hinten, wo sie, weit auseinander, als letzte Reihe stehen, wispern die Zwillinge. Sie flüstern im Duett, wie sie noch nie geflüstert haben und nirgendwo mehr flüstern werden. Es ist kein Witz. Sie hauchen seinen Namen, und er versteht dazu: «Wir müssen näher – und du noch ein paar Schritte weiter! – an den Bösen ran!»

Der Blutkerl aber zählt die Kegel. Er zählt erneut von eins bis drei. Vorn sind es wieder die drei Großen. Er zählt die zweite Reihe, vier, fünf, sechs. Die Fünf ist wiederum ein Mädchen mit verschwitztem Schopf und heißem Hirn. Er zählt die letzte Reihe, rechts außen steht die Sieben, links außen die fast spiegelgleiche Acht. Und in der Mitte, in der Lücke zwischen den Zwillingsbuben, steht die Neun. Schon gut, schon gut! Ich weiß. Ich bin's. Ich stehe fest, ich steh, so stramm ich kann. Und doch, ein Klageruf sei mir erlaubt: Herrjemine, erneut bin ich die Neun! Wieder muss ich, die Jüngste, ganz hinten in der Mitte zwischen dem ungebissenen und dem gebissenen Bruder stehen. Ich mag nicht weiter drüber jammern. Es kann im Rahmen diesseitiger Möglichkeiten, es kann hier, in der Kind- und Kegelbahn des Bärenkellers, für ein Würmlein wie mich leider kein besseres Plätzchen geben. Der Blutkerl sieht die schwarze Kugel. Sie wartet am weißen Strich, dort, wo der Anlauf endet, den jeder Werfer nehmen darf. Der Blutkerl tappt hin, Gummi grabscht Gummi. Rot legt zehn Würstchenfinger auf das kugelrunde Schwarz des heimatvertriebenen Gymnastikballs. Gleich wird gekegelt werden. Gott steh uns Kindern, Gott stehe allen Kindchen bei!

Achtlos lässt unser großer Bruder die linke, die stumpfe Krücke fallen. Obwohl sie nun gemeinsam, dem Rat der Zwillinge folgend, ein paar zaghafte Schritte auf den Gegner zugetippelt sind und auch der blutig rote Kerl zwei, drei feste Tapser in ihre Richtung machte, muss unser Bruder, muss ausgerechnet unser Fußverletzter, nun einen richtigen, einen elend einsamen, einen jämmerlich schmerzensreichen Anlauf nehmen, um seinen Speer zu schleudern. Die anderen, auch ich, wir sehen seinen dünnen Arm, sein Bubenärmchen nach hinten schwingen. Es geht nicht anders: Wie immer, wie bei jedem Einsatz in der langen Historie dieser Waffe, muss der Rückraum, das Durchschrittene, die Wucht für das, was kommen soll, bereitstellen. Der große Bruder wirft den Speer, er wirft die viel zu schwere Lanze.

Wozu noch Zeit verlieren? Der Mann ohne Gesicht beschließt hineinzugehen. Und kaum dass Sputnik, die sich in ihr Geschirr stemmt wie nie zuvor, auch den Fehlharmoniker über die Schwelle gezogen hat, klappert Metall auf Holz. Es klackert laut, erschreckend laut, aber auch lächerlich laut im Rücken der beiden Panzerfahrer. Herumgeschnellt, sieht der Mann ohne Gesicht die Krücke mit einem letzten Schaukeln zur Ruhe kommen. Natürlich erkennt er, was er zweimal, zuerst mit der groben, dann mit der feinen Feile, in Arbeit hatte. Es ist, als sei der notdürftige Speer vom anderen Ende der

Bahn, von den hölzernen Kegeln, zu ihnen hergeflogen. Da haben sie das Ding, das sie jetzt brauchen! Der Ladeschütze greift sich das krankenhausweiß lackierte Geschoss und legt es dem Richtschützen, ohne dass noch Worte nötig wären, mittig in die rechte Hand. Jetzt soll es ein letztes Mal so gehen, wie es bis zuletzt, bis zum letzten verlorenen Gefecht, im Tiger ging. Es braucht nicht mehr als einen Sehschlitz in die Welt, um den Feind treffgenau anzuvisieren. Der Richtschütze sieht das Medaillon hinter der Spitze baumeln. Er packt es mit der Linken, reißt es vom Bändel, bemerkt, wie blank, wie bildleer beide Seiten sind, und klemmt sich das Oval als ein Monokel vor das tote Auge. Mattsilbrig fängt es eine ungeheure Menge Licht.

Ich bin's! Ich bin im Bild! Er aber weiß, dass er nicht fehlen wird, so er nur alles außer ihrem Ziel ins Abseits, in die schwarze Wand des Schusskanals, verschwinden lässt. Bloboß keibeineben Schnebellschubuss! Die Mäuse, meine kurzlebigen Mäuschen, deklamieren es mit mir im Chor. Der kalte Kommandant gibt Feuer frei. Der Schütze wirft. Er wirft im richtigen Moment. Er wirft, und im Augenblick des Abwurfs springt Sputnik los, fast katzenhaft geschwind schnellt sie nach vorn, sie will den Speer, den sie in flachem Bogen fliegen sieht, unterlaufen und noch vor dem Eindringen der Spitze die Zähne in den Leibsack des Gegners schlagen. Aber die Krücke unseres großen Bruders ist schneller als Tiger, Wolf und Hund. Der Blutkerl löst im letzten Akt, der seinem schlimmen Willen bleibt, die Fingerkuppen von der Kugel. Sie senkt sich mit dem rechten Schwung, im idealen Winkel aufs schrecklich glatte Holz. Gubut Hobolz! Aubauch ibich hababebe Hubumobor! Sie rollt. Die schwarze Kugel eiert über die altersschiefe Bahn. Sie rollt mit der ihr eigenen schicksalsblöden Sturheit auf die Kegel zu, während die Lanzenspitze sich in die Hülle des Keglers bohrt. Mein lieber Blutkerl platzt. Seine Gestalt zerspritzt. Sputnik schnappt rot geblendet bloß noch ins Leere. Gleich wird sie sich mit verwirrtem Jaulen in der großen roten Pfütze zweimal um die eigene Achse drehen, bis sie – klitschnass klebt ihr das Fell am Leib! – zumindest einen größeren Fetzen der zusammengeschnurrten Gummihaut entdeckt und ihre Fänge um den zähen Lumpen schnappen.

Die Mutter krümmt sich, krümmt sich über den Tisch. Sie gräbt die Zähne in die Unterlippe und hält für einen langen, von Tränen verschlierten Blick die Luft an. Sie schaut zurück, hinüber zur Lücke zwischen Couch und Wand, und wünscht sich, das aufklaffende Dreieck möge sich in einem gnädigen Zurückrucken der Zeit wieder zu einer Linie schließen. Erst hatte sie das elende Ding bloß schieben wollen. Jedoch die Sofafüßchen klebten irgendwie fest. Und ärgerlich, wie sie deswegen war, ließ sie sich doch noch zu einem Heben, zu jenem von Doktor Junghanns strengstens untersagten Hochheben von Schwerem aller Art verleiten. Mit einem bösen, mit einem höhnischen Flupp lösten sich zwei Beinchen des Möbels vom gebohnerten Boden. Vielleicht wäre in diesem Augenblick, als sie das helle Oval sah, das der vordere Fuß auf den nachgedunkelten Dielen freigab, noch Zeit gewesen, mit einem vorsichtigen Absetzen oder einem schlichten Plumpsen-Lassen das Arge in seinem Fortgang aufzuhalten. Aber etwas in ihr wollte mit gnadenloser Unbedingtheit hinter das rote Sofa hin.

Es ist bereits das dritte rote Polsterding, das in der Küche Dienst tut. Die kleine Serie hatte eine Kriegscouch aus einem Gebrauchtmöbelgeschäft in Oberhausen eröffnet, ohne jede

Spur von Abnutzung und erzsolide, aber auch hässlich wie das Reich, für das ihr stumpfes Vogelbeerenrot geradestehen musste. Die zweite war neu und ihre ins Orange spielende Grellheit fast amerikanisch schick, aber das Doppelhopsen der Zwillinge hat bald eine Spiralfeder nach der anderen brechen lassen. Deswegen wurde bei der Anschaffung der dritten roten nicht gespart. Sie ist ein bisschen höher und breiter als ihre beiden Vorgängerinnen, die Mutter sah sofort, wie wunderbar viel sich in ihrem Bauch verstauen lassen würde, und noch mehr entzückte sie der feste, nachtschwarze Stoff, der mit Polsternägeln aus Messing über ihre Rückseite gespannt ist. Der Vater schüttelte nur unverständig den Kopf, als sie sich just deswegen für die rote und gegen eine preiswertere, genauso hübsche grüne Couch entschied.

Das Schwarze war's erneut! Die schwarze Wandseite hat unsere Mutter zum zweiten Mal unwiderstehlich angezogen. Der Staub, den sie dort hinten saugen oder wischen wollte, und auch das letzte Dragée, das sich dorthin verzogen hat, waren dagegen so unwichtig wie die Polsternägel. Das Schwarze gab den Ausschlag. Das Schwarze, auf dem die blöden Messingköpfe wie Sterne prangen können. Schon damals bei Möbel-Herbert in der Georgenstraße hatte sich die Mutter zur Verblüffung des Verkäufers tief vor die Rückseite des Sofas gebeugt und ihn mit der Frage nach dem Namen des schwarzen Stoffes gehörig in Verlegenheit gebracht.

Die Kugel wird rollen. Schon holt der rechte Arm des Roten weit nach hinten aus. Jedes der Kinder hat auf seine putzig schmucke, auf seine einsam stolze Weise so endgültig, wie allein wir Kleinen es vermögen, mit dem Leben abgeschlossen, denn jede und jeder hat für sich mitangesehen, dass der Speer des Älteren Bruders nicht weit genug geflogen ist. Auch das Medaillon aus dem Holzbein von Kapitän Silber, das Bildnis der verschollenen Nichte, hat ihm leider nicht zu einem besseren Flug verhelfen können. Der Rote da vorn ist zweifellos ein grandioser Kegler und wird sie allesamt in Stücke schmeißen. Unser großer Bruder ballt die rechte Hand um die Lakritz-Pfeife, die ihm der Fehlharmoniker im Bäckerladen nicht bloß geschenkt, wie die anderen meinten, sondern von Gleich zu Gleich verehrt hat, als wären just sie beide, der Schieftöner und er, irgendwie von derselben Art. Sybille zischt dem Kegler ein letztes «Dubu blöbödeber Blubutkeberl!» zu. Und mein dreifach von mir geprüfter Schniefer streckt den Arm zur Seite, um sich die fiebrige Pfote von Sybilles kleiner Schwester zu grabschen. Der ungebissene Zwilling schüttelt das Tablettendöschen, das sie dem Toten abgenommen haben, wie eine Rassel. Er ganz allein hofft immer noch. Er hofft, dass sich mit diesem hohlen Klappern das Schlimmste noch verhüten oder zumindest in eine andere Welt verschieben ließe. Das geht natürlich nicht. Leider darf das nicht klappen. Aber die anderen haben seinen Rhythmus aufgenommen. Alle heben im selben Takt die Sohlen und stampfen auf der Stelle, stampfen in einem festen, ohnmächtig schönen Trotz gegen den roten Kegler an. Sogar die nackten Füße von Sybilles kleiner Schwester tapsen mit. Fast klingt es wie Musik. Und mein gebissenes Brüderchen, dem jetzt, auf dem Kipppunkt der Gefahr, das tätowierte Gelenk juckt wie noch nie, dreht sich zu mir, um mich für einen Märchenblick als seine Schwester zu erkennen.

Erneuter Sommer! Erneut stehe ich zwischen den beiden wie mitten in einem Witz. Verlegen senke ich den Blick. Neun Wochen reichen halt nicht aus, um eine Schönheit aus Fleisch und Blut und Haut zurechtzubacken. Ich bin nicht Fisch, ich bin nicht Frosch. Zur Kaulquappe fehlt mir der Schwanz. Ich bin ein bucklig Würmchen. Ich habe keine Nase und bloß ein gespitztes Löchlein als Mund zu bieten. Die Augen stehen mir, komisch schräg, seitlich am Kopf. Niemand, kein lieber Gott, zieht mir die Stummelglieder lang. So tue ich notgedrungen selber, was ich kann. Ich nehme mich noch einmal riesig wichtig. Ich blähe mich, nicht anders als der böse arme Blutkerl, mächtig auf, um jetzt, bevor ein Kegel fällt, wenigstens von einem der beiden brüderlichen Lockenköpfchen gründlich bemerkt zu werden. Der wachgebissene Zwilling sieht mich und sieht in mich hinein. Das überhelle Licht der Kegelbahn reicht aus, um meinen weißen Zottelpelz, die unreif kuttelige Hülle und alles, was ich bereits in Keimen gleich winzigen Gestirnen in mir trage, zu durchdringen. Als ein nervöser roter Punkt schlägt mir ein menschlich Herz. Mich soll es also wieder treffen. Die Kugel rollt. Sie hat mich schon so gut wie umgeschmissen. Sie schmeißt mich aus der Welt. Nur mich. Ich bleibe erneut als Einzige auf dieser Strecke. Sogar Sybilles kleiner Schwester wird ihr hitziges Hirn ohne großen Schaden wieder auf die üblichen Grade Celsius herunterkühlen. Ihre vollständige Genesung wird genauso lange dauern, wie es braucht, bis dem auf spätere Wirklichkeit geeichten, dem bald schon kurzsichtig gewordenen Zwilling das Handgelenk verheilt ist. Schon gut! Schon gut! Ich mag nicht meckern. Ich weiß, ich bin das beste Opfer, allein schon, weil ich als ein noch jedem missgünstigen Blick entzogenes Nichtchen keinem zum Sündenböcklein, zum Maultier seiner Schuld und seiner Ängste tauge.

Die Mutter träumt. Die Mutter hat sich einfach auf die schiefstehende Couch gelegt. Sie träumt mit offenen Augen von ihrem schönsten Tod. Sie träumt, sie führe mit dem Fahrrad auf die große, auf die größte Kreuzung unten in Oberhausen zu. Es ist die Ecke, an der noch bis zum Krieg, den ganzen Krieg lang und noch ein Weilchen über den letzten Krieg hinaus die Gebäude der alten Bären-Brauerei zu finden waren. Irgendwann wurde alles von der Mohrenbräu AG gekauft. Die obsolet gewordenen Produktionsanlagen, die alten Kupferkessel und ihre Ziegelgehäuse, wurden restlos abgerissen, um Platz zu schaffen für ein kleines Hochhaus und für die Erweiterung der Kreuzung, die seitdem rundum mit Ampeln und Abbiegspuren protzt. Die Mutter will mit dem Rad zu ihrer eigenen Mutter, die, so behauptet es der Traum, noch nicht wie in der Wachhistorie gestorben ist, sondern auf der anderen Seite der Stadt in einem blendend weißen Wohnblock wohnt. Die Ampel springt auf Rot. Die Mutter hält an, wie es sich gehört, obwohl im Augenblick weit und breit kein Auto zu sehen ist. Das Stehenbleiben ist ihr mehr als recht. Sie weiß, wie ewig lang es dauert, bis wieder Grün aufleuchtet. Während das Rot herrscht, soll vor ihrem Rad ein ungeheurer Verkehr von Süd nach Nord und von Norden nach Süden strömen. Deshalb holt sie ihr Buch heraus. Eine honigfarben vergilbte Feldpostkarte steckt dort, wo sie am Abend zuvor, als ihr in selten süßer Müdigkeit die Lider zugesunken waren, mit dem Lesen innehalten musste. Die Ampel leuchtet rot. Das Rot bleibt rot. Sie liest und liest und liest. Sie liest so gut, dass sie nicht sieht, wie die Ampel schließlich doch die Farbe wechselt. Sie liest so gut, dass sie den Bus nicht hört, der von hinten aus der Neuen Siedlung naht, den großen Gelenkbus, auf dessen Spur sie und ihr Fahrrad stehen. Sie hört nicht, wie der Fahrer, das Grün der Ampel im Blick, zu spät die Hupe tuten und die

Bremsen kreischen lässt. In diesem, ihrem schönsten Traum liest sie so trefflich gut, dass sie die Reifen keinen Moment lang quietschen hören muss – den mohrenschwarzen Gummi der gewaltigen Räder, die dort, wo das Bären-Bräu gestanden hat, auf dem Granit des alten Kopfsteinpflasters ins Rutschen kommen und dann auf den Teer der Kreuzung hinüberschrubben.

Als sie vorhin den zweiten Fehler machte, als sich etwas in ihr dazu verstieg, das angehobene Sofa auch noch ein Stück nach vorn zu zerren, gab es unüberhörbar ein Geräusch. In blitzartiger Abwehr versuchte sie zu glauben, das Ritschen wäre aus dem Bauch der Couch gekommen. Lächerlich kurz erblühte die Illusion, dort im Möbel, zwischen den Heimatromanen ihres verschollenen großen Bruders, wäre irgendein Papier zerrissen oder eine Hülle aus Zellophan geplatzt. Umsonst. Das erste Innen ließ sich in diesem fatalen Fall nicht durch eine andere Inwendigkeit ersetzen. Dergleichen Schwindel hält allenfalls über den allerbesten Büchern vor, dergleichen wundertätiger Selbstbetrug gelingt uns bloß in glücklichem Einklang mit einem jener raren Schmöker, die wie unbesiegbare Piratenschiffe auf den Wellen, über den vielen auf den Meeresgrund gesunkenen Romanen, tanzen.

Es ist vorbei. Es hat sich mit einem simplen Ritsch erledigt. Was jetzt noch kommt, ist bloßes Nachspiel. Die Mutter hört durch das offene Fenster die Stimme ihrer Nachbarin. Annabett Böhm klingt müde, wahrscheinlich hat sie auf der Suche nach dem bockigen Töchterchen erfolglos die halbe Siedlung abgeradelt, und nun ist alles, sogar ihre Sorge, bis auf den Grund erschöpft. Jetzt sagen ihr Vernunft und Müdigkeit: Sybille wird das lausige Gör schon irgendwann nach Hause schaffen. Dann hört unsere Mutter den Vater eine

Antwort geben. Die beiden haben sich also getroffen und sind zusammen heim in den Hof gekommen. So ist es gut. Mit einem Ritsch ist alles abgeklärt. Mit einem Ratsch hat sich als richtig erwiesen, dass sie dem Gatten, der die Zeit des Krankgeschrieben-Seins so schlecht verträgt, kein Wort von dem verraten hat, was ihm neun Wochen lang, unter meinen Monden, im Juli und im August, klammgeheim ins Haus stand. Auch ihre Söhne hätte sie besser nicht mit dem bedrängen sollen, was nun nicht kommen darf. Wahrscheinlich wird der Vater gleich das Fahrrad in den Keller tragen. Die Mutter stakst, so schnell es ihr die wackeligen Knie erlauben, hinüber ins Bad. Schon ist die Tür verriegelt.

Dadrinnen hinter der weißen, vom Vater seit dem Einzug erst einmal nachlackierten Tür bleibt uns noch eine Riesenmenge Zeit. Der Vater wird ein langes Weilchen im Unterleib des Blockes bleiben. Nachdem er das Fahrrad im Gemeinschaftskeller neben seinem Moped abgestellt hat, schließt er die Tür des Gangs auf, der zum Kellerabteil der Familie führt. Er macht es extra leise, er zieht die Klinke stramm heran, damit das schwergängige Schloss nicht kracht. Selbst Schritte kann man nach oben hören, falls dort das Küchenradio nicht läuft. Nach hinten schleichend fällt ihm auf, dass im Abteil der Rosers die Briketts umgestürzt sind. Der junge Roser ist ein netter Kerl, vermutlich auch ein prima Vertreter in Herren- wie Damenunterwäsche, aber er hat zwei linke Hände, was mit dem Umfallen seiner schwarzen Kunstwand erneut bewiesen ist.

Der Vater will im Keller verbergen, was er mit einem Wahnsinnsglück ergattert hat. Er sieht die Klappe des defekten Gasherds offen stehen, denkt kurz, er habe damit das ideale Versteck entdeckt, aber das Backrohr erweist sich natürlich als viel zu eng, und so muss er seine Beute erst einmal unter einer alten Decke verschwinden lassen. Jetzt im Sommer kommen weder Frau noch Söhne hier herunter. Bis es, Anfang Oktober, wieder mit dem Heizen losgeht, hat er Muße, sich irgendeine kecke Erwerbslegende auszudenken. Annabett Böhm wird nichts verraten. Unten am Spielplatz hat der Vater den schwarzen Kasten schon von weitem unter der alten Buche stehen sehen und keine Sekunde daran gezweifelt, dass es sein einstiges Besitzstück war, das wie ein rücksichtslos ausgesetztes Wesen, wie ein armes Findelkind auf Rettung harrte. Also drückte er seiner Begleiterin den Lenker des Fahrrads wieder in die Hände und rannte los, wie es, seit er das Fußballspielen aufgegeben hatte, nicht mehr nötig gewesen war. Natürlich ist es unhöflich, eine schöne Frau derart ohne Erklärung stehenzulassen. Aber wer weiß, was geschehen wäre, wenn er sich nicht gesputet hätte. Wenig hätte sein Glück erneut vernichten können. Womöglich hätte das Gewicht eines einzigen landenden Vogels, einer boshaften Elster oder einer dummen Taube, ausgereicht, um irgendeinen dicken, aber durch und durch morschen Ast zu brechen, und das herabstürzende tote Holz hätte ihm sein diatonisches Akkordeon und alle Hoffnung auf ein zukünftiges Quetschen, Ziehen und Knöpfedrücken, jedwede Freude an altbekannten und noch kommenden Liedern kaputt geschlagen.

Ich schwinde. Pling-plang! Schon bin ich schlüpfrig auf meinem letzten Weg. Erneut ist es nicht weit. Gerade mal eine Hand lang Gleitbahn, und unsereine ist aus der Welt. Deswegen habe ich mir den einen oder anderen Umweg auf und sogar unter der Neuen Siedlung gönnen müssen. Hat wieder schaurig schönen Spaß gemacht! Die Kinder waren erneut mit Leib und Lieb und Seele bei der Sache, sie haben erzbrav aufgepasst und eine Menge mitbekommen. Manchmal war es ein bisschen viel auf einmal, bisweilen ging es halt arg hurtig zu. Gerade als der Blutkerl die schwarze Kugel weit nach hinten schwang, weit genug, um eine ungeheure Kraft aus irgendeinem Hinten oder Zuvor herbeizuziehen, war doch noch die Tür, die Tür in der Mitte der Längswand aufgesprungen. Die weiße Schäferhündin kam mit großen Sätzen. Alle erkannten die Gefährtin des Blinden, auch wenn sie nun, ihrer Alltagspflichten ledig, ohne Geschirr und Haltegriff, so frei wie eine Wölfin auf den Blutkerl zuflog. Sybille zischte: «Sputnik, fass!» Und Sputniks Zähne taten ihr den Gefallen.

Später, als sie Sybilles kranke kleine Schwester zur Mauer brachten, murmelte der Wolfskopf noch einmal: «So eine Sauerei, so eine Riesensauerei!» Und alle wussten, was er meinte. Das wunderbare Fell war über und über rot bespritzt gewesen. Der Blutkerl, dessen zusammengeschnurrte Hülle sie in den Fängen hielt und knurrend wie einen nassen Lappen hin und her schlug, hatte sein Inneres, seine ganze eklige Füllung über das liebe Tier ergossen. Pitschnass verschwand die Hündin durch die Tür. Die Kinder lösten sich von ihren Plätzen. Im Gänsemarsch ging es zum Ausgang, und einer nach dem anderen hob vorsichtig seine Sandalen über die feuchten Abdrücke der Pfoten.

Draußen war Tag, wunderbar simpler Tag. Ein Wind bewegte die Kastanienkronen. Sybille deutete auf einen Berg vergessener Briketts, der, von gelbem Gras und kümmerlichem Unkraut überwachsen, fast rampenartig gegen die Mauer anstieg. Der Ami-Michi und der Schniefer, die Sybilles kleine Schwester untergehakt hatten und mehr mit sich schleppten denn führten, waren heilfroh über den Haufen. Nur eine Treppe wäre noch bequemer zu erklimmen gewesen. Der Ältere Bruder staunte, wie behutsam die beiden die Taumelnde nach oben schoben. Und weil ihm dabei der Blick über die zerkratzten Waden und Fersen der Kleinen bis auf den Grund sank, entdeckte er noch eine andere Gemeinschaft, die den Briketthaufen zu nutzen wusste. Es herrschte ein reges Heranfliegen und Landen. Die haarigen, fast wolligen Hinterleiber trugen alle den gleichen roten Fleck, und an den Beinchen klebte goldene Beute. Jede Erdbiene steuerte zielstrebig einen bestimmten Eingang an, obwohl bestimmt ein paar Dutzend Ritzen und Löchlein in die Hohlräume unter den Kohlequadern führten. Die wilden Immen ließen sich nicht vom Aufstieg der Kinder stören. Der Haufen war im Lauf der Jahre so fest in sich versackt, dass ihre Katakomben, ihre Speicher und Aufzuchtstätten, unter dem Stapfen der kleinen Menschen nicht in Gefahr gerieten.

Erst als sie alle acht jenseits der Bärenkellermauer standen, erkannten sie an der Farbe des Lichts und am Geruch der Luft die Stunde. Es ging schon auf den ganz normalen Siedlungsabend zu, sie mussten sich beeilen. Die Kleine, die sich die nackten Füße schlimm an den Dornen der Heckenrosen aufgerissen hatte, Sybilles Schwesterchen, das nur noch leise greinte, weil ihm zum richtig Weinen oder zum üblichen Herumgeplärre die Kräfte fehlten, setzten sie in die Zwillingskarre. Der Ältere Bruder holte seine neuen Krücken aus der grünen Couch. Und dann rollten und stapften und humpelten sie, so schnell es halt gemeinsam ging, über Stock und Stein und Kies und schwarzen, noch sonnenwarmen Teer nach Haus.

Sonnentag

Von Herzen willkommen in der Neuen Siedlung! Die Sonne ist blank wie Konservendosenblech, der wolkenlose Himmel prunkt mit klassisch reinem Blau. Der letzte Sommermonat wirft sein präzises Licht in den Kreuztöterweg, in die Einkaufsstraße der Neuen Siedlung, veredelt mit Wehmutsdeutlichkeit jedes einzelne der Geschäfte. Wieder zeigt sich der erste Ferientag der Kinder von seiner besten Seite. Die Freunde stehen Schulter an Schulter vor dem Schaufenster des Tabak- und Zeitschriftenladens und sehen sich gemeinsam an, was Horst Geistmann erst gestern Abend neu arrangiert hat. Die Zigarettenkistchen und die Feuerzeuge wurden bloß ein bisschen herumgerückt, aber die Bücher sind ausnahmslos frisch eingetroffen. Ein jeder dieser noch nach Druckerei duftenden Bände ist ab sofort gegen eine bescheidene Wochengebühr oder gegen die für Langsamleser günstigere Vierzehn-Tage-Zahlung auszuleihen. Selbst die Verlängerung auf eine dritte oder vierte Woche kostet nicht die Welt.

Die Freunde wetteifern in der Beratung des Älteren Bruders. Sie wissen, dass er stets neben seiner Mutter an Geistmanns Theke steht und mitbedenkt, welche Bücher in den Drosselgrund, in den dritten Aufgang des erbsengrünen Blocks, getragen werden sollen. Wer zwei Romane nimmt, bekommt einen dritten gratis hinzu. Die Mutter hat sich auf ein Pensum von drei Romanen pro Woche eingelesen. Und weil sie sich an der Freude ihrer Kinder freuen kann wie an nur wenig sonst, darf unser großer Bruder über das dritte Buch allein entscheiden – mit einer grandiosen Willkür, deren Vorstellung seine Freunde jedes Mal von neuem schwindeln macht. Während der Ältere Bruder in Ruhe die Vorder- und die Rückseiten der ihnen vorgelegten Bände studiert und auch die eine oder andere erste Seite liest, plaudert Horst Geistmann mit seiner besten Ausleihkundin über Fragen der Literatur, zum Beispiel über ein Problem, das ihm wie ihr so arg am Herzen liegt, dass sie in schöner Regelmäßigkeit darauf zu sprechen kommen. Bis sich der Buchverleih, der in den letzten Jahren schon recht schwindsüchtig geworden ist, endgültig nicht mehr lohnen wird, soll es ihr Lieblingsthema bleiben: Wie traurig oder lustig darf oder muss das Ende eines Buches sein?

Die Freunde unseres großen Bruders, von denen auch in Zukunft keiner freiwillig ein Druckwerk ohne Bilder aufschlägt, die sich aber gern erzählen lassen, was er gelesen hat, geben sich, die Nasen ans Glas gedrückt, die allergrößte Mühe, ihn richtig zu beraten. Die Umschläge, die sie knallgrell vor Augen haben, sagen genug, um den jeweiligen Roman, als wäre er Wolf, Tiger oder Bär, seiner unverwechselbaren Art wie einer Raubtiergattung zuzuordnen. Zugleich glauben sie fest daran, dass die Gewalt, mit der eine Geschichte ihre Zähne und Klauen in den Leser gräbt, bereits als eine gruselig schöne Drohung in ihrem Titel zutage tritt. Sybille genügt es, die ahnungsreichen Wörter in Gedanken aufzusagen. Der Schniefer und der Ami-Michi bewegen stumm die Lippen. Der Wolfskopf aber muss Wort für Wort flüstern, um ein bebend langes Weilchen bis in die Spitzen seiner Mähne an das zu glauben, was da giftgrün oder blutrot aufgeschrieben steht.

Genug gelesen! Jetzt soll es weiter zu Elektro-Lutscher gehen. Dort steht der Chef, solange seine Frau für neue Dauerwellen beim Friseur ist, höchstselbst hinter der Ladentheke. Er hat sich einen defekten Staubsauger zum Schrauben mit nach vorn genommen. Der gute Erwin Lutscher, der ein Herz für Kinder hat, sieht es gern, wenn sie angelaufen kommen, um die in den Schaufenstern ausgestellten Geräte zu bewundern. Eigens für die Buben und Mädchen der Neuen Siedlung hat er im Frühjahr einen alten Lautsprecher, eine ovale Membran aus schwarzer Pappe und einen messingfarbenen Magnetknopf, von innen ans Glas geklebt. Ein flaches Kabel führt zu einem Radio, und nun kann man, als machte die Scheibe Musik, leises Gedudel über den Gehsteig strömen hören.

Und damit nicht genug: Speziell für jene Kinder, die jetzt in den Ferien nicht mit ihren Eltern auf Campingplätze, ins Gebirge, an die Nordsee oder gar ins ferne Italien fahren werden, hält er seit gestern einen Fernseher, und zwar nicht irgendeinen, sondern seinen größten und besten, im Schaufenster am Laufen. Lutscher ist sicher, dass Mädchen wie Buben ihre helle Freude am scharfen Schwarzweiß, am absolut flackerfrei eingestellten Testbild haben werden. Kinder besitzen doch so viel Phantasie! Als er, es ist kaum ein Dutzend Wochen her, an einem Samstagmittag den neuen Fernseher der Böhms angeliefert hatte und mit der Justierung der Röhre beschäftigt war, standen die Böhm'schen Mädchen eine kleine stille Ewigkeit vor der Mattscheibe, obwohl es noch nichts weiter als das Testbild zu begucken gab. Da ging ihm, wie aus dem Nichts, eine kinderfreundliche und zugleich nützliche Idee auf. Er bat Frau Böhm, den ovalen Spiegel, der im Flur über dem Telefon hing, abzunehmen und den beiden Mädchen quer in die Armbeugen zu legen. So konnte er die Schärfe der Striche, die Schwärze der Balken und die Rundung der Kreise kontrollieren, ohne immer aufs Neue vor das Gerät treten zu müssen.

Hinunter zu Elektro-Lutscher ist es nur ein kleines Stück. Aber weder der Ami-Michi noch der Schniefer, weder Sybille noch der Wolfskopf kämen auf die Idee, die Fahrräder an der Sparkasse und damit an den allerlangweiligsten Schaufenstern des Kreuztöterwegs vorbeizuschieben. Der Ältere Bruder, dessen Rad mit einem Plattfuß im Keller steht, läuft mit dem Wolfskopf zurück zur Metzgerei, wo der sich eben eine Mohnsemmel mit Wurst geholt und dann in der Seligkeit des Hinunterschlingens sein Fahrrad vergessen hat. Das Geldstück für die Semmel hatte er, als sie vom Hof herüberkamen, mitten auf der Kreuzung liegen sehen. Nach einem zögerlichen Bremsen und langsamen Vorüberrollen war er doch noch abgestiegen und hatte das Rad bis an die Münze zurückgeschoben. Sie lockte ihn zu arg. Er bückte sich, obwohl ihm etwas Schlimmes schwante, obschon er am Morgen gleich sechs Bierdeckel in die Speichen von Vorder- und Hinterrad geklemmt hatte, um irgendein Pech, ein tief im Bauch vorausgespürtes Missgeschick mit sechsfachem Kreisrund und mit unsichtbaren, weil mit Spucke aufgemalten Kreuzen abzuwehren.

Jetzt aber ab die Post! Die anderen sind schon längst am Ziel. Der Wolfskopf hebt den Hintern und steigt in die Pedale. Der Ältere Bruder hält sich mit einer Hand an den gekreuzten Lederhosenträgern fest. Ich kenne die Gelegenheit und nutze den Moment. Mein Herzpunkt pumpt. Wie stark ich bin! Ich fühle Bärenkräfte. Das Bild wird gleich ein wenig zittern. Pardon hierfür! Ich bitte, mir zu verzeihen, dass es so komisch wackelt. Aber Gewalt bleibt auch im schönsten Fall Gewalt. Schon zieht es unserem großen Bruder mit Macht den Blick zur Seite. Schau hin! Schaut alle hin: Schon klafft die Lücke auf. Erneut müssen zwei Häuser die Schultern voneinander reißen. In gut vier Wochen, nach dreimal zehn Tagen, wird der alte Doktor Junghanns – genau wie unser großer Bruder – just an derselben Stelle den Blick zur Seite wenden und diese beiden Häuser zitternd und bebend wieder zusammenrücken sehen. Dann platzt ein klitzekleines, seit langem ulkig ausgebeultes Äderchen hinten in seinem Kopf. Sogleich wechselt sein rechter Fuß vom Gaspedal zur Bremse, der andere kuppelt aus. Natürlich hat er als Arzt erkannt, dass es sich um ein Schläglein handelt. Er schaltet in den Leerlauf, dreht mit der Rechten den Zündschlüssel zurück, während die Linke bereits über die Schläfe nach hinten tastet.

Ach, Blut bleibt Blut. Bei Tabak-Geistmann liegt ein schöner, nagelneuer Kriegsroman im Fenster. Mein Schnäuzchen küsst sein Umschlagbild, so feucht es kann. Drei Männer knien vor der Flanke eines mächtigen, mit einem Kreuz geschmückten Panzers. Der linke hat ein Akkordeon vor der Brust, der mittlere schiebt sich die Panzerbrille in den hellen Schopf, der rechte spannt die Wangen und schürzt die schön geschwungene Oberlippe zu einem zeitlos liebreizenden Lächeln. Wie schade, dass unsere Mutter, in deren Nachttischschublade die Briefe und die Feldpostkarten ihres großen Bruders ruhen, partout keinen Roman mit Soldaten, erst recht keinen, der in diesem vorläufig letzten Weltkrieg spielt, mit nach Hause nehmen mag!

Ich lächle einfach mit. Ich lächle im Geiste gleich dem bildhübschen Panzerfahrer. Ich bin's. Ich bin's gewesen und werd es wieder sein. Ich bin nicht viel. Und doch bin ich nicht nichts. Schon jetzt, am ersten Ferientag, bin ich der heimliche Operettenbalg des erbsengrünen Blocks. Wieder hat es kaum mehr als die Musik gebraucht. Ein männliches Quantum selbstgemixten Mokka-Likörs löscht alle Vorsicht, ein weibliches Quäntchen Grusel vor grausamen Piraten macht hinreichend empfänglich, Quantum und Quäntchen finden zueinander, schon dürfen die Flüstersteine wispernd weitergeben, was den Eltern der Brüder da geschieht. Im Nu hat es angeschlagen und beginnt zu wachsen. Das wächst und wächst, solang es darf. Zum Nichtchen eines Kommandanten, zur Mäuse-Souffleuse wird es wieder reichen. Erneuter Sommer, komm! Die Räder des Zwillingskinderwagens sollen schnurren und rattern. Der Spiegelneger schält seine Ami-Muskeln aus dem türkisen Hemd. Der Vater kämpft im Affentanz und hat in hellsichtigem Spaß gesagt, dass sich die Mutter noch zu Tode lesen wird. Mein ältester Bruder krückt den Rosenhang hinauf zum Bärenkeller und wirft im Licht der Kegelbahn den Speer. Der Bär zerreißt sein Fell. Der große Imker und der kleine Imker saugen an ihren Pfeifen aus Lakritz. Der süße Rauch, der Bärenkellernebel, hält ihnen die Immen und deren Zorn über den Honigraub vom Leib. Nichts sieht sich reflektiert im Glanz des Medaillons. Wohl oder übel wird der Blutkerl Kind und Kegel anvisieren. Jedoch bevor mich seine mordsschwere Gummikugel trifft, zupfe ich mir höchstselbst die Stummelglieder lang und bade zum Entzücken meiner invaliden Panzerfahrer mit langem, nachtblondem Haar und milchig nackt in einem schwarzen See.

MIX
Papier aus verantwortungsvollen Quellen
FSC® C083411

Das für dieses Buch verwendete FSC®-zertifizierte Papier *Lux Cream* liefert Stora Enso, Finnland.